U0114002

东京人

〔日〕**川端康成**

著

郑民钦 译

中国出版集团 现代出版社

图书在版编目（CIP）数据

东京人 / (日) 川端康成著; 郑民钦译. --北京:
现代出版社，2023.3
ISBN 978-7-5231-0124-7

Ⅰ.①东…　Ⅱ.①川…②郑…　Ⅲ.①长篇小说—日
本—现代　Ⅳ.①I313.45

中国国家版本馆CIP数据核字（2023）第023514号

东 京 人

作　　者：〔日〕川端康成
译　　者：郑民钦
责任编辑：朱文婷　王　羽
出版发行：现代出版社
通信地址：北京市安定门外安华里504号
邮政编码：100011
电　　话：010-64267325　64245264（传真）
网　　址：www.1980xd.com
印　　刷：固安兰星球彩色印刷有限公司

字　　数：609千字
开　　本：880mm×1230mm　1/32
印　　张：23.5
版　　次：2023年7月第1版
印　　次：2023年7月第1次印刷
书　　号：ISBN 978-7-5231-0124-7
定　　价：118.00元

目录

写在前面的话

今年是川端康成先生逝世五十周年。他是日本的文豪，在日本文坛的地位极高，他荣膺诺贝尔文学奖，使得日本文学跻身国际文坛，成为世界性的文学。日本人盛赞他的这个功绩。

泰戈尔凭借《吉檀迦利》于 1913 年获得诺贝尔文学奖，时隔五十五年之久，诺贝尔文学奖评委将目光转向东方世界，而川端康成的确是当时亚洲出色的作家之一，获得诸多国内外的文学奖项，他凭借《雪国》《古都》《千只鹤》三部代表作，于 1968 年荣获了当年的诺贝尔文学奖（萨缪尔·约瑟夫·阿格农于 1966 年获诺贝尔文学奖，虽然以色列属于亚洲国家，但完全是西方生活模式，西方人未必视其为东方国家）。诺贝尔文学奖的授奖词说他"以具有优异感受性的手法表现日本人心灵的精髓"。1961 年，日本政府授予他文化勋章，其理由是表彰他"以独自的样式和浓厚的感情，描写日本美的象征，完成了前人未臻的创造"。这说明日本官方对川端康成审美观的评价是"完美地创建了日本传统的美学体系"，日本国内的评论家都对这一评价深表赞同，我国有学者将这个"日本美"扩展为"传统东方美"，将其涵盖整个东方世界。

有人说川端康成是一个难懂的作家，主要是强调对他"新感觉派"的语境、情韵、意境的理解颇有费解之处。其实，美的朦胧、美的飘忽、美的隐晦，美的惊艳与美的悲哀、美的崇拜与美的毁灭、美的憧憬与美的死亡，在文学作品中随处可见。他笔下的世俗社会、人生百态、悲欢离合，通过一个个性格迥异的鲜活人物淋漓尽致地展现出来，为他构筑的文学殿堂里描绘出一幅纷繁的世态风俗画，涂抹上缤纷的色彩，在虚幻中隐隐透出现实世界的喜悦与哀愁。这就是他所营造的日本风情，也正是他刻意追求的美学理念。他的美学理念归根结底是"日本式"的，日本评论家也一直强调这种"日本的传统美"，而同样获得诺贝尔文学奖的大江健三郎在日本的追崇、评价就与他大相径庭。

作为唯美派作家，川端康成在日本文坛上具有承前启后的作用，是现代派作家的先驱者之一。"新感觉派"已经成为他的标签，1924年，他与横光利一等创办的《文艺时代》这一文学刊物，本身就是对当时流行的"私小说""心境小说"等旧文学的对抗，试图在创作手法上突破传统樊篱，借鉴西方现代派手法，推动现代文艺运动的发展，革新文学审美观念。他们寻找到的便是"新感觉"的手法。

作为一种文学流派，"新感觉派"是文艺评论家千叶龟雄于1924年在《新感觉派的诞生》一文中命名的，虽然川端觉得"以睿智聪颖的理解力观察新一代作家的特性本质，对'感觉'进行了周密细致的解释"，但"我为各位作家朋友着想，并不乐意接受这个名称"，不过最后他还是接受了这个称呼。

无疑，所有的作品都要描写"感觉"，这里所谓的"新"，"新"在何处？川端对"新感觉"有一段明确的阐释："不言而喻，新一代作家注重感觉，使他们的生活和作品充满新鲜感。这种新鲜感通过对人生的感触及其表达、素材处理等各种形式表现出来。而运用旧感觉写的作品却给予我们迟钝、混浊、沉重、不快的感觉。我们的肌肤不想接触那些缺少新'诗意'的旧作品。然而新一代作家中有的创作具

有新感觉的作品，有的运用新感觉创作作品。通过新感觉的眼睛，使人生进入新的'诗意'。"（以上均见《文坛的文学论》）

"新感觉派"就是运用暗示、隐喻、意象、象征等手法表现人在瞬间的感觉，这在当时写实主义这种"旧"手法占据主流的文坛是一种危险的挑战。这需要更丰富的语言表现技巧、更细腻的心灵感触、更灵动的捕捉方法，才能营造出新颖独特的氛围、情趣、意境，揭示人物的内心世界。但是，"新感觉"只是一种创作手法，在其机制建构上没有进行系统性的理论探索，因此它不是文艺理论，尽管脱胎于表现主义和达达主义的"艺术革命"母体。"新感觉派"作为一个文学流派承担着文坛的一翼，与无产阶级文学派创刊的《文艺战线》，形成昭和文学运动的两大潮流，对当时的文坛产生了巨大的影响。

通过川端的作品，我们可以感受到"新感觉主义"这种感觉方式的独特魅力，当作者透过强烈主观色彩的眼睛审视世间万物时，外在事物就损失且扭曲了真实性、客观性、原色性，超越现实表象，臻于物我一体的境界，这种融入感正是"新感觉派"所期待的那种模糊、暧昧、叠影、虚幻的半是抽象的镜像，试图以此达到震撼读者心灵的效果。

川端康成的目光几乎不关注男性，作品的主人公始终都是女性，爱情是其永恒的主题，因为女性和爱情是川端创作的源泉，悲哀与死亡是川端文学主题的归宿，而且他更喜欢传统的日本女性，这大概是出于唯美的需要吧。代表作《雪国》《伊豆的舞女》《古都》《千只鹤》《东京人》等无一不是描写女性的喜怒哀乐，刻画她们的情感经历和心路历程，以"新感觉派"的手法从中发现、挖掘日本传统之美，展现出一种文学美的极致境界。其背景大抵受到19世纪女性主义运动的影响。但是，川端作品中的女性对以男性为中心的社会制度并没有表现出强烈的反抗精神，尽管她们深怀不满，乃至怨恨。就是说，她们绝非女权主义者，也许有些许女性自我意识，但并没有为改变自己的命运而进行抗争，她们所表现的喜怒哀乐不过是女性主义思潮的涟漪浪花，这也正是川端的"日本文学传统日本美"的阴柔质地。唯有女性的存在才使得他认识到自我存在的意义，才能笔底生花，然而，与其说他写女性，不如说他是女性的赞美者，运用冷彻的目光透视女人，同时与作品中的女性人物进行全方位的精神交流。

《雪国》开篇第一句"穿越过国界的长长隧道，便是雪国的世界。夜色下，大地变得白茫茫一片。火车在线路所前停了下来"。这一句历来被评论家和读者视为"新感觉派"的经典手法，原文是："国境の長いトンネルを抜けると雪国であった。夜の底が白くなった。信号所に汽車が止まった。"原文三句话，语言平淡，平铺直叙，"雪国であった"，没有说"进入"雪国，而是使用功能性的判断助词，表示一种肯定存在的形态；"であった"表示在眼睛里已经形成雪国的存在而且依然存续的状态。夜的"底色"是一种隐喻，"夜的底"既指"夜色"，也指"暗夜中的大地"，在隧道这一头时，大地还是一片黑色，当穿过长长隧道后，大地变成"白茫茫一片"。这里的描写完全是主人公的视觉感受，既是客观的，也是主观的色彩在眼底发生的变化。眼底"黑色"的残像与眼前"白色"的实像叠合在一起，造成一种难以言喻的色彩感觉和心灵冲击。

第一章还有岛村通过车窗玻璃的反射窥视坐在斜对面的女孩叶子的场景，镜子具有写实与扭曲的功能，具有虚假与幻境的效应，是文学作品常用的道具，而作者以车窗玻璃作为镜子，这面镜子却是活动的，随着外部景色以及光线明暗的变化产生室内镜子的镜面所没有的"魔幻"的特殊效果。黄昏暮色，山间灯火，光线流动，在少女美丽的容颜上流淌，时而短暂凝固，时而瞬间消失，光怪陆离又娇艳绚丽，再结合刚才所听到的她"清脆悦耳，美得令人伤感，银铃般的嗓音"，一个青春洋溢、温柔体贴的乡间少女的形象跃然纸上。作者在文章中就这样描述："镜子的底层流淌着黄昏的景色，就是说，被映照的实像与镜子的虚像如同电影的重叠摄影那样叠加流动。出场人物与背景毫无关联。而出场人物具有透明的虚幻性，风景具有暮色朦胧的流动性，二者浑然相融，描绘出一个世间没有的象征世界。尤其是山野的灯光映照在姑娘的脸上时，那是一种难以言喻的美，让岛村心灵震撼。"然而，这个车窗玻璃镜中美丽姑娘的形象介于真假之间，其假象背后也许隐含着悲剧的要素，如水中月、镜中花一样"徒劳无益"。连同女主人公驹子，虽然具有渴望坚强生活的生命力，却也"不过是美丽的徒劳"。所以，当叶子以犀利尖锐的目光洞察岛村与驹子的关系时，反衬出了她内心深处的虚无感和幻灭感。但是，在描写驹子照镜子的场景时，却是真真切切的室内镜，将红扑扑的脸颊与外面纯洁的白雪加以比较，相对于叶子充满抽象性的空幻之美，驹子则是具有官能性、充满活力的实实在在的堕入风尘的艺伎，她的美通过对真爱的憧憬、渴望揭示出人性纯洁的一面。驹子和叶子构成"实"与"虚"、"生"与"死"两个互相映衬的人物形象，提升了整篇作品的悲凉情韵，体现出"新感觉派"的基调。

《雪国》的终章描写银河，"仰望天空，感觉银河还会垂落下来拥抱大地"，并且引用松尾芭蕉的俳句，联想到流放佐渡岛的囚徒，感叹天涯孤客羁旅思乡的情怀，而主人公岛村"仿佛自己的身体悠悠然飘浮起来，进入银河里面"，"赤裸裸的银河好像即将垂落下来，将黑夜中的大地裹卷而去。这是何等极致的妖艳"。这是岛村脑中的幻影、心中的幻觉，在漆黑的暗夜中，天、地、人"裹卷"在一起，这似乎更多是对叶子之死的悲怆感觉，也凸显了岛村对自己生存模式之迷梦不过是一场破灭的"徒劳"，原本就是虚无缥缈的心造魔影。问题在于，明知"徒劳"，却还要竭尽全力地投入这不可实现的无谓的爱情里，无论是在东京家有妻室的岛村对驹子的迷恋，还是驹子本身所憧憬的爱，都是一场虚无的梦，叶子对行男的照料，都不过是"美的徒劳"。川端的"新感觉"所希求的正是这种渺茫虚空的审美的隐晦性。

"新感觉派"强调的是作者的主观性，感觉就是一种顿悟，就是以自我精神主观地认识外在，观照世界，这样，外在事物就注入观者的个性，不再是原封不动的摄影，而是渗透着人为的因素，呈现出各式各样的形态。作者们善于捕捉这样的感觉，甚至极限扩张感觉的脉络，攫取心目中的艺术生命。

　　"新感觉派"标榜以追求"传统日本美"为己任，这种美主要通过女性来体现，无论经过多么华彩的人生，但最终还是走向没落和死亡，应该说是川端对美最透彻的阐述。《雪国》《伊豆的舞女》《千只鹤》《古都》《睡美人》等都摆脱不掉这种宿命。

　　《伊豆的舞女》所描写的只是情窦初开的纯真感觉，没有表白，没有冲动，只是萦绕心间的好感、惦念、牵挂，最终留下一抹含蓄的感伤。主人公"我"有作者的影子，"我已经二十岁，一直严肃地自我反省由于孤儿根性所造成的性格扭曲，无法忍受令人窒息的忧郁，所以才到伊豆旅行"。而旅次与舞女民间艺人的邂逅让他感受到人情的温馨、爱意的温暖，在甘美的欣喜中咀嚼淡淡的哀愁，品尝短暂的朦胧的初恋的况味。然而，这懵懵懂懂的初恋无疾而终，归于没落，原本是为了缓解忧郁心情的旅行却越发落寞惆怅，郁结于心。

　　《古都》的情调总体上比较开朗健康，塑造的双胞胎姐妹都给人清新明丽的印象，但她们的心灵深处潜藏着家庭离散、身世辛酸的暗影，作者用清淡的笔触细腻地刻画了这两个少女内心对悲欢离合的人生际遇的哀愁苦恼。《古都》的舞台选择在京都，执笔之前，他说想探访日本的故乡，而京都这座古都正是作者的故乡，也是所有日本人的精神故乡，也许作者怀有心灵归属感的意图，他有着孤独凄楚的童年生活，饱受过人间冷暖和世俗偏见带来的伤害。这部作品可以说是作者寻求"日本的乡愁"之作，他从"乡愁"中寻觅"日本美"，最终发现的是满含哀愁孤寂的传统，并与古都的命运融合在一起，回归平安文学的审美情趣，并视之为民族之美。

《古都》花费大量篇幅描写京都的自然景色、风土人情、节庆祭典，最大限度地赞美古都的悠久历史和传统文化，极力表现充满生命朝气的两个少女的精神家园，对城乡的鸿沟、身份的差别、姐妹的爱情、性格的迷惘进行细致微妙的处理，但是，作者很少运用"新感觉"的隐喻、暧昧的表现手法，多是平实的叙述，平淡无华的表达把少女的感情变化、欢快愉悦、迷茫落寞、哀伤悲叹淋漓尽致地展现给读者，令人对她们的无言结局不禁掩卷惋惜。川端所追求的正是这种哀怨之美、不完整的美、幻灭之美，这也是平安朝文学风雅、虚无、幽玄、没落之美的遗风，川端将其升华为自我的审美情趣。

《千只鹤》的主人公是一位名叫菊治的男青年，但我觉得围绕在他身边的几位女性也可视为主人公。一个男人与身边的四个女人之间演绎的错综复杂的关系，剪不断理还乱的纠葛，自私又无奈的爱欲沉沦，超脱伦理的情欲，道德与罪孽的徘徊，忌妒、愤怒、仇怨的交织爆发，在茶道这个高雅文静的面纱掩盖下人的原始欲望的游戏，在一定程度上是对风雅之道所掩藏的媚俗低劣人品的辛辣嘲讽，那些雅致美观、历史悠久的茶具，每件都承载着丑恶的情欲往事，袒露出人生本能的百态，虽然经过反思后各人以不同的方式解脱自我，但终究没有得到精神的升华。

"总觉得自己被包裹在丑陋的黑幕之中"的菊治与父亲的情人太田夫人发生了关系，为了解脱这种背德的"罪恶"意识，渴望通过与文子的交往净化自我，但最终这种本愿完全破灭。如果说菊治"坠入咒语束缚和麻醉的底端"，文子就不应该迷恋菊治，然而她无法抗拒自己的心魔，爱上不该爱的人，在母亲太田夫人自杀以后，她已经开始发疯，因为只有这两个人是她世间的所爱。为了赎罪，她只好远离菊治，希望他与雪子结婚，让自己从菊治的生活中消失。她虽然理解母亲纯真的心灵，但拒绝死亡，"不论受到多大的误解，死本身绝不会为她洗白。死是对一切理解的拒绝。谁也不能原谅这一点"，"母亲之死就变成一种黑暗，就成为一个污点，留给后人的反省和懊悔都会成为死者的沉重负担"。唯有她理解"母亲是美丽的"，但"会在这样的幻梦中失去自己"。她摔碎沾染着母亲口红的志野陶茶碗的举动正是对罪孽与错误的决裂，是对菊治的救赎行为，也是对自己爱的破灭的宣告，是对后来负罪遁逃的自我牺牲的预示，是一种"自我了断的缘由"。川端的审美终究无法逃脱死亡的魔咒。

《千只鹤》还有未完成的续篇《波千鸟》，现在收入《波千鸟》的是 1953 年在《小说新潮》上连载的六回，但其实在 1954 年的三月号和七月号上还分别刊载有《春天的眼睛》《妻子的回忆》的初稿，大意是说文子就业，开始自己的新生活，而菊治踏上寻找文子的旅程，历经千辛万苦，两人重逢。至于重逢以后的故事发展，据随同川端康成去大分山中采访的同行人回忆："川端先生曾对我说，他想让文子在矿山的小卖店干活的时候，菊治前来找到她，两人重逢结合"（见《川端康成〈波千鸟〉未完结的秘话》，刊于 1978 年 8 月 28 日《朝日新闻》晚刊）。另外，1969 年，川端与武田胜彦对谈时，曾说"考虑过让他们二人在山中殉情"（见《采访川端康成先生》，1970 年二月号《国文学》）。因为雪子对菊治的爱情无法把他从自己造成文子不幸的罪恶感中拯救出来，而他抛妻出走、寻找文子的行为同样也造成雪子的不幸，他只能忍受这种负罪的循环往复、心灵的苛责，别无选择地走上殉情这条不归路，一了百了。由于非常详尽地记录采访内容的笔记本遗失（六年之后的 1978 年，川端夫人表示，其实笔记本并非遗失，而是在作为工作室租借的东京某家旅馆里，就在川端写作时离开的极短暂的时间里被人偷盗。当初为了不给这家旅馆造成麻烦，才说笔记本遗失），作者只好放弃了，没有把这两篇收进去。但也有人认为，川端深陷孤独的悲哀和绝望，无法执笔续作。

《东京人》是一部战后初期东京中产阶级的生活画卷，可以折射出当时的社会状态。这是川端唯一的长篇小说，创作于 1954 年。这是一家五口人平平淡淡的日常生活，做珠宝中介商的主人公敬子与经营小出版社的俊三同居，抚养三个孩子，大女儿朝子和儿子清是敬子与死于战场的丈夫的孩子，二女儿弓子是俊三带过来的孩子。日本战后初期，这种形式的重组家庭相当普遍，是战争的后遗症，尽管有一些人暴富，但大多数人的生活并不宽裕，人们为了生存而拼命工作。敬子尽管不属于上流阶层，但已经很体面地出入于社会。

追求富裕幸福的生活是每个人的权利，敬子也不例外，她希望拥有温馨的家庭、甜蜜的爱情、美丽的容颜、健康的身体、年轻的心态、茁壮成长的儿女——总之，一个殷实、和睦、融洽、温暖的家庭。然而，在现实面前，她的梦想接连破灭。俊三经营不善，公司破产，而且不辞而别了，敬子以为他已经死去，还为他举办了葬礼。敬子为了生计，不得不变卖家产。接着敬子与医生昭男坠入情网，但未能结合。而清爱上了弓子，遭拒后，离家出走。昭男又爱上弓子。朝子与小山婚后家庭不和，经历家暴、离婚、堕胎，但她决心生下第二次怀孕的孩子。清发现俊三没有死，便回归家庭，与弓子一起寻父。故事没有撕心裂肺的矛盾冲突，没有寻死觅活的情感纠葛，只是淡淡地、缓缓地展开，云淡风轻，娓娓道来，情节却引人入胜。这些看似平淡琐碎的事情，在每个社会、每个阶层都会存在，川端从这些凡人凡事中挖掘出悲欢离合的人间冷暖，讲述战后初期生存的艰辛，揭示人心的孤独和寂寞，品尝生活的苦涩，体味直面残酷现实时的无奈和伤感。与川端的其他代表作中的"死亡美学"相比，《东京人》没有为人物的命运罩上死亡的阴影，生活的艰难并没有压倒敬子，反而激发起她在凋敝的社会环境中克服困难、勇敢创业、追求美好生活的勇气和意志，她拒绝命运的摆弄，敢爱敢拼，迎难而上，虽然深受道德的遣责，忍受感情的煎熬，却对自己爱的欲求诚实，活出自己的精彩，充满生命力，尽管感情生活遭遇不幸和挫折，但依然是一位善良、温柔、坚强、有韧劲儿的女人。她应该是战后初期中年女性的缩影，无数人背负着战争的阴影，渴望爱情和幸福，在生活刚刚开始复苏、战争创伤尚未愈合、依旧贫瘠的土地上艰难前行。

当然，川端的无常观还是在小说的底层涌流，人生不可测，命运不可捉摸。俊三与以前的女秘书美根子开始新的生活，昭男与敬子天各一方，弓子投入清的怀抱，叛逆的朝子坚持走自己的人生道路，出乎意料的各种结局甚至让自己惊悚、束手无策，不得不正视、不得不接受，这种被迫的无奈可谓心灵的悲哀，但必须承受感情的痛苦折磨，感叹多舛命运的虚幻。

川端细腻的手法也是一个很好的看点，细致入微地刻画人物的心理状态，捕捉喜怒哀乐的各种细微的表现，再现女人的微妙情感变化，一言一行，一颦一笑，一句似乎无心的话，一抹不易察觉的浅笑，一个看似颇不起眼的动作，把此时此景的情感烘托出来，变幻莫测，入木三分，雕琢出各人不同的性格，有血有肉，使得整部小说充满东京社会的烟火气，川端很懂得女人，能吃透女人的心理变化，这大概就是他的小说主人公基本都是女性的缘故吧。

这是一枝"恼人的秋天里的蔷薇"，绽放之后归于平静，但依然可以从宁静中品味恼人的浪漫。

受到先锋派文学刺激的川端康成在《文艺时代》发表了诸多"掌小说"，大抵三千字以下的小小说一百四十六篇。"掌小说"是中河与一命名的，川端十分认可，认为"这个名称恰当顺口。它表明并非长篇小说的一部分，也不是小品文，而是极其短小的小说。此外没有任何条件"。对于"掌小说"的本质，川端康成与武藤直治发表在《文艺思潮》上的《昆特形式小论》的观点"不谋而合"，即"日本人喜爱简洁明了的、具有客观态度的主知或者理智型的形式主义的散文般文艺。这一点和拉丁民族相同。日本人独特的传统性幽默、讽刺、直率的现实批判，大概就是适应新的昆特（法语，意为短篇小说、小故事）形式和内容的根本因素吧"。（以上见 1926 年发表的《掌小说的流行》。)

　　这些掌小说涉及爱情、友谊、青春、生活、家庭、社会等内容，取材广泛，喜欢表现不拘泥于传统道德的自由精神，隐含着作者期望从早先的失恋以及孤儿根性中挣脱出来走向新世界的愿望，为他后来的创作奠定了语言和表现手法的基础，萌生新的审美取向，开始显露出川端文学的特质。尤其对情绪波动大起大落的描写，心理感受寂寥悲伤的刻画，直觉感悟细致入微的把握，象征手法运用得娴熟自如，已经达到得心应手的程度。他将掌小说与俳句相比较，认为其有诗歌特质，篇幅虽小，容量很大，因其小，潜藏着丰富的含义，留有进行千姿百态解析的余白，所以具有艺术的纯粹性，可以极大地震撼读者的心灵。这种"纯粹"等同于诗歌的"纯情"，因为他坚持心像即表现的艺术这个理念，诗歌的直观性始终贯穿于他的创作过程中，就是"纯粹"的感觉。这种"感觉"具有极强的主观性。主观性是他认识世界的立足点，诗的主观性是映照万物的镜子；而语言与音乐、美术一样，是表达感觉的媒介。

　　例如《雨伞》，焦点就是一把伞，通过照相，勾画出少男少女恋情在不知不觉间萌动的微妙变化，"雨伞，普普通通的雨伞，伴随着他们……"这种表现手法就是诗歌的直观性，瞬间的闪光化为永恒的瞬间，不再是现实的时间，没有涉及过去和未来，只有当下，当下的"雨伞"伴随他们从过去走向未来。这是直观地把握生命的流淌，将长长的时间纵轴凝缩在渺小的具象上。

　　再如《秋雨》，作者一开头就写"红叶如火，满山红叶，犹如降落一团团火焰，这样的幻影浮现在我的眼睛深处"，秋雨、山岭、涧谷、岩壁、天空、蔚蓝、暮色、白色石头、红叶、湛蓝色的流水、倒影、火焰、火团……一系列的景象给读者目不暇接的感觉，而这些都是"开往京都的特快列车上在夜间即将打盹时所看到的幻影"。这是川端最擅长的手法，在虚实、明暗、高低、大小、动静之间铺开一幅巍峨雄浑、云谲波诡、变幻无常、捉摸不定的怪异画面。"一团团火焰",无疑是作者的幻象,却是如此美丽壮观,又是如此迷离诡秘,红色的火影寂静无声,明灭闪亮,浮现在眼睛深处,降落在心灵深处,印证着大自然的生机勃发,奥秘深邃。接着,作者一下子把笔触拉回到现实生活中来,回忆起十五六年前在医院见到的两个女病人,一个是"植入人造胆囊管"即将死去的婴儿,另一个是坚持不动手术回家去的"五岁左右的女孩子"。这里,是生与死的分水岭,一个是母亲面对女儿死去的平静,另一个是小姑娘渴望活下去的意愿;一个是听天由命的无奈无助,另一个是与命运抗争的倔强坚毅。接下来,又是"一团团火焰降落在层林尽染山头的幻影,那是静谧安静,而敲窗流淌的露珠般无数雨滴的音乐,则化为火团降落的幻影",但作者看见越来越大的雨水、斜斜流淌的雨滴形状、雨点的动和静、水滴描绘的线条,仿佛听见"音乐的奏鸣声",这一切都为下面已经长大成人的当年那个小女孩的出场进行铺垫,看似虚弱的生命原来具有如此坚忍顽强的力量,羸弱女童的心间竟然潜藏着如此坚强的毅力。

这篇短文用很大的篇幅两次细腻描写幻影,第一次与回忆,第二次与期待的现实联系在一起,虚与实之间的乖离、结合都寓意着生与死的逻辑哲理。从这篇小文依然可以感受到川端对死的平静心态,生命之火的绽放终归熄灭,犹如"火团降落的幻影",这个"幻影"依然美艳明亮,闪烁跳跃,消失在"湛蓝色的溪流上",迸发出最后瞬间耀眼的光芒,这大概也是川端本人的写照吧。

川端康成文学的审美观归根结底在于平安朝的美学思想,他在《我在美丽的日本》《美的存在与发现》《日本文学之美》等文章中有过较为系统的论述:"大约一千多年前,日本吸收唐朝文化,经过日本独特方式的消化以后,诞生了绚丽的平安朝文化,创造出日本的审美理念。……于是,诞生了日本古典文学的最高名著,如和歌的第一部敕撰和歌集《古今和歌集》、小说《伊势物语》、紫式部的《源氏物语》、清少纳言的《枕草子》等，创造出日本美的传统，影响了——不如说支配了——此后的八百多年间的后代文学。"（见《我在美丽的日本》）从平安时代中期开始，"哀"成为审美的一个重要内容，"哀"与"物哀"的含义可以说是平安文学美的核心，"物哀"被视为高雅的美。这种具有浓厚无常色彩的"谛念的哀"成为平安朝末期直至整个中世的"哀"的形式，同时也与其他美的要素结合成幽玄、幽艳、妖艳、闲寂等复合美。本居宣长坚持认为"物哀"才是日本民族文学传统美的本质，是文学审美观的核心。川端康成的《雪国》奠定了他的幽玄哀婉、妖冶浓艳的风格，集中体现了他的以《源氏物语》为中心的贵族美学理念。

美的没落的最终形态是生命的终结，同时也存在精神生命的陨落，川端康成直面死亡这种宿命，视之为美的归宿。他作品中人物的死亡是梦幻的凝固，花的绽放与落败、美的永恒与凋零的并存，恐怕也是他精神修炼之旅的终点。所以他的作品具有浓厚的无常观。平安时期的文学，通过人的肉体的生成与毁灭、灵魂的净化和升华追求佛教所说的净土世界。当时的佛教大多信仰净土宗，认为俗世是"秽土"，人事无常，追求净土，厌世成为一种社会思潮，在文学作品中，《源氏物语》《紫式部日记》《古今和歌集》《和汉朗咏集》《拾遗记》等都有直接涉及"无常"的表现。其中《源氏物语》中的"无常"最为典型，在某种意义上和"物哀"相通，成为表现女性高雅修养的具体内容。理解"无常"，深谙其道，从容对待，就显得风雅。当然，源氏所谓的"无常"，其本质是哀叹生命短暂，白驹过隙，希望在有生之年与自己心爱的女人亲密相处，死后也一莲托生。应该说，这才是《源氏物语》对"无常"的真正认识，也是平安时代一般人的"无常"意识。

生命之死是美的毁灭，毁灭是对迷恋生命的拒绝，是对死的平静接受，川端康成的作品善于将丑化为美，他终结自己生命的时候，也许认为毁灭本身也是一种美，是通往达观境界的寂静之美。他以自身的殉情为"无常"的审美意识画上句号。他直视残忍的眼睛直至最后都没有放过任何的丑，而自己临终之眼捕捉到的哪怕一丝清新之美，都是对一生面对丑陋的复仇，这是他心底的一种强韧力量。

他的《古都》是踏上寻找乡愁的旅途，而"乡愁"又会归结到日本传统文学美的发现。对于川端来说，文学创作就是人生的旅行。三岛由纪夫认为川端是一个永恒的行旅者，旅行是人生的象征，随时与死为伴，旅途的终点便是死亡。死之虚无才是他与生相交的媒介，这是一面照见自己灵魂的镜子，他从中发现了自己的孤儿根性。他是走到尽头了，又没有到达终点，还在继续所谓的"死后之旅"。因为他知道，"无言之死，便是无限之生"。芥川龙之介在《给一个旧友的手记》中说："所谓大自然之美，因为我临终之眼里映现出来之缘故。"川端康成在《临终之眼》中回忆芥川的这句话，他说"一个人无论怎样厌世，自杀不是开悟的办法"，并不赞同自我了结生命这种行为，正如他在《花未眠》中所说的那样："自然之美是无限的。……凌晨四点的海棠花，它的盛开着实可贵。我有时会自言自语道：如果是一朵艳丽的鲜花，那就尽情绽放吧！"然而，他还是选择了自我毁灭的美学，映照在临终之眼里的也许是空漠冷寂、幽艳颓靡之美吧。

这套书没有收入《睡美人》这篇重要作品，《睡美人》是《湖》与《一只胳膊》承前启后的作品，讲述老人与性的问题，其世界观、审美取向一脉相承。因为该文基本失去了人类对爱情、对情爱的理性思考，突破道德的约束，只剩下赤裸裸的色情和露骨变态的性欲，他的审美在这篇魔性的作品中趋向泯灭，他甚至从禽兽般的生态中发现生命力的源泉，可见川端的美学理念中也有如此极端的一面。

这套六卷本的川端康成文集将由现代出版社出版，选编书目时，我得到编辑朱文婷女士许多很好的建议，应该说涵盖了川端的全部代表作，并收入他的许多重要作品，体裁包括长篇小说、中篇小说、短篇小说、掌小说，以及散文、评论，由于篇幅所限，有一些重要作品未能收入，但总体上体现了川端文学的全貌。由于受新冠肺炎疫情影响，可能会比预定时间推迟一些时日与读者见面，希望大家喜欢，并就教于大方之家。

郑民钦

2022 年 4 月 28 日于福州

菖蒲澡

　　敬子把爪式翡翠戒指套进左手的无名指，仔细端详着。朝子对着她的后背说："妈妈，给钱。"

　　"去哪儿？"敬子依然欣赏着戒指。

　　"看高尔基的《在底层》，话剧。"

　　"《在底层》是话剧，这我知道。"

　　"连义宫先生都说，这剧看一遍不够……"

　　"哦？"

　　"一点开演，快来不及了。"

　　"多少钱？"

　　"给一千日元，行吗？"

　　"不行。给一半都够勉强的了。"

　　敬子这才转过身来。她四十三岁，风韵犹存。

　　朝子二十岁，身着深蓝色的裙式大衣，饰带紧束着婀娜细腰，神情略显严肃，似乎还带着几分不悦。

　　敬子从手提包里找出一张五百日元的钞票，一声不响地递给朝子。

　　朝子面无表情地接过来，连声"谢谢"也没有。她走到门外，留下一串不满的脚步声。

最近这一阵子，敬子只要一看到朝子不高兴，就像自己受到谴责似的心里难受。对朝子的哥哥清也是如此。现在只有对最小的弓子才能袒露母女之爱。

"啊，十二点了。"敬子伸手拧开收音机的开关，看着金壳坤表的长短针重叠到一起。收音机传来中午的报时声。

敬子从昨天晚上就开始对时间。这是最高级的百达翡丽表，分秒不差、准确无误。她心头一阵痛快。

翡翠七十万日元，百达翡丽表二十五万日元，这两样东西都等着买主。敬子是珠宝与钟表的中间商。

收音机播送完新闻，开始播放木琴独奏的比才的《卡门》。这时，敬子听见有人从二楼下来的沉重脚步声。她急忙把戒指和手表分别装进精致的小盒子里，再放进手提包，准备应付这脚步声。

昨天夜里，她和发出这脚步声的人闹了点别扭，所以现在不知道该如何应付他。

沉重的脚步声在走廊上停住了。

俊三在法兰绒睡衣外面套着绉绸棉袍，裹着腰带，他面对院里明媚的嫩叶若有所思地呆立着，后背显出潦倒落魄的样子，敬子不禁心酸难受。

"你喝茶吗？"敬子尽量保持平静自然的声音。

敬子的丈夫死于战场，她现在和岛木俊三住在一起。清和朝子是她与前夫的孩子，弓子是俊三带过来的，和敬子没有血缘关系。

俊三走到紫檀木桌前，无精打采地坐下来，可能是服用安眠药的缘故，脸色显得浮肿苍白。

"能不能把你放在二楼的东西搬下来？"

"什么？"

听到这突如其来的意外之言，敬子一下子没反应过来。

一号是五一劳动节，二号是星期天，三号是宪法颁布纪念日，今天又是端午节（男儿节），这几天连休。昨天，俊三很晚才从公司回来，醉醺醺地抱着敬子，嘴里却喊着分居的妻子的名字：

"京子……"

一阵尴尬不悦以后，俊三居然还要敬子拿这个家做抵押，给他筹一笔钱。这栋房子是敬子四五年前用自己的钱盖起来的。

"喝醉了吧？现在就剩这房子是咱们俩的指靠了。真到走投无路的时候，把房子租个好价钱或者开旅馆，还能对付着过日子。这些话我不是常常挂在嘴边吗？难道现在已经到这个关头了吗？"敬子说。

俊三的出版社由于资金周转不开，岌岌可危。他盘算着拿这个家做抵押，大概可以借到两百万日元，把这笔钱投进去能支撑一阵子吧。但敬子不想失去这个家。

清和朝子本来就对母亲和俊三的关系冷眼相待，要是现在敬子再向俊三示弱，这个家也许就会四分五裂。

"一个女人辛辛苦苦建造的家，难道你这个堂堂男子汉……太让人伤心了！"

"好，让你伤心。要是破产了，那时候你哭都来不及！"

敬子觉得俊三喝多了，不过还是提高了嗓门反驳。

这时，隔扇门打开了，弓子无精打采地嘟囔道："爸爸，别难为妈妈了。"争吵这才平息下来。

"弓子，谢谢你。你休息吧。"敬子的声音缓和下来。

但敬子到楼下的房间睡觉去了。他们同居以后还从来没有这样过。

最近这半年，俊三的出版社经营惨淡，他得了失眠症，脾气变得暴躁起来，成天板着脸，说话做事不合常理，也不给家里生活费。敬子只好让出了股票，珠宝与钟表的生意还不错，拿到佣金的时候，还给俊三生病的妻子寄医疗费。

敬子有能力养活自己，以前又做过不少买卖，所以当男人事业不顺的时候，她只有同情，绝不会抱怨责怪，也不会惊慌失措。

直到今晨，俊三气还没消，像把讨厌鬼驱逐出门一样，竟要敬子把衣柜等家具统统搬到楼下来。敬子不明白他心里到底打的什么主意。

敬子左手支着下巴，一双大眼睛看着俊三苍白的嘴唇，声调又变得冷静刻板起来。

"搬可以，只是一动大家具，到处都是灰尘，跟大扫除一样。还是你到楼下挑一个房间睡吧。"

"我不过想换换心情，要是这么麻烦就算了。"

俊三的表情像被打败的狗一样狼狈周章，他依然袖着手，六七年前那种男子汉的风度荡然无存。

敬子忽然站起来走到厨房，吩咐女佣给俊三准备早餐。

"今天的洗澡水里放菖蒲了吧？"她又问了一句。

这两三年，敬子养成了一个习惯，在外出之前一定要沐浴。

带着贵重的珠宝与手表走访身份地位与之匹配的人士时，要尽量让对方觉得她年轻美貌。这不仅出于女人的爱美之心，也是做买卖的一个窍门。要推销高价的戒指，自己先要显得气质不凡，不能缩手缩脚、小里小气，或者被对方的气势压倒。就连坐高级轿车出入也是敬子的用心良苦之处。

整个家里，就数浴室最讲究。敬子说是"考虑到将来改为旅馆"，其实是为了自己可以舒心惬意地修饰容貌。

透过齐腰高的玻璃窗可以看见隔壁宅院的树木，有点儿洗温泉的气氛。这是一种新式的煤气热水器，加热速度快。内藏热水器，在澡盆里拧动旋钮就可以开关煤气。

敬子打开扁柏木门，只见弓子泡在热水里正往肩上捽打菖蒲叶。

"哎呀，妈妈，你还没洗啊？"

"弓子，你正在洗啊？"

"哥哥姐姐都洗了，我以为你也早洗完了。"

能和敬子一起入浴，弓子显得很高兴。敬子也泡在热水里，心情又轻松起来。

弓子是上小学五年级的时候到这个家里来的，所以她不仅清楚地知道自己和敬子没有血缘关系，也明白正是这个女人从自己的生母手里夺走了爸爸。但现在弓子对敬子就像亲生母亲一样亲热，纯朴率真得令人觉得过于幼稚。

今年的母亲节快到了。去年的母亲节，把一束粉红色石竹花送给敬子的，不是亲生子女清和朝子，而是弓子。弓子平时叫她"妈妈"，只有那一天叫她"母亲"。敬子感动得热泪盈眶，说不出话来。

弓子的母亲怀孕时得了肺病，可能是分娩使病情恶化，因此弓子从小由奶奶抚养，后来母亲住院治疗。不久父亲应征入伍，奶奶一死，弓子只好东家西家地寄居。

父亲和敬子住到一起以后，弓子才算在一个家庭里稳定下来，也许是她第一次这样安心平静地生活，甚至感到幸福。敬子也移情于弓子，而弓子一切都依赖敬子。

敬子的两个亲生子女似乎从一开始就对弓子的娇丽美貌惊羡不已，对母亲和弓子的亲情并不忌妒，只是觉得不可思议。

弓子依然泡在热水里。

"妈妈，菖蒲长虫了。"

"什么虫？"

"你看。"

"在哪里……什么呀，弓子，这是菖蒲的花。"

敬子拾起淡黄色的穗状小花，逗弄弓子的耳朵。弓子的耳垂丰厚可爱。

"啊……别……别……妈妈。"

"这是花呀。"

"菖蒲的花不是紫色和白色的吗？绘画、和服的图案上都有的那种大花……"

"你说的是菖兰和溪荪，叶和茎都没这么香。这种菖蒲还可以提取香料呢。"

"我不喜欢这种香味。是不是因为我小时候没洗过菖蒲澡？"弓子若有所思地说，"妈妈你每年都洗柚子澡和菖蒲澡吧？"

"早些时候住在平民区，一到端午节，家家户户的屋顶上都悬挂着菖蒲和艾蒿。女人就用这些叶子扎头发，说是可以辟邪。"

"辟什么邪？"

"恶魔不会附身。我也给你扎上吧。"

弓子的头发乌黑丰厚、润泽平顺，如果烫发把头发卷曲起来，真觉得可惜。她一束高高的抓髻，系一条自己喜欢的绸带。这种梳法是敬子的主意，很适合弓子。

"用菖蒲叶这么一扎，就像日本古代故事里的贵族小姐。"敬子出神地端详着弓子，"虽然系绸带具有异国情调……"

弓子从浴盆里出来，正擦拭身上的水珠。敬子看着她细腻白嫩的玉体，尽管自己是女人，也还是不由得心荡神迷。算起来，弓子今年虚岁十九，适逢本命年，她如今已经出落成一个婷婷少女了。

弓子在阅读报刊上关于变性手术的报道。有一天，她若无其事地笑着说："我已经是一个成熟的女人了，实在遗憾……"

敬子也笑着敷衍道："这可没法子。"

敬子心想，弓子只有那张嘴长得像父亲，炯炯有神的眼睛、修长美丽的发际，还有耳朵的形状，大概都像母亲。虽然素未谋面，但从弓子的脸蛋可以窥见俊三妻子的几分姿色。

听说病了十五六年的俊三妻子最近痊愈了。敬子觉得，即使让俊三回到妻子身边，也不能放弓子走，她对弓子有一种不可名状的执着感情。

"你自己不是有两个很好的孩子吗？"俊三的妻子大概会这么说，"我有病，不能再生了。就是因为生弓子，我才在病床上躺了十五年。"

敬子将以何言相对呢？只好听凭弓子的意愿。她会选择自己吗？但愿如此。

弓子在浴室门外说："妈妈，你早点回来。"她好像在镜子前面。

"你今天看家吗？"

"哥哥说带我去看电影。"

"清在家吗？"

"穿着木屐出去了，就在附近吧。"

岛木俊三对孩子们从来不闻不问。自己的孩子跟敬子亲热，敬子的孩子对自己疏远，他似乎都无所谓。

在双方各带孩子重组的家庭中，俊三这种漠不关心的态度反倒合适。父亲撒手不管，弓子就更与敬子亲近起来。

敬子现在还记得，她在电车站台上开店的时候，俊三就像寄放小猫似的把弓子扔在她的店里，让她感到非常吃惊。

那大概是昭和二十三年[①]的事。

敬子的小卖店开设在环行电车山手线的站台上，生意十分红火。站在半圆形店铺里的敬子手脚不停，应接不暇，都顾不上看一眼顾客的模样和穿着。

"危险，请等下一趟电车。危险！危险！危险！"电车每次进站，站务员都要对在车门口拥挤推搡的乘客大声叫嚷。

一位复员兵对敬子说："大婶，给我一个橘子。"

敬子对被称呼为"大婶"不满意，但毕竟已不是"小姐"的岁数了。

四月末，天气骤然变热，人们微汗津津，橘子很好卖。复员兵的头发和肩膀像洒了 DDT[②] 一样白花花一片。

"从哪儿来的？"敬子问。

---

① 公元 1948 年。
② DDT，有机氯类杀虫剂，为白色晶体。

"上海。从佐世保……"

"嗯。"敬子一边应了一声，一边忙于售货。她麻利地把巧克力放在小孩从柜台底下伸过来的小手里，把香烟和火柴递给中年男人，把两袋甜豆交给腰间束着红皮带、抹着比皮带更艳的口红的姑娘。

"请问，世田谷的东松原被烧了吗？"复员兵问。

"没有。那一带好像没事。"

"谢谢。"

复员兵背着沉重的背包，独自一人，看来没人来接他。敬子不禁想起死在战场上的丈夫。

敬子打开身后一米见方的货柜盖，钞票像一堆树叶一样散乱地放在里面。她把售货款放在手边的纸盒里，装满后就倒进货柜。这个货柜成了"广告牌"，上面贴满电影、自行车赛、旅行等形形色色的广告。

敬子的丈夫是个老实巴交的铁路职工，她从没见过这么多钱。然而现在钱也花得厉害。

"怎么铁路工人就不罢工？不然真活不下去了。"敬子嘟囔着，非但不苦恼，反而觉得好玩。

小卖店晚上九点关门。九点以后，热闹嘈杂的站台变得冷冷清清。

"白井太太。"敬子正在整理货架，听见有人叫她。

是俊三。他提着小旅行包，带着弓子。

"啊，小姑娘，是跟爸爸一起去旅行吗？"敬子快活地说，可爱的弓子却伤心地避开她的目光。

俊三鼻梁高挺的端正脸庞忽然附在敬子的耳边，低声说："来电报了，这孩子的妈妈病危。我现在马上就得赶过去。我觉得把孩子带去怪可怜的，对她反而是个刺激。"

"可必须把她带去啊……"

"十之八九没救了。医院又在山上，冷得很，我不忍心看孩子在那儿伤心痛哭。"

敬子轻声说:"可是她妈妈的……"

"你是说在母亲临死前要让女儿见一面吗?她母亲现在瘦得皮包骨头,脸形都变样了,还是不见为好。这也是为了孩子的将来。我把弓子暂时寄放在你这儿,行吗?"

敬子不知如何是好,他们之间的关系还没亲密到可以照料对方孩子的程度。

"我现在先到姐姐家,叫她一起去。我怕姐姐啰唆让我带孩子去,所以才来求你。"

这时忽然停电了,车站里一片黑暗。

"最多也就三天。弓子和你的孩子认识,就让他们一起玩好了。"

敬子在黑暗中回答:"我一天到晚不在家,照顾不上。如果你不介意的话……"

"谢谢你。"说完,俊三轻快地跨进电车。

那一年的正月底,一个雪夜,俊三醉醺醺地来到敬子的小卖店前,抓着柜台,满嘴喷着酒气:"你知道吗?我连小车都没坐,乘电车直奔这儿来,就因为想看看你。"然后他摇摇晃晃地上了天桥。敬子从他的背影中看出了一种孤寂。

不记得是星期六还是星期天,敬子的孩子到小卖店来,刚好碰上俊三带着弓子也来到这儿。

敬子让似乎被父亲遗弃一样的弓子从狗洞般的小门进去,坐在草席边上。弓子用好奇的眼光一动不动地盯着敬子的手麻利地抓起落叶般堆积的钞票。

"你家里没其他人吗?"敬子问。

"有老阿姨。可老阿姨说家里有病人,也回去了,后来就来了电报。"弓子的小白牙咬着下唇,一副苦恼伤感的样子。

弓子那惹人怜爱的模样,敬子至今记忆犹新。一晃六七年过去了。俊三今非昔比,弓子也出落成如花似玉的大姑娘了。

"弓子这么漂亮，是我一手精心栽培的。"敬子边想边把浮在洗澡水上的菖蒲叶拢在一起，捞出来扔在浴室的角落里。

一会儿俊三要洗澡，他嫌菖蒲叶碍手碍脚，自己又处理不了，总是叫别人帮忙捞起来。俊三就是这么个人。

敬子用浴巾裹着身子，坐在梳妆台前。她心情轻松得想抽一支烟。

敬子的化妆细致入微。洗澡之前，先用冷霜抹脸，然后在洗澡水的热气蒸熏下做脸部按摩。用纱布把冷霜擦干净后，再用冷水洗脸。这样能收紧脸部皮肤，妆容就不会脱落。洗完澡坐在镜子前面，她先用脱脂棉蘸满化妆水细细地擦一遍脸，再抹一层薄薄的粉霜，用小指尖把胭脂和口红均匀地晕开，然后用粉扑轻轻抚按。再用纱布把眉毛和嘴唇周围擦一遍，最后用掌心把化妆水匀脸上。

"你的皮肤又白又嫩"——一听人这样赞美，她就满心高兴，因为这有她引以为豪的中年女性化妆的秘诀。

粉霜和胭脂都必须均匀地融进肌肤，若有似无，淡雅清秀。那种脂粉厚重、浓妆艳抹的中年女人实在俗不可耐。

"本想把自己打扮得年轻点，可弄得不好，会越打扮越老。千万不能掉以轻心啊……"

脸部化妆完毕以后，就用尼龙梳梳理几十遍略呈波浪形的短发，修出满意的发型。

"嗯？"

敬子拿梳子的手忽然停住不动，她发现镜子里的头发缝儿里立着一根白发，大吃一惊。

"少白头。今天有好事。"敬子自言自语，但还是决定把它拔掉。

白发又短又粗，老是从她的手指间滑掉，拔不下来。

"真可悲。"敬子只好作罢，打算一会儿叫弓子帮忙拔掉。

敬子站起来，穿上紧身衣、乳罩、衬裙、镶花边双绉衬衣，然后在肩头和胳膊外侧喷上法国香奈儿香水。

"你看像多大岁数？"敬子问镜中的女人。

浴室的门打开一条细缝，弓子小心翼翼地探着头："妈妈。"

"啊，是弓子。有一根白头发，你给我拔下来。就一根。"

弓子走进来。敬子的脑袋低垂到她胸前。弓子的手指莫名其妙地颤抖起来，似乎不像平时那样灵巧利落。

"呀，疼！"敬子皱着眉头。

"对不起，妈妈，连黑头发也一起拔下来了。"

"瞎胡闹。"

"妈妈……"

"好了好了。"敬子抬起头，"怎么啦？你的手发抖，脸色也不好……来了？"敬子也显得紧张。

"在客厅里……"

敬子脑袋一转，说："弓子，你把我的黑洋装、紫外套和长筒袜拿来。还有，手提包放在和式客厅的收音机旁边。还有手套，尼龙的白手套。对了，你把仿麂皮皮鞋拿到后门去。"

"俊三的妻子来了。为什么我要让弓子把鞋拿到后门去？为什么我还要从后门出去？这难道不是我的家吗？"敬子正想轻松地瞧瞧自己的笑脸，却看见镜中弓子僵硬的表情。

"妈妈。"

"瞧你这没出息样儿！我还是不在这儿好。本来我就要出去的，跟人约好了……"

"妈妈。"弓子似乎纠缠不放。

"回来再谈。让我走。还是你要我留在家里？"敬子像躲避什么危险的东西似的。弓子摇摇头。

"弓子，妈妈不要紧的。"

不要紧什么？俊三妻子的出现对敬子来说无异于突然袭击。她也想过这一天迟早要来，但没想到会是今天。

当俊三把弓子留在她的小卖店里时，敬子心里就嘀咕，他干吗把女儿放在我这儿？要是弓子的母亲死了怎么办？她觉得很为难。

六七年前那个时候，京子的病情非常糟糕。敬子听俊三说过，京子的病久治不愈，她的亲属好几次劝俊三先和京子解除夫妻关系，待京子病好了，如果那时候俊三还是独身，再复婚。

"可是，现在她病情还不见好呀。到那时候……"敬子担心地说。

"是呀。说起来这样太狠心。"俊三回答说，"人要是长年卧病，就好像忘记了年龄，回到童年时代，她净对我撒娇，还天真得很。"

"真让人羡慕。在这个动荡不安的社会里，能在宁静的山间像小孩子一样天真烂漫地休养，真是幸福。"

"是吗？"

"这种病人，我也想当一回。"

"你想代替京子吗？"俊三笑着说。

"随时都想替代。"敬子也笑了。

这是在战败后充满险风恶浪的社会里历尽劫难的人的笑声。在动荡混乱的岁月里，似乎只有胆大包天又运气极好的人才能翻身发迹。

将卧病的妻子留在山上、自己带着幼女咬着牙逞强硬挺着的男人，敬子同情他，同时也感受到了他的男性魅力。

敬子是到俊三的公司采购杂志的时候和他认识的。就像从黑市贩子手里倒卖美国水果糖一样，她亲自跑到杂志社，直接谈判。俊三的通俗杂志内容低级庸俗，但销路很好。

"不管怎样，只要印成铅字就行。大家没东西看，饥不择食，我的速度比黑市买卖纸张还快。"俊三说。

战争刚刚结束，敬子带着两个孩子，日子过不下去。死在战场上的丈夫的同事给她出主意，在车站开一间小卖店。国营铁路的小卖店不是什么人都可以开的，那是救济阵亡的铁路职工的家属和生活困难的退休职工的一种办法。

但是，敬子的小卖店开张的时候，车站和城市还是一片废墟，工人的月工资只有一百五十日元。车站三个站口都有小卖店，从正常渠道进的货少得可怜，大都是从黑市进货，收入归自己，铁路方面也睁一只眼闭一只眼。

敬子的小卖店生意最好。一本名叫《新生》的活页小册子从印刷厂一拉来，还没来得及折叠，几千份就卖光了。属于弘济会配额的五十份杂志也立即脱销。所以敬子跑到俊三的出版社去要杂志。

有一阵子净是十日元的小钱，敬子把收的钱随手扔进空糖果纸箱里，一会儿就满了。到晚上九点关门的时候，身后一米见方的货柜满满的尽是钞票。

昭和二十三年的一天，俊三到小卖店来。

"看你无精打采的，累了吧？"俊三说。

"看出来了？其实这个店也差不多该放手了。"

"怎么啦？不是生意挺火的吗？"

"好像要改成工资制，说是每月两千日元，跟现在一天的营业额差不多。把多卖多得的方式改成铁路方面统一直接经营。"

"那就没什么干头了。换个买卖吧，我也想想法子。"

"嗯。我想搞珠宝……"

"珠宝？"

"我娘家以前在繁华地带做贵金属生意。我做学生的时候，父亲教过我用放大镜鉴定宝石有没有瑕疵。最近好像旧珠宝和走私钟表也很火……"

"哦？你弄珠宝，要是娘家的人能帮你一把，就有把握多了。"

"不行啊，娘家的房子在空袭中全被烧毁了。"

"哦。"俊三盯着敬子。

不久，当敬子关闭小卖店、开始买地盖房的时候，她就离不开俊三了。

俊三给敬子的女儿朝子买来钢琴，还修了车库，放进一辆小汽车。

大门上钉着两个姓名牌。

"我做买卖也需要姓名牌。"敬子坚持己见，其实她心底潜藏着"这是我的家"的意识。

就这样，他们住到一起了。阔别十几二十年的亲戚朋友左一声"平安无事呀"右一声"生意兴隆呀"，一个接一个纷纷前来探望，热热闹闹，日子过得很是舒畅愉快。

那五六年里，俊三的妻子远在山上疗养，病情时好时坏。

"我的事，你还没跟京子说吧？"

"怕影响她的病情。"

"京子身体好了以后，我也想见见她。"

从俊三的话里可以想象，京子对丈夫一心一意地信任依赖，所以俊三也不好把真相告诉她。

"京子大概以为我是个热心肠的女房东吧？"敬子说。

父母这样的生活给弓子这个少女造成了什么样的影响呢？弓子很乐意给同学写信，却不大愿意给山上的母亲去信。

俊三被借贷利息、兑付期票逼得焦头烂额，不要说生活费，连零花钱都紧巴巴的时候，敬子一直给京子寄疗养费。敬子的孩子们觉察出来，心里都不痛快。特别是朝子，觉得妈妈净干大傻事。

"别跟病人计较嘛。我省下这些钱，结果她死了，又会怎么样？"敬子嘴里这么说，心里也有赎罪的意思，但更多的是考虑将来有一天见到京子，自己说话时腰杆也硬一些。

可是，现在连敬子都怀疑自己给京子寄钱是不是出于对俊三真诚的爱情。她对俊三感到失望。

"我的父亲也是这样，东京人稍不顺心，就顶不住，趴下了。在外面对人客客气气的，一回到家里就孤僻得很，谁也不搭理，让家里人跟着难受。我知道你每天张罗钱心烦，可在家里愁眉苦脸的，清和朝子也心情不舒畅，对孩子没好处。"敬子抱怨俊三，"我对你的孩子好，你对我的孩子也要好……"

"你和弓子关系不正常。"

"你的做法是挑拨我和清、朝子的关系。"

"女人真小心眼儿。就是因为你把弓子拉过去了。"

敬子和俊三曾经这样口角过。

去年秋天，京子病情有了起色，就从山上的疗养院转到气候温暖的热海，这样敬子寄给她的钱又增多了。钱是一回事，更重要的是热海离东京近，这让敬子惴惴不安。

这一天终于来了。

弓子先转到后门，手里提着敬子的黑鞋。敬子从弓子手里接过鞋子，才发现她在悄悄流泪。

"弓子，没什么可哭的。你什么都不要想。"

敬子从她头上取下系在头发上的菖蒲叶。

"对了，弓子，我给你看过班内特做的这一对鸳鸯表吗？鸳鸯表，就是夫妇各戴一只……"敬子从手提包里拿出手表，"约翰·班内特爵士是乔治五世时期的钟表匠，被封为爵士。百达翡丽现在还能做，听说班内特已经做不了了。班内特的鸳鸯表非常珍贵，古色古香，很高雅，可能现在都还是抢手货……"

说是给弓子看，其实也没让她细看。

"进去吧。"敬子轻轻推着弓子的后背。

珠宝和母亲

敬子从草坪上种着无花果树的后院绕到门口。邻居家的鲤鱼旗在空中呼啦呼啦地随风飘动，也让她心惊胆战。

出了门便是陡峭的下坡路，两边是深宅大院，院墙里绿树葳蕤。在东京市内实在是闹中取静的幽雅去处。

买地盖房的时候，曾经和俊三到这一带来过，敬子看中了这儿："我喜欢这陡坡，就像从小山或者森林中出来进城的感觉。"

下大雨的日子，雨水顺着墙根的小沟急速奔流，哗哗的水声也愉快悦耳。

但是，不开车以后，俊三爬这道坡就显得吃力了。

"安眠药吃多了，心脏虚弱，又是喝完酒回家的。我爬坡刚好可以活动活动手脚。"敬子看得实在着急，终于忍不住说道。

她心想，要是自己上这道坡觉得腿脚发沉，那就完了。她把上坡时腿脚轻松还是沉重，当作检测当天身心健康的方式。

现在下坡，她脚下似乎有踩空的感觉。

"挺着点！是鲤鱼旗的声音，看把你吓得……"敬子抬头看着鲤鱼旗，使劲往下走。

下了坡便是大马路，敬子拦了一辆出租车。要是平时，她会挑车，但今天赶时间，就顾不得了。

"走麴町二条街。开快点！"

她今天第一次见面的这个田部是银座草野珠宝店的主顾。敬子以草野珠宝店店员的名义登门拜访。

"开始他经营小餐馆，一下子发了，现在开了好几家餐馆，生意火得很。他是战后少有的暴发户，还很年轻呢。这才是财神爷，别看政治家、实业家派头十足，其实没现钱，买东西还讨价还价、分期付款。像田部这样每天都有进项的，手头阔绰，掏钱也痛快。不能放过他。"

这样的话，敬子不听也知道。

做珠宝买卖，表面上进进出出的金额很大，其实没多大赚头。钻石也好，翡翠也好，质量高低、有无瑕疵、大小形状、成色如何，都要经过严格鉴定。在业内有一种收购价的规矩，比如说一克拉钻石的收购价为二十八万日元，售价就定在五十万日元上下。

敬子自己不进货，委托代销，只能拿点回扣，毕竟有限。而且好珠宝不可能常有，做买卖的，运气好时上天保佑，能捞一大笔。但买主也不多，有时候资金就周转不开。

敬子从经营小卖店转为珠宝商，不说为时太晚，也是稍稍慢了点。战败初期，皇亲贵族和财主富翁惊慌失措，不管好坏，像卖破烂一样统统往外甩，到她那一阵子差不多平息下来了。

"你在车站挣大钱的时候，珠宝市场暴跌，一片混乱，还有土地什么的都不值钱。"有人对敬子这么说。

但是钟表的买主比珠宝多，这方面的收入确实有保障。敬子在钟表上投入了个人资金。她向同行便宜购进走私来的百达翡丽表，又从古董旧货摊上买到班内特表。当翡翠卖不出去的时候，她就推销自己的手表，心想百达翡丽表要是能卖二十五万日元，收入就相当可观。

当餐馆老板娘到店里来，顾客盯着她的手表问"这是什么牌子的"的时候，就说"百达翡丽"——暴发户的老板一定会让太太这样自豪地回答的虚荣心。敬子打算从这儿入手说动他。气质高雅的高级表也许反而好销。

班内特的鸳鸯表具有古雅气派的贵族情韵。如果敬子对俊三还是原来那样感情深笃，这对鸳鸯表就一人各持一块。但是现在她都不知会一声就拿出来卖了。

这对鸳鸯表就像结婚戒指一样，必须成双配对。敬子忽然渴望有这么一个称心如意的人。

"要不就这么带在身上，也不往外卖。嗨，我真是个寡情又多情的女人……"敬子茫然地胡思乱想着。

车子一会儿上坡一会儿下坡，穿过街道沿着护城河驶去。路旁的柳树和银杏新叶娇嫩，对岸皇居的堤坝上绿草如茵，赏心悦目。

司机一边放慢车速一边问道："在哪儿下？"

"行了，就这儿吧。我也是第一次来，下车找吧。"

敬子战前住在平民区，从来没来过麴町高级住宅区。但这一带也被炸成了一片废墟，现在多是简陋寒酸的小房子。昔日的麴町如烟似梦。大概有的人疏散在外地还没回来，也有的人迁到郊区去了。

只打听一次，就立刻找到了田部家。当敬子站在田部家门口时，却怀疑是不是找错了门。

这是一栋典型的洋房，草坪比外面的道路大概高出三级台阶，上面安装着低矮的金属丝网篱笆，篱笆上错落有致地缠绕着爬蔓蔷薇，探出许许多多白里透黄的小花蕾沐浴着五月温暖的阳光。从路上可以望见整个房子，那风格情调在外国杂志的彩色照片上似曾相识。

"这田部莫非是美国籍日本人，或是取日本姓名的外国人……"敬子心里嘀咕着，摁下门铃。

门拉开了，一个男人惊讶地"啊"了一声。

"您就是田部先生吗？"敬子也大吃一惊。

"白井……真是稀客。"

"没想到您就是田部先生。"

这个田部就是敬子在车站开小卖店时，一直给她送美国糖果的黑市倒爷。他复员以后，跟在战争中失去亲人无依无靠的擦皮鞋姑娘一起生活。有一天他告诉敬子说生了个孩子，从此两人再没见过面。

田部亲切地说："有六年没见了吧。不，七年了。"

"您发财了，了不起。真叫人吃惊。"敬子穿着鞋踩过淡红透灰的地毯，走进亮堂堂的客厅。

"几年没见了，跟您孩子的岁数一样。"

"对，对。那时候受到你的关照。"

田部告诉敬子，现在还和那个擦皮鞋的女人住在一起。敬子心头淌过一股暖流，坐在低腿椅子上。

田部叫来妻子，回头对妻子说："你也记得吧？"接着向敬子介绍说，"这是内人。"

田部的妻子亲切地微笑着说："那个车站小卖店的……"

敬子对这个白皙瘦小、表情温和的女人没有印象。

"是的。"敬子客气地回答，"做梦也没想到，田部先生原来是老相识。"

"人生奇遇啊。"田部说。

"您钱一多，都胖得快认不出来了。"

田部像女人一样笑起来："那个时候，我们真羡慕你有一家店铺。赚了不少吧？"

"没多少。后来……"敬子嗫嚅着，"做珠宝生意和在车站卖东西不一样。"

"珠宝？那你在草野的店里工作啦？"

一个小伙子坐在客厅里，专心致志地画素描。

"嗯，也不止草野这一家。我父亲以前就干这一行，认识不少朋友的店铺……不过，今天是为草野的店登门拜访的。"

敬子从手提包里拿出珠宝和手表，摊放在田部的妻子面前。她对东西不多说什么，点燃一支香烟慢慢地抽着。

像嫩叶凝露般翠绿澄碧的玉石在田部妻子的掌上闪闪发光。

"好翡翠。"

买翡翠的就是她吗？一个先前擦皮鞋的姑娘要买这价值七十万日元的翡翠吗？敬子觉得她不配，有点儿不可思议。但一想到她也和自己一样在战争期间苦撑苦熬过来，又觉得她应该拥有这美丽的宝石。

"比一克拉的钻石还要贵吧？"田部的妻子说。这时，一直背对这边画画的年轻人放下手中的笔，回过头来。敬子觉得这个年轻人有点儿面熟。

"你过来。"田部招呼年轻人，"这是我弟弟昭男。这是白井，我做黑市买卖时的老主顾。"他简单地介绍道。

"您的弟弟？"敬子惊讶地问。

"认识吗？"

"嗯。"

敬子清楚地记得这一幕幕：白大褂、白口罩、天真纯朴的青年的眼睛，还有用手术剪从肚子里挑出弓子完全化脓了的阑尾。

"是医生吗？"

"是。"

"前年刚好这个时候，在柿本医院见过。有个女孩子得了急性盲肠炎……"

"呀，对了。那时我在当助理医生。想起来了。那病人长得很可爱，很调皮，是个优育儿。"

弓子的病历上写着十五岁，进行术前准备的院长见她身体发育良好，说这是个"优育儿"，于是医院的人们都叫她"优育儿"。

"亏得你们精心治疗，现在照样是'优育儿'。"

敬子想起刚才出门前推着弓子的后背让她去见生母的情景。似乎为了排遣这种心情，她改口问田部："您戴的是什么表？"

"欧米茄。快三年了，走得太准，没意思。"

田部看妻子把翡翠戒指戴在手指上左右端详着，说道："真不错。满意了吧？"

"不错是不错，翡翠和戒托的式样都很好，可我想要稍稍小一点的，还是这种色调，四五十万日元的价格。你还有别的吗？"

"看了这颗翡翠，其他的就看不上眼了。今天没带来。以后如果有您想要的，我再送来。"

最后，田部还是开了两张支票。他把百达翡丽表也拿走了。

想到在脏兮兮的巷口弯腰俯背，在别人的脚上擦皮鞋的姑娘竟然买走了翡翠和百达翡丽表，敬子不禁热泪盈眶，低头喝着橘子汁。

她只让田部将翡翠那张支票开成划线支票①。

"你还是那么年轻。"田部看着敬子，"好像时光倒流，有什么秘诀没有？"

"哪里哪里。哪比得上您事业的成功呀。"

"成功了吗？嘿，就算成功吧。像我这样在南方战场上随时都可能挨枪子，后来又整天受到病死、饿死、自杀威胁的人获得成功，心情跟以前的暴发户可不一样。你说呢？"

"嗯……"

田部说要到自己开的四家餐馆去转一转，如果敬子去银座，可以顺便坐他的车去。

田部夫妇一进房间换衣服，昭男就对着画板继续画他的素描。敬子站起来，走过去想看他的画。昭男正对着睡在靠垫上的猫写生。

"喜欢吗？"敬子问。

"是说猫吗？"

"不，是说画画……"

"说不上，画着玩。"

"不在那家医院工作了吗？"

"还在。今天休息。"

敬子从手提包里取出一张名片递给他。

"什么时候路过，顺便进来坐坐。"

敬子的名片夹在珠宝商行的简介里，昭男接过去，很自然地看了几眼《珠宝的魅力》的说明：

　　据说珠宝不是买得到的，真正的珠宝应该是亲朋好友

---

①划线支票是在支票正面画两道平行线的支票，以区别于一般支票。一般支票既可通过银行办理转账收款，也可由持票人自行提取现金。而划线支票只能委托银行转账收款，不允许提取现款。其目的在于保障出票人和持票人的资金安全。

馈赠的。如果您给您的夫人、女儿、朋友赠送戒指、耳环、项链等礼品，没有比珠宝更美丽的了。但是，您千万不要忘记，手指圆润丰满的人适合浑圆硕大的宝石，手指纤细白皙的人适合小巧玲珑的绿翠……甚至连一个普普通通的饰针、垂饰，都可以让您秀美的姿容锦上添花、鲜妍光艳。珠宝具有独特的魅力，无与伦比。

说明还没看完，昭男抬起头来说："我恐怕与珠宝无缘。"

"别这么说，什么时候要送人礼品，我给您当参谋。"

"我能看到那些美丽的东西，当然也高兴。"

敬子看着昭男白净的手指，心想什么样的宝石最适合他戴。

"令爱也出落得很漂亮了吧？"昭男说。

"啊。"

田部说昭男是他的弟弟，敬子总觉得有点儿蹊跷，他又不像田部的小舅子，当然也不好冒昧打听。这样一来，敬子觉得有的话不好说。

"要知道今天能在这儿见到您，我就把弓子带来了。"

敬子嘴里这么说，心里也真这么想，倒不是为了让她见这个当年的助理医师，而是不想让她见从热海来的亲妈。

敬子打算到银座后给弓子打电话问问家里的情况。她正在做什么呢？敬子想象不出弓子和生母见面的情景，心里不踏实，觉得着急。

——此刻，弓子正在厨房为母亲准备午饭。

敬子已经吩咐女佣把弓子父亲的早饭和母亲的午饭合在一起，然后才出门。所以，弓子准备父亲的早饭时，也就连带着给母亲做了午饭。

弓子好像听见父亲叫她，一边答应着一边从坐在和式客厅里的母亲身后走过，往西式房间探头看了看。父亲没在里面。也许是错觉，父亲并没有叫自己。桌子上散乱着摊开的纸包。

弓子把门开得大一点儿，一看就说："哎呀，爸爸，您怎么啦？"

俊三穿着室内穿的宽袖便袍躺在长沙发上，一份报纸像尖屋顶一样盖着脸。

"爸爸！"弓子几乎要叫出来，但她压低嗓门。

"嗯。"俊三在报纸下面无精打采地回答。

这是怎么回事？好容易跟母亲见面，怎么这样衣冠不整、邋邋遢遢，还没待一会儿就躲起来了？也不知道母亲什么时候坐到和式客厅里的。两人刚刚见面，没说几句话，就分开待在两个房间里。

弓子没想到父亲是这副模样，觉得很难为情。可她一想到现在最尴尬为难的是父亲，刚才送妈妈出门时那种浓烈难忍的悲伤又涌上心头。

"爸爸，您是不是哪儿不舒服？"

"早饭前一有点儿什么事，脑袋就发晕。"他这是安眠药的劲儿还没过。

弓子默默地回到厨房，父亲的不幸仿佛历历在目，看得真真切切。

女佣芙美子正在厨房里剥蚕豆，她说："夫人说蒸五杯米的饭，可是客人在这儿吃饭，恐怕不够吧？"

加上清和女佣，一共五个人吃饭，弓子不知道这个量够不够。再说，母亲事先也不打招呼，十二点多忽然上门来，就要在这个家里吃饭，未免太过分了。虽然差不多十几年没这样和父母一起吃顿团圆饭了，可弓子心里还是觉得不安、孤独。

弓子忽然听见收音机在播放经济新闻。其实敬子出门以后，收音机一直开着。播音员快速地不停念着股票价格。

弓子在小碟里盛了一点儿蛋花汤尝了尝，觉得有点儿咸。在这个家里，大家都喜欢清淡的口味。

朝子姐姐对厨房毫无兴趣，点煤气都不乐意。火柴一划，火焰呼的一声喷蹿出来。她说害怕那声音。敬子做饭的时候，常常叫弓子调味，还带着她去听制作点心的讲座。

母亲吃惯了医院的饭菜，口味变成什么样了呢？

弓子小时候常听说母亲跟小孩一样，今天母亲给她的印象的确有这种感觉，不过总觉得有点儿别扭。

清回来一趟，看家里有客人，又不声不响地走了。

敬子临走吩咐说今天的菜谱是盐水煮蚕豆、鸭儿芹蛋花汤、鸡丝鲜笋饭。弓子略一犹豫，把三个人的饭端到餐厅的白色餐桌上，然后去叫父母亲吃饭。

父亲正在内厅换外出的衣服，而母亲躺在客厅的长沙发上，和父亲刚才的姿势一模一样。她一见弓子进来，连忙坐起来，说："累了。这个家总觉得让人定不下心来。你爸爸住哪个房间啊？"

弓子无法回答。

"这钢琴是谁的？"

"不是我的。"

"东京站的八重洲变化太大了，真没想到。商店街焕然一新，各种东西应有尽有。我成了地地道道的乡巴佬了。"母亲说，"弓子，这个送给你，算不上什么稀罕的东西……"

母亲送给弓子一个红白相间、花盆形状的尼龙手提包。

弓子一边觉得似乎不该要一边伸手接过来。

"是在商店街买的吗？"

买这手提包还不是花妈妈的钱吗？

"我住在东京，还不知道有商店街。"弓子又说。

"是吗？我和热海的朋友一起来东京，在商店街买东西，还吃过草莓松饼呢。"

弓子只是微微点点头。

"院子里的花好漂亮。郁金香和水仙花都要挖球根了。这么多蔷薇，开起来一定可香了。谁来照料这些花花草草，是房东大婶吧？"

弓子觉得头昏脑涨，心烦气躁，有一种莫名其妙、无法排遣又难以言状的气恼。

"爸爸也照料。"

"啊，你爸爸他也照料？他不是对花连正眼也不瞧一眼吗？弓子，我这次来东京，打算待两三天，看看身体恢复得怎么样。其实已经完全好了，你爸爸还不让我来，真狠心。"

"……"

"听说你爸爸工作不顺心，是吗？"

"……"

"我一个人回去觉得寂寞，弓子你陪我回热海吧。"

"我明天要上学。"

"歇一天怎么啦……"

"不上学要扣学分的。"

"学分？什么叫学分？"

"国语和英语各五个学分，音乐和体育各三个学分，一个学期必须取得三十二个学分。考试得五学分。如果缺课，就要扣半个学分。"

"以前的女子初中都没有学分什么的。"

"我上高中了。"

"啊，弓子已经上高中了。"

京子双手的手指头按在眉间，手掌捂着脸，那动作看似悲从中来，双手又像玩捉迷藏游戏的儿童那般天真柔和。弓子吃惊地看着她。这时，父亲走出来站在弓子身后，他把胡子刮得干干净净，穿着茶色西服。

"我要出去。弓子，你也一起去好吗？"父亲看了看手表，一副坐立不安、匆匆忙忙的样子。弓子知道父亲想让母亲立即回去，不愿意让自己陪着母亲才出此下策的。

"饿了，吃饭吧。身体一好，食欲大增。这可怎么办？"京子起身跟弓子并肩站着，瞟了一眼弓子的脑袋，说："哎呀，长得比我还高了。"

母亲和父亲隔着餐桌相对而坐。母亲坐的位置平时是敬子坐的。

弓子准备给他们添饭，就把干蒸锅放在自己手边。京子一直好奇地看着烤炉兼蒸锅两用的洋式饭锅。她是俊三的妻子、弓子的母亲，但这自欺欺人式的见面实在叫人别扭，干蒸锅的话题可以多少缓和一些尴尬的气氛。

"是不是用这种锅蒸饭才这么香？"京子又端起干蒸锅仔细端详，"东京家家户户都用这个吗？"

"也不是。"俊三嘟囔了一句。

"我也觉得不是。这个姓白井的夫人相当赶时髦吗？"

弓子低头不语，父亲也没有回答。

敬子喜欢新产品，这是她参加烹调讲座时看到的，当场就买回来了。

"白井夫人是有两个孩子吗？好像比弓子还大，是吗？"

弓子轻轻点头。

"白井夫人一家子今天都出去了？真幸运——这么说有点儿不近人情，不过我们可以在一起吃顿团圆饭，我真高兴。"

也许京子说得天真无邪，听起来却像在讽刺挖苦。

"医院的饭菜和家里的饭菜味道就是不一样。我有多少年没吃过家里的饭了？味道都忘了。"

整整一顿饭，京子的嘴都没停，讲着疗养院的各种琐事见闻，东拉西扯，把俊三和弓子都不认识的那些人一个个提出来，像他们的老熟人似的谈得津津有味。

俊三无可奈何，也就扒拉几口饭，几乎没动蚕豆。然而京子不仅把自己盘子里的菜吃个精光，还把筷子伸到丈夫的盘子里。弓子不禁失笑，说："把我的也给您。"

"够了，我想喝茶。"

"嗯。"

"哎哟，这是新茶。对了，现在正是五月……味道真香，茶的味道很浓。医院里净是粗茶。"

京子膀圆脖子粗，不像病了十五六年的人。弓子心想自己的生母应该更加苗条漂亮，所以感到失望。虽然她跟敬子亲热，但心里还是一直在美化生母的形象。

母亲先前好像不是这个样子。也许生活在姿色出众的妈妈身旁，也就把远离身边的母亲想象得漂亮动人。幸好妈妈没跟母亲见面。

敬子以为弓子体态端庄、发际优美颇似母亲，其实并非得自她母亲的遗传。

弓子心急火燎地等母亲吃完饭，迫不及待地抱着干蒸锅回到厨房。

"芙美子，把碗筷撤下去！"弓子觉得静不下心来，便用水桶盛了半桶水在厨房擦地板。

"哎呀，弓子，你在擦地板呀？你还帮女佣干活？"母亲走到厨房，惊讶地说。

弓子没有抬头，似乎干了什么见不得人的事。

"也不怕坏了你的体形？"

父亲一直惦记着去热海的电车的发车时间。

"电车多的是，一小时一趟……"母亲不急不忙地说。但她明确表示今天回去。

父亲先出大门，催促母亲。弓子心想母亲大概会以为即使父亲不留她，女儿也会挽留她。但弓子没有吭声。

"再见。"母亲关上大门后又打开，对弓子说，"弓子，一定到热海来，趁我还在那儿的时候。"

"……"

"很快就回来的，我已经不是病人了。"

母亲走了。

当两个人踩在长长石子路上的脚步声消失的时候，弓子跑回房间，打开钢琴盖，反复弹奏练习曲中的一段乐曲，泪水模糊了眼睛，看不清乐谱，手依然不停地弹奏。她什么也不想，脑子空荡荡的，忘我地按着琴键。

　　"擦地板的抹布和钢琴——天壤之别。"弓子嘟囔着，任凭泪水顺着脸颊流淌下来，她不顾一切地弹奏着，没发觉清已经走进来了。

　　一只手按在她跳动在琴键间的手背上，嘴唇轻轻地触碰着她的脸颊。

　　弓子没有吃惊，这并不稀罕，不知不觉她似乎已经习以为常。

　　俊三和弓子搬进敬子这个新家以后，每当敬子出门推销珠宝，家里就剩下三个孩子。清和朝子常常为鸡毛蒜皮的小事吵嘴，甚至愤然作色，拳打脚踢，扭成一团，打得不可开交。弓子实在看不下去，就抱着清的身子劝架，于是两人的手相碰、脸颊相触，甚至好心不得好报，反而被清反拧胳膊的事也都有过。打完架后，清就捧着弓子发红的手腕用嘴唇轻轻触吻着，嘴里"对不起、对不起"地赔礼道歉。但朝子一嘲笑他"哎哟，哥哥对弓子好乖呀"，他就暴跳如雷，和妹妹厮打起来，有时候还会把弓子撞得三丈远。弓子伤心落泪，清又急忙抱着她低声下气地认错。

　　清似乎为了让弓子劝架才找碴儿和朝子吵架。平时他对美貌的弓子温情脉脉，可一到吵架的时候，就变得胆大包天。

　　吵过几次架以后，清就时常背着朝子有时自然而然、有时出其不意地触吻弓子的脸蛋、眼皮和手，这似乎成了两个人的秘密游戏。

　　弓子是天真纯洁的少女，清是自尊心很强的老成少年。虽说双方的接触单纯无邪，但至少清有所意识，所以他对弓子察言观色。只要弓子稍一躲避，他就会换成兄妹之间一本正经的面孔。

　　今天，弓子坐在钢琴前，脑袋往后使劲，把清的胸部顶开。

　　"我不愿意！我不愿意！讨厌！"弓子从未如此严词拒绝过。

"怎么啦？"清往后一缩，那五官端正的脸立即装模作样地冷下来。

"我们都不是小孩子了。"

"是吗？"清深深呼吸一口，"你觉得自己不是小孩子了？那就好，其实我一直等着你说这句话。"

"你耍滑头。"

"什么滑头？"

对于他的反问，弓子像拒绝某种动机不纯的东西似的，重复一遍："你耍滑头！"

"我要是滑头，你也是滑头。"

"你一边去！"

"最近你老板着脸，不知道闹什么别扭来着。"

清的手指头又放在了弓子的肩膀上，弓子把它拨开。

"别碰我！"

"怎么忽然这么冷淡？讨厌我了？我们一起长大，感情亲密，有那么多美好的回忆，现在慢慢地不能和我在一起玩了？你也这么想的吧？我们不是'筒井筒'①吗？"

"什么青梅竹马？胡说！"弓子猛然回头，狠狠地盯着清。她悲愤交集的双眼光彩闪亮，富有魅力。

"那不是'分发未髫时'吗？"清说。

不是！不是！弓子在心中拼命叫喊。

弓子不会忘记，清给她讲解过语文课本中《伊势物语》的《筒井筒》这一节。当他们沉湎在这个两小无猜、青梅竹马的美丽的爱情故事里的时候，弓子也不是没有对清动过念头，但现在已是时过境迁。

---

① 筒井筒，见于《伊势物语》。两个青梅竹马的少男少女长大以后，男子送给女子一首和歌，"忆昔比身高，井边围栏旁。如今伟岸人，不见君已久"，表达思慕之情。筒井筒，意为井边围栏。——译注

在井台边一起欢乐嬉戏的男孩女孩长大后变得害羞，表面上冷漠，心里头都有"非伊莫娶、非君莫嫁"的信念，于是不顾父母之命、媒妁之言："筒井筒"呀、"分发未髻时"呀，互赠情诗，私订终身。后来，男子见异思迁，妻子却未加责备，丈夫就怀疑妻子是否也另有所爱，已经移情他人，装作出去与情人约会的样子，躲在院子的树木背后观察动静。只见妻子浓妆艳抹，眺望远方，担心丈夫夜路难行，神情忧伤地吟唱和歌："山峦尽起伏，犹如狂风吹白浪；夜半君一人，翻山越岭崎岖行。"丈夫闻毕"无限悲哀"，从此"不诣"情人处。

这段家喻户晓的爱情故事也打动了弓子的少女之心，她喜欢里面的三首和歌，牢记在心。

虽然弓子和清一起长大，但并没有播下爱情的种子。清谈到"筒井筒""分发未髻时"这些故事，更是证明了这一点。

弓子站起来打算出去。清叫住她："弓子，我有话问你。……你对我们的父母亲是怎么看的？"

弓子呆立不动。

"我早就想找个时间和你谈一谈，既然你说自己已经不是小孩子了，我想现在就可以谈。你说呢？"

弓子说不出话来。

"当然，这不是轻松的话题。如果双方觉得不好谈、不便触及，能过去的我也想让它过去。你不愿意谈，我也不会开口，我们心照不宣就是了。"清看着弓子继续说道，"虽然我现在对妈妈冷淡疏远，但不再恨她骂她。这你也知道吧？我原谅他们的唯一理由，就是可以在这个家里培育我们的爱情。我靠这个来解脱自己。这是要滑头吗？"

弓子觉得心口堵得慌。

"你对我母亲好，不也是强装的吗？"

"不是，不是这样。"

"是吗？我有时候觉得你是喜欢我，才对我母亲好。"

"我喜欢妈妈。妈妈体贴我……"

清露出不以为然的表情。这是他冷酷无情、个性强烈的表现。他已经失去了年轻人未经世故的纯朴一面。清是个美男子，在大学里也有女朋友，他毫不隐瞒地告诉过弓子。弓子还以为他在外面有了恋人。

弓子十三岁时第一次来月经。当时，一切都是敬子替她处理，她自己却满不在乎地翻阅少女杂志。此后，她对清炙热的目光既不腼腆也不胆怯，这让敬子格外留神，也因此更疼爱她。

做盲肠手术的时候，在透视室让护士把那可爱的东西剃掉，弓子也不羞臊。年轻的医生却不敢正视一眼。只是在此之前，清到病房里来，弓子对把自己的身体袒露在称为"哥哥"却并非亲哥哥的清面前极感羞耻，浑身颤抖。

"你到外面去。"幸亏年轻的医生及时把清带到外面去。

弓子是这种性格，所以清用炙热的目光看着她、亲密地触吻她，她也没往心里去。可是刚才见过母亲以后，她好像忽然意识到了少女的贞洁。

清转过身，抓起桌子上的手提包问："是别人送给你的吧？刚才是什么客人？"

弓子无法回答。

"小姐，夫人请您接电话。"女佣叫她。

弓子松了一口气，朝走廊跑去："是妈妈吗？我是弓子。"

"你在干吗呢？响那么长时间没人接。"

"弹钢琴。妈妈，你在哪儿呢？早点儿回来……"

"嗯。刚吃完晚饭。家里怎么样？"

"就哥哥、我和芙美子三个人。爸爸也出去了。"

"哦？我今天在外面过得也很愉快。"

"妈妈，你可以回来了吗？我到坡下面接你去。"

"可以回去了。最近晚上不太安全，你和芙美子一起来。"

蔷薇庭院

岛木俊三的家，其实应该说白井敬子的家，一楼有带套间的和式客厅和兼做餐厅的内厅，连着庭院围成一个"コ"形，此外还有西式房间。门廊连着会客室。书房里放着一张床，这是清的卧室。走廊从和室前面经过，尽头是朝子和弓子的起居室兼卧室的西式房间。敬子经常外出，又起得晚，所以睡在二楼。

朝子的房间两侧各放一张矮床，窗旁的桌子上摆着粉红色灯罩的台灯、毛线做的人偶、漂亮精致的小盒子，以及姑娘们都喜欢的各种小饰物。

闹钟一响，朝子醒过来，房间里明亮的光线晃得她直眨眼睛。她从枕头旁边的架子上取下闹钟，靠近一看："八点了。"

小闹钟是德国货，红色的外壳，打开盖子可以当座钟，盖上盖子可以放进旅行包里做旅行闹钟。这是敬子送给她的。

现在是八点十五分。朝子本应八点起床，她在床上赖了十五分钟。

弓子已经上学去了。朝子起得晚，所以才上了闹钟。她穿着碎花宽袖长睡衣坐在床上，伸一个懒腰，再伸一个懒腰，熟练地点燃一支洋烟，吐出一口烟雾，站起来。

她打开对着院子的窗户。明媚的阳光流淌进来，空气新鲜清爽。

"开了。"朝子脱口而出。

名叫"初恋"的粉红色蔷薇卷曲着外层花瓣婀娜颤动，以去年来日演出的女高音歌唱家特劳贝尔的名字命名的蔷薇新品种也羞答答地初绽蓓蕾，还有老品种如美国红蔷薇、大朵的威廉·哈伯蔷薇都风姿绰约、流光溢彩。朝子忘却了困倦。

"蔷薇会。嗯……从二十号开始。"朝子想起母亲收到请柬时兴高采烈的样子。她还把请柬给朝子看。

记得请柬上写着"日本蔷薇会"全国有两千多名会员。蔷薇一年一度盛开的五月已经来临，今年拟在银座松坂屋百货店举办"蔷薇春展"，还有各种文艺演出。银座六丁目的各家商店也将举办"银座蔷薇节"，为本次"蔷薇春展"锦上添花。

敬子住在这里以后，每年都种蔷薇苗木，精心栽培。蔷薇要施大肥，为了在冬天施肥，爱干净的她还在路上拾过马粪。弓子不忍心，想帮忙。敬子就说："大小姐不要去拾马粪，有失体统。"

"那妈妈你呢？"

"妈妈不在乎。那场战争要是再打下去，说不定还会拾马粪吃呢。也许就是因为在战时吃过苦，后来又在车站的小卖店干过苦活，亲眼看到战败以后的凄凉景象，妈妈才想经销珠宝，才想养花种草。"

敬子一天到晚忙忙碌碌，还要抽空照料蔷薇。

蔷薇品种越名贵，越容易得病。发芽的时候要剪枝，要治病，要捉虫。但花一开，敬子满心高兴，也许是对日常生活不满的自我安慰。

敬子一般不让女儿剪花，她说："花是活的……"她自己会剪一两枝插在雕花玻璃瓶里，摆在三面镜前像端详珠宝一样欣赏。

不过，有时候也许是花该剪了，也许是心血来潮，她会剪一小束放在瓶子里送到女儿的房间。

"这么多蔷薇，开起来一定可香了。"正如岛木的妻子所说，开花时，满屋芳香馥郁。有邻居称这家是"蔷薇宅"或者"美人宅"。

虽然敬子也有几分姿色，但朝子和弓子两个妙龄女郎进进出出，尤其引人注目。

弓子清纯雅静、人见人爱。朝子则完全西化，喜欢西式打扮，同样引人注目。不论多么刺眼花哨的颜色，大胆奇特的式样，穿在朝子身上都十分合适得体。她就是有这种独特的天性，或者说是才华。比如头上一顶饰有红樱桃的黄草帽，身上是带荷兰式刺绣的白罩衫，再配一条深绿色无袖连衣裙，鲜艳明丽，活泼可爱如西方少女。如果弓子也这身打扮，就不得体，所以不能一味模仿。

最近，弓子看朝子的服装总是花样翻新，就说："姐姐穿什么都好看，好羡慕啊。"

"你还是学生。等毕业以后再和我比吧。"朝子回答。

朝子对化妆也很讲究，化完妆后，总要对着镜子从各个角度打量一番。

睡衣从肩膀上滑落下来，朝子穿上带花边的贴身背心，套上衬裙，接着在衣柜里挑来挑去，最后挑了一件灰地带红褐色与淡绿色粗格花纹的纯羊毛连衣裙。白色皮带紧束细腰。一照镜子，清新优雅，朝子觉得很满意。

她正用尼龙梳梳理短发的时候，门开了。清穿着学生制服走进来。

"正在梳妆呀。"

"几点走？"兄妹俩同时开口。

"我想上十点的课。"

"那一节课女学生多吗？"

"和女孩子坐在一起，有什么意思？"

"吃早饭了吗？"

"一个名叫朝子的人早晨起得最晚。这个人今天上哪儿去？"

"我去电视台。"

"又要演什么吧？"

"可能。去了才知道，说是十一点和我在演播室见面。对方姓加藤，是电视戏剧部门的制片人。"

朝子喜欢表演。化妆打扮也许都是她的表演。

上学院高等科的时候，她参加过戏剧社团的活动，毕业后又成了某话剧研究会的成员。虽然自己不能在舞台上演出，但研究会公演的时候，她总是废寝忘食地热心帮忙。她从台前幕后的气氛中强烈地感受到了戏剧的魅力。但自己是否具有演员的素质和表演艺术的修养，好像还没有成为迫切的问题。

"女孩子只要打扮得花枝招展，到外面走一圈，总会打发掉的。"清对朝子既不鼓励也不制止。敬子对清这种轻蔑的冷嘲热讽当然觉得刺耳，不能充耳不闻。她这个做母亲的觉得心头发冷。

"那你说男孩子怎么才能打发掉？"敬子不动声色地问。她不能不考虑两个孩子的现状。

"不能怎么的，打发不掉。"清若无其事地回答。

"'打发掉'是什么意思？"朝子问。

"就是嫁人嘛，这种说法不是早就有了吗？"清说。

"那男的呢？"

"男的嘛，对了，就是死了。比如说，那小子被打发掉了，或者说把那小子打发掉……就是这个意思。"

"清，说正经的。"敬子说。

"好吧。把男的打发掉就是从学校毕业后让他就业呗。要真说正经的呀，还真没地方打发。"

"如果清这么说，是因为现在的年轻人对生活苦恼迷惘，我就什么也不想说。但是，朝子就这样打发掉行吗？"

"我并不认为这样就行，但也未必就没有好结局。如果真能找到一个好小伙儿，也可能很不错。"

"你也变坏了。"

"我没那么容易变坏，但指责别人变坏的人，自己首先必须有良心。"清顶撞道，"朝子成天打扮得漂漂亮亮的招摇过市，妈妈成天出去推销珠宝，不是都一样吗？"

"什么都一样？你觉得哪儿不顺眼？"

"我哪儿都看不顺眼。"

"说话别没分寸，我是认认真真地生活。"

"当然很认真。妈妈开小卖店的时候，我就坚信妈妈在拼命干活，和朝子两个人看家……"

"……"

"朝子也是这样，对类似女人本能的东西，要说认真也很认真。就是坏人和罪犯，也活得很认真呀。"

清越说越别扭，越发胡搅蛮缠，敬子感到难以捉摸的不安。本来是担心朝子的事才跟清谈起来的，现在他反而更让人担忧。

敬子非常疼爱这双儿女。战争最吃紧的时候，她独力把这两个孩子拉扯大，孩子就是她的心头肉。而且在经营小卖店的那四五年间，天天半夜三更才回家，孩子照顾不过来，总觉得亏欠了他们，所以现在对孩子有求必应，尽量满足。其实物资匮乏的那些年头，因为她认识跑黑市的人，她的孩子跟社会上一般孩子比起来，并没有缺吃少穿。

孩子的欲望没有满足的时候，再加上大人一味娇惯，就不知道有所节制。敬子和俊三住到一起以后，连大手大脚、生活铺张的俊三都感到吃惊："你的孩子奢侈浪费得可怕。"

"花的都是我们挣的钱，再奢侈浪费也到不了哪儿去。"

"不是买什么东西的问题，而是奢侈浪费的意识。有一千日元，买一百日元的东西，不算奢侈。但只有一百日元，还要买一百日元的东西，这不是奢侈又是什么？"

"你说的也许有道理，但孩子可怜。有时候我身上只有十日元，还给他们买过一百日元的东西。"

"我就没有这么惯弓子。"

"做父亲的就是这样。"

"其实应该倒过来。父亲让孩子大手大脚地花，母亲收得紧。"

"你不懂得在这年头一手把孩子拉扯大的母亲的心情。"

"孩子们懂得就好了。"

清和朝子也不是不懂这些道理，只是从小就养成了习惯，的确缺少自制力。而且敬子和俊三一起过日子以后，对自己的孩子有所疏远，偏爱俊三的女儿弓子，这样就更不好多管清和朝子了。

最近由于俊三经营不善，敬子手头紧张，清和朝子的不满情绪便在脸上暴露无遗，眼睛不是眼睛、鼻子不是鼻子的。从小养成的奢侈的恶习在兄妹俩身上以不同的形式表现出来：清主要是精神上的不满，朝子则主要是物质上的不满。她变成了一个贪得无厌的姑娘。

一次偶然的机会，朝子在关东电视台的节目中扮演了一回跑龙套的角色，拿了不到一千日元的演出费。这下子，她开始做起广播电视明星梦来。

今天早晨因为制片人加藤把她叫去，她就觉得是个好兆头，心情激动，跃跃欲试。

"好，挣得多多的，给我补贴点。"清带着嘲弄的口吻说，"妈妈现在手头拮据，指望不上。"

"你知道吗？妈妈有好事。把翡翠和百达翡丽表都卖出去了。"

"这可是新闻。"清摇晃着学生帽出门去了。

朝子一个人在餐厅慢慢地吃着烤面包加咖啡、水果的早餐。收音机里的天气预报说，今天最高气温二十三摄氏度。

好像是敬子从楼上下来，在喊弓子。朝子装聋作哑，搅化杯底的砂糖，喝完咖啡。

"哼，睁眼第一件事就是叫弓子……"朝子耸耸肩，慢慢地走出餐厅。一看，母亲在院子里，穿着白地紫格睡衣，外面披着一件短外褂。

"弓子不在，早去学校了。你不是知道吗？"

"朝子，蔷薇开花了。你看，这么漂亮。"敬子装作没听见朝子话里带刺，愉快地说，"出来看呀。"

"我早就看过了。"

"是吗？"

"妈妈，给我钱。"朝子看敬子今天心情不错。

"你今天也出去吗？"

"今天谈工作，说不定要参加广播剧演出。"

"钱、钱，一见我就是这个字。我可没钱。哪有啊……"敬子俯身看花，背对着朝子，"过来看看花呀。"

"我看过了。"朝子像小孩一样晃着肩膀苦着脸，"妈妈，你不是把珠宝卖出去了吗？"

"珠宝是卖出去了，那钱也不是我能随便花的。"敬子趿着拖鞋走上走廊，"是店里的钱，暂时放在我这儿。而且——"

"手表不是也卖了吗？"

"而且，这钱准备用来买新手表或者物美价廉的珠宝放着。现在家里这种状况，你也该节俭点儿。"

敬子在说"而且"的时候，犹豫了一下，她想起弓子来。弓子的亲生母亲来了，万一要把弓子带走，敬子打算买个墨西哥猫眼石戒指送给弓子做纪念。圆鼓鼓的宝石玲珑可爱，红的绿的紫的宝石透出一种清纯动人的光焰，跟弓子很相称。

"我也知道妈妈的脸上不会掉钱。"朝子小鼻子两翼皱起细纹，笑着说，其实她心里想说"妈妈你不该是这个样子，你不是常挂在嘴边说要让我们过上幸福的日子、想要什么就有什么吗？其实你就是跟岛木在一起以后才每况愈下的。还有弓子，更是多余的小丫头"。但她极力装出若无其事的样子，说，"妈妈，别以为我开口就是要大钱，给交通费就得。"

"拿去吧。我的手提包里还有两三百日元。"敬子终于无可奈何，接着提醒一句，"朝子，早点儿回来，免得我担心。"

"事情办完就回来。这大概就是家庭吧。"

敬子感觉朝子已经不知不觉地从母女的纽带中脱离出去了。

敬子从朝子的脚步声里听出她满心怨气。她坐在餐厅里自己的位置上，也没垫上坐垫，早晨欣赏蔷薇的愉快心情立刻消沉下去。

俊三好像也很早就出门去了，家里只剩下敬子一个人。女佣在后院扫地。敬子心不在焉地看着院子，自言自语道："花随心绪变。"满院竞相怒放的蔷薇花现在似乎与这个家不相称了。

俊三出门的时候，大概不会看一眼蔷薇花吧。

天快亮时，敬子睡得迷迷糊糊，听见俊三辗转反侧、唉声叹气，便问道："怎么啦？"

"没什么。一睁眼，忽然觉得心慌。"

敬子连句安慰的话都没说，又睡过去了。早晨起床一看，旁边的床铺已经空荡荡了。敬子给公司打电话，俊三不在。公司一共四个人，就俊三不知去向。她翻了翻手提包，看朝子拿走多少钱。卖珠宝的钱当然放在别处。

"身上只有三百日元……"敬子担心朝子钱不够。

另一边，朝子乘国营电车在有乐町下了车，进入市中心，在熙熙攘攘的人群中，她连走路的姿势都装模作样。阳光灿烂，短袖羊毛连衣裙似乎有点儿热，但还不觉得气温已经上升到二十三摄氏度。现在正是春夏交替的季节。

宽阔的电车道上，身穿闪闪发亮的淡赭色制服、骑马的交警正抓住一辆私家车。大概是超速行驶吧。

朝子从栗色马的屁股后面绕过去，走进关东广播大楼，对传达室说十一点约见加藤制片人。内线电话很忙，总打不通。朝子周围的人一个个都被叫进去了，也有人不通过传达室联系径自而入。她看见来录制"从六月一日开始允许钓香鱼"消息的名作家，还有经常参加广播问答节目的日本舞舞蹈家。那人身穿一身和服，袖子颜色鲜艳华丽。

"白井小姐，请到三楼休息室。"传达室的姑娘叫她。

三楼休息室里已经坐着几个男客人，很熟悉地交谈着。朝子初来乍到，恭恭敬敬地坐在角落里。

加藤中等身材，性格活泼开朗。他拿着一沓儿糙纸装订的材料匆匆忙忙走进来。"啊，对不起，让你特地跑一趟……其实这次请你来，事情并不大。"加藤说话很得体，但显然是事务性的语调，"有一个叫《创造美人》的介绍美容方法的电视节目，想请你参加演出。不知道你是否同意？"

"是演戏吗？"

"也算是吧，情节比较简单。香月镜子女士介绍她从美国引进的最新的全身按摩美容方法。编了一些情节。你看看脚本，用铅笔画出记号的地方是你扮演的角色。"说完，加藤把脚本交给朝子。

的确，这部剧几乎没有什么故事情节。

一对恋人在银座一家装饰一新的百货商店游逛。姑娘让小伙子在外面等着，自己走进美容院，经过水压式螺旋淋浴、全身按摩、红外线照射、整发、修指甲等一番美容后出来，着急等待的小伙子竟然没认出来出现在眼前的就是自己的恋人。因为姑娘焕然一新，判若两人，他惊讶得目瞪口呆。之后两个年轻人兴高采烈地喝着鲜柠檬汁。

一直到喝完柠檬汁，朝子的台词只有四句。

"这个……是让我扮演接受美容的人吗？"

"哦。想请你担任这个角色。全身按摩的地方，包括后背，还有脚都要特写。"

"脚也特写？"

"对。稍微往上抬点儿……特写的地方还有修指甲的手和化妆的脸部。"

朝子虽然开放，但毕竟是良家女子，并以此为豪。因为自己没有表演才能就让人要弄、丢人现眼，这种事她不乐意。再说她的同学家里差不多都有电视，要是知道她当美容模特儿，在电视里大露特露后背，人家会怎么议论呢？

她不想接受这个角色，但不好明确拒绝，便无精打采地闷头坐着。

"说是'创造美人'，要是人长得不漂亮，就根本谈不上美。本来就漂亮，再一美容就更漂亮了，这才有效应。你说是不是这个道理？"加藤探出身子，"不仅仅脸蛋漂亮，身材和手脚都要漂亮。像你这双手，让人过目不忘，没有一个人比得上你，都夸你呢。"

"啊。"朝子稍稍抬起手端详着。

"对，对，这手的表现力有多好。脚露得太多，显得粗俗，观众就会说'什么呀，这双脚本来就很漂亮嘛'。修指甲要把你好看的手指和指甲特写出来，感觉就非常美。当然需要演技，你也有上电视的经验。《创造美人》就是要通过给你美容，推出你全新的丽人形象。所以我们不找服装模特儿，就要起用具有清新纯洁之感的新人。"

"……"

"怎么样？以后还要请你参加电视剧演出，这次能答应扮演美人角色吗？"

"什么时候？"朝子茫然地问。

"十七号晚上播放。如果你同意，明天下午一点试镜头。试演就一次，紧接着正式开拍。"

朝子虽然没有明确表态，但看这架势终归要答应下来的。

演出费两千日元，扣除所得税，只有一千六百日元。朝子大失所望，站起来想走。加藤连忙说："演播室正在排练电视剧，去看看吧。"

朝子心情沮丧，不想立即回家。她走进电视演播室。好像是酒馆的布景，几个头发用金粉染成金黄色、身穿欧洲古代服装的男女演员正在彩排。窄小的地方挤着几组布景，显得比戏剧和电影的布景要小。这是儿童电视连续剧《悲惨世界》的布景。脚下各种电线纵横交错。

"摄影机位置很高，演播室的杂音都听得见。请大家安静。"调度室不断提醒大家注意。

朝子悄悄走进调度室。

调度室用玻璃与演出场地隔开，中间摆着 A 摄影机、B 摄影机、演播室输出机和三台电视放映机，左右稍隔一段距离各摆着一台放映机。五台放映机前面的机器上有数不清的按钮。朝子对这些一窍不通，好像就靠这些按钮调整图像和音响、切换场面。当两部摄影机中的一部拍摄的时候，另一部就为下一个拍摄场面做准备。这从调度室的A、B两部摄影机中可以显示出来。A摄影机拍戏时，B摄影机还映照出导演和布景员等人的形象。调度室通过扩音器向舞台布景发出各种指令。

演戏的演员，有的也到调度室来观看。

朝子心想排一台戏，除了演员外还需要很多人，便小声问身旁的演员："这儿有多少人？"

"四十多个。后台需要这么多人，跟拍电影的差不多。"

这时，演员身后有人叫了一声："朝子。"那个人戴着高高的假鼻子，眉毛抹成金色，粘着假胡子。在昏暗的调度室里，朝子认不出来。

"我是小山呀。"

"啊。"朝子快活地叫起来。

"是来参观的吗？拍完后，你稍等一会儿，我们一起走。"

卸装以后的小山是个一头整齐黑发、眼睛明亮，如小河流水般清新的小伙子，轻轻松松地穿着鲜艳的上衣。

一对青年男女进门参观，很引人注目。

"这儿用热带鱼做室内装饰，店名叫'神仙鱼'。老板在家里养热带鱼。"小山进了门站住，看着镶嵌在红砖墙里的水缸。

"啊，真漂亮。"朝子看着小热带鱼。

"这叫霓虹灯鱼，颜色像霓虹灯，听说一条要三千日元。"

果然，两条就像红色霓虹灯和绿色霓虹灯的光带，贯穿小鱼全身。

朝子往餐馆里一看，忽然发现俊三面对着正中间的大鱼缸坐着。虽然俊三看见自己和小山在一起没什么了不起，但朝子还是不想让他看见。

"小山。"朝子小声叫他，打算往外走。但小山被热带鱼吸引住了。"那儿还有各种各样的鱼。"他边说边向大鱼缸走去，然后就坐在鱼缸边的桌旁。

大鱼缸摆在店的正中间，两边摆着桌子。因此朝子是透过鱼缸的玻璃看俊三的桌子。

"你知道哪种是神仙鱼吧？"

"嗯。"

"这种身上有小珍珠斑点的是珍珠鱼……这种像小虫一样的叫野蜂鱼，你看身上有蜜蜂一样的条纹。这是缅甸斗鱼……"

朝子随着小山的说明观看热带鱼，脸就要转向俊三的方向，弄得她看也不是，不看也不是。

"嗯……躲到哪儿去了？据说全日本就这么一条。"小山的目光在寻找，"找到了，找到了。草根那儿，像鲶鱼或者小娃娃鱼，一动不动。那叫清道夫鱼，是亚马孙河里的鱼。水草叫亚马孙剑草，形状跟剑一样。"

"你知道得真多。"

"哪里。刚在这店里学来的。鱼的形态会变化，但色彩总是鲜艳的、热带式的。"

"嗯。"

朝子一直注意着俊三的桌子，还能听得见说话声。俊三好像在向和他在一起的人诉苦，老说期票、期票什么的……

"到了这个地步，该怎么办就怎么办吧。"那个人半是安慰半是无奈地说，"前些日子，你把债清点了，先搁置起来，也没缓过来呀？纸张费、广告费什么的……你人太好，经营不下去的时候，不知道采取什么对策。背了一屁股债，别整天想着债权人，替他们苦恼……"

"公司跟家庭一样，不是什么时候不想要就能随意甩手扔掉的。"俊三抱怨着。

自己不想干，却被公司的其他人拖着后腿，他们有的孩子多、生活困难，有的老两口就指望公司过日子，有的职工还在生病疗养。只要公司存在，总能想方设法活下去。公司一倒，这些生活毫无着落的人就会被压得喘不过气来。

"到了最后关头，我也豁出去了。但还有一件事，无论如何请你帮帮忙。"

"什么事？"

"我想把自己身边的事清理一下。"

"是不是为破产做准备，隐匿财产？"

"哪儿的话？我打算跟京子分手。矢代，你能替我跟她谈一谈吗？"

朝子大吃一惊。

"还是要分手……"

"嗯。其实早就该分手了。"俊三使劲吸一口烟，"一直想等京子病好以后再提这事，结果拖到现在。"

"那你打算跟现在这个，是叫敬子吧，跟她结婚？"

"不。"俊三做了个否定的手势，"现在没有这种心情。"

"跟京子分手以后再说吗？"

"不，我想一个人过。"

"一个人过？也不跟敬子一起过吗？"

"……"

"也要跟她分手吗？"

"可能吧。"

"公司可能要倒闭。"那个人笑着说，"破产之前，先把自己变成独身一人。你不是准备逃跑吧？"

"哪能呢。"

"那弓子怎么办？"

"交给敬子。其实弓子好像也愿意跟着敬子。说起来可笑，敬子和弓子就像真正的母女一样，真不可思议。"

俊三认为京子缺乏生活能力，把弓子托付给生活能力强的敬子，自己就可以无牵无挂地死去。自我毁灭不是最轻而易举的吗？

俊三心慌意乱，忽然拿起刀子对着眼前的嫩煎鸡肉切下去。

"矢代，京子的事就拜托你了。其实，前几天她忽然跑到东京来。不能再这样下去了。我想这一次必须把身边的事彻底清理一下。可是京子久病初愈，心情很好，我不好说那些狠心话。两人待在一起的时候，她心情好，跟小孩子一样天真，我始终开不了这个口。"俊三转过身，眼睛直勾勾地盯着朝子这个方向，但好像没有发觉朝子。

朝子实在受不了俊三这种窝囊废样儿。她坐不住了。虽然俊三的话没有句句听清，但她知道谈到了敬子、京子以及弓子。这个叫矢代的大概是俊三的姐夫，跟敬子家没有来往。

既然提到弓子，下面就会谈到自己。朝子站起来，绕着鱼缸走过去叫了俊三一声"叔叔"。

"啊？"俊三吃了一惊，他眉头一扬，向矢代介绍，"这是敬子的女儿朝子。"

朝子不再说话，回到自己桌旁。

过了一会儿，俊三临走时过来把手轻轻放在朝子肩膀上，说："我走了。"朝子抬头一看，俊三露出微笑，却显得愁眉苦脸。

小山也轻轻点头送走他们，问朝子："他是你的叔叔？"

"嗯，算是吧……"

"长得挺善良的。"

"什么？他长得就那么善良？"

"有点儿忧郁的样子，又有点严肃……长得像耶稣基督。"

朝子刚才灵机一动，叫俊三"叔叔"，连自己都觉得可笑。小山以为他们是亲戚。

就像弓子叫不是生母的敬子"妈妈"一样，朝子后来叫不是生父的俊三"爸爸"。这两个外来语对她们倒是很方便。

朝子从一开始就叫俊三"叔叔"。那时候，俊三有钱，大方气派，给朝子买了钢琴。朝子不讨厌他。不能说朝子没有一点音乐才华，但她不用功练习，三天打鱼两天晒网，马马虎虎。倒是弓子本来敲木琴，后来不知什么时候弹起钢琴来了。但朝子始终认为这钢琴是属于她的。

小山说俊三长得很善良，朝子有点儿不以为然。"你说什么？他长得像耶稣基督？"

"我的意思是说，他要上舞台，一定是个好扮相。"

"他现在可是穷光蛋。要说表情显得哀愁，大概就是因为这个吧。"

"长得轮廓很深。"

"我看你的长相好。"朝子注视着他的脸。

"哪里。"小山摇摇头，"扮相不行，舞台人物没有性格、没有心理特色……可难了。"

这话倒有几分真。话剧的扮相和演技难度很大，像小山这样年轻貌美的小生反而不好安排，只好当配角。广播剧也是这样，但演出机会多，所以最近小山很忙。

"你喜欢研究，挺好的。"朝子说，"进了饭馆，一看到热带鱼就研究上了。"

"谈不上研究。"小山显得不好意思，"你瞧这神仙鱼，据说如果死了配偶，就一辈子守寡，坚守贞操，但互相非常挑剔，可以说是恋爱结婚吧。一条几千日元，要是一对，就值几万日元。买十条也只有一两对，其他的都是单身。孵一个卵，就是结为夫妇的证据，价格立马上去。人也一样，没结婚的不值钱。"

朝子默默地看着神仙鱼。

下午五点，小山要到另一家民营广播电台排练广播剧。时间还早，朝子决定和他先看一场电影，然后一起去排练场。

待在家里闷得慌，跟小山到处走走，乐得认识各方面的人，说不定还能遇上赏识自己的人。

但是朝子不想离开小山独自回家，恐怕不止这些理由吧。两个人热乎起来才一个月，就让小山请客，逞强好胜的朝子也想送他一条领带。今天小山叫她一起看电影，她想到自己囊中羞涩，心里不痛快。母亲太抠门儿，真可恨。还有那《创造美人》，叫人恶心，可又不好拒绝啊。

"我明天下午一点要试镜头。"她说完，脸羞红了。

大事当前

五月的天空应该晴朗清爽，今年梅雨季节却来得早。今天早晨又是阴天，有点儿冷，但天空透着五月的明亮。

"不会下雨，穿和服不要紧……"敬子自言自语。

藏青地碎白花纹的盐泽绸和服，配上银色与淡绿色条纹的腰带。和服碎花纹的粗疏与腰带条纹的细密形成鲜明的对照，搭配和谐。

战后，中年妇女也开始讲究打扮，敬子挑了这一条腰带系在身上，她在内厅的穿衣镜前回头看着自己的后背，觉得心情舒畅、精力充沛。

"妈妈，这条腰带是第一次系吧？好看。"

"哎呀，弓子你起来了。"

"妈妈系腰带把我弄醒的。妈妈还是穿和服好看。"弓子躺在被窝里。

弓子扁桃体发炎，没去学校。一方面为了医生看病方便；另一方面她也觉得寂寞，所以就睡在内厅。刚好碰到临时考试，枕边堆着课本。不睡觉时就专心致志地复习功课。

"发烧的时候就别看书了。"敬子说。

"我觉得看书心里倒轻松点儿。"

西方文化经济史、法语、高等数学，敬子对哪一门都一窍不通。她不由得想弓子这么用功，将来打算干什么？

一到初夏新绿季节，弓子就要生病，好像成了规律。敬子还担心可能是遗传了母亲的体质，看来不是，只是树木发芽的乍暖还寒时节，她一下子难以适应气候的变化。前年得盲肠炎也是这个时候。两三天前，弓子就发高烧，扁桃体出现白色的义膜。医生来看病，给她注射了青霉素。那时，俊三说他有点儿感冒，肩膀酸疼，也要医生给他打一针。"顺便也给我打一针水杨酸钠。"他看着站在一旁的敬子笑了笑，说，"有要紧的事要办，千万不能发烧……"

俊三好久没这么开朗过了，他说的"要紧的事"指的是什么，当时敬子没往心里去。今天他一大早又出去了，敬子也没在意。

"妈妈以后就都穿和服吧。"弓子说，"妈妈最近越来越漂亮了。"

"别拿我开心……被你说得都要出汗了。"

"哪是玩笑呀。我真这么觉得。"

"谢谢。偶尔穿一次和服，连弓子的眼睛都被瞒过了。是因为这条腰带吧？"

"妈妈不会瞒弓子的，绝对不会……"

"对。"

"妈妈，早点儿回来。"

"就去草野店，办完事很快就回来。"

"我一个人躺在家里害怕。"弓子湿润的眼睛望着敬子。

弓子的确心里发慌。她的母亲忽然从热海到家里来以后，俊三和敬子谁都不提此事，这就很反常。连弓子都看得出来，敬子对俊三变得意气用事，平时说话爱搭不理。而且朝子对全家人都冷冰冰地板着面孔，清接连两个晚上都喝得醉醺醺地回来。

"啊，弓子是个好孩子。这首诗怎么样？'燕子回来了'……"

清一只手摇摇晃晃地扶着弓子的床头，眼睛凝视着天花板，低声朗诵一首散文诗，念着念着，声音悲切欲泣。

这首诗的大体内容是燕子的叙述。春天来了，燕子回到日本。它看见氢弹试验场周围的大海上漂浮着无数翻着白肚皮的大鱼的尸骸。海鸟成群结队飞来围食死鱼，之后飞上天空，又一只只坠落大海而亡。海里的鱼吃了死鸟立刻毙命，新飞来的海鸟吃了死鱼后也立即死去。死亡像齿轮一样不断旋转。这是飞越大海回到日本的燕子的叙述。燕子垒窝，但雏燕无法孵化出来。燕子也终于死去。

"这么可怕，我不想听。"弓子背过脸去。

"要是你害怕，那该怎么办？"清用一张小报纸敲着弓子的枕头，然后东倒西歪地走了。那是一份叫《海神之声》的小报。弓子没注意他说这是他写的诗还是朋友写的。

院子里的蔷薇开始凋谢，邻居的宅院已是绿树葳蕤。

昨天夜里听见青蛙的叫声。夜深人静，那稚嫩柔和的蛙鸣使弓子感到一种凄凉孤寂，真想紧紧抱着什么东西。

父亲深夜才回来，对弓子说："明天我去热海，跟你母亲分手。"

弓子没有流泪，辗转反侧、难以入睡，一直到天色发白，心想妈妈好像还不知道这件事。她把手放在额头上。

"还烧吗？喉咙疼吗？"敬子过来坐在她身边。

"一早就三十七度六①，下午还会升上去吧？"

"别吓唬我，好像发高烧说明你有能耐似的。"

"不是有能耐。"弓子微微一笑，又立即收起笑容说，"妈妈……妈妈，全家你最喜欢谁？"

敬子知道弓子跟自己说话的时候，一举一动总是极力装出小孩的样子，心想这大概也是小孩子气的撒娇，便用唱歌般轻飘飘的声调卖个关子，说："这可不能轻易告诉你。不过说真的，就是弓子你嘛。"

---

① 这里指摄氏度。

"我不信……你最喜欢哥哥。"

弓子骨碌一下转过身去。

"妈妈，爸爸今天去热海了。"

敬子心头一震，立刻正襟危坐。

"跟矢代姑妈一起去的。爸爸昨天晚上问我怎么办，还说随我的便……"

弓子声音颤抖着，哽咽得几乎说不出话来。

"爸爸……怎么能……这么说呢？"

敬子想起昨夜俊三回来的情景。俊三回来以后，好像有话要跟她说，轻轻摇晃她的身体。但敬子装作睡熟了，没理睬他。她讨厌俊三用一时沉溺于肉欲的方法麻醉心灵的烦恼苦闷。

敬子做梦也没想到俊三是要告诉她去跟京子分手的事。

"我说我想留在这里，让爸爸替我向母亲道歉……我这样说是不是傻孩子？"

弓子又骨碌一下把身子转过来。她舒展眉头，闪闪发亮的黑眼睛直盯着敬子。

"我想在爸爸和妈妈的身边。可是我也不知道该怎么办大家才能都幸福……我觉得现在爸爸最可怜。"

敬子像点头似的低下头。

"妈妈你一点儿也不知道？"

俊三现在要和京子分手，的确让敬子吃惊，但又觉得为时已晚。也许是因为多一事不如少一事的胆怯懦弱和优柔寡断，俊三一直把与敬子同居的事瞒着妻子。久而久之，敬子的心头便笼罩上一层冰冷的阴影。现在俊三要把京子甩掉，敬子不会像拨云见日一样心情开朗。长年积郁的阴影实在太浓太厚了。

弓子没着没落、心神不安，也许就是因为敬子的这种阴影不知不觉地映在少女心头上。敬子觉得对不起这个唯一依恋自己的弓子。

虽说父母亲长期分居，但现在正在闹离婚的时候，弓子非但没有怨恨敬子，反而想让她表示最喜欢自己。敬子不知道该怎么安慰这少女心灵的悲哀。

　　但在这种场合，敬子只是淡淡地问道："爸爸今天晚上不回来吧?"

　　"他说明天上午有要紧事，晚上回来。"

　　"哦?"敬子站起来道，"今天我也早回来。"

　　"别忘了给我买好吃的。"

　　"你想要什么?"

　　"松崎的薄脆饼干。"

　　这是俊三爱吃的东西。弓子今天让敬子买俊三最爱吃的东西回来，这种少女的温柔纯真令敬子感动。

　　"还有弓子爱吃的脆饼。"

　　"嗯。妈妈，别心不在焉地忘了。"

　　"你要不相信妈妈，妈妈才不给你买呢。我自己一个人看电影，吃好吃的，等你睡着以后再回来。"

　　"脆饼就要平时你给我买的那一种。"

　　弓子想起热海的母亲说过在东京站商店街吃过脆饼，怕万一敬子在同一家商店买，特地叮嘱一句。

　　敬子在电车里看着被霏霏细雨濡湿的屋顶，心想糟了，后悔穿和服和草屐，却没带雨伞。在路上买一把吧，刚好正想要一把最近流行的细长柄伞，最好是英国货。

　　热海也下雨了吗?敬子蓦地想道。

　　一起去的"矢代姑妈"是俊三的姐姐，敬子见过。俊三生性懦弱，做这种事都要人陪着。可是，敬子一想到俊三的妻子要当着别人的面听丈夫提出离婚，不由得用双手紧了紧衣襟。

　　"这算什么事呀?!"

自己是第三者，不能说原因不在自己。虽然同样身为女人，似乎也觉得并非与自己无关，但是否正因为牵涉到自己，才必须极力装出事不关己的样子呢？这种不尴不尬的处境使她心烦意乱。

但是有一点，敬子百思不得其解。

俊三的妻子因病与丈夫长期分居这些年，对丈夫的生活就毫不怀疑吗？难道真的如俊三所说的一样，她像孩子般纯朴幼稚、对丈夫坚信不疑？她是天真无邪，还是做事天衣无缝呢？

"如果真是那样，简直赛过天使了。"

但敬子不信。

听说得了肺病长期疗养的人，有的变得跟小孩一样，有的变得疑心重重，有的变得贪得无厌。更何况她到家里来，看到俊三的生活，作为妻子，凭着女人的直觉也能觉察出来。

"视而不见、装聋作哑。"

说不定京子早就知道敬子的事。她是忍气吞声吗？死心绝望吗？宽容原谅吗？这一切都是病人的延生保命之术吗？

现在，京子被逼到了不仅失去丈夫，还要失去独生女的凄凉境地。

"十五年病魔缠身，好容易刚刚痊愈……"

敬子一想到京子的悲哀，脊背一阵发紧。

"跟俊三分手的应该是我。"

难道京子病好之前，我就该替她照顾丈夫和女儿吗？世上有这么傻的女人？

在战败初期那种穷苦的日子里，敬子完全依赖俊三，两人相依为命地住到一起。但是，现在这个家已经四分五裂。眼看家里的人即将分飞离散、各奔东西。在这个时候，俊三要和京子离婚，这样真能解决问题吗？

俊三去热海，敬子并不感到忌妒、感谢、不安，或因喜悦而心情激动，反而对京子同情体谅。

电车不顾乘客的心绪一路奔驰，抵达了新桥车站。雨脚渐密，穿着草屐走路，会溅湿和服下摆。敬子坐进停在眼前的一辆出租车里。

川村先前在敬子父亲开的店里当店员，现在当上了草野店的掌柜，至今还沿袭老习惯称呼敬子，为她的买卖提供方便，并且当参谋出些点子。

今天敬子和川村在资生堂见面。敬子稍微来得早一点儿，挑了个容易观察门口的座位坐下。

俊三和妻子的事还在她的脑子里打转转。

"俊三要和妻子离婚，维持京子以后生活的钱都准备好了吗？京子可是个什么都不会的人……"

敬子想得这么多。她对自己的这种性格都感到惊愕。

"多管闲事瞎操心。"

但是，俊三这个决断如果是为了敬子，就不能说是多管闲事了。这段时间，不是连京子的疗养费都是敬子掏的吗？

从俊三的为人来说，他会保证负责京子以后的生活，但恐怕无法履行。现在他是捉襟见肘，一筹莫展。

俊三手面阔绰，又买钢琴又买车的时候，敬子也没向他开口要过日常生活费用，这些小钱都是她张罗筹措的。每个月俊三交给她的钱其实都入不敷出，敬子只好从自己的腰包里悄悄补贴上。

敬子心想，同居的家庭大概都是这个样子。

可是俊三对待生活还有马马虎虎、散漫不羁的一面，有时慷慨大方，有时自私自利、小心眼儿。在外头是个亲切和蔼的好好先生，但在一个屋檐下过日子，敬子有时会感觉一股阴风冰冷地穿心而过。

敬子带着清和朝子两个孩子在车站没日没夜干活的时候，倒没感觉什么，一旦歇了买卖，浑身精疲力竭。表面上还硬撑着架子，其实内囊已经空了。她想躺在男人的怀里好好歇一歇，但俊三没有这样爱过她。虽然敬子并不是天生喜欢做买卖，但买卖一直没停过。

俊三从不过问敬子的收入，对自己的收入也守口如瓶。

"真弄不明白，也许是我不好吧……"敬子陷入沉思。

当一杯咖啡慢慢啜完的时候——

"啊。"川村走了过来，"穿和服，一下子没看出来。"

川村比敬子大四五岁，长得又矮又胖。他一边在敬子对面坐下，一边高兴地说："您设计款式的戒指昨天做好三个，本来只打算试一试，没想到一摆出来，全卖光了。"

"真的？"敬子眉开眼笑。

"我们也没想到，一天就全卖出去了。"

前些日子，敬子用田部买百达翡丽表那笔钱买进一些旧表和新宝石。她参照《时尚》这本外国的风尚样本，第一次设计出戒指图样，拿到外面加工。她根据宝石的不同颜色，分别采用铂金、美国黄金和银做戒托，尽是价格在四五千日元的低档货，其中三个在草野店很快就被买走了。

"真高兴。"

"嗯，我们店一般的便宜戒指通常不好卖。可能是样式好看，以后能不能继续设计一些好看的样式？"

"好。第一次设计，心里没底，所以选用了便宜的宝石。现在有了信心，我很乐意继续干下去。可是，不管怎么说，我还是想自己开一家店铺，哪怕小一点儿的也行。"

"开店？我觉得小姐还是不要开店为好。"川村称敬子为"小姐"，不知道是沿袭惯例，还是把她视为外行，"要开店，需要资金和经费，还有高额课税。再说今年跟去年相比，整个社会完全变了样。好，不说这个。今天给您带来了好礼品。"

川村这时才想起向服务员要咖啡，然后愉快地点燃一支烟。

"正因为市面萧条，才想开一家小店，这样收入就能有保障。"

"店要经营到收入有保障，可不容易了。"

"又不是在银座。"

"在哪儿都一样。不过，要是您先生能出资弥补亏损的话……"

"那不行。岛木现在是泥菩萨过河自身难保。"

"还是嘛……"川村皱着眉头，立即心领神会似的点点头，"要这么说，菊田家的小姐想重振家业，我自然也要助一臂之力。那个时候，人都死了，只剩下您和我两个人。您出嫁，我上战场。总算捡回一条命，活下来了，可也吃够了苦头。"

"你复员后回到福岛，因为我在车站开小卖店，才又遇见你。那个时候，你经常给我送大米、水果这些稀罕的东西……"

"后来我来东京，受到岛木先生的关照，一种名叫'仙花'的黑市纸张，让岛木一买就是几百令，我也从中赚点钱。只要是黑市的东西，什么都干。我本来就是学徒出身，又没学历，只好先图眼前利益。这回说不定再回去当菊田店铺的学徒。"

"说哪儿的话？你现在不是草野的掌柜吗？"

"不说这个，今天我给您带来这个礼物……"川村打开小纸包，拿出一块表放在桌子上的咖啡糖罐后面。这是一块小坤表，俗称"臭虫"。

"我们店不卖这种表。您看怎么样？"川村的目光盯着敬子，"虽然叫'臭虫'，但其实是正经八百的高级表，有半打。您看看，外壳也不是'饭盒'吧？"

称为"臭虫"的外国金壳坤表因为金壳很薄，又被打了孔，在商人眼里就像耐酸铝饭盒一样起皱，所以又叫"饭盒"。

敬子端详着手里的"臭虫"，表蒙子是掉到地上也摔不碎的硬质玻璃，金壳做工精细，机芯是瑞士一流公司的产品。因为是水货，所以没有包装盒，也没有商标。

"这种货很少见，东西都是真家伙。半打才五万日元。所以推荐给您，可以挣点儿零花钱。"

"嗯，倒是很便宜。"

敬子没摆弄过水货，犹豫不决，拿不定主意，没有立刻表态。

"是一个外国人拿来的，不是美国人。您零敲碎打地卖，绝对没人知道是水货。时间都走得很准，虽然有的修过……"

川村从口袋里掏出包在纸里的手表，亲自塞进敬子的手提包里。

这种干赚的买卖十分难得，川村不但分文不取，还要为敬子担待一定的风险。敬子本来应该高兴地向他表示感谢，但她总不太感兴趣。

川村像启发劝说妹妹似的耐心温和地说："其实，走私的东西放在我这儿也没什么可怕的，只是我觉得这样的手表正适合您的买卖。当然，我们不会随便进水货，主要是实用的手表。就像玩珠宝是您的嗜好一样。可草野店信得过您，多贵的宝石都会放心地交给您……"

敬子想起草野店的橱窗里摆在雪纺丝绒上、标价七百万日元的一对珍珠耳环和项链。这并不是在等待买主，只是表示高级珠宝店的档次，所以价码签正面朝里。进到店里的顾客被美丽贵重的珍珠晃得眼花缭乱，往往价格少看一个零。

虽说敬子也做珠宝生意，但这种高档次的毕竟可望而不可即。

"戒指款式设计还请您关照，我也极力推荐过。小姐十岁的时候，我去当学徒，那时就觉得小姐喜欢设计……"

"是吗？"

"如果设计能持续下去，我让店里每个月给您发工资。但是，这些手表……"

"谢谢……"

敬子这才漫不经心地表示感谢，把手里的几块小坤表放进手提包里。

川村露出自鸣得意的神情，点燃第二支香烟。等敬子把手表放好，川村慢慢地吞云吐雾，渐渐换了一副面孔。

川村长相丑陋，那副嘴脸给人性格倔强、惹人嫌恶的感觉。年轻时在敬子父亲的店铺里当学徒，每逢下雷阵雨，他就到学校给敬子送雨伞，结果同学们都拿他的相貌嘲笑敬子。敬子知道，尽管川村外表长得不起眼，心眼儿却很好，心肠软，能够舍己为人。也正因如此，她反而瞧不起川村，欺负他成了家常便饭。

但是，由于川村的真心诚意和水磨功夫，敬子有时候也接受他的意见，就像这次买走私表一样……

"对了，我想这可能对您开店有点儿参考价值。"川村点点头，说，"您知道吗？最近大银行开始在三河岛地区，就是像三河岛那样嘈杂喧闹的小市民区开设营业部。由于银行存款额急剧减少，他们打算吸收一般百姓的零星存款，所以到我们草野店的顾客层次也发生变化了，您设计款式的便宜戒指就成了抢手货。"

"话说得失礼了吧……"

"啊，说走嘴了……走嘴归走嘴，菊田老板在小市民区开店，您在小市民区长大，我这句走嘴的话说不定正对您的路子。大家都说，东京站八重洲口一完工，银座的繁华就要转移到日本桥一带。这就逼得银座的商店想办法。第一，晚上关门时间太早。看看京都的四条街、三条街，晚上都开到十二点或一点。第二，银座大街两旁的高楼一建成，一楼几乎全被银行占了。其实没必要设那么多银行，但因为盖楼是银行贷的款，所以各家银行竞相要挂牌子。街两旁大楼的一层应该禁止设立银行营业部。日本桥如果也净是高楼大厦，就不会是繁华的商业区了。第三，尽管酒吧面积很小，但卡巴莱餐厅和夜总会占地面积很大，要把商店挤出去，结果钻进来的都是饮食店。第四，商店打算无论什么时候都要在银座坚持下去，狂妄自大。虽然我在草野也这么讲，可是实在没有法子。繁华商业街银座不是快不行了吗？现在的八重洲商店街还算可以，从三轮神户牛肉铺到野村证券宽敞气派的营业部，应有尽有，就是没有高级手表店。我想这是一个空子。给乡下人买礼物，'臭虫'这样的手表正合适，再打出给来东京的外地人免费检查手表的招牌，顾客就会源源而来。坐火车出门旅行的人，谁都惦记着时间。"

"嗯。"敬子开始觉得无聊。

川村非常了解敬子思前想后、顾虑重重的性格，心里很同情她，而且从他当学徒的时候起，他就对当时老板的掌上明珠、秀丽端庄的敬子心怀眷恋之情。现在敬子人过中年丰韵犹存，川村对她依然不能忘怀。敬子心里明白，却无法接受。

川村觉察出敬子的情绪，急忙在烟灰缸上把烟掐灭。

"岛木是个好人，可惜身体……"

川村也感受到俊三品格的魅力，表示敬意。

"身体很好，就是晚上睡不着觉。"敬子站起来，"送我去松坂屋。我没带伞。"

川村打开黑色大雨伞，遮着敬子。

烟雨蒙蒙，像闪烁着暗淡光粒的粉末纷纷扬扬。街道两旁的柳树鲜嫩碧绿。

"要是被淋湿了，雨水里的放射线会使头发脱落。"

"这个世界真让人害怕。"敬子一边说一边觉得川村开始秃顶的前额很可笑。

"岂止害怕。"川村神情严肃地说。

敬子想起弓子说自己待在家里"害怕"，就借用了这个词。

"鱼、雨水、饮用水、土地、蔬菜……所有东西都被污染。用不了多久，连空气都被放射线污染得无法呼吸。您看过富士五湖的旅游广告怎么写的吗？"

"旅游广告？"

"我们做广告，总是说'珍珠是六月的生辰宝石'，这样的广告词当然动听。富士五湖的旅游广告说，梅雨过后，正值夏天，大海被放射线所污染，有害健康，请到不用担心放射线污染的富士五湖来游泳……"

"要是湖水没有受到放射线污染，被雨水淋湿不是也没关系吗？"

"说得对。"川村笑得手里的伞都在晃动。

清参加禁止氢弹试验的学生运动，敬子在这方面比川村懂得多。

"到松坂屋买东西吗？"

"买伞。还要去看蔷薇展。"

"蔷薇？"川村感到惊讶。

"回去的时候，到日本堂举办的世界钟表展销会去转一转。没什么高级的，三万五千日元的就到头了，不过也有一些稀奇的东西，像绮年华制造的世界最小的自动坤表、西铁城的带日历手表。对了，前些天我去了'虹'——知道这家商店吧？看了最新的进口胸针手表。就是手表背面是漂亮的胸针，挂在胸前，参加交际舞会时佩戴倒挺合适。"

"哪里造的？"

"瑞士。我可露怯了。看标价以为是三千日元，心想手表虽然不怎么样，但当装饰品挺可爱的，参加舞会的女性一定很欢迎，可一问店员，标价原来是三万七千五百日元……是高级表呢。"

在松坂屋门口，川村看到敬子打算和自己告辞，连忙说："顺便到店里来，看看您设计款式的戒指，东西该送过来了。"

敬子点点头。

"虽然我不在店里……还有，那些手表的事要保密，对谁也别泄露出去。"川村有点儿啰里吧唆。

敬子不想在一楼雨伞专柜购买，乘自动扶梯上了二楼的杂货精品柜。她喜欢像手杖一样细长柄的雨伞，最后挑了一把淡雅素净的紫茶色边无花纹灰雨伞，清爽的淡茶色长柄依然保留着原木的本色。檀香木的手柄做成小小的狗头形状，上面还刻着制作者"秀哉"的名字。价格近五千日元，她却满不在乎地买下来。

"虽然很贵，可我一直想要一把英国造的雨伞，终于如愿以偿了。"

她感觉到买一把雨伞也可以使心情舒畅的女人获得乐趣。

敬子给自己买了雨伞，就想着给家里人买点儿什么。于是给俊三和清买了衬衫，给朝子买了时下最流行的尼龙衬裙，不惜给弓子买了绣花边的棉绉绸贴身衬衫。

　　"净是内衣。"敬子不由得微笑起来。不是家里人买不了这些东西，她知道每个人的身材尺寸。

　　她抱着这些东西，乘电梯上到七楼的蔷薇展览会场。还没进去，先闻到花香。她也栽培蔷薇，不由自主地顺着沁人的芳香走进去。这里展览着日本蔷薇会会员精美的艺术品，蔷薇花争奇斗艳、千姿百态。

　　英国蔷薇会会员有两万人，美国有一万五千人，日本当然赶不上，但战时衰微凋敝的蔷薇栽培现在又重现盛况，还引进了西方新品种，搞得热火朝天。

　　敬子的院子里就栽种着法国名贵品种"和平蔷薇"。

　　一九四二年，在德军占领下的巴黎，法国人培育出了新品种的蔷薇。一九四五年，联军攻占柏林。为了纪念和平重返祖国，人们把这新品种的蔷薇命名为"和平"。和平蔷薇的直径长达七英寸，颜色有柠檬黄和粉红色两种。

　　蔷薇展上，一枝一枝的鲜花剪下来插在花瓶里，摆成几排，进行评选。参展者有的正在计算时间，免得花开过了头，有的正精心拾掇花瓣。

　　没有任何一种花像蔷薇这般多种多样、多姿多彩。敬子怀着爱惜蔷薇花生命的情感仔细观赏。花儿有的绽放黑色的花瓣，有的花瓣酷似天鹅绒，有的如山茶花，有的如牡丹。

　　敬子在名叫"二八年华"的蔷薇花前停下来，出神地看着橘黄色和红色的花朵。

　　"可爱的二八年华……弓子，这花名叫十六岁的少女。"

　　敬子转了一圈，看看手表，还不到三点。

　　"要不去修整一下头发……"

这儿的美容师叫香月镜子。敬子是她的老主顾，不过有些日子没来了。

四楼的美容院由于灯光的关系，看起来就像浸在鱼缸里一样。排队等候的女人坐在低矮的银色钢管架红皮椅上，像五颜六色的热带鱼安静地待在水里。

敬子把手提包放在精美漂亮的化妆品柜台上，让年轻的女收银员去叫香月镜子。

胖得简直认不出来的镜子穿着黑裙子、白衬衫、灰色对襟毛衣，悠然自在地走出来。敬子从她潇洒爽利的装扮上一眼就看出她的生活高雅而安稳。

"哎呀，好久不见了。您还是老样子……"镜子也显得很亲热，"这儿刚刚拍完电视广告，您要是早来一步还能看到，可惜没赶上。"

"是不是介绍从美国带回来的美容方法？"

"对呀。"

"我在报纸的妇女专栏和流行杂志上看过好几遍了。"

"不能光看，看了以后就敬请光临啊……"

镜子这么一说，敬子顿时无言以对。

"您的生意越来越兴旺，干得不错。"

"托您的福，还算凑合吧。"

"刚才在七楼看蔷薇展来着。"

"漂亮吧？我这儿也是培育鲜花的，请常来……"

"制造'美人花'的方法也越来越先进，跟以前大不一样了吧？"

"您要早来一步，这儿还在拍电视广告……"镜子又说了一遍，然后带着敬子往里走，看来想让她看看自己的美容院。

首先是利用螺旋管道喷射形成的水压护理全身的淋浴室，轻轻掀开里间更衣室的门帘，从缝隙间看见里面是个明亮光艳的小房间，摆着一张全身按摩床，一个穿婚纱的姑娘正背对着门口。此外还有几间进行各种整容、消除雀斑、切除痦子等，像医院病房一样的房间。

敬子本来只想修整一下头发，结果在镜子的劝诱下做了面部美容。

"您长得真年轻，我倒想问问您有什么驻颜术？"镜子看着敬子。

"好久没到您这儿来，自己不会保养……"

美容师用细嫩柔和的手指将洋溢着新鲜水果芳香的润肤膏涂在面部按摩，然后用吸盘把沉积在皮肤里的疲劳吸掉。再抹上蛋清让皮肤绷紧，最后敷上厚厚的像化妆粉和蛋黄搅拌成的东西。弄得敬子眼皮不能眨动，嘴唇不能张开。

四周弥漫着爽心的芳香、吹风机的声音和年轻人朝气蓬勃的说话声，恍若置身于女人的花园，令人心旷神怡、舒适陶醉。这时，镜子走进来，站在敬子身旁说："现在的年轻人长得细皮嫩肉，装束打扮气派又讲究，跟战前实在天差地别。"

"东京美女如云，过不了几天又要花样翻新，准会来整形，整得跟外国电影里的女演员一个模样。"

"可不是吗？今天在这儿拍电视的就是一个稍稍感觉尖刻冷漠，却青春水灵的大小姐，是初出茅庐的新手。"

"大小姐？"

"看来不像演员。"

"哎哟，大小姐当模特儿……"

镜子亲自给敬子化妆，把敬子脸上名叫"巴黎公子"的蛋清润肤膏擦干净，然后用玻璃球里的红色灯光轻轻地照射皮肤。

"我向她要了一张名片，她名叫岛木朝子。"

敬子心头猛然一震。

"香月，别给我化妆了，我还有要紧的事要办……"敬子想起岛木说的话，惶惶不安。

"可是，已经化得这么漂亮了……"

镜子将手绢轻轻按在稍显浓艳的胭脂上。

一时和睦

下午，弓子没发高烧，看来已经痊愈。可是不发烧就跟妈妈撒不了娇，她又觉得缺点什么。

出诊的医生打完针就走了。弓子无聊地看着窗外的蒙蒙细雨。

细雨无声，坡道旁的水沟却流水潺潺。

弓子心想，名存实亡、只存在于户籍上的夫妻实在没有意思。只是因为有了这个名叫弓子的孩子，才维系着夫妻关系。

她的想法单纯干脆。

自己这个独生女跟着敬子，母亲会不会责怪"我无依无靠、孤独寂寞，你这个做女儿的太冷酷无情了"呢？弓子想到这些，悲从中来，趴在枕头上流泪啼哭。

痛哭一场以后，弓子拿起法语课本大声朗读。虽然难过的心情有所缓和，但各种杂念仍然无法排遣。

"爸爸不是坏人，一点儿也不可恨，可为什么一家人都没有幸福？我长大以后，不能过像母亲和妈妈现在这样的生活。"

弓子似乎也大体了解什么是女人的幸福，但一涉及自己，就像倾听远方美妙的乐声。她还没有心上人，也谈不上理想型的小伙子是什么样子。

弓子一直把清当作哥哥看待，这个哥哥却忽然向她那样表白心迹。她觉得这不是纯真的爱情，因此极力拒绝，再一想到清是妈妈的孩子，更觉得惊惶不安。

"离家出走，一个人在外面闯世界，酸甜苦辣都尝一尝……"弓子突发奇想。

法语书读不下去，换一本电影杂志，翻看外国的男女演员。弓子对男演员更感兴趣，学校的女同学也都这样。弓子细细眯着眼睛端详让－路易斯·巴劳特那感觉细腻、充满哀伤却又火辣辣的眼神，觉得很熟悉。

"啊，像哥哥的眼神。这个发现很有意思。"

可是再仔细看，觉得更像朝子。弓子不由得微笑起来。

清今天回来得很早，他坐到弓子的枕边，问道："怎么样？好了吗？"

"好像好了。"

"那就好。学电影呀？"

"我可是学法语来着。"

"患扁桃体炎不宜读法语。病好以后，咱们看电影去。"

"我想看几部老片，比如《会议在跳舞》《阴影》。"

"这两部片子我都没看过。《阴影》是巴劳特主演的吧？"

弓子咻咻地笑了。

"笑什么？"

"也叫上朝子姐姐。我想大家一起上上街，以前倒经常一起出去。"

弓子在自己与清之间划了一道界限。

"弓子，让我看看你的枕头。你哭来着？"

"别看，女孩子的枕头臭烘烘的。"

"都湿了，是哭了吧？"

弓子涨红着脸，在枕头上摇了摇头。

"是泪水。"清一只手托着弓子的脑袋，另一只手想把枕头抽出来。

"别动！"弓子叫喊着，把枕头抱在胸前，一下坐起来。

清吃惊地赶紧撒手，后退一步。"为什么事伤心来着？"

弓子背过脸。

"是爸爸的事吗？是妈妈的事吗？"

"不是。"

"恐怕是吧？"

"一个人觉得冷清……"

"忧郁的金丝雀。弓子，你再唱一遍《忧郁的金丝雀》。"

忧郁的金丝雀，它是如此忧伤。它在哭泣和叹息中等待你的来临——弓子以前经常给清唱这支英语歌，最近不唱了。

清从纸包里拿出一本厚厚的书轻轻扔给弓子。

"我买的。"

"《日本方言辞典》……"

"嗯，我讨厌这个家，讨厌东京。打算离开家一段时间，到偏僻的农村走一走。在农家的地炉边，听着乡下人素朴的语言。现在是要么埋葬自己要么重塑自己的时候……但是，逃避是卑怯的、不可能的。我想借助这本《日本方言辞典》学习乡下人的语言，暂时忘掉东京。弓子，咱们两个人一起走吧……"

"……"

"我们也没有要去朝拜的圣地。两个人能不能住在深山的洞穴里？在山洞里变成两尊化石也行，像石像一样。石像不会迷失方向，这个时代终结了，石像也不会毁灭。"

"我可不愿意变成冷冰冰的石头。"

"我也不愿意。我会不会变成冷冰冰的石头，都取决于弓子你。除了你，还有什么能让我心头感到温暖呢？"

"我也是冷冰冰的，所以哭了。"

"嗯？弓子你是冷冰冰的吗？你要真变得心冷如冰，连蔷薇也不会开花，我就成了一具骷髅行尸。"清看着弓子白皙温柔的脖颈。

"你觉得自己冷冰冰，是因为老一个人待着。一个人不知道自己的温暖。"

"哥哥你不是也热忱地思考许多人的幸福吗？"

"如果没有人这样叫我哥哥，那恐怕是出于愤激和憎恶。如果我失去这种身边人的爱，我对许多人的爱也就变成徒有正义感与反叛性的空壳，不过是流行的假面学生剧。"

"哥哥的身边人是妈妈和姐姐。"

"别装蒜！"清火了，"别人痛苦的时候，希望你至少认真跟我说话。我们说不定什么时候就会离开这个家。"

"真可怕！"

"有什么可怕的?!"清粗暴地说，"在这个复杂的家庭里，你怎么能够单纯地——也许单纯这个词用得不恰当——纯真地待下去呢？"

"我并不纯真。"

"这么说，你对我母亲也不纯真了？"

"……"

"对不起，对不起，是我不好，我该死。我绝对不是故意刁难你。我本来就打算让妈妈成为你的亲妈妈。你不知道，你对妈妈好，我心里有多高兴。"

弓子稍稍扭过低垂的脑袋，清目不转睛地凝视着她那一头丰厚的乌发。

"弓子，能不能也让爸爸成为我真正的爸爸？"

弓子的发梢在轻轻地颤抖。

"又是我不好。弓子，我还是到偏远的乡下去，变成一个坦率直言的青年后再回到你的身旁。我不再让你难过，不再给你加重负担了。"

"哥哥，原谅我……"

"应该是请你原谅我。"清拾起《日本方言辞典》放在膝盖上，"弓子，你知道前些日子举办的东京大学五月节展览是怎么回事吗?"

"不是氢弹综合展吗？"

"你的声音这么清亮。"

"……"

"现在这个家里，只有你一个人眼睛明亮。"

门铃响了。敬子回来了。

"啊，真累。"敬子横着伸出脚，也没铺坐垫就坐在清的旁边，把给各人买的东西全部交给清。

弓子闪动着明亮的眼睛："我看妈妈不累呀。这么漂亮，是怎么回事？"

"今天有点儿高兴事。"

"什么事儿？说给我听。"

"到松坂屋买了一把早就想买的雨伞，然后参观蔷薇展，而且由我设计款式的戒指都卖出去了。"

"真好。姐姐和我都想要。"

"给你们。不是什么高档的，只是作为我设计戒指的处女作纪念。还有一件秘密的事。"

"什么呀？妈妈，快说！"

"在松坂屋做美容了。"

走私手表那件事关系到川村的情面，敬子没有透露出来。

这时，朝子也回来了。弓子立刻告诉她："姐姐，妈妈今天去松坂屋做美容了。"

"啊！"朝子神色惊慌地看着敬子。

"姐姐，妈妈挺漂亮吧？"

"别老说漂亮、漂亮的，妈妈听了心里难受。"

可是弓子毫不介意："哎呀，我说呢，姐姐今天也特别漂亮。怎么回事？"

朝子心里扑通一跳，脸颊发红。敬子发现朝子在那家美容院还修了指甲，但没有说话。

"好好躺着吧，弓子。我算服你了。"朝子说。

大家都被这句话逗乐了。

"年轻人老躺着也受不了。"敬子说。

谁也没有走开，大家一边吃脆饼喝红茶，一边热火朝天地聊天。一家人好久没有这样围着敬子——不如说是以弓子为中心，其乐融融地团聚在一起了。

清也高兴地聊天，弓子放下心来。四个人愉快地交谈着，彼此间充满了团圆的欢乐气氛。时间不知不觉地过去，晚饭已经摆上了紫檀木桌子。

"就像难民一样。"弓子坐在地上，边说边端起专为她准备的粥。

"今天我看到这种颜色的蔷薇。"敬子用手指抚摩着紫檀木，"蔷薇各种颜色都有，现在就差蓝色的蔷薇还没栽培出来。"

快吃完饭的时候，听到了俊三的脚步声。敬子把刚刚点燃的香烟掐灭，站起来走到门口。

"你回来了。"她对着弯腰解鞋带的俊三说，"我们刚刚吃完饭。"

门口铺板上放着俊三从热海带回来的腌山菜咸菜的小桶和细长纸包，里面像是甜点心。

"你呢？"

"吃过了。"

"在哪儿吃的？"敬子脱口而出。

"和姐姐在新桥。"

"几点从那边回来的？"

"四点左右。"

俊三早晨出门的时候没带伞，衬衫领子和衣服肩膀都被雨水淋湿了。他似乎并不打算向敬子隐瞒自己去热海的事。

"怎么样？她……"

"没什么怎么样，把事情说开了。"

敬子大吃一惊。看着俊三的后背和直挺挺的脑袋，他脑袋四周白发明显增多了。

"那弓子的事呢？"

"弓子？"

"嗯。没商量弓子的事吗？"

"弓子还没毕业，没什么可商量的。"

俊三一下子顶回去，好像这事与敬子无关似的。

敬子沉默了。俊三现在不想多说话，她不是不知道，而且他们也不会在门口谈这种事。可她看得出来，俊三并不打算和她开诚布公地商量。

敬子还想知道这件事："我的事跟她说了吗？"

"说了。"

俊三的回答就这两个字，他瞧也不瞧敬子一眼，径直从走廊进入内厅，避开和孩子们见面。

敬子抱着俊三被雨水淋湿的西服走上二楼。就弓子一个人知道父亲今天向母亲提出离婚了。

把事情说开了……这是男人说的话。这句话刺痛了敬子的心。

"清——朝子——"敬子喊道，"你们两个上来，快一点儿！"

星期天是个大晴天。

从星期二、星期三开始，不知是什么邪劲儿，一直阴霾沉沉、烟雨蒙蒙。今天云开雨霁，太阳像宝石一样灿烂耀眼。

"天气真好，收拾屋子。"朝子情绪很高。

朝子爱整理东西，这是她的优点。自己悄悄定个日子，把家里的旧报纸杂志，有时还把各种空瓶子收拾干净。她把百货店的包装纸和空箱子整整齐齐地堆放在平时不用的壁柜上层，连形状好看的化妆品空瓶都珍藏起来。壁柜也经常整理，扔掉旧的，放进新的东西。这些都不是敬子事先安排或者教育出来的。

敬子看朝子这么勤快地料理家务，便对她说："我看你梦想当演员，与其在这条艰难的道路上伤心吃苦，不如当家庭主妇更合适。"

"不行不行。那时候人家就说成天收拾屋子是歇斯底里的征兆，遇到不顺心的事，就不管三七二十一，见什么摔什么撒气。受不了吧。"

"表面上看是个厉害的姑娘，其实对男人可心软了。结婚以后，准是无微不至地伺候丈夫。"

"要是这个人不揪着我的脖子欺负我，也许我会一心一意伺候他。可是这样的人恐怕不会有。我对男人可不是百依百顺……"

朝子只要在浴室或者梳妆镜前面发现一根细小的发夹，就像捏着什么脏东西似的捏在手里到处问："这是谁的？谁的？"

朝子不愿意做饭，却喜欢检查厨房的清洁卫生。比起敬子来，女佣芙美子更害怕朝子。锅碗瓢盆稍不整齐，她就大光其火。一看到擦食具、擦地板的抹布脏了，就连声大嚷"不行不行"，统统扔掉。要是在食品柜的边边角角偶尔发现忘记及时处理的发霉的汤汤水水，就会倒竖柳眉，恨不得泼到女佣脸上。

今天风和日丽，敬子到院子修剪蔷薇，把开过头的花和雨水淋后出现茶色斑点的花剪掉，把不知道什么时候冒出来的新芽掐掉。她发现一只绿色蚜虫，喊了一声"给我喷雾器"，回过头去。

只见朝子踩在足凳上，上半身钻进高高的壁柜里，裙子下面露出雪白细腻的双腿。

"又在干。"敬子嘟囔一句。

这时，清走到了走廊。

"清，叫谁把喷雾器给我拿来。"

"谁把喷雾器拿来啊？"清站得直挺挺的，对着屋里喊。

可能是洗了头发，弓子肩披粉红色浴巾，拿着喷雾器来到院子里。

"洗头发了？不要紧吧？"敬子说。

"发烧出汗，身上难受。洗一下清爽。"弓子抚弄着脑后的头发，"我也想去妈妈做美容的那家美容院剪头发，那样就更清爽了。"

"还是不要剪掉好。"清在走廊上说。

"剪掉好。大家都剪短发。"

"你适合长头发。"

"合适不合适，不剪不知道。"

"不，我知道。"

"哥哥你又没见过我剪短发是什么样子，怎么知道？我想打薄一下头发。"

"打薄是不是用剃刀刮薄？像男学生乱蓬蓬的长头发那样后面脏兮兮的。"

"才不脏呢。"

清心里不痛快，进屋了。

敬子看着清和弓子为这种微不足道的事情孩子气般地争吵，忽然闻到一股蔷薇花的清香，顿时感到兴致盎然。

"现在先不剪，等天热以后好不好？"敬子微笑着说，"不过，我带你去美容院。"

敬子看着弓子樱桃小嘴上方闪亮的汗毛，十分舒心惬意。

"烦人！"俊三忽然大吼一声。站在足凳上的朝子和在门口拿着鞋刷的清都吓了一跳。

俊三怒容满面地站立在走廊上，抓着玻璃门的手气得直哆嗦。

"别让孩子哭个没完！烦人！"他又怒气冲冲地大吼起来。

敬子不由自主地拽着弓子的手，把她拉到身边。俊三的目光越过敬子的头顶，瞪着围墙。

刚才一直听见围墙外面婴儿车嘎吱嘎吱走走停停的声音，小孩子又哭又闹，好像是母亲在使劲哄着小孩。

俊三的第二次吼叫大概传到外面了。

"别哭了，你听，叔叔多可怕，要来抓你……"

声音听不清楚，但年轻的母亲慌得急急忙忙推车往回走。大概是邻居。

敬子心里难受，她觉得对不起墙外的人。

"那不是小孩子吗?!"敬子低声嘟囔一句。俊三没有听见。

大人被小孩的哭闹弄得束手无策、心烦意乱的时候，还被人这样气势汹汹地责备。这算什么事呀!

敬子没有心情继续摆弄蔷薇了，于是她抱着剪下来的花，拿着剪子和喷雾器踏上走廊。

这时，电话铃响了。俊三像躲避敬子似的走进房间。敬子满脸不悦地拿起话筒。

"喂，是白井先生家吗? 我是田部，请问夫人在家吗? "是一个年轻男人的声音。

"我是敬子。"

"我是田部的弟弟……"

对方说前些天敬子卖给他们的百达翡丽手表走时一天差一分多。

敬子觉得百达翡丽手表一天差一分多简直不可思议。这是经过精挑细选才转让出去的。她就像听到嫁出去的闺女冷不丁向自己诉苦似的。心里正不痛快的时候，偏偏又碰上这桩倒霉事。

"我马上去取，好好检查一下。"

"不用。我今天带出来了，医院下班以后顺便送过去。"

"让您特地跑一趟，实在不好意思。那我等着您。您大概几点来?"

"要是没有急诊病人，五点左右。"

"那好。弓子也在家。"敬子略带娇媚地说，然后挂上电话。

弓子从后面过来:"妈妈，你说弓子也在家，是谁呀? "

"就是柿本医院那个年轻的大夫。"

"年轻的大夫有三四个，我不知道是哪一个。"

"名叫田部的那一个。"

"有这个大夫吗? "弓子歪着头，"可是我要出去。"

"上哪儿去?"

"和哥哥他们看电影去。"

"朝子也去吗？"

"嗯。"弓子用乔其纱小手绢把刚洗的头发束在脑后。

孩子们出门以后，敬子想着跟凶神恶煞的俊三见面简直令人窒息，于是转身抱起放在走廊上的蔷薇剪枝。

要是田部的弟弟早点儿来就好了。

俊三让女佣把注射器煮沸消毒，然后自己割开维生素药剂安瓿，给自己注射。他穿上衬衫，但心情烦躁不安，领带系得歪歪斜斜。看来他心里正闹别扭。

以前俊三每次系领带，都是敬子给他拨正领结，这种习惯一直持续到去年这个时候。俊三觉得领结系得很端正，敬子还是说"有点儿歪"，习惯性地拨正，所以俊三从来不用镜子。敬子不再为他拨正领结以后，俊三照样懒得照镜子。

俊三一边把两条细腿伸进裤子里，一边喊："敬子，敬子。"

敬子抱着蔷薇花进来，问："是出去吗？"

"嗯。有袜子吗？"

"要新的吗？"

"不一定新的，有干的吗？"

俊三每天都要换袜子，一到阴雨连绵的日子，有几双袜子都换不过来。

"抽屉里没有吗？"

"好像没有。"

敬子也不看抽屉，叫女佣来找。女佣从房后的晒衣场拿来干袜子。

敬子把蔷薇花插在李朝白瓷瓶里。俊三讨厌她这种整天忙忙叨叨的样子。

没有安眠药和威士忌，俊三睡不着觉。一醒过来就偏头疼，一点儿轻微的声音都像往他的脑子里打桩似的震天动地地响。

小孩子在围墙外啼哭，他都发疯似的暴跳如雷。电话铃也听不得，连对敬子接电话的声调都大发脾气。

对公司的人还好一点儿。敬子想，都是一道同甘共苦的朋友，在这艰难困苦的时候，大家互相安慰互相鼓励，振作精神忘我拼搏。

今天是星期天，俊三还要和两三个公司负责人一起整理账簿，可是他一出家门，就觉得两腿发沉。下坡的时候，在大马路上等公共汽车的时候，他几次犹豫着想回家去。

俊三爱过敬子。但是靠敬子的收入维持家庭生活以后，他的感情就别扭起来。现在，敬子的年轻美貌、热心养花都像针一样刺痛他的心。

"我这么穷愁苦恼，她还有心思养花种草！"俊三恨不得把院子里的蔷薇践踏个乱七八糟。

他想起妻子京子听到自己表明离婚的态度时，像小孩子一样泪水簌簌地流淌。京子很可怜。

而敬子为了保障今后的生活，断然拒绝拿房子做抵押，虽然听起来理所当然，但俊三总觉得缺少人情味。他后悔自己说出这个主意，结果连最后的一点儿信心也彻底毁灭了。

敬子靠珠宝生意的收入维持家计，俊三有一种难以言状的忌妒。他本来就是这种男人，在外面待人亲热豪爽，喜欢神侃胡聊，热热闹闹吃喝玩乐，回到家里却眼睛不是眼睛、鼻子不是鼻子地横行霸道，现在更是把自己孤独地封闭在硬壳里。

"你们干的事哪一件我都看不顺眼，我跟家里人打交道心烦。"俊三似乎这样对全家人公开宣告。

俊三像独自游离于家庭星座之外的孤星。很早以前，他这种喜欢孤独的恶习反而让敬子更加热烈地爱他。她煞费苦心千方百计，甚至明显用讨好奉承的方式，想把俊三拉回家庭中来。但是不久以后，敬子心灰意懒，失去了信心。

"趁着还没讨厌我，赶紧离开吧，敬而远之，免得自讨没趣。"

跟他推心置腹地交谈，他也心不在焉、爱搭不理。敬子如果不说话，他更是一声不吭。

最近这段时间，虽然住在一个屋檐下，双方却再也没有含着会心的微笑亲切地凝视过对方。俊三在家里的时候，总是脸色阴沉，连打哈欠都气不打一处出。敬子想安慰他，却又不了解他真正的苦恼、难言的悲哀是什么，所以不知道从何谈起。

"从那以后，热海那边的事只字不提，现在怎么样啦？"敬子心里惦念着。

俊三的出版社并不是他一个人搞起来的。成立的时候，三四个朋友一起凑了五十万日元做资本，后来通过增资，成为资本一千万日元的股份公司。俊三当董事长、公司很景气的时候，职工的工资也很高，红利总额跟公司头头儿一样多。公司很多人买了房子。俊三因为住在敬子家里，就拿这笔钱买了钢琴和小汽车这些东西。

"都是你，弄得我现在还没有房子。"公司经营不下去的时候，俊三对敬子这样说过，"稀里糊涂地当上了董事长，算是飞来横祸。"

俊三的公司出版发行通俗杂志，三年前就开始销路锐减，不久，纸张费、印刷费、稿费等常常拖欠。为了摆脱困境、打开局面，他咬咬牙投入新的资本，改出单行本。虽然也有畅销书，但大部分都滞销，不知不觉已负债累累，无力偿还。

由于连本带利地还债和支付票据等各种经费，弄得书出得越多越快，损失越大，负债越重。公司头头儿的房子都做了抵押。

"我自己没有房子，能不能拿你的房子……"俊三求过敬子。

"公司注定早晚要倒，没几天日子了。别用这种剜肉补疮的方法，免得伤口太深。"敬子一口把他顶回去。

俊三个人的储蓄早就掏出来填进去了。

由于经济萧条，最近又有几家出版社倒闭关门，不可避免地波及俊三的公司。如果债权人采取某种措施，自己可能一辈子都被债务困扰。想到到处给人造成麻烦，每次兑现票据，俊三总是夜不能寐。

并非是为了个人获利，只是为了逃避重税，免不了在账本上做些手脚。万一有关部门查账，自己说不定要被问罪。想躲过这一关，又得做背信弃义的事。另外，应该由公司代交的稿酬和印花税的源泉课税额一千万日元也拖欠至今。俊三害怕被指控为渎职侵占罪。

还有一笔从丈夫阵亡的遗孀那儿借来的钱。要是公司倒闭，也无法偿还。更有已经破产的装订工厂把他的印书票据转给别人，结果素不相识的人拿着票据找上门来，逼他支付现金，甚至还以暴力相威胁。

"岛木，我和你一起死。如果你不付款的话，我们一家子全部自杀。"一个制作书套的小老板这样逼迫俊三。

这个月杂志的原稿好容易收齐交给了印刷厂，但纸店不给送纸，排好的版无法付印。

虽然职工每天都来上班，但大家都人心惶惶，也无事可干，帮着整理退书，有的在公司或者附近溜达。要是解散回家，这些人从明天开始就揭不开锅了。

俊三一看见这些人，就深感人生碰壁的痛苦，胸口难受。

半老徐娘

敬子送走岛木以后，抱着满满地插着淡红色、胭脂色、黄色、白色等各种蔷薇花的李朝白瓷瓶放在客厅的钢琴上。

"幸福降临蔷薇之家。"她记得好像有这种说法。

这间做客厅的西式房间窗明几净，除了银灰色的墙壁上挂着一幅梅原龙三郎的油画外，没有其他装饰。油画上的桃子鲜润饱满、色泽和煦。

这幅油画原来是清的一个同学家里的，因为急需一笔钱，就卖给敬子了。横幅的画布上并排画着三颗大桃，成熟且饱满丰润的桃肉令人想起中年女性的丰腴妩媚。敬子目不转睛地盯着画面，一种深藏心底的女人的欲望仿佛涌上胸间。

久雨见晴的宁静中午是一段最为忧郁恼人的时间。

敬子并没有明确意识到自己已经对岛木失去女人缠绵的衷情，更没有觉察到等待田部弟弟的心旌摇曳。她只是想洗个澡轻松一下。

她舒适地泡在热水里，头枕在浴盆边闭上眼睛。最近睡眠不足的疲累立刻在皮肤上显现出来，细细的静脉就浮现出来，眼珠上翻看人时，额头便出现皱纹。

女人过了四十，虽然老于世故，但也会为男人的亲切体贴迷乱心神，心猿意马。

"对婚姻生活不满的女人是不是什么时候都像小姑娘一样呢？这种难以启齿的心情我看谁都有。那个人……"

敬子的脑海里浮现出一个个与自己年龄相仿的女人的脸庞。没有比这些有闲阶层的中年女人在服装、头发及化妆上更煞费苦心的了。

去香月镜子的美容院做面部美容和美容按摩的也大多是中年女人。敬子做的面部美容似乎昨天还有效果，今天皮肤就没有紧绷的感觉了。

"这种按摩一个月至少要做三次……"

这大概也是住在东京的女人的一种幸福。

敬子想起一个朋友为了防止中年发胖，就开始打高尔夫球，但是她白皙的手腕上已经出现淡褐色的老年斑。

"栽培蔷薇也是一种运动，但要注意不能太晒……"

敬子一边用冷霜慢慢按摩，一边想俊三的公司什么时候才能摆脱困境。每天面对愁眉苦脸、心烦意乱的男人，实在难以忍受。

"连这儿都有白发了。我这样忍气吞声，是不是心眼儿太好了？"

敬子在家里不能畅所欲言，心里闷闷不乐，更觉得老得快。

田部的弟弟年轻又开朗。

"跟弓子般配吗？"

虽说是漫无边际的思绪，但自己还有比弓子年龄大的女儿朝子，为什么先想到弓子呢？敬子自己也觉得不可理解。

"朝子个性强，别人给她介绍对象，她才不屑一顾呢。"

并不是做母亲的有所偏爱。虽然这样自我解释，心里还是不平衡。不管怎么说，弓子确实比朝子更亲近自己。

"也许正因为弓子不是亲生的，才对自己这么好吧？"

是不是这几年双方有意努力，才这样自然而然地亲近在一起呢？可是，弓子从一开始就依恋敬子，敬子也是发自内心地疼爱弓子。尽管不是亲生母亲，但比起关系别别扭扭的生身父母来，反而更加细微周到地关心体贴她。生身父母对子女的爱，往往是任性溺爱；随着孩子长大，又大多与父母互不相容，反抗双亲。但敬子和弓子之间的亲密关系，大概不会出现上述两种现象。

不过，要是因此让清和朝子多少感到委屈怨恨，敬子只好全部揽在自己身上——"都是我与岛木还有弓子过分亲热的缘故"。

俊三说敬子对弓子的爱有点儿"反常"。其实敬子细细想来，应该是"弓子和我是同病相怜的人"。

如果像最近这样和俊三的裂痕越来越深，家庭的基础摇摇欲坠，自己跟孩子们的关系也许会落得一场空。

敬子洗完澡，穿着藏青色结城绸单衣，系着铁锈色无花博多丝织腰带，舒适地坐在内厅角落里休息。

敬子觉察出清爱上了弓子。清爱慕弓子，浮躁疑虑的他似乎能从弓子那里获得心灵的平静安宁。

敬子决定跟随俊三的时候，心想如果这两个孩子能结合在一起，做父母的两人的关系就更加亲密牢固了。可这好像是一种策略婚姻。弓子会怎么想？敬子并不打算把自己的想法强加给娇小的弓子。

然而今天，当敬子和俊三离心离德的时候，如果作为他们生活的纪念或者唯一的果实，留下两个年轻人的爱情，这又是怎样的爱情呢？

"我无法理解，一切由弓子自己做主。"

敬子和女佣芙美子吃着吐司喝着红茶，这既不是午饭，也不是下午三点的茶点。敬子一边吃一边想，弓子应该找一个比清更耿直的人，所以才想到田部的弟弟。

今天天气骤然热起来，芙美子穿着短袖衬衫，两条胳膊又白又嫩，比去年从乡下来的时候更加丰润白皙，十分显眼。

"他们都看电影去了，明天咱们俩也去看点儿什么。最近日本的电影比拙劣的西方片要好看。"敬子说。

芙美子从门口的信箱取来信件、杂志和晚报。两封信都是朝子的，寄信人的姓名是男性。杂志是俊三的同行寄送的，六月初发行的七月号杂志，封面的女人已是夏装登场。

要是往常，俊三的杂志早已印好，七月号的样刊，一家子早已看腻了。这么一想，敬子就体会到俊三的苦衷，心头一阵悲凉。

敬子翻动还散发着油墨香味的新杂志，忽然发现一个与蔷薇有关的标题。

"一篇关于蔷薇的爱情传奇。"敬子边看边对身旁的女佣说，"蔷薇比人类的历史还古老，大约七千万年前就存在于这个世界上……"

"是吗?!"

"但是，直到五十年前，还没有大朵黄蔷薇。法国人佩尔内把蔷薇与波斯的一种花进行杂交授粉，终于在一九〇〇年培育出大朵黄蔷薇。这种黄蔷薇是对七千万年历史的蔷薇的一场大革命。就是说，在红色系列和白色系列的蔷薇家族里增加了黄色系列，这样可以培育出各种混合色的蔷薇新品种。"

"是吗？"

"这种黄蔷薇试验成功的时候，人们不相信它是天然色，以为是人工染色，报纸也大肆攻击佩尔内是沽名钓誉的骗子。佩尔内断定毁谤中伤源于竞争对手吉约，两家的关系更加恶化。下面才是爱情故事……"

"是吗？"

"几年以后，佩尔内的长子克洛迪于斯和吉约的独生女玛丽相爱，他们的婚事遭到双方父母的反对。不久，克洛迪于斯在第一次世界大战中阵亡，他的父亲极其悲伤，就把一九二一年自己培育的蔷薇命名为'克洛迪于斯·佩尔内的回忆'。后来，两家的父亲先后去世，玛丽就把'克洛迪于斯·佩尔内的回忆'与自己家的蔷薇杂交，经过她夜以继日的艰苦努力，终于在一九四八年培育出名叫'福利·佩尔内'的新品种。这是蔷薇花中的'罗密欧与朱丽叶'，恐怕是编的吧……"

"是吗？"

敬子继续念着。

还有这样的报道，美国蔷薇年鉴收录的蔷薇品种有六千一百五十种，英国的蔷薇苗木年交易量达五百万株。日本栽培了一千二百种蔷薇，苗木交易量约五十万株。

敬子抬头看着自己的蔷薇园，不禁想入非非。

如果把无花果树、绣球花、大丽花拔掉全部种上蔷薇，大概也可以上市。再杂交出几个开浅紫色、浅蓝色花的新品种来，那有多高兴！

临近夏至，白天的时间也长了。仿佛等了好几个钟头，当田部的弟弟来访时，天空还很明亮，客厅沉浸在夕阳的余晖里。

敬子走进客厅，昭男正对着桃子的油画看得出神。他穿着做工考究、半新不旧的西服，整个背影洋溢着纯洁的天真和男性的俊伟。

"还喜欢吧？"

敬子对着他的后背和墙上的桃子，觉得眼花缭乱。她安静地摆着茶具。

"梅原的画，可是没有题款。"昭男转过身来，"梅原很早以前的画。什么时候的？"

"画框背面有题款和年代。"面对昭男的微笑，敬子微笑着回答。

其实昭男并没有微笑，只是他的眼睛看起来总是荡漾着笑意。而且不是温柔的微笑，而是清冽的微笑。敬子没见过目光这样清澈明亮的男人。当两人目光相撞时，敬子有一种向他的目光靠近的冲动，胸中的郁闷顿时冰消雪融。

"我也是从别人那儿买来的，具体年代记不清楚了，大概是二十年前的画吧。"敬子用很客气的敬语回答，想让心情从昭男的目光中平静下来，"看来您喜欢画。除了欣赏，自己也画吗？"

"嗯。当医生的，有不少业余画家。像我这样为了取得医生资格，先学画，可能是颠倒了顺序。"

昭男坐在椅子上。

"这蔷薇花是自家栽的吧？"

"哦，院子里……"

"呀，真漂亮。光顾看画了，没注意院子。"

"田部先生的爬蔓蔷薇也开花了吧？"

"好像开了。"

"平时是田部太太照料吗？"

"叫花匠修剪。"

接着，昭男从上衣内袋里拿出百达翡丽表交给敬子。

"您说走不准？我还仔细调整对过时间，新的百达翡丽表不应该有这个毛病。先放在我这儿，我会尽快检查一下。平时是不是放在收音机或者电视机旁边？"

"这我不知道。对了，可能是电波干扰吧？"

"嗯。不管怎么说，过几天我上门赔礼道歉。田部先生不高兴了吧？是啊，看在老交情上，买了这么贵的东西，也怪不得。"

"其实，人也好，表也好，都有生病的时候。"

昭男这次才真正微笑起来。他的牙齿雪白整洁，嘴略显小一点儿，但一绽开笑容，敬子便觉得心头无比宽慰，自己都感到吃惊。

事情办完以后，敬子还想继续说些什么。

"最近进来一种在日本很罕见的高级表，当然机芯都是手工的，一年也做不了几块，没有秒针，超薄型，铂金壳。外国一般不用铂金。用铂金和黄金做外壳，好像表走的声音不一样。瑞士爱彼公司的产品。"

"没听说过。"

"这种表比百达翡丽还稀罕，我也没经手过。只是因为田部太太有了百达翡丽，才想田部先生是不是……"

"很贵吧？"

"哦，五六十万日元。"

"这么贵的表，他才不会买呢。"

"不过，比起好钻石来……其实手表比钻石更高雅美观，也就是两架高级照相机的价钱。"敬子忘乎所以，脱口而出，说了不该说的话，羞愧得几乎浑身冷汗，不敢抬头。

昭男也许不好意思不留情面地一口回绝，平缓地说："是呀，现在日本还很贫穷，可是不少日本人不顾战败以后的经济状况，拼命购买照相机呀、衣料呀这些高级洋货。我并不一概认为这就是一种丑陋的虚荣。各人有各人的看法，有的人认为这是日本人进取的天性，是向往理想的表现。可以说，这是日本人登上一等国民地位的阶梯。要是所有的日本人都满足于外国的便宜货，恐怕只能造成精神的萎靡，每况愈下。只依赖美国的旧货就太没出息了。忍耐和奢华，缺一不可。总而言之，我把表的事跟哥哥说说看。"

"一看到有最好的东西，就不由自主地想到自己最喜欢的顾客。

所以，他那样好品德的人才配有好东西呀。"

话说到这儿便告一段落，昭男准备起身告辞。敬子忽然莫名其妙地感到心慌。

她站起来，走进内厅，把百达翡丽放进衣柜的抽屉里。其实现在没必要，等送走昭男以后再放起来也不晚。

她像小姑娘似的心神不安，抬头一看搁板上的相册。对了，就是它。她把相册抱在怀里，装作若无其事的样子回到客厅。

"今天是星期天，三个孩子都看电影去了。差不多该回来了，如果您不急的话，请再坐一会儿。"

昭男并没有事要等孩子们回来，拿这个为由挽留他显得有点儿牵强。

"您说三个孩子，那个'优育儿'就是弓子啦。下面还有两个吗？"

"不，其他两个都比弓子大。"

"比弓子大？"昭男吃惊地看着敬子。

敬子心里明白，他是对自己的年轻美貌感到吃惊。

"我如果不知道弓子是您的孩子，还以为您也就三十来岁呢。"

"哎哟，瞧您说的。"

敬子感到羞臊，一想到昭男会不会觉得这羞臊不太正常，就显得更加羞臊。但是，别人称赞自己年轻，看来多年的努力没有白费。敬子心里还是美滋滋的。

"医生常常对六十岁的老人说：'您的身体跟四十多岁的壮年人一样。'这一点儿不假。有些人的身体显得非常年轻，让医生感叹不已。"

敬子就像自己的身体被昭男看见一样，羞得满脸通红。昭男似乎感受到了敬子的羞涩，他的脸颊也染上红晕。

"我不会看女人的岁数，但一看见艳美如花的年轻女性，就心荡神驰。"

"女人的姿色就像'月下美人'这种花一样，十分短暂。"

"月下美人？"

"夜间开花，十个小时就枯萎凋谢。是墨西哥的一种仙人掌，听说跟睡莲相似，开的白花楚楚可人。"

"我不喜欢月下美人。"昭男说。

"青春短暂。"

"短暂的东西要是能不让它短暂就好了……"

"不行啦，像我这样，怎么折腾也不行，年纪不饶人呀。"

"不会的。一旦青春常驻，就会对周围的一切都怀有宽容慈爱之心。"

"男人也许会这样，女人难以做到。要是有人善待自己，女人什么时候都会怀有宽容慈爱之心……"

"哦？"

"医院也是星期天休息吗？"敬子改变了话题。

"按说是星期天休息，有病人就轮休。"

"我们家的人生病住院，弓子是头一个。那时候，看到医生们一个个都开朗热情、精力充沛，就想儿子要是不学文也学医该多好。"

"医生要是愁眉苦脸、唉声叹气，病人可就遭罪了。"

"而且很有把握、充满自信。"

"有时候是做给病人看的。其实人命关天……不过，习惯成自然，不知不觉地表现出来了。"

"像我家这两个男的，整天板着面孔，像谁欠了他们八百吊似的，要不就躲在自己的房间里，真叫人烦透了。"

"其实，一个人能在自己喜欢的道路上走下去是最幸福的。"

"儿子只是说有点儿喜欢英语。"

"我们上旧制高中的时候，刚好赶上战争，外语根本不行。现在的学生，学习好的真不错，跟以前不一样，口语很流利。"

"话虽这么说，恐怕对就业并没什么好处。还不是赤色分子呢，就受到思想调查……"

"聪明的学生差不多都这样，就是这么个世界。"

"要这么说，像月下美人那样生命短暂也并非不好。"

"我原先觉得自己手巧，想上美术学校，但是双亲死得早，哥哥又应征入伍，于是改变主意学医……怎么说呢，当时大概是出于拯救战争伤病员的良心和正义感吧，所以学的是外科。现在这双手既画画又摆弄石膏。我给自己编了个理由：画画可以磨炼手感，对做手术有所裨益。您说呢？"

敬子赞同似的点点头。昭男这番话终于使她的心情平静下来。

"请您看看弓子出院以后的照片。"敬子不失时机地打开相册。

"长得真漂亮。现在清楚地想起来了。"

"这是儿子，这是他妹妹。"

"长得像妈妈，具有现代气质。"

"这是弓子的父亲。"

昭男没有觉察出来，但敬子奇怪自己为什么特地说是"弓子的父亲"呢？照片上的俊三坐在阳光明媚的走廊上，满脸善良的笑容。

昭男翻着相册，只要没有敬子的照片，就迅速地翻过去。敬子热切的目光注视着他翻相册的动作。

昭男这样并不是有意勾惹敬子的情绪。他对尚未见过面的俊三和清等人的照片不感兴趣，和弓子也不熟悉，不便在母亲面前对她女儿的照片过分热心，所以只好看敬子一个人的照片。

敬子却越发希望他只看自己的照片。

既有穿泳装的，也有穿长裤的照片。

"这是结婚以前的吗？"

"啊。我也有过这个时代，这么一想，就把相册收起来了。"

"是嘛。"昭男嘟囔一声，目不转睛地盯着照片。

"怪不好意思的。"

但敬子想，如果自己说"那时候跟您现在的年龄差不多，要是能遇上您……"，昭男会做出什么反应呢？

　　"跟您现在的年龄差不多……"敬子从自己少女时代的照片中真实地感受到青春的气息，"那时还是老式的游泳衣。"

　　嘴上虽然这么说，她心里对自己年轻时候的相片还是很有自信的。她从旧照片中挑出满意的集中贴在这本相册里。有光脚穿着拖鞋的很随意的生活照，还有骑马的照片。

　　"没想到以前平民区还这么自由开放。"

　　敬子有种重返少女时代和昭男见面般的感觉。

　　但是，也有一些婚后的照片。敬子没有告诉昭男，心里却惴惴不安，怕他觉察出来。

　　当然，相册里不会有她与阵亡的丈夫的合影，免得引起对过去婚姻生活的回忆。

　　"啊，这不能看！"敬子惊叫着伸出手去。

　　这是一张敬子躺在坐着的俊三身旁看杂志的照片。焦点对准敬子稍稍低下的侧面，她手中的团扇与俊三的膝盖和谐相亲，构图自然生动，趣味盎然。敬子的卧姿动人心魂地娇媚艳丽。

　　"哎呀，怎么还有这样的照片？！请原谅。"

　　"挺好的。"

　　"我说不让看……清趁我不注意时偷拍的，我记得好像把它剔出去了……"敬子红着脸绕过桌子，想从昭男手里取走相册。

　　敬子像二十多岁的少女般羞臊，反而使昭男感到惊讶。大概看别人夫妻的照片都是这样吧。两口子和谐融洽、亲热无间的时候，那种忘乎所以的姿态神情都不愿意让别人看见吧？

　　昭男一边举起一只胳膊挡住敬子的手，一边继续看那张照片。

　　"不让看。"敬子俯下身子伸出手来，昭男的臂肘顶着她的腰带把她推回去，一不小心，臂肘从腰带往上一滑，捅了一下她的心窝儿。

"呀！"敬子惊叫一声。昭男的胳膊立刻松缓下来。就在这一瞬间，敬子搂住昭男的手臂似的拿起相册，麻利地把那张照片揭下来，塞进腰带里，然后回到原来的座位上，手按着心窝儿。

"以前的……悠闲自在的照片，让您看见……"敬子想平静下来，但仍然急促地喘息。

"对不起。"昭男脸色微红。他的臂肘还残留着敬子的心窝儿被捅时肌肉猛然收缩的感觉。

"悠闲自在的照片……"敬子重复说，"现在，我的日子可难过了。"

"怎么啦？"

"各种各样的……"

昭男盯着敬子，似乎在等待她的回答。他奶油小生般漂亮的双眼皮荡漾着少年的神情。

"各种各样不顺心的事，日子真的不好过。"敬子避开昭男的目光，"跟您说也不管用。"

昭男不再说话。如果再问一句，敬子也许会把她与俊三现在的情况和盘托出。

敬子说了两次"悠闲自在的照片"，似乎不让昭男想象成"淫乱的照片"。本来就不是淫乱的照片，只不过是自己躺卧在俊三的身旁。这样的照片被别人看到，她都羞愧难忍。

敬子不伦不类地用"弓子的父亲"来称呼俊三，而且对自己和俊三漫不经心地一道休息的照片如此羞愧，事情就不可等闲视之。

当昭男看到这张照片时，敬子的心像被针扎一样悔恨交织。要是没有和俊三这一段生活该多好。一切都错了。昭男的来访使敬子意识到这一点。

尽管照片塞在腰带里，敬子还是放心不下。

"弓子他们也快回来了。"敬子随口胡说，"听听我饱经风霜的身世怎么样？"虽然带着半开玩笑的口气，心里却希望得到昭男哪怕只言片语的安慰：“人们说，女人没有幸福，所以梦见幸福。”

“这是什么意思？”昭男微笑着问。

“昭男的微笑会诱发女人的幸福之梦。”——敬子没能说出这句话来。

流水落花

清不常到银座和丸之内这一带来，多半在涩谷、新宿和池袋这些繁华地段游玩，看电影和吃东西都便宜，玩得痛快。他对银座大街上的行人都觉得反感。

下午两点左右，清他们三个人在新宿车站下了车。穿过隧道般的地道，走上检票口附近的台阶，右边的商店上方高高地并排挂着镶在框子里的电影海报。

“新宿剧场演《蓝色的月亮》和《奇人异迹》。”朝子抬头看着海报，“走，上新宿剧场。”

报上刊登着《会议在跳舞》和《暗影》的广告，刚好三个人都没看过，本来说好一起出来看这两部电影，可是朝子看了车站的海报，立刻见异思迁。她就是这种说变就变、随心所欲的脾气。弓子无所谓，看什么都行。

清对朝子的反复变卦充耳不闻，出了检票口，径直往文化剧场方向走去。

“我去新宿剧场。”

朝子在淡黄色府绸连衣裙外套着淡褐色的短上衣。清只是不悦地瞟了妹妹一眼，没有理睬她。

“好不容易一块儿出来，大家一起看吧。”弓子说。

“那你们也去新宿剧场。”

清和弓子都知道朝子的性格，一旦说出口，绝不收回。清跟朝子合不来，总是因为这些鸡毛蒜皮的事赌气，谁也不肯让步。

"你跟我们一起看不行吗？"

"听说《蓝色的月亮》对话机智风趣，而且少女形象完全是崭新的风格。"朝子说。

"你是说'职业处女'吧？拿处女当作招牌。怎么？你想模仿吗？"

"好了。看电影我得看出点名堂。我去……"

朝子边说边离开清和弓子，头也不回，疾步消失在人流之中。

"我行我素，改不了……"清气狠狠地说，然后轻轻地半是拉着弓子的手穿过马路，"她是不是对谁都这副德行？"

但是弓子对朝子的任性，并不像清那样耿耿于怀："我倒觉得姐姐行，她总是很认真地强烈追求着什么，从不屈服。我很羡慕她。大概因为她有才吧，不像我这样稀里糊涂地打发日子。"

"绣花枕头，其实胸无点墨，空空如也。现在的姑娘一个个自我感觉良好，尾巴翘到天上去，实在是一种浅薄的悲喜剧。"

"我看不见得。"弓子替朝子说话。

星期天的电影院座无虚席，他们觉得闷热，休息时间都想到外面透透气。

他们看完两部电影出来，天色还早，百货大楼屋顶上的巨大霓虹灯已经耀眼闪烁。

"晚霞真好看。老下雨，把晚霞都给忘了。"弓子望着天空。

清朝着晚霞的方向走去："肚子饿了，吃点儿东西再回去。"

"妈妈说有客人来，让我早点儿回去。"

"买手表的客人吧？跟我们没关系。"

"说是柿本医院的年轻大夫。"

"是给你做手术的那个？"

弓子脱衣服做手术之前，一名年轻的大夫把清领到走廊上，不让他看。清觉得今天的客人必是此人无疑。

"来干什么？"

"好像是手表的事。"

"你还记得那个医生？"

"毫无印象。"

"那就甭管他。"清大步往车站旁边的地道走去。

穿过地道，便是新宿站西口的繁华街道。首先听到的是弹子球店的噪声，接着酱油烧焦似的味道扑鼻而来。

战后初期，国营铁路车站一带，各种小市场、小商店拥挤不堪，现在还剩下一些。弓子站在这种小店铺密集的街口，害怕得不敢往里走。她从没来过新宿站后面的西口。

"这儿叫年糕巷。战后初期，一溜木板房全是卖豆馅年糕的，一个就十日元。"

现在豆馅年糕店一家也没有了，全是弹子球房和小饮食店。

人群拥挤嘈杂，清像对这一带了如指掌似的走进一家挂着"小锅烩饭"布帘的小店铺。店面很小，细长的煤气灶台上摆着几个小孩子玩过家家游戏似的小铝锅。店里摆着四张桌子，除了清和弓子，还有一对年轻夫妇带着两个小男孩，还背着一个婴儿。

这里还有二楼，楼梯旁贴满大字写的价目的纸条。

"吃什么？"

鸡肉烩饭、蘑菇烩饭、干贝烩饭、虾烩饭、牡蛎烩饭，都是一百日元，只有鳗鱼烩饭一百五十日元。

"我说不好，哪一种好吃？"

"嗯，我喜欢吃鸡肉烩饭，也有虾烩饭、鳗鱼烩饭，还有山菜末板鱼糕、山菜末浇鸡块、鳝鱼肝汤、鸡蛋汤……"

"鸡肉烩饭吧。"

穿花连衣裙、系着短围裙的姑娘把茶水和卫生筷放在他们面前，等着点菜。

"两个鸡肉烩饭。"清点完菜，点燃香烟，可能是累了，呆呆地默默吸着。

外面是人来人往的脚步声、嘈杂喧闹的弹子球房的哗哗声、招揽客人的呼唤声，一片杂乱。店里却十分安静，年轻夫妇的谈话声都能清晰地传到弓子的耳朵里。

"对不起，再来一瓶清酒。"

妻子替丈夫要酒，弓子觉得很少见。那声音柔和平静，充满幸福。

年轻的母亲用筷子挑着热烫的烩饭，吹凉后喂一个小男孩吃，另一个裹着淡蓝色挡风巾的婴儿在她穿着白罩衫的后背上仰着脑袋熟睡。两个小兄弟一色白帽，背对着弓子。

年轻的丈夫看样子不像工薪阶层的人。弓子看着他，心想他是干什么的呢。妻子没有烫发，把辫子盘在头上。这种发型已经过时了。

和睦的家庭氛围唤起了弓子的伤感。这些日子，弓子对脾气暴躁的父亲感到害怕，对心神不定的敬子惶惶不安。尽管觉得热海的母亲可怜可悲、令人同情，心里难受，但双方的感情不能沟通。

清也好，朝子也好，只要在家里就浑身不痛快。

从外头疲劳地回到家里，最能舒舒服服休息的只有敬子和弓子两个人。难道这个家除了敬子和弓子关系密切外，其他人都是一盘散沙吗？

"弓子，你想什么呢？"

弓子把目光收回来，面前摆着两个饭锅、两个饭碗和一小碟腌黄瓜。掀开厚厚的木头锅盖，热气腾腾，飘溢着鸭儿芹的清香，诱人食欲。

"别看锅小，量相当大。"

清说着把锅里的烩饭盛到碗里。弓子也学着盛饭。

清吹着滚烫的烩饭，露出整洁的牙齿。烩饭的味道清淡可口。但是弓子吃完一碗后，只添了一点儿，看着锅里说："量还挺多的。"

"不合口味吗？"

"挺好吃的。肚子饿也吃不多，很快就饱了。梅雨季节总这样。"

"看起来锅小，能盛三碗半到四碗。"

"哥哥常来这儿吗？"

"这儿吗？偶尔来。我的朋友中有人每天晚上非吃烩饭不可。"

"一个人住，在外面吃饭，还是锅里现做的饭菜热乎可口。"

"这条街有意思吧？"

"一个人来害怕。"

"没什么可怕的。大伙儿不是挺亲亲热热的吗？在满眼都是战争创伤的街道上，既有寻找刺激、让人忘却一切的弹子球房，也有五十日元买醉的小酒馆。你不习惯这种场所，大街对面有一家叫东急俱乐部的干净的啤酒屋。咱们去那儿喝生啤怎么样？"

弓子摇摇头："姐姐差不多也出来了。我们往新宿剧场方向走，说不定能碰上她。"

"她是去看电影吗？我想她又是心血来潮，临时改变主意。"

"心血来潮？"

清站起来，走出饭馆，却进了旁边的弹子球房。他买了五十日元的珠子，把十来个珠子放在弓子手上，带她到空着的弹子球机前，手把手地教她怎么玩。

清并不是玩弹子球入迷的学生，今天是为了让弓子宽心才进来的。

弓子的珠子很快就被吃光了。她从一长列清一色白衬衫的男人背影中找到清，站到他身后。

弓子站在旁边以后，清的珠子一粒也没进洞。

"真怪，你一看就不行。"

"快八点半了，回去吧。我累了。"弓子对着清的肩膀说。

清手里还剩下五十粒珠子，他拿去换了两包和平牌香烟，走到门外。

"喝一杯茶再回去。"

"我喝不下了。回家喝也行呀。"

"别婆婆妈妈的。"清不由分说，大步往前走。弓子只好跟在后面。

清走进年糕巷尽头一家山间小屋模样的光线暗淡的茶馆。里面烟雾弥漫，唱片播送着卡萨尔斯的大提琴独奏曲，清越优美的乐曲声融进外面的嘈杂声里。周围还有几对年轻男女，大家互相有所意识。在这样的环境里，弓子的心情怎么能平静下来？

"弓子，你晚上不能喝咖啡吧？"

"嗯。这一阵子老睡不着觉。"

"父亲的遗传吧，有点儿神经质。"清替弓子要了一杯柠檬苏打水。

弓子抿着妩媚可爱的嘴唇用吸管喝柠檬汁，可能有点儿酸，她微微皱起眉头。可是，她越是清纯，清觉得离她越远，内心也越发痛苦。

弓子和清一起看电影、逛街、吃饭，一点儿也不觉得高兴，依然芳心不展。清对弓子的铁石心肠开始感到心浮气躁。

弓子从天真可爱的小姑娘出落成如花似玉的少女，这些岁月都是和清在一起度过的，清熟悉她的喜怒哀乐、好恶脾性。她温顺文静，但从不装模作样。高兴的时候，会乐滋滋地任性撒娇。

而且，清也熟悉她脸蛋的气息、嘴唇所接触的她肌肤的滋味。虽然这同样也使弓子熟悉清，但她说现在都不是小孩子了，对清避而远之。难道长成少女以后，昨日爱的接触就这样消失得无影无踪了吗？难道清只能偷偷为她的少年时光而欢愉吗？

弓子喝完柠檬苏打水，用吸管拨弄着杯子里残余的冰块。

"今天都是哥哥请客，没想到哥哥有这么多钱。"

"没你想象的那么有钱……"清苦笑着说，"我最近打了一份工。"

"是吗？打什么工？"

"意思不大的工。我不愿意像朝子那样，一见到妈妈，二话不说就伸手要钱。我打的工跟女孩子干的活差不多。你别笑话，就是帮着用玻璃纸裹书皮，然后装箱。是研究班的老师介绍的，干两天挣了五百日元。"

"大学还管介绍打工吗？"

没想到这个话题引起了弓子的兴趣。

"想打工的学生很多，比如当家庭教师、给外国人当导游、在工厂里正式干活的，各种各样。还有的人干的事实在可怕，说出来会吓你一跳。"清愁容满面地说，"什么大学？！挂个名，卖鱼、干坏事的有的是……"

"我也觉得我选择大学基本课程选错了，打算从下学期开始不学法语，改学打字。"弓子说。

"打算工作呀？"

"嗯。我觉得妈妈这样很可怜，太辛苦。"

清用手指紧紧捏着用法语印刷着"爱情"店名的小火柴盒，没有作声。

"我觉得妈妈太辛苦。"弓子重复了一遍。

"我对妈妈的感情不如弓子的深。"清低声说。

"是因为我爸爸吧？"

"也不是，因为你是他的女儿……"

"我说正经的。"

"我也是说正经的。真的，没有他，这个世界也就没有叫弓子的你。这么一想，我有时候使劲地看着他。"

"是恨他吧？"

"我哪能恨你的爸爸呢？！"清提高嗓门斩钉截铁地说。

弓子怕被周围的人听见，赶紧给他使眼色，羞得两颊通红。

"这与你喜欢我妈妈的原因不一样……"

"你是不是因为不能恨爸爸，才跟妈妈疏远的？"

"弓子，你是个了不起的心理学家。也可能被你说中了，但不仅仅是这个原因。说起来，妈妈和爸爸住在一起，恐怕是妈妈的不好。其实，住在一起这件事要说不好，也的确不是一件好事。当然，我不是小孩子了，我能理解妈妈当年依赖爸爸的心情。再说，他们要是不住在一起，我们也不会相识……"

"……"

"还记得吗？当年妈妈在车站做小买卖的时候，爸爸去信州之前，抱着你到妈妈的小卖店来，说这孩子的母亲快不行了，把你寄放在我们家里。"

"记得。哥哥姐姐都待我很好。"

"你又可怜又可爱，我就非抱你不可。"清本想说"这就是初恋"，但还是改口说，"那年我多大……那时候弓子你才十岁，长得娇嫩活泼，不认生，对人亲昵，我可疼爱你了。"

弓子也没忘记自己娇憨地依赖清的疼爱。

"当时我虽然也是小孩，但心里发誓决不能让你嫁给别人。所以你住在我们家里以后，即使跟我的妈妈那么亲密，别人觉得奇怪，我也没有丝毫的不高兴。"

弓子不由得一阵心酸，垂下眼睛。

"但是，妈妈和爸爸住在一起的时候，正是我的年龄最容易出问题的时期。要不再小一点儿，要不已经成人，可能会好一点儿，刚好进入青春期，即使爸爸有妻子，即使爸爸没有离婚，也觉得妈妈被别人抢走了。恐怕朝子也有这种感觉。"清的嗓门又开始大起来。

"哥哥，走吧。"弓子说。

"嗯。听说爸爸去热海谈离婚的事了？"

弓子点点头。

"我总觉得事到如今，为时已晚。你认为爸爸和妈妈会正式结婚吗？你认为他们应该结婚吗？"

"不知道。"

"我现在也弄不明白了，"清忽然语调冰冷地说，接着又热情地问，"弓子，你伤心吗？"

"伤心。"

"现在我们家谁也不会坦率地表示悲伤。爸爸、妈妈、朝子、我，四个人之间已经毫无爱可言。但是，这四个人似乎都疼弓子。"

"妈妈最疼哥哥，也疼姐姐。"

"是这样吗？"清目光暗淡地思考着，"至少谁也不希望别人发生不幸，但是如果有人发生不幸，恐怕会各顾各的，生怕给自己造成麻烦。"

弓子把小冰块含在嘴里，忽然轻声笑起来。

"你笑什么？"

"觉得你的想法很可笑。"

"那好，刚才说到不幸，现在爸爸正处在岌岌可危的关键时刻，有谁打心眼儿里关心他安慰他，拉他一把呢？"

清又后悔自己说过了头，弓子却意外地不甘示弱地说："大家都从心里同情爸爸。哥哥你带头让自己开朗起来就好了。"

"嗯？我的领路人是这么说的吗？弓子，你是明灯，只要你照亮我的脚下……"

弓子的脸上涟漪似的荡开微笑。

比起装聋作哑的朝子的倔强冷漠来，清从弓子冷不丁的微笑中感受到强烈的抵触，有一种崭新的魅力。他连额顶都觉得热烘烘发烧。

"弓子，你觉得爸爸和妈妈会重归于好吗？"

清反而提出了会伤害自己和弓子心灵的尖锐问题。

清正在付账的时候，听见弓子在门口快活地喊道："下雨了！"

"又下雨了。"

透过灯光，只见阵雨般的雨脚在马路上迸溅。马路对面的茶庄焙烤新茶的清香飘溢过来。

"好香！"

弓子心情愉快，快步往前走去。

"弓子，别走那么快。"

清追上来，把抱在怀里的上衣披在她肩上。

"下雨天，走也好跑也好，该淋湿的都会淋湿。"

"是吗？才不是这个理呢。早点儿跑到屋檐下，就少淋一点儿。"

弓子尽量在屋檐下避开雨水跑跑走走。她跑进明亮的车站西口，把上衣还给清。

"谢谢你。我都有点儿热了。"她抬头看着检票口上面的大钟，"明天的课程表还没排，还想跟妈妈聊今天看电影的事。不早点儿回去，都快忘了。"

清不明白她为什么要这么说，真想使劲抓着她的肩膀问清楚，要不狠狠揍她一拳。

弓子并不讨厌清，视他为亲哥哥，所以一下子无法将亲密无间的兄长之爱当作异性之爱接受下来。最近，弓子对清的言行已无法信赖。

弓子百思不得其解，如果真如清所说，兄妹之爱就是男女之爱的象征，难道幼童时期的嬉戏玩闹就必须成为婚约，一直延续到遥远的未来吗？她觉得清沉重地压在自己身上。

星期天上街的人们赶上阵雨，都挤到电车里。弓子看着窗外说："妈妈一定担心我们会不会被雨淋了。"

"你什么事都想着妈妈。"

"今天家里就妈妈一个人嘛。"

"你刚才说妈妈太辛苦，是吧？"

"我觉得妈妈太辛苦。"

"是呀，自己没有店铺，在外面跑来跑去销售珠宝手表这些高级奢侈品，的确很辛苦。现在不是那个时候了。经济萧条，当铺死当的钻石到处都买得着，好像还很便宜，可惜又没有资金……"清也说。

"要是爸爸的公司倒了，妈妈也会背一身债吧？"

"说不好。妈妈对爸爸还有爱情吗？还有可以贴补进去的东西吗？"

弓子惊愕地看着清。

他们在目白站下了车，看见不少妇女拿着伞在接人。

"给芙美子打个电话，让她拿伞来。"弓子说。

"不用，雨小了。"清又把上衣披在弓子肩上，一只手轻轻搂着她大步往前走。

"不用，热。"弓子从他的手臂中脱出身来。

雨像烟雾一样弥漫开来。

走到没有遭受战火破坏的高级住宅区里，高大的树木遮天蔽日，阴暗的繁枝茂叶间，不时传来树枝嘎吱嘎吱迸裂似的声音。弓子放慢脚步。

"弓子，有一件事，我希望你明确回答。"

"什么事？"

弓子像害怕这黑乎乎的大树似的，两条裸露的胳膊抱在胸前，抬头看着树枝。"刚才是什么声音？"

"你喜欢我，还是不喜欢我？"

弓子加快了脚步。

"是这件事呀？我们住在一起，有喜欢的时候，也有不喜欢的时候……"

刚说到这儿，她忽然惊叫一声，扑到清的怀里。

"没事。"清搂抱着弓子，"是树枝的声音。"

清感觉到弓子胸口扑通扑通地跳动，连忙俯下身子吻她的嘴唇。

"粗野！我不喜欢粗野的人。"

弓子挣脱清的手臂，一边用手擦嘴唇，一边顺着墙边跑走了。

暗淡的路灯映照在坡道底下。弓子小跑着上了坡。

仿佛从熟悉的小沟流水的声响下传来清的声音："弓子，你不爱我吗？"

"你回来了。"

弓子一开大门，敬子就站在眼前，差一点儿撞个满怀。

"妈妈。"

"谁也没回来，正想看看雨下得还大不大。"

"妈妈。"弓子拽着敬子的腰带，把头埋在她的怀里。

"都淋湿了。你跑回来的？清他们呢？"

"不是来了吗？"弓子走进里屋，也给清拿了一条毛巾出来，但是清正用自己的手绢擦着雨水。

"弓子病刚好，身体还很虚弱。"敬子说，"出门时还不是这样，怎么到外面转一圈，瘦成这个样子？清，你把她带到哪儿去了？"

"咱们家的公主小姐溜进年糕巷去了。"清甩了一句，头也不回地钻进自己的房间。

"弓子，吃饭了吗？"

"吃了。"

"朝子呢？"

"姐姐自己去看别的电影了。"

"哦？她一个人，又得很晚才回来吧？"

敬子跟着弓子到房间里来，帮她换衣服。弓子在盥洗室洗脸，敬子也站在身后等着。

"现在就刷牙，打算睡觉啦？"

弓子正在刷牙，无法回答。

"看样子累了，早点儿睡也好。"

"我还想跟妈妈聊一会儿电影呢。"

"那个年轻的大夫、田部大夫……"敬子微笑着掩饰动情的神色，"一直在等你回来。"

"干吗呀？"

"大概是年轻人喜欢见年轻人吧。"

"他不是有事来的吗？"

"先把手表放在我这儿。电影有意思吗？"

"嗯。讲的是一个婚外恋的故事。那个叫让－路易斯·巴劳特的男人哭得好伤心。妈妈也应该去看看。"

"为什么？"敬子惊讶地瞪着眼睛。

"电影里出现了三枚宝石戒指。"弓子没有觉察到敬子不自然的表情。

"三枚戒指？"

"一个音乐家的女儿爱上了天才小提琴手。老音乐家感觉女儿的爱情将是一场不幸，就把自己过去三个恋人送的三枚戒指送给女儿，意思是说爱情不止一次，不要太死心眼。父亲是艺术家，一生恋爱多次，但女儿不是艺术家。当她和初恋的人分手时，送给他一枚戒指；当她结婚以后与初恋的人邂逅时，又送给他一枚戒指；最后，当她第三次见到初恋的人，而且知道今生今世再也无缘相会时，分手之际把第三枚戒指送给了他。这三枚戒指都送给了初恋的人。"

"纯真的爱情故事。"

"我看了心里难受。既领圣餐，愿为修女……"弓子正在受教会学校的教育。

"当修女也好，当什么也好，女人毕竟是女人。"

电话铃响，敬子出去接电话。雨声又大起来，她提高嗓门接电话。好像是朝子打来的。

弓子躺在床上想着心事：是要雨伞吧？爸爸一定没带伞。下这么大雨，又是深夜，要是拿着伞到车站接他，他一定会高兴的。不过，爸爸肯定坐出租车回来，就是去接他也会走岔。

深更半夜特地去车站接爸爸却走岔，心里会感到孤独凄凉。如果等妈妈没等上，走岔了，过后大家哈哈一笑，事情就过去了。弓子不理解为什么对爸爸会有这种心情。她觉得爸爸很可悲。

父亲耳后脖颈上有一颗大黑痣。以前，弓子和父亲一起生活的时候，总想摸那颗黑痣，但每次父亲都说"烦人"，不让她摸，把她的手拨开。因此，弓子从小就知道不给父亲添麻烦。

　　这时，敬子穿着睡衣、抱着枕头进来。

　　"我今晚睡在朝子的床上，行吗？"

　　"姐姐不回来吗？"

　　"嗯。说是到朋友家，刚好下雨回不来了。其实我知道不过是借口，她想跟朋友好好地聊天。"

　　"爸爸也不回来吗？"

　　敬子从来没在她的房间睡过。如果爸爸回来看见妈妈睡在她的房间里，心里会怎么想？弓子感到不安。

　　"最近我对爸爸的事越来越闹不清楚，倒想问问你。"敬子一边说一边重重地坐在朝子的床上，弹簧发出嘎吱嘎吱的声音，"跟清在新宿聊什么来着？"

　　弓子嗫嚅着："还说到妈妈太辛苦。"

　　弓子觉得还不至于到清趁朝子不在半夜三更闯进来，又要她表态又要亲吻她的时候，甚至是到要让敬子保护自己的地步。

　　两个人没回来，敬子一个人睡不好觉。

　　而且，今天她们在不同的含义上，都感受到了男人的爱情。

露水梦

　　岛木俊三的出版社岌岌可危，却摇而不倒。

　　俊三和公司其他头头儿的意思是，既然到了这步田地，索性豁出去趁早收摊。然而他们说了不算，一切必须按照债权人的旨意办事。所以公司摇摇欲坠，却还在苟延残喘。

工资拖欠，但有十二三个职工仍然每天坚持上班。公司如何收场、债权人代表何时宣告破产、公司解散以后能否重建，俊三和公司的头头儿们不知道讨论了多少遍这些问题，有时候通宵达旦地谈论，话都说尽了。

　　因为公司不能按时还债，所以俊三亲自去外地登门赔礼道歉，说明情况，恳求暂缓，有时候不得不在外地过夜。

　　最近，俊三有时候喝得酩酊大醉，有时候通宵打麻将。敬子大概也习惯了，对他夜不归宿既不过问也不咎责。

　　有时候，俊三烂醉如泥，很晚才回来，对敬子语无伦次地说："连电视都挤对我们，啊，这日子怎么过！我正喝着呢，瞟一眼店里的电视，一个时事评论员正谈论拒付票据的事，说光六月六日这一天，拒付票据就有三千六百多张……还有票据交易所的镜头，女办事员面无表情，机械地点数票据。真叫人心惊肉跳。听说还有一首歌，你听我唱，'记住魔鬼般拒付票据的计谋，姑娘闭拢穿尼龙袜的双腿……'你看，拒付票据就跟魔鬼一样。千真万确。听说要成立拒付票据对策委员会。我想会有好法子吧。"

　　俊三在外面劳累疲惫，心情不畅，回到家里郁郁寡欢，跟谁也不说话，把自己变成多余的人。可是一旦出了门，他又换上另一副面孔，毫无消沉和忧虑的表情。

　　最近，他前额开始谢顶，脸庞变长，显得苍老。但待人接物依然亲切热情，和蔼的笑纹明显地浮现在眼角，端庄方正，又有中年男性的威严风度，正如演员小山对朝子形容的那样，具有基督般崇高而深刻的悲哀，受到人们的尊重和信任。公司其他人跟债权人交涉，往往被赶出来，债权人表示"只跟岛木谈"。

　　生性懦弱的俊三尽量跟心情不安、态度不满的职工们搞好关系。杂志发不出去，编辑部的人无所事事，又碰上阴雨连绵，俊三就陪着大家打麻将。

俊三觉得，回到家里一个人愁眉苦脸，还不如在麻将中赢个满贯心里痛快带劲。年轻人一挑战，他绝对应战。

奇怪得很，这种输赢对半的赌博，俊三倒本领高强，关键时刻一手臭牌豁出去，往往会撞上好运，意外成功。

"我在赌博的世界里才能成功，出版是正经八百老老实实的事，打不出好牌。"俊三边笑边说，"这臭牌！拒付票据！"甩出一张牌。他在消磨时间里感受人生，脸色也恢复了原先那样的神采奕奕。

工资拿不到手，职工们便在牌桌上千方百计地赢俊三，好让他至少掏一顿早饭钱。他们用图钉在似乎象征着破落衰败的公司形象的脏兮兮的墙上钉一张白道林纸，输赢分数用毛笔记在上面，还没见哪一位输家真的掏过钱。

"跟咱们公司的账本差不多。"俊三看着分数表，自我解嘲。

不过，只要哗啦哗啦地一摸牌，一切烦恼都会抛之脑后。

战后初期，搓麻将不大讲究规矩，花样多，即使不满贯，两三千点也能和，所以一旦失手，一两万日元就全赔进去。

这天晚上，俊三开始运气不佳，但快天亮的时候不断连庄，看这架势，不是满贯也能和，可以一举反败为胜。

俊三手里是三色、断头、平和，已成听牌之势。其他三家拆牌不让他和，只能靠摸牌的手气了。他摸到五万，不用看，凭手感就知道："好！大满贯！这下子彻底翻身了。"

"真够可恶的！还有撒手锏……怎么样？有能耐也让公司起死回生呀。"

一局结束，俊三大获全胜。他把赌筹往桌子上一倒："其实赌博这玩意儿，输了才有趣。我困了。"说完，他便躺在屋角的长沙发上枕着胳膊睡觉了。其他人也把两张椅子拼在一起，各自横下疲倦的身体。

这雨还真能下。

红褐色的灯光一熄灭，潮湿的晨曦便从百叶窗流淌进来。

这栋楼房的正门七点开门。电车路对面小吃店的百叶窗都拉上去了，透过雨水能模模糊糊看见摆在橱窗里的网纹甜瓜的仿制品和苏打水的颜色。理发店红蓝相间的灯柱不断地旋转。一会儿，香烟铺、彩票点也开门了。

穿雨衣、雨鞋的人在楼房的电梯前排队等候，走廊被雨水淋得污渍一片。

俊三公司的女办事员小林美根子从大楼管理室取来一沓儿邮件，走到一楼顶头的现代社门口，一开门，一股污浊的黄色空气扑面而来。

"啊！"她皱起眉头，把乳白色的塑料雨衣挂在屏风上。她穿着短袖外套，显得麻利干练，把邮件放在俊三的办公桌上，然后打开百叶窗。

一只老鼠从高楼大厦夹缝间铺着黑色细沙的小路上飞快地窜过。

她站在俊三办公桌前，把邮件中的报纸和信件分开，忽然发现有一张治丧通知。

"一大早就……晦气……"她心里嘀咕着，扫了一眼通知，"哎哟，谷村他……"

美根子很熟悉这个去世的谷村。她拿着带黑框的明信片愣在那儿。

俊三的公司成立的时候，美根子就来工作了。她现在已经二十六岁，原先在下谷御徒町的谷村装订厂干活，就住在厂里，经谷村介绍，转到现代社来。转来的缘由是谷村的老婆正处在更年期，经常无缘无故地忌妒和虐待美根子。

现在她租了一间小房子，和弟弟住在一起。

"我以为是谁呢，是你呀，猫咪。这么早就来上班，挺勤快的。"一个年轻的同事刚洗完脸，打着哈欠进来，"我们这些上夜班的现在都起不来。"

美根子文静稳重、淡眉大眼、脸盘儿窄短，大家都叫她"猫咪"。

"又打麻将？！都这个时候了，稍微开点门窗透透气，整个屋子都臭气熏天。"美根子把玻璃窗推上去，又怕雨水溅进来，心里犹豫着。

"社长呢？"

"他老人家趴下了。"年轻的职工缩了缩脖子。

"真够难为他的。"美根子低着头，"公司的事，本来就叫他心力交瘁的了，你们这些年轻人又总缠得他不得安宁。"她含嗔带怒，又深切同情地说。

美根子对从年龄来说可以当自己父亲的岛木公开表示同情，事事予以支持，全公司的人都习以为常。有的人还拿她调侃逗乐。

"猫咪，我现在需要你来关心一下。一个晚上白玩命了，一分钱没挣着，肚子都饿瘪了。你到食堂给我弄点吐司和咖啡来，好吗？"年轻的同事说。

这时，俊三忽然钻进来，说："年纪轻轻的说这话没出息。小林，也给我弄一份来。"

"嗯。"

俊三一眼就看见桌子上带黑框的明信片，不由得"啊！"了一声，拳头摁在额头上。油腻腻的疲惫的脸上黯然失色。"谷村，这如何是好……"

俊三欠谷村近五百万日元。这是装订费以外的现款借贷。谷村对俊三一直够朋友，几次借钱帮他渡过难关。这五百万日元就是累积下来的。债权人里面只有谷村最体谅俊三，不仅没有逼债，还一直惦念着俊三重整旗鼓、另起炉灶的事。

真糟糕！俊三一屁股坐在椅子上，拳头从额头放下来，两肘支在桌子上。他疲惫不堪、睡眠不足，无力抑制自己的感情，想到谷村生前对自己的一片好意，情不自禁地热泪盈眶。

他发现美根子站在身旁，便说："还是脑出血，一个礼拜前见到他的时候，他自己就担心……"

他想到谷村的妻子会很快催他还债，心里憋得慌。

"你去我家把礼服拿来。"俊三画了一张路线图交给美根子，然后给家里打电话。

"是我。"电话里传来敬子的声音。

"啊。"俊三心里稍稍放松下来，"今天要向一个朋友辞灵。现在让公司的人去家里取礼服。你找出来给她。"

"好。昨天晚上是去守灵了吗？"

"不是……"俊三支支吾吾的。

"今天回来也很晚吗？"

"尽量早点儿回去吧……"

"今天是弓子生日，特地准备了些东西。当爸爸的不在，孩子会觉得寂寞，还是早点儿回来吧。"

"哦？今天是她生日？今天几号？"

"你这个爸爸怎么当的？今天是六月十四号。"

"哦，是吗？"

"是不是累了？"

俊三从电话里感受到敬子的温暖体贴，心情得到安慰。他仍然握着话筒，好像还想说点儿什么。

"谁去世了？"

"谷村。忽然走的。"

"就是常听你说的那个装订厂的……"

"所以不好办。"

"今天弓子满十八岁，别让她失望。"敬子放下了电话。

俊三从不关心生日，连独生女弓子的生日也不放在心上。和敬子住在一起以后，六月十四日祝贺弓子生日，他都觉得新鲜。

俊三看着窗外的雨水，清楚地记得弓子出生那天也是下雨天。

但是，对于现在的俊三来说，今天向谷村辞灵要比十八年前的今天女儿出生更加迫切。他想，谷村死后，他的妻子本应该立刻通知我，没来电话，看来她心里恨我。

五百万日元对谷村来说是一笔巨款，说不定就因为苦于收不回来才得脑出血的。

此时此刻，俊三想还钱，哪怕五十万日元、一百万日元也好，能还多少先还多少。可是还钱之前，最现实的还是今天的奠仪，至少也得包五万日元，不然谷村妻子心情更不痛快。然而，这五万日元又从哪儿弄呢？

给敬子打电话的时候，想求她，但没说出口，现在又不愿意再给她打电话。

公司的保险柜里还有点儿钱。俊三灵机一动，看着保险柜。

按俊三和公司其他头头儿的意思，开出拒付票据，公司解散，债务暂时搁置起来。但债权人还想让公司继续找活干，他们自己好从中捞点油水，所以两三个人凑些现款放在保险柜里，也便于兑现期票。

"岛木，你要是挪用这笔钱，就不再是清白的了。"债权人半是威胁地说。

"反正我的脚早晚要拴上链子的。"俊三嬉笑着敷衍过去。

其实不是说着玩的，俊三他们真是"脚上拴着链子"干活。公司已不再是俊三的，一切听命于债权人，听凭他们的旨意行事。所以，俊三每当被债权人颐指气使、轻蔑侮辱的时候，都气得心头火辣辣的，恨不得把保险柜里的钱顷刻之间花个精光。他用这种方式解恨。

现在他被逼得走投无路，迫不得已打开保险柜，心想以后设法还给他们。当他的手伸向钞票时，仿佛听见良心令人恐惧地呻吟着"毁灭"二字。

"这算什么呀！这么点儿钱……"他想起谷村对自己的深情厚谊。

美根子抱着礼服回来，还没脱雨衣，俊三又吩咐她去买装奠仪的丧事信封。他穿上礼服，换上新袜子，又拿了一块新手帕。

俊三把钞票装进上衣内兜和裤袋里的时候，手微微发抖。

美根子回来后，俊三故意慢慢地磨墨，在信封上写上"御灵前"三个字。

"我也想去敬一炷香。行吗？"美根子说。

"对了，你是谷村介绍过来的。"

"是。"

"那一块儿去吧。这样我也合适，既然时间还早，看能帮点儿什么忙。"

美根子也不换衣服，到厕所里擦掉口红和胭脂出来，一下子显得老多了。

"虽说已经六月中旬，穿这种冬天的衣服还正合适。"俊三在车里说，看着美根子的胳膊从尼龙衣袖里透出来，"你穿这么点儿不冷吗？"

"我不觉得冷。"

"今年气候反常。"

"刚才您夫人送我一双袜子。谢谢。"

"哦？"俊三显得神情兴奋，但没有说话。

沉默了一会儿，美根子低声问："公司真的要解散吗？"

"对不起你们。"

"新公司成立后，还用我吗？"

美根子指靠着公司过日子，俊三无言以对。

"成立新公司，我还不知道自己在不在呢。"

"您是社长，负总责，您要不在，公司什么事也干不了。"美根子对俊三坚信不疑，"您要是干别的工作，也带着我……"

"也不能老工作，我看你差不多该结婚了。"

美根子用大眼睛凝视着俊三，摇了摇头，本来就显得苍白的脸颊更像失去血色般煞白。

俊三有点儿不耐烦地说："考虑考虑吧。"

美根子又摇摇头。

"当然，结婚就要找对象，不是说结就结的。"俊三口气缓和下来，"我给你物色一个好人，算是临别赠礼吧。"

"我不想分别。"美根子提高嗓门。

"可是，眼看就是盂兰盆节，公司别说分红，千方百计地把拖欠的工资发给大家就不错了……现在找工作一天比一天难，我劝你赶快辞了，另谋出路，趁着还能拿失业保险，站稳脚跟。你好好想想。"

"社长为公司这样受苦受累，我根本不打算到别的地方去。"

"你们对公司的经营状况毫无责任。"

"公司也好社长也好，对我都有大恩。我进这个公司以后，才真正过上舒心的日子，才能跟弟弟住在一起。"

"那时公司景气……"

"我愿意效劳。"

"你弟弟做什么工作？"

"白天在电气公司当工人，晚上去夜校读书。"

"你这不是很辛苦吗？"俊三低头一看，美根子的手腕上有一道手表的白色痕迹。

"你把表当了吧？"

美根子脸色微微发红。

"公司有不少人跑当铺，你是不是也把冬天和春天的大衣送进去了？"

虽说擦掉胭脂是为丧事辞灵，但美根子的哀愁深深刺痛了俊三的心。

公司到了这种地步，她对俊三交办的事依然勤勤恳恳、任劳任怨，俊三肩膀酸痛，她为他细心搓揉。哪怕掉进黑暗的深渊，也只有这个姑娘无悔无怨、死心塌地地跟着自己吗?! 俊三为这个发现从心底里感到悲哀。

出租车到昭和大街御徒町时，美根子熟门熟路地给司机轻声指点方向。美根子文静内向，为人谨慎，不爱出风头，她知道这样对俊三有好处。

电线杆上和墙上贴着指示前往谷村家的箭头标志。谷村家门前搭了帐篷，但花圈摆不下，摆在外面露天的都被雨水淋湿了。

辞灵仪式的准备已大体就绪。美根子帮着大家存放雨具等东西。

系着黑绸缎的照片上，谷村在微笑。

"对不起。谢谢。真该是我替你死去。"俊三在心底道歉。他忽然觉得心脏急剧跳动，又猛然停止，忽快忽慢。心律不齐，最近时常有这种感觉，拿着线香的手也沁出冷汗。

俊三看到谷村的妻子，向她表示哀悼，但她正在和另外两三个人谈话，头也不回，只是稍稍低头算是回答。俊三觉得她染得乌黑的头发是对自己的威胁。

辞灵仪式一开始，俊三就站在灵前，对其他前来吊唁的人致礼答谢。但他觉得不能久站，便走到帐篷外面，深深地吸了一口气。

"您要是回去，我也走。"美根子走到他身旁，"咱们坐出租车走吧。"

"不，走到外面去。"

俊三默默地拿着娇小的美根子递过来的女式雨伞，往上野广小路方向走去。雨还在下，但朦胧天色中透着几分明亮。

"献花的还真不少。"

"嗯。"俊三冷漠地说，"说起花，以后我的桌子上就不要花了。谢谢你这么长时间一直给我摆花。有五六年了吧？"

美根子的大眼睛看着俊三的侧脸。

松坂屋百货店前人来人往、熙熙攘攘，俊三忽然想起几年前有一天晚上，百货店关门以后，他看见黑乎乎的墙根聚着三五成群的结伴女郎。那个时候，俊三财运亨通，敬子的买卖也红火。

美根子的回忆却是悲哀凄惨，她在谷村装订厂的时候，被一个流氓工人打伤。从此，她总是以恐惧和憎恶的眼光看待男人，到俊三的公司以后，也仍然像猫一样孤独离群。

但是不久，她发现在男人里面，只有俊三与众不同，便努力认真、一丝不苟地为俊三办些小事。俊三不仅是她的社长，还是她的父亲、她的恩人、她的情人。

俊三有家小，他不把美根子视为一个成熟的女人，反而使她心安理得；对她的爱情似乎毫无觉察，反而使她心情愉快。

"您一辈子都觉察不出来也没关系。"美根子这样想过。

走到广小路的拐角，俊三停下来。

"分别之前吃顿饭吧。"

"分别？"

"不，打了一个通宵的麻将，又来辞灵，不吃点儿有油水的东西，身体支持不住。"俊三说着，也不看信号灯，就要过马路，被美根子紧紧抓住胳膊。

从上野公园入口拐到不忍池岸边，俊三说：

"天气这么冷，今年的荷花什么时候才能开？眼看池边很快就要挂上纸灯笼过盂兰盆节……"

但美根子脸色不悦。

"你怎么没精神？拿出精神来。"

俊三把最近别人对自己说的话照搬给美根子。

"只要社长打起精神来，我什么时候都精神饱满。"

"谷村死得不是时候。在别人倒大霉落难的时候，能不顾自己利害得失，伸手拉一把，实在难能可贵呀。我对谷村还没有一点儿回报。他一直鼓励我，可是也许正是因为我才陷入绝境死去的。你在我身边，总理解我的心情吧。"

美根子点点头。

"他不在了，公司也许会哗啦一下就倒闭了。"

俊三走进池边的一家鸡肉火锅店。他们被安排在一间偏房似的小房间里。女服务员进来把各种东西准备好以后，机智识趣地对美根子说一声"拜托您了"，便退出去了。

美根子给俊三斟酒，俊三喝了五六杯，脸色变得煞白。

"怎么啦？不舒服吗？"美根子关上火锅的煤气开关，站在俊三身后，要把他的礼服脱下来，"屋里太热。"

"不，我还觉得有点儿冷。"

"是不是发烧了？"美根子的手掌轻轻放在俊三的额头上。一种女人的凉爽似乎沁透眼皮。

"真舒服。你用手摁住我的眼睛，两边……"俊三拉着她的手放到眼睛上，"昨天晚上的安眠药还残留在脑子里。在公司囫囵个儿睡下，根本睡不着，又多喝了几杯。"

美根子的手掌揉得温热以后，俊三把额头蹭到她的手腕上。

"要一条凉毛巾擦一擦吧？"

"不，用手舒服。"

"头疼吗？"

美根子知道俊三有偏头痛的毛病，一边从右边脖颈往耳朵上面按摩，一边用另一只胳膊凉爽的部位摁着他的眼睛周围。

凉爽的肌肤渗透着女人的爱情。

俊三的脑子轻松以后，闻到一缕女人温馨的气息。

"好了，轻松多了。"他睁开眼睛，"把火点上，你吃吧。"

"社长，您再吃点儿，好吗？"

美根子回到原来的位置上，一边点火一边用忧郁的眼神看着俊三。

俊三夹了一筷放进嘴里，差一点儿没吐出来，强咽下去。美根子似乎也吃不下去。

"你到最后还这样诚心诚意待我。"

"最后？"

"我说的是公司。"俊三笑着掩饰过去。

"别说'最后'……我没有'最后'。"

美根子的眼睛湿润了。她在真心实意地表白，自己深藏心底的爱情是天长地久、没有尽头的。

"你今天不用回公司了，回去也没事。"

"社长也不回去吗？"

"嗯，从明天开始你不要去上班了。"

美根子大吃一惊："社长！"她目不转睛地盯着俊三。

俊三避开她的目光似的低下头，从上衣内兜里掏出一叠一千日元的钞票，数也不数，放在美根子面前。

"你收下，算是退职津贴。"

美根子没有伸手。

"快点儿收起来，让人看见不好。"

"我不能要。为什么只给我一个人……"

"叫你赶快收起来！"俊三颤抖着声音吼了一句。美根子吓了一跳，赶紧把钞票装进手提包里，她的手也在颤抖。

她被逼着把钱收起来，却带着哭腔嘟囔："我不能要。"

"你老老实实地收下来。别啰唆！"

"可是……"

"行了。我知道。你难道不理解我的心情吗?!"俊三皱着眉头。

"好，我收下。对不起。"美根子低头致歉，泪水滴在膝盖上。

"别哭。我也是这样，别人对我好，我感念他的情，心里就受不了。我知道你一直待我好……"

俊三平时不是这个样子，美根子心头惴惴不安，自己含而不露的爱情似乎被他觉察到了，而且他也很看重这份感情。

"也算是临别赠言吧。你要开朗活泼，这样才能时来运转。你记住，要自我感觉长得漂亮，你就是美女。"

听俊三这么一说，美根子抽抽搭搭地哭起来："我不愿意分开。"

"我也没办法，我和谷村不也是像今天这样分开了吗？"

"您说要去旅行。去哪儿？"

"还不知道呢。"

"带我去……您去哪儿，我就跟到哪儿。您一个人出门，我不放心。"

"谢谢。可是有的地方不能带别人去，也带不去。"

"没有这种地方。"美根子摇摇头，湿润的大眼睛美丽得闪闪发光。

女服务员看盘里的肉剩下一大半，觉得奇怪。

雨暂停下来，美根子把雨衣搭在手臂上，像母亲护着孩子一样挨着俊三的身体走着。俊三又走进公园下面熙攘的人群里。

"您稍等一会儿。"美根子走进药店，俊三看着旁边商店的橱窗。

美根子快活地喊了声"给"，把一个小纸包交给俊三。

"药呀？"

"嗯。没有副作用，也不会上瘾。我问店里有什么安眠药，他们说有德国进口的新药，推荐这种药不错。您试试看。"

"是舍林公司出的。好像我老婆打的激素也是这家公司的产品，打一针管一个月……"

"那安眠药也一定不错。"

"你给我买的？"

"嗯。"

"谢谢你。我试试看。"

"是药店的人说的，药效如何我也不清楚。"

"我接受的是你的这份心，肯定有益无害。"俊三把药包放进口袋里，"小林，你在这商店想买点儿什么？进去瞧瞧，看中哪一样，不说是我对你心意的回礼，算是我的纪念吧……"

114

俊三看的是珠宝店的橱窗。

"这儿我想要的……"美根子慌忙说，"没有一样我买得起。"

俊三兴致勃勃地仔细看着橱窗。

"不是买得起的东西，是你想要的东西。"

"也没有想要的东西。"

"哦？这么一看，女人的装饰品真是漂亮。这个饰针也很好看吧？"

金属壳里镶嵌着浪花般的珍珠。美根子似乎故意避开这光彩夺目的珠宝，半边身子退到俊三身后。

"是给您女儿买吗？"

"嗯，说是今天是她的生日。"

"作为生日礼物，我觉得很合适。"

"我从来不记家里人的生日，也没送过生日礼物。"

比起给自己的孩子买东西，俊三更在意敬子的孩子。

"给男孩子买什么东西好？"

"要是我的弟弟，好像想要手表、照相机。"

"好像有了。"俊三脱口而出。

他似乎想买一件让全家人都能感到惊喜的东西。

"而且……"俊三下巴朝橱窗扬了扬，苦笑着说，"我老婆就是做珠宝生意的，她的丈夫却在外面像没见过世面一样津津有味地观赏珠宝，真有点儿傻。"

"不管家里有多少，能得到父亲赠送的生日礼物，令爱一定会很高兴的。"

"这个黄金贝壳里珍珠般的少女……"俊三悲怜似的眨眨眼睛，"嗯，还是给你买吧。你要是不喜欢饰针，或者买一块手表。你的表进了当铺……"

"我不要。"

"你也有喜好的。你喜欢什么？"

"真的，我什么也不要。"

美根子想起昨天晚上感冒的弟弟想要点儿药；配给供应的大米这一两天就会吃光，想买两升大米；还想要一条白色皮带和一瓶化妆水。但是，这些都不能让俊三买，这比让他买一块手表更不好意思。

俊三不由分说地走进店里，也把美根子叫进去。女店员把饰针别在她胸前。她瞧着镜子里两颊通红的自己，心里忍不住一阵狂跳。

"很文雅。您戴这个非常合适。"女店员说。

俊三在商店前面拦了一辆出租车。

"您要回去吗？我送您，总有点儿不放心。"

"不，我不回去。"

"去哪儿？我跟您一起去。"美根子也坐进车里，挨近俊三，"这还给您。"说着，要把刚才那一沓钞票装进俊三的礼服口袋里。

俊三一把按住美根子的手腕。她身子一抖，从衣领露出白里透青的肌肤。俊三强烈地感受到这个随时都在自己身旁、随时都厚待自己的女人的可爱。他又闻到美根子肌肤温馨的气息。

白　盐

不到傍晚，俊三就抱着一篮水果回到家里，把敬子和弓子乐得合不上嘴。

"弓子，爸爸回来了。"敬子高兴地叫弓子。

弓子少有地穿着和服跑出来，一件白地绉绸半短袖和服，上面是用冲绳传统方法印染的海浪和岛屿图案。

出落成一个大小姐模样了，个子也长高了。

岛木一边解鞋带，一边抬头看着已长大成人的女儿。跟刚才送到坡道口的美根子相比，两个人实在大相径庭。

"有婚庆喜宴什么的，没合适的衣服不方便，就做了一件。今天是头一次穿。"

敬子也满心欢喜地回头看着弓子，然后对在厨房里的女佣说："芙美子，拿盐来。"

敬子给俊三撒白盐，据老说法，这样可以驱除死者的邪气。俊三觉得不是谷村给他带来邪气，倒是自己身上本来就有邪气。

"按说应该在你跨进家门之前撒盐。"

"按说就不应该跨进这家门槛……"俊三开玩笑地敷衍过去。

"刚刚公司还来过电话。"

"哦？"俊三心里咯噔一下，"要是公司来电话，就说我不在。跟清和芙美子也打一声招呼。要是公司来人，就说我还没回来。"

"好，好。"敬子似乎心领神会，"弓子的生日嘛，好好聚一聚。"

"弓子，把我的鞋放起来。"

"嗯。"

敬子抱着水果篮，跟在俊三后面："去火葬场了？这么晚才回来。"

"啊……"

"还特地跑去银座买这些水果，是吗？"

"嗯。"

"穿这套衣服，热吧？"

"是有点儿热，拿内衣来。"

"好，好。"敬子一边麻利地收拾俊三脱下来的衣服，一边使劲闻着内衣的气味。

"喂，别这样，跟狗鼻子一样。"俊三一阵心跳，害怕她闻出美根子的气味来。

"闻这味道，就知道你累得够呛。"

此时此刻的敬子是俊三的妻子，无可置疑。俊三想搂抱她。这是被美根子勾惹的情欲冲动。他清楚地感觉到女人委身男人是怎么回事。

117

弓子看到他们气氛融洽，便轻手轻脚地去浴室看水烧好没有。因为最近爸爸经常绕过妈妈单独吩咐弓子办一些事，所以她也站在一旁。但看到妈妈在照料爸爸，便放下心来。

"有好吃的呀。"

"马上开饭。你买来水果，大家一定很高兴。"

"妈妈，洗澡水烧好了。"弓子叫喊着。

"是嘛。弓子，一会儿你给爸爸搓搓背。"

"不行，那一身贵小姐打扮……"

"清也回来了吗？"

"嗯。"

"朝子呢？"

俊三回到家里后打听孩子的情况实在罕见。

"朝子说有演出排练，出去了。"

"是广播剧吧？"

"不是广播剧。她说在广播剧和电视剧里都只是打小工。其实她没演过什么正儿八经的角色，口气还挺大。现在对剧团非常热心，就跟上学一样，每天都去。"

"朝子在谈恋爱。"俊三一语道破。

敬子吃了一惊："你怎么知道得这么清楚？"

"见过一次。"

"她和谁在一起？"

"她和一个小伙子，看样子是恋人，一起去饭馆。刚好我在里面，没发现她，她主动过来向我打招呼。"

"什么时候的事？"

"我去热海之前。"

"是不是一起演电视剧的？"敬子摸不透，"什么样的人？"

"没看清楚，好像不错。"

"朝子有点儿任性，不要紧吧？"

"恐怕没有绝对保险的恋爱。年轻人嘛，错了还可以重来。像我们这把年龄，就无可奈何了。"

"你瞎说些什么?！"

"那一天朝子显得很高兴。"

"别看朝子好强，可到了关键时刻，她比温柔的弓子更把持不住，让人担心。"

"没有不让人担心的人。"

"我想朝子还不到谈恋爱这个阶段吧，两人的关系还不能说是谈恋爱。可是，清从小就喜欢弓子，现在好像在单相思。"

"单相思？弓子这孩子像黄金贝壳里的珍珠一样……"

俊三没留神说出了刚才对美根子说的那句话，然后站起来往浴室走去，对身后的敬子甩下一句："她的事就拜托你了。"

敬子一屁股坐在椅子上，忘记了要去安排晚饭。

这一阵子，她几乎没有和俊三这样谈论过孩子的事。尽管没有明确地认真表示自己也要分担些责任，但推心置腹的谈话让敬子的心向他靠拢了。

俊三独闭孤城的时候，敬子也躲进寂寞的硬壳里。

俊三洗完澡，说一声"累了"便躺下来，手按胸脯，说："我是一个遍体鳞伤的失败者。到了这步田地，深深体会到人生的幸福就是人与人的互相关怀。除此之外，没有别的东西。以后要是债权人威胁到家庭生活，记住，无论什么时候都说我只是这个家的同居者。"

俊三的脸上浮现出超越空虚的神圣微笑，渐渐扩散开去。

"清也快成大人了，现在似乎处在转变期。对我们的生活感到失望、表示反抗，正是他为人认真的表现。可以说在这个社会上，青年人有怀疑和反抗，本身就没有错，所以要尽量理解他，体贴他。"

这些道理敬子也懂，但俊三轻易不肯开口，既然今天说了这些话，她也想说几句心里话。

"不过，我觉得清虽然年轻，心里却烙上了可怕的阴影。他十几岁的时候，我曾经伤过他的自尊心，使他的性格扭曲，不像弓子那么纯真正直。"

"女孩子和男孩子不一样。"

"不，一样。我的女儿朝子不是也很像样吗？"

"她像什么样我不知道。但是，假如说我的孩子好你的孩子不好，那么在这家里就是我不好、你好。我应该赔礼道歉。"

"应该倒过来说。"

"说子女现在这样那样，人生道路长着呢，还很难说将来谁好谁不好。不管怎么说，我是不行了。"

"这也难说，谁知道将来会怎么样。"

"不，我是看透了。"俊三断然而言，"我不是顾家的人，当然也有京子的原因。结婚没多久，她就卧病在床，我一直一个人过。她在山上治疗，病情恶化的时候，我才想起来去看看她……"

俊三一提起妻子，敬子就默不作声，肩膀似乎在颤抖。

"京子的脑子也渐渐变得不正常，闷气积在心里，无处发泄。虽然还不到精神病的地步，但可以说是一种歇斯底里症。上个月我去热海，提出离婚，那时候她也跟小孩子一样天真幼稚……"

"这就是你说的'把话说开'吗？"

"她对弓子没有那种深切的母爱，对我也毫不怨恨。"

"……"

"我对她说，我想见你，就像见一个朋友一样。"

"……"

"似乎连普通人的感情也丢失了。"

"……"

"她一心一意地养鸟、编织工艺品。好像我放任不羁的生活方式

120

造就了一个可怜的女人。"

"是的。"

"我当时很难过。"

敬子没有随声附和。

俊三从热海回来的时候，只说了一句"把话说开了"打发敬子。难道现在也就"当时很难过"一句话算是了事吗？

只有敬子知道他如何难过、怎么难过。俊三可能难过得死去活来。

"不过……"

"你闭店歇业那时候，真想让你什么也不干。可没料到忙乱之中来了大风大浪，你也弄潮去了，我不好叫你别游。我又没本事，慢慢地我和弓子倒让你养着。连京子的疗养费也得到你的周济。"

"你说周济……"

"一直蒙受恩惠。我心里明白。非但一句感谢的话没有，反而常常对你发脾气。那时想让你跟我一起过穷日子。"

"怎么没这样做呀……"

"我提出拿这个家做担保的时候，幸亏你有主见，坚决不肯。不然的话，拆了东墙补西墙，现在一家四口人就得露宿街头。"

"一家五口人。"

"啊，我觉得惭愧，怎么会想出那种馊主意呢?! 我简直没脸进这个家门。"

"要是碍着这个家的话，我可以把户主改为弓子的名字。"

"你自己有孩子嘛。如果弓子和清结婚，是住是卖由他们拿主意。也说不定就像清提心吊胆的那样，这个家被炸弹炸得片瓦无存。"

"你希望他们俩结婚吗？"

"我好像连这种表示希望的资格都没有。"

"你不是父亲吗？"

"难道要让他们背着对这样的父亲的记忆吗？"

"嗯？"敬子盯着俊三的脸，"记忆？什么意思？"

"不是这样的吗？是因为我们结合在一起，他们才结婚。你给弓子的记忆非常美好，我留给他们的记忆只是阴影。"

"小两口会好好过日子的。"

"但愿如此。"

敬子从来没见过俊三这样沮丧绝望、自暴自弃。

"是让公司的事折腾的吧？这不能怪你一个人，公司垮台、破产、倒闭，满街都是，首先是这个社会不好。"

"都怪我。不过，即使公司倒闭，我身无分文，这个胆也还在。"

敬子对俊三的空虚绝望担惊受怕的时候，心里会产生一种不可思议的强烈的想法，她想看到一个百折不挠、重整旗鼓的男子汉形象。

"要是有新的工作或另起炉灶，需要钱的话，尽管说话。"

"另起炉灶？"俊三两只手捂着脸，手指敲着额头。他感到吃惊。

"妈妈，快来呀。"弓子在厨房里喊了两三次，"今天给我做好吃的啦。"

"那我去了。"敬子站起来走出去。

公司又来电话，好像有急事要找俊三，但敬子想让俊三稍微安静地休息一会儿，谎称他还没回来，挡了回去。

"这两个香瓜，今天都吃吗？"敬子走进厨房后，弓子问。

"留一个明天吃吧。不过，爸爸很少买这么多东西回来。"

"爸爸太累了，你要好好照顾他。爸爸说他发现人生的幸福就是人与人的相互关怀。"

敬子说得深沉动情，弓子却喜滋滋地说："一个大发现。所以才买这么些水果回来吧？"

"傻话。爸爸的香鱼做烤鱼吧？"

"爸爸喜欢吃烤鱼吗？"

"我问你呢？"

"我不知道爸爸爱吃什么。"

"爸爸不喜欢油腻的东西，口味清淡。没什么特别挑剔的，不愿意吃的东西就剩下来，也不说话。弓子的爸爸就是这样的人。"

"那是妈妈惯的吧？"

"瞎说。沙拉做好了，你先把啤酒什么的拿出去。"

弓子拿着啤酒摇晃着和服袖子走进和式客厅的时候，俊三两手抱着脑袋正在搓揉。

"啤酒来了，先喝点儿吧……这倒像爸爸过生日。"

"啊。"俊三听见身后弓子的声音，"是弓子呀。"

他面带微笑，却神色黯然。刚才听敬子说"需要拿这个家弄钱的话，尽管说话"，他一下子轻松下来，心想这就有救了，但紧接着为自己的狡狯感到惊愕。

俊三没有用敬子的家填补自己挪用公款亏空的图谋。他并不打算说服敬子，但是他的诉苦和悲哀终于让敬子动了恻隐之心。不论是美根子的爱还是敬子的家，他都意外地不谋而获、不盗而得。他用不着苦苦哀求，只要满怀着感恩和爱稍稍说点儿心里话，吐露自己濒临毁灭的困境，就能收到意想不到的效果。

如果拿这个家做抵押借款，还掉挪用的保险柜中的公款自然轻而易举。俊三把钱拿出来以后，怀疑自己心里是不是盯着这个家。但绝无此事，现在他也没有拿这个家拯救自己的念头。

但是，俊三的心灵深处似乎有一双眼睛盯着自己："不是正中你的下怀吗?！"

"不，我死也不会这样做！"俊三坚决拒绝这双眼睛。

弓子打不开啤酒瓶盖，俊三拿过来打开后，说："把你哥哥叫来。"

"让他陪你喝？"弓子说着走进清的房间。从敞开的门内传来她的声音，"不，你滑头。"接着，两人手拉手地出来了。

菜还没上完，俊三和清就喝了三瓶啤酒，聊得兴高采烈，清也心情舒畅。

生菜拌红芜菁的沙拉、清汤鸡肉丸子、炸香鱼、南瓜盅……敬子和弓子把一道道菜端上来。敬子看到他们跟亲父子一样融洽亲热，也很高兴，心想以前怎么就不这样呢？

朝子还没回来，大家不再等她，开始吃饭。

"爸爸。"清今天也这样称呼俊三，"为弓子干杯！弓子，祝你生日快乐！"

弓子睁着大眼睛看他们俩碰杯。

但是，俊三似乎被红豆饭堵住胸口，饭后闷声不响地呆呆坐着。清拿来将棋的棋盘。

"好久没下，棋子都长毛了。"俊三把棋子一个个擦了擦，摆在棋盘上。

十一点都过了，朝子还没回来。要是排戏，晚上还不碍事……敬子挂念女儿，越来越担心。

俊三又泡了一回澡，洗头刮胡子。一个人在明亮的灯光下，深更半夜剪手指甲、脚指甲，总有一种寂寞的感觉。

"明天早晨打算自己起来，可要是六点我还醒不过来的话，你叫我一声。对了，你是睡早觉的，托你不行。"

"我起得来。"

"不用，弓子起得早，让她叫我。"

"弓子已经睡了。我上闹钟睡，没关系。明天一大早就出去吗？"

"各种事必须了结。"俊三平静地说，"你没卖走私表吧？报上说最近抓了倒腾手表水货的……"

"没沾手。我设计戒指的款式，说不定每个月都会有工资收入。"敬子看着俊三，睁眼说瞎话。

"有工资……"俊三自言自语，接着又对敬子说，"反正大家认为不该做的事最好别做。我说的是实话。道理像说给小孩子听一样简单，其实可怕得很。弄不好会在意想不到的地方栽跟头。我没本事，让你受苦受累。但总觉得你有些出格了，小心引火烧身。清和朝子已经二十多岁了，弓子明年毕业，让她工作。你要是干那种事，会毁了自己。"俊三闭上眼睛，表情沉着宁静。

"两国①一带又快放烟花了。谷村喜欢看两国的烟花，可惜他走了。人是死了，两国的烟花照样放。"

"……"

"你还不睡吗？"声音含着男人亲切的诱惑。

俊三果然累了，轻声打着呼噜。敬子睡不着，又爬起来。

在枕边灯的映照下，俊三的神色显得稳重，且带有一些深刻的意味。敬子想起在报纸的"人生信箱"专栏上看到过这样的语言，不禁轻声背诵："在外危机四伏，在内不得安宁，您失去了希望，您追求着心灵的支柱……"

最要紧的是自己珍惜自己，支撑您的只有您自己。

刚才敬子像受到俊三诱惑似的走上二楼。当她听到俊三说"让我抱抱你"的时候，不禁为这从未有过的说法惊愕不已。

"抱吧。"敬子也这样回答。

敬子心里明白上二楼干什么，她上楼的同时，脑海里忽然浮现出田部昭男的身影。她带着罪恶的意识更加狂热地追求满足。

敬子从二楼下来，在内厅里等朝子回来。

朝子在这次南星座的演出中第一次扮演重要角色，心情异常激动，出门的时候说："我们借新兴宗教团体Ａ·Ａ教团总部的大厅做排练场，从今天起去那儿排练。"

话剧团南星座每年公演两次。公演结束后，主要成员各自参加电影或广播的工作，独力维持生活。演员里面，有的女演员从十四五

---

① 指日本东京都的两国地区，因日本国民运动相扑而闻名。

岁起当了十年的配角，有的结婚做了母亲还舍不得离开舞台，还有来自少女歌剧团的知名演员。朝子认不得全团的人。

朝子通过在广播剧和电视剧中的演出，以及与演员小山的交往，无论是性格、姿势还是服装，都给全剧团留下了深刻的印象。

这次吉井导演看中朝子，让她在《欲望号街车》中扮演妹妹的角色，大概就是因为朝子平时装束打扮像穿着舞台服装一样大胆新奇，言行举止也像舞台动作一样装模作样，才引起导演吉井的注意。

"不是有这部电影吗？"

敬子一说，朝子更扬扬得意："对了，先看电影，可以做参考。这出戏描写一个名叫布兰奇的精神不正常的中年妇女和缺乏教养的妹妹夫妇之间产生的种种烦恼。我扮演妹妹斯黛拉，扮演布兰奇的是高柳老师……"

朝子把剧团的台柱子女演员称为"老师"。

"本来斯黛拉是由矢崎叶子扮演，我演楼上的女人，小山演楼上的男人。可是矢崎忙于拍电影，脱不开身，吉井老师就看上了我。五月份老下雨，电影的外景拍摄一直拖下来，我才有这个机会。这氢弹试验造成的雨水多，反而给我带来好运气。你说现在这世界怪不怪？"

然而，兴致勃勃的朝子从第一天排练开始，就被折磨得一塌糊涂，立即失去了信心。她还太嫩，挑不起重要角色的大梁。

扮演布兰奇的高柳虽然不是尖酸刻薄，却很不客气地表示不满："不要出风头，像你这样业余水平的演技太夸张了，跟整个气氛不协调。""叫你不要出风头，不是叫你当木偶。你要跟我配合。"

导演吉井感觉出了自己分配朝子扮演重要角色的责任，在表演指导上格外认真严格。

"看来娇小姐还是演不了这个角色。"他心里着急，"喂，斯黛拉虽然年轻，可已经结婚，而且很快就要做母亲。你再好好想一想。"

朝子一边体会角色一边遵照吉井的指示，以一种祈祷的心情怯生生地紧张表演，结果弄得矫揉造作、笨手笨脚，叫吉井更加焦躁气恼。

朝子是个处女。可这对一个女演员来说毫无价值，反而成为表演中体会角色的心理障碍。

排练结束后，朝子累得精疲力竭、垂头丧气，完全失去了自我。她走到小山旁边，在他耳边低声说："我演不了，叫别人来替我行吗？"

朝子觉得小山非常值得信赖，和一起喝茶的时候不同，简直是个了不起的人物。在舞台上，他虽然不太起眼，但富有个性，演技扎实老练。

小山没有吱声，只是微笑着，也许为了避人耳目。

从山手线电车可以望见 A·A 教团这座宫殿般的建筑物。

排练结束，已是晚上，大家出了排练场往车站走去。朝子一个人落在后面，垂头丧气地走着。小山和大伙儿在前面走着，也不回头看朝子。他尽量不让剧团的人觉察到自己和朝子的亲密交往，平时还把这种秘密当作一种乐趣，今天晚上只好对朝子不理不睬，大概还和大伙儿一起讽刺挖苦朝子的演技。

走到车站前面明亮的街道上，导演停下来，对朝子亲切地说："吃碗面条吧，去吗？"

朝子摇摇头，一个人离开大家走了。

当她倚在站台的柱子上时，小山把手搭在她的肩膀上。

"怎么不跟大家一起吃面去？"

"那你呢？"

"我还有一场聚会。你应该和大家一起去。吉井气急败坏的时候说话刻薄、不留情面，让人不痛快。但跟他去的话，他就会安慰你。"

"安慰管什么用？我不想跟大伙儿在一起，宁愿一个人待着。"

朝子嘴上这么说，却不上已进站停在眼前的电车。

"没有人一开始不挨训就会表演的。导演越是严格要求你，说明对你越重视。新演员第一次上舞台，大家都是冒险。第一场不演下来，就不知道你真正的水平。导演不出场，面对观众的是你自己。你这么一想就会想通的。”

朝子情绪稍微好了一点儿："小山，你这么晚还有工作吗？"

"今天是朋友聚会，让我去参加。对了，你也去吧，怎么样？"

朝子犹豫不决："今天晚上要给妹妹过生日，可是现在他们差不多吃完饭了吧。"

"你不是心里烦吗？这种时候就应该痛痛快快地玩，心情会一下子豁然开朗。这是我的经验。"

小山急匆匆地上了电车，朝子不由自主地跟着进去。

"去哪儿？不会是我不方便出入的场所吧？"朝子问。

"欢迎女性去，就是稍微远一点儿。万一回不来，我无所谓，你不好办吧？"小山挤挤眼睛，"说是东京，东京大得很呢。到了大东京的边上，我可没有送你回家的出租车费。"

朝子身上也只带着乘电车的钱。

"因为地点偏远，这种聚会经常通宵达旦。在那儿睡也好，什么时候走，听其自便，完全自由。"

小山告诉朝子去大原千吉的儿子家。朝子久闻其名。大原家上一代是政治家，战前被暗杀；千吉是商界人士，又在电影公司担任要职。他儿子的聚会，朝子感到好奇。

"我给家里打个电话，你再带我去，好吗？"

在涩谷站下车转公共汽车的时候，朝子用小卖店的红色电话机给家里打电话，但拨了几遍拨不通——敬子为了让俊三安静休息，把电话话筒摘下来了。

"拨不通。"朝子很为难。

"算了吧。"

"不要紧吧。"

"真的不要紧吗？"小山眉头一皱。

"我都已经二十了，又不是小孩子。"朝子立刻反驳。

"虽然不是小孩子，可一个女孩子……"

"什么女孩子?! 在家里谁也不把我看成一个女孩子。"

"不会吧。"

"这一身衣服太寒碜吧？"朝子看着小山的脸色。

"这倒没关系，你总是衣着得体……"

一句话说得朝子浑身轻松地上了公共汽车。其实，小山自己就穿着脚后跟磨秃了的鞋子。

公共汽车出了繁华的街道，两旁是黑暗的麦田，过了几个朝子听都没听说过的车站，路上连个人影也没有。

汽车一摇晃，朝子就碰到小山身上。她产生了一种身在舞台的错觉，仿佛自己是斯黛拉，小山是自己年轻的丈夫斯坦利·科瓦尔斯基。

"不会把我扔在陌生的地方吧？"朝子含情脉脉地说。

"哪能呢。"

他们在一个荒凉寂寥的交叉路口下了车。路灯周围麇集着小飞虫。朝子的耳边仿佛听见虫子的鸣叫。四周一片寂静。

他们走过一座小桥，耳边突然传来舞曲的音乐声。一栋黑乎乎的很气派的洋房明亮的窗户出现在眼前。

"真大呀！"朝子一声感叹，不由得贴近小山。小山拉着她的手腕走进院子。

整个院子盛开着黄色的菊花，高高的向日葵、美人蕉迎风婆娑摇曳。

窗前晃过几对舞伴的身影。常春藤缠绕的门廊连着通往二楼的石阶，显得昏暗宁静。抬头看去，灯光映照下的花边窗帘精美漂亮。

"这个家真够气派的。"朝子又说了一遍，"参加聚会的人都互相认识吧？"

"不一定，有时候大多数不认识。但是这儿的主人非常欢迎新人参加，尤其是女性。"

小山在门口的踩垫上把鞋底的泥土蹭掉，然后手搂着朝子的后背，略一使劲，进了房间。

大厅里有五六对舞伴在跳舞。小山从边上走到主人夫妇跟前，简单地把朝子介绍给他们。穿着白色衣服的长脸夫人对朝子说："远道而来，欢迎欢迎。"

主人大原像评估陌生女客似的看着朝子。朝子一扭头，他不动声色地指着近处的一张椅子，说声"请坐"，然后开始和小山聊起与朝子无关的话题。

朝子静静地观察四周。大厅里还有一对外国人，对面有四五位小姐正围着聊天，没有一个相貌出众。

换唱片的时候，跳舞暂停。人群中一个艳服华丽的姑娘格外活跃，她的年龄跟朝子相仿。

"小山，你怎么来晚了？"姑娘热情地把手搭在小山的肩膀上。

她穿一身素底红色水珠花纹小礼服，活泼可爱，红珠耳环轻轻摇动，脚上的鞋子也是红色的，短头发，脖颈的肌肤晶莹如雪，裸露的肩膀和胸部充满青春活力。

小山和这个姿色出众的姑娘跳舞。不知什么时候，朝子面前已经摆上了一杯金菲士。

"好像在哪儿见过。"朝子用嘴唇触碰杯口，几次盯着姑娘的侧面，认出来她是现在最叫座儿的电影新秀加濑绫子。

舞曲是伤感的布鲁斯，当小山和绫子从朝子旁边经过时，朝子听见绫子甜美的声音拉着长音说："真——的——吗？"接着小山明确地回答："绝对是真的。"

一曲终了，小山看着朝子，但主人大原彬彬有礼地邀请朝子："能赏光吗？"

高大肥胖的大原舞技娴熟老练，纤细苗条的朝子像被他裹着一样轻松舒畅地起舞。朝子在优美的舞曲旋律中旋转，全身陶醉，手脚倦怠乏力。

"白木小姐，"大原把刚刚介绍的朝子的姓"白井"误记为"白木"，"不想演电影吗？"

"嗯，我不想演电影。"朝子的脑袋在大原的肩膀上，她拘谨地说。

这个人一听说朝子是演员，以为一定就是电影演员。而且朝子正在生加濑绫子的气，那张像糖点心一样俗不可耐的嘴脸、那双秋波流眄的早熟风骚的眼睛，没有一样看得顺眼。

"那你只在电视剧和广播剧中演出吗？太可惜了。"

"这次还参加舞台演出，剧名叫《欲望号街车》，正在排练。"

"这样的电车还真想坐一坐。"

朝子知道通过他可以打进电影圈，但对绫子的反感和对话剧的热情，使她摆出一副对电影不屑一顾的表情。

朝子还跟其他不认识的男人跳了舞。回到自己的座位上以后，觉得坐立不安、心烦意乱，身心十分疲劳，口干舌燥。她喝着金菲士，这种酒口感不错。

好容易把小山抓到手，当两人在大厅的地板上滑动的时候，朝子忽然觉得头昏脑涨般的迷醉。

"你跟那个电影新秀还挺亲热的嘛。"

"没有。跟你差不多。"

"你别拿她跟我比。"

"并没有说你们一样啊。"

"反正别拿她跟我比。"

"不讲理。"

"我不该来。"

朝子被《欲望号街车》排练不顺利折磨的神经又受到酒精的刺激，拧巴起来。

　　"那些小姐们正说我的坏话呢。"朝子狠狠地瞪着大厅那头。

　　"别乱猜疑。"

　　"我刚才听见她用轻蔑的口吻说我是什么演戏的。"

　　朝子觉得不时钻进耳朵里的只言片语，就是全屋子的人对她这个新客人充满好奇和敌意的声音。她的耳朵深处还残留着导演吉井和主演高柳唠唠叨叨埋怨责备的声音。

　　舞曲一结束，朝子就想到窗边的椅子上坐一坐，平复一下心情。但小山一松手，她的身体失去平衡，轻飘飘悬在空中一样。她从心窝到肩膀十分难受，直想呕吐，脚下蹒跚摇晃。

　　"小山，你的朋友脸色苍白啊。"又是那个讨厌的绫子的声音。

　　"啊！小心点儿！喝多了。"小山的声音。

　　对着满座初次见面的人，小山居然直言不讳，太不顾情面了。朝子羞愧得几乎颤抖。

　　"有没有药和水……"又是小山慌张的声音。

　　这时，一股香水的味道像雾一样荡漾飘溢。

　　"在我房间的床上……"朝子听见柔声的低语，眼睛一阵发花。

　　小山的胳膊搂着她的身体，伸进腰下，把她整个儿抱起来。她失去了反抗的力气，闭着眼睛，觉得经过了非常远的距离。

　　当她被放在床上的时候，脸颊上感觉到急促温热的呼吸。接着又喝了什么药。

　　小山温柔地擦干她额上沁出的冷汗，轻声说道："好好休息一会儿。"然后他准备出去。

　　"别走……"朝子吐出哀求般的声音。

　　"愿意让我在你身边吗？"

　　朝子点点头，眼泪汪汪。

平时冷若冰霜、自命不凡的朝子，现在却像幼小的孩子一样全身娇柔地渴望着安慰。

第一次到别人家里，就躺在别人的床上，虽然是喝醉了，但和一个男人这样单独在一起，别人会怎么想？心态失常的朝子早已把这种担心与羞耻抛到了九霄云外。她迷途女孩般的哀怜使小山神魂颠倒。

"对不起，我……"

"我不该叫你来。你累了，而且连续排练，什么东西也没吃，空肚子喝金菲士……想吐就吐出来吧……"

朝子的裙子像一朵群青色的牵牛花绽放在白色的床罩上。洁白的大领子和袖口、紧束细腰的皮带。她的眼睛又涌出晶莹的泪珠。

没出息……

小山坐在床上，解开她的皮带和胸前的子母扣。

"这样睡一会儿。"

"……"

"睡一会儿就会好的。"

"不会好。"

"不困吗？"

"你到下面去吧。你不是想跟加濑绫子跳舞吗？"

"傻话。"

小山的胳膊像压着朝子的胸脯一样抱着她。紧接着，温暖的柔和潮湿的嘴唇粗野地吮吸着朝子的嘴唇。她半推半就，立刻紧紧搂着小山的脖颈。

"等、等一等……窗户……"

"窗户？"

朝子从敞开的窗户望见阴云密布的夜空，但眼睛马上被遮住了。

她的身体感受到切肤的震撼，如同被瀑布冲击一样体验着爱情的激烈爆发。

只要这样在一起，一只脚即将掉进深渊的恐惧就会烟消云散。

人生一度

美根子在破旧的两层楼里租了一间房间。这栋楼房在空袭时没有被全部烧毁。楼下是西服缝纫店，也是房客；二楼有六叠①和四叠半大小的两间房间，都租赁出去了。房东住在楼下终年不见阳光的屋子里。

美根子和弟弟住在二楼的四叠半的房间，旁边六叠大的房间住着一对夫妇，他们使用楼下的厨房和煤气，美根子只好在走廊上用小炭炉起火做饭。

美根子送俊三到坡道路口后回到家里，上夜校的弟弟还没回来。美根子放下心来。她不想让弟弟发现自己异样的表情。

要是平时，她会担心弟弟太晚回来。弟弟早晨不到七点就出门，夜里十一点多才回家，睡眠时间很少。他白天上班无精打采，却喜欢上学，下课后还参加夜间排球比赛，所以很晚才回来。

美根子照了照镜子，看看自己的脸色是否正常，然后把饰针摘下来，放在手上。

真漂亮。他把女儿比作这颗珍珠，可为什么要给我买呢？

美根子似懂非懂，她认为这象征着自己爱情的结晶。

楼下的收音机报时后，播送天气预报：明天南风，关东地区晴。

美根子回忆着今天和岛木社长度过的一个下午，心里越发不安。

自己已经二十六岁，也吃过苦，又长期在俊三身边，对他的脾

---

① 日本房屋面积单位，一叠为一张榻榻米大小，约 1.62 平方米。

134

气为人、公司的兴衰，了解得一清二楚。眼看就到夏天，公司把电风扇、照相机和会客室里的油画都卖了，落到这步田地，今天俊三身上还揣着那么多钱，这就不正常。

而且，美根子看见俊三把二三十万日元交给谷村公司的经理。

美根子去俊三家取礼服的时候，觉得他们生活富裕，就有点儿意外。可是全公司的人都知道俊三一贫如洗，没有财产。

那些钱是怎么来的？莫非是俊三用什么非常手段弄来的？这么一想，俊三的一言一行都叫人害怕。美根子坐立不安。

为什么分手的时候没有明确说明天还要见面？美根子把俊三送到他家坡道口时，心里也如一团乱麻。

"离开公司的时候，没想到今天会回家。因为你，我又回来了。"听俊三这么一说，美根子本来想说"我也没想到回家"，但心里难过，一时没说出口。

"再见，你多保重。"俊三说完，往坡上走去。

实在让人不放心。

美根子从二楼跑下来，到电车路旁的药店里往俊三家打电话。但对方总是占线的声音，问电话故障服务台，得到极其冷淡的回答："他们把话筒摘下来了，我们也没办法。"

俊三和美根子分手以后，回到家里，进屋之前，把口袋里剩下的钱藏在进门的绣球花叶子后面。他装作看花的样子，把一沓钞票偷偷麻利地塞进去，心里嘀咕着："瞧这丑样儿！在自家院子里藏东西比从保险柜里拿钱更做贼心虚。"

人一当小偷，就比贼聪明。俊三累得呼呼大睡，做了一个噩梦。他五点半起床后，敬子把枕边的闹钟从原来上的六点调到九点。

俊三穿上夏季西服，从绣球花丛中取出钞票，揣起来出门而去。他怕家里人看到这笔钱后疑神疑鬼、刨根问底。

西服是英国凡立丁面料，做工也是一流的，不会走样。衣服散发着卫生球的味道。

要不是敬子，这套西服也卖了。

俊三想起总是把指甲修得整齐光亮的敬子的手指。她要把戒指戴在手上让顾客观看，所以手指头要精心修饰。他听敬子说过，电视剧制片人称赞朝子的手有个性、表现力很好。这大概是母亲的遗传吧。

敬子停了小卖店转做珠宝生意的时候，俊三看她的手一天比一天修长漂亮，认为这是自己的力量影响所致，其实也是敬子自身的力量。

下到坡道口，俊三停下来，点燃一支烟，望着刚才走过的自家的小路。

被踩得坚硬的坡道闪烁着淡灰色的亮光，清晰地映现出清晨的树影。一条茶褐色的狗匆匆地跑上坡去。俊三也很熟悉这条柴犬。

这平平常常的宁静晨景忽然勾惹得俊三眼睛模糊。

弓子起床了吗？她会出门来看爸爸，这么早干吗去呢？

俊三急着要截一辆出租车，但这个时间不好找空车。上班的人们匆匆忙忙从他身后超过去。

"走着去车站。"他在车站前坐进了出租车。

"浅草。"俊三告诉司机自己平时不去的这个地方。

司机发动引擎，一踩离合器，车往前走动。就在这时，一个人忽然冲过来，使劲拍打车窗。俊三吃了一惊，以为是弓子或者敬子。

司机急忙刹车，打开车门。美根子像捕捉鸟一样，双手按着俊三的膝盖一头倒了进来。

"可以走了吗？"司机问。

"啊。"俊三回答。

"真凑巧。上帝保佑。要是那个公用电话没人占用，我一定钻进去打，那就走岔路了。"美根子上气不接下气地说，"我刚刚还在车站等着……"

"……"

"我一直担心，从昨天就睡不着觉。"她心情急切，但俊三默不作声，"要是见不到您，我都不知道该怎么办。这么早上哪儿去？"俊三的沉默让她心里难受。

出租车行驶在大冢都营电车路上，在早晨的阳光里一会儿上坡一会儿下坡，从本乡往上野奔去。

"昨天的地方。"俊三吐了一句。

美根子说不出话来，也没有泪水。今天的俊三跟昨天判若两人。

俊三的内心激烈地斗争，纠缠着迷惘和惧怕。

他想一个人行动。他知道自己神经衰弱，难免言行越轨，因此害怕单独行动，但今天想一个人无拘无束。不过，他现在想不出什么好主意让这个一心一意挂念自己的女人回家去。

"浅草哪儿？"司机问。

"雷门。"俊三没有目标，随口一说。

七点的浅草还未苏醒。上班的人们行色匆匆。一大早，一个男人带着一个年轻的女人在路上游逛，只能被大家认为刚从情侣旅馆出来。

俊三看见仲见世小街后面有家小饭馆已经开门，几个穿浅蓝色连衣裙、系着白围裙的姑娘正在收拾桌子。他走过去，坐在角落里。

"啤酒和汽水。还没有吃的东西吧？"

"有吐司……我看看冰箱里有什么。"姑娘回答。

俊三喝了一口啤酒，才第一次对美根子露出笑容，但显然是做作的笑容。

"离电影院开门还早呢。"

"怎么？一大早就看电影？"

"嗯。不这样，怎么打发时间？"

"不是来为公司办事吗？"

"公司在浅草没业务。"

"那今天打算做什么？要是您自己一个人的话。"

"因为不想见人，才到浅草来。"

"为什么要来浅草？"

"浅草的商店街宣传中元节大甩卖，搞化装游行，连脱衣舞舞女都上街做广告……"

美根子想，俊三的出版社是不是也别出心裁地利用脱衣舞舞女上街做广告。

"是来看这个的吗？"

"哪能呢。我只是在报上看到这个报道，才想起浅草……有十五六年没来了吧。"俊三又要了一瓶啤酒，"忽然怀念起浅草来，以前这儿是罪犯和流浪汉的巢穴，或者说是码头……"

"……"

美根子身上带着昨天的钱，想还给他，但找不到合适的机会。

"十五六年前，我十岁，常常从吾妻桥或者言间桥到浅草来，说不定那时候在这一带还见过面呢。"

"不可能。"美根子一下子被顶回来，"战后那一阵子，浅草也变得跟新宿和涩谷差不多。浅草的哀愁悲欢几乎荡然无存了。"

"浅草之后还去哪儿？"

俊三扭头看着仲见世小街上的行人。

"是去公司还是回家？"

"想去旅行。"

"带我去。您去哪儿，我跟到哪儿。"

"不行。昨天不是对你说了吗？有的地方不能带别人去，也带不去。"

"没有这种地方。"美根子使劲儿摇着头，泪水从大眼睛里簌簌地淌下来。

"别哭……服务员看着呢。"

小饭馆的服务员一大早就看见爱操心的女人哭鼻子，大概觉得很稀奇。但是，美根子的泪水在人前也抑制不住。

俊三付了款，走到仲见世小街。

两人在观音参道上溜达，两旁排列着店面相同的各种小商店，像口琴一样。这跟战前没什么两样，梅林堂的红梅烤饼、玩具店、金石雕刻店、女式和服饰物店、扇店、妇女用品杂货店……

美根子在松坂屋的橱窗前停下来，看着里面美丽的华簪和花梳。

"原先还有一间银花堂也卖这些东西，已经没了吧？"俊三用目光四下寻找。

"我也记得银花堂。"

"以前这家商店的华簪还送给祇园的舞伎。邮来的感谢信的彩色信封和信纸上印着京极樱井屋舞伎的画像，可好看了。"

俊三脱下西服，搭在手臂上。在雨后放晴的晨光里，他带着几分醉意的脸显得开朗明亮。美根子紧张的心情也稍稍缓和下来。

从两人站立的位置，远远地可以看见与仲见世小街呈十字形的新仲见世街。大家都说，自从新仲见世街出现以后，就把仲见世小街的繁华抢走了。其实新仲见世街和仲见世小街一样，是浅草主要的繁华商店街，从国际剧场的那条街横穿到松屋百货店那条街，是银灰色的拱廊，雨天在下面走都不用打伞。

"去年七夕我来这条街玩过。"美根子说。

到观音堂，美根子抽了一支签。第五十五吉："宜旅行、宜嫁娶，万事大吉……"

俊三从装模作样的法衣裹身的和尚手里拿过一支签。这也是吉签："蔽月浮云散，万里照朗光……"美根子从一旁看着这样的签诗，心花怒放。

"好，两支都是吉签。"俊三也喜不自禁。

小小的观音堂上，清晨就来朝拜的香客点燃的蜡烛熠熠闪动。在这临时殿堂后面，据说耗资四亿日元的钢筋水泥结构的正殿即将竣工。

从这一带往淡路岛方向，路边都是各种小摊，现在正是准备出摊的时候。

俊三看着给衣服绣字的小店铺，说："买一套西服，可以在这儿绣名字。"

卖眼镜、卖手表、卖钢笔、卖皮包、卖鞋，各式各样的杂货，再往里走便是卖衣服的，日本的、外国的，应有尽有，像一条长长的隧道。战前卖防孩子走失牌、腰挂、细绳、毛笔、人造花的店铺现在都不见了。

他们一走进卖衣服的隧道，就被做生意的人盯上了。那些人大声吆喝兜售衣服。

"太太，夏天的衣服，您看怎么样？您是今天的头一笔开张，价钱便宜，跟白送一样。"

一件素地红碎点花纹的丝绸夏季和服挂在衣架上，在美根子眼前晃来晃去。

专卖女式和服或专卖男式西服的相似的店铺，一间挨着一间，这样子是不是生意就好做一些呢？可能这些都是估衣铺，但现在卖的净是新衣服。

"七夕是什么时候？"俊三问。

"七月初七。"

他们似乎为了减轻两旁估衣铺造成的压迫感，开始闲聊。

"不是阴历，天上星辰位置就看不出来。阳历七月七日还是梅雨季节。我小时候，一到七夕，就买来竹子，系上折纸做的诗笺，到这儿来放进水里流走。"

"你是生在河对岸吧？"

"对。去年七夕，新仲见世街的拱廊里挂着五彩风幡、花绣球、大诗笺，花花绿绿、五彩缤纷，可漂亮了。商店都在减价大甩卖。"昔时的景象似乎浮现在美根子的脑海里，"过了七夕，浅草在七月十日的四万六千日参拜期间还有酸浆果集市，除了一串串一簇簇红的蓝的酸浆果玩具外，还有避毒虫的护身符、避雷符。"

有时候，逛完酸浆果集市，背着睡着的弟弟从吾妻桥回去。

"酸浆果之后是盂兰盆节。"

"脑子里记得越多越有意思。"

"啊，淡岛池也没了?!"美根子停下来寻找。

在灰蒙蒙的树木环绕的空地上搭着杂技团的帐篷。帐篷入口处摆着猴子和野鸡，以为是小马戏团，其实是表演脱衣舞的。

"原来是脱衣舞，门票三十日元。"俊三嘟囔着。

招牌广告上浓艳妖媚的美女入浴图经过日晒雨淋，憔悴凄惨。三四个无家可归的流浪汉模样的人正逗弄猴子。

俊三和美根子又走进小摊贩的隧道，穿过去，来到木马馆前面。几杆写着"浅草万岁"的旗帜随风飘扬，但二楼"万岁小屋"的窗户像洞穴一样黑咕隆咚。楼下，木马伴随着唱片播放的童谣音乐，一边上下起伏一边旋转。只有一个男孩子骑木马玩，保姆在旁边照看。

俊三一边走一边说："那儿有藤萝架，应该是葫芦池岸边。"

六区的葫芦池消失以后，俊三第二次到这里来。

关东大地震以前，十二层塔倒映在葫芦池里。那是古老的关于浅草的回忆。那个时候，还没有美根子。

葫芦池填平以后，盖起电影院，六区的景色也变了样。

一个卖钢笔的特地用泥土把钢笔弄脏，然后一边用布擦一边抬头紧紧盯着俊三，但没有招揽生意。

烤墨斗鱼、炒面、关东煮的味道扑鼻而来。

"置身浅草的人群里，就会感觉到昔日的松散。"

美根子听俊三这么一说，心里的石头也就落了地。

电影院开演的铃声像闹钟一样刺耳地响起来。

俊三想，敬子该起床了吧……

一大早两次电话，闹得敬子头疼。

第一次是朝子打来的，说没车，回不来，住在郊外的朋友家里了。那口气像只是通知家里一声，冷淡得很。敬子还想问两句，对方说完话就咔嚓挂断了。

第二次是俊三公司的老会计打来的。敬子与公司的人几乎不认识，但这个姓秋田的老头倒见过几次面。

"嗯……是夫人吗？真的是夫人吗？"

"是。没错。"

"哦，听声音非常年轻，我以为是令爱，原来是夫人。嗯，我觉得也可以跟您说，可是……现在社长在家吗？我找社长……有点儿事。"

"岛木一大早就出去了，没去公司吗？"

"啊，昨天晚上回去了吗……是嘛，其实我现在在外面打公用电话。我上班以后，以为社长也来了……"

"公司的电话被拆了吗？"

"没有。不过，用公司的电话不太好说……"

"岛木出什么事了？"

秋田老头拐弯抹角啰唆半天，就是说俊三昨天把保险柜里的钱拿走，参加谷村辞灵仪式以后，再没到公司露过面。

"不过，夫人您不必担心。这钱是公司两三个主要股东的，有办法对上账……我想先私下把公司善后处理的方式向社长报告一声。他回来以后，麻烦您告诉他我来过电话……"

敬子放下电话，心里忐忑不安。她回想起俊三昨天晚上的确不寻常。她坐立不安，打算去公司好好了解一下俊三的情况。

正在梳头的时候，女佣芙美子进来，怯生生地小心赔不是："夫人，我不留神闯了祸。"

"怎么回事？"敬子拿着塑料梳子的手停下来。

"我给先生的书桌掸灰尘的时候，竖摆的一列书上又放着一摞书掉在桌子上，我打翻了墨水瓶，墨水把材料之类的都弄脏了。我不知道墨水瓶盖没有拧上……"

敬子没有心情听她唠叨，也想不起是责备还是原谅她，心里挂念着俊三的事，呆呆地看着镜子。女佣一看敬子的样子，吓得抽抽搭搭哭起来。

"别哭了。错了就错了。"

敬子心里烦燥："你哭，我还想哭呢。"

刚一站起来，电话铃又响了。敬子提心吊胆地拿起话筒，是草野珠宝店的川村打来的。

"我仔细检查了，百达翡丽表没有任何毛病。"

"哦？那好。我一会儿去取。"

"喂，听您说话声没有精神。怎么啦？"

"没什么……"

"大约几点来？还有，您设计款式的戒指又卖出去了，所以想继续拜托您。还有一块钻石，粒度不小，有点儿像椭圆形，客人要求设计托座。您也考虑一下。"

"好，我尽量早去。"

"我等着您。前些日子，从南方的一个国家来了一对经营珠宝的夫妇，下雨天我陪着他们逛箱根、日光。那富婆的小鼻子上镶嵌着一颗钻石，让我大吃一惊。钻石有一半埋在肉里，闪闪发光。"看样子川村又要开始喋喋不休。

"那好，一会儿见。"

"啊，那好……就因为陪那位钻石鼻子夫人，又给您找了桩好事。"

川村的电话还没放下，门铃响了。

"还挺忙乎。芙美子，你去看看。"敬子吩咐完后，回到镜子前面。

"夫人，热海的……"女佣吞吞吐吐。

"哦？就是上一次来的……"敬子像使劲咽下一口什么东西似的，"告诉她，先生和弓子小姐都不在。如果她不在乎，就请她进会客室。"

"是。她说想见这儿的夫人。"

"哦？"

敬子想不慌不忙地化妆，手却不由自主地加快动作，然后迅速换好衣服。她想起来，上一次是让弓子把鞋提到后门走的。

今天和上一次不同，俊三和弓子都不在，而且是在俊三去热海向她提出离婚之后，还把自己的事详细告诉了她。

但是，俊三和京子离婚以后，并没有保证一定会和敬子结婚。敬子对结婚这事也犹豫不决，而且从俊三这两天的情况来看，他好像还面临着什么危机。

敬子又站在镜子前面，摁了摁额头和脖颈上的津津细汗。不管怎么说，她和俊三同居六七年，今天还是第一次见俊三的妻子，也是弓子的母亲京子。

京子提着一只污脏的白色手提皮箱，走进会客室。她昨天从热海的疗养院出来，行李已经送回娘家。

京子这次来，身份和心情跟上一次完全不同。

她在安静的会客室里等待，却像在深山老林中迷路一样心慌意乱。不仅仅因为丈夫和女儿不在，这个家本身似乎就令人害怕。在长期养病的岁月里，她被彻底抛弃了。孤寂化作莫名的仇恨郁结在心间。

敬子进来的时候，京子正用小扇子机械地往脸上扇风。

京子一看到敬子，立即满脸通红。

就是这个女人夺走了我的丈夫和孩子……敌视的怒火炽烈燃烧。

"初次见面……"

"初次见面……身体都好了吗？"

"啊……"

"不凑巧，岛木先生今天也没去公司，无法打电话联系。"敬子不愿意让对方觉得好像是自己把俊三藏起来，"我也不知道他的去向，心里正着急着呢。"

"不见他也没关系。"

"弓子到下午才能回来，您能等那么长时间吗？"

"夫人您也出门吗？"

"嗯，一点在银座有个约会……"

"东京人都这么忙。"京子并没有讽刺的意思。

要是东京人敬子算忙，就没有一个比在乡下疗养十五年的京子更闲的了。但是，敬子不愿意让她觉得自己态度冷淡，于是尽量温和地说："不过，现在时间还可以，您不用着急。"

"啊。"

敬子摸不透京子上门来干什么，心里不踏实。

京子不时瞟着敬子落落大方的言谈举止，心想"真年轻"。这就是京子天真幼稚的地方。她一身崭新的绣花边白色外衣和黑色百褶裙，但松松垮垮，显得窝囊。

"我……"京子拖长声音说，"想了好长时间，才死了这条心。"

敬子听她这发哕的声调，更加心神不定。

"人总有一死，为什么不死在最好的时光？我已经几次面对死亡。不过，不是好死不如赖活着？您怎么认为？"

"我是为活下去拼命过来的人……"

"我也想病好以后有一个共同生活的家。这多么可笑？真可笑。"

京子忽然哭起来。敬子不知如何是好，听着她抽抽搭搭的啜泣声，心里也跟着难过。

芙美子端上茶点，京子仍然满不在乎地抹着眼泪。

"上一次来的时候，您不在家，我也隐约知道自己从岛木的生活中被抛弃出来了。以前我一直认为他和弓子两人在您这儿租房住。"京子用手绢擦着眼泪，"弓子就拜托您了。"

"什么？"敬子心头一震。

"我今天就是来拜托这件事的。我怀她的时候就得了病，孩子生出来后，也没有奶喂她，不能亲自抚养她。只是偶尔见见面，没有在一起生活。弓子长大以后，大概也不认我做母亲。我真羡慕您。岛木说您一手把孩子拉扯大。现在弓子出落得这么漂亮。可她是我唯一的孩子，我也想时常见见她，跟她说说话。"京子把憋在心里的话都倒出来。

"是这样。"敬子只能点头称是，"好像是我造成了您的不幸，我很难过。但是如果您想见弓子，什么时候都可以，听凭您的自由。"

"说得好听……"

"我说的是真心话。"坐在京子对面的敬子忽然觉得似乎落入了圈套。

"我有什么自由？"京子摇晃着圆圆的肩膀，孩子气地说，"您好好想想吧！"

"等弓子回来，您再跟她好好聊吧。"

"瞧您，生气了吧？自己有两个孩子，还要霸占别人的孩子。贪得无厌！"京子故意使用天真幼稚的声调。

"是我霸占吗？弓子被我霸占了吗？您最好还是先问问她本人再开口。"

"别动气。我是病人，对不起。我并没有怨恨您。"京子又自言自语，"女人的爱情实在可怕。"

敬子不知道这说的是她还是自己。

"我不知道岛木先生对您怎么说的，但我曾想过，有机会的话，也许我会跟您谈谈的。"

"岛木不是从来不说心里话吗？"京子牛头不对马嘴地说，"岛木一直对我冷酷无情，他越这样，我越爱他，爱得死去活来。我以为他看我是病人，才自己忍受着痛苦。原来完全不是这么回事，他对我已经无情无爱。"

敬子想替俊三辩解，说他是因为不忍跟病人离婚，但觉得这句话对京子太残酷。

"即使我没生病，恐怕跟他也过不到一块儿去。他要是不能忍受两个人每天又吵又闹的日子，我也就得不到安慰。"京子脸上的雀斑越来越明显，被泪水濡湿。她两手捂着眉毛以下的大半张脸，然后歇斯底里般抽泣起来。

她说的是不是反话？

敬子看着泪水涟涟的京子，忽然感觉到女人的丑恶。如果要把俊三和弓子还给这个女人，敬子有满肚子话要说。

"其实，岛木先生现在日子很不好过，这两三年工作简直糟透了。"

京子还在继续哭泣。

"而且还胡作非为，把公司折腾了个底朝天。我也非常担心，下午要见的也是他公司的人。"

"是吗？"京子带着哭腔说，"我以为他那么难受是因为跟我分手，现在知道原来不是这样，另有其他原因。他并没有实情相告，把话说明白。他心里难受，我看不下去。"

敬子觉得站住了脚，但内心依然被京子的爱情攻势打得摇摇晃晃。但是，她非但没倒下去，反而挺直腰杆，反守为攻。她被京子的爱情打了一闷棍，反倒使她对俊三的爱情更加深厚浓烈。

"当务之急，能帮他一把的也就是我。"爱情的烈焰在她胸中燃烧。

这句话似乎从京子的心里流过，她用女性的眼光看着敬子的手表和戒指。

这号人，不用理她。——敬子沉着镇静。

京子似乎也不在意敬子的态度变化。

"弓子就拜托您了。"

"好。"

美国军用飞机雷鸣般震天动地地擦着屋顶掠过。

热带鱼

田部的弟弟昭男除了画画之外，从小还喜欢生物，现在还养热带鱼。两年前的夏天，他买了一对神仙鱼，从此入迷，到今年夏天，鱼缸已经增加到三个。

最早的那对神仙鱼长到近十五厘米时，雌鱼死去。后来又买了几条放进去，它们恋爱结婚，双双对对形影不离。只有原先那一条雄鱼常常孤零零地浮在翠绿色的亚马孙剑草前，一动不动，像一幅美丽的剪贴画。

新的鱼缸里养着蓝丝足斗鱼。雄鱼正在发情期，颜色变得十分漂亮，沉在水草下吐泡，昭男上班都心神不定，急急忙忙跑回家观察。

他跟熟悉的病人也聊热带鱼。从上个星期开始，朝子和弓子去他那儿打针，他就对她们大谈热带鱼的美丽和情趣："送你们一对神仙鱼要不要？养着试试看。"

但是，朝子嫌伺候这些活东西麻烦，明确谢绝了。

昭男还给她们讲神仙鱼恋爱结婚、一夫一妻的习性。

"强扭的瓜不甜，硬配的夫妻不亲，一年到头净打架，生出来的孩子也被吃掉。"

"这些话我在'神仙鱼'就听过。"

"嗯？"

"有一家餐馆就叫'神仙鱼'，店里头摆着热带鱼。"

昭男问这家店在哪儿，朝子说不上来。

上个星期，朝子来看病，说浑身不舒服，怀疑是不是得了肺结核。为了慎重起见，做了透视，肺部没有问题。

乳房鼓胀，细细的淡蓝色静脉浮现出来，乳头凸起。昭男凭医生的经验判断她可能怀孕了。但是，他不是妇产科大夫，而且知道朝子未婚，因此犹豫着是转去妇产科呢，还是告诉她本人。他对朝子的母亲敬子又怀有好意，更不好开口了。

见了她母亲以后再说。昭男拿定主意，先给她注射维生素 B 和维生素 C，缓解食欲不振、感觉疲劳这些症状。

朝子的身段风姿在医院里艳压群芳、格外出色。她一走过去，连走廊都显得朝气蓬勃。大家都喜欢她。但她从不和弓子一起来。

昭男问她岛木的去向，朝子只是冷淡地哼一句"不知道"。

从梅雨季节到夏天这一段时间，弓子觉得两脚乏力疲劳，好像得了轻度脚气病。这是因为体内的维生素 B_1 被枯草菌破坏了。于是弓子到柿本医院打高剂量的维生素 B_1，做超短波放射治疗。

"'优育儿'也不行了。"昭男说，"你是咽喉里头容易分泌黏液的体质，枯草菌就在黏液里繁殖，然后从胃进入肠道，破坏维生素 B_1。枯草菌，顾名思义生存在枯草里，但家里的草席也可以繁殖，很容易吸进人体。这是日本人的常见病。你算是轻的。"

但弓子觉得没有比今年夏天心情更沉重的了。父亲去向不明，这种心灵的痛苦岂是枯草菌能比。这件事就让她成了半个病人。

敬子好像母鸡护小鸡一样，用自己的羽翼温暖着弓子的心。但是，弓子越是这样被敬子安慰，心里越害怕敬子也会离开自己。

朝子对俊三的失踪非但毫不同情，反而认为这是畏罪潜逃，憎恶之情形之于色。尽管这种敌意没有冲着弓子，但好像明显站在了俊三的对立面。而且，清对弓子的爱情越来越强烈，魂牵梦萦，难以自制，对她纠缠不休。弓子觉得自己被父亲抛弃，周围的环境逼得她在这个家里实在待不下去。

如果说这个家先前还有点儿和睦融洽的气氛，不能不说是因为弓子温柔纯真的性格把大家和睦地聚拢在一起。然而现在，动不动就要把弓子挤出去的危险性像阴风一样刮着。

这未必是弓子多心，随着父亲的消失，弓子似乎在这个家里也失去了力量，几乎变得孤独可怜。

昭男也大体了解这些情况。敬子去医院给昭男送百达翡丽表的时候，并没有掩饰发生这非同小可的事情后的沉重心情。

"是不是田部太太对这贵重的手表过分小心，弦上得太紧了？"敬子说。

"也可能。我嫂子以前是擦皮鞋的，心里总有点儿害怕翡翠和百达翡丽这些东西……"

"现在是田部太太了，手表之类是应该有的。"

"可是她现在每次给我擦皮鞋，手一伸还要二十日元……"昭男笑着说，但敬子因为神经紧张、睡眠不足而憔悴消沉的面容没有逃脱他的眼睛，"什么事让您这样劳累消神？"

今年从五月开始就是梅雨天气，到七月还很凉快，大家都说是氢弹试验造成气候异常，但紧接着盛夏忽然来临。

盛夏才是热带鱼的黄金季节。鱼缸不需要保温设备，水温计的红色水柱一直上升到二十四五摄氏度。

"斗鱼产卵可有意思了。听说看一次就绝对忘不了。"昭男告诉哥哥，同时一心等待着蓝丝足斗鱼成功产卵。

雄鱼沉在水蕨水草下面吐泡筑巢是发情的标志，身上的颜色也变得更加鲜艳美丽。它张开褶鳃，扭动身子向雌鱼求爱。

雌鱼要是厌恶，不耐烦地一味逃跑躲避，把雄鱼惹火了，甚至会被雄鱼咬死。所以，养鱼人必须把也在发情的雌鱼放进鱼缸里。它的腹部都是卵，鼓鼓的，白色的卵从后面的产卵管排出来。

昭男一动不动地贴着鱼缸观察。

雄鱼抱着雌鱼，向泡巢游去。雄鱼弯着身子紧紧裹着雌鱼。雌鱼的形状像柞树叶包裹着的糯米点心一样，边往下沉边排出几个卵，开始受精。雄鱼放开雌鱼，追赶往下沉的受精卵，含在嘴里，然后浮上来，把受精卵粘在泡巢上。这样的受精过程要反复进行一个小时。

"嗯——"昭男第一次看到蓝丝足斗鱼恋爱繁殖，兴致勃勃，片刻不离鱼缸，觉得非常有意思。

田部回来的时候，昭男十分惋惜地说："可惜。哥哥，真可惜，刚刚完。有几百个卵。你要看到该多好。"

"都能孵出来吗？"田部也走到鱼缸旁边看着里面。

"就是都孵出来，能长大的了不起也就十条吧。"

"雌鱼在哪儿呢？"

"移到这边来了。"昭男指着有黑热带鱼的鱼缸，说，"产完卵后，雄鱼就把雌鱼赶得远远的，不让它靠近泡巢。要是雌鱼还在泡巢附近转来转去，就可能会被雄鱼咬死。当然，照顾受精卵、保护孵化出来的鱼苗全部由雄鱼负责。它独自在泡巢下面守着，如果别的鱼靠近，它就会扑上去战斗。"

"哦？"

"可是，孵化出来的鱼苗一个星期后长大，雄鱼就开始吃自己的孩子。所以在此之前，必须把雄鱼和小鱼分开。"

"好厉害的父亲。"

哥哥点燃香烟。昭男也想抽烟。

"今晚白井夫人还叫我去，可为了看蓝丝足斗鱼，现在已经来不及了。"

"岛木出什么事了？白井夫人好像男人运不好。"

"婚姻也是凭命运吗？"昭男嘀咕一句。

"绝对是！"田部十分肯定。

"可是，我喜欢那个夫人。"昭男看哥哥心情不错，就势吐露真言。

"我也喜欢。有两次，她为我们的事高兴得几乎掉眼泪。第一次，我还在倒黑市买卖的时候，去车站小卖店告诉她，我的擦皮鞋姑娘给我生了个儿子；第二次，你也看见了，时隔六七年，她到咱们家来，看见擦皮鞋姑娘竟然买得起翡翠、百达翡丽表，感动得差一点儿掉泪，比自己做一笔好买卖还高兴。"

昭男对哥哥这种善意的解释一边点头一边说："感觉到她的人心温暖了吧？"

"没错。干黑市那一阵子，我粗野暴躁得很，可一到她的小卖店，心里就觉得平静轻松。还是她有人情味。可是，要是女人的男人命不好，一辈子都会吃苦。可惜白井夫人也是这个命。如果跟岛木一起过，不做买卖行不行？"

"不做买卖，那么年轻漂亮待得住吗？"

"说的也是。"

"岛木这个人是不是肚量小？"

"我不了解。白井夫人在车站开小卖店的时候，岛木供她杂志，看样子还有点儿气魄。"

"好像现在这个家也是白井的。"

"过两天会回来的。"田部很有把握地说，"让女人养着，觉得没脸见人吧。"

"可是这么长时间了。她找岛木找得筋疲力尽。我实在看不下去。"

岛木俊三的失踪，报上也登出了消息，但没有侵吞公款或者携款潜逃的字样。公司的同事替俊三遮掩下来了。

昭男听敬子说，公司倒闭以后，债权人半是同情半是牟利地开始筹划成立小规模的第二公司。现在他们都心急如焚地等着岛木回来。

"她把百达翡丽表送到医院的时候，岛木已经失踪两三天了。我跟她聊了一会儿，让她宽宽心，然后给她打了一针，又给了些安眠药。"

"这种时候，应该尽量关心她。"

"嗯。"

昭男想起昨天敬子给医院打电话来，说有很多话想跟他说。因为今天晚上看热带鱼产卵，明天再去吧。

"白井的女儿长得很漂亮吧？"田部问。

"嗯。两个女儿这一阵子都来打针。姐姐朝子给人的印象有点儿浮华冷傲。"

"听说朝子是话剧演员，也在电视剧和广播剧里演出……"

"哎呀呀。"田部不以为然，似乎与他的女性观格格不入。

"妹妹弓子不是夫人亲生的，反而觉得身上有夫人的许多优点，人见人爱，连医院的老处女护士长见了她，态度都变得亲切和蔼。"

"你是不是也迷上她了？"

"哪能是那种姑娘呢？"

"这种姑娘、那种姑娘，迷上了就不该吗？"

"人家还是高中生呢。"

"高中生不好吗？"

"哥哥，你是不是在鼓动我呀？"

"你这个傻小子。"

"我跟这样的小姐没话说。"

"你这家伙还太嫩。"田部笑得肚皮都在颤动。

第二天早晨，昭男特地提早去餐厅，一看田部已经坐在桌前看报纸了。

"有生菜吗？给我一片叶子。"昭男说。

"好像有。干吗呀？"

"切碎了喂蓝丝足斗鱼。"

餐厅和厨房合用，所以，用水和煤气都很方便。

田部穿着双色方格纹单和服，系着细带，坐在这设备齐全的西式餐厅里。他转动粗腰，打开电冰箱，拿出一小棵生菜，顺便又拿出熏猪肉和鸡蛋。昭男多掰了几片生菜，仔细洗干净切碎。桌子上的加热器里，昭男的蛋奶烤饼已经烤好，咖啡也已经煮好。

田部的妻子和儿子进一走进来。

绫子穿着印花布花纹的薄室内便服，整个肩膀从宽敞的开领裸露出来。六岁的进一穿着白衬衫和粗斜纹布短裤，像他母亲干净的装饰品一样玲珑可爱地紧贴身边。

"真困。"这是绫子早晨的问候。

"早晨睡懒觉，越睡越困。"

"没这个道理，是吧，昭男……"

昭男对夫妻间的这种谈话从不插嘴，装作没听见，自个儿品尝着咖啡。

"昭男，早起是不是肥胖症的症状？"

"没这个说法。"

田部一般只睡四五个钟头。他四家店铺转一圈回到家里，已经十二点多，一般一两点睡觉，即便是冬天，也是早晨五点就醒过来。

他属于活动型的人。一睁开眼睛，就不能老老实实地在床上躺着。一个人起来开始做饭，收拾房间。看得出来，让厨房电气化也是出于他的这种癖性。

绫子从加热器取出一块蛋奶烤饼放在孩子的盘子上："我说，你给小宝贝的蛋奶烤饼抹上果子露。"

连这么点儿小事都要田部动手。

表面上草率马虎，其实粗中有细、周到细致的田部，与表面上神经质般的消瘦，其实悠闲自在、粗枝大叶的绫子，总是保持着稳定和谐的气氛。

田部十分顾家。现在四家店铺每天的收入自然而然地不断流进来。老婆孩子都平安无事、其乐融融。

昭男想，田部说白井敬子的"男人运"不好，是不是像绫子这样的人"男人运"就算好呢？

虽然昭男和哥哥是同父异母兄弟，但在家里没有这种意识，大家亲密相处。

这个绫子粗心大意是出了名的。拿着手提包上街买东西，出来的时候怀里却只抱着包装好的东西，把手提包忘在商店柜台上。虽然她以前吃过苦，可还是自己照顾不了自己。

"她就是在立交桥下擦皮鞋的时候看上我的。"田部拿她开心，"她是立交桥下擦皮鞋的糊涂虫，光擦一只脚，另一只脚的皮鞋愣是给忘了。这个故事太有名了。"

"你知道什么?！客人往前伸哪只脚，我就擦哪只脚的皮鞋。"

"这么说，是客人忘了伸另一只脚。嘿，那时候，这种事就多啦。"

绫子的这种性格，昭男也觉得相处起来轻松快活。

昭男想把刚才剁碎的生菜放进鱼缸，可怎么找也找不着。

"怪了，刚才我切的生菜都被扔掉了？"

"是我拌熏猪肉一块儿吃了。我还觉得今天吃法怎么有点儿怪。"

"笨蛋！"田部笑得肥胖的后背直打战。

"切得倒挺细的。"绫子说。

"你还不快切点儿生菜还给人家。"

"昭男切得好，在医院经常切人来着……"

《热带鱼饲养繁殖法》这本书上写着，孵化出来的五百条小鱼每天死去一半，原因是鱼饵不够。

小得只能用显微镜才能看见的鱼苗，每天吃用显微镜才能看见的小鱼饵的量大得惊人。把生菜叶切碎后浮在水面上，再添加少量粉饵，就可以成为微生物培养基，制造鱼饵。

"嫂子，这样不行，还要再洗。"昭男一边仔细地洗生菜叶一边说，"嫂子，我今天可能不在家吃晚饭。"

"什么可能，你明确一点儿。"

"我可能去白井那儿。"

"又是'可能'。这样对方也难办，这是礼貌问题。"

"真厉害。一当上太太就渐渐厉害起来了。"

"你去找个不厉害的太太好了。"绫子歪着白皙的脖子送昭男出门。

上午还不到九点，昭男一出门就热得直皱眉头。热气从裤筒下面往上蹿。

但是，昭男喜欢盛夏。天气越热，他就越觉得浑身充满活力，最炎热的季节正是自己最年轻的鼎盛期。

公共汽车从半藏门经樱田门，顺着皇居外护城河的斜坡往日比谷交叉路口驶去。两旁的街树浓密茂盛。他十分熟悉这条东京最美丽的街道。右边的国会大厦和两座电视塔沐浴着金色的朝阳。田部的家就在电视塔附近，所以电视可以不用天线。

皇居里的树林浓绿蓊郁得发黑，平缓的堤坝一样的岸边，青松绿影清爽。岸边的杂草大概到五月才割掉吧。三五成群的水鸟飞落在护城河结冰的河面上，好像也是不久前的景象。

由于热带鱼产了卵，昭男今天早晨心情很舒畅。想起绫子把生菜吃个精光的马大哈样儿，现在还忍俊不禁。嫂子这个人呀……他在公共汽车里回忆起哥嫂的往事。

昭男记得，他看到绫子把田部的绑腿给孩子拼成一条护腿套裤时，心想女人真是心灵手巧。田部抱着这样穿戴的婴儿虽然有点儿难为情，但想到一个无依无靠的擦皮鞋姑娘现在成了人妻人母，脸上喜滋滋的……

"孩子没穿的，就放进怀里……"绫子说。生进一时，两口子穷得一无所有，住在田部用捡来的破洋铁皮和木板搭起来的简易棚里。

黑钱花不到明处。黑市买卖不稳定，田部洗手不干之后，筹了一笔钱，买下一家小冰店，开始卖炒面。绫子就背着婴儿在店里干活。

店面紧紧巴巴也就两坪①大小，原先冰店的旧装潢原封不动，到冬天还照样垂挂着丝瓜塑料花和玻璃珠门帘。

"这门帘太寒碜。"昭男到店里来的时候这样说过。

店里摆着五张桌子、二十把椅子，铺着花里胡哨的桌布。

店不起眼，没想到买卖还挺红火。两口子起早贪黑浑身油垢，辛辛苦苦干了两三年，拿这血汗钱在山手买了一块便宜的荒地，盖了房子。这房子就像仙人掌繁殖一样，年年扩建。修上围墙、辟出院子，不久前才把家整治得像个样子。地价上涨，把先前买的地皮再卖出去，拿这钱在银座开了四家店铺。

是进一的出生让田部夫妇握住了幸福之门的把手吗？

田部不像战后初期的暴发户那样奢侈摆阔、挥金如土。

"说什么东京人今日赚钱今日花，全是胡说八道。东京人也好，京都、大阪、名古屋人也好，地道的城市人才不乱花钱呢。"田部说。

"又是画画又是养热带鱼，都差不多了吧。我看你是不是该成家了。"两三天前，哥哥这样对昭男说。

"一个人待着，画画、养鱼可以解解闷。"

"我看你是因为在这家里待得挺自在。"

昭男笑着，但哥哥的话留在他的耳边。他想，拿热带鱼换结婚，未免过于简单。但这种兴趣爱好真的可以排遣未婚的某种愁闷吗？

在昭男看来，只有哥哥这种平静安稳的生活才能画画、养热带鱼。昭男不是没想过独立，但它伴随着结婚这个挠头的问题。

在医院里当医生跟一般的薪金阶层差不多，工资微薄，养老婆孩子不容易，又没有福气碰上一位能把绑腿拼成婴儿套裤的擦皮鞋姑

---

① 坪，日本面积单位，1 坪约为 3.3 平方米。

娘。而且，自己要开业，还必须得到哥哥的巨大资助，学位也没拿到手，这么年轻当私人医生还不理想。

但是，跟哥哥嫂嫂艰苦创业相比，自己能这样从容不迫地安排未来，实在是受到他们的恩惠。昭男一直认为哥哥对自己还操着做母亲的那份心。

田部兄弟的父亲是军医，太平洋战争爆发前在战场上阵亡，留下两个孩子。长子的母亲死在丈夫之前，续弦后生的孩子昭男那时刚刚上中学。

不久，长子也应征入伍，参加战争。临行前向继母郑重其事地感谢养育之恩，接着要母亲离开田部家回娘家去。这意味着宣布断绝养子关系。

"昭男是田部家的孩子，如果我活着回来，一定收养。我回来之前，他就拜托您了。"长子对继母说完后，又严肃地对弟弟说，"你到十八九岁时，如果那时候我还没回来，也一定要离开母亲，不要赖在母亲家里，要自己养活自己。"

长子每次从前线给继母去信，都不厌其烦地劝她改嫁。这在当时作为军属几乎不可想象，而且由于结婚晚，她嫁给昭男父亲的时候，都快四十岁了。也许人生有缘，昭男的母亲后来再婚了。现在还幸福美满地生活着。

昭男和母亲站在一边，对哥哥驱赶母亲逼其改嫁感到气愤，心想哥哥还是继子心理，暗地里憎恨后妈。

直到后来，昭男才明白哥哥的用心良苦。哥哥复员以后，经过努力，事业有成，从不亏待昭男，便是证明。

这一天，昭男只给一个老人做甲状腺手术，没有其他安排。这一阵子，门诊病人和住院病人比梅雨季节时少了。

一直盼望等待的朝子和弓子都没来打针。该来的没来，反而让昭男惦念敬子家的事。

"那个小姐今天没来呀？"护士长问昭男。她说的"那个小姐"指的是弓子。看来护士长也想见"那个小姐"。

"大家都说田部大夫这儿来了两个漂亮的姐妹。"

"我是跟她们的母亲熟悉……"昭男跟敬子只见过两三面，但有一见如故的感觉。

"有很多话想跟您说……"敬子昨天在电话里说的话也像关系密切的人。她的声音沉闷忧郁，但这句话可以做多种理解。

昭男像个小伙子的样子，在电话里轻松快活地应和着，却不由得怦然心动。要是自己能和护士长所说的"那个小姐"结婚，无疑是人生至高无上的幸福之一。但是那个姑娘的心灵似乎过于纯洁，是一朵不知道会开什么花的蓓蕾。如果自己的未来只是一个普普通通的私人诊所医生，这个妻子必定会经受与一般的家庭主妇不同的另一种辛苦。在这一点上，敬子这样的人再适合不过了。

另外，昭男和哥哥都为父亲作为一名优秀的军医殉职感到自豪。也是出于这种尊崇的心理，昭男才立志学医，哥哥才鼎力资助。

今天这个世界，物理和化学的研究成果都变成了杀人工具，一旦发生战争，只有医学才是宗教，只有医生才是圣职，只有医学才具有超越政治之战的最大的可能性。

"那个时候，我也会像父亲那样捐躯沙场。"

这必须跟宗教的圣者一样，最好不能有妻子儿女。

弓子这样的姑娘，即使她的存在会给自己巨大的温暖和安慰，恐怕也不应该成为在腥风血雨的罪恶之地奋力拼搏者的伴侣。

昭男第一次见到敬子时，就对她说过自己从美术转到学医的理想："当时也出于拯救战争受害者这种良心和正义感，才选择了外科。"两个人从一开始就谈得来。敬子理解他的想法和愿意倾诉衷肠的心情。

可是，首先必须谈朝子怀孕的事。这么一想，昭男大为扫兴。

然而，这是当前的现实问题，尽管很不情愿，恐怕也是医生应尽的职责吧。

东京的傍晚，没有一丝风，沉淀着白昼的溽暑。昭男汗津津地爬坡，往敬子家走去。

哥哥清和弓子毫无血缘关系。昭男似乎今天才惊愕地发现这一点。

他摁了摁门铃，没人出来。里面黑乎乎的，给人空洞洞的感觉。停了一会儿，昭男又摁一下门铃。

"来了。"是弓子的声音。门打开了。

"哎呀，原来是田部大夫。快请进。"

弓子兴高采烈。昭男真切地看见弓子喜悦的神情。他也激动地走进会客室。

弓子走进里屋，好大一会儿工夫，谁也没出来。

"嗯？梅原那幅桃子的画怎么没了？"昭男看着空荡荡的墙壁，问道，"妈妈出去了？"

"她说去个不能告诉我的好地方。"

"哦，那我来得不合适。"

"大夫您别走，不然妈妈会说我的。"弓子摇摇头，往后退。

她虽然不是退到门口挡住去路，却给人这样的感觉。在身后大门的淡黑色的衬托下，她的脸更显得楚楚动人。

"不回去。"昭男爽朗地微笑着，"今天你没去医院，身体好了吗？"

"还不行。可是白天就我一个人，没人看家。"

"家里就你一个人吗？"昭男惊讶地看着弓子，"我以为你打针怕痛，不来了。我还把针头带来了。"接着他摸摸自己的脸颊，说道，"你给我拿的饮料里有酒吧？"

"是青梅酒。"

"这可上当了。脸红了吧？酒里放冰块，喝得更顺口……"

弓子咯咯笑起来。她穿着无袖连衣裙，缩着裸露的肩膀摇晃，洋溢着天真烂漫、活泼可爱的气息。

昭男经常给弓子打针，看她的胳膊也习以为常了。她那浑圆的肩膀到胳膊的流畅曲线，的确流淌着十八岁姑娘的青春美。

"我这里面也放了些。"弓子说。她的脸颊就像被昭男传染一样透出淡淡的红晕。

"朝子今天也没去医院。"

"姐姐现在正忙着呢。演出快开始了……还有节目单。"

弓子走进里屋拿节目单，昭男又抬头看着墙壁。

"原先这儿的画挂到哪儿去了？"

"妈妈把它卖了。"弓子诚实地回答，"妈妈说田部大夫也喜欢这幅画，还挺难过的。"

敬子去据说很灵的算命先生那儿，为俊三的去向和平安与否算卦。她对弓子含糊其词地说"去不能告诉你的好地方"，是因为耻于开口说自己去占卦。而且要是占个凶卦，敬子回来也不好告诉她。

已经一个半月了。敬子在弓子面前都不敢提俊三失踪的时日。她和弓子一起担心忧愁，互相安慰、相依为命，片刻也不能分离。

敬子出门的时候，弓子没着没落地追在后面。敬子现在早早起床，每天送弓子上学，一直送到坡道口。

她们这样越爱越深，其实正是在相互确认对方的爱心。她们不这样就无法忍受。敬子的耳边响起俊三说她们"关系不正常"的声音。

俊三失踪以后，敬子发现自己从心灵深处热恋着他，焦思苦虑。

京子来家里的事，敬子也不能对弓子隐瞒，两三天以后就告诉了她："我对她说，想见弓子，什么时候都可以，听凭做母亲的自由。"

"不行，这不是做母亲的自由。"

"嗯。反正让你知道我是这样对她说的。"

"我不管，我不管！什么自由?! 妈妈净瞎说。才没有自由呢。

我一点儿也不自由。"弓子说着说着，"哇"的一声哭出来。

"是呀，她也说'我又有什么自由'。你说，我怎么回答？"

"是，妈妈。我就是没有爱的自由。"

敬子没见过弓子哭得这么伤心。

朝子最近不同寻常的变化，令敬子提心吊胆。除了即将开始的演出之外，她对一切不闻不问。这也就算了，但无论怎么喜欢舞台演出，也不至于弄到废寝忘食、面黄肌瘦、两眼无神、憔悴不堪的地步。她跟家里任何人都不亲近。

朝子故意这样。她会不会发生什么事，使这个本来就七倒八歪的家崩溃坍塌……敬子感到一种恐惧。

清也几乎不在家。他说这个暑假要完成毕业论文，在家里心烦，精神无法集中，就住到大学同学家里，一边共同研究，一边当家庭教师。那边环境很安静。敬子对他的话也闹不清楚。

盛夏的院子里，因为没有及时修剪，蔷薇的枝丫疯长一气。敬子看在眼里，却没有心情和精力去收拾。

敬子给昭男打电话，是想通过他的嘴把自己走投无路的惨状告诉老朋友田部，说不定会"柳暗花明又一村"。

但是，田部是否以为自己以此为借口接近昭男呢？敬子想起跟俊三度过的最后那个晚上，她脑海中还浮现出那个人的形象。

昨天晚上，敬子等昭男等得芳魂欲断。也可以说，她怕今天再有那样折磨自己的空等，所以就出门算命去了。

她知道俊三让她上楼干什么，上楼梯的时候脑海里浮现出昭男的形象。那种罪恶的念头在与俊三共度最后一夜以后，依然深为懊悔，但反而因此燃烧起一种捉摸不定、断断续续闪烁的怪焰。

但是，等待俊三回来的背水之战的决心毫不动摇。

盖这栋房子本来就是打算关键时刻改装成小旅馆的。现在，该下决心租出去了吧……还准备和川村合伙做走私珠宝、手表的买卖……

设计戒指款式的报酬微薄，现在又不怎么动脑子。到外面兜售手表，要是卖不了很多，收入也有限。

"把现在这个家处理了，在平民区买一间小店铺。"川村给敬子出过这样的主意。

"岛木不在不能卖，我还是希望在这个家里等岛木回来。他回来以后，这房子对他有用。"

敬子想过把房子出手，用这笔钱作为岛木在现代社第二公司的投资。

她把梅原龙三郎的画交给公司，算是对俊三挪用公款的赔偿。夏季生意清淡的月份，破产的公司只好忍痛割爱，把画抛出去，也许会吸引画商前来洽谈，但公司其实已经还了大部分的债。

大概由于俊三在外面品行端正，公司的同事对他很同情。

俊三给谷村五万日元奠仪，另外又给了三十万日元，留给谷村家一个好印象。他这样做好像给公司帮了大忙。

敬子是做好硬着头皮听别人痛骂俊三的思想准备去公司的，但很意外，公司的一个头头儿对她说："岛木神经衰弱，我们也有很大的责任。夫人，拜托您了，让他赶快回来，不然很多事没法办……"

听人这么一说，敬子心想自己才"有很大的责任"。

第二次去公司的时候，公司头头儿把小林美根子介绍给她："是她和社长一起去向谷村辞灵的……"

敬子瞟了一眼美根子，立即感觉事情不是那么简单。

"她也在拼命找岛木……"公司头头儿说。

"让您挂心了。对不起。"

"夫人……"美根子脸色苍白，说不出话来，呆立不动。

"那一天他就神色不对，您是不是也有所觉察？"

"夫人，实在对不起。"

"怎么啦？"

"我要是一直陪着他就好了。"美根子似乎难过得要扭动身子。

"呀，他那天回家来了。"

"是吗？"

美根子对第二天发生的事情守口如瓶。

那一天，美根子缠着俊三在浅草转了一整天。她只是缠着，并没有抓住俊三。下午，她越发担心说不定什么时候自己就会被俊三甩掉。俊三从早上起就嫌她纠缠不休，她也觉得俊三可能对自己厌烦了。

但是，俊三尽管觉得这个女人难缠，也没有下狠心把她甩掉。美根子对俊三这种性格感到悲哀。

"像今天这样溜溜达达，这儿看看，那儿瞧瞧，这浅草还能待几天呢。"俊三茫然自语，然后从雷门往地铁方向走去，看来打算回去。但他径直走到吾妻桥附近，看着船舷缀满灯光的小汽艇在黑夜的大河里顺流而下。

"嘿，以前叫'嘭嘭汽轮''一分钱汽轮'的就是这个样，坐船去。"俊三下到桥边的码头上。

现在把这种小汽轮称为"水上公共汽车"。等了一会儿还不见过来，俊三就租了一艘汽艇。

汽艇有两种，小汽艇租半小时一千五百日元、一小时两千五百日元；大汽艇租半小时一千八百日元、一小时三千日元。美根子一听，觉得贵得惊人。

"小汽艇会不会翻？"俊三问。

"这不小，在这儿算中等的。我开，绝对安全。"年轻的驾驶员动作敏捷麻利。

"情死不成。"俊三开玩笑。

"您跳进去，我会把您捞上来。"

"真让人失望。"

马达一响，汽艇离岸驶去。美根子紧紧抱着俊三的胳膊。

"我害怕，开慢点儿。"美根子说。

"开慢了反而溅水，我适当控制速度。去哪儿？"

"能去东京湾吗？"

驾驶员奇怪地回头看了一眼，然后开足马力疾驰而去。浪花溅在美根子的手臂和膝盖上。

汽艇前面是驾驶员的座位，后面是乘客的座位，刚好并排坐两个人。汽艇头部翘起来，离开水面，乘风破浪地飞驰。俊三也跟着精神振奋起来。浪花不再溅进来了。

很快过了驹形桥、厩桥、藏前桥，本所的白色地震灾害纪念堂在黑暗中隐约可见。

俊三看到柳桥高级日本餐馆的灯光映照着水面的时候，不由得说道："啊，正在搭观看烟花的看台。谷村还请我来看过呢。他要多活一个星期，就能赶得上今年的河上烟花……"

美根子吓得一把抓住俊三的胳膊。果然，两国桥上下游的岸边，看台接连不断。

"不过，多活一个星期，也就可能多活二三十年。就是说，这是不可能的。"

"又说这话，我不愿意听。"

"啊，我也不愿意。"俊三把美根子搂在怀里。

黑夜的大河濡湿俊三的情感。他是否有意与美根子在岸边的旅馆里同衾共宿呢？

美根子不能把这一天的事情告诉敬子。

生理现象

朝子今天也是和小山一起在神仙鱼餐馆吃的晚饭，还是养着热带鱼的大鱼缸边上那张桌子。

朝子看小山大口大口嚼着油腻的牛排和撒有干酪粉的意大利细面条，吃得津津有味，觉得恶心。她闷闷不乐地又要了一份冰激凌。

"这么油腻的东西你还吃得挺香。"

"嗯？"小山抬起头，"最近食欲旺盛，夏天不吃这么多，身体支撑不住。"

"真可恨。"

朝子从小山的狼吞虎咽中似乎感觉到男人兽性的自我主义。

"你真的什么也不吃？光吃冰激凌行吗？"小山又问她。

"冰激凌不过瘾，最好有刨冰之类更凉的东西接连不断地灌下去，才会稍稍舒服一点儿。"

"……"

"心里憋得慌，就像整团热气装在肚子里一样。"

"是嘛，不是说'新娘子，饿肚子'吗？"

"我才不是新娘子呢。"朝子不乐意地顶了一句，仍然面带羞臊。

朝子以前经期从来都很正常，皮肤对外界也没这么敏感，也没有食欲不振。可能是怀孕了——女性的惊恐不安像一道铁箍沉重地箍着她的脑袋。

她呆呆地看着在水草间游来游去的色彩斑斓的火焰鱼和霓虹灯鱼，以及从换气孔冒出来的水泡。

小山用餐巾纸擦了擦嘴角："夏天总这样吗？这不跟病人差不多了？"

听这口气，他没有把自己当作局外人。

"也许就是病了。"

"拿出点儿精神来。今天吉井不是表扬你入戏吗？我也觉得演得好。"小山吸着烟。

"要是病了，哪有精神？"

小山没领会朝子话里有话。朝子明知他大概领会不了，但还是要说。这几天，生理上的惶惶不安使她陷入绝对的孤独。

——在美国的南方，斯黛拉身怀六甲，她的丈夫像野兽一样狂暴粗野、毫无人性。年轻的斯黛拉看穿他的本性，在戏里有一段低声独白和表演动作。

这一场戏，朝子今天第一次受到称赞，吉井导演说她"入戏"。

"入戏……"朝子不也是受孕怀胎吗?!

演出的日期愈加逼近。朝子的心像钟摆一样在舞台与现实之间摆来摆去，幸与不幸，都离不开小山。

朝子目不转睛地看着鱼缸，小山的目光也转过来。

"这些小神仙鱼、霓虹灯鱼都是今年春天店老板的养殖场孵出来的。"小山介绍说。

"这么小的也很可爱，我想看刚刚生下来的神仙鱼。"朝子说完，脸一下子红了，"这条像羽毛蓬松的麻雀一样的黑鱼也有意思。"

"这叫黑灯鱼，也可以长到五六厘米。"

"小山，你养过热带鱼吗?"

"没有。我说过，我的热带鱼知识都是在这家餐馆现看现学的，书倒是看过，也是从这儿借的。像我这样很少在家的人，养不了活东西。"

"前些日子，一个医生说要送我神仙鱼……"

"那个医生说你哪儿有毛病?"

"他也说不清楚。"朝子仍然盯着鱼缸。

"对了，我养过青鳉。青鳉特别好养，两条雌鱼产的卵大概能孵二十四条小鱼。小鱼可爱极了，刚刚能分辨出眼睛来，还有比毛发还细的尾巴，不停地颤动着游来游去。可好玩了。"

"听起来是有意思。"

"啊。"小山悠然自在地点点头。

"小山，你喜欢孩子吗？"

"喜欢。"他回答得十分干脆。

朝子怀着温馨的喜悦想把那个秘密告诉小山，但话到嘴边，又犹豫起来。

朝子和小山都只是互相想象着对方喜欢自己而接近的，结果一拍即合，生米煮成熟饭。

一想到那天晚上的聚会，今后不论他们之间出现什么变化，朝子都有苦没处说。还没有山盟海誓的爱情，还没有白头偕老的婚约，却先有珠胎暗结的苦恼，作为一个女人，这是何等凄惨残酷。

但是，朝子从小山喜欢孩子这句话中获得了勇气。

"如果、假定……我是说假定，万一我们有孩子了，该怎么办？"

"我们有孩子了？"小山忽然严肃地看着朝子，然后斩钉截铁地说，"那不行！别人的孩子，可以随意逗逗乐……我还不想要孩子，为时过早。不说别的，首先就养不起，你我都有工作，正是发挥才能大干一番的关键时刻。又是家庭，又是孩子，捆住手脚，一切都完了。"小山一口气说完，又惴惴不安地问，"你……怎么……有反应吗？"

朝子只是暧昧地笑笑，无法回答。

"所以你才去看医生的？"

"不是，没有、没这么回事……"朝子轻轻摇头。这是表演。她把自己重新封闭在硬壳里。"不过很难说。"她恢复了冷漠的眼光，"也有这种感觉。"

"要真是这样，就太可悲了。"

"像跟你无关似的。"朝子的脸上甚至浮出一丝笑容。

"女人真是太可悲了。"

"我也很沮丧。"朝子也极力装作像谈论别人的事情那样平淡地说。自己的肚子里怀着一个新生命，本不会如此平静冷漠，但她故意装出事不关己的样子。

168

一会儿，小山和朝子走出餐馆。今晚他们都有空。但是，小山可能碍于刚才说的那些话，没有提出找一个地方和朝子欢爱。

朝子看小山犹豫不决，自己觉得意犹未尽，又担心这样子被男人抛弃，心里着急。同时想，枕边话也许可以把事情说得更透一点。但是她不好主动引诱，连暗示都觉得羞耻，只是一味地感觉孤寂焦躁。

那夜以后，两人在南星座的排练场或者广播剧的其他场合见面时，都装作没事人一样，把心头的秘密当作一种乐趣，却暗地里偷情，沉溺在不问爱情、不负责任的欲河里。

但是，今天晚上心情沉重。他们漫无目的地信步走进日比谷公园。

夏天的夜晚，树荫下、长凳上几乎坐满了谈情说爱的恋人。他们没找到座位，便过了护城河。

朝子看见静悄悄地围聚在石崖底下的天鹅，看着银座上空冉冉升起的月亮，仍然一言不发。

也许小山忍受不了朝子沉默的抗议，说："让医生看看，越快越好，如果真有了，钱由我设法张罗。"

他很现实地处理这件事。朝子的心灵又一次受到伤害，但她强忍着。她也没有做母亲的思想准备，为时过早，而且事出意外。

但是，妇产科医生、手术台、手术刀、麻药、刮宫，万一失手，子宫穿孔，人流失败率是千分之二……朝子偷偷看过妇女杂志上的这类文章，她惶恐不安。像肚皮朝天的青蛙那样躺在手术台上，这本身就绝对需要勇气。

要是小山对朝子的怀孕感到喜悦，宽慰体贴她，至少痛痛快快地承认，她会和小山商量以后自己主动去医院做人流的。但小山的脑子里一开始就是"那不行""太可悲""钱由我设法张罗"，这叫朝子无地自容、没脸见人。

朝子也考虑过恋爱、结婚和做母亲这些人生大事，总觉得是一条漫长的道路，身心两方面跨越生活的各个阶段，应该伴随着许多歌声和美梦。但是，自己没有经历中间的路程，一下子站在了终点上。

生理现象没有过错。然而，朝子弄不清楚这种生理现象是卑俗还是崇高，是残酷还是幸福。

"最痛苦的时刻正是最珍贵的时刻。"她只听见内心这样低语。

此时此刻，要把握住自己，一失足成千古恨。

而且，尽管不能出世，但上天赐予的生命没有受到亲人的祝福就被葬送，这是令人心碎的悲哀。

当朝子听到小山铁石心肠地劝她做人流手术时，深刻感受到这种时候男女之间的差异。似乎把一切苦恼和负担，不公平地推给女人去承担。

可是，孩子是怀在女人的身上，男人又能怎么办呢？

生不生是女人的自由，取决于女人的意志。自古以来，虽然女人有时被迫生下自己不想要的孩子，但也有女人生下男人不想要的孩子。——朝子这么一想，故意给小山难堪，让他更加狼狈惊慌，于是一声不吭地走着。

"你听我说……我是替你着想。女人一旦进入家庭，又是家务事，又要看孩子，所有的才华都被埋没，都会枯竭。即使我和你结婚，也不想要孩子。"

为什么他不说"我爱你"呢？

其实只要小山证明一下自己的爱情，什么事都好说——朝子又失望又沮丧，不觉眼泪汪汪。她想反驳小山肤浅的说教，但喉咙哽咽得说不出话来。她一向逞强好胜，不愿意让小山看见自己的脆弱和悲伤，一直板着脸扭着头。

小山瞟了一眼朝子，看见她的脸上挂着泪珠，觉得奇怪。

"对不起，对不起。你是想当妈妈吗？"

朝子用小手绢擦了擦眼泪，连忙摇头："斯黛拉这个角色……"

"斯黛拉怎么啦？"小山温柔地搂着朝子的肩膀。

演出结束以后，照你说的办。斯黛拉要做妈妈，不是老穿着宽松的罩衣吗？今天才知道，我一穿上那件衣服，就产生自己也要当妈妈的实际感觉。朝子思绪涌动，无法用语言形容。她呼唤小山："小山……"

"嗯？"

"你只是为了玩乐吗？"

"……"

"为什么不回答？如果真的没有爱情，我只有伤心害怕、灰心失望。我不认为孩子是两个人爱的结晶，那么这孩子就成了我一个人的。你说话呀。"

昭男收到敬子的一封长信。

"……家门不幸，谅有所闻。这样的事情对家里人无法细说，所以啰啰唆唆写了许多。"

昭男看完以后，觉得世上无奇不有。

前些日子，他去敬子家，恰逢她出门不在。过了一会儿，敬子回来了，脸色苍白疲惫得令弓子和昭男吃惊，看了这封信，就知道了原委。

"妈妈，你怎么啦？去哪儿了？连我都不能告诉的好地方到底是哪儿？妈妈……"

昭男听见去门口迎接敬子的弓子声音不对头，赶紧从会客室的椅子上站起来："妈妈，是不是爸爸出事了？"

"等一会儿，先给我一杯水。"

敬子看见昭男，叫了声"田部大夫"，目不转睛地注视着他。昭男心想，敬子是不是责怪或猜测自己在薄暮时分与弓子单独在一起。

"不知道您不在……正要告辞……"

敬子点点头，呆滞无神的目光中勉强挤出一丝微笑。

"是不是身体不舒服？"昭男问。

敬子在信中这样描述当时的情景："终于回到家里，没想到能遇见您，又看见弓子心情愉快，我一下子放心了，同时也感到难过。您问我脸色不好是不是身体不舒服，您的关心更使我觉得懦弱，连说话的力气都没有。"

弓子拿来冰水，敬子一只手抓着会客室敞开的门喝完："啊，真舒服。是青梅酒吧？"

"我也给大夫倒了一杯青梅酒，他都喝醉了。"

"是嘛。"

"有点儿言过其实。"昭男不好意思，但他用医生的口吻说，"好像哪儿有点儿毛病，我给您看看吧。"

"不用了。天气太热……我松松腰带就会缓过来的。"

"是嘛。"昭男回到客厅里。

当时，敬子没有告诉昭男自己算命去了。

"所谓算命，其实是一个四十来岁的仙姑在招魂。我怕得要命，要不是有朋友陪着，恐怕会吓得跑出来。"敬子在信中这样写道，"跟我同岁的这个朋友，丈夫冷漠寡言，平时从不交谈，于是她到仙姑那儿把丈夫的生灵请出来，通过仙姑的嘴进行对话。据说可以谈论平时从不触及的各种话题。"

"如果是已去世的人，尚能理解，这个朋友居然通过仙姑跟现在还在一起生活的丈夫对话，实在无法理解，简直不可思议。她毕业于音乐学校，是个很新潮的人……不过，看来这个世界上不知道有多少不能真正交心的夫妻。"

敬子的信继续写道："实际上，一切互不隐瞒、坦诚相见的夫妻也许很少。这么一想，不由得心惊肉跳。岛木和我在一起生活，似乎也是无话可说的人。"

敬子因为岛木毫无线索，走投无路才去求神问卦。当然这个朋友也是婚姻不幸，经常向敬子诉苦，但这回轮到她来同情敬子了。

"不管怎么说，你先和他说说话。岛木藏到再远的地方，仙姑也会把他招回来的。"

看来这位朋友对仙姑坚信不疑。她说自己的丈夫通过仙姑的嘴还坦白了有外遇的隐情。

"你说怪不怪？我去仙姑那儿不久，他在家里就主动和我说话了。他压根儿就不知道我去仙姑那儿啊……"

敬子是抱着万一能和失踪一个半月的岛木说上话的侥幸心理去的。

"当我在供奉着什么神灵的小屋子里听到仙姑说'这是亡灵，他已经死去'的时候，恐惧得浑身颤抖。仙姑说：'好吧，你和亡灵说话吧。他也有话想跟你说。'但是，我惊吓得说不出话来，好容易才问道：'你在哪儿？'对方回答说：'准备上出租车……然后乘坐……现在不能说，不能说。'那声音既像岛木的，又不像。我实在无法忍受仙姑的怪样，就拼命求她'赶快还魂吧'。"敬子在信中写道："这不是跟巫婆婆跳大神差不多吗？田部大夫如果见到那个人，恐怕会有另一种医学上的见解。那个四十来岁的仙姑骨瘦如柴、脸色煞白，神灵鬼魂附体的时候，就跟歇斯底里大发作一样。我想，要是她一天被鬼魂附上几次，这个身板也受不了。"写到这儿，敬子的心情似乎稍见平稳，但下面又说："临走的时候，仙姑说：'你必须慰藉死者的魂灵。'我一听，浑身像瘫了一样泄气。"

敬子还写道："孩子们都已经懂事，我也要考虑以后的生活方式。"她甚至还谈到今后生活安排："即使岛木回来，恐怕这栋房子早晚也要出手，搬到别的地方去住。搬家之前，现在空着的房子想租出去，虽然不是特别着急，但是如果您知道谁需要租房，请介绍过来。"

最后还有一段出乎昭男意料的话："尊兄令郎生日之际，本想略表心意，但家里诸事缠身，以致错过。另邮上一件小礼物，权表歉意。"

邮寄来的是一辆精巧的高级轿车模型玩具,还带有电池,一摁开关就进退自如。田部的孩子进一欢天喜地,在家里到处玩汽车。就是做其他游戏时,也会忽然想起来,把汽车拿出来玩。

昭男看着小汽车在明亮的房间里灵活地转动奔跑,不由得想起敬子。从这精致灵巧的玩具中可以体会到赠送人的一片心意。

"嫂子,去不去看话剧?"昭男把南星座的节目单给绫子看。

"好像最近话剧很时兴,买当天的票还要加价……"

"你说的是艺术座、民友座这样的大话剧团的演出吧。"

"这是白井夫人的女儿吗?照得有点儿老,多大了?"

"二十、二十一吧。第一次挑大梁,非常紧张,身体都有点儿吃不消。捧捧场去。"

"给你招待票了?"

"哪里,让我买的。"

"就是这个朝子呀?"

"不,是她的妹妹弓子。"

"多少钱?"

"三千日元。"

"嗯?"

"十张。"

"那你跟哥哥说一下,他会支持的。他跟白井夫人是老熟人,又常夸她。他喜欢新事物,还说过也要跟店里的客人聊聊话剧这类话题。"

"嫂子你也帮着说说。"

"嗯。"绫子认真地看节目单,"这个姑娘还能红起来。怎么这么又年轻又漂亮?"

田部夫妇决定去看朝子的演出。

昭男想过几天就能见到敬子了,就没有回信。他知道,这样的信如果不及时回复，对方一定很着急惦念。他也想打电话，但无论回信还是打电话，话都不好说。

那封长信使敬子一下子靠拢上来，但昭男跟她的交往会深到什么程度，他心中摇摆不定，不过的确感受到敬子的强大魅力。

圣方济各会礼堂宽敞的院子里，树木高大茂密，听不见东京的噪声，只有幽静的蝉鸣。马上就到六点开演的时间了，可能是场内闷热，观众还三五成群地在夕阳斜照的院子里乘凉。

昭男从医院直接来到剧场，他从正面的台阶上来，打算先进去认一认自己的座位。

"喂。"哥哥喊他。

哥哥、嫂嫂、敬子和弓子站在一起。弓子一边合上小扇子，一边微微歪着脑袋，亲昵地点头打招呼。昭男接触到她纯真无邪的目光，觉得十分腼腆。

"大热天还特地来……"敬子话语中含着体贴。

开演的铃声响了。随着进场的人群，敬子挨到昭男身旁。

"信收到了。够难为您的。"昭男避着弓子低声说。

敬子脚步稍稍缓慢下来，默默地注视着昭男的眼睛。理解的暖流流进她的心田。

那封信缩短了他们之间的距离。昭男觉得跟敬子的亲密关系已经有多年了。他在比自己年长很多的敬子面前，没有对弓子那样的腼腆。

灯光渐熄，锣响幕启。

美国南方新奥尔良市，初夏的傍晚，极乐大街的路角。有一间房间和台阶。一个黑人女人和一个白人下层女人在台阶上一边剥豆荚一边高声聊天。

朝子扮演的斯黛拉抱着已经晒干的衣服，从房间所在的舞台右边出场，在间接照明的微光中用熨斗熨衣服。

忽然，斯黛拉的丈夫斯坦利和他的朋友粗暴地进来。斯黛拉被叫去看他们的保龄球比赛。黑人女人目送着他们出去后说了一句下流话，尖声怪笑起来。

就在笑声快停的时候，斯黛拉的姐姐布兰奇盛装艳服进来。她说刚刚乘坐"欲望号街车"从一个名叫"坟场"的城镇回来。她问台阶上的女人妹妹住的房间在哪。

布兰奇走进空荡荡的凌乱的房间。黑人女人去叫斯黛拉回来。在斯黛拉回来后，姐妹俩热烈地聊着别后思念的心情。好打扮爱虚荣的姐姐自从双亲亡故后，把父母遗留下来的大片土地糟蹋光了，跟着男人混日子，活得筋疲力尽。斯黛拉在安慰姐姐，斯坦利回来了。布兰奇低三下四地讨好这位粗野鄙俗的妹夫。

至此，第一场结束。

高柳的演技娴熟老练、恰到好处。扮演斯黛拉的朝子则如风中树叶般摇摆不定，演得朴实自然。尽管欠缺火候，但可爱新鲜的感觉蕴含着感人的魅力。台上灯光一暗下来，台下立即响起掌声。

天色暗下来后，走廊的小门就打开了，几许凉风吹进来。幕没降落，舞台正在暗转。观众扇着扇子低声交谈，但很少站起来走动。

"头疼。"敬子低声对昭男说。

"太闷热了吧。"

"是闷得很。"敬子用力扇着扇子，把风送到昭男身上。昭男闻到一缕香水的味道。他想，这是敬子的芳香。

"我不能看女儿的演出，心里难受，一听她的声音，心就怦怦直跳。"敬子轻轻揾着左边的乳房下面。

"我看着都心情激动，何况母亲……"

"我憋得慌。"敬子的额头显得疲惫而痛苦。

"不要紧吧？"

"又不好不看。"

176

舞台重新亮起来。斯坦利粗野地乱翻布兰奇装衣服的大皮箱。斯黛拉对丈夫说，你翻八百遍也找不出值钱的东西。

"这么说，她到这儿来是身无分文。"

但是，斯坦利翻来覆去地说父母的遗产不该由姐姐独吞。

"连你自己那一份都糟蹋光了吗？妻子的财产就是丈夫的财产。给老家写信，彻底查清楚。"他把人造宝石和塔夫绸晚礼服找出来，又把狐皮围脖围在自己的脖子上。

布兰奇在浴室里慢吞吞地化妆。

浓妆盛服的姐妹俩出门上咖啡馆。舞台灯光又转暗。

"朝子演得不错嘛。"昭男对敬子说。

"是吗？我心里扑通扑通直跳，演得好坏我也看不出来。她喜欢演戏，一心一意认真地演，这就好。可是太累人，都瘦得不成人样了。回到家里绷着脸，看什么都不顺眼，跟刺猬一样。"

第二场的剧情是：姐妹俩深夜回到家里，一看斯坦利正和几个朋友打扑克，玩得热火朝天。布兰奇打开收音机，一边伴随着音乐节奏兴高采烈地跳舞一边换衣服。斯坦利气恼地关掉收音机。斯黛拉非常不高兴，两口子吵起架来。

十五分钟的幕间休息，弓子要到后台去。"妈妈，一起看姐姐去。"

敬子摇摇头。"演完以后再去。"

作为朝子的母亲，到后台跟其他人见面，让她有些拘谨。

敬子和田部一家子一起坐在长椅上。夜风从正面吹来。田部买来软冰糕，一边分一边说："朝子演戏很长时间了吗？"

"不，就这两年。我也是第一次看她的舞台演出。"敬子正说着，弓子忽然抓住她的肩膀。

"妈妈，姐姐不好了！"

"朝子她怎么啦？"

"晕倒了，在后台……大伙儿围成一团。"

"晕倒了？怎么……"敬子站起来。闷热和疲劳使她觉得手脚无力，但使劲挺直腰板，"走！"她抓住弓子的手，对田部他们说："对不起，我去看看。"

"夫人。"昭男走近她身旁，"我也去，行吗？"

"啊，大夫……一起去，您给看看。"

幸亏昭男是医生。

"我想不会有大事，这么热，加上精神紧张，可能是脑供血不足。"

弓子跑在前面，不时回头拽着敬子的手。昭男跟在后面，心想朝子在幕间休息就能恢复过来，说不定是怀孕引起的。

后台非常明亮，有点儿晃眼。朝子背对敞开的窗户坐着，一群用色粉染成金发、戴着假鼻子、抹着油彩、外国服装打扮的男女演员关切地看着她。她把切开一半的柠檬放在鼻尖底下。

"啊，朝子。"敬子说不出话。

昭男用医生的口吻问道："哪儿不舒服？"

"眼花，有点儿头晕……休息一会儿就没事了。"

昭男觉得问题不大。但是号脉的时候，发现她的手腕冷汗津津。朝子扭过头，不看昭男也不看敬子，似乎觉得他们都没必要来。

昭男一问，后台备有注射器、消毒酒精和维生素药剂。以防万一，又让他们买来樟脑液。

第二幕的头场是布兰奇的独场戏，下一场（第六场）快结束的时候朝子才出场。这一段时间可以充分休息，不影响演出。

打针以后，朝子很快恢复了精神。她坐到化妆台前，叫化妆师给她整理头发，对母亲和昭男毫不理睬，开始跟一个面容和蔼的男演员对台词。

朝子这样冷漠无情，给人的感觉并不好。弓子退到后台的出口处，黯然神伤。

"注意身体，别勉强。"敬子反复叮嘱。

"好了，没问题了。"昭男催促敬子，"走吧。"

敬子在朝子耳边嘀咕几声。朝子不耐烦地皱着眉头转过脸，对昭男拘谨地说："大夫，谢谢您了。我已经好了，请您到那边继续看戏吧。"

从后台到观众席，必须从外面绕过去。昭男和敬子走到院子里。

晚风送爽，夜航机隆隆飞过，几盏稀疏的红色尾灯在空中移动。

"已经开演了。我歇一口气就去，你先进去吧。"敬子说。

"妈妈，你行吗？"

"我马上就去。"

弓子点点头，回到座位上。

弓子一进去，敬子就像支撑不住垮掉了一样，坐在刚才的长椅子上。昭男觉得不应该把她一个人扔在外面，就坐在她身旁。

"您也进去看吧……"

"嗯。您的身体好像很虚弱。朝子没问题，我倒担心您行不行？"

"我在这儿歇一会儿。"

昭男点燃一支烟。烟被风吹到敬子脸上，她闭上眼睛。

"对不起。"敬子说。

"不，是烟熏了您的眼睛。您累了。"

敬子眨了眨眼睛，大概被烟熏得有点儿湿润，眼珠显得更大了，眼皮塌陷，下面甚至浮现出淡淡的黑斑。她一下子显得苍白憔悴。

昭男对敬子放心不下。

"朝子究竟怎么回事？连您都跟着受累。"

"没关系。她一心都在戏上，太紧张兴奋了。"

"最近她神色都变了，成天板着脸。莫非有什么不幸的事情？"敬子自言自语似的低声说。

昭男心想，敬子还没有注意到女儿不正常的生理现象。如果昭男的观察准确的话，当这善良温柔的母亲了解事情的真相时，还不知道会受到怎样的惊吓和刺激呢。

"天气太热的缘故。"昭男说，"大家都疲惫，一会儿给你们打一针。"

"给我也打针吗？"

"嗯。"

"朝子也请您多关照了。"

"哦。"昭男略一犹豫，说，"我先去医院拿注射器，然后上您家。"

"谢谢您费心，家里有注射器。"

敬子感激地微笑着转过脸，当她的视线和昭男的相触时，忽然用一只手捂住上半边脸，她似乎不愿意让昭男看见自己的疲乏老态形象。白皙优雅的手背下面露出温柔的嘴唇和动人的下巴。她的小指和唇角微微颤动，似乎在无声地流泪。

昭男移开目光，想起那封长信，沉默着。

"那么好强……"敬子低声说。

"是说朝子吗？"

敬子点点头："脑供血不足，都晕倒了……本想今天晚上，我……"

她欲言又止。本想今晚把俊三的事忘在脑后，安心地看朝子的演出，可俊三的身影仿佛要出人意料地从一个人身后忽然出现似的。但这样的话，敬子不好说出口。

俊三销声匿迹以后，敬子就像一个人被抛弃在荒野上一样封闭在孤独里。

"要不再去仙姑那儿一趟。不管怎么说，想和他谈话……"明知是鬼话连篇，明知是骗人的把戏，但只觉得和俊三说上话，心里也许会略感安慰。

他一定也有许多话要对我说……敬子想。

俊三那阵子苦撑苦熬，那是什么滋味呀？！敬子想到自己关心体贴不够，后悔莫及。

每天早晨俊三出门上班时，敬子不是说"您走啦"，而是问"今天几点回来"。俊三多半不回答，厌烦地关上门，给敬子的心灵留下一片冰冷。这一片冰冷就像干冰一样冒着不满的烟雾，但当俊三心情愉快地回家时，一切都冰消雪融、了无痕迹。

　　现在俊三不在，敬子回想自己一直爱着弓子，倒是为了想讨他的欢心。自己一直工作，不正是为了让清和朝子不对俊三发牢骚吗？

　　清和朝子的父亲死在战场的时候，敬子撕心裂肺地悲恸，但小小的孩子伸出纤弱细嫩、嗷嗷待哺的双手寻找母亲，敬子也从中获得了安慰和力量。

　　那时敬子年轻，把所有的精力都放在孩子身上，上天保佑，终于把孩子哺育成人。可是现在不同了，时过境迁。敬子年过四十，孩子长大成人以后似乎就不需要母亲了。

　　跟丈夫阵亡的战争时期相比，现在社会稳定得失踪一个俊三就让敬子如此悲伤痛苦，这也是活着的艰辛之处。

　　比起在车站小卖店拼死拼活，现在华衣盛服地去观看女儿演出的日子更让人不死不活的。

　　"净想些没用的事。"敬子觉得对不起一直默不作声地坐在身边的昭男。她用手绢偷偷擦去不由自主溢出的泪水，掏出小化妆盒一边照镜子一边说："对不起，朝子也好，我也好，都没出息，尽给您添麻烦……咱们进去吧，田部先生该不放心了。"她的声音还没恢复正常。

　　昭男不知道怎么安慰受到沉重打击而颓丧衰弱的敬子，只是一个劲儿地抽烟。

　　他没见过俊三，只觉得俊三太残酷无情。

　　这个娇媚贤惠的女人，却被邪恶凶狠的亡灵折磨得死去活来。

　　昭男不知不觉对敬子深怀同情。

女人之家

　　舞台上，斯黛拉把蜡烛插在生日蛋糕上，祝贺布兰奇的生日。好像正是初秋时节。

　　布兰奇对妹妹说："也给即将出生的小宝宝插上一支。啊，这孩子，一辈子都像蜡烛一样明亮地燃烧，愿你的眼睛如火光那般光辉闪耀。"

　　她们准备把最近与布兰奇关系亲密的小伙子米奇请来做客。米奇跟布兰奇年龄相差较大，但斯黛拉祝愿他们能够幸福地结合在一起。

　　这时，斯坦利走进来，一看见生日蛋糕，就嘲笑布兰奇说，米奇不会来。原来他告诉自己的朋友米奇，说布兰奇以前干的事跟卖淫差不多。斯坦利还把一张回程汽车票交给布兰奇，打发她回去，算是给她的生日礼物。

　　斯黛拉被丈夫的残忍狠毒气得火冒三丈，夫妻争吵起来，斯黛拉忽然觉得快要分娩了。

　　第九场，布兰奇一边喝酒一边向米奇诉说自己的不幸："阿兰死了以后，心里空虚，才这样……那些陌生的男人，我不依靠他们就活不下去。其实我极端恐惧，这种恐惧驱使我一个接一个地换人，最后甚至想在十七岁的少年身上寻找自己的避风港……"

　　斯黛拉去妇产医院那天晚上，布兰奇挨了斯坦利一顿痛打，精神失常，被送进精神病院。

　　三幕十一场整整三个小时的话剧终场时，很多女观众感动得掩面欲泣。一个美丽善良的女人的虚荣和梦想残酷无情地接连破灭，最后精神崩溃发疯。连过了青春年华的敬子都深受感动。

特别是最后的场面，整个舞台弥漫着阴森凄厉的妖气，更让人感到恐怖窒息。扮演斯黛拉的朝子演到后面，越发从容不迫、质朴纯真。敬子听见观众低声交赞。

"祝贺您。朝子演得很成功。"田部说，"就在这儿喝点冷饮好吗？"

"谢谢，我想等朝子一起回去。"

昭男和田部夫妇告辞走了。但过了一会儿，昭男又转回来，说："我送你们回家，跟哥哥说好了。"

敬子的眼睛里荡漾着喜悦。

"太好了。"弓子天真地说，"今晚您就住我们家吧。哥哥又不在，家里可冷清了。是吧，妈妈？"她半是对昭男说，半是征求敬子同意。

迟迟不见朝子出来，弓子在后台出入口的楼梯上上下下地踱步，等着朝子。

演员们高声谈笑着出来，朝子带着一个小伙子走到敬子面前，平静地介绍说："这是小山，平时一直受到他的关照。这是我妈妈。这是田部大夫。"

朝子没有介绍弓子。

昭男坐在司机旁边，出租车一开动，车内收音机播放着柔和优美的音乐。

凉爽的夜风从车窗吹进来。暗橘黄色的月亮从屋顶升起。东京夏天的月亮经常是这种颜色。昭男觉得富有神秘感。

"月亮的颜色真怪。"坐在后面的敬子说。

听声音，敬子的精神已经恢复过来。比起朝子和弓子，昭男现在更惦念敬子。不过他回头问朝子："好点儿了吧？"

"嗯，头晕的时候，心里的烦恼都消失了，后来反而觉得轻松。"朝子的情绪也很好。

大家在坡道口下了车，一爬坡，刚刚变干的汗水又沁出来。

敬子先走一步，一进家里，就把下面的和式客厅敞开，好吹进凉风，又拿出坐垫，吩咐芙美子准备麦茶。

"不用张罗，又不是客人。"昭男看敬子忙上忙下，反而拘束起来，并膝而坐。

"先洗个澡，冲冲汗，舒服一下。"

昭男犹豫着不想洗，敬子使劲催他："我们也要洗。一会儿把打针的东西准备好。您这么拘谨，我们都不好解腰带脱袜子了。"

昭男泡在到处洋溢着女人芳馨气息的浴室澡盆里，不明白岛木为什么要逃离这丰裕欢愉的家庭。

昭男奇怪敬子对亲生女儿朝子客气疏远，对弓子却像真正的女儿一样亲密无间、倍加疼爱。敬子对弓子的父亲爱得如此刻骨铭心吗？

岛木去向不明，敬子憔悴瘦削、叹恨怅惘。昭男对她牵肠挂肚。

敬子肤如凝脂，犹如洗涤多遍后的亚麻手绢的手感一样，极其柔和细腻，具有韵味隽永的美。比起豆蔻年华、光彩照人的弓子，敬子更让昭男感觉到温柔的慰藉。

"大夫，水要是不热，旁边有个小把手，您把它竖起来，煤气就点着了。"弓子纯真的声音响起，玻璃门上映出她的身影。

昭男还在陶瓷洗脸盆里灌满水，洗了眼睛。脱在衣服筐里的汗湿的内衣和衬衫已被取走，放着浆挺的浴衣和细腰带。

昭男回到和式客厅里，发现没有其他人。他舒适地伸直双腿休息。一会儿，刚刚洗完澡的朝子穿着素白浴衣，系着细腰带进来，卸妆后的丽容倩貌光滑鲜妍。

朝子大模大样地随意坐在昭男对面，慢悠悠地抽着烟。昭男也宽松舒展，但和朝子这样穿着浴衣相对而坐，总觉得不自在。朝子不施粉黛，浴衣下还现出脚丫。

女佣端着一个伊万里大盘进来，上面精心摆着寿司，还拿来啤酒。冰镇啤酒瓶上挂满了水珠。

朝子启开啤酒瓶盖："怎么样？"说着，她往昭男的杯子里倒酒。

"啊。"昭男没想到朝子会给自己斟酒。敬子怎么还不出来？是不是洗澡也要和弓子在一起？

朝子一边往自己的杯子里倒酒一边说："大夫，有一件事求您。但是，您必须发誓绝对不能告诉妈妈，不然我就不好说。"

昭男心里已明白八九分，但他不能立即点头，反问道："什么事？"

"所以您必须先发誓保密，我才能说。"

朝子的口气倒好像昭男干什么坏事被她抓住了把柄。她盯着昭男，那眼神没有哀怜和羞惭，只有咄咄逼人的锐气。

"能发誓吧？"朝子用女学生般的口气又叮问一遍，然后端起啤酒杯碰着嘴唇，"您是医生，我想您已经知道几分了。"

"什么事？"昭男不动声色地问。

"我没有病，但事情非同寻常。尽管毫无食欲，却非常想抽烟，以前我可是一闻烟味就恶心。还喜欢吃凉的东西，浑身发烫。可是刚才坐出租车，风一吹又从里往外发冷。"

"……"

"如果真有了，就不要。即使现在想结婚也结不了；就是结了，我有工作，小孩也没法养。这是我和他的一致意见。"朝子注视着昭男，说话干脆痛快，"演出结束以后，我就想卸包袱。您给介绍一位妇产科大夫。妈妈要是知道了，又要唠叨，所以请您保密。"

朝子的口气蛮横尖锐，不容分说。昭男一下子被慑服了。

"给你介绍。"

"要是没有演出，我想明天就去。我心烦得自己都觉得像变了一个人。"

昭男把冰镇啤酒一饮而尽。朝子立即给他斟上。昭男总觉得不是滋味，话说不到一块儿去。

脱却脂粉的朝子虽有少女的清秀明丽，说话却锋芒毕露、泼辣尖刻。不过，第一次怀孕的消瘦憔悴显出刺眼的风韵。朝子有明显的妊娠中毒症。昭男的医院有一种新药，注射后可以缓解症状。

"不能再像今天这样晕倒了。明天你到医院来吧。"昭男说，"不管怎么说，让医生看一看做出诊断。"

"您答应一定给我保密，是吧？"

"医生替病人保密。"昭男不痛快地说。他并不是"发誓"替朝子保密，而是现在不想给敬子雪上加霜，才暂时同意保密。

弓子穿着漂亮的素地飞蝶图案的浴衣，系着黄腰带进来了。

"哎哟，朝子你也喝酒啊？"敬子也进来了，看着两颊绯红的朝子。

朝子立刻换了一副面孔，和平时一样冷若冰霜、爱搭不理，就像刚才没有跟昭男谈话似的一脸严肃。

昭男只好打圆场："我正喝着，您也来一杯怎么样？"

"好，少来一点儿。"敬子端过朝子的杯子，让昭男斟酒。

三个新浴的女人都似带露仙葩般容光焕发，看来用不着他打针了。桌上的东西正待收拾的时候，女佣把煮沸消毒的注射器拿进来了。昭男熟练灵巧地用指腹捏住砂轮片割断安瓿。

已经十一点多了。

"我的西服在哪儿？"昭男站起来问。

"今晚您就住在这儿吧。我给田部先生打电话……"敬子话没说完，人已到走廊，摘下墙上的话筒。

"不用了，我告辞……"

"您就别犟了……我记得是九段电话局，告诉我电话号码。"

敬子拨通后，好像是昭男的哥哥接的电话。

"大夫，"弓子从和式客厅里快活地喊着，"您的西服已经送洗衣店了，您走不了了。"

"什么？"昭男回头一看，弓子笑着躲起来。

昭男在敬子耳边说："我也说两句……"

"喂，昭男大夫说他也说两句。"

但是，当昭男接过电话的时候，电话断了。他把破玩具似的话筒徒劳无益地贴在耳朵上。

他想问问丝足鱼鱼苗今天还剩下多少。丝足鱼孵出五百条小鱼苗，一天后只剩下三百条，昨天又减少一半，如果有二十条长大，就是成功。大概不至于全军覆没吧。

"田部先生把电话挂了。是不是有什么事？"敬子在身边说。

昭男感觉到她温暖的气息，脸一下子红了。

敬子当着昭男的面，和弓子商量让昭男睡哪一间房间。

"睡清的房间怎么样？换一下卧具……"

"不用，随便往哪儿一躺就行。我在医院值夜班，睡的地方可糟糕了……"昭男说。

"清今天晚上也不回来吧？"敬子问。

弓子点点头，然后低着头，手指抚弄着浴衣领子，缩着肩膀，像有什么心事。

敬子没有注意到，弓子觉得清不回家是她的原因，所以心里不安。

"这就好了。"敬子对昭男说，"虽然二楼也空着，但岛木不在，我也下来和弓子一起睡。到晚上都不大上二楼。一不上去，就觉得二楼孤清凄凉……这样的地方让您住，我心里也别扭。"

既然决定留宿，昭男也安定下来。夜深心静，敬子说话也放开了，把家里的事无所顾忌地告诉昭男。

"我在哪儿睡都可以。"昭男话虽这么说，但这个家里全是女人，让他有种微妙的感觉。

也许昭男还是不睡在岛木住过的二楼为好。

"二楼空荡荡的，就显得这个家死气沉沉。一个办法就是租出去，要不您明天早上去看看房间……人一住进去，房间就明亮了。"

"二楼似乎很高级豪华，像我这样的穷大夫，可望而不可即。"

"哪里，跟田部先生的住宅比起来……"

"我也打算从哥哥的家里搬出来。住着倒是挺舒服的，但一味贪图享受，我的工作和独立创业的精神就会受到影响。"

"要是田部大夫……"敬子刚一说出口，就觉得心怦怦直跳。

她给昭男写信的时候，忽然心血来潮，动了出租房屋的念头。当时心底是否就已经萌生这个异想天开的想法了？

"要是田部大夫住进来，弓子也一定很高兴。"敬子把弓子搬出来做挡箭牌。

弓子脸颊羞红，双眼像被泪水濡湿一般灵动晶莹。她刚才过了困劲儿，现在精神头儿很足。

朝子最先钻进卧室。

吃完夜宵寿司后，朝子拿着剧本，根本不理昭男，闭着眼睛独自琢磨台词。

"你先去休息吧，免得明天又要累倒。"敬子对朝子说。

朝子打了个哈欠："那我就失陪了。大夫，明天我去医院。"

"弓子好像也困了。"敬子说。

"妈妈，我帮你。"

弓子像小孩一样，大人不睡她也不睡，其实她已经不是小孩子了。

敬子睡在和式客厅旁边的房间里。弓子不想睡觉，也有不能与敬子同睡一屋的原因，但不仅如此。

弓子帮着敬子把清房间里的卧具换上干净的，敬子一边挂西式蚊帐一边说："昭男大夫的哥哥刚才在电话里说向你问好。"

"啊？向我？"

"是呀。他说向弓子问好。看戏的时候老夸你，田部先生好像很喜欢你。"

昭男走到走廊上，站在敞开的门外："是的，哥哥夸弓子说，现在这时候还有这么纯洁的小姐。"说着，他走进屋里。

"您在那儿呀。"敬子说。

弓子绕到蚊帐后面，似乎有意无意地避开昭男的目光。

昭男好像没有觉察出弓子这个动作的含义，说："隔着白色蚊帐看弓子，简直跟仙女下凡一样。"

弓子转身走到走廊。面对弓子的腼腆羞怯，敬子猛然心头一惊，但她不动声色地对昭男说："您休息吧。"

"啊，晚安。"

"明天要早起吗？"

"说不定你们还在睡梦里的时候，我就溜走了。"

"您要这么说，我就不睡，看着您。"

敬子和昭男的目光碰到一起，他们站在蚊帐旁边。

"您好好休息吧。"敬子走出去，从外面轻轻关上门。

枕边是书架，整齐地摆着清平时看的书。从清阅读的书籍中大体可以了解一个学生的思想和苦恼。

昭男抽出一本《日本的儿子们》，躺在床上。这是日本阵亡学生纪念会编辑的两三年前日本各地"大学事件"和学生运动的记录与文章的汇编。他想随便翻点儿什么东西，好发困入睡，但事与愿违。他转过身子，拉灭台灯。

一会儿，宁静的黑暗中，他仿佛听见女人说悄悄话的声音。

大概是心理作用吧。他想。

那像呜咽啼哭的声音。昭男凝神谛听，又不像哭声。

自己到底怎么回事？莫不是在这女人之家中了阴毒？昭男又翻转身子，这回清清楚楚地听见有人在走廊上走动。他想，大概是敬子，要不索性爬起来，告诉她自己睡不着，聊聊天，心里也许会痛快些。

他睁开眼睛，猛然发现闹钟的夜光针在黑暗中闪烁着荧荧绿光。便拉亮枕边的台灯，对着自己的手表，把闹钟调到六点半叫早。

现在快两点了。敬子、弓子和朝子的形象在昭男脑海里重叠浮现，难以入眠。

早晨，昭男摸黑摁住闹钟刺耳的铃声，完全醒过来。

房间里有些闷热。昭男打开窗户，家里一片宁静。

其实不用麻烦她们准备早餐，就这样直接上班该多好。

昭男听见外面有脚步声，到盥洗室一看，弓子正在洗脸。

"早安。"

"啊，大夫，您醒过来了……"

弓子抬起头，脸上湿漉漉地挂着水珠，像一朵清晨带露绽开的牵牛花，但由于睡眠不足，花瓣显得发沉。她穿着宽红格睡衣，更加轻盈娇艳，但在客人面前这副装扮似乎不好意思："我以为您能多休息一会儿……"

"放暑假你也得这么早。"

"今天算晚的，我喜欢早起。"弓子往边上一靠，拢起头发，用毛巾擦耳后脖颈。头发下的肌肤细嫩白净。然后她把新的牙刷和雪花膏递给昭男。

"谢谢。"

"大夫你平时早饭吃面包还是米饭？"

昭男平生第一次这样一起床就和少女见面接触，让她伺候自己。他明白哥哥在电话里让敬子代向弓子问好的含义。哥哥大概希望昭男能和弓子结成一对。无论是昨夜隔着蚊帐看恍若天仙的弓子，还是今晨羞答答的弓子，对于昭男来说，似乎都昳丽旖旎得难以高攀。

"你母亲起得晚吗？"

"嗯，以前晚起，最近也早起。她已经起来了。"弓子一边梳头一边说。

敬子走到昭男身后："休息得好吗？"

"嗯。"昭男不想说睡不着让她担心。但是，也许言不由衷让自己心里不踏实，便一边用毛巾擦脸一边反问道，"您休息好了吗？"

"似睡非睡……"这是真话。

弓子把梳齿宽疏的粉红色梳子给昭男后，离开走廊。

"看来今天又是大热天。"敬子说。

映照在金属水盆中的阳光明晃晃地反射到镜子上。

敬子一直站在昭男身后，昭男回头看她。

"最近一直睡眠严重不足……"敬子用手指头轻轻抚摩着眼皮下面，"真面目都让您看见了。"

昭男并不觉得敬子的真面目已经色衰容损，但总觉得不该一大早在晨光中目睹这样的真容。

昭男用粉红色的梳子梳着硬头发，忽然想起在一本书里读过的一则古老的故事。书名和作者都记不得了，好像是讲述一个名叫格鲁金斯卡娅的首席女芭蕾舞演员的故事。这位女舞蹈演员已过盛年，一个年轻的盗贼想偷盗她精致漂亮的珍珠项链。当盗贼在后台看到她卸妆后目不忍睹的丑陋老态时，顿生怜爱，陷入无法自拔的窘境。

昭男觉得敬子就像格鲁金斯卡娅。

他用毛巾擦了擦梳子，转到敬子身后。敬子把头一歪，低声说："我还是认为他已经不在了。"

"嗯？"昭男无法回答。敬子就为此事苦思冥想，焦虑得一夜没睡吗？

"对不起，一大早就谈这事儿。"她的一双丰腴雪白的胳膊就在昭男面前，"不过，这事不确认，我做什么都没有心思。"

"没有线索吗？"

"公司里有一个女办事员平时照料他。我觉得她知道情况，现在正等她开口呢。您说逼她一下好吗？"

敬子好像在等待昭男回答。但昭男不了解情况，不好随便出主意。

"也许她不好对我说。"

"我问得很冒昧，她与岛木先生的关系……"

"好像没什么特殊的关系，但我看她那种伤心难过的神色，觉得非同一般。"

弓子端着东西穿过照在走廊上的阳光，走进和式客厅，此刻飘来一缕咖啡醇厚浓郁的香味。

昭男到达医院的时候，门诊的候诊室还空无一人。

金丝雀在鸟笼里婉转鸣叫。

昭男像出远门旅行、刚刚回来上班一样的心情。但是，不一会儿又开始了千篇一律的工作。

"田部大夫，有客人找您。"护士叫他。

从传达室的小窗可以看见朝子的上半身，她穿着肩膀和胸部绣着小花的白色连衣裙，脸颊通红，眯着眼睛，跟昨天晚上判若两人。

"我想光打大夫您说的那种针，可以吗？"朝子低声说。

昭男点点头。

"今天还有日场演出，比昨天更要命。"

"诊断就免了吧？"

朝子一直低着头，不好意思抬起来。

昭男让朝子坐在诊疗室角落的小椅子上，既不拿病历，也不写朝子的姓名。他去妇产科拿来注射液。

"真的别告诉妈妈。"朝子低眉顺眼地小声说，略显坚毅的脸庞透出孤苦伤悲的神色。

昭男点点头，又嘱咐道："你要尽快忘掉这件事，免得引起神经性的恶心和头痛。"

昨晚争胜好强的朝子和现在沮丧颓唐的朝子，哪一个才是真正的朝子呢？年轻的昭男对哪一个朝子都感到不可理解。

朝子低着头，没有要起身离开的意思。昭男以为她有话要说，耐心地等待着。但她并没有开口，昭男只好没话找话："你母亲挺可怜的。"

朝子抬起头，目光变得尖刻锐利，说："田部大夫很同情我妈妈吧？"她带着责怪的口气，是否因为觉得自己被人责备了呢？

"是同情。"昭男心平气和地说，"她为岛木先生的事，愁苦得都睡不好觉。"

"那是一个小偷。"朝子咬牙切齿地说，"不仅偷公司的钱，而且他这么些年跟妈妈一起生活就是小偷行为。我是这么认为的，他偷走了母亲的人生。"

昭男受了她一顿抢白。

"偷走人生未免说得过分，岛木先生也是一个好人吧？"

"什么好人?! 大夫，他是一个毫无责任感的卑鄙小人，净给周围的人苦头吃。实在是品质恶劣的自私自利之徒。"

"……"

"男人是不是都这副德行？"

"这怎么说……我也是男人，将来女人是不是也这么看我？"

"大夫您不一样。"朝子断言，"妈妈也该清醒了吧？"

"你这么说，不觉得弓子可怜吗？"

"是很可怜，被一个毫无责任感的人硬塞给妈妈。但要是弓子自以为娇滴滴的就可以讨人喜欢，我可看不顺眼。自己装好人，像婴儿一样还要让人背着。"

"弓子不是这样的人。"

"她自己不是这种人，她都是被周围的人惯的。我看她娇里娇气的模样，就故意把自己的性格变得有棱有角、毫无可爱之处。"

"嗯？"昭男皱皱眉头，仿佛眼前的朝子是个陌生人。

"现在这个时候，又在家里跟妈妈两个人玩爱的游戏，无聊透顶。恶心！一个善良温和的母亲和一个天真烂漫的女儿的戏码早让人烦透了！"

朝子出门后不久，煤气公司的收款员来收煤气费。

敬子对弓子递了个眼色，弓子便站起来到门口把收款员支走了。

"把大门锁上。"敬子说。

接着，寿司店的人又在厨房门口收款。

敬子手掌上摊放着大粒紫红色宝石。

"真烦人！告诉他以后再来。"

临近中午时分，家里十分安静。弓子无所事事地坐在敬子身旁。

"弓子也学会打发人了。"敬子苦涩地笑了笑。

"这宝石怎么啦？"

"前一次我设计的款式不行。这是天然宝石，很硬，歪斜部分纠正不过来，说是没法加工，要重新设计款式。弓子，你也想想……"说着，她便把宝石放到弓子手上。

"很贵吗？"

"这不是新石，是天然宝石。你瞧这紫红色，妙不可言。钻石也好、翡翠也好、红宝石也好，都是从石头中采取的。这么漂亮的宝石一定凝聚着天地之精华。"

宝石的产生充满神秘的色彩，它的颜色也无比神奇。

"妈妈，你设计的是什么款式？"

"我本来想把歪斜部分纠正，不做爪，做上大下小的阶磴套上托。"

"挺好的。"弓子迎着光线观看宝石，"怎么不行啦？"

"质地太硬，歪斜部分不好纠正；而且颗粒大，不做爪就托不住。所以现在考虑在四角做月桂树叶形的小爪把歪斜部分遮挡起来。"

"什么人戴这戒指？要是我，就设计做一个垂饰。妈妈，这活儿赚钱吗？"

"哎呀，你想什么来着？"

敬子从弓子手里取过宝石，顺手弹了一下她的脸蛋。

弓子最近动不动就哭鼻子。昨天晚上昭男听见的哭声就是弓子在抽搭啜泣。

给昭男铺好床以后，敬子和弓子就在和式客厅里给自己挂蚊帐。这时，本以为已躺下睡觉的朝子却进来向敬子伸手要买话剧票的钱。说是给别人买，她先垫付，可是收回来的钱，她又花在别的地方。

"第一次让我扮演那么重要的角色，买五十张一百张还不是理所当然的吗?!"

"现在手头紧，再过一些日子……"

朝子听不进去："妈妈您说花钱要精打细算，我看您很多钱就花在多余的地方。像女佣，完全可以不要嘛，勤俭一点儿过日子不好吗?"

弓子觉得朝子话中有话、指桑骂槐，伤了自己的心。朝子拿走了买话剧票的钱，今天就没钱交煤气费。弓子认为朝子含沙射影，"多余"指的就是自己。

弓子的父亲在这个家里的时候，敬子给弓子的母亲寄钱，在清和朝子看来一定都是"多余"的。清爱着弓子，好像并不这样认为。但朝子不仅觉得弓子和弓子的父亲"多余"，还视其为眼中钉、肉中刺。如今父亲不在，弓子似乎霸占了敬子的爱。她害怕朝子冰冷的眼光。

"不要紧，今天我出去弄钱。朝子这个人很现实，她还说二楼空着、住在这家里都是多余。不过，我是要在这家里等弓子的爸爸回来的。就是把这家卖了换个小的，说得容易，其实并不那么简单。把二楼租出去，也不是什么人都可以住，必须有合适的……"

听敬子这么一说，弓子的眼泪簌簌地流下来。敬子越安慰她，她哭得越厉害。这一阵子，弓子有时希望有一种强劲的巨大力量，把自己从现在这样不尴不尬的位置上攫走。

敬子用铅笔在白色图画纸上熟练地画着戒指式样。弓子泪眼汪汪地看着。

"弓子，妈妈今天出去，明天也出去。"敬子使劲地说。

"我想跟你一起去。"

"你去不了那些地方。"

"今天、明天都出去……"

敬子点点头。

在车站开小卖店的时候，她经常把两个孩子扔在家里，已经习以为常，孩子们从来不跟着母亲的屁股转。弓子这样寸步不离地跟着自己，敬子觉得清和朝子小时候很可怜。他们现在性格执拗，自己是不是也有责任呢？

前阵子，川村给敬子介绍了一家卡巴莱酒吧管后勤的人，说以后走私表主要卖给他们。敬子不想出入这种场所，但现在迫于生活不好拒绝。她今天打算把新的戒指款式送到草野店后，再去卡巴莱酒吧。

"工作稳定下来后，想和你一起去山间温泉舒舒服服地休息一天。"

弓子心想，这样朝子会更加忌妒不悦。

"妈妈今天精神好吧？"敬子说。

敬子昨天晚上想，如果自己垂头丧气、萎靡不振，弓子就更要哭哭啼啼，所以必须重新振奋精神。这似乎是昭男留给她的某种精神作用。

"谁也别消沉。是嘛，你也要振作起来。"

敬子两手轻轻地摇晃着弓子的脸蛋，然后站起来，往化妆室走去。

水　上

整个暑假，弓子几乎每天都收到同学的来信。

"你到底有多少朋友？看来弓子在学校里也很有人缘。"朝子的话听起来有些冷嘲热讽，"要不净是些闲得无聊、闷得发慌的娇小姐……"

从来不见有人给朝子来信，同学互相联系本是一件好事，但朝子好像也不给别人写信。

被朝子这么一说，弓子也觉得写信费了不少时间。但写信不仅仅因为闲得无聊，也是排遣苦闷的一种方式。弓子在信中不厌其烦地聊着朝子演戏掉了半磅肉、假期作业进展如何、熟人朋友的种种传闻等话题。而父亲失踪的悲伤、敬子对自己的怜爱、朝子的抵触反抗，这些当然对谁也不能说。

今天敬子出门以后，弓子又闲得发慌，百无聊赖地摊开雪白的信纸，略一思索，写上："哥哥，您好吗？"

但是，弓子从一开头的"您好吗？"这句问候语，就觉得不是滋味。清要是"不好"，也许就是因为弓子造成的；明知"不好"还问"您好吗"，这就显得太虚情假意了。

弓子把信纸撕掉，另写一张："哥哥，请您早日回来。"

这也不行。清会不会以为弓子爱他、殷切盼望他回来呢？要是这么理解，清回来后又该怎么办呢？

弓子害怕清那种急不可待、单刀直入的求爱方式。清不会温柔细腻地体贴弓子这样情窦初开的少女对爱情带着淡淡春愁般的憧憬。

不过，弓子还是情愿清尽量在家里。因为这一阵子敬子心慌意乱，指靠不上。清不在家，更让弓子心情郁闷、郁郁寡欢。

"清脾气这样坏，都是我不好。"

弓子听到敬子这样自责，彻骨伤心。

敬子认为清愤懑不平的根本原因是对她的生活方式不满，特别是俊三失踪以后，应该和清认认真真地谈心。但自己惊慌失措、心神不定，一心盼望俊三回来，没想到要和孩子们交换意见。这样，清和朝子愤然不快也是情有可原的。

"可是，你不觉得清也好、朝子也好，不是也该稍稍体谅一下妈妈吗？"

弓子无法回答。

"虽说从小就失去父亲，但我管他们也太松了，现在后悔都来不及。"

其实，清心头不悦的真正原因就在于弓子。他甚至说过"弓子，能不能也让爸爸成为我真正的爸爸"，但是弓子不能把这话告诉敬子。

清爱慕弓子，所以对弓子的父亲并不憎恨责难。

现在，清寄居朋友家里，弓子觉得是自己把他赶走似的，于心不安。

俊三不在，敬子孤独寂寞，就搬到楼下的和式客厅和弓子睡在一起。

有时候深更半夜清走进来，隔着蚊帐看一眼弓子的睡容，然后出去。就这样，弓子也无法放心安稳地入睡，她把毛巾被盖到额头上。

清不管敬子已经睡着，照样打开走廊的电灯进到屋里。要是敬子还没睡，就装作有事，和敬子说两三句话，其实根本不会有三更半夜非说不可的事情。

是来看我的。——弓子觉得有点儿恐惧，哥哥太女人气——她实在非常讨厌男人偷看自己的睡相。白天，她也尽量避免和清搭话。

清似乎不理解弓子的心情，一天到晚失魂落魄似的坐立不安，来回打转转，尽管是同住一个屋檐下情同手足的兄妹，却给她写了一封狂热的情书。

但是，弓子一心惦念着父亲的下落，哪有心情谈恋爱？接到清的情书，反而使她心里孤愁凄凉。

"弓子要是讨厌我，我就死心了。这样子不死不活，我实在受不了，都快疯了。你明确表态，不喜欢，就干脆一点儿说不喜欢……"

弓子被清逼得走投无路、进退两难，哭丧着脸说："您要这么说，我在这个家里就待不下去了，只好离家出走……"

第二天，清就住到一个名叫田浦的朋友家里去了。

"妈妈每天都惦念着您。"弓子写了这句话以后，下面的话就自然顺畅地流出来了，"即使论文还没完成，也请您回来。也许您认为我太任性，但是哥哥一不在家，我觉得还是哥哥理解弓子。"

这是真心话。只要清有事出远门，弓子就会想念他。

"这一段时间，我总觉得爸爸也许已不在人世，非常伤心。一想到爸爸不在了，我整个人就沉浸在亲切宁静的父爱之中，然后必定泪流满面。最近我动不动就伤感落泪。"

写到这里，弓子真的泪盈于眶。

"哥哥在新宿对我说过，还记得几年前那个清冷的夜晚，爸爸牵着我的手把我交给妈妈的情景。我那时虽小，但也懂得，爸爸这样做是不愿意让我受苦受累。以前，我不知道母爱，都是爸爸给我擤鼻子。上小学时每天都是爸爸送我，他看着我进了校门才返回电车站。"

"下雨的时候，也是爸爸冒雨跑到路上，弯着腰，替我捡回散落的折纸。"

这么一写，父亲疼爱弓子的往事一件接一件地浮现在她脑海里。

"但是，爸爸和妈妈住在一起以后，好像把我推开不管了。开始的时候，我非常寂寞，后来才慢慢知道，爸爸这样做是让妈妈和哥哥姐姐疼爱我。一想到爸爸的恩情，心里就迫切希望再见他一面。同时也希望像爸爸爱我一样得到别人的爱。"弓子不知不觉地写了这句话，最后又把它划掉。

"得到别人的爱"之类的话，对清不能随便写。

另外，弓子净说父亲的好话，清又怎么看呢？

"爸爸总让妈妈担惊受怕、操心劳累，似乎不是个好爸爸。但是我非常清楚，只要爸爸还是下落不明，妈妈就什么事也干不下去。朝子姐姐看妈妈这个样子，心里着急，情绪不佳，好像身体也不好。"

弓子想了想，继续写道："这种时候，哥哥不在家里，我觉得全家都遭受不幸似的。"她又泪眼模糊，"我不想回到亲生母亲身边。不知道为什么，我跟她的心灵无法沟通。我想，一定是妈妈待我太好的缘故吧。如果是爸爸抛弃了生病的母亲，我这个孩子应该更贴近母亲才是，可为什么我根本不想给她写信？我成了一个坏孩子。可是，母亲也够可以的，听说她对妈妈说要常来看我，可连一封信也没有。母亲难道不担心爸爸的事吗？"

弓子犹豫着这些清都知道的事是否还要写在信上，便改变话题："妈妈这几天精神好多了，今天也出门去了。哥哥，请您陪伴妈妈。我帮不了妈妈的忙。另外，无论如何去看一次朝子姐姐扮演的斯黛拉，演得棒极了。演出到后天为止。"

弓子写到这里，一下子停住了笔。她似乎听见清的声音："你自己怎么样？"

她想在信里展示男人无法理解的女人微妙纤细的心灵世界，但难以确切表达，脑海里又浮现出清那张硬邦邦的绷紧的面孔，便赌气似的写上"再见"二字，装进信封。

哎呀，不知道这个名叫田浦的朋友的地址。——问敬子大概能知道，不过这本来就是一封可寄可不寄的信。

弓子把没有收信人姓名的鼓鼓的信封夹在信笺里，像融化在白昼静谧的暑热中，头枕胳膊，怡然自得地闭上眼睛，秀丽安宁的脸庞尚带几分稚气。

敬子给医院的昭男打电话，对前几天晚上的帮助表示感谢。

"哪里，应该说是我受到您的关照。"昭男客气了一句，等着敬子说话。

但敬子没有说话，总不至于就这样挂断电话吧？她的沉默使昭男感到不安："喂，是在家里吗？"

"不，刚从岛木的公司出来。在附近的公用电话亭。"

"有岛木先生的线索吗？"

"事情很蹊跷。"

"怎么回事？"

"您愿意听吗？"从敬子的声音可以知道，她打电话就是想把事情告诉昭男。

"我想如果我能帮什么忙的话……"

"谢谢您。"敬子略一停顿，"那天早上，我不是对您说岛木有一个照顾他的女办事员吗？"

"啊。"

"今天我和她见面了。她说她一直在水上寻找岛木来着。"

"水上？"

"隅田川和东京港。我今天才知道，岛木最后是和她在水上分手的。"

"……"

"她说她想把事情的原委告诉我，两三次来到我家的坡道下，就是没有勇气走上来。她也没有明确的目标，只是说下班以后到她和岛木乘汽艇的大川和东京湾轮船码头一带来回寻找。"

"啊？"

"我也想到东京湾竹芝栈桥去查找。"

"是开往伊豆大岛的轮船码头吗？"

"是。我怀疑会不会是从东京港乘船出海……不过，乘船有乘客名单。要是跳海，报上也会登出来啊，总不能这样一直不明不白的。"

"应该有乘客名单吧。"

"我想去东京湾的轮船公司查一查。"

"要是您方便，我可以跟您一起去。"

"您能跟我一起去吗？"敬子反问昭男。

"越快越好吧？"

"对。今天，现在就想去……"

"傍晚，五点半左右行不行？"

"只是查一查，傍晚可以。您能和我一起去，我心里踏实多了。"

昭男担心敬子一个人去，万一听到不幸的消息也许会晕倒。他们约定六点在银座千匹屋见面。

敬子倚在新桥的栏杆上望着河流，像是第一次光临此地那般好奇。来往于新桥和银座之间，经常走这座桥，却对河流视而不见。

"我来来回回地走，都没有意识到这是一座桥。"敬子觉得惊讶。紧挨着桥栏杆，有一块伸到水面上的土黄色台子。桥旁边证券公司的广告灯上竖着一块写着"水上公共汽车站"的大牌子。

伸出水面的台檐上，从左至右写着"游览东京湾、滨离宫、新桥、永代桥、两国桥、两国驿、隅田公园……"，圆火屋的电灯照亮了一座座桥名。

但是，敬子发现东京人已经把东京都内的水路忘得一干二净，这里显得萧条冷落。

台子上设有水上公共汽车售票处。年轻的女售票员头顶上撑着红白相间的大遮阳伞。遮阳伞四周环绕着五颜六色的小灯泡。敬子觉得像是郊区的马戏团演出。

台子下面的河边有水上公共汽车候船室。一个清脆柔和的女声通过扩音器从下面传上来："这是水上公共汽车。您可以在凉爽的海风中尽情游览东京湾。价格是大人七十日元，儿童五十日元。"

但是，来往于银座的人们几乎都充耳不闻，下到水上公共汽车售票处的人寥寥无几。

"现在每次航班间隔十二分钟。欢迎各位乘坐水上公共汽车。"扩音器在继续广播。

离与昭男见面还有一段时间，敬子特地来看新桥川消磨时间。因为她听美根子说，开往隅田川的轮船从银座出发。她不知道银座还有这种码头。水上公共汽车翘起船头，在脏兮兮、污黑的河面上驶进来。

银座大概是终点站，下来不少人，接着候船室里的乘客上船，小轮船很快就载满了。

小轮船拖着马达的隆隆声从敬子站立的新桥下穿过。乘客的白衬衫都被风吹得圆圆地鼓起来，看似很凉快的样子。但过了五点半，地面的热度还未见下降。

桥上车水马龙、人流嘈杂，带着淤泥的混浊河流却显得宁静平稳。

一个穿单和服的中年妇女孤零零地坐在河边的候船室里，膝盖上放着一个包袱。

河对岸的二楼是啤酒馆，灯火辉煌，透过玻璃可以看见里面男人们的白色肩膀重重叠叠，看来生意兴隆。

"这水上公共汽车好像是乘凉船，绕东京湾转一圈七十日元，到滨离宫只要十日元。咱们乘船去滨离宫吧。"一个年轻女子轻快、兴奋地说道。

两个楚楚动人的少女结伴走到台子上，敬子艳羡不已。她叹了口气，无可奈何地闭上眼睛，眼前立刻浮现出满脸泪痕的美根子。

美根子这个女人的出现完全出乎敬子的意料，但她毫无忌妒之感。俊三也甩掉这个女人，一个人消失得无影无踪，或者说，美根子的爱情也没能把俊三拴在这个世上。

这么一想，两个女人的见面使两人都觉得自己命运悲惨。

今天美根子又痛心疾首地说："我要是一直陪着他就好了。"

敬子之前根本不知道俊三在参加完谷村辞灵后的第二天又跟美根子泡在一起。美根子坦白说，她惶惶不安，无法自制，一大早就跑到敬子家附近把俊三抓住。

那天早晨，敬子睡得很熟，不知道俊三什么时候出门走的。本来俊三让她六点叫早，但等敬子醒来一看，闹钟已从六点拨到九点。

虽然两个女人对俊三的爱情并无多大差异，但敬子的良心受到谴责。美根子似乎一心认定俊三的失踪是自己的过错造成的，敬子在她面前望而却步。

当敬子听到美根子说她和俊三是在"水上"分手的时候，真想逼问一句："岛木跳海了？"

美根子的悲伤令人怀疑俊三是从两人一起乘坐的汽艇上跳海自尽的，就是说，美根子是情死却没有死成的一方。

美根子说她两三次来到敬子家下面的坡道口，又不进去转而离开。这种说法也令人怀疑。

"这么说，你是一个人在隅田川和东京港寻找的？"

"是的。说是寻找，其实就是急切地想顺着那天和社长一起乘坐汽艇的原路……"美根子泪语哽咽，"我没别的地方可去，心里着急，常常坐水上公共汽车沿河上下，来回察看。"

"为什么不早告诉我？我一直认为岛木和你参加完谷村的辞灵后，就回来给弓子过生日了。"

"夫人，对不起。"美根子两肩颤抖。

"要是第二天你们又见了面，岛木也许因此就多活一天……又是逛浅草，又是去隅田川……"敬子觉得岛木那一天的行动与决心自尽的人的心理十分吻合，"你们是在哪里分的手？"

"……"

"回到吾妻桥了吧？"

"是。后来我还找吾妻桥的汽艇驾驶员打听过。"

"打听什么？"

"问他社长后来是不是又坐船了。"

新川桥下又传来水上公共汽车马达的声音。

敬子离开新桥，到了与昭男见面的时间。

千匹屋是一条商店街，从水果店旁边往里走，两边有卖蔷薇苗木、花草球根和种子、热带鱼等的各种商店。

昭男站在鹦鹉笼子前面，没发现敬子向他走来。

一只墨西哥小绿鹦鹉标价八千五百日元。鹦鹉正安静地啄食。

"看什么呀？"

"啊。"昭男淡然微笑着，注视敬子。这是他与人见面的习惯。

"您来得这么早，今天实在麻烦您……"

"没关系。"

"等很久了？"

"想到这店里瞧瞧，稍稍提早来了。"

这儿的茶馆里也摆着热带鱼的鱼缸。

敬子要了一杯葡萄汁，然后从手提包里掏出香烟，递给昭男。

"我不抽烟。"

"吃点儿什么，好吗？"

"天热，我晚饭都很晚吃。"

虽然是两个人在这个地方单独见面，但敬子心情郁闷。

"这种烦人的事还让您陪着。"

"听您打电话的声音，怕您一个人去顶不住。"

"我的声音是那么胆怯不安吗？"

"可不是嘛。"

敬子两腮微红，她从昭男身上感受到了意料之外的温暖情意。

"刚才我去看了看新桥川，那儿有水上公共汽车。您知道吗？"

"什么叫水上公共汽车？"

"您也不知道吧。"敬子的眼睛顿时明亮起来，"就是隅田川上的小轮船，好像也可以绕东京湾一圈。"

"岛木先生坐的汽艇就是这个吗？"

"不是。他从吾妻桥租了一艘汽艇。当时和他在一起的那个女人说她后来坐水上公共汽车寻找岛木来着。"

年轻的女服务员端来紫黑色的葡萄汁。用吸管一搅拌，冰块碰撞在杯子边上。

"四五十天前人就没了，现在到河上去找，不是瞎子点灯白费蜡吗？不过，那也算是她的心意吧。"

"是情人吗？"

"嗯。"敬子紧绷着脸，"看来她对岛木是一心一意。"

"……"

"我好像也懂得了岛木的心情。听说那天坐汽艇到出海口，眼前是无边无际的大海，他也感到恐怖。在竹芝栈桥，他看到了五颜六色耀眼闪烁的装饰彩灯。"

从银座坐出租车五分钟，就到达了东京港的竹芝栈桥。

海风吹拂，带着大海的味道。穿白衬衫的人影在栈桥上乘凉，大概是住在附近的人们。有的妇女背着孩子，还有光膀子的男人坐在码头上。

他们走到大岛观光轮船公司的码头。

"住在东京，东京港还没来过。"昭男望着四周。

"我也是第一次。"

码头旁停泊着一艘"东京丸"轮船，每天晚上九点开往大岛。

强劲的海风吹动敬子的衣袖。大海暮色苍茫，眼前是轮船的灯光，远处是一片低低的城市灯光。

"不管怎么说，先打听一下。"昭男靠近敬子。

"弓子的生日是六月十四日，岛木是第二天走的，如果从这儿上船，就应该是六月十五日。要是能查到那一天的乘客名单……"

"有乘客名单就好办，还要了解一下有没有发生事故。"

但是，昭男不同意敬子认定岛木跳海自杀的想法。大概是岛木下落不明使她费心劳神、神经衰弱，才产生这种想法的吧。那个坐水上公共汽车寻找岛木的女人恐怕也是如此。敬子是不是从她的暗示中认准了这个地方？

"我去问。"昭男走到服务台旁边。

服务台的姑娘听昭男说想看六月十五日的乘客名单，奇怪地看着他，说只有在这儿买船票的乘客名单，而从其他观光服务点买船票的、持报社给的招待票的、从商店抽签中了船票的乘客，这儿没有他们的名单。

"要是有人跳水自杀，一定知道他的名字吧？"

"啊，一般都知道。二十一点开船，第二天早晨五点抵达大岛，要是这段时间有人跳海，一般马上就会知道的。"

"报纸也会报道吧？"

"有的报，有的不报。如果不是在这儿买的船票，或者死者使用假名，家属不来查找，真实姓名往往不知道。"

昭男回头看着敬子。

"我们想打听一下六月十五日的乘客……"敬子说。

"请稍等……"

服务台的姑娘叫来一个中年男人。他态度和蔼。据他介绍，山茶花盛开的春季乘客最多，然后从暑假一直忙到秋天红叶季节，六月梅雨季节的乘客只有旺季的三分之一。

"六月十五日夜晚……"他的手指头摁着记录本，"没有发生事情。"

昭男心里一块石头落地，表情放松下来。

"十五日以后的三四天里有没有？"敬子仍然不放心地问。

"这么说，"轮船公司的人看了看敬子的神色，说，"请进来。"

两人走进办公室。

"十六日也没有发生事故，但十七日……"他在考虑措辞，"上下船人数有出入，一名乘客……"

"什么？"敬子脸色苍白。

"十七日晚上乘客是七百三十九名，半夜里好像有人投海自尽。"但他说死者没有任何遗物，也不知道住址和姓名。

"为什么？"

"当然，公司和水上警署都做了调查，光知道是三等舱乘客。"

"三等舱乘客？"

好虚荣讲排场的俊三会坐三等舱吗？但是，为了不引人注目，也可能故意如此。尸体也没找到。

"知道年龄、穿什么衣服吗？"昭男问。

"我把船员叫来。"

等待船员的时候，公司的人反问道："是不是有什么线索？"

"啊……"敬子吞吞吐吐，看着昭男。昭男也不知道该如何回答。

"十七日失踪的这个人，好像还没有亲属来询问过。"

敬子急忙低下头，心想必是俊三无疑。昭男似乎听得见她心脏怦怦狂跳的声音。

"十七日，气温二十三摄氏度，上午西北风，然后转南风，下雨，海面风平浪静。"轮船公司的人看着记录本。

敬子记得，弓子生日六月十四日那一天，午后久雨初停；第二天是个很热的晴天，俊三的妻子京子到家里来还扇着扇子。但她记不起来十七日是什么天气。据说受氢弹试验的影响，雨水里含有放射性元素什么的，好像今年六月雨水特别多，比较凉爽。或许这阴郁沉闷的天气也是诱使俊三自杀的原因之一。

如果俊三是十五日晚上在大川与美根子分手的，那十五日、十六日这两天晚上他应该是在东京度过的。

敬子想到俊三离家出门后到在隅田川分手之前的整整一天，都和美根子泡在一起，胳膊和手腕上不禁起了鸡皮疙瘩。她一直以为俊三把闹钟从六点拨到九点是对自己的体贴，这是令人何等心灰意懒呀！

船员来了，也说不出所以然，谁也没有目睹，对自杀者毫无印象。他只是说跳海的人好像不会游泳。如果会游泳，就会本能地手脚挣扎着浮上来，但那个人像在冰冷的海水里心脏停搏，立刻沉下去了。

"看来那个人做了周密准备，其实乘客之间对谁缩在角落里避人耳目并不在意，所以没人记得他是否戴眼镜、戴帽子什么的。"

俊三不会游泳，而且不戴帽子。十五日那天早晨，他穿着灰色凡立丁夏季西服走的，那是他今年第一次穿这套服装。

"那个人穿的西服是灰色的吗？"敬子问。

"嗯……不记得是藏青色还是深灰色。听说衣着讲究，举止文雅。"

"岁数五十左右吧？"敬子急切地问。

"嗯，好像是中年人，不过没人留意……"

船员说得也含糊暧昧。敬子低着脑袋，好长时间一声不响。

"夫人。"昭男叫她。

船员出去了。外面传来去候船室上楼梯的脚步声和低微的唱片乐曲声。

"行了吗？"昭男问。

"啊，谢谢您。"敬子道谢后，茫然若失地走到门外。她像被栈桥旁的轮船吸引过去一样绕到"东京丸"船尾，眺望着黑暗的大海。

远处烟火升上天空。画着红色的圆圈消失在夜空里的烟火只有一次腾空闪光的机会。敬子像看到什么不幸的幻影，浑身哆嗦。

"就是他……"

"……"

"十四日，岛木参加朋友的辞灵仪式，他想起来曾经被那个朋友邀请到两国看过烟火。他还说，人去了，但两国的烟火照样放，因此感到寂寞。那时他就打算了结自己。"

"夫人，您为什么非要断定他就是岛木先生呢？"昭男说，"就那么点儿情况，不是什么也没弄清楚吗？"

"不，我清楚。"敬子任凭海风吹乱头发。

"不，您不清楚。"昭男气得直摇头，他觉得这样才能安慰敬子，"不能轻率做出判断，您要是一心认定，就什么事都往上面靠，都觉得有鼻子有眼。首先，断定岛木先生已死，本身就错了。"

"他有想死的念头。"

"想死的人多得很，只要是人，无论谁都有想死的时候，但想死的人往往死不了。"

"我也好几次想结束自己，现在，在这儿，就这么想，以后大概还会有这种念头。人活在世上，各种各样的……"敬子仿佛觉得这个世界正在急遽离去，便缄口不再说下去。

"夫人，您会活下去的，您应该转念坚信岛木先生也还活着。"

敬子轻轻地摇摇头。

"根据我从夫人这里听到的情况判断，岛木先生好像没有理由非死不可。他还说要另起炉灶、重建公司……"昭男安慰她，"他生性懦弱，可能会先躲一段时间。"

"您要这么说，现在的人都没有理由非去自杀不可。即使罪大恶极足以判死刑，也不该自杀吧。最多不过是痛苦、悲哀这种程度，完全没必要自杀。在旁人看来，死得不值得。"

"情况是各种各样的嘛……"

"虽然是各种各样，但不在人世这一点是共同的。他孤苦寂寞。他自我厌弃。尽管有女人在他身边，最终却使他走上这条路……"

敬子在强劲的海风中站立不稳，摇摇晃晃。码头没有栏杆。昭男几乎是抓着她的肩膀，说道："我不认为是夫人的过错。要是他让自己的身边人感到责任重大，他就没有非自杀不可的罪过。"

"您知道最终让自己身边的男人被迫自尽的女人是什么心情吗？您不知道。男人痛苦的时候，女人应该是母亲、应该做出牺牲。就是跟岛木一起坐船去大川的那个女人也一定是这样。一想到把自己的一切都奉献出来还救不了岛木的生命，她会坚持不住的。"

"……"

"看着这黑茫茫的大海，让人害怕……"

"走吧。"

敬子顺从地点点头。她挨靠着昭男，听任他的怜悯安慰。

"怎么对弓子说呢？我这么晚还没回去，她现在一定等得眼泪汪汪的。"敬子脚步蹒跚地回头看着"东京丸"轮船。

"我想和弓子一起坐那条船，去岛木自尽的海上撒花瓣……"

昭男用胳膊裹着敬子离开栈桥。

"没有遗言、没有遗物，什么也不留下。岛木想得多周到呀。他选择这种孤独的死，对我太残酷了。"

"这是一种自私的行为。"

"清和朝子的父亲在外地战死，说是遗骨，其实什么也没送回来。我这个女人，难道就是这种阴暗凄惨的命运吗？叫天天不应、叫地地不灵，暗示着今后哭诉无门的命运，令人恐惧啊。"

"……"

"其实我是一个渴望依靠男人、在男人的怀抱里幸福生活的女人……"

但是，只有岛木的感触还残留在敬子的肌肤上，唤起她真切鲜明的感受。在昭男面前，她感到羞怯。必须把岛木死亡的消息通知他的前妻和公司。是不是让美根子亲自到这家轮船公司再来调查一次？

对于敬子来说，化妆水的芳香、衣服的色调、宝石、蔷薇，一切的一切都是空的。

他们走到一条荒凉的路上，旁边是美军仓库长长的水泥墙。昭男放开敬子，打算截一辆出租车，但敬子无意识地靠在他身上。只有昭男温暖的体温支撑着敬子，这似乎是唯一可以把敬子从对死者的绝望中拯救出来的东西。

各怀心思

南星座的演出获得好评，报上也登出了评论。于是大伙儿议论着，到秋天原班人马去大阪或者名古屋演出同样的剧目。

这才使朝子下决心去医院，不再拖拖拉拉地一天推一天。

一旦进了医疗室，朝子就是一个只能服从医生意志的无能为力的患者了。

"现在是妊娠反应最厉害的时候，三个月了……"

朝子听医生这么一说，大吃一惊："有三个月了？"

这一阵子，她都感觉自己的脸形在发生变化。

初诊时，医生好像为明天的手术在朝子身上做了些准备。

明天的手术再也不能推迟了。

"说是手术，其实非常简单。躺在医院一两个小时，等麻醉药劲儿一过，您就可以走着回去了。"

五十来岁的妇产科医生对手术本身只字不提，面无表情地安慰朝子。但朝子感觉到无法预料的危险。

回到家里，朝子小腹和腰一阵一阵地闷痛，直想呕吐，只能躺在床上休息。

小山打来电话。

"感觉怎么样？"

"不好。"

"定了吗？"

"明天。"

"能去探视吗？"

"说不好，明天我给你打电话吧。"

"好像不高兴的样子。"

"能高兴得起来吗？"

"对不起。"

"……"

"那我等你的电话。"

敬子的客人陆续到来，朝子不便多说。

敬子推断俊三已经自杀，便把他公司的同事和一些朝子不认识的人叫到家里来，商量要不要举行葬礼。清也回来了。

在朝子看来，这一切都无聊透顶。本来说没钱，还花在这上面。母亲这是打肿脸充胖子，好虚面子。这难道不是演戏一样的伤感吗？要让朝子说，对于这种什么也不留下、消失得无影无踪的人，活着的人也不用为他操心，让他无声无息地走好了。这才是葬送极端自私的人的最好方式。

明天将有一个生命从朝子的体内消失得无影无踪。朝子憎恨俊三，可怜胎儿，她眼角发热，泪水欲溢。

敬子去信通知弓子的母亲，但她没有露面。朝子觉得弓子的母亲态度鲜明，令人敬佩，心想弓子也该回到亲生母亲身边去。

朝子今天身体不适，把自己关在房间里，也许病得正是时候。敬子不时进来嘘寒问暖，她还以为朝子演出累病了。

这两三天，家里客人络绎不绝，敬子穿戴得整整齐齐。朝子看母亲愁眉不展，皮肤却越发光滑细嫩，眼睛和嘴唇越发鲜艳美丽，觉得不可思议。

一般来说，母亲年轻漂亮，做女儿的会引以为豪。但也许朝子个性太强，她可不这么认为。她自己总是对着镜子浓妆艳抹、精心打扮，哪怕一个小疙瘩，要么抹得了无痕迹，要么故意突出引人注目，实在费尽心机。敬子为了挽留岁月，也是刻意修饰，但俊三失踪以后，她没有心思梳妆打扮，反而显得天生丽质、别有风情。这不能不令朝子妒火中烧。

　　这天晚上，客人走了以后，朝子刚刚睡下，敬子便走进来，依然风姿绰约。朝子一看见她，气就不打一处来，便有意奚落道："还搞辞灵什么的吗？"

　　"要是什么都不搞，别人连个烧香的地方都没有。"

　　"搞葬礼也好，把事情明确公开，他就是活着也不敢回来。"

　　敬子看了一眼朝子，没把她的话往心里去。

　　"我琢磨着，做个牌位摆在遗像前面，再叫和尚在他的公司给他做法事。我也是刚知道他家信日莲宗。"

　　"在公司搞好。在家里搞不合情理，左邻右舍也会说闲话。"朝子算是口气温和地说完，忽然话锋一转，"妈妈，前些天给你介绍的那个小山，觉得怎么样？"

　　"前些天……什么时候？"敬子想不起来了。

　　"看完演出回来的时候，在后台门口……"

　　"什么觉得怎么样？就说两句客套话，长什么模样都记不得了。"

　　"怎么这样?！那再让你见一面。"

　　"再见一面？朝子，你是不是喜欢上他了？"敬子努力搜索对那个小伙子的记忆。

　　"想和他结婚。"

　　"啊？你们定下来了？"

　　"对。所以才让你见面，了解他。"

　　敬子全身僵直发紧，朝子这样告诉自己已私订终身，使她无言以对。她觉得有点儿站不稳。

　　"我们想秋天就办。小山没钱，现在跟哥哥住在一起。结婚以后，我们就搬到外面租房子住。结婚仪式也从简，搞个茶话会什么的，让参加的人出会费。妈妈你要是打算为我准备嫁妆，最好把这钱给我算了。"

现在是什么时候？哪有心情谈这种事?! 敬子注视着朝子的脸，看着她那只有母亲才能觉察出来的似乎变薄的眉毛、静脉浮现的病态皮肤、可怕的眼圈，不由得声音严厉起来："朝子！"

"干吗?"朝子也从床上气势汹汹地盯着敬子。

母女之间亲切温暖的感情纽带不知不觉已经断裂了吗?

还没等敬子开口，朝子就抢先说道："我不给你添麻烦。你说没钱，我一分钱也不要……只是想让你听听我一辈子就这么一次的愿望。"说完，她闭上了眼睛。

敬子看着女儿骤然消瘦的身形和黑眼圈，心头一阵颤痛，但接着听到朝子尖酸刻薄的话："别净把钱花在无聊的地方。"

敬子今天晚上不想和她争论，正要往外走，朝子却把她叫住了。

"妈妈，告诉你，我有一个同学，他的母亲失踪了。那是战争空袭的时候，他的母亲在日本桥的白木屋旁边，轰炸的强风把她的眼珠刮掉。我见过她，长得比你更漂亮。从此以后就找不到她的踪影了，再也没有回来。我们家的爸爸说不定也是牛脾气发作离家出走的。"

敬子几乎颤抖着身子轻轻关上身后的房门。

弓子穿着睡衣坐在走廊上仰望夜空。白云在皎洁的皓月下迅速流动，令人感觉季节正在变迁。

"看上去就像月亮逃跑似的。"弓子一边说一边回头看敬子，"妈妈，姐姐是病了吗?"她站起来，要往朝子的房间走去。

"今晚就别去了，把门关上。"

弓子关上门后，钻进蚊帐。

"举行葬礼，要是爸爸还活着，一定会大吃一惊，赶紧回来的。"弓子说的与朝子截然相反。

"对，会回来的。"敬子回答后熄了灯。

"在这场战争中，不少以为死了，还为他举行过葬礼的人，后来都活着回来了，以后还会有很多人继续回来吧。"

"弓子，你要是不愿意，可以把法事推迟，也可以不做。"

"不用推迟。我觉得爸爸不在人世了，可是——"

这时，两人的谈话被打断了。走廊上传来清的脚步声，电灯又被打开了，蚊帐里透明亮堂。弓子慌忙用薄亚麻被把脑袋盖住。

"一想起你今天说的话，我就睡不着。"清盘腿坐在蚊帐旁边，"给爸爸举行葬礼，是不是就确认了弓子是个无依无靠的孤儿？"

"不是无依无靠的孤儿，有我在，还有……"敬子想起弓子的母亲，但话没说出口。

"话虽这么说，母女兄弟，乱哄哄的。人再齐全，但如果没有爱情，一个不爱任何人，也不被任何人爱的人比孤儿更孤独。"清说。

弓子悄悄地把双脚缩上来，蜷曲着身子。

十二点半，朝子按时来到医院找昭男。

"你放心，一切都会很顺利。"昭男说，"你来看看我家里养的斗鱼孵出的鱼苗。今天早晨刚拿来的。"

朝子被带到医疗部，只见入口的台子上放着一个小鱼缸，五六条半厘米长的鱼苗游来游去。朝子似乎视而不见。不过，她明白昭男尽量在给自己宽心。

朝子相信他会绝对保密。这可能不是出于对她的关心同情，而是对母亲的安慰体贴，但那也没关系。可是看昨天晚上母亲那种眼神，说不定她已经有所察觉。要是母亲向他打听，他会替我隐瞒吗？

"白井女士。"护士在门口轻声叫着。

"是我。"朝子回答以后，回头看着昭男，"对我妈妈什么也不要说……"

昭男微笑着，像点头又不像点头似的看着朝子清澈明亮的眼睛。

朝子怀着某种感情，用眼神向昭男表示感谢，然后走出房间。

他是个好人。

朝子忽然想起昨天小山在电话里问："能去探视吗？"探视？什么意思？难道是一个女人自己无缘无故地生病，要一个男人前来探视？

五十来岁的妇产科医生几乎没有说话。

朝子脱内衣的时候，双手颤抖。

医生用听诊器在朝子胸部听了听，然后用黑色细胶皮管扎住她的胳膊上部，进行静脉注射。"身体放松，跟着我数数。好——"

"一——"

"一——"

"二——"

"二——"

"三——"

"三——"

朝子的舌头渐渐不听使唤，似乎坠入无法抗拒的睡眠。

"九——"

朝子已经意识不清，数不上来了。

没有痛苦，没有烦恼。

朝子醒来的时候，发现自己躺在窗明几净的病房的床上。她不知道怎么被推出手术室的，只感觉到雪白的墙壁和中午的耀眼强光，接着她听见婴儿的哭声，大吃一惊。那是隔壁病房的婴儿在啼哭。天气炎热，所有的病房都大门敞开，所以听得真切。

朝子试着慢慢坐起来，脑子还很清醒，胸中的憋闷已经烟消云散。她急忙掏出化妆盒，照了照镜子，与平时没什么两样，便下床走到走廊，看见年轻的母亲正搂着婴儿睡觉。

朝子像逃跑一样溜出走廊。

八月，弓子看着棉絮般的白云在夜空飘浮。一过中旬，风便开始带上初秋的凉意。

雨水一直下到七月才停，今年的夏季十分短暂。

但是，月末给俊三做法事的这一天比伏暑还要溽热。这天是俊三失踪的第七十五天。

敬子身穿黑平纹罗纱服，系着罗纱黑带，然后把薄绸和服长衬衣脱下来，换上白麻半短和服衬衣。

"浑身大汗受不了。"

弓子穿着带花边的白色连衣裙，胸前佩挂黑纱。

"穿洋装就行，凉快……"敬子说。

雪白的胸前佩挂黑色缎带，显得格外妖艳。一身纯白，犹如舞台上的芭蕾舞演员。弓子的美丽像明月升起一样光艳照人。在这暑热里，她浴后的肌肤透着淡淡的蔷薇色，连略含忧伤的眼神也叫人心荡神迷。

朝子一边描眉一边对这两个人大为忌妒。黑色的丧服反而衬托出母亲的轻盈娇艳。

朝子对着镜中走来的母亲说："我可以不用去吧？"

"可以。"

"我的爸爸早就死了，今天要是有人问起来，怎么好回答？我又不会撒谎……"

敬子本来就没想朝子会去。可是，朝子不应该当着弓子的面这样说话呀。

"你们一黑一白去吧。真鲜艳！"朝子回头对弓子说。

"我在家里，该磕拜的也会磕拜。"这时，朝子又看见清，便说，"哥哥，你好像很忧郁。"清穿着好久没穿的学生制服，竖领紧扣脖子，炎热难忍似的苦涩着脸。

敬子受了朝子一肚子气，又看见清一脸苦相，便没好气地说："这么热，还穿这个！"

"……"

敬子心想，要是清在大庭广众之下也是这样愁眉苦脸，故意作难，让人提心吊胆，还不如不去。

其实，清并不是因为天气炎热或者参加并非生父的俊三的葬礼而脸色难看。他回家后，心里受到对弓子卑屈地悔恨交加的折磨。听说俊三自杀，清顿时感到强烈的同情，第一次感受到对俊三深沉的爱。他是自觉自愿参加俊三的法事的，没有半点勉强。他还想在俊三的灵前表示歉意，并且为弓子起誓。没有俊三的家庭所发生的微妙变化，也是使清心情忧郁的原因。

出了家门，三个人各怀心思，默默地走下坡去。

坡道口阳光强烈，没有地方躲避。

敬子和清一边走一边不断回头，但没有空车。

弓子在敬子身后半步左右，走在她的影子里，清一回头，她就眯上眼睛。

反正是坐车去，其实用不着顶着太阳走，找个地方站着等车就行，可清好像急着办什么事似的，一刻也不能忍耐。敬子也顾不得清的情绪好坏，自己先着急起来。

"法事完了以后，有多少人集会？"清问。

"三十人……也许更多一些。"

"也叫田部先生、川村先生这些跟爸爸并不熟悉的人参加吗？"

"川村跟爸爸不是不熟悉呀，以前……"敬子捉摸不透清到底在想什么。

"是吗？"

"做完法事以后，召开岛木俊三君缅怀会。这是公司出的主意，参加者每人交会费五百日元。"

"还收会费啊？"

"公司也是负债累累，刚刚开始重建，哪有这笔开支？"

敬子还想自己替田部和川村等人出会费。

"不过，五百日元不会有收益，我是把一切都交给公司安排。参加缅怀会，我们也跟其他客人一样。"

"对，这样心情轻松一些。"

"轻松倒不见得……"

"妈妈，你干的事很悬，就说今天的法事吧……"清欲言又止。

今天的法事，既像俊三的辞灵仪式，又像追悼会，还像祭奠。哪一样都有悖世俗。

敬子去轮船公司以后，俊三的公司也进行了调查，该查的都查到了，推断十七日夜里跳海自杀的可能就是俊三，但没有确凿证据。

"弓子，你怎么看？"清停下来，目光锐利地盯着弓子。那目光就像逼着弓子回答喜欢不喜欢自己时一样尖锐。

俊三离家出走后，弓子做梦也没想到父亲会死去。当她听到父亲可能已经自杀的消息时，犹如霜打孤蓬、无力自持。

小时候，弓子是"父亲的女儿"，靠着父亲含辛茹苦一手拉扯大。

"你指的是什么？"敬子给弓子解围。

"算了，没什么。"清欲止又言，"我想问来参加法事的人要是表示哀悼，该怎么回答？"

"你吗？"

"不，弓子。"

弓子从清不悦的声音中感受到他的关怀。

"要不默默地低头，要不说声谢谢，只能这样吧。"敬子回答。

停在车站前的出租车在阳光照射下热烘烘的。年轻的司机穿着白衬衫，后背沁出汗水。他车开得太野，敬子一行人坐在里面提心吊胆的。

"爸爸在外头人缘很好。"敬子说，"公司的同事说，缅怀会开完以后，再打追悼麻将，还有奖品，说一等奖奖品是爸爸的烟盒。"

弓子点点头，看着坐在右边的敬子。长期以来，弓子甚至含着一种同性恋的感觉，对敬子修长的粉颈、浑圆的窄肩、丰腴的胳膊无比羡慕。但是，父亲不在了，自己还能像以往那样偎依在敬子白嫩温暖的胸怀里吗？弓子忐忑不安。

弓子被敬子娇生惯养，这样的养女在自己身边出落成如花似玉的少女，其实对敬子起到一种"嫁接"的作用。这一点，不仅弓子没有发现，恐怕连敬子也没有觉察到。敬子为了长葆姿色，对镜精心妆饰的时候，也时常从弓子朝气蓬勃的青春中吸取营养。

"还打麻将……"清不以为然地嘟囔着。

清生性孤僻，不爱交往，对人也不随和，但不像朝子那样冷若冰霜、独断专行。

清见过朝子的未婚夫小山，也认识昭男。清对昭男印象不错，但看到敬子主动接近，两人打得火热，甚至弓子也跟他融洽相处、谈笑风生，心里当然不能平静。

清对川村那副色眯眯的猥琐嘴脸一直十分讨厌。这一阵子，这个川村还常常出入家门。清知道敬子做买卖需要依靠他，但这小子好管闲事、多嘴多舌，让人心烦。

"白井夫人您辛辛苦苦盖的房子……"川村一来，这句话就挂在嘴边。他反对卖房子："比如说，关西的珠宝商每个月都要来东京几回。要是不住饭店，住您这儿，月租得两万日元吧。"他劝敬子把房子租赁出去。

有时清气得真想找个理由狠狠整他一顿，叫他再也不敢到家里来。

清觉得，自从传言俊三自杀以后，敬子被那些进进出出踏破门槛的客人弄得晕头转向，自己把握不定。

出租车在十字路口的信号灯前紧咬着前面的大轿车的屁股，突然一个急刹车。

"危险！"敬子大叫一声。弓子一下子抱着敬子。但清十分沉着。"田部先生兄弟两人都来吗？"他心里还在惦念。

"说不好，弟弟在医院上班，这个时间恐怕来不及吧。"

下了出租车，他们从楼房侧门进去，看见黑白相间的幕布已经张挂在走廊上，还摆着几个花圈。

俊三的现代社位于楼房侧门进去后的走廊尽头。这是一栋小楼房，一楼除了仓库、楼梯，出租做办公室的房间就一间。这样，走廊就可以利用起来，给俊三举办这种既是辞灵仪式又是追悼会的治丧活动。

屏风被撤掉，办公室就显得宽敞了，再打开三面的窗户，比想象的要凉快。灵桌上摆着披挂黑色缎带的俊三的大照片。照片里的俊三爽朗地微笑着，细一端详，似乎略带忧愁懦弱，但轮廓端庄深沉，气质优雅凝重。

"他们挑的这张照片很像弓子。"敬子不留神话到嘴边，赶紧收住。她看见弓子已经在忍着不让泪水流淌下来。

办公室布置成一个肃穆庄严的灵堂。敬子心想，这儿既不是家也不是寺院，这种异常不正是象征着俊三无处安身的不幸吗？

虽说还了谷村装订厂的部分债务，但俊三毕竟还是挪用公款，尽管如此，公司还给他举行葬礼，这无疑出于同事的善意，或者俊三的人品。但是，即使俊三不在了，公司照样会开下去。正如俊三所说，即使谷村死了，两国照样放烟花。

"大家吵吵嚷嚷要重建公司，其实要重建的不仅仅是事业，人的生命也要重建。活一天，就是生命持续一天，也可以认为是生命的重建。人的生命就是这样每时每刻地重建着。"俊三对敬子说过这样颇为费解的话，是出于生存下去的强烈愿望吗？

公司开始崩溃以后，俊三星期天在家里也待不住，跑到涩谷和新桥买马票。"不去吗？"他还叫敬子一起去，但敬子不喜欢这种地方。打麻将能通宵不归，也是想忘掉现实，却消耗与现实作战的精力，加重神经衰弱。

清、弓子和敬子并排站在亲属的位置上。

一会儿，与楼房气氛很不协调的和尚念经的声音，勾起敬子无法抑制的悲哀。

灵前烧香结束后，参加岛木俊三缅怀会的人们集中到离公司两三条街的一座楼房五层的餐馆里。形式像鸡尾酒会，考虑到日本人不习惯自始至终站着，便摆上每张坐五六人的桌子。上的菜有冷盘、三明治，还有啤酒、橘汁，服务员转来转去，往大家的鸡尾酒高脚杯里斟日本酒。

敬子从方才开始一直惦念着两个人。一个是俊三的前妻京子。她既没来烧香，也不来参加这个缅怀会。另一个是美根子。她在敬子的左边，正背对窗户坐在桌旁，悠然地品尝着杯中酒，比平时美丽。

美根子上身是黑白格纹罩衫，配上黑色百褶裙，衣领旁边别着一个金色贝形饰针，贝壳里面的珍珠精致得足以乱真。妆面格外讲究，连指甲也涂上了指甲油，丰采绚丽。刚开始敬子一下没认出来。

参加者到齐以后，三四个人发表即席讲话。因为敬子和弓子在场，谁都避讳直接提及俊三自杀一事。

"我们在为岛木君举行葬礼之后，又在这里召开岛木君缅怀会，我总觉得岛木君在冥冥之中正注视着我们。"在俊三之后继任社长的高尾说，"啊，大家辛苦了。岛木君经常这样勉励大家。也许他会像平时一样面带最美好的微笑出现在我们面前。"

敬子往门口瞥了一眼。

"如果他出现在我们面前，便是岛木君此生最杰出的幽默。遗憾的是，岛木君并非如此出色的演员。我们举行葬礼和缅怀会，不是为岛木君吊丧，而是希望他仍然活着；同时也因为似乎是我们导致了他的身故而向他表示歉意。岛木君从不责难别人，所以大概也不会责难我们。但他离开我们以后，我们更加深刻地体会到，一个不责难别人的人无论对家庭还是对公司是何等重要！"

一个客人谈到俊三打麻将的故事："那些一直没有收到稿费的作家来公司催收，岛木先生就拉他们打麻将。作家一打就输，心里非常窝囊，但看到他的笑脸，自己也就放松下来。仔细想来，那笑脸其实

'面无表情'。他采取的大概是借麻将减轻债务重负的苦肉计吧？"

通过人们的这些回忆，敬子的脑海中浮现出俊三富有魅力的活生生的形象。

即席讲话过后，大家自由交谈。有的人从那张桌子过来，也有的人从这边过去。男人们情不自禁地时常瞟几眼一身黑色丧服却哀艳动人的敬子，还有一身素净连衣裙如天仙般光彩耀眼的弓子。

京子好像没来……敬子一直惦念的这个人怎么不来，她想矢代可能知道。矢代的妻子是俊三的姐姐，曾陪俊三去热海找京子谈离婚的事。

"昨天晚上，她在电话里说没有丧服。"

敬子觉得被京子暗算了一下。但是，要是俊三的两个妻子同时在葬礼上露面，在众人好奇的目光之下，谁的脸都没地方搁。京子的回避即使不是为着敬子，莫不是也为着弓子吗？

"您家的大小姐最近还上电视吗？"矢代问。

"您说的是朝子吗？最近她忙着舞台演出……"敬子一边回答，一边觉得朝子今天不该不来，"您认识她吗？"

"还是梅雨季节，我和岛木在餐馆吃饭，她刚好也进来。岛木君就介绍给我。"

"还有这桩事呀？"

"后来在电视上看过她的节目，是关于美容的……"

"我没看过。"

"非常时髦漂亮。我老婆没女儿，羡慕极了，说您有这么好的闺女，能不能把弓子给我们……"

弓子心头一惊，看着敬子。

清一听，气呼呼地说："妈妈最疼弓子了。"

"当然是开玩笑。"矢代连忙笑着说，"弓子，钢琴又进步了吧？"

"没有呢。"

"夫人，有空请上我家来，弓子也来玩。姑妈可喜欢你了，常提起你。"说完，矢代离去。

祖母去世以后，弓子三四岁时曾经在矢代家住过一段时间，并没有留下什么记忆，但记得矢代姑妈给过自己过年的压岁钱和学校郊游时的一些东西。

弓子住在敬子家里以后，与矢代姑妈就像断绝关系一样没有来往了。年幼的弓子抛弃了父母亲的所有亲戚，一心一意依靠敬子，也的确是下了决心，付出努力，做出牺牲。

不知不觉，边上的桌子开始冷清，三三两两的已经有人走了。敬子知道川村和田部都从座位上时时看着这边，但她忙于应付人们的慰问寒暄，根本无法离座。

昭男没来。田部和行业不同的陌生人坐在一起，没有话题，寂寞无聊。敬子一边觉得必须主动过去打招呼，一边却问身旁的高尾："那个漂亮的短头发姑娘是公司的小林小姐吧？"

高尾瞟了一眼美根子，脚尖踩着桌子横杆，探出身子点点头。"那姑娘可怪了。"他压低声音说，"她在公司的年头很长，老是萎靡不振，人倒很朴实，却显得阴暗忧郁。她好像很喜欢岛木君，照顾得挺周到尽心，不过岛木君似乎没把她当回事。现在闹不清楚岛木君最后那一天为何跟她在一起，我们都觉得是个谜。她说觉得岛木君不正常，那天天刚亮就在您家附近等他。"

这个情节，敬子也听美根子说过。

"一听说岛木君死了，那姑娘立刻辞了公司的工作，现在在酒吧当招待。"

"酒吧的女招待？"

"您觉得吃惊吧？就最近的事。现在经济萧条，又是夏天的淡季，不会有好工作，我这样挽留过她。公司的人都说岛木君的死对她刺激很大，脑子有点儿不正常。可是离开公司以后，她像立刻变了一个人，快活明朗，女人真是善变，把我们惊得目瞪口呆。"

"她今年多大？"

"不年轻了，有二十五六吧。"

"啊，好。"敬子下意识看了一眼美根子。她的目光与美根子炯炯有神的大眼睛相遇时，一种类似恐惧的感觉吓得她心里扑通乱跳。

美根子却不卑不亢地送来致意的目光，那眼神甚至还含着微笑，像一只漂亮的白猫。俊三是和美根子同衾之后才去死的吗？那又是在何时何地？敬子满腹疑云，俊三的往事又历历在目，浮现上来。

尽管人们都说自己依然年轻漂亮，其实……敬子的眼光落在已经黯然失色的手指上。这时，美根子悄无声息地走过来，坐在弓子身旁攀谈起来。

"您爸爸这样开导我：'你要开朗活泼，这样才能时来运转。'说得真好。我现在就照他说的那样生活，我想幸福不久一定会降临的。"

美根子说话的强调语气都变了样。但她没把俊三"自我感觉长得漂亮，你就是美女"这句话说出来。

"我知道，那个时候他又要工作又要弄钱，脑子已经不正常了。我不能把他留在世上，我自己也觉得活着没意思。他人太好了……"

美根子似乎把想对敬子说的话说给弓子听："当时我没有信心，要是现在……"她的眼睛闪动着火热的光焰，对用自己的身体把俊三留在世上充满自信。

敬子也感觉到这个女人的古怪情绪，真担心她还会说出什么样的话来。

"我在这儿工作，恐怕这地方你未必会来……"美根子把一张名片放在桌上。名片背面印有酒吧的位置图，弓子天真好奇地看着。

敬子看田部站起来，便对美根子点点头，离开座位走过去。她和田部站到安静凉快的廊窗前。

"这么大热天特地前来参加，实在不好意思。"

"昭男说今天要去大学做剖检，可能来不了。"田部先提到了昭男。

什么是"剖检"？大概就是"解剖"吧。敬子说："最近，我们一家子都受到昭男大夫的关照。"她微微低头表示感谢。

田部伸了伸宽厚的后背。"弓子好漂亮呀。夫人，把这位小姐配给昭男怎么样？"

田部又不是没看见敬子一身丧服。在俊三的追悼会上，怎么提起亲来?！太不懂规矩了，不像他平时说话办事周全得体的样子。

像是开玩笑，莫不是自己最近对昭男神魂颠倒的心思被他看穿了？敬子心里打鼓，表面若无其事地敷衍着："今天可怪了，有两家找弓子……"

"哦，还有另一家吗？"

"还有一家要她做女儿。"

"拒绝了吗？"

"啊。"敬子远远看着弓子的侧身，"您刚才提的事，是昭男大夫的意思吗？"

此话一出，敬子胸口一阵难受。

田部使劲摇摇头，说道："我刚才一直瞅着，这么漂亮的姑娘，不趁早求您，怕被别人抢走。我也给四五个人介绍过对象，年轻人往往犹豫不决，拿不定主意。我看只要合适，就从旁帮他们撮合一下。"说完，他发出爽朗的笑声。

"您看中弓子了？"

"您觉得昭男怎么样？"

敬子被田部出其不意地反问，心头涌上一股热流。但没等她回答，人们便从室内出来，向她告辞。田部也相机告辞："那再见……请多保重。"说完，他走上天空还很明亮的街头。

清和弓子站在敬子身旁，很自然地向告辞的人们低头致谢。川村也走出来，缩头缩脑地站在敬子身边："夫人，这鸡尾酒会有点儿走过场呀。"

"是没喝够吧？"

"不，不是这个……怎么说呢？不论是气氛还是时间，都让我这样的人觉得不像那么回事。就是说，不严肃。"

"实在对不起。"

"说是岛木先生缅怀会，我对岛木先生的回忆什么也没讲。这不成了闲聊瞎侃的杂谈会?!"

"这么大声，别人听见……"

"没关系。我是来追悼的。即席讲话时故意说点儿俏皮话，这算什么？岛木先生和我是同年出生的吧？"

"他是日俄战争爆发后的第三年生的。"

"明治四十年吧？是同年。真可怜呀。"

"啊。"

"你们直接回家吗？"

"当然。"敬子脸色不悦，觉得被这个老熟人川村耍弄了。

敬子回到会场，向高尾表示感谢。川村还在对清和弓子唠叨。

男人运

从电梯出来后，就剩敬子一行和川村了。

将近六点，夕阳映照在下班的人群和川流不息的马路上。

"夫人，大阪的大丸百货商店很快就要在八重洲口开张。"川村善于把众人皆知的事当作自己探听出来的独家新闻，故作神秘地透露："营业时间到晚上八点，比东京的其他百货商店延长两个小时，用这种方式吸引下班的顾客。这主意太妙了。为了不违反店员八小时工作制的劳动法规定，模仿美国百货商店的做法，采取定时工作制。夫人，现在正招募定时制打工的女孩子呢。"

"我在报上看见广告了。十月中旬开张，九月底定时制店员面试。"弓子接过川村的话茬。

"你说什么？怎么回事？"敬子莫名其妙。

"昨天报上登出来的。"弓子对川村说。

"太太从早上九点到十二点，就是送先生上班以后干三个小时，女孩子，嗯……从下午四点……"

"从五点到八点。"又是弓子明确地回答。

"对，对。放学后三个小时，一百六十日元，和正式职工一样，参加健康保险和事业保险。这种工作对现在的东京夫人和东京小姐恐怕也很有吸引力吧。"

"可是只收二百人，太少了。很难考的。"

"弓子，你怎么了解得这么清楚？"

"昨天看的报纸广告。我觉得挺有意思。"

敬子知道弓子想出去干活，觉得她很可怜。她还有两个学期才能毕业。

田部想把弓子配给昭男的话萦绕在敬子的脑际。可是清怎么办？敬子明显感觉到清爱着弓子。弓子的早熟让她应接不暇。

"连小姐都觉得有意思，可见是大张旗鼓的宣传。"川村继续说，"东京的百货商店迟早也得延长营业时间。"

清截了一辆西姆卡空车。敬子第一个从敞开的大车门钻进去。川村手搭在车门上，依依不舍似的说："夫人，过几天到店里来吧？"

弓子和清上车以后，川村还缠了一句："请多保重……"

清满脸厌恶地转过脑袋，关上车门。敬子和弓子对川村还礼时，忽然发现昭男在他身后不远的地方。

"啊！"两人同时惊叫起来。

昭男看见敬子，立刻停了下来。昭男穿得很整齐。

"您特地来参加缅怀会，很对不起。"敬子的手用力摁着弓子的

229

膝盖，对昭男说。

"我来晚了，对不起。"

"要不也坐进来，把您送到哪里去？"敬子急切地邀请他。司机旁边的位置空着。

"不用了，我走几步……"昭男摁着车门，道了声，"再见。"

西姆卡立刻加入拥挤的车流。敬子觉得扫兴。她默不作声，好让突遇昭男的激动心情平静下来。

看昭男刚才的样子，会介意自己的不周吗？不是的。剖检一结束，他明知来不及，还立即赶来参加缅怀会。是不是不好意思？田部的提亲表面上像是轻松的玩笑，其实莫不是已经征得昭男的同意了？

敬子呆呆地望着快速后退的街道。

清也看着窗外。他想，俊三不同寻常的葬礼总算顺利结束了，前来吊唁的客人谁也没有哀伤沉痛。于是想起 M. 帕尼奥尔的名言："葬礼的气氛极其爽朗快活。所有的人都比死者感到优越。站立的平民比被埋葬的皇帝更具有价值。"

只有弓子觉得俊三还活着，也许他就在家里等着大家回去。要是平时，弓子一定把自己的想法告诉敬子，但看见敬子沉默不语，似乎在思考将来的大事，也就没有开口。

清硬邦邦的腿碰着弓子柔软的膝盖。

弓子无法忍受孤独，忽然两手捂着脸无声地哭泣起来。

敬子和清什么也说不出来。

这天晚上，敬子的被窝照样和弓子并排着，躺在蚊帐里。弓子只聊两三句话就睡着了，均匀平稳地呼吸着。在车里伤心落泪了……敬子把手轻轻放在她的额头上，触碰到她的眼睫毛。

敬子辗转难眠。今天见到那么多人，神经还处在兴奋状态。过去的回忆、对未来的朦胧的不安，在脑海里盘绕萦回。

敬子跟清、朝子的父亲白井是经人介绍认识结婚的。白井为人真诚正直，从不跟人红脸争吵，但待人处世太老实巴交，这一点与敬子性格迥异。如果夫妻能够长期生活下去，这个差异也许会逐渐消失，但敬子还没有完全和丈夫磨合好，白井就被战争夺去了生命。当敬子知道丈夫战死的时候，才发现自己对他爱得发疯。

后来，她跟俊三认识，才尝尽惊心动魄的热恋滋味，如痴如醉、忘乎所以。但是好景不长。不久，敬子与俊三的关系就犹如邻人了。她掉进寂寞的深渊，觉得"自己内心深处有一个永不满足的女人"。

俊三杳无音信以后，敬子才唤醒对他强烈的爱。

敬子一想到两次都是在男人死别之后才发现刻骨铭心的爱情，就觉得自己是个罪孽深重的女人，悔恨交加、自责自咎。

弓子的睡脸天真稚气。她也要成为人妻、通过男人去谋求幸福吗？想到这里，敬子感到一种从亲生女儿身上都未曾体会到的可爱。

"订婚，还早着呢。不管昭男人有多好……"敬子自言自语。

弓子姿色出众，敬子毫无忌妒之心。

明天修整一下蔷薇。……敬子想到蔷薇，打算入睡。

秋天的蔷薇比春天的蔷薇香艳旖旎、婀娜多姿。敬子春末种下德国品种的深红蔷薇，打算让它秋天开花。可是后来一直没有照管。

明天她准备把疯长的枝条剪掉，再上点儿花肥。

可是，敬子想着蔷薇的时候，一种杂念固执地悄悄爬上心头。

从五月底到六月初，俊三只要一看见敬子摆弄蔷薇，就怒气冲冲。他好像觉得敬子侍弄花草是为了排遣对自己的不满情绪。

一想起俊三那时的眼神，敬子竟觉得对蔷薇于心不安。

我这个女人怎么会这样？敬子的朋友中，有的孩子多、生活艰辛，但仍然乐观向上，身心健康。敬子就做不到。

敬子爬起来，吃了一片俊三剩下的安眠药。

她见过田部家篱笆上的蔷薇。雪白无垢的蔷薇花如同佩戴在新娘子胸前一样纯洁美丽。这是梦。敬子梦见过的美丽。

敬子曾经想要田部家的爬蔓蔷薇。

梦中，敬子提着纸糊的鸟笼，笼里有一只黄莺。她登上田部家白色的台阶。

昭男迎出来，手里提着精致的竹鸟笼，说："把黄莺移到这边来。"

纸鸟笼和竹鸟笼的笼口对在一起，打开笼口，黄莺却逃走了。

黄莺被追赶得夹在玻璃门的门闩处，扑棱着翅膀挣扎。敬子紧紧捉住。黄莺的小脑袋挣扎着，嘴从敬子的指缝间向外挤。黄莺一死，敬子感到惊慌害怕。

"怎么啦！"昭男想叫，却叫不出声来。

从噩梦中醒来，敬子只觉得喉咙干渴冒烟。

恐惧的心情刚刚平静下来，敬子手中还残留着小鸟挣扎的感觉，像是噩梦的继续。

房间的亮光刺激着敬子，她惊吓得爬起来，走到盥洗室，手捧自来水喝。

手抓着黄莺时的痛苦难受还没消失。似梦非梦。

应该放它走……可是，终于没有放走它，于是惊恐失色。

雨点稀稀落落地打在屋檐上，凉秋顿时取代了昨日的炎热。

朝子走到敬子身旁洗脸，嘟囔道："要去旅行，必须准备行装。"

"旅行？去哪儿？"

"名古屋和大阪。必须一个比手提箱大一点儿的皮箱。"朝子最近粉面朱唇、丰容生辉，跟以前判若两人。她洗完脸，抹上橄榄油，更显得白里透粉、柔嫩腴润。

敬子想，也要找个合适的时间跟朝子的未婚夫小山好好谈一谈。小山到家里来找朝子，给人的印象也如朝子般的冷漠。这两个人结合在一起是好事还是坏事，敬子无法判断。

朝子只喜欢把房间收拾得干干净净、井井有条，可是连厨房的煤气都不摸，能和小山这样的人过到一起去吗？

女儿要出嫁了，敬子忽然觉得空虚寂寞。朝子对做母亲的这种心情毫不理解。

"我和你一起去买。我要去银座办点儿事。"敬子说。

早饭后，敬子偶然拽出些布头杂物，做起好久没做的女红。常在外面跑，没有时间和耐性缝缀编织，总是托给别人。

敬子把准备送去成衣铺的布料整理好以后，披着弓子带兜帽的雨衣到细雨霏霏的院子里。

四季常开的蔷薇已鼓出饱满的蓓蕾。握着剪子的手指觉得冰凉，敬子接连打了几个喷嚏。

"妈妈，你不出去啊？"朝子在走廊上喊着，少有地笑脸绽开。

除了皮箱之外，大概还得索要其他的东西。要嫁出去的姑娘，这也是可以理解的。

敬子从院子进了浴室，一边泡在热水里一边用指甲刷细心地修饰指甲。梳头和化妆，差不多要一个小时。

"穿和服还是洋装？"朝子进来催促。

"下雨，穿洋装吧。"

"好，穿洋装快。穿哪一件？"

"什么穿哪一件？哪有几件可挑的？"

"咖喱色连衣裙怎么样？"

"可以。"敬子穿着衬衣衬裙，走到朝子身后。

"这儿长了一根白头发。"朝子伸手把敬子的白发拔下来，冰凉的手指尖碰着脖颈。

"朝子你就买手提箱吧？"敬子说。

"嗯，手提箱……还有，想让妈妈看看领带。"

"领带？"

"对。"

"谁的？送给小山的？"

"对。"

朝子的三千日元手术费是小山掏的。虽说理所当然，但小山日子紧巴巴的，手头拮据，即使去旅行也不会添什么东西。朝子心里明白，所以就想送他一条领带。而且，送他东西对没有当上母亲的朝子也是一种安慰。一看到小山系着新领带，她就会确确实实地想起"我怀过他的孩子"。

"要是送给小山，你自己挑好了。"

"我想让妈妈挑。"

敬子还不了解小山的人品。但朝子这么说倒像个做女儿的样子，敬子心里也感到轻松温暖。以前朝子不论什么事都不让敬子过问，敬子只能暗中揣测女儿的心事。作为母亲，这是一种悲哀。朝子在外头的所作所为她一无所知，有一种神秘感。

朝子的一切言行似乎都在表示自己的命运由自己来掌握。敬子又气又恼，同时作为母亲，一直惴惴不安。

但是，敬子没有想到朝子用心良苦：领带是个小东西，算不了什么，就让母亲挑。一旦真到了关键时刻，还要借助母亲的一臂之力。

难道朝子对恋爱也怯弱踌躇了吗？对把握幸福也失去信心了？

朝子已经到门口等着敬子。

敬子往医院给昭男打电话。昨天傍晚那样匆匆一别，她想表示歉意，其实是情不自禁地想听昭男的声音。

"身体好吗？"敬子似乎迫不及待地想听到他满含亲切的温柔的男中音。她粉腮光艳。但是，昭男没来上班。

"妈妈，快点儿呀。"

"现在不办，出门就忘了。"

"忘了以后办还来得及吧。我给您记着。"

母女又开始拌嘴。这时，弓子笑嘻嘻地过来送她们出门。敬子觉得弓子笑得勉强而做作，心里不好受。

“我很快就回来。”敬子说完，随手把门关上。

下雨天电车不开窗，车内的空气闷热难闻。五六个二道贩妇女背着大行李包挤在车上，从她们的领口和行李包散发出臭烘烘的味道。朝子毫不掩饰地露出厌恶的表情。

“小山的双亲健在吗？”敬子问。

“不在了。他跟哥哥住在一起，哥哥是画油画的。”

“你见过他吗？”

“嗯，见过好几次。”

“他也知道你们俩要结婚吧？”

“嗯……我也说不好。”朝子沉着冷静。

从新桥站坐地铁直达百货商店一楼。食品的味道和鲜花的香味混杂在一起，唐菖蒲沿着方格花纹瓷砖墙摆着。等电梯的时候，敬子看着鲜花，不由得担心昭男是不是病了。这么一想心里着急，不能久等，便对朝子说：“咱们走着上去吧。”

朝子看中一个手提箱，拉链式对开型，柠檬黄。虽是尼龙制品，看上去却像高级皮革。

“便宜。”朝子在敬子耳边低声说。

什么便宜?! 一千六百日元。敬子简直不敢相信自己的眼睛。

朝子很满意，包装之前提在手里掂一掂，说：“黑色的也不错。”

在进口货和高级饰品专柜给小山挑选领带的时候，敬子也想给昭男买一条，说道：“打针一直没收钱……”

“医院的药，又不花他的钱。”

“那也不合适……”

“好吧，给他送点儿礼。”朝子也点头同意，但又说，“就一条领带，太单薄了吧？”她并没有了解母亲真正的用意。

将几条领带摆在手提箱上挑选，敬子觉得蓝地带淡青与胭脂色碎花纹的那一条适合干净整洁的昭男。

朝子拿起一条在浓淡茶色大斜纹间带有红线的俏丽领带，立刻决定下来，早把让敬子帮着挑选的话忘得干干净净。

敬子觉得奇怪："你不是让我帮着看吗？"

"你不是看见了吗？你买领带也没跟我商量呀。"

两条领带都是七百五十日元。

"有英国造的，要不从中挑一条便宜一点儿的。"敬子有些犹豫。

"这颜色款式都很雅。"

"好的要两千日元呢。"

因为包装纸一样，两人怕弄混了，就各拿各的领带。敬子觉得自己年轻了许多。

下午四点。她们出了百货商店，走进一家叫"梦幻"的茶馆。店内宽敞明亮，挂着藤田嗣治的画。朝子似乎经常光顾这儿，还和柜台的姑娘聊了几句。

朝子一边用叉子叉着柠檬馅饼，一边说："妈妈，旅费他出，可你也得给我点儿零花钱呀。"

"要多少？"

"没有三千日元打不住。"

"什么时候去？"

"十号。"

"我想想办法。"每一次都是这样。

敬子打算回去的时候顺便去一趟草野珠宝店，听昨天川村说话的口气，好像有什么买卖活儿。敬子把走私表卖给川村介绍的卡巴莱酒吧的女人，但还有不少钱没收回。

"既然到这儿来了……"敬子准备去草野店，问道，"朝子，你呢？"

朝子正拿着化妆盒照镜子。她肌肤光滑、眼睛明亮、嘴唇红润，先前的颓废一扫而光："我六点去听音乐会，六点以前可以陪着你。"

"那就算了。你再陪我就得倾家荡产。"敬子笑着站起来，做出逃跑的样子，"早点儿回来，自己多保重。"

看来朝子是和小山一起去听音乐会。

敬子不愿和朝子到银座散步，当然是怕又要被她纠缠着买这买那。其实，不如说是跟要嫁给别人的女儿一起，心里感到凄凉。

做母亲的知道朝子已经发生巨大的变化。这是在敬子不知不觉的时间和地点发生的，是绝对无法挽回的变化。敬子对朝子和小山的结婚不是同意与否，而是成了承认现状的形式。

"把它寄存在车站。"朝子把手提箱提起来看了一眼，然后头也不回地走了。

敬子茫茫然走到草野珠宝店。川村正在接待一位女顾客。敬子转悠着看陈列柜。

朝子是四月生的，生日石是钻石，零点五克拉就要二三十万日元，买不起。

"要不买这光泽漂亮的白锆石呢……"敬子端详着柜子里玲珑可爱的宝石，想象手捧配着铂金戒托的戒指参加朝子婚礼的情景。

川村送走客人后来到敬子身旁。

"昨天……昨天晚上……"他低声说，"我和那个年轻的大夫一起喝了几杯。"

敬子吃了一惊。

"我们俩都觉得就那样被甩在那儿，不打个招呼各走各的不合适，于是交换名片，自我介绍。后来就怪我了，没个大人样儿，晕头晕脑地跟着到他哥哥的中餐馆，他请了我一顿。"

"啊，你真够可以的。"

川村缩了缩脖子，表情十分羞惭。

昨天晚上，川村几杯酒下肚，就满嘴跑火车，把自己在敬子家当小伙计时看到的敬子小时候的事统统倒出来。

"那个大夫是个好小伙子，还没结婚。朝子怎么样？"

"你是不是又胡说八道了？"

川村见敬子正颜厉色，连忙使劲摇头，摇得脸颊的肉都颤动：
"没有没有，我只是随口对您说。"

"朝子自己找到对象了。"敬子明确告诉他，"好像最近就要结婚，
你也得表示一点心意吧。我看这个钻石戒指就可以，还过得去。"

"什么？找到这么好的对象了?! 不送钻戒，别的礼品就拿不出
手。对方是看上朝子的爱美劲儿了吧？"

敬子不想让川村唠唠叨叨地刨根问底，及时转变话题："你让我
来，是不是有什么活儿？"

"有，有。"川村走进里屋。

敬子惦念着昭男是不是喝醉了没去上班，又想知道川村趁着酒
劲儿对昭男还说了些什么。

昨天田部说把弓子许配给昭男，今天川村说把朝子许配给昭男。
敬子两次心里都憋得难受。

"让您久等了。"川村走出来，手里拿着精美别致的铂金锁、带
有装饰坠子的项链、紫水晶、猫眼石和外国的男性饰物。

"有一个客人要求把这个项链改成戒指。我看项链做工精细，觉得
毁了可惜，就建议客人要是有买主，把项链卖了，再买一枚新戒指。"

项链坠子盖上精雕细刻着一只白天鹅，嘴里衔着一颗小钻石。
背盖上刻着的 S 和 K 两个姓名首字母交叉在一起。

"要是毁了，光钻石和铂金也值两万日元。摆在店里，标价七万
日元也不算贵。"川村说。

S 和 K 也分别是白井朝子和小山的姓名首字母。

朝子的婚服大概是雪白的婚纱，这只白天鹅和佩戴在胸前的鲜
花配在一起，显得栩栩如生，惹人怜爱。

敬子把项链放在手掌上仔细端详："这条项链有什么故事吗？"

珠宝经常伴随着各种故事。有的上乘钻戒被主人不慎丢失，后

来数易其主，最后流落在珠宝商手里。

"一个母亲要把自己的项链改成戒指，送给女儿做结婚礼物。不过，这颗钻石做戒面小了点儿。这条项链是战前老店制作的，所以这次也完全委托给我们。"

"先放在我这儿怎么样？急吗？"

"说好戒指十一月交货，所以最好快一点儿。不过，也可以先做戒指。怎么样？心里有谱吗？"

"不是一点儿没有。"

"姓名首字母不太好办吧？"

"非常凑巧。"敬子无法抑制送给朝子的强烈欲望，把项链和瑞士表、准备设计款式的宝石一起放进手提包里。现在她需要能自由花销的现金。

店老板草野出来，把一个牛皮纸信封交给敬子："这是上个月设计戒指款式的报酬，不多……"

不在于多少，工作得到报酬，敬子立刻精神振奋、充满活力。她临出门时，摘下收款机旁边的话筒，不由自主地往田部家拨电话。拨到一半时，"啊"地大叫一声，赶紧改拨自己家的电话。

川村站在一旁，准备送她出门。敬子做贼心虚似的心口怦怦直跳。

"是弓子吗？"

"啊，妈妈，你在哪儿？"

"在店里。"

"就你一个人吗？"

"是呀，朝子去别的地方了。"

"妈妈，有什么事吗？"

"惦念你一个人在家……"

"你快点儿回来，想和你一起吃晚饭。"

敬子明白弓子虽然觉得冷清，但恐怕更害怕和清两个人吃晚饭。

可是，敬子看见街角的香烟铺里有公用电话，又禁不住心猿意马。

大街上没有秘密。敬子牵强附会地自我开脱。她经常看见年轻的男男女女用这种红色公用电话机相约幽会，一瞧那表情就知道。

"喂。"听声音就知道是昭男。敬子扑哧一笑："今天没去上班吗？"她没报姓名，昭男也立刻明白对方是敬子。

"是从家里打来的吗？"

"不，在银座。现在想去打扰一会儿，行吗？"

"请，请。"昭男高兴地说："我等着您。"

敬子刚才自咎自责的犹豫烟消云散，浑身轻快。昭男温暖亲切的声音留在心头。她到风月堂给田部的孩子买了蛋糕，顺便也给弓子买了一小盒。

昨天晚上，田部带着妻儿坐火车回老家去了。昭男请了一个星期的假，一边看家一边整理研究笔记，准备学位论文。他研究肝脏血管的走向问题。为了观察血管走向，最近一直解剖死于交通事故的人的尸体。

昨天的天气热得不正常，今天冷雨潇潇也不正常。昭男赶紧把电热器放进三个鱼缸里，发出催人欲眠的声音。由于水温的骤然变化，丝足鱼只剩下五条。搬到医院去的会不会统统死了？

他忽然想喝一杯咖啡的时候，接到了敬子的电话，便准备好咖啡等着敬子。

敬子坐出租车来的。又下雨，又得赶回去……她自我解释。

田部家的蔷薇没有敬子梦见的那样繁花似锦。雨水濡湿的草坪显得冷清荒凉。

敬子还没摁门铃，门就开了。昭男站在眼前："我知道车停下来了。"

敬子点点头，没有说话。

"请进。谁也不在，到我的房间没关系吧？"

"啊。"她走进昭男的房间，说，"像清的房间。"

"是吗？就是我睡觉的那间吗？"昭男环顾一遍自己的房间。

"不，我只是有这种感觉而已。"

"也可能像。"

窗边放一张大桌子，靠墙摆着一张长沙发，好像是沙发床，晚上拉开来睡觉。书架上大多是医学书籍和英文书。房间正当中的圆桌上摆着砂糖罐、牛奶罐和两个咖啡杯。

敬子看到这两个咖啡杯，忽然感到羞愧。这种心情连自己都觉得惊讶。

昭男走出去，敬子怕看这两个杯子似的站起来，漫不经心地看着鱼缸里的热带鱼。虽然是第一次走进这房间，第一次遇到这场面，却好像早已经历过。

敬子昨夜的梦发生在铺着榻榻米的日式房间。醒来以后，觉得似有所悟，黄莺也有所象征。但现在来到这儿一看，才发现那是荒唐无稽的梦。她决定不谈昨天的梦。

昭男拿着咖啡壶进来。敬子把领带和蛋糕叠放在一起送给他。

"送给我什么呀？"

"您打开瞧瞧。不知道您满意不满意？下面是蛋糕，给小孩子买的。"

昭男打开领带包装纸的时候，敬子心神不定地倒着咖啡。

"真好。谢谢。"昭男双手把领带打开端详了一会儿，然后放在领口前比试着，"怎么样？"

"感觉清爽。我很喜欢。"敬子看着他胸前的领带。昭男看着敬子的眼睛。

"不过，这可是便宜货。"敬子补充一句。

比起在电话里交谈，两个人都很腼腆。本来想放松一下，结果反而拘谨，目光和声音呆呆板板，谁也放不开。

"咱们把小孩子的礼物吃了，行吗？"昭男笑着拿起蛋糕盒。

"行呀，我来切。"

"白天变短了。"敬子望着窗外。她心里激动兴奋，眼睛看不清周围的景物，"好像已经傍晚了。"

"下雨天，天黑。"

这一带虽然是宁静的高级住宅区，但也能听见远处电车的喇叭声。这声音也给人冷雨淋漓之日、黄昏薄暮之时、初秋寂寞之季的感觉。

轻寒袭人，敬子想用手炉暖身。

"我以为您穿和服来，没猜对。"昭男说。敬子明白了刚才他以怎样的心情等着自己。

"因为下雨……"

是不是昭男喜欢敬子穿和服？要是穿和服就好了。

"我第一次到您家里来的时候也是穿洋装。"

"是呀……"

"不记得了吧？男人……"

"我是在画猫的写生吧？"

"可不是吗？连头也不回一下。"

"是五月吗？"

"五月初。您家的爬蔓蔷薇结着花蕾，还没开花。街上挂着鲤鱼旗。"

"那个时候，夫人跟哥哥好像是奇遇，跟我也是奇遇。"

"真是……"

"我第一次见您的时候，您穿的是和服。"

"啊？"敬子注视着昭男，"您说的第一次，是我带弓子去医院做盲肠手术的时候吧？"

"对。"

"那是前年五月。"

昭男的意思是说他记得那一天敬子穿了和服吧？一个协助执刀医生做手术的助理医生，怎么会注意病人母亲的服装呢？

"一听说是盲肠炎，就慌慌张张地出门，没来得及换衣服。"敬子记不起来那一天穿的是哪件和服了。

昭男拿起蛋糕，喝第二杯咖啡。

"这么个雨天，要是田部先生他们早点儿回来就好了……"

"去福岛了，昨晚走的。"

"福岛？那今晚也不回来了？"

"嗯。我和哥哥不是同一个母亲生的，我的母亲住在福岛。哥哥答应带进一去见她，昨晚走的。"

看敬子疑惑不解的样子，昭男继续说："母亲后来再婚了。使劲劝母亲再婚的是哥哥。哥哥的生母死得早，我的母亲是后妻，父亲战死以后，哥哥让她搬出去、让她再婚。当时我和母亲都恨透了哥哥，非常难过。可是现在，我的母亲虽然过得平平常常，但很幸福，跟哥哥也来往。这不，哥哥带着儿子去看望他们老两口了。

"我的调研告一段落后，也打算去看望母亲，把哥哥他们接回来。母亲在福岛又生了孩子，她现在的丈夫人也很好，对我和哥哥都很客气宽厚。"

"真感人。"敬子低着头，略有所思地说，"不过，这也是因为你们哥俩工作顺利、长大成人了。"

"哥哥吃过苦，他在战场上还劝母亲再婚，而且下决心抚养我。虽然我的母亲是哥哥的后妈，但从不偏心，待他很好。哥哥感谢我的母亲，想让她重新获得幸福，才那样坦率地劝她再婚。他对我又当爹又当娘，非常负责，把我拉扯大。现在我对哥哥还十分任性，甚至还想拍拍屁股离开这个家。我也觉得母亲再婚做对了，但我好像失去了母亲，有时又很寂寞。"

敬子点点头，一面感受昭男亲切的慰藉，一面也把自己亲切的心情传递过去。这大概是由于昭男的寂寞传染给了她的缘故吧。

"我和哥哥谈起过您，我说我感受到您温暖亲切的慰藉。"

"啊。"

"哥哥同意我的说法。哥哥做黑市买卖的时候是他最苦的日子。您有两次流着眼泪为哥哥的幸福感到高兴，所以他很感激您。"

"有这回事吗？"

"第一次是哥哥的孩子出生时候，第二次是您第一回来这个家里的时候。"

"哦，是吗？"敬子也想象得出来，"田部先生事业成功，能对患难与共的夫人关怀备至。我心里高兴，想起往事……"

"您是对他没把擦皮鞋的姑娘扔掉感到放心吧？"昭男快活地笑起来。

"跑黑道的不知道会干出什么事来。"敬子也微笑着说。

"带自己的孩子去看已经嫁人的后妈，从这一点来看，哥哥很讲情义，很懂规矩。他也很挂念您。您有什么事尽管开口，我想他会出力帮忙的。"

敬子没想到昭男会谈田部和他自己的身世。

"听说昨天晚上您请川村吃饭了？"

"他是从头到尾谈您的事，从小时候谈起，滔滔不绝啊。"

"真讨厌。"

"像一部传记。"

"哪里。可怜的传记吧？"敬子满脸通红。

"那个川村先生从小就崇拜您，人不可貌相，他还挺浪漫的，让我吃惊。"

"是吗……"

昭男像重新审视被一个男人崇拜的女性一样注视着敬子："哥哥真的……"他欲言又止。

"真的怎么样？"

"请原谅，您别在意。他说白井夫人的男人运不好、命苦。"

敬子听到"男人运"这三个字，心里像被针扎一样。有这个词吗？如果有这个词，世上就一定有这样的人。

敬子昨天也觉得自己夫命不好。但是比起男人运不好来，她似乎更后悔自己时乖命塞。当敬子知道昭男和田部在背后议论自己"男人运不好"时，眼前一片黑暗，仿佛失去支持，昏昏沉坠下去。

她转移了话题："女佣呢？"

"没有。嫂子觉得雇女佣费神，还不如自己动手。"

"相比之下，我们太铺张了。现在岛木不在，又有两个女儿在家，还没把女佣辞掉。"

"家里有事忙不过来的时候，也临时雇人。不过我愿意一个人待着。"

"不方便吧？也是自己做饭吗？"

"这倒没什么，早上面包、咖啡就行。中饭晚饭要不到附近吃，要不自己弄点儿。只是一个人的时候，没想到杂事还不少。又要接电话，又要对付来推销商品的，又要接待来收钱的，成了哥哥的办事员，根本无法踏踏实实地坐一会儿。"

敬子笑了。

"明天起临时雇人料理家务。"昭男看着雨中院子的暮色，"您吃点儿什么吗？我什么都会做。"

敬子听了这句话，反而拿起尼龙手套。

"要回去吗？"

"我跟弓子说好了，回家吃饭……"

敬子慢慢站起来，心里似乎被一种悲哀压抑得难受。

昭男走到她身旁。敬子抬起眼睛，发现昭男的脸紧挨着她。她想躲开，身体忽然一个踉跄。

昭男伸出双臂，抱着敬子的后背，从正面吻着她。

"啊！"敬子发不出声来，身体一下子瘫软下去。她闻到昭男的嘴唇甘芳温柔、青春馥郁的气息。

一个热乎乎的东西滑进敬子的嘴唇之间。敬子没有拒绝。她感受到昭男微微颤抖的身体的火热。

敬子被抱着放在长沙发上，她搂着昭男的头闭上眼睛，掺杂着一种母亲般的甜蜜静谧的喜悦。

电灯打开以后，昭男走出房间。

"连袜子都没脱……"敬子羞耻难忍，觉得像街头的浪女。但她无怨无悔。

昭男给敬子拿来手镜和梳子。敬子看着镜中昭男的眼睛，有一种戏谑的感觉，掩饰着甜美的羞惭。

秋　虹

敬子回去的时候已经很晚了，夜雨化作茫茫浓雾。但是从第二天开始，又接连是九月秋老虎的炎热。

清和弓子的学校都是中旬开学，暑假还剩一个星期。

敬子经常外出，弓子以为她忙于工作。敬子的生活像伴随着明朗轻快的音乐旋律，生气勃勃、精力充沛。

弓子吃早饭的时候，看着敬子如一阵清爽活跃的晨风吹进来。她一边从烤面包器上拿出吐司一边说："妈妈像用仙水洗过一样，变得年轻漂亮了。"她用纯真的赞美的眼光看着敬子，毫无揶揄之意。

"谢谢。但看着再年轻，妈妈可是年过四十的人了。"那声音充满活力，她往吐司上抹黄油的动作也利落爽净。

清嘴上不说，心里却想起在车站开小卖店时泼辣干练的敬子来。

敬子的勃发生机也给年轻人带来了明朗的气氛。朝子的冷嘲热讽、清的胡搅蛮缠一时都收敛起来。

"妈妈，你眼睛怎么啦？"清问。

"什么怎么啦？"

"好像点了眼药水一样闪闪发光。"

"到秋天就这个样。"

敬子像淘气不好好吃饭的姑娘一样把吐司撕开。这时电话铃响了，她麻利地站起来。

电话是弓子的同学打来的。敬子失望沮丧，却若无其事地叫弓子。

弓子在电话里极力推辞什么事，最后把话筒放在一旁，走到敬子身旁商量："同学们说开学以前去奥多摩野营，叫我一起去。你说呢？"

"你想去就去吧。几个人？都是什么样的朋友？全是女生吗？"

"美术老师带队，四个人，都是女同学。说这时候比较安静，可以住在平房里。"

"不是搭帐篷吗？"敬子看了一眼清，"弓子，你去好了。整个夏天哪里也没去。去吧，心情放松一下。"

"说是在那儿完成假期作业。"

"不行，不行。"清摇头，"女孩子们挤在平房里能读书吗？！叽叽喳喳地疯闹一通。聊的都是不着边际的事，还是不去的好。"他对此表现出了明显的厌恶。

本来犹豫不决的弓子被清这么一反对，立刻决定参加。她跟清对着干其实是一种亲热的表现，但清不懂姑娘的心理。

弓子回到电话机旁："对不起，让你久等了。我去。要准备什么？"

清板着脸走出去。

"嗯、嗯，还有呢……嗯，嗯。"弓子用柔和的鼻音回答，没完没了地聊着。

"稍等一下，我不记下来就忘了。"

弓子拿着纸和铅笔又回到电话旁。敬子看着她的后背，无奈地闭上眼睛："弓子。"

弓子和昭男的这门亲事已经无从谈起。敬子瞒着弓子把昭男抢走了。敬子如同吞咽一团烈焰般痛苦。但现在她一心为昭男着迷。

朝子去外地演出、弓子去露营、清上学，她可以无所顾忌地和昭男幽会。

敬子无法抑制这种冲动。她明白这种关系不会长久。自己比昭男大十几岁，什么时候成了人家的累赘，就痛痛快快地分手。她觉得不能给他的人生留下污迹。这是敬子人生唯一一次，也是最后的恋爱冒险。一方面神魂颠倒、情肠炽烈；另一方面岑寂无奈、清醒冷静。

弓子第二天下午三点在新宿站与同学会合，敬子主动帮她收拾行李。

"水壶、饭盒、大米、酱油、砂糖、四根黄瓜……为什么要四根？"敬子笑着说，"大马哈鱼罐头两罐、点心、水果、洗漱用具、睡衣、罩衣、毛背心、火柴……"敬子就像一起去郊游的年轻姑娘一样心情激动，"弓子，你把露营的地点写下来，有事好联系。"

"说是有电话，乙津的四号。"

"哦？"

"好像是都下西多摩郡乙津。"

"噢，往返电车费和公共汽车费一共二百五十日元吧？不会太远。平房住宿费是六百日元。"

敬子想让弓子从夏天开始由于俊三的事情积累的忧郁愁闷稍稍缓解一些。

弓子说，从新宿乘中央线到立川，转乘公共汽车，到什么地方再转一次公共汽车，在秋川溪谷有平房可以住宿。

敬子要送她到新宿站，但弓子不答应。

弓子准备就绪以后，敬子仍然坐在梳妆镜前不急不忙地化妆。

"妈妈，该走了，不然来不及了。"

"知道。"

"别再摆弄了，看又弄回去了……"

"妈妈想回到二十岁那时候，哪怕一天也好……"

"二十岁？"弓子大声嚷起来，"再不走，同学们就把我扔下了。"

"坐出租车去，我的小姐。"敬子声出人到，整个人容光焕发。弓子为她惊倒，觉得自己比不上敬子。

弓子一行从立川乘公共汽车到武藏五日市，再转乘公共汽车到十里木下车。

恬静悠闲的农村小街，也有酒馆，左边的草原上孤零零地矗立着公共澡堂的烟囱。落日余晖里，空气澄爽新鲜，荡漾着草木的清香。弓子把父亲和家庭抛到九霄云外，以真正开朗的少女心情和同学们欢笑喧闹。

"可不是嘛，我也是第一次来。"教美术的大西老师也回到了少女时代，活泼欢快。

过了石桥，穿过茄子地和西红柿地中间的道路，又来到一条河的岸边，水量很大，但清澄干净。过了桥，开始上坡，从丛灌木里盛开着瞿麦花、紫阳花。

"这叫马头刈山。"七里英子告诉大家。

他们走了约莫二十分钟，到达平房所在的杂木林。平房的四周是草坪，草坪上有石砌的炉灶、石桌和圆木椅子。

大家把行李卸在平房后，跟着英子去看守人的小屋取劈柴。一切都很新鲜有趣。看守人开了一家小卖店，货架上摆着啤酒、汽水、橘汁、梨、苹果、奶糖、蜡烛、蚊香等。弓子心想，其实用不着特地把那么重的东西大老远背来。电话就在小卖店里。

看守人和大家一起把卧具搬到平房去。

他们生火做饭，饭盒吊在炉火上。一会儿，米饭香气扑鼻而来。

太阳落山后，从树林间可以望见闪烁的星星。姑娘们津津有味地吃着晚饭，柴火映红了她们的脸颊。

大家抽签决定睡同一个房间的伙伴。

"这样独门独户的房子，要是能一个人在这儿生活多有意思呀。"弓子感叹地说。

"真的，我也常常想离家出走。"说这话的是朋友们最羡慕的有钱人家的独生女。女同学们似乎都梦想她那样的幸福生活。

"你们这个年龄，大概正是模仿大人行为的时候。"大西老师说。她今年四十二岁，还是未婚。

"你们这么想，就是因为生活太幸福了。"

少女们沉默不语，似乎是对大西老师这句话表示反抗。

至少，现在的弓子还不能说太幸福。她的脑海里掠过清紧逼不舍的目光和送到新宿站的敬子那令人惊艳的年轻容貌。她思忖：我想离家出走的心情和别人不一样。

抽签的结果，弓子和英子睡在同一间平房。这是两叠大的房间，门口是土间，窗户很高。

她们把手电筒放在枕边。英子看着蜡烛说："咱们聊到这根蜡烛烧完再睡觉。"

蜡烛差不多还剩下一半。

远处的唱片乐曲声停止以后，便是能把整个屋顶掀起来的虫鸣声。

"真烦人！"

"叫得太厉害，可就失去优雅了。"英子戏谑地斥责虫声。

"英子，你以前是什么时候来的？"

"今年夏天和哥哥他们一起来的。来了一看，觉得找几个朋友来一定有意思。夏天人多，什么人都有，有好事也有坏事。小卖店前面的树林子里有小屋子，供夏季学校的小学生住，还有平房供情侣住。那女的一出来，大家就起哄，真让人同情。洗澡堂是公用的，非常不方便。"

"树林子里有几间这样的平房？"

"好像四间一组。夏天夜里，这儿一堆火，那儿一堆火。晚饭以后，就在草坪上尽情跳舞。"

"是吗？"

"男同学说是来读书的，女同伴不是少嘛，他们就三五成群地怪叫乱喊，真可笑。"

"要是有恋人，一起来挺有意思的。"弓子说。

"我可不。我才不和恋人到这儿来呢。"

"为什么？"

"我非常讨厌做饭。你瞧瞧，只要到这儿来，全是女的做饭。"英子的理由出乎弓子的意料："还是像王子和公主那样，吃现成的，自己舒舒服服地游玩，这才叫痛快。"英子在毛毯里面乐了起来。

蜡烛格外明亮，一会儿就熄灭了，但两人毫无睡意。

夜风鸣窗，一派山间寒秋的气氛。

"大西老师为什么不结婚？"弓子嘟囔说。

"说不定谈过恋爱才不结婚。"英子说。

"谈过恋爱才不结婚？嗯，也有这样的。"弓子自问自答地说，"她不觉得寂寞吗？"

天主教的学校里，单身的修女并不稀奇。大西老师没受过洗礼，却不结婚，自由自在，恐怕有让女学生们好奇猜测的难言苦衷。

"当然寂寞，所以才跟我们到这地方来。"英子说。

"刚才她唱歌了。"

"跟我们在一起嘛。是唱爵士乐，对吧？"

"看看大西老师，我觉得单身也不坏。"

"哎哟，弓子你也这么想？我赞成，可是……"

"老师自由自在无拘无束，电影、音乐会、戏剧，可以尽情享受人生的乐趣。"弓子说。

"你觉得那就是自由吗？"英子反问弓子，接着自问自答地说，"也是。比起我的 mother 来，老师要轻松得多。我的 mother……"英子犹豫了一下，或者说不知道如何谈起，"她说自己极不愿意向爸爸要钱，连我们的费用都是写在纸头上悄悄塞进爸爸的口袋里。"

"口袋里？要是你爸爸在外头把这纸头从口袋里掏出来，不觉得厌烦吗？"

"爸爸也习以为常了吧。再说要是那么斤斤计较，两口子一辈子还怎么过？"

弓子觉得父亲和敬子之间也有类似之处，但只是类似而已，其实大相径庭。第一，两人没结婚；第二，敬子最近没从俊三那里拿钱；第三，俊三可能自杀了。

这种事还是不说为妙。弓子将手掌轻轻按在胸上。

英子的家是久负盛名的一流男服裁缝老店，亲戚很多。英子比弓子更早熟，身材也很高大。她的思维方式和言谈举止跟凡事没有主见、随着别人的弓子形成鲜明的对照。

"我想一个人过日子，打算和既不喜欢也不讨厌的人结婚。"英子的口气好像已经决定下来似的。

"既不喜欢也不讨厌？……"弓子重复英子的话。

"你想想看，双方都不被爱情束缚，不是很轻松自由吗？"

"不过，那没意思。"

"看来你还不知道爱情的痛苦和可怕。不过，我也不知道。"

两人谈兴甚浓，毫无倦意，越谈越想谈，越谈越兴奋，但她们的脑子开始迟钝，话就像纺车一样接连不断地往外倒。

"我家里有哥哥、姐姐，还有店里的人，一大堆，乱哄哄的。再加上哥哥姐姐的朋友，一天到晚进进出出，玩得痛快了，晚上随便就住在家里。我的 mother 以前根本不把我放在眼里，住的人多了，房间不够，就占用我的房间。有一次，哥哥和他的一个哥们就住在我的房间里。"

弓子心情激动地听着英子的故事。

"就像今天晚上这样，这两个哥们聊得可火热了，不过净是些鸡零狗碎的破事。我装作睡觉，其实根本没睡着。早晨我醒过来的时候，哥哥已经走了，他的朋友坐在一旁呆呆地看着我。弄得我特别不好意思，就问他看什么。他忽然吻了我一下。那天一整天在学校里我都觉得恶心，胸口难受。"

弓子想起清对自己的行为，颤抖着声音问："那是你多大时候的事？"

"还是小孩子，才十四岁，可能十五岁吧。"

弓子使劲抑制心头的激动，怕英子听见她急促的呼吸声。

"两三年以后，哥哥告诉我，那个人说他喜欢我。我忽然觉得他很可恨。趁着我年纪小不懂得拒绝，占我便宜。现在还怀恨在心呢……"

"他后来呢？"

"听说最近有了恋人。我现在轻松了，无论在哪儿见到他都无所谓。"

弓子想把清的事告诉朋友，但她不能像英子那样视为不足挂齿的区区小事，满不在乎。弓子翻过身，看到英子的肩膀透着微亮。曙光已从高高的窗户悄悄爬进来。

"你说香烟好抽吗？"

"不知道。"

"没想过试一试吗？"

"没有。"

英子也转过身，两人在微光中对视着，天真调皮地笑起来。彻夜未眠，脸色显得有几分苍白。

"睡吧，天都亮了。"

两个人不知道睡了多长时间，被住在别的平房的朋友叫醒了。

平房前面的炉灶里，柴火烧得正旺。

说她们"大睡虫"的朋友的脸上也挂着睡眠不足的痕迹。

大西老师皮肤粗糙发皱，正用手背捂着嘴唇打哈欠。

"大家都没睡好吧？"大西老师问。

"老师睡好了吗？"

"跟俊子聊到三点才睡。"

"老师讲的故事太可怕，吓得我睡不着。"

"是鬼怪的故事吗？"

"怎么说呢……是有一个医生研究让人体某部分器官变活的故事……"俊子开始复述，"一个医生把给患者手术切下来的一段肠子放在细胞培养液里进行研究。实验获得成功，肠子在烧瓶里变活了。医生看着活肠子，觉得特可爱，叫它'肠子宝宝'。那肠子也拼命吸取医生给的特殊食物。有一天，医生外出旅行，临走时把研究室的门锁好，谁也进不去。三天后，医生旅行回来，一进研究室就忽然死去。谁也不知道什么原因。医生的腮帮子鼓起来，大家觉得奇怪，掏出来一看，是一截肠子。这又是一个谜。原来医生出门以后，肠子寂寞难耐，一看医生回来，高兴地蹦出来钻进他的嘴巴里，使他窒息而死。"

"哎呀，真恶心，早饭都吃不下去了。"

"这是大西老师做的梦吗？"弓子问。

石桌上摆着六个人的早餐。

"这种时候，酱汤也是好东西。"有人说。

桌子上有大马哈鱼罐头、醋拌黄瓜。

小卖店的收音机不断播放台风将于今晚后半夜或明天上午登陆的天气预报，山中却一片宁静。

姑娘们肩挎照相机往河滩走去，看到河水，都想游泳。

"我带泳衣来了。"弓子赤脚站在浅滩里，"不过水太凉，游不了。"

"弓子，你睡懒觉，没看见早晨的彩虹吧？"俊子说。

"没有。"

"从树林子的绿叶间看上去，漂亮极了。我想到高处看，结果很快就消失了。"

阳光照射的地方，小鱼成群结队。一个男人拿着鱼叉和鱼篓在下游叉鱼。

河水里映出弓子的面容，显得孤寂忧愁。她想起父亲死在水里。

河水潺潺，映照着她的面容、沁凉她的赤脚。如果弓子不看这河水，河水就在这山中孤独寂寞地流淌，不为人知。流水之心细腻入微，犹如父亲的爱。俊三的爱从不外露，藏于内心深处。但弓子从小由父亲抚养，她随时感受着深沉的父爱。

后来，弓子跟着敬子长大，或者说离开了父亲。但是，一旦父亲真的消失不在，她又常常觉得自己爱的只是父亲一个人。

"爸爸死后，我变得多愁善感，对不起妈妈。"即使父亲不好，弓子也曾经多么盼望妈妈爱他、体贴关怀他呀。

"我心爱的男人必须是像父亲那样的人。"弓子如此想着，她希望在深沉朴实的爱情中宁静地生活。她的脑海里忽然浮现出昭男五官端正的脸庞。他那双眼睛像父亲，声音也像。妈妈呵护昭男，难道就是这个缘故？弓子朴素的想法使她心里一阵轻跳。

脚底下的沙子慢慢地坍塌，河水漫过脚踝。

她想起小时候清吻她时，两个人的嘴边都觉得冰凉。那是天真无邪的时代。弓子并没有选择清，当然不要负什么责任。

英子说得对。弓子对大西老师"肠子"的故事恶心得直想呕吐。如果这是老师做的梦，可能她也有深恶痛绝、悲惨痛苦的接吻的回忆。

弓子听清谈过弗洛伊德的精神分析，如果用弗洛伊德的方式来思考："肠子"的梦也似乎带着某种可怕的性本能。

人的一截肠子从烧瓶里蹦出来，钻进医生的嘴里，使之窒息而死。大概没有比这更丑陋不堪的接吻的梦了。

如果有一天跟人接吻的时候，想起大西老师的这截"肠子"，心里会感觉怎样？弓子心头微颤，直想打寒战。

昨天晚上，她抽签和英子睡在一起，知道两个人小时候都被人吻过。难道这五个姑娘中，就她们两个被人吻过吗？

英子把自己的秘密告诉弓子，大概以为弓子没有这样的体验。

"我不能说。"那时候，小弓子弹木琴弹得很好。那乐曲的节奏勾动了清的爱意。

家里的钢琴是俊三给朝子买的，但大多是弓子弹。弓子一坐在钢琴前面，清就靠近她站在身后。弓子开始害怕清，担心只要对示爱的清点一下头，这一辈子就离不开他了。而且清和弓子住在一个家里，清经常逼她表态。

"岛木。"大西老师叫弓子，"在那儿发什么愣呀？快上来。脚泡在水里会发软，晚上又要睡不着觉。"

弓子双手把裤腿提起来，像小孩子一样踩着水跑过去，水花随着她的步伐四处飞溅。

"收音机广播台风预报了。趁还没来，大家下午回去吧。"大西老师说。

"那多没意思呀。好不容易来一场暴风雨，还回去，真没劲！"

"就是因为要来暴风雨才回去。"

弓子离家的时候，就盼望着遇上一场暴风雨。她想多待一天。

一到下午，云脚跑得飞快。没一会儿，山雨便时下时停。姑娘们赶快下山。到达新宿时已是黄昏，浓云密布，大有乌云压城之势。

"路上小心点儿。"姑娘们匆匆忙忙告别分手。

弓子赶在下雨前回到家。家里明亮清爽，毫无台风天气的模样。

"我回来了。"

没人回答，她只听见流畅舒缓的音乐声。

"怎么听起肖邦的协奏曲来了。"弓子也喜欢蒂博和科尔托的这盘唱片。她一边想起蒂博来日本演出的旅途中坠机遇难，一边解开运动鞋鞋带。

雨声和音乐声中，似乎没人发现弓子已经回来。

弓子把旅行包放在一旁，走进香喷喷的厨房。敬子穿着烹饪围裙，正从干蒸锅里把蒸全鸡端出来。

"妈妈，我回来了。是有客人吗？"

"啊，你回来了。"敬子红扑扑的脸蛋转过来，"有台风，我想你一定会回来。"

案台上摆着四个西餐盘子，上面满满地盛着白色的菜花、红色的胡萝卜和绿色的青椒。野营回来的弓子觉得五颜六色，十分好看。

"来客人了？"

"田部大夫来了。"

"刚好让他给我打一针。累了，腿没劲儿。"

"在清的房间里。"

"在哥哥的房间里？"弓子感到意外，"正在听唱片？"

"怎么样？野营有意思吗？"

"有意思。"

"去洗个澡，换件衣服。"

"哦。"

敬子断定弓子会回来，所以也准备了她那份餐具。弓子对她的体贴感到高兴。

弓子洗完澡，没有涂脂抹粉，只擦了点儿化妆水，换上条纹棉裙子和无袖罩衫，清爽轻快地回到日式客厅里。

饭菜已经摆好，三个人正等着弓子。弓子向昭男打招呼的时候，他被弓子的艳丽惊得移开了眼睛。

清问："野营过得愉快吗？"接着昭男也问了一遍。

弓子开始讲述野营生活，但她时刻提防着不能透露英子接吻的秘密、大西老师的"肠子"梦、昭男长得像爸爸这些事，所以不能畅所欲言。

"台风刮过平房，一定很有意思，可惜没有看到。"弓子最后说，"我还求老师别回去，可是不行。"

"那个老师是大家崇拜的偶像吗？不是同性恋的对象吧？"清问。

"大西老师才不会成为那种对象呢，浑身上下没有一个地方像女人。"

"男性化的女人不是很有魅力吗？"

"没那回事。长得又漂亮又温柔的女人才是女学生崇拜的偶像。"

"就像自己崇拜自己一样……"清语带微讽。弓子一下子噎住了，看着敬子。敬子没说话。

清又从医学的角度问昭男关于女同性恋的问题。昭男随口敷衍几句，转变了话题："明天要给一个年轻的妇女做剖腹手术。"

他说医生怀疑患者得的是肠粘连，但又怕可能是妇科病，所以也让妇科大夫到场。

弓子脸色煞白，一听"肠粘连"，就想起"肠子"。

"你怎么啦？对不起，我不该吃饭的时候谈手术。"昭男连忙道歉。

"太可怕了。"弓子盯着昭男，忽然大声说，"大夫，您的领带非常漂亮。"

"弓子，你也知道男人的领带漂亮不漂亮吗？"清感到意外，也看着昭男的领带。昭男的脸一下子变得通红。

"知道。"

"哦，你开始注意男人的领带了？"

弓子也两腮红晕。她被清嘲弄，觉得窝心，但仿佛心弦又被什么拨动，脉脉含羞。

敬子更是心神不宁。昭男今天系着自己送的领带，一下子引起了弓子的注意。这大概是弓子第一次评论男人的领带吧。

敬子感到害怕。这与其说是女儿的直觉，不如说是神秘感应的作用。她似乎觉得弓子话里话外带着对自己不贞的严厉谴责。

"挺合适的。"敬子想掩饰自责的心情。这句话也包含着比男人年长的女人的无奈与郁闷。

但是，昭男既不回答也不看她一眼。敬子心里清楚，昭男也很尴尬，恨不得找个地方藏起来。但昭男那种无动于衷的表情又令她难过，好像只把她视为清的母亲。

清平时不爱说话，跟弓子在一起的时候也总是阴沉着脸，摸不透他脑瓜里究竟想什么，但今晚居然和昭男聊得很高兴。敬子觉得奇怪，心想清也一定有什么难言的心事。

朝子看见了自己给昭男买领带，难道她把这事告诉清和弓子了吗？不会的。朝子不是那种藏不住话的人，更何况她平时跟清和弓子也不怎么说话呀。

敬子对昭男系这条领带来家里做客当然高兴，可一条领带让自己如此思绪万千，与其说犹如少女一样动情兴奋，不如说是因为自己与昭男的恋爱有悖情理，恐于前景暗淡。

昭男和清、弓子坐在一起，仍然是毫不逊色的年轻人，显然与敬子不是同辈人。他没有流露出暗示自己是敬子情人的任何痕迹，哪怕一个细小的动作、一个轻微的眼神。

"真不可小看他。"敬子觉得有点儿气恼。

昭男撇开敬子，与清和弓子兴高采烈地谈天说地，按说是给敬子救场，但她惊愕地发现自己对弓子也怀有忌妒之心。

敬子无论如何都想在昭男休息的最后一天请他到家里来。她预感到总有一天清和弓子要责怪她这次请客吃饭。

敬子迫不及待地想和昭男单独在一起。

当两人单独在一起、敬子委身于昭男的怀抱时，她如同从世上所有的束缚中解放出来，幸福无比。过去不复存在，未来不去思考。

但是，无论在自己家里还是昭男的家里，都不可能得到爱的机会。无奈归无奈，有时也怨恨哀叹命运的不济。

四十多岁的女人为寻找与小情人幽会的地点满街奔跑，这还要持续多久？她偎依在昭男怀里，诉说"相见恨晚，我要是晚生二十年该多好，生错时候了"，可依然无济于事。

敬子有可能把房子卖掉，没出手之前请昭男到家里做客。这是她的愿望。可是昭男来了，不得不采取不冷不热的态度，完全成了清和弓子的客人。

最近，敬子工作多起来了，觉得没必要那么匆匆忙忙急着把房子处理掉。在经济萧条时期，居然工作进展顺利，简直不可思议。但是，新恋情使敬子朝气蓬勃、精力充沛，这不足为奇。要说奇怪的，是她以前认识的客人以及一些差不多连名字都快淡忘的人，最近接连不断地要求设计各种款式，订单数量剧增。这就和赌博差不多，说不定会商运亨通。

照这样下去，卖房开店的想法让敬子心动，大有跃跃欲试之势。

这么看来，昭男像是幸运的使者。其实，昭男本身不会给敬子带来幸运。但她转念一想，有缘遇上他就是一种幸运。现在，她不是获得了无论从她的身份地位还是人世常理来说，都几乎无可能的爱情吗？

外面雨骤风狂，院子里的树木哗哗作响，从远处的街道上传来什么东西被风吹刮落地的声音。

弓子拿来维生素注射液和针头，挨到昭男身旁坐下，一边看昭男用消毒棉擦她丰润白皙的胳膊，一边说："今晚就住在这儿……瞧这狂风暴雨的。"

敬子的视线从弓子胳膊上移开，说"我去泡一壶热茶来"，逃离而去。

"今晚我必须回去，要查资料。"

"是吗。我休息去了，困了。"弓子揉搓着针口走了。

弓子回到有一段时间没住的与朝子共同的卧室，换上睡衣，无精打采地躺到床上。如飞瀑直落渊潭的雨声并没有妨碍她酣睡。

粉红色珍珠

朝子从关西演出回来后，一直忙于广播剧，但没有好角色，也出不了名。

下学期开学以后，清和大学同学来往频繁，不知道都干了些什么。暑假里，他好像参加了禁止原子弹、氢弹的签名运动，也没告诉敬子。

弓子决定不上大学去工作，法语也就扔在一旁。她没和敬子商量就做出这个决定，实属罕见，也可以说她成熟了。可是在敬子看来，这反映出弓子孤独的心情。

九月那天晚上，清冒着倾盆大雨送昭男去车站，可是一直到很晚才回来。他们都谈了些什么？敬子心里七上八下。接着第二天，弓子问"妈妈，田部大夫像不像爸爸"，更让她大吃一惊。

弓子看着敬子惊愕的样子，也显得不好意思："我在奥多摩忽然想起来，觉得眼睛……"

"不像。"敬子一口否定。俊三的眼睛呆滞无神、忧郁哀愁，昭男的眼睛炯炯有神、灵活鲜亮。小山也对朝子说过，俊三"长得像耶稣基督"。不过弓子也可能真的那么认为。

弓子觉得昭男貌似父亲，这是不是意味着在她心灵深处潜藏着敬子尚未觉察的对昭男的好感？

秋高气爽，风和日丽。敬子像不定时上班的公司职工一样，也每天出门。她精神饱满、心情舒畅。

"今年到秋天天气才正常。"敬子对弓子说。

"而且妈妈也漂亮多了，显得很浪漫。"

"工作也多了。要设计时装表演用的宝石戒指的款式，虽然是人造宝石，可毕竟是第一次；还有订婚戒指的款式设计。"

敬子设计的戒指款式新颖清爽，博得好评。日本设计戒指款式的人还为数不多，敬子开始小有名气。这几十年连自己都不知道有这方面的天资。她想可能是生长在珠宝商家庭里耳濡目染的缘故吧。

人生一度花盛开。难道是新的爱情使一个女人梦想成真、如愿以偿吗？

一字形红珊瑚枝状饰针，以及与之配套的七毫米玉石耳坠、卵形玉石戒面等，敬子设计款式的饰物一摆在草野店橱窗的黑天鹅绒上，订购的人立刻纷至沓来。

"别看珊瑚古老、不成形，日本女性自古就对它充满幻想。"敬子对自己发现珊瑚的新鲜感觉很得意。

敬子给自己做了一套紫水晶五瓣花饰针、大切面戒指和摆动的长耳坠，与灰洋装配套。她想，穿金戴银要根据各人的皮肤，有人适合金，有人适合银。金首饰对自己过于花哨，于是敬子给自己选择了银首饰。

弓子肤如凝脂、白里透红，配上金首饰更加生色增辉。其实她的肌肤比灿灿黄金更华贵艳丽，把黄金的颜色映衬得高雅绚烂。

朝子的婚期已定在十一月。敬子决定把川村暂放在自己手边的那条项链买下来。

虽然敬子工作顺利，但收入有限，支出无数。收入确实比俊三在的时候增加了，可是最近欠服装店和绸缎庄的钱，累计起来也是一笔不小的数目，让她头疼。

敬子经常去草野珠宝店。女顾客根据各自的喜好挑选珠宝，她们即使满意敬子设计的款式，但对黄金色泽、戒面大小差异等提出各种苛刻的要求。因此，川村希望敬子天天到店里来接待这些女顾客。

敬子临出门时手伸到邮筒里，拿出百货公司的广告、催促交纳固定资产税的通知单，还有一张寄给弓子的明信片。这是百货公司定时制招工考试的通知。

弓子还是打算去工作。她大概把履历表寄去了吧，实在令人同情。弓子想工作也不是不可以，但敬子不同意她边上学边打工。这也是出于对她生母京子的意气用事。

可是，也不跟我商量一下……敬子感到凄凉。她把考试通知单放进手提包里。

敬子在草野珠宝店摆弄宝石的时候，忽然想起别在美根子领口的珍珠饰针。可能因为刚才看弓子的考试通知单时，脑海里闪现过京子的形象。

海贝里镶着一粒珍珠，像水泡一样。这种款式十分普通，首饰店的橱窗里大同小异的东西随处可见。可是……敬子恍然大悟，那饰针莫不是岛木给她买的……对，一定是。

俊三是六月死的，而弓子的生日也是六月。六月的生日石是珍珠。那时，敬子想给弓子买一枚珍珠戒指。

俊三活着的时候，弓子就一直担心家庭开支入不敷出。给她买一枚戒指，一定可以让她稍稍宽心。朝子的婚礼上，弓子的手指上也应该有一枚戒指。反正不用现付，于是敬子向川村订购了一颗上乘的粉红色珍珠。

"有客人要吗？"

"给我自己做。"

"您戴粉红色的，多怯呀……"

最近，川村对敬子华丽招摇的打扮莫名其妙地略为不满。他心想，女人终究是女人，丈夫一死，就管不住自己了。

"为什么我就戴不了？戴出个二十岁的姑娘让你瞧瞧……"敬子边说边看柜子里的宝石，"这粒粉红色珍珠多少钱？"

川村背对着她，没回答。

"你可真逗，连开玩笑都不懂。"敬子忍着笑看川村稀疏的头发，"请你转过来，客人问你价格呢。"

"两万日元。"

"瞎说，这是店面价格吧？"

"不卖给您……"

"我是给弓子买的。"

"别拿我这个善良的老掌柜开心。"川村走过去。

"你要是老掌柜，我就成了老太婆。至于你善良不善良，那就不知道了……"

"您是大小姐，从我在您家当小伙计开始，一直到今天草野店的掌柜……"川村恢复了情绪。

敬子一边拨弄放在手掌上的粉红色珍珠，一边说："川村，我想在六本木大街的俳优剧场一带开一间店铺。"

"不行。那儿街面太宽，来往行人也不多。"

"街道会变的。你这种一成不变的固定眼光往往一事无成。世事有例外，也有奇迹，这就看各人的本事。"

"您很有信心。"

"我的老主顾多半在山手线一带。最近，我特别想有一间自己的店铺，所以决定把房子处理掉。以前你也给我出过主意，说要不把房子租赁出去，要不改做旅馆。我觉得那是消极的办法。"

"那是因为我看您对房子还有点儿舍不得……"

"七百万日元左右。怎么样？你给我找个买主。"

"啊？"川村一听这数字，吓得说不出话来。他一边用手抚摩粗脖子，一边看着敬子："我留心着。"

川村在菊田店当伙计的时候，落雨下雪天都要去小学接敬子回家，一直对老板的美貌小千金单相思，至今尚存心底。先前的翘楚丽人今天不仅风韵犹存，而且精明干练。

一场尚未泯灭的少年之梦。

"夫人要是下定这个决心，我一定回报昔日厚遇之恩。"

"别说报恩什么的，那话也太重了。"

"我去物色房子的买主和店铺地点，不一定非六本木不可吧？"

"你很不喜欢六本木吗？"

敬子想，六本木也好，其他地方也好，要是店铺离现在的家太远，又得让昭男来回跑。

昭男已经从哥哥的家里搬到目白车站附近新建的住宅楼居住。他搬家是为了和敬子来往方便，但事先也没商量。让敬子吃了一惊。

"离我家太近。你胆子够大的。"

"不是离得近好吗？"

"好是好，可……"敬子重复一遍，"你胆子够大的。我家的孩子们都在目白站上下车，你也是，出车站和电车是会碰见的。"

"碰见又怎么啦？"

"要是经常碰见，就知道你搬到这一带住。说不定清和弓子还会上你家玩去呢。"

"来就来吧，没关系。"

"我可不愿意。那样的话，我可去不了了。"

"是嘛，我办事考虑不周。"昭男也觉得敬子说得有道理，"再找个地方搬过去。"

"嗨，其实你搬到附近来，你不知道我有多高兴。"

"我一个人，搬起来方便。"

"我也想是一个人。"

敬子并不是不爱清和朝子，但这两个孩子本身似乎便是向俊三提醒着自己的过去，使她惭愧自卑；而自己和俊三同居似乎不断受到孩子的谴责，又使她深感负疚。所以母子关系老是疏离隔阂，不能亲密融洽。

敬子一直想做一个好母亲。"清和朝子都结婚，我有了孙子以后，还想做个好母亲。总有一天，孩子们会理解我的。哪怕我死后，他们才明白我不是一个坏母亲。这就够了。与昭男的关系迟早要结束。绝对不能让清和朝子，特别是弓子觉察到这个秘密，哪怕是自己死后……要是孩子们看见自己三更半夜从昭男的住宅楼里出来，那会怎么样？而且又在自己家附近……"

但是，当敬子在外面办完事去找昭男时，发现他孤独冷清地一心等着自己，或者因为自己去晚了莫名其妙地忌妒，板着脸，敬子瞬间就沉浸在疯狂痴迷的喜悦里。刚开始应该由昭男渴求的某种东西立刻颠倒了，敬子的些微思念都化作炽烈的欲火。

敬子和清、朝子的父亲是经人介绍的平淡无味的婚姻；和弓子的父亲俊三是经过较长时间的交往后互相信赖的同居，当时自己筋疲力尽、身心疲惫，想靠在他身上。

敬子觉得第三个男人——昭男，才是第一次也是最后一次真正的爱情。

昭男似乎沉溺于敬子暖人的情意、温馨的肉体、光鲜亮丽的女色、出人意料的才能、秋花晚开的魅力。这种强烈的吸引力使他胆大包天地搬到敬子家附近来。但是，敬子想开店。

"等我搬了以后再对他说，也让他大吃一惊……"敬子暗自开心。

九月末的星期天，第十几号台风以每秒二十米左右的风速从东京一带掠过。

敬子看见弓子穿着出门的衣服，问道："上哪儿去？外面风这么大。广播里说富士山顶的风速每秒达七十米。"

"和一起野营的朋友到大西老师家里表示感谢。"

"野营回来那天刮台风，去表示感谢的日子也是台风天，这位'台风老师'的家远吗？"

"很近。大家在目白站集合。"

弓子刚洗过的头发滋润闪亮。

"把头发扎起来，免得被风吹乱。路上小心点儿。"

"妈妈，你记得，下个月八号学校组织修学旅行。"

"知道。是要买个手提箱吧？"

"不用，我借姐姐的。"

"也给你买一个，尼龙的便宜。"

朝子爱挑剔，弓子用她的箱子还要格外留神。

"来，送你一个好东西。"

"什么呀？给我。"弓子走过去，伸出手来。敬子去取手提包，拿出一个昨天刚刚做好的戒指盒。

"戒指？"

"你等一等。"

"是姐姐的吧？"

"是弓子的。来……"敬子把弓子的手拉过去，一边将戒指套进她的手指，一边说，"嘿，挺合适的。这手多秀气。弓子，还有一样东西给你。"

敬子把东京大丸百货公司定时制招工考试通知单交给她。

"哎呀……妈妈。"

"我知道弓子想干活。不过，听妈妈的话，上学的时候不要去打工。不然妈妈会很难过。"

"好，我只是觉得怪有意思的，就报名了。"弓子难为情地说。

"考试的日子已经过了，我故意藏起来的。对不起。"

"我瞒着妈妈去报名，是我不好。"

"妈妈不在意，总有一天我会悠闲自在地让你养着。"

"太辛苦了。"弓子轻盈地站起来，在风吹得咔嚓咔嚓直响的走廊玻璃窗附近，弯着手指端详戒指。她喜形于色，满脸生辉。

刚才弓子说"太辛苦了"，大概是一句玩笑话，但敬子记起来弓子和清去新宿的时候，反复对清说"妈妈太辛苦了"。

敬子由于和昭男的关系，面对弓子时总感觉自己罪孽深重、苦不堪言。

"刮风的日子，我总觉得会有什么好事来临，所以并不讨厌刮风。"弓子仍然站在窗前欣赏戒指。

但是，一旦出了门，狂风呼啸，令人惊悸恐惧，仿佛千军万马在暗云深处肆意奔腾。

弓子以为光刮风，就没带雨衣。其实风夹着雨横扫而来。这么大的风，说不定朋友们都吓得不敢出来了……

有的店铺把装饰彩灯和广告霓虹灯都卸下来了。狂风一阵接一阵呼啸而过，大街上发出各种各样的声音。纸片在步行天桥上空翻飞乱舞。弓子的短发都贴在额头上了。

集合的地点，谁也没有来。一进车站里面，弓子松了一口气。

刚才在大风里，她右手一直按着左手的戒指。朋友们一定会把弓子的戒指撸下来，戴在自己手上端详。

敬子用爱把真实的生命注入一粒珍珠里。这粉红色珍珠犹如弓子粉白晶莹的皮肤。

最近，我还跟妈妈闹了点儿小别扭，多不好。

过了五分钟、十分钟，朋友们还不来。弓子打算往朋友家打电话，当她走到车站前油漆剥落的青灰色木头公用电话亭前面时，看见昭男从电话亭里出来。

"啊！"弓子立刻微笑着，她似乎并没有意外相遇的感觉。

但是，昭男一下子脸红了。他的羞涩总是带着温暖的清纯，弓子宁静地微笑着等他开口说话。但是，昭男的目光避开了弓子。

前一次刮风的第二天，昭男给一个重病号做剖腹手术。那病人今天拆线，可以进普通食物了。外科医生的工作带有风险，就连切除盲肠这样简单的手术，执刀医生在打开病人的身体之前，心里多少都会忐忑不安。像他这样经验还不丰富的年轻医生执刀时更是精神紧张。今天他心情轻松，就想与敬子温存一番。一句"从医院回来了"，敬子心领神会。对方也是一句"一会儿"，就挂上电话。敬子言犹在耳，昭男从公用电话亭里出来就撞见弓子。他心慌意乱，无法镇静下来。

弓子主动开口了："大夫，去我家了吗？"

"没有……这么大风，你去哪儿？"

"去上一次一起野营的老师家表示感谢，和朋友们在这儿集合，可……"

"你好像挺高兴的。"

弓子没有立刻回答，把手举到昭男眼前："就为这个高兴，您猜猜是谁送给我的？一下子就能猜着。"

"嗯……不知道。"

昭男一看见珍珠，立即想到敬子。弓子似天真无邪又似轻浮佻薄的亲热劲使他的心情沉静下来。但是，敬子这个名字他说不出口。

"妈妈送的。"弓子说。

"啊，怪不得这么高兴。"

"嗯，当然很高兴。可她为什么要送给我呢？妈妈现在根本就没钱……"

弓子的眼里含着忧虑，眼珠却闪动着少女的喜悦。她不但为珍珠戒指高兴，也为遇见昭男坦率地表示高兴。但昭男心中有愧。

"我想，因为朝子姐姐要结婚，所以妈妈也给我买了一个吧。"

弓子兴奋地说，"您第一个看到我戴戒指，我很高兴。本来就想让人看看。我觉得这么大风天，戴这个不合适。"

昭男忽然发现，在乌云乱滚、狂风怒吼之中，闪耀着一点粉红色的珍珠。这珍珠犹如弓子本人。

"一戴上戒指，其他各种东西也都想要。这可怎么办？"

风把弓子的话刮跑了，昭男没听清楚。

昭男听敬子说过朝子结婚、弓子想工作的事。敬子把家里的事毫无保留地告诉他。里里外外、大事小事，为三个孩子烦恼操心。昭男惊异地发现一个女人被家庭紧紧捆住了手脚。他想，敬子对情人倾诉这些家庭琐事，可能多少能宽慰她苦闷的心情，于是心平气和地听她絮叨令人心烦的苦衷。谈三个孩子的事情，弓子的话题最少。昭男最爱听弓子的事，但敬子似乎避而不谈。

"啊，她们来了。"弓子回头看着车站里面，然后对昭男说，"大夫，再见。"

"再见。"

弓子匆匆忙忙和昭男道别后，向正聊得热闹的三四个女孩子跑去。她的姿势潇洒优美。

昭男目送着她们走进大风肆虐的街道。遇见弓子的惊慌狼狈，似乎夺去了与敬子幽会的柔情蜜意。

说撞上就撞上。敬子不幸言中了，昭男也觉得搬得不是地方。

一边是昭男色胆包天，另一边是敬子小心谨慎。今天敬子从一早就放出风声说四点有事要跟人见面，但碍着家里人，不好提早出去。昭男来电话，敬子知道他催着想快点儿见面，可清和朝子都在家里，怎么能走得开？她坐立不安，只好磨指甲。

"妈妈，这大风天还出去吗？"清在背后问她。

用鞣皮蘸着粉红色的磨指甲粉打磨指甲，虽然色泽光亮，但指甲上的竖纹也清晰可见，大拇指尤其厉害。珊瑚玉一样光泽亮滑的指甲已经黯然失色。敬子抿着嘴角抹口红，心里忌妒朝子和弓子的青春年少。

"跟人约好了。"

"不能打电话说忽然刮大风，改日再见吗？"

"我还不是那种身份的人，能随心所欲说变就变。"

"弓子也是跟人约好出去了吗？"

"对。她到一起去野营的美术老师那儿道谢去了。"

"道谢不过是借口，还不是跟朋友们疯玩去了。"清嘴里虽然这么说，但并没有不高兴。

"你不也一样吗？昨天晚上那么晚才回来。"

"哪儿晚呀？还不是末班车呢。"

"你开门的时候，刚好钟敲一点。"

"是一个大学前辈请我和另一个朋友去银座吃饭，然后去酒吧。喝得有点儿醉意，又换了一家，叫什么来着？就是那个叫美根子的工作的店。"

"是吗？"敬子吃了一惊，但不动声色地问道，"有意思吗？"

"没什么，一般。"清冷静地回答，"高尾先生也去了。"

"就是爸爸公司的那个高尾吗？简直不可思议。"

清改变了话题，显得寂寞无聊似的自言自语："今天星期天，田部大夫不在医院吧？"

"怎么？身体不舒服吗？"

"没有。我想见他。"

"见他？有什么事？"

"我打电话，让他到家里来玩。"

"恐怕不在吧。"

敬子只能说这么一句，她明知清的电话白打，也无法制止。

清失望地回来："还是从医院回家了。他家的电话号码是多少？"

"你非要今天见他吗？"

清惊讶地看着换装后年轻漂亮得令人难以置信的敬子，说："没什么事，也不是今天非见不可。"

敬子眉宇之间露出探询的神色看着清。清的脑子里到底想些什么，实在捉摸不透。

"他富有魅力。妈妈你不觉得吗？"

"嗯。"敬子无可奈何地点点头。

"昨天晚上去酒吧，有个女招待刚好是田部大夫的病人，也说他很性感。"

敬子想起昭男少年般苗条紧致的细腰，不禁两腮粉红，赶紧抚摩布袜子里的脚指头掩饰自己。昭男英俊潇洒、风流倜傥，的确会惹得女人心荡神驰、想入非非。敬子的脑海里浮现出昭男那一双深情缠绵、看女人时带着怜悯哀愁的眼睛。

"要是田部大夫今天有空，我想叫他到家里来，介绍给我的几个朋友。"清说。

"刮这么大风，怎么好叫人家来……"

"妈妈你上哪儿去？"

"我？巢鸭。"敬子随口撒了个谎。若说去银座，清可能会跟着去。

"那我去新宿。反正坐电车，咱们可以一起到新宿站。"

"好。"敬子有些着急，"和朝子一起去不好吗？难得今天她在家。"

"朝子还是随她的便吧。她一个人在屋子里背广播剧台词呢。"

母子俩迎着风走下坡去。

"妈妈知道弓子想工作吗？"

"知道。"

"妈妈打算怎么办？"

"什么怎么办？你指的是什么？我可以督促，但不干涉。她又不笨，她有她的想法。我觉得最好还是听凭自便。"

清沉默了一会儿，说："我不同意弓子未出校门就当女工。她为什么不学钢琴和法语了？"

"她是考虑到家境困难。她这个人心地善良，从来都是谦让。父亲不在以后，更是这样。"

清以前经常看见弓子学法语，现在停下来，觉得这又是弓子的一种抵抗，未免扫兴。

"你打算朝哪一个方向发展？定下来了吗？"

"实在不行，只好找个地方就业。我想利用我的法语水平进外交部，已经托人了……"

"能当上公务员吗？行吗？"敬子心想清会不会是左翼分子。

清想告诉敬子自己希望与弓子结婚。他觉得母亲十之八九会同意。但最关键的是，弓子的心还抓不住，于是索性让母亲去试探一下她的心思。

风小下来，进站的电车声清晰可闻。敬子看了看表。

"妈妈，你有时间吗？"

"嗯，约的是四点。"

清的神情忽然显得老成而疲乏。

"有事吗？"

"算了，还是我自己处理吧。"

"你的事，等我回家后再慢慢商量。"敬子关心地说。

"不用了。"

清要乘坐的电车先进站来。

当敬子站在茶色的门前时，耳边响起低回婉转的乐曲声。她觉得耳熟，但记不起曲名来。

她刚一敲门，门就开了。昭男站在眼前。敬子柔媚地低声惊叫起来。

昭男穿着七八成新的飞白花纹棉布和服，系着藏青博多腰带，十分合身得体。

"没想到您还穿和服，挺合适的。"这是敬子的第一句话，算是问候。

敬子顶着大风而来，看到心上人倚门而待，看到穿着和服、亲切熟悉的昭男，不禁眼眶温热湿润。

昭男让敬子坐在桌前唯一的椅子上，自己立在她身后。

朝南的窗户很宽敞，挂着格纹布窗帘。靠墙是书桌，卧具放在壁橱里。榻榻米散发着新鲜的干草味，发黄的木柱上涂抹的抛光粉还没擦干净。

院子里是一丛大丽花和美人蕉的残株败叶。再远处，便是风中摇摆的树丛和一片瓦屋顶。

不知不觉中，唱片已经停了。

敬子觉得待在这个新房间里心神不定，便提议说："看来风就要停了，咱们出去吧，到热闹的街面走走……"

昭男没有正面回答："刚才在车站看见弓子了。"

"什么？没跟她说话吗？"

"你说，女人那么大岁数都想什么呢？"昭男摇摇头，"我回家后，这么大风天，嫂子跑来了。真叫我提心吊胆，怕跟你待不到一块儿。"

"幸亏我没早来。"敬子胆怯似的拉着昭男的手。

昭男把手放在敬子的手上，但没有像往常那样把她拉到怀里，好像有什么事使他分心。捕风捉影的胡思乱想又搅得敬子心乱如麻。

莫不是昭男爱上了弓子？莫不是田部的妻子对性格庸俗、体形肥胖的丈夫已经倦怠，倾心于既具有现代敏锐感受又一表人才的昭男？莫不是昭男和嫂子长年融洽相处，心心相印，情动于衷？

敬子从来没有这样吃过醋。俊三愁眉不展、忧郁苦闷的时候，敬子希望他把一肚子的怨气都发泄到外面去，回到家里也有个笑脸。

甚至觉得真能如此，哪怕他拈花惹草，自己也睁一只眼闭一只眼。

敬子对美根子的存在并不仅仅感到痛苦，如果她真的在俊三最后的寂寞日子里给予安慰，敬子的心里倒可以略略平静。

但是，敬子对昭男妒火中烧，恨不得把他的眼皮缝起来，除了自己之外，不许任何女人的影子映入他的眼帘。

敬子无法抑制狂热的冲动，她现在就想把昭男拖进只有他们两个人的世界里。

红羽毛

那个星期日的台风，在东京没有造成什么损失，可在北海道造成了青森函馆渡轮沉没、死亡一千多人的大惨案。

绵绵秋雨添人愁。弓子去关西修学旅行那一天，早晨就薄云阴天，下午下起了小雨。

游览船在相模湖翻沉，郊游的中小学生溺死二十二人，报上还登出遗体拉上船时挂在船舷上的照片。敬子说："这样的照片登出来，做父母亲的看了心碎。"

但是，晴天的日子，敬子一早上就听见放烟花的声音，原来是学校在开运动会。东京的街道上跑着外地的学生或者旅行团的观光车队。道路两旁的树叶也开始染上秋色。

弓子和四五个朋友手捧红羽毛募捐箱站在银座大街上。学校与天主教的慈善团体有关系，所以每年从十月一日起开展红羽毛周，学生们轮流到街上募捐。

刚开始那几天，募捐的人比较多，所以学校安排初中低年级学生先上街，高中三年级学生在周末。这一周里，要上街两次。

学校称这是学生的自发行动。但是学生并不能随心所欲。上街那一天，必须先去学校看自己的位置。弓子这一组从星期六上午十一点到下午三点，被安排在千匹屋靠近新桥的那一块地方。

天气晴朗，街道上人们熙熙攘攘，但募捐的成果很不理想。弓子她们哀叹说："大家对红羽毛募捐也已经腻烦了。"

"请募捐。请募捐。"弓子的声音堵在嗓子眼里，含混不清，来往行人都听不见。

弓子修学旅行回来以后，早上起床脸有点儿肿。站的时间长了，双脚也觉得浮肿。五分钟、十分钟才能给人发一根羽毛，实在没劲，心情也厌烦懒散起来。

弓子想着给家里打电话，让妈妈募捐。

虽然学校没有规定募捐数额，但有的小组八百日元，有的一千五百日元，有的三千日元。募捐到三千日元的那些姑娘当然趾高气扬、扬扬得意。

这里面，有不少是得力于父母亲的慷慨。

吃午饭的时候，弓子在茶饮室给敬子打了个电话。敬子不在家。

"是去银座了吗？"

"她什么也没说。"女佣回答。

"大概是银座。银座什么地方……"

下午的街道行人熙来攘往，弓子看着年轻女性各式各样的秋装，不知不觉忘记了时间。

要是能碰见妈妈那该多好。弓子暗自希望。

朋友说，她在报上看到一篇报道，说有个慈善家把一万日元放进日本桥百货公司前的学生募捐箱里。

"不会是支票吧？怎么放进去的呀？"

"一定是交到学生手里。"

"咱们要碰上这么一个就好了。"

来往行人的胸前似乎都插着红羽毛。看到没插红羽毛的，学生就低头说："请募捐。"对方会现出把羽毛忘在家里似的神情，赶紧把十日元硬币投进募捐箱，然后让少女在他胸前插上一根红羽毛。

弓子她们有时候入神地看着穿时髦的白短大衣配绿色或者红色方格裙子秋装的姑娘，有时候呆然望着艺伎身上新鲜花哨的和服。

一个美国兵往弓子的募捐箱里放进三张一百日元的钞票。他金发碧眼，用听起来像英语的日语说，明天就要回家乡去。

人生有几次如此欢乐的日子。他身上已经插着二十来根红羽毛，又接过弓子给他的几根羽毛，插在帽上和胸前，然后挥动手臂，昂首阔步走了。

"真好。"姑娘们的脸上也都乐开了花。

但是，弓子开始头疼，越站越难受。

差五分三点，弓子看见身穿圣衣的修女以履行义务的端正样子从人流中过来，顿时感到轻松，同时更觉得疲累。

"你们辛苦了。"老师亲切地慰问学生。

几个穿深蓝色制服的女学生和戴白色无檐帽、穿黑长袍、垂挂念珠的修女走在一起，引得路人好奇地回头观看。

她们往新桥站方向走去。这时，弓子忽然发现敬子和昭男迎面而来，慌得她真想躲起来。

为什么要躲起来？为什么怕人看见？自己也说不清楚。那种熟悉的羞怯和可恶的愤恨同时涌上心头。

敬子落落大方、若无其事地走过来，她也觉察到弓子脸色冷漠不悦。

"我叫田部大夫一起去看蔷薇展，你能脱得开身吗？"

敬子身上散发出甘芳腻人的香水味。弓子摇摇头。她意识到昭男注视自己的灼灼目光，不敢看他，还没有向他打招呼。为了不让敬子觉得她态度反常，她便回答说："不能中途自由行动。"

"我去跟老师说，也不行吗？"

"不行，而且我也累了……再见。"弓子向已经走出两三间店铺远的伙伴们追过去。

敬子一直看着弓子消失在人群里，弓子沮丧郁悒的脸色使她放心不下。她仿佛看见弓子的父母——死去的俊三的眼睛和京子责难的眼睛。

她怯怯地对昭男说："弓子太累了，弄不好会生病的。"这话同时也借以自我解脱。昭男阴沉着脸，没有吱声。

当敬子朝弓子迎上去时，昭男想制止她，自己也想回避一下。如果弓子真的跟敬子去看花展，她的处境是多么尴尬。以前，昭男觉得弓子在敬子身边时纯真可爱，不由得心弦触动，荡起一丝温馨；而现在，他见到弓子时似乎无地自容。

像刚才，弓子伤心的目光刺透了昭男的心胸。弓子没有正眼看昭男，而是昭男目不转睛地盯着弓子。

"为什么要叫弓子一起去？"昭男声色俱厉地问。

"她一直站到现在，瞧她都累成那个样子，我就想让她喝喝茶，歇一口气。"

"你没瞧她一看见我们就伤心成那样，还叫她一起去……怎么回事?！"

"哎呀，没想到你还这么责怪我？我心里不好受。对不起了。"敬子拿起年长女性的姿态表示歉意，心里委屈得直想哭。

昭男的气恼里深藏着对弓子的厚爱。

"你什么时候开始喜欢弓子的？"

"你瞎说什么?！"

昭男对敬子飞跃性的思维感到吃惊，更吃惊于她僵硬冰冷的表情。她像被孩子撕扯掉花瓣的残红，又像扑火的飞蛾。一种痛苦的感觉掠过昭男的心头，他仿佛从敬子身上看到女人背负着与生俱来的无比沉重的悲哀。

"瞧你的脸，像什么样子?! 这是银座，人来人往的。"昭男的责怪声中含着亲切，"好了，好了，别不高兴，人家都看着呢。"

"还说呢，你自己为弓子的事翻脸不认人。"

"要是去看蔷薇展，应该往那边走吧？"

"田部先生说想把弓子许配给你，是你的意思吧？"

"我一点儿也不知道呀……"

"就算不是你的主意，可你一想起弓子就像丢了魂一样。"

昭男轻轻地扶着敬子，等没车的时候好过马路。

"我过得孤独冷清，活得懦弱才种蔷薇。"敬子低声说，"这一阵子，没有好好管理，花开得也不理想。"

"我拿着嫂子那块要修理的手表第一次去你家里时，院子里的蔷薇开得可好看了，还有那幅梅原的桃子……"

"你要是那么喜欢那幅画，以后再买回来送给你好了，不过现在还不行。"

"那幅画给我留下深刻的印象，还有瓶子里的蔷薇……"

昭男的胳膊碰了敬子一下，一起走过马路。

"去看蔷薇展，恐怕已经没有买新品种的闲情逸致了。能和你一起观看别人栽培出来的美丽鲜花也是一种幸福。"

"你要这么说，我也得让丝足鱼统统死光。"

"啊，那多可怜呀……"

"热带鱼连同鱼缸全都送给侄子了。"

"他那么小会养吗？"

"大概嫂子照看吧，反正她悠闲自在。"

百货公司的大橱窗里陈列着秋季的毛衣、祝贺孩子七五三节的穿和服的人偶、华丽纯洁的婚纱。

即使在出入银座的女人当中，敬子仍然气质高雅、艳压群芳。对女性的风姿气韵最敏感的似乎还是女人。敬子的秀丽仪容引得那些年龄相仿的女性和刚脱下校服不久的姑娘频频侧目。

敬子的这种盛装华饰，有时成为昭男沉重的负担。

蔷薇展在八楼，红白幕布围出一块销售处。敬子身在展厅，但自己没有作品参展，也不认识站在签到处出售说明书的会员。

蔷薇带茎剪下后插在花瓶里，摆在齐胸高的台子上，布局讲究、疏密有致，如同春季花会。展品里还有皇后、皇妃的作品，也有远自仙台和关西地区的作品。

扩音器里播放着少女柔和的声音："系白绸带的蔷薇香味特别浓郁，系红绸带的蔷薇在该品种中色泽尤其鲜艳，系蓝绸带的是形态、色调、香味都最佳的蔷薇。"

敬子把脸颊俯靠在系着白绸带的大朵蔷薇上，回头对昭男说："清香怡人。"

跟刚才伤心欲泪的敬子判若两人。

"我小时候没怎么看过蔷薇。"敬子边走边看，说着，"父亲老在家里待着，种些杜鹃花、牵牛花。那个时候，开着蔷薇花的西式庭院简直成了我的梦想。"

接着，敬子很自然地回忆起从东京大地震到战前在平民区生活的那些时光。这些充满天真童趣的回忆从未对清的父亲和俊三谈过，却为什么想告诉昭男呢？

"那时候，求签问卜、念咒画符就能治好病，比如牙疼咳嗽什么的，大概贫民命贱吧。我出麻疹的时候，川村就已经在我们家了。我记不得了，母亲说他每天早晨拿着我的贴身内衣到日切的祖师寺院求拜早日退烧。不过，我非但不感谢他，反而觉得这个人讨嫌。"

两个人顺着楼梯走上屋顶。

晚饭后，他们得分手了。昭男要去探望一个病人，敬子要去和川村谈工作。

他们站在屋顶上，隔着圈围四周的金属网，眺望茜色的夕阳余晖里清峻的富士山。

昭男手扶着金属网边，敬子的手轻轻地搭在他的手上。她的手冰凉，而且微微颤动。昭男知道她这时需要宁静的亲吻。

敬子认定这样的爱情虚无缥缈、前途黯淡，弄得年轻的单身汉昭男反而不知如何是好。

晚风冷峭，屋顶上人影稀少。

"你把我的事跟别人说了？……大概会说的吧，我都想象得出来。"敬子说，"可我没把你的事告诉别人。做女人真无聊。"

昭男顾左右而言他："你小时候住在哪一带？"

"简单地说，在本所、深川一带，离寿座这个剧场很近。地震时死了很多人，又遭受空袭，炸得也很厉害。水多桥多，小房子密密麻麻，拥挤不堪。"

"你的麻疹靠川村的一片虔诚给治好了，没得过百日咳吗？"

"记不得了。那时候没有打预防针，恐怕什么病都要得一遍吧。上小学的时候，每到冬天总要把棉花做成条状裹着喉咙。要是得了支气管炎什么的，咳嗽不止，就到上野宽永寺后面的一个什么寺院去祈求丝瓜保佑。把切成薄片的丝瓜埋在檐溜滴滴答答的屋檐下面……要谈过去的事，就没个完。还要把饭勺钉在门牌旁边；睡觉时把梆子放在枕头旁边；傍晚还要过七座桥，要是碰上熟人，一开口说话，符咒就不灵了，所以边咳嗽边沿着河边走，免得碰见熟人说话。这我还记得。"

"那病不是更厉害了吗？"

"那时候就一个心眼儿，只要照大人说的做，病就能好。可不像现在的清和朝子这样。我母亲要是活着，也有六十五岁了，她一有病，就用清水浇洗叫净行的石佛。"

"完全不去看医生吗？"

"不。对医生非常尊重。"

"这我就放心了。"昭男笑着说："就像听神奇的童话一样。可你一点儿也没有旧脑筋……"

"是吗？我们家认为家族的老规矩到我这一代就结束了。其实我至今还保留着洗柚子澡、菖蒲澡的习惯，哪一个也没忘记，甚至还用阴历占卜当日的吉凶。"

敬子想起洗菖蒲澡那一天把辟邪的菖蒲系在弓子头发上的情景。

五月五日，谁能料到，从那以后，人生的骰子竟会如此旋转。

商店关门的铃声响了。两人从屋顶下来，楼梯悄寂无人，让人忘却置身于热闹喧嚣的商店。敬子悄悄伸出手，昭男握住她的手，感受到她难耐的强烈情欲。昭男有时候想起这个中年女人狂热的爱欲，不禁心头震撼而羞愧。

但是，敬子仍然声调平静地继续回忆往事："那一带的商店有珠宝店、贵金属店等，听起来挺气派，现在想起来，太简陋了。加工的地方就和柜台在一起，周围全是大大小小的挂钟。这就是先前近郊我家的钟表店。圆形闹钟、四方形石头座钟、金链手表、金银雕刻的戒指、带扣等，玻璃柜上还放着杜鹃花花盆。我心想要是一盆蔷薇花该多好。每天用鸡毛掸子掸，还到处是灰尘。当时我就觉得，我的命运再不济，生活也会比父母强。就像现在认为清和朝子将来的日子比我好过一样。在这个社会，要是没有这种信念，就难以生存。"

"应该有这种信念。"

"战败以后，很多人说以前好，怀念过去。可是我觉得现在最好，大概因为有了您吧。"

"哪里。"昭男不好意思，"后来是从那店里嫁出去的吧？"

"嗯，家里人说哥哥娶了媳妇，我再不走，在家里碍事……我都哭了。"

"你不是掌上明珠吗？"

"是我婚后回门的时候哭的。没出嫁以前，什么也不懂，对穿结婚和服还挺激动的。"

"你没想过自己干点儿什么吗？我觉得你年轻的时候不要结婚，应该在艺术方面有所造就发展。"

"好打扮，喜欢漂亮的东西，就这些。"

"不仅是这些。"

"父亲是个行家，小有名气，所以也经手高档珠宝，在山手线一带有些高品位的老主顾。我现在摆弄珠宝，恐怕就是受他的影响。"

"你搞珠宝虽然也行……"

"要是我晚生二十年，会做什么呢？想想看，如果我今年才二十岁……"

"会不会当演员？朝子大概就继承了你在这方面的天赋吧？"

"我的演戏本领就那么好吗？"

"真有出色的时候。"

"你当不了我的恋人。"

"我当不了？"

"我想要一个孩子，所以……"

昭男惊愕了。一个儿女都二十多岁的四十三岁的女人，竟然想跟情人生一个孩子。但是，敬子情绪极佳，脚步轻快地走下楼梯。

正是华灯初上、霓虹灯五彩缤纷的时刻。今年银座楼顶的霓虹灯广告明显增加了，淡紫色和浅蓝色的多边形式样尤其新颖别致。

敬子带昭男走进松屋旁边一家叫十八屋的法国餐厅。

七点，敬子送昭男上公共汽车。

检票的女乘务员问昭男去哪儿，他稀里糊涂地回答说"目白"，乘务员惊讶地告诉他"方向坐反了"。他连忙改口说："去四谷见附。"

昭男想起敬子身上的味道，觉得害臊。

家住四谷的一个朋友的孩子因为脚被鞋磨破，得了破伤风。昭男给他治疗，已经脱离了危险期。

昭男作为一名医生，听了敬子少年时代那些充满感伤色彩的回忆，他对那时人们生病总是去求神拜佛似乎有一种亲切感。要是当时自己是个医生，就可以查看小姑娘敬子的身体，给她治病了。

敬子目送公共汽车开走，一边自言自语"美男子……好人……"一边望着百货大楼。

百货大楼已关窗闭户，从六楼悬垂下一面巨大的旗子。

蔷薇展、屋顶、夕阳映照的富士山、长长的楼梯、舒适温馨的时光，然后分手各办各的事。如今，双方都互相了解对方，美中不足的部分则留下甜美缠绵的余韵。

她觉得草野店也会有好事正等着自己。但是，当她走进人流，看见迎面而来的人们胸前插着红羽毛时，就想起了弓子。弓子一定伤心流泪地睡觉了，必须早点儿回去……

草野店静悄悄的，川村也不在。年轻的店员一看见敬子，就进到里屋，一会儿探出头来，严肃地向她招手。

店老板草野坐在办公室似的小房间里，身后是一个大保险柜，阴沉着脸。

"出事了。川村涉嫌收购走私手表被抓走了。"

"啊？"敬子大惊失色，觉得脚下的地板在摇晃。她靠在椅子上，努力使自己镇静下来。

昨晚在这儿刚见过川村，大概是今天发生的事情。

"你有没有经手川村的手表？"老板的声调带着严厉盘问的语气。

敬子忙不迭地摇头否认。

"那就好。你要是也掺和进去，事情就闹大了，再把店的牌子捅出去，就发展成信誉问题。所以我一直不放心。"

敬子惊悸恐惧、胸口难受。

"我知道川村的为人，不会连累别人，他大概不会开口。"老板说，他从敬子的脸色上判断敬子也牵连进去了，但不想把事情闹大，"有一点必须明确，这是他个人的事，跟商店没有关系。我也做好了

284

思想准备，警察传唤我去做旁证人……事情很挠头，弄得不好，还会把商业上的秘密给抖搂出去。"

敬子说不出话来，脑海里浮现出川村其貌不扬的脸。战争结束后，川村很大年龄才结婚，所以两个孩子现在还小，听说他妻子多病，靠他一个人的工资养活不了一家人。现在，这家人多么沮丧凄凉呀！

"要不，我到川村家瞧瞧去……"

"呀，别去，千万别去！"老板急忙把烟掐灭，"现在暂时回避为好，说不定会有人盯梢，犯不上被他们怀疑。"

敬子想起俊三失踪的前一天晚上说的话："反正大家认为不该做的事，最好别做……弄得不好，会在意想不到的地方栽跟头。"

即将结束生命的人对带着三个孩子的敬子什么都没留下，只留下这句话，未免残酷无情。

但是，最近敬子买卖顺手，有些忘乎所以；或者说她迫于需要，利令智昏，经不住别人的引诱，跟着做违法乱纪的事。

"只好先让川村歇一阵子，可是最近有不少顾客很喜欢你设计的戒指款式，如果可能的话，希望你每天都来店里坐班。行吗？"

"啊。"

"宝石属于女性，如果店里面有你这样稳重精干的女性，客人也乐于惠顾了。"

敬子还需要考虑一下。

"以前有一个女宝石师，后来死于空难。"草野一边说一边打开保险柜，取出一个丝绒小盒，"她自己说空运过海洛因，就是毒品……钱、钱，为了钱，无恶不作。"

老板打开盒盖，让敬子看。盒子里放着直径约三厘米的色泽艳丽的圆形景泰蓝花束和十二颗小豆般大小、形状各异的泛青的天然珍珠。敬子不知道是什么东西。

"您打算解雇川村吗？"

"这段时间先不让他来上班，因为商店的信誉更加重要……他的事，可能会上报纸。"

"只是一段时间吗？"

"这让我再考虑考虑。跟他共事，人倒是个好人，只是那副长相实在不敢恭维。客人看那模样，会把真货认作假货，有时真让我提心吊胆。再说他又好赌。就是说，为了钱，会不惜铤而走险闯独木桥。"

敬子对草野先是反感，继而轻蔑。她的心反倒平静下来。在川村丑陋的"那副长相"里，有着比宝石更加闪光的品德。草野店能保持那么多老顾客，难道不是因为川村的诚实、勤奋和能干吗？

如果草野把川村解雇，敬子也不想在这店里工作。她不喜欢川村，但是信得过他，再说，还有童年之交的那份怜悯之情。

敬子默默地点燃香烟。

"这个活儿很麻烦，但能不能请您快一点儿。"老板像讨好敬子似的谈起工作，"这是战时的捐献品，当时主人把上面的金银都拆卸下来。这个景泰蓝好像是中国的东西，原来珍珠镶嵌在景泰蓝四周，是非常罕见的女式垂饰表的表壳。现在客人要求把这两样东西拼成一件或者各自设计成饰物。您考虑一下。"

"……"

"这位客人总是穿洋装，年龄三十出头……她希望十一月中旬之前交货。"

敬子也不好好看东西，把小盒子往手提包里一塞，紧闭着嘴。

草野又用怀疑的尖锐的眼光看着敬子："白井夫人，你真的和川村没有任何牵连吧……"

敬子笑嘻嘻地说："那可说不清楚，说不定倒是我借商店的名义到处推销呢……"

"开、开玩笑吧。"草野脸色缓和下来。

"这店里有几样东西暂时存放在我那儿，一个珍珠，还有垂饰，钱还没付给川村。过几天我送来。"

"不用着急，什么时候都可以，别介意。"

"不这样，我觉得对不起川村。"敬子像雍容大度的贵客一样步履优雅地朝门口走去。

"希望您以后每天到店里来，这也是为川村好，这样可以不用再找掌柜代替他。拜托您了。"

川村绝对护着敬子，他万不得已时可能会供出草野店，但死也不会出卖敬子。想到这些，敬子更加于心不安、过意不去。

"不能见死不救，他是为了我好。"

当然，川村既有自己的贪欲，也有为敬子生活着想的一面。

人生莫测，随时随地都有可能发生意外之事。人生在世，总是危机四伏、提心吊胆。敬子茫然若失地站在充满活力的街道上。

她走进以气球做奖品促销的西式糕点店，买了一盒饼干。出门后招呼出租车，直奔水天宫。

川村被捕，不会在家。在这种时候见他的妻子，双方的心情都黯淡沉痛。也许川村只把敬子也参与倒卖走私表的事告诉过妻子，这样的话，他的妻子恐怕会怨恨敬子。但是不能那样绝情忘义，要是川村进了拘留所，敬子也想去探视，送点儿东西。

敬子倚靠在后排座的角落里，忽然渴望拥有一间店铺。等给朝子操办完婚事后，要积极加紧策划。

"如果草野把川村赶走，就让他到我的店里来。"

和川村合伙也好，让他协助一下也罢，只要有这个精明老练的川村，买卖绝对没问题。敬子的脑子飞快地转动着，细致周到地考虑如何实现开店的计划，把昭男暂时放到了脑后。

出租车驶过批发店集中的街道。司机问："水天宫的什么地方？"

敬子从手提包里翻出川村的名片，让司机打开车内灯，借着昏暗的灯光看了一遍，然后递给司机。

车停在商店稀少的黑乎乎的路边，司机让她下了车。

沿街差不多都是玻璃拉门结构，敬子心里没底，只好看着门上的姓名牌挨家寻找。有的屋子飘溢出晚饭的味道。敬子忽然挂念起弓子回家吃的什么晚饭。

瞧她刚才那副疲惫的样子，要是朝子安排饭菜，恐怕她吃不下。

在银座碰见弓子后，自己还和昭男到十八屋吃饭。敬子觉得心里不安，甚至后悔。

朝子安排的饭菜，连清都无法下咽。这天晚饭又是炸肉排，茶褐色的面衣裹着厚纸板一样的肉团。餐刀一切，就从白色的盘子滑出去，一半落在桌布上。

"像秋天的落叶一样又干又轻。"清揶揄说，"要是认为凭朝子的手艺切不了这么薄，那就太小看她了。"

当然，这些都是让女佣从附近的副食店买来的半成品。

餐桌正中间摆着一个小白碟，里面盛着黄色的腌萝卜。餐厅就像一家生意清淡的小吃店。朝子默不作声地吃着，眉间又严肃起来。

清坐在朝子对面，用餐刀切着似乎会把盘子切开的炸肉排，实在无味无聊，便想起战后初期的生活。可能是少不更事，他觉得那个时候的日子里也充满欢乐。但他现在没有心情跟朝子聊起往事。

只要朝子心里不顺，闹起小脾气来，跟家里人几天不说一句话都满不在乎，而且最近她的言谈举止带着明显的歇斯底里。清对她已经失去了亲睦的感情。

这一阵子，敬子常常外出，晚饭也显得寂寞冷清。弓子进厨房，饭菜的花样和味道总还说得过去，但最近她似乎也心不在焉、马马虎虎，缺少在敬子指导下帮厨的那种精心和热情。

跟弓子在一个屋檐下生活，清既放心又失望。他想让母亲打听一下"莫不是这个家让弓子待不下去……",但犹豫着不便开口,又没有和母亲好好说话的机会。

吃罢无聊的晚饭,朝子也不收拾,手肘撑在桌子上,托着下巴看起《广播文化》杂志来了。

清忍不住说:"喂、喂……"

"……"

"喂、喂……"

"我有名有姓,别'喂、喂'好不好?"

"收拾桌子呀!"

"芙美子、芙美子……"朝子大声叫女佣。

"朝子对做饭毫无兴趣呀?"清冷笑着说。

"谁说没兴趣?"朝子也冷笑着顶回去,"不过嘛,女人有了工作,还是从家庭中解放出来为好,所以对厨房的事就不亲自过问了。"

"高论!令人佩服。这么说,你也做得一手好菜,只不过用理性压抑这种手艺罢了?还要以顽强的意志忍受这种难以下咽的东西吗?"

"嗯,也可以这么认为。"

"这就是小山先生的生活主张吗?真是独一无二呀。"

"人不论干什么事,总要做出一定的牺牲。"

"这么说,也没必要成立家庭。"

"你的想法太陈旧。现在在外面也可以吃得很便宜,洗衣服可以交给洗衣店,利用这些时间读书和工作,不是很好吗?"

"有了孩子,也让别人代养吗?"

"不要孩子嘛。"

"看起来就像大艺术家一样手不释卷。"

"可以明白地说,比你强。"朝子甩了一句,走出餐厅。

因为白天短暂,清就觉得弓子回来得晚。教会学校一星期上五天课,星期六也休息,每天要上七节课。虽然如此,今天他还是觉得格外晚。

清懒得动，随手拿起桌上的报纸。报上刊登着从中国归来的日本人的照片、关于相模湖事故原因的评论、取缔走私表、交通事故、首相出访活动消息的报道……

清挑他感兴趣的文字翻阅一遍，还看了家庭栏目中有关宝石的信息——现在已进入人造宝石的时代。光东京都内就有二十多家妇女首饰批发店。由专门的工厂、雕刻工匠、瓷器店进行仿珍珠与宝石加工制造，款式特别新颖，日趋流行。

佳人卧病

一家位于日本桥的首饰批发店集中了十几个美术学校毕业的设计师，参考世界各国的流行趋势，设计半年以后的最新流行款式。但据说连设计最成功的款式接连三个月都卖不动。

清想，要是一种流行这么快就过时，母亲的工作反而还能维持下去。

美国为了把冲绳变为原子弹和氢弹基地，已经花费了十亿美元。真是如此吗？

健康信箱、食谱介绍，再下面有这么一段话：原子弹——正在国外访问的首相又是日本蔷薇会会长。他把用受到原子能污染后倒掉的金枪鱼做肥料培育出来的蔷薇花新品种命名为"原子弹"。

这段文字似乎是读者来信。清觉得即使是属于小幽默，也未免基调太暗。他皱起眉头。

这时，听见门响，清站起来，走到走廊，只见弓子坐在门口里侧，昏暗的灯光映照着她的后背。

"你回来啦。"

弓子没有回答，像木偶一样站起来。她可能头晕目眩，走路摇摇晃晃。

"弓子，你怎么啦？"清赶紧上前，弓子浑身无力地倒在他的怀里。

"啊！"

弓子看似苗条轻柔，这么瘫软地倒在身上，沉甸甸的几乎抱不起来。她的脸往后仰着，苍白失色。

清惊慌地喊着"弓子、弓子……朝子、朝子"，踉跄着把她抱到床上。

"朝子，快打电话，叫昭男大夫！"

"昭男大夫，不，不要……"弓子忽然开口说。

"对了，昭男大夫是外科，还要等好长时间。"

清跟家附近的、认识昭男以前就一直是敬子家保健医生的人联系上，请他来看病。

医生还没来，弓子出现发绀，呼吸急促，说胸口憋得慌。清知道弓子拖着病体、忍着痛苦勉强回到家里，倍觉可怜。会不会就这样子过去了……他简直六神无主。

"朝子，快把她的校服解开！快把袜子脱下来呀！"

"对。"朝子点点头，"怎么回事？好可怜呀。"

朝子给弓子解衣脱袜，清到外面打电话催医生快来。

现在的清，毕竟跟之前弓子十五岁做盲肠手术要脱衣服时被昭男带到室外的清不一样了。

"说是已经出来了。"清回到弓子身边，然后把朝子悄悄地拉到角落里，说道，"要是人不行了，怎么办？"

"人没那么容易说不行就不行的。"

"这可难说。不过，我，即使她死了，因为真正地爱过她，至少我也满足了。"清泪流满面。

"什么？瞧你多自私。真可怕！"

医生诊断是脚气冲心症，打了高剂量的维生素 B，说"不要紧"，又叮嘱不要吃米饭等注意事项，就走了。

朝子送医生出门后，站在房间门口说："对，总算平安无事。护理就是哥哥你的事。你就睡我的床好了，我到你的房间睡。"

还没等清开口，朝子就消失得无影无踪。这就是嘲讽加同情式的善解人意吗？

清害怕弓子会死去，无意中向朝子流露出自己真正爱恋弓子的心里话。清没有后悔，他为弓子的平安无事感到欣慰。

既然对妹妹说了，对母亲也要祖露心曲。这样，爱情就像决堤的洪水一样汹涌澎湃、一泻千里。

但是，清很在意朝子说他"可怕的自私"这句话。要是弓子真的死去，自己除了思念对她那一份真心的爱情之外，还能有什么呢？清相信，如果这份爱不能与弓子相通，假如弓子不在人世间了，他一辈子只能用这种思念来慰藉自己。

朝子是刀子嘴豆腐心，看到清和弓子待在一起，大概不好意思掺和进去，自然退出来。

弓子的呼吸不均匀，高一阵低一阵。清心有余悸。

她好像一下子消瘦下来，白皙的睡脸犹如古画中的仕女。

清目不转睛地注视着她，觉得无比妩媚，心头发痒，真想俯身亲吻。但她现在是病人。

敬子最好还是快点儿回来。她现在干什么呢？

从弓子的呼吸就能知道她现在痛苦难受。

清摸着弓子的手，给她号脉。脉搏倒正常。弓子的手温暖柔嫩，像没有骨头一样娇软光滑，她全身的肌肤难道都是这样的吗？清心里兴奋，像抚爱婴儿的小嫩手一样，把长着樱花花瓣般淡红细薄的指甲的五根手指，在自己的掌中一会儿握着一会儿松开。

弓子轻轻地把手挣脱出来。

"怎么样？好一些了吗？"

弓子依然闭着眼睛，点点头，好像不愿意别人跟她说话。

她刚才发绀那么严重，现在最需要安静。对清来说，没有比弓子安静养病的这个房间更能使他平心静气的了。这宁静的房间似乎充满清的语言，而弓子就被这语言包裹着休息。

"我没事，你去睡吧。"弓子就像真正的病号似的说话简短。

"我在这儿，等妈妈回来……"

清上了朝子的床铺，躺在被子上，两手交叉放在脑后。他开始在脑子里和病人说话：

"弓子，病好以后，我要认真地告诉你：咱们结婚。哪怕你病一辈子，我也不嫌弃你。你小时候第一次到我们家来，我看见你那双怯生生的眼睛，就一直这么想。你还小，不懂事，但我从那时起就感觉到自己的命运。命中注定，我们一起成长；命中注定，我们共同生活。我觉得你纯真可爱，才亲吻你，可那不是儿童的嬉闹。"

清无声地倾诉情愫，一种悲哀的情绪涌上胸间、堵住咽喉。他闭上眼睛，仿佛一边爬上高高的雪山，在星光灿烂的夜空飞翔，一边进入美丽的梦境——这本身就是一场梦。

脚脖子冷得发麻，清睁开眼睛。忽然，他看见眼前一个白色的幻影，所有的美梦顿时云消雾散，心头一阵狂跳。

刚刚洗完澡的敬子穿着白色毛巾面料睡衣，腰带还没系，站在昏黑的屋子里。

"我还以为是死神呢！"清没好气地说，"弓子差一点儿死过去。"

"我听说了。"敬子低声回答。

清发现电灯上罩着淡蓝色的包袱皮。弓子的呼吸均匀平稳。

钟声敲了一下，孤寂清冷。

"我也睡好长时间了吧？"清爬起来，摇晃着脑袋。

"有现成的洗澡水。"

"一洗澡，脑子清醒，睡不着觉。"

"热水泡一泡，暖暖身子。"敬子用命令般的口气说，接着话锋一转，"什么死神？有这样说话的吗?！"

"睡得迷迷糊糊的，看见床头站着白色的影子，吓得我心惊肉跳。"

"你才把我吓得心惊肉跳呢。"

"几点回来的？"

"是几点来着？记不清了……早就回来了。"敬子支吾着搪塞过去。

敬子从川村家出来后，又去了昭男家。她觉得非去不可。只有对昭男，才能把川村走私手表败露的秘密和盘托出，才能把她在川村家的所见所感倾心相告。她一肚子的话不吐不快。如果对清说，那结果不是被他痛责一通，就是他不耐烦地哼一声了事。对弓子更不敢走嘴，她会整天提心吊胆，寝食难安。

然而，敬子最最渴望的，其实还是迫不及待地沉溺在昭男狂热激烈的爱欲里。

那时昭男已经回家。敬子一进门，他就说"我想你会来的"，一把将敬子搂在怀里。

当明月高悬天空的时候，敬子才想起弓子来。她蹑手蹑脚地打开大门，没有任何人出来迎接。

弓子生病的事是听女佣芙美子说的。

朝子好像睡着了，弓子也睡了。清在朝子的床上打盹儿。

敬子匆匆忙忙地洗了个澡，把昭男留在身上的味道冲洗干净。

清走近敬子身边，觉得有一股热气掠过自己的脸颊。最近，母亲大为变样，不像以前那样什么事都沉不住气、惊乱慌神。清觉得她对弓子、朝子和自己的态度都有所变化。

第二天，弓子病愈，虽然身子还是酸软发懒，有点儿头疼，但精神很好。

敬子为了宽慰弓子、排遣她的愁闷，便拿出昨晚草野店让她设计款式的景泰蓝放在弓子手里，婉转地说："弓子，你也动动脑筋，把这个设计成漂亮的饰物，给三十多岁的爱穿洋装的女人佩戴。"

"我的脑袋瓜好像不是我自己的似的，什么也想不了。再说，三十多岁的女人要求什么样子，我也不知道。"

弓子虽然这么说，但还是被精美雅致的景泰蓝吸引住了，端详着。

看来不是因为昭男的事胡思乱想想出病来的。敬子这时也松了一口气。

"听说脚气冲心这种病很可怕，弓子你平时要注意身体。"

弓子坐在被窝里，低着头。

"站在街头募捐累的。"

"我累得难受。"弓子背过脸，"募捐完以后到学校点钱，回家的时候，电车挤得满满的，憋得我心脏简直要停止跳动，浑身出冷汗。"

"要是晕倒在街上，那可怎么办？这种时候，你就坐出租车吧，或者先去昭男大夫的医院……"

弓子想起自己咬着牙硬撑回来，一进门就倒在清的手臂里。清尽心尽意地护理自己，一点儿也不觉得他可怕。

弓子也知道清累得支持不住，迷迷糊糊地睡去，身上什么也没盖。她喊："哥哥，这样会感冒。哥哥！"但清睡着了没有听见。她因为胸口堵得难受，无法大声叫喊，更不能下床替他盖被子。弓子心里惦念着清，昏昏沉沉地睡着了。

昨天晚上，弓子没有盼望敬子早点儿回来。可今天早上，敬子掉以轻心，心安理得，其实大错特错了。弓子看到敬子对昭男那个样子，以少女的本能感到厌恶。她怨恨敬子对父亲无情无义，没两天全忘得一干二净。对敬子信赖的纽带似乎即将断裂。弓子现在的心不在清身上，倒被昭男吸引走了。她一看见敬子和昭男在一起，不仅仅感到似乎被欺骗、自己的领地被侵犯的单纯的忌妒，更产生一种复杂的厌恶感。

弓子一边在胸前摆弄着造型优美的景泰蓝，一边奇怪自己怎么会有这种情绪。她觉得可能会发生悲剧。

这一段时间，稍稍碰到不顺心的事，弓子就想离开这个家。虽然没有考虑想不想和能不能回到亲生母亲那儿，但时常产生离开敬子、离开清的感情冲动，甚至害怕久病不愈拖延时日，心里着急。

"要是不能上学、必须请长假的话，索性休学算了。"

"为什么？"敬子惊讶地问，"不就剩下一个学期多一点儿吗？"

"要是不参加期中考试，恐怕毕不了业。"

"没关系，可以补考。"敬子尽量宽慰地说。

"要休息多长时间，我明天问医生。"弓子还是提不起精神。

"一会儿给田部大夫打电话，让他来瞧瞧就知道了。"

"不要，坚决不要。"

"怎么啦……"敬子听弓子口气坚决，不禁反问。

"不要，不要，不要！田部大夫是外科医生，用不着他来。"

敬子大吃一惊，说不出话来。她正用4B铅笔在洁白的图画纸上勾描仁丹大小的珠链。暗中觉察到弓子忽然回避昭男的心态，她依然不动声色地说："虽然是外科医生，但他对你的身体状况很熟悉。"

"不要，不要。"弓子颤动着肩膀拒绝。

敬子心想，如果把昨天晚上自己的行踪告诉弓子，也许会减轻她的怀疑，便说道："昨天，我去草野店里，那边出大事了。"

"……"

"川村倒腾走私表，被警察叫走了。"

但弓子连"妈妈，你没受牵连吧"这样的话都不问。

"我担心川村的家里人，觉得可怜，必须去探望一下，就到水天宫附近去了。这是我第一次去川村家。"

敬子在银珠链上交替连续地画上模仿景泰蓝的玉石和珍珠。但珍珠形状歪斜，似乎与玉不相协调，于是她用橡皮擦掉，改画细窄的纺锤形图案。

"两个孩子很活泼可爱，一个七岁，另一个五岁。他的太太看样子也很善良，只是体弱多病，日子过得并不富裕。我看了以后心里难受。"

弓子一副爱听不听的样子。

川村的妻子见敬子特地前来探望，觉得担当不起，不知所措，激动得热泪盈眶。"夫人您也是一个人，您辛苦操劳……"不知道川村平时怎么向她谈论敬子的。

"妈妈想帮她一把，因为他从当小伙计的时候就一直忠厚老实。跟他太太聊天，听她抱怨牢骚，不知不觉就过了时间。要是知道你生病，我早就回来了。"

敬子在弓子的枕边轻柔地松缓一下身体，把珍珠和景泰蓝放在设计图案上比试。

"怎么样，弓子？要是觉得链子长，不平衡，索性把链子再拉长，套成两圈。这首饰佩戴在穿着宽松的淡绿色雪纺绸衣服的少妇胸前……"

弓子瞟了一眼："像吉卜赛风格。"

"吉卜赛风格，那可不行。"

敬子想设计出优雅娇媚的款式。她把图案放在一旁，打算再好好斟酌考虑一下。

"朝子姐姐很幸福，工作很满意，又找到理想的对象，人生的道路会很平坦的……"弓子忽然转移话题。

"朝子很幸福吗？我担心她要么破坏幸福，要么错过幸福。"敬子坦率直言，"幸福，也许应该更加纯朴率直，需要忍耐和奉献。幸

297

福靠自己来创造，但并非自己一个人就能创造。有了满意的工作、理想的人生伴侣，就以为有了幸福，这种想法太天真幼稚。"

但是，弓子的眼神显得不服气。

"要是让我相信她那样子的确幸福，我也就放心了。可是不管问她什么事，都不告诉我，所以也就听其自便了。"

弓子谈论这些，是因为自己生病，还是对昭男依然耿耿于怀？或许昨天晚上跟清之间有过什么事？

敬子的眼前浮现出清孤寂的睡态。虽说护理病人，却和弓子在一个房间里，睡在并排的另一张床上。敬子决定注意观察他们。

弓子打维生素 B，吃麦片粥、面包、蔬菜、水果，静心养病一星期，觉得寂寞无聊。

但是，只要清在家，她就完全像一个病人的样子，也许是以生病做挡箭牌逃避清的进攻；也许是因为和清在一起等待敬子回家的这段时间最令人痛苦难受。

然而，今年大概是敬子时来运转的流年，她几乎不能在家里安闲片刻。房子的买主已基本谈妥，她便开始热心地察看选择店铺地段，联系安排施工。社会经济萧条，木材价格下跌，建筑工人没活干，可以缓期付款。敬子一边精打细算，一边独自与各方交涉。

"要是川村在，可以帮忙……"但川村被拘留了一个星期还没放出来。敬子到拘留所探视过，也托律师与他见过面。她相信"川村没把我供出来"。

这一阵一直是小阳春天气，医生允许弓子每天去学校参加两个小时的期中考试。弓子打电话把两三个好朋友叫到家里来帮她补习功课。她虽然嘴里喊着考试是个沉重的负担，但毕竟是学生，专心致志地用功学习也许是最快乐的时刻，总是精力充沛、心情快活，说话也带劲儿。

下午来的朋友回去以后，弓子就在厨房里一边哼着歌曲一边准备晚饭。

"田部大夫来了。"

"啊……哦？可是……"弓子语无伦次，急忙向门口走去。昭男已经坐在会客室的沙发上。

"您好。今天妈妈出去了。"

昭男双眼皮下明朗清澈的眼睛看着弓子，点点头。

"不知道什么时候回来。每次出门都说尽量早点儿回来……不过，我想快了。"

昭男的注意力不在耳朵上，而在眼睛上。他看着弓子："有些日子没见了，你有点儿瘦了。"

"是吗？"弓子没有昭男那种"有些日子没见"的感觉。

"听说是有些脚气冲心？幸亏不严重。现在怎么样？好像都好了。"

"嗯。是妈妈告诉您的吧？"

听弓子这么一说，昭男两眼发光。于是弓子也觉得这一阵子心里总是不可思议地闪现昭男的影子。

芙美子端着茶水进来。

"您还没吃饭吧？"弓子像羞答答的主妇一样问道。

"不用了。我马上就告辞。"

"怎么啦？妈妈会怪我不把她的客人留下来吃一顿饭……"

"我今天不是妈妈的客人，是特地来看望你的。"

"不敢当，那更要招待一顿。"

昭男本想开她一句玩笑"你可真能说会道"，但终于没有说出口，只是微笑着拿出一个包装精致漂亮的小盒子——一盒栗子甜点心。

"谢谢您。我爱吃什么您都知道。"

"知道。你妈妈告诉我的。还听说你不让我这个外科大夫给你瞧病……"

"哎呀……"弓子满脸通红，"什么时候见到妈妈的？"

"昨天。"

"真是的，什么都往外说，多不好。"弓子难为情地说。

"我根本不在意。我有自信，像你这样很快就好的小毛病用不着请我这个名医。"昭男油嘴滑舌。

"也不是很快就好，心里着急得很。下星期就是期中考试，因为没有课了，医生好不容易允许我可以去学校，这才放下心来。"

"别勉强。"

敬子告诉昭男，弓子不愿意让他来出诊看病，而且说弓子心重，耿耿于怀，有点儿闹别扭。让昭男装作若无其事的样子去探望她，安慰她的情绪，笼络过来。

所以，今天昭男的探病其实是一场戏。

但是，当昭男这样和弓子面对面聊天时，发现她尽管多少觉察出自己和敬子的关系，对自己仍然心存好感，于是不愿意继续演戏。

"我该告辞了。"

"再坐一会儿吧，就我一个人在家。"弓子的眼睛浮现出几分恋慕的神色，腰身轻盈一转，走出房间。

昭男演的戏大功告成了吗？弓子似乎没有显出忧愁苦闷、郁郁寡欢的样子。

昭男面对年轻的弓子，忽然觉得自己也朝气蓬勃起来。好久没有这种感觉了，仿佛沐浴着温暖的阳光。

昭男一个人坐在会客室里。从敞开的房门可以看见弓子正神采飞扬地把餐具咔嗒咔嗒地摆在朱漆长盘上。

"妈妈回来以后再吃正餐，现在先陪我吃一点儿。我肚子饿瘪了。"弓子一边说一边摆碗筷，"这是脚气病人吃的饭，真可怜。大夫您有米饭。"她冲昭男做了个鬼脸。

加上花椰菜、胡萝卜、欧芹的通心粉和奶汁烤菜，昭男的盘子里还有摆成花瓣形状的牛油炒饭。

"家常便饭。"

"嗯。"

"我喜欢做饭，以后给您做好吃的。"

"这就够多的了……"昭男觉得像在郊游吃野餐。

"朝子呢？"

"最近连续演出广播剧，每天都出去。"

"快举行婚礼了吧？"

"嗯。可她还是老样子，不急不忙。我要是像她那样办事充满自信、沉着稳重就好了。"

"你真到结婚嫁人的时候，也会沉着稳重的。女人不都是这样吗？"

"是吗？"弓子抬头正视着昭男，"是那样的吗？这不是瞧不起女人吗？"

"确实有这种倾向。"

"要这么说，我是不是也要随便找个婆家嫁出去？"

"随便找个婆家吗……"

"我也不能随心所欲地在这个家里老这么待下去呀。"

"嗯？"

"我一个人的时候总想这些事，不知道该怎么办。"

"你想这些事吗？"昭男皱起眉头，"妈妈和清都疼你，用不着想这些。"

"像田部大夫这样幸福的人恐怕不能理解……"弓子脱口而出，赶紧收回来，"我太狂了吧？"

"是有点儿。"昭男笑着说，"难道是我幸福，你不幸吗？"

"您笑话我吗？"

"我感到吃惊。"

"爸爸不在以后，妈妈对我格外挂虑。"

"大概真是如此。"昭男点点头。

"所以我也就对自己挂虑起来。"

"……"

"哥哥人很好，就是老追着我，受不了。"弓子把这事说出来，顿时面红耳赤，收住话头。

"为什么？说下去。"昭男的口气也很拘谨严肃。

"不说了，那样更让妈妈挂念。"

"弓子，你以为我会把什么事都告诉你妈妈吗？"

"嗯。"弓子不假思索地明确点点头。

昭男心里难过，他用手掌合抱着茶杯，注视着弓子。

敬子对昭男说，他和弓子在家里的时候，她从外面先给家里打电话，然后再回来。如果昭男不等敬子的电话就走，她一定会到昭男的住处去。她让昭男驱散弓子的疑云、解开弓子心中的疙瘩，但昭男从一开始就不同意这样做。

不过，他自己想来探望弓子。来了一看，弓子对敬子和他的关系毫不怀疑，自然也不讨厌他，还把自己的秘密告诉他。

"要是受不了，就明确表示受不了，双方好好谈谈。"昭男说。

弓子垂下眼帘，低声说道："什么思念、什么爱情，我都闹不清楚。"

昭男立刻心领神会，弓子和清像亲兄妹一样一起长大，亲密无间。清作为男性很难对妹妹表示恋慕之情，但他爱上了弓子。

"我心里难过，虽然不是故意这样，却好像一直在欺骗哥哥……"弓子双手捂着脸。

昭男以为她伤心落泪，看来不像，她是掩脸遮羞。他不敢贸然开口，便敷衍着说："弓子，别思虑过度，不然又会引起脚气冲心。"

弓子的手从脸上拿下来。

"如果有一天我从妈妈身边跑出来，您会理解我不是一个忘恩负义的薄情人吧？"

"什么？究竟怎么回事？你的心乱成这个样子。要是你跑出来，我哪能置之不理。"

"我也想自己安排自己的生活，要不到您哥哥的店里干活……"

"不可能！像你这样的小姐怎么能去干活呢？哥哥绝对不同意。"昭男含羞地想起哥哥看上了弓子，曾经向他暗示过，想让弓子嫁给他。

昭男不想再继续等敬子的电话。与其让敬子回来看一出她自编自导的戏，不如自己早点儿回去。和敬子串通一气对付纯洁真诚的弓子，不仅痛苦，而且凄楚。

起初，昭男倾慕的不是弓子的年轻美貌，而是敬子的稳重娴雅。然而，他从一开始就听敬子诉说身世遭遇，接着为朝子做了一件秘密的事，现在又要打开弓子的心扉。最近清也开始接近他。

昭男发现自己在这个家庭里不知不觉成了这种人，便对弓子说："不是像你所说的那样，出去工作才是自己的生活。你本身的存在就是自己的生活。"

"我本身又存在于什么地方呢？"

"就在这里。就是现在坐在我面前的弓子你的家里……"

"妈妈回来了。刚才的话别告诉她。"

但是，进来的是清黑乎乎的身影。

这天，敬子忙到很晚。中午和被释放出来的川村以及律师一起吃饭。川村对案件避而不谈，敬子心里明白，便具体说明店铺计划。

敬子告诉川村购买了麻布大街的三十坪高价地段，已经付了定金。川村只是嘴唇一动，什么话也没说。他脸色阴郁愁闷。

"这个店，你不帮一把，我一个人弄不了。"

川村眨巴几下眼睛，问道："旁边是什么店？"

"美容院。"

"美容院？另一边呢？"

"另一边是围着很长石墙的高级住宅，再过去是外国人常去的咖啡馆或者俱乐部什么的。"

"……"

"离都营的电车站也很近。那石墙围着的高级住宅以前好像也是洋人宅邸，连小巴儿狗的毛都修得短短齐齐的，头上还系着绸带。"

"狗无关紧要。"

"川村，你去看看。下星期一一起去一趟。你还能见到那条狗。"

"哦。"

和受宠若惊的川村分手后，敬子到百货公司的首饰柜台转了转。为了获取设计款式的参考信息，她常常逛百货公司。仿宝石玻璃，用彩色云母贴在极细金属丝上做成的昆虫趴在金银色的花朵中，这些给她留下了深刻印象。然后她去草野店接待顾客，还要跟人谈店铺施工事宜。

六点，敬子在资生堂二楼和小山的哥哥见面，商定朝子婚礼的事。婚礼已经大体安排在教会举行；在餐馆举办婚宴，双方亲属约四十人参加；去伊香保新婚旅行。

"伊香保恐怕有点儿冷了吧？"敬子说。

"天冷正好，可以节省点儿费用。浑身冷飕飕地看着满山红叶如火。"

婚礼费用双方共同负担，伊香保的旅费由新郎方面负担。小山准备在下北泽租房，两口子就住在那儿。他好像本想在敬子家里暂住一段时间，但如意算盘落空，敬子也觉得有点儿过意不去。

小山的哥哥和敬子见过两三次面后，熟悉亲热起来。吃过饭，在银座第八街街头，敬子正要告辞，他扬手叫来出租车，说"送您回家"。这样，敬子就没有机会往家里打电话了。

小山的哥哥送敬子到家附近的坡道下面。弓子到门口迎接，一见面就问："怎么？没碰上吗？"

"谁？"

"田部大夫刚走。"

"呀。是吗？"

敬子大失所望。她脱下草屐，现在弓子在家，给昭男打电话不方便；刚刚回来，又不能再出去。

今天一整天没和昭男见面，敬子觉得倒霉透顶。要是从车站走回来，一定能碰上……她后悔莫及。可是昭男不等她回来，说走就走，是不是发生什么事让他心里不痛快了？

"他几点来的？"

"天快黑的时候……五点半吧。"弓子一边回答一边从走廊走进内厅，坐在桌前，翻开课本。

"留他吃饭了吗？"

"和我吃一样的东西。"

"哦？"敬子一脸既无兴趣也不惊讶的表情，"你告诉他病情了吗？"

"妈妈说话太夸张了，我不高兴。"弓子眼睛看着课本说，"他来探病，还送了一盒栗子甜点心。你吃吗？"

"现在不想吃。"敬子解开和服腰带，宽松身子，"都聊什么来着？"

"没什么，随便闲聊，都是我一个人说话。一会儿哥哥就回来了，接着他们两人就走了。"

"哦，跟清一起走的。"

昭男不会把清带到自己的住处，一定在外面。

敬子不想让弓子看见自己的脸，便走到镜子前坐下来，仔仔细细地端详。她忽然觉得身子疲累。

说不定清又会带着昭男回来。她暗中期待着，坐到弓子旁边，打开一本介绍古代美术的书。这是战前出版的《世界美术全集》中的《工艺》和《染织与服饰》分册。敬子慢慢地翻阅古希腊戒指、塞浦路斯古代人首饰、罗马时代的镏金青铜饰物、法国古代装饰头梳等

305

照片。

当朝子回来的时候，敬子正在看久米武夫的《宝石学》。

"今天和小山的哥哥全部商定好了。"敬子说。

"哦，是吗？"

"他说小山可以负担去伊香保的旅费。"

"嗯，我对他也这么说了。"

"是你让他出的？"

"我说的。小山理所当然要出。"朝子坐也不坐，说完就进了浴室。

"是呀，就像弓子说的，朝子沉着稳重，真拿得住气。"敬子轻声笑着说。她想在弓子面前掩饰被朝子冷落。

到了深夜，电话铃响了。敬子拿起话筒，传来清醉醺醺的破锣般嘶哑的声音："是妈妈吗？是妈妈吧？你知道我在哪儿？今天晚上不回去了。行吧？田部大夫也在这儿——向弓子问好……"

敬子忘记回话，就把话筒挂上了。

这天晚上，敬子辗转难眠。四点左右，听见哗哗的大雨声。

可是第二天早晨，天气晴朗。在这凉秋时节，敬子被热醒了。昭男和清的事立即涌上心头。这两个人干什么了？化妆的动作也缓慢下来，她在镜子前面坐了近一个小时。清有点儿难为情地进来。

"你回来了。"

清坐在敬子背后，两腿伸直，点燃一支烟。

"到底干什么去了？"

"到银座喝酒。"

"又是美根子那家酒吧？"

"不是。"

"在哪儿过的夜？"

"田部大夫说怕你生气，不让我说。"

"我想知道。你说！"敬子一边用卡子卡住鬓发，一边从镜子里观察清的表情。

"都是我不好。"清看来没有睡觉，嗓音尖挑，"我把昨晚的事统统坦白告诉你，但你绝对不能跟田部大夫说盘问我了。"

"那不行，别像煞有介事的……好吧，就算我什么也没问。"

清不敢抬头，低眉顺眼，烟灰掉落地上。敬子觉得他是个乳臭未干的小毛孩。

"是我主动要去的，结果我喝醉了。我跟田部大夫的交往还不深，以为他对酒吧这种地方不熟悉……"

"后来呢？"

"是我提议的，然后他就把好像已经认识的店里的女招待和她的朋友带出来，我们一起去女孩子住的地方。"

"瞎胡闹！"敬子不是对清，而是冲着不在场的昭男叫喊。

"妈妈，你生气了吧？"

"什么叫生气了吧？"敬子对清这种说法气得发抖。

"虽说是女招待，但两个人都是知识青年，说话通情达理，不觉得庸俗下流。"

"你愚蠢得真够可以的。"敬子看镜中的自己显得老气横秋，难受地合上镜匣。

"说是玩文明游戏，大家一边喝威士忌一边打扑克。过不久我一看，田部大夫已经躺下打起呼噜来了。到下雨的时候，我一直没睡。"

敬子开始使劲磨指甲，她的脸凄楚难看。清看这个样子，不好继续往下说。他的脑海里浮现出昨夜的景象。

"困了吗？下雨了。"躺在身边的女人想把脑袋瓜钻进清的腋下，"你害怕了？"

黑暗中看不见她的表情，但她开始轻柔地挑逗。

"没玩过吧？"

女人温暖的嘴唇消除了清害怕的情绪，她柔嫩软和的身体卷裹着清两条硬邦邦的腿，清笨手笨脚地任凭摆布。

"要是不干那事就好了。"清悔恨交织的声音充满孤寂悲凉，唤起了敬子的母爱。

"现在后悔，何必当初。你难道忘了把弓子一个人扔在家里，自己出去……"

"没忘。我想起弓子才解脱出来。"

"怎么解脱出来？"

"……"

"银座的哪一家酒吧？那两个女招待叫什么名字？"

"算了。反正我再也不去了。"

"你和田部大夫什么时候分手的？"敬子小心翼翼地问。

"在涩谷吃的早饭，咖啡味道不错。他说回家去，在车站分的手。"

"我也无法感谢人家。"

"感谢倒可以……不过，感谢什么？您最好装作什么也不知道的样子。他也难为情呀……"清咧着嘴笑。敬子真想用手指敲敲他的额头。这个风流小生昭男在别的地方，就把敬子忘到九霄云外，而敬子还要装聋作哑、忍气吞声。她叹了口气。

莫非是昭男怕自己和敬子的情事败露，为了让清说话腰杆不硬，故意安排这出桃色游戏？

敬子还托他来安慰弓子呢，说不定又铸了大错。

婚礼之前

十月底的黄道吉日。麻布店的施工顺利上梁。预定明年一月中旬开张。朝子的婚礼也越来越近，全家喜气洋洋。

昭男和清在女招待的房间过夜以后，敬子很不高兴，心想："昭男不来找我，我也不见他。"

可是，昭男两三天没有音信，敬子想着"这个人没有我也居然平心静气的"，对他无所谓的态度忍无可忍。揪心的孤寂化作焦灼的思念，又仿佛带着难以排遣的快感。

敬子一天到晚忙得团团转，终于忍住没先给昭男打电话。

"有两张能乐票。去看吗？"

"不行呀，现在太忙……"敬子心口不一地拒绝。昭男的声音就像刚刚才见过面似的亲热，敬子悬着的心放下来，同时又觉得他滑头。

"不是今天的。"

"什么时候？"

"明天下午一点，晚去一会儿没关系。"

"明天可以。"敬子的声音掩饰不住高兴的心情。

"染井的能乐堂。我在巢鸭车站等你。一点以前能来吗？"

"行。"

"那就这样，再见。"说完，昭男挂上电话。这四五天没有联系，也不关心地问一句"怎么样"，也不客气一句"前些日子弓子请我吃饭"。

敬子不满意昭男这种淡漠，但她马上就要和朝子一起去美容院，又想着明天看能乐穿的和服和腰带如何搭配。

这时，刚好绸缎庄来人了。朝子已经新做了结婚礼服、新婚旅行穿的一套红黑色西服和束腰风衣，不用再做了。敬子定做了底襟带花的黑色外罩和腰带，准备参加朝子婚礼时穿。今天绸缎庄特地把做好的衣服和腰带送上门来。

另外，上一次又顺便定做了一件布料手感轻柔的深青灰色和服，底襟和领子下面都织有两寸宽的灰色和铁锈色条纹，款式十分时髦，也已经做好送来。和服后背是素色，如果配上华丽鲜艳一点儿的中国绸缎的双层筒状腰带，一定显得光彩照人。

"真及时，明天就穿这件去。"

敬子最近无所顾忌地买和服，打扮得漂漂亮亮。绸缎庄的人一走，朝子就进来，像客人一样坐在屋子的正当中，说"妈妈最近也俏起来了"，好奇地看着露出包装纸的和服和腰带。

"俏点儿好，这样才有风度仪态。"朝子坦率亲切地说。

"弓子的塔夫绸衣服颜色不错吧？是我挑的。"

"我起先觉得太素，不过是闪光色，很漂亮。"朝子说，"塔夫绸的颜色配上珍珠戒指，相映生辉。"

"对，一定的。"敬子点头表示赞同。

"钱花得太多，妈妈以后日子不好过吧？"

"圣诞节之前还有活儿。那串珍珠，我打算设计各种款式，好好赚一笔。"

"别净给弓子，也给我做一副珍珠什么的……"

"新娘子只管放心，这事我自有安排。"

"是吗？别把钢琴卖了。"朝子立刻得寸进尺。

"不卖。把钢琴搬到麻布去，弓子还要弹呢。"

"那是岛木先生给我买的。"

"没错，是你的东西。"

"要是有了好房子，我就把钢琴搬过去。"

"好，希望你早日住上好房子。"

如果为了让女儿女婿抱有能住进可以放钢琴的家的希望，把钢琴放在麻布的小家里也未尝不可。但是，朝子什么时候能来搬钢琴呢？

"我的西服裙子，总觉得要掉下来。我不满意。"

朝子现在是纤腰一把，显得细瘦，也可能是出于新娘子敏锐挑剔的感觉。

"拿去改一改，完全来得及。"

"我现在就送去。"

"那我们一起走吧。先送你的裙子，再去松坂屋的美容院。"

"我想明天做美容。"

"今天做吧，一起去。"

敬子心想，以后母女一同上街的机会恐怕不多了。

两个人走在一起，最近甚至有人说她们像姐妹。敬子当然心里美滋滋的，觉得特别激动。这固然因为敬子长得年轻，又驻颜有术，同时也是孩子都大了，不用操心的缘故。

清和朝子出生不久，都病恹恹的，上小学以后才变得结实起来。那个时候，小孩子都病不起。敬子也没怎么管，他们都还茁壮成长。

但是，当孩子还只是刚刚抓着敬子腰间的时候，她日夜盼望孩子快快长大。

敬子有时觉得，人生在世，只有孩子才是自己未来最忠实可靠的亲人。但如今看着清和朝子一次也没有成为自己最可靠的亲人，就即将失去。

如果清和弓子结合在一起，也许不会失去得一无所有。

"你们长大成人，我也成老太婆了。"

"没那回事，妈妈年轻得很。"

"好了，快走吧。"敬子催促朝子，"我的年轻、我的生命都是过眼烟云，所以性急。"

敬子觉得发型和妆容都不合己意，明天要和昭男去看能乐，因此今天就想修饰一新。

外面秋高气爽、阳光灿烂。敬子对满面春风的朝子说："清和弓子筒井筒式的恋爱再一成功，我也就成了赋闲在家的老人了。"

"哥哥会不会是一厢情愿？"朝子轻蔑地微微一笑，"哥哥太宠着弓子，而且笨嘴拙舌。一块儿长大的，不好办。"

"别人的事，你心里倒挺明白的。"

"我觉得弓子喜欢田部大夫那种类型的人。"

"有那种迹象吗？"敬子控制着感情，不动声色地刺探。

"他比哥哥温存多了，双眼皮下那双明亮的眼睛简直会勾人，又有经济收入……连我都觉得他比小山更可靠放心。"

"你瞎说什么?！"

"田部大夫一定不喜欢我这种类型的女人。"

"马上就要结婚了，其他男人不喜欢你，不是更好吗？"

"女人的本能就是愿意得到男人的喜欢。我不算是强烈型的……我这个人，生来不会讨男人喜欢，所以也就死了这条心。弓子可不一样。"

"马上就要做新娘子了，说话也要像个新娘子的样子。"

"弓子说一想到田部大夫像死去的父亲，就觉得连他的声音都很像。"

"声音哪儿像呀？"敬子予以否定。

"妈妈，你不该让田部大夫折腾得家里天翻地覆。"

朝子的高跟鞋发出咔嗒咔嗒的硬邦邦的声音。

"我怎么不该了？"敬子只好装糊涂。

敬子敏锐地发觉，在昭男、自己和弓子之间已经存在着淡云薄雾般却似有电流的传感，说不定什么时候会冲撞出火花。她感到害怕。

"弓子爱她的爸爸，喜欢妈妈，从一开始就这样，一心一意。因为不是亲生母亲，所以她更倾慕您的魅力。妈妈的优点她身上都有。所以当我听她说田部大夫长得像爸爸时，感到吃惊。"

朝子的话如针刺在心上。

"我不觉得田部大夫长得像爸爸，不过倒认为他和弓子有相似之处，两人般配相称。这不很好吗？虽然哥哥很可怜……"

敬子觉得两脚发麻。

敬子走到银座，只见装扮漂亮、穿着时髦的姑娘与翩翩潇洒的小伙子来来往往。她仿佛被这些人卷裹进另一个世界。

朝子去服装店，敬子去草野店，两人说好在美容院会合。

在店里，敬子除了接待要求在圣诞节或者正月以前交货的顾客外，还承接了把玳瑁加工成西式饰物的活儿。她在店里考虑怎么加工玳瑁，但一出草野店，走进百货公司的电梯，就尽量不动这个脑筋，什么也不想。

朝子还没来。敬子躺在做美容的躺椅上，脸上抹着掺有激素的酸奶，然后用带有橡皮吸盘的器械抽吸面部皮肤，享受着任人摆布的舒心快感。敬子觉得这个小房间如同女人的避难所。

即将完工的麻布店铺的装潢布置，古色古香的玳瑁饰物款式，垂在脸旁的精心修饰的发型，据说是今年巴黎流行的花瓣形鬓发……各种思绪在脑海里漫无边际地飘来飘去。其实这些不过是暂时排遣纷乱不宁的心情。

莫不是朝子知道昭男的事才故意那么说的？敬子越想心里越发毛。

做完美容后，她到另一个房间，坐在镜子前面。

"头发怎么梳？"年轻的美容师问，又补充说，"香月老师出去了……"

敬子说后面头发剪短，前面做成松软的鬓发装饰在额头上。

朝子不知什么时候已经坐在敬子附近，正在吹头。她把头发烫成大波浪，也不剪短。她大概就是以这种发型去结婚吧。

朝子在门外等敬子付款后出来，附到她耳边低声问："多少钱？"

"一共二千二百日元。"

"结婚以后，就来不了了。"

"你年轻，打扮的方法多得很。"

"妈妈，预祝您的店获得成功。"

"哦？"

"我好去敲一点儿呀。"

"我可受不了。"

"反正多半我会去敲一点儿的。"朝子笑嘻嘻地说。

敬子已经准备好了明天和昭男相会。她忽然火辣辣地思念起昭男。

"婚礼以前，最好也带弓子来做一次美容。"朝子说。

"对，我也这么想。"

"成天用甲酚水擦榻榻米，都擦出神经衰弱来了。"

"那是医生吩咐的，杀灭榻榻米里的枯草菌。"

"家里的气味就跟病房的一样。"

"那种气味才能让弓子的情绪安定。"

"最近她变得有点儿洁癖，白内衣、手绢有一点点脏都不行。我总觉得不太正常。"

敬子听起来，朝子这句话好像也是责怪她。

前些日子，弓子梦中感觉到清冰凉的嘴唇，犹如犯下大罪般的羞耻和惊惧吓得她醒过来。

她梦见的是两小无猜时嘴唇的触感，但从一起逛新宿回来后，有一次梦见的却是最近的接吻。

这也是造成弓子洁癖的一个原因。

敬子不在身边，弓子难以安眠。半夜忽然醒来，一片落叶，也会以为是秋雨潇潇或者人声响动，吓得心惊肉跳。她自己都怀疑这样惊惶不安、心情浮躁，是不是由于这场病引起的。

放学以后她先去打针，然后再回家。有时候医生出诊，她只好跟其他病人一起等医生回来。即使如此，弓子还是不愿意去昭男的医院。

期中考试结束后，学校照常每天上课。弓子为了写一篇读书心得的作文，翻看父亲遗留下来的文学书籍，顺便整理了一下。

翻译小说里，有的地方弓子还无法理解，恋爱和情欲的人生百态，使她觉得这个世界就是由错综复杂的男女关系构成的。也许世上根本就不存在弓子如痴如醉地茫然等待的那种爱情。

随着朝子的婚期临近，家里的气氛活跃充实。敬子精力充沛地一手张罗操办。

只有弓子感到孤独。为什么自己对朝子的婚事不能从心底表示祝贺呢？难道就因为不是亲姐妹吗，还是由于自己心地龌龊呢？

弓子一点儿也不认为朝子的婚姻令人羡慕。她觉得爱情应该更加美好。

虽然父亲和敬子没有结婚，但在他们的共同生活中，开头几年的确有爱情。弓子正是在这爱情中享受和睦的宁静。但是，她从销声匿迹的父亲和此后的敬子身上感受到弃儿的寂寞凄楚。

虽然非常清楚敬子仍然关心惦念自己，但自从和昭男过从甚密后，就不能像以前那样伸手依赖敬子了。弓子不会长久地怀疑嫉恨别人，这固然是她禀性如此，同时也是在这个家庭里的位置所致。

弓子在街头募捐时看见敬子和昭男结伴同行，身心深受刺激，以致病倒。她病中极力自我开脱，以为自己听风便是雨，思虑过度。但心中的阴影无论如何也无法拭净。

当弓子心慌意乱六神无主的时候，有时一想起昭男，便会豁然开朗，但每当此时，敬子巨大的身影就堵在眼前，让弓子十分别扭。

朝子出嫁以后，自己就要在敬子和清的夹缝中生活，恐怕比现在还难受，还是朝子在家里好。

怎么办？让人进退两难、束手无策。弓子木然。

敬子最近忙忙碌碌，很少进厨房，只是发号施令，而且经常不在家。弓子则应付上门的推销员，帮助女佣干活。以前做饭是一种乐趣，现在成了负担，多半是和清两个人像小孩子过家家似的吃晚饭。

清对弓子做的饭菜赞不绝口。但这反而使弓子增加负罪感，心里沉重抑郁。

她今天也百无聊赖，不知道做什么好，思来想去，打算和女佣一起上街买菜，便叫"芙美子、芙美子"。这时，敬子带着朝子忽然回来了。

"回来得正好。妈妈，今晚吃什么？"

"我一进门就谈吃什么，像个家庭主妇……"敬子说，但一转口又说，"对不起，让弓子亲自去买……我已经买来了杂煮的原料。"

"那太好了。"弓子兴高采烈。

"把锅拿出来，边煮边吃。"

桌子上摆着煤气炉。热腾腾的白汽、杂煮的味道、咕嘟咕嘟沸腾的声音，都显得欢快。

敬子和朝子刚刚梳妆完毕、喷上发胶的头发油光锃亮。吃饭的时候，一家人团团围坐。好久没这样其乐融融地团聚。弓子给大家盛饭，但总觉得少了个谁。

"爸爸怎么躲着不出来呢？"

弓子有种死去的人好像躲在家里什么地方的错觉，有时觉得这样不由自主地想念父亲，是否也是神经疲劳的缘故。

不知道弓子和敬子是否心灵想通，敬子说："好像少一个人似的。"

弓子心里一惊，像冷不丁被人从背后紧紧抱住一样。

敬子惊愕于自己一不留神脱口而出的这句话，慌忙补充说："尽管朝子平时一天到晚不在家，可真一走，还是觉得寂寞冷清。"

谁也没有搭腔。

"虽说总有这一天，但我没想到朝子会这么快结婚。"

"我自己也没想到。"朝子说。

"没想到的结婚还结成了。"清自言自语。

"本来就那么回事。做十年规划的结婚最后不也一个样？"

"明年可热闹了。"清避开朝子的旁敲侧击，"乔迁新居，弓子毕业，身体健康。我听医生说有的人内脏虚弱，要到二十四五岁才能恢复健康。朝子大概会抱着小宝宝来玩。"

朝子笑着打岔："他不想要小孩。"

"怎么？要为艺术献身？"

"也有这个因素……"朝子含糊其词，低头摆弄筷子。

小山不是不喜欢小孩，好像从心里头害怕自己有小孩。是否因为一心期望朝子成为名演员呢？

这么一想，朝子有时惴惴不安。

朝子是一时心迷，委身于他，对小山还不十分了解，肉体相亲，心灵还不亲密。

她也没把身体出现的异常变化告诉小山。虽然她听说人流后经期有时会提前，但每次房事并不是感觉到作为女人的乐趣，而是首先意识到月经的沉重负担。

"又来了，以后会经常这样的。"

一想到这些，朝子就失去做新娘子那种羞答答的春心激动的情绪。

"不想做爸爸吗？"朝子问小山时，他明确回答，"与其说我不想做爸爸，不如说不想让你做妈妈。"

朝子是否必须认为这是小山对自己的关心爱护呢？

她觉得用不了多长时间，自己还会做人流，心里忧郁不堪。这种扭曲的不满对别人无法诉说，只能自己默默忍受。所以新娘洁白的婚纱、礼服和缎鞋都是虚饰其表，婚礼和新婚旅行不过是一场戏。

"演员式的结婚。"

既然如此，那就尽力表演吧！朝子有时看着自己扮演的角色这样想。

朝子把今天一家四口人吃团圆饭看作这场戏的序幕，努力过得愉快。

"来年春天，弓子毕业，一定出落得更加漂亮。可是我到这儿来，不会带着小孩来呀。"朝子说。

"女人生孩子以后会变得漂亮起来。"清说。

"哥哥，你还知道这事儿？"朝子和颜悦色地说，"孩子长大以后，女人又会漂亮起来。"她不失时机地恭维母亲一句。

敬子容光焕发。她想到明天又能和昭男约会了。

第二天，敬子比约定时间稍晚一点儿到巢鸭车站和昭男会合。

昭男叼着烟，心情愉快地眺望着生机勃勃的街景。

"等很长时间了？"敬子妩媚地莞尔一笑，看着昭男。她只要注视着他，昭男探望弓子、带清游乐、对自己不闻不问……这一切就都忘到九霄云外了，她反而抱歉似的说，"店铺施工、朝子的结婚准备，忙得一直没空打电话。对不起。"

这四五天没见面成了敬子的原因。

可是，昭男也不能无所顾忌地关心"弓子怎么样了"。

从电车路往右拐，是一条相当长的柏油路，两旁排列着深宅大院的围墙和没有被战火毁坏的老房子。

"你喜欢能乐吗？"

"医院的一个朋友在里面司鼓。我是外行。"

"去年差不多这个时候，我陪朝子看了一场《船弁庆》。看能乐就那么一次。"敬子说，"你请我看戏，我很高兴。"

"说不定没意思。"

"不，我也想看看能乐。我设计宝石款式的工作好像全凭那点灵感和悟性，但接触吸收其他美好的事物和不同的感觉，可以拓新思路。"敬子风姿秀逸地抬头看着昭男的脸。

来染井能乐堂看能乐的观众就使敬子大开眼界。这里是她毫无所知的另一个世界。

昭男翻开一本薄薄的谣曲谱，摊在两个人的膝盖之间。

演出的剧目是《弃老》。

昭男说他的一个朋友司鼓，敬子就觉得清脆响亮的鼓声激动人心，回荡在她的胸间。

《弃老》虽是精彩名剧，但敬子还是感觉过于苍凉凄苦。

狂言结束后，他们走出能乐堂。

"到热闹的地方走一走。"敬子提议说。

"去银座吧。"

"银座不行。"

"去浅草吧？"

"不愿意去浅草。"

敬子在银座被弓子撞见过，俊三失踪前在浅草与美根子游逛过。

"那池袋怎么样？离这儿也近。"

"池袋行。那一带不熟悉，去看看吧。"

两人在池袋吃了稍早的晚饭，然后到新近形成的繁华街道稍稍转了转，便自然而然地乘出租车去了昭男的房间。

敬子埋头在昭男怀里的时候，充满幸福和宁静。

"这就是我吗？这不是在家里时的我。你打我掐我，让我知道这就是现在的我。"敬子抚摩着昭男的脸颊，"你啊你！"

"我一出解剖室，你使用的香奈儿五号香水味仿佛扑鼻而来。"

"真的？"

"老有这种感觉，而且想得到你的温存。"

"五天没见，还有这种味道？"

"你的气味已经渗透进我的身体里面。"

"……"

"睡觉的时候，也想像小孩子一样在你怀抱的温柔乡里宁静舒适地歇息……"

"应该是我想这样……"

"我这个医生做手术还不熟练，就像做手术时精神紧张一样，解剖的时候也很难做到镇定自如。所以做完解剖后就非常渴望洋溢着青春活力的丰润的生命，总觉得闻到你的香奈儿香水的气味。"

"解剖？是解剖尸体吗？"

敬子想到昭男这双手接触过尸体，一股冷气穿过全身，但紧接着又一股热浪从心底喷涌上来："无所谓，只要你活着……"

手术前的紧张、缝合后的挂念，尤其要求外科医生高度的沉着冷静和一丝不苟。

虽然多次解剖过尸体，但工作一结束，摘下口罩、脱下大褂，第一次看到解剖尸体时那种异常的刺激总是强烈地袭上心头。

死者的头皮被剥开，用锯子锯开白色的头骨。

像碗一样取下颅骨，流出粉红色的脑浆。

筋骨带肉被剔除下来，然后仔细察看心脏、胃、肺。

昭男觉得无法探索在几个小时前还是活蹦乱跳、喜怒哀乐、敏锐思考的人的生命不可思议的魔力。他感到手脚乏力。

最初那一阵子，他从肉店前面经过时，都是扭头疾步逃离而去。

"我从解剖尸体中看到的全是污秽肮脏、惨不忍睹的东西。"昭男的眼皮抵在敬子浑圆丰满的胸脯上。

过了一会儿，敬子说"有点儿热"，把一只脚轻轻伸出去，吊在床边。

"朝子婚宴的请帖收到了吗？"

"还没有。"

"婚礼办完后，我就能轻松点儿了。"

"对。"

"想去旅行，轻松一下。这十年净为别人的旅行准备行装来着。"

"去吧，愿意去哪儿就去哪儿。"

"你坏，就像巴不得把讨厌鬼赶走似的。"昭男的反应过于冷淡，敬子有点儿慌神，便用粉臂温柔地勾搂他的肩膀。此时此刻，不知道他脑子里想些什么。

昭男想说"我要上班，你带弓子去吧"，但弓子的名字毕竟说不出口。其实，昭男未必对敬子冷淡。他觉得朝子的婚礼结束后，如果自己和敬子一起去旅行，弓子怎么办？想起来都觉得可怕。即使敬子一个人去旅行，昭男也仍然放心不下弓子。

但是，敬子只字不提弓子，昭男对女人这种本能感到郁悒压抑。

那天夜晚，醉醺醺的清向昭男坦言自己爱弓子。第二天吃早饭时，他说："田部大夫，就因为我爱弓子，才保持一身干净。尽管被那个女人笑话，我也没有干后悔莫及的事。也许会有那么一天，田部大夫，请您给我做证。"

"我睡得昏头昏脑，什么也不知道。不过，我相信你。"昭男的脑海里浮现出弓子的脸庞，他自己也产生没有对不起弓子，而是对不起敬子的错觉。

"弓子很纯洁，不能玷污了她。"昭男对清说。这句话也是说给自己听的。他想不再接近弓子。弓子亲切自然的言谈举止、表情神态，却带着巨大的魅力遽然涌上心头。

昭男考虑不再接近弓子，也是因为听她倾诉过对清的态度深感不安。

那天晚上，弓子表现出异乎寻常的好意，令人回味，让昭男陶醉于美梦之中。

如同被众神追逐以致变成花卉的希腊神话中的少女，弓子如果被逼过甚，也会隐匿行踪或者变幻成其他什么东西。更何况自己与弓子的妈妈如此关系，再去追求弓子，天理难容。

人生在世，哪怕自己和最理想的女性有缘相识，却也无缘结发。昭男不能不纷扰悲惜。

看能乐的第二天，医院收发员交给昭男的一沓儿信件中夹着朝子婚宴的请柬。

"我去参加好吗？我作为敬子的情人坐在她女儿的婚宴席上，这算什么呀？再说，我又帮着给朝子做人流，也不适合应邀参加。如果我和敬子结婚，大概就作为新娘子年轻的继父和敬子并排坐在主桌上了吧。"昭男如此想着。

但是，敬子从不提结婚二字。昭男也不说。他知道有人光恋爱不结婚，自己也想试试，没料到如浇油烈焰熊熊燃烧。

昭男处在很尴尬的位置，不想参加婚宴，但似乎太拘泥于这种顾虑，所以才觉得尴尬。

"至少敬子想让我高高兴兴地参加她女儿的婚礼。"昭男把请柬放进上衣内袋里。

信件的最底下是一个没写寄信人姓名的淡蓝色信封。拆开一看，是弓子寄来的，实在出人意料。

谢谢您前来探望我。那一天，我说了很多，事后想起来都觉得脸红。现在我知道，我不善于把心里想的用准确的语言表达出来，觉得窝心，也好像做了一件对不起哥哥的事。请您不要把我说的话告诉妈妈。请把嘴巴缝严。要是妈妈知道我说了那些话，会很伤心的。拜托您了。

信到此结束。可以想象出弓子是慎之又慎，才写这样的短信。

"嘴巴缝严？"昭男感觉到弓子下意识的不满。

但是，在信纸的空白处她又用小字密密麻麻地写着几行诗：

美丽的小彩虹

粉红、浅绿、淡紫

淡黄、乳白

五色彩虹架在小河流水上空

似乎一伸手就能摸着

可她立刻被天空吸去

如昨日消失得无影无踪

女儿出嫁

朝子婚礼之前，昭男一直没见敬子和弓子。弓子充满稚气的诗使昭男不能去见她。

弓子为什么要写那样的文字？是在信纸的空白处信手涂抹的，还是倾诉心中的秘密？

似乎信的正文倒无关紧要，这首诗才是弓子真正的心声。

彩虹本是七色，弓子写成"五色彩虹"。它透露着少女难以言状的天真可爱。昭男觉得弓子的诗就像自己对弓子的赞美歌。

十一月七日下午三点，朝子举行婚宴。

前一天刮了一场初冬的寒风，今天有点儿冷，但晴空朗日。

昭男从医院出来时就已经晚了，请柬上写着餐馆在帝国剧场后面，他不认识路，在两旁尽是古旧厚重的高楼大厦的街道上转来转去。

婚宴设在类似教堂的餐馆二楼。昭男进去的时候，一个人致贺词刚结束，大家正在鼓掌。

婚宴不讲排场、不拘虚礼，办得很得体。

服务人员将绸带系在昭男胸前。他看见清坐在靠门口边的桌旁向他招手。昭男坐在空位置上，同桌的还有弓子和川村。

"新婚大喜。我来晚了……"

弓子没有正面看昭男，低头瞧着正站起来的广播电台的歌手。

"这是船山景子。"清对昭男低语。

由于工作关系，来客中有不少话剧和广播电视界等艺术界同行。大家要求穿着漂亮和服的船山景子用唱歌表示祝贺，还有人弹钢琴伴奏。

昭男悄悄地望着新娘。朝子已经脱下结婚礼服，换上浅蓝色的无肩晚礼服，浅蓝色的尼龙罩纱披在肩膀上。说她是羞答答的新娘，不如说更像风姿绰约的少妇。

接着，昭男的眼睛开始寻找敬子。只见她黑色的礼服领口反衬出脖子的白皙，雍容秀雅的脸庞更显夺目，看不见衣襟是什么样的花纹。

西餐前菜、冷盘、沙拉、三明治，菜很简单，但酒杯里闪动着吊灯的光辉。

干杯后，新郎新娘用刀切结婚蛋糕。会场一片热烈响亮的掌声。

昭男正在吸烟，清叫他取蛋糕去。他没立刻反应过来："什么？拿蛋糕去？"

昭男去取蛋糕，弓子也跟在后面，但从侧面看过去，她似乎在生昭男的气。

她穿一身胭脂紫的塔夫绸礼服，十分合身，紧束楚楚纤腰，短袖在肩头上鼓皱起恰到好处的浑圆，露出两条白嫩鲜藕般的粉臂。自然流畅的款式与充满神秘色彩的布料质感，洋溢着弓子青春勃发的生命力与美丽。

昭男意识到在场的年轻人对弓子惊叹艳羡的目光。他的目光避开弓子，走到朝子和敬子面前，说道："新婚大喜，我表示衷心的祝贺。"

"谢谢。"

敬子笑眯眯地把盛有蛋糕的盘子递给昭男。她眼睛湿润，像是激动得流过泪。

"您多待一会儿。我送他们去旅行。我是又高兴又觉得寂寞。"敬子正在柔声细语，只听见有人叫她："夫人……"

她离开昭男身边的时候，不动声色却意味深长地留下一句话："一会儿见。"

敬子似乎喜欢这种别人捉摸不透、只有两人心领神会的小动作。昭男觉得弓子从这句"一会儿见"的低语中有所觉察，他脸上发烧。

参加婚宴的客人开始陆陆续续地告辞。昭男在衣物存放处取大衣的时候，刚好川村也在场。

"夫人去车站送行吧？其实新娘子的母亲用不着去送。"川村说。

"为什么？"

"新娘子会伤心落泪的……"

"朝子大概不会哭吧。"

"她是明白人……其实，婚礼一办，嫁出去的姑娘泼出去的水，没什么可恋恋不舍的。"

"你这是封建思想的残余在作怪。朝子新婚旅行，难道做母亲的不应该第一个去送行吗？"

"要么么说，确实应该……我算是明白了。"川村对昭男点点头，"像您这样当医生多好。"

"为什么？"

"无论哪一朝哪一代，都靠本事吃饭，而且都需要医生。就是轰隆一声氢弹掉下来，还得找医生。我们可就苦了。"

昭男从敬子那儿听说川村跌了一跤。川村并不讨人嫌，带他去银座听他发发牢骚也行，直接回家一心等敬子也行。昭男正拿不定主意的时候，只见一伙人簇拥着换上旅行服装的朝子和小山，像过节一样热闹地从楼梯下来。

小山的哥哥和敬子送他们去车站。

清穿一身新西装，从楼梯上看着昭男，那样子好像是说婚宴完后再找个地方喝一杯。可是，敬子叮嘱清说："你和弓子回家去。"

弓子双手捧着一大堆东西，有新娘脱下来的衣裳、客人送的花束、礼品等，都快拿不了了。清也两手拿着东西。

"这个送给大夫。"弓子忽然快活地把一束红白相间的康乃馨送给昭男。婚宴时，这一束康乃馨就插在新娘的腰带侧边上。

"这……"昭男心里很感动。

"姐姐，给川村叔叔的孩子也送一束，行吗？"弓子取一束用透明胶纸包扎的花问朝子。朝子黑大衣的领子上别着一朵兰花，装模作样地笑着。

"这……"川村对弓子低下头道谢，"小姐，您心眼儿真好，我就收下了。"

川村出拘留所以后，还没人给他送过花束。

弓子对川村的关怀心情可以理解，但她把插在新娘腰间的花束送给昭男的感情，恐怕昭男也无法体会。

昭男正无意识地扣着大衣扣，弓子亲切地说："把胸前的这个取下来……"看来，要不是她双手抱着一大堆东西，一定会伸手帮他取下来的。

昭男的西服领下还系着绸带没取下来。

出门后，昭男对弓子说："谢谢你的信。"

"您看完就扔掉吧。"

弓子穿着宽领大衣，头戴垂着绒球的与大衣一样颜色的无檐帽。昭男觉得，不能用爱的眼光看待这个未着铅华、纯真无垢的少女。

弓子双手抱着大包袱，下巴几乎埋在里面，细细的帽带上系着的珠子在后背轻摇细晃。

门外停着两辆车，新郎新娘以及送行的两人坐前面一辆，弓子和清上了后面那辆车。

"再见。"昭男说。外面的人听不见车里人的回答，只见弓子低头道别，帽子的绒球垂到脸颊前。车启动了。

昭男跳进一辆出租车，让司机紧追弓子的车。朝子的车早已无影无踪。在二重桥前面的大马路上，弓子的车也从昭男的视野中消失了。

昭男顿觉惆怅："我为什么要追他们呢？"

他一转念，我这是回家，不是故意追赶他们，住在目白，同一个方向罢了。

虽说如此，昭男并不是因为敬子"一会儿见"那句话的魔力诱惑，才急不可待地赶回去的。

昭男对热恋着弓子的清和举棋不定的弓子出乎意料地醋海生波。
竟觉得抽的烟也不是味儿。当他发现自己如此卑劣猥琐时，真想索性
一狠心跟敬子一刀两断，哪怕让别人指责自己虚伪。那样的话，也可
以远离弓子。他搓揉着额头，闭上眼睛，仿佛又看见弓子帽子上的绒
球在眼前摇晃。

"哎呀，把川村叫到银座宽慰一番的事全给忘了。"

弓子一回到家里，就把朝子的浅蓝色晚礼服挂在敞开着门的凌
乱衣柜里。她把脚轻轻地伸进新娘子白色的缎鞋里，然后脱下塔夫绸
衣服，换上毛衣和花格裙。

弓子把蔷薇、菊花等各种花束插在瓶子里，摆在各个房间，接
着一边从橱柜上取水果放在盘子里，一边对女佣说："你告诉哥哥，
让他洗个澡。"然后她独自坐在内客厅的火盆旁边。

柿子和橘子放到现在，正是最甜的时候。

清进来了，他已经换上高领毛衣。

"吃水果吗？"

"不要。"

"姐姐他们上火车了吧？"弓子说。

"妈妈好像很寂寞。做父母的真没意思。"

两人处在宁静的氛围中，仿佛都获得某种启示。

"弓子。"

弓子心里紧张，开始提防。她在车里就一直盼望着敬子早点儿回来。

"弓子。"清又叫一声，"弓子，你觉得妈妈寂寞吗？"

弓子点点头。

"可是有你在，我想你不会像朝子那样离开这个家。妈妈也这么
认为。"

弓子茫然失色。

"今天不论是婚礼还是婚宴，我都仔细观察。心想下一次该轮到我们的了。换上弓子，一定更加纯洁天真。"

弓子的脸颊泛起淡淡的红晕，一直染红白皙的脖子。

"当然，并不是说我爱你，就等于咱们俩订下终身了。小时候我相信，只要爱心不变，心灵总会相通。我原先以为知道你的想法，现在简直无法捉摸。夏天那阵子，我打算死了这条心，才到外面住了一段时间。"

"对不起。"

清抬起头，说："弓子，你向我道歉吗？道歉什么呢？我一辈子都不想让你向我道歉。"

"那个时候，我给你写了一封信，不过没发出去……"

"什么内容？"

"让你回来……我觉得对不起妈妈，心里难过。"

"是对不起妈妈？"清冒出一句，"弓子，你是不是有喜欢的人了？"

"这……我不知道。"

"不知道什么？"

弓子被清一逼问，心乱如麻，一时语塞，但她并没有沉溺在感情里无法自拔。

"不知道什么？有没有自己喜欢的人，怎么能说不知道呢？"清穷追不舍。

"我不了解我自己，也许我就是一个傻瓜。"

"说自己是傻瓜，这是有些人惯用的卑劣的遁词。"

"我不是那种人。"

"要说傻，我比你更傻。要说不了解自己，我比你更不了解自己。"

"我无法相信自己，所以不能明确答应你。"

清脸色阴沉地看着弓子："是吗？把一切都归结于不了解自己、

不相信自己。难道这些不是爱的问题吗？"

自从清毫不含糊地示爱以后，弓子窘迫为难，越来越进退两难。最近，她在清面前觉得穷于应付，无可奈何。清和朝子吵嘴的时候、清和敬子说话的时候，弓子在一旁总是提心吊胆。

他们青梅竹马一起长大，孩童时期又亲吻抚爱过，这反而让弓子朦朦胧胧地感到，自己在清的身边不能随心所欲地谈笑哀乐。

清的爱情缺乏甜蜜。两人相处会孤寂冷清。

"就是说，我不该爱上你。"

"我不愿意你这么说。"

弓子站起来，打算逃进朝子的房间。从今天起，朝子不再回来，这儿成了弓子一个人的房间。但房门锁着。

"弓子！"清追上去，手放在她的肩头上紧紧搂抱着，使得弓子几乎无法动弹，"你好好看着我。你不认为是命运吗？我一直相信这是命运的安排。"

弓子后背紧贴在拉门柱子上，身体微微颤动："我冷。"

清一只手托着弓子的下巴，想把她的脸扭转过来。但是，弓子强硬地别着脑袋，一直抗拒。

清的手搂着她的脖颈，半是强迫地摇晃着，拉到自己身上。

"我太懦弱了。爸爸死后，现在我非常懦弱。"

"什么？"清的身体一下子僵住了。手一松，弓子的脑袋咚的一声撞在柱子上。

"弓子！"

弓子跑到走廊上。

清没有追赶上来，而是把额头抵在刚才弓子撞头的柱子上。"爸爸死后，现在我非常懦弱"，弓子悲切的呼喊使他悔恨交加。

"可我不是乘虚而入呀！"

然而，弓子的父亲那样撒手而去，把弓子一个人扔在家里，自己却强迫求爱，这不是太自私自利、可卑可耻了吗？

　　敬子看着小山和朝子并排站在二等车厢的玻璃窗前，两张年轻的脸庞互相挨靠着，不由得眼睛湿润了。

　　做母亲的把女儿交给一个男人，恐怕心里都不好受。

　　敬子的脑袋里走马灯一样迅速闪过给朝子喂奶时的情景、阵亡丈夫的面影。

　　朝子现在想些什么呢……她又觉得朝子长得像她父亲。

　　敬子把目光转向小山，说："朝子就托付给你了……"小山点点头。敬子泪眼模糊地看着朝子的红唇。她极力忍着不让泪水滴落下来。

　　长长的火车渐渐快速驶去，月台忽然显得冷清下来。敬子和小山的哥哥并排着匆匆朝检票口走去。

　　"这次承蒙您关照……"小山的哥哥说，"这样弟弟有了好丈母娘，我也有了一个漂亮的弟妹，变得年轻了。"

　　"朝子才是如愿以偿。"敬子回答说。虽然她意识到"如愿以偿"言过其实，但还是接着说："女人该会的，她什么也不会，让一个理解她的人娶了她。"

　　朝子并没有把她与小山的来龙去脉原原本本地告诉敬子，但敬子隐约感觉到两人干柴烈火、一拍即合，紧接着怀孕堕胎。这种木已成舟而导致的结婚，实在让人担心。

　　小山的哥哥瞧敬子若有所失的神情，说："去喝一杯咖啡怎么样？我不想立刻就回家。"

　　"谢谢。不过，他们在家里等着我……"

　　"您一定累了吧。"小山的哥哥并不勉强，却和敬子一起上了电车站台。

　　敬子想一个人待着，想从这大半天应酬接待客人的紧张情绪中尽快解放出来。

七点刚过，他回去了吗？敬子只有在那间屋子里等着昭男，心头才能平静宽慰。

　　朝子结婚、店铺开工、草野的工作、个人的买卖——作为一家之主，敬子深感责任重大，于是在对年轻情夫的情感中，不知不觉地流露出母亲或姐姐般的感情。然而，昭男的心已经先于她逐渐变得僵硬，使敬子惶惶不安。

　　这四五天，昭男想些什么呢？敬子迫不及待地想见到昭男，消除浑身落寞惆怅的情绪。

　　她走近昭男居住的楼房，他窗户里透出的灯光映入眼帘。从他的房间里流淌出唱片的乐曲，敬子记得先前也曾听到过。她敲了敲门。待一会儿，自己推开门。昭男仍然穿着一身西服坐在桌前，不像一边听音乐一边等情人的样子，倒像抑制着某种感情浑然忘却在时间里。

　　"回来挺早的，是直接回来的吗？"

　　"嗯。"

　　敬子脱下手套和大衣，她一边脱袜子一边说："累了。"

　　光着脚丫可以减轻些疲劳。但是，昭男的态度使敬子脱到一半的袜子不便继续脱掉。

　　"我听说做母亲的不应当送女儿去新婚旅行，真是这样的吗？"

　　"川村也这么说来着。"

　　"他还说父母也不应当为孩子送葬，因为如果孩子比父母早死，意味着为子不孝。不过，我认为做父母的高高兴兴送孩子去新婚旅行倒没关系。既然朝子不讲形式，我也不必拘礼守旧。但我还是觉得冷漠孤清。心里不好受，泪水就出来了。这不会是不吉利吧……"敬子说这话时努力忽略唱片音乐的干扰。

　　唱片终于停下来。但昭男站起来走过去，把唱片翻过来又放在唱机上。梅纽因演奏的小提琴曲，旋律并不柔和舒美。

　　敬子看昭男和她灵犀不通的样子，心里不踏实。

"每天都干什么来着？"

"不干什么，整天和病人打交道……对了，还有一个动手术的，我只是在场见习。是一个年轻的太太得了子宫癌……"

"快别说了。"敬子坐下来。昭男从唱片盒里挑选新曲。

"别听了。"敬子温柔地说。

"这曲子的第三乐章好听，就听好听的部分。"

"你爱好音乐呀。"

"是的。"

"可我现在不想听。"

昭男两手抱着后脑勺，陶醉在行云流水般的旋律里。可能胳膊肘遮挡着，他看不见敬子的表情。

"你怎么啦？"

"……"

"好像我不该来似的。"

"不是。"

"你不是等我吧？"

"是等你。"昭男明确地回答。

于是，敬子焦躁地走过去把唱片关掉，然后把脸趴在他的肩膀上。

"今天是朝子新婚的日子，为了她，我们老实一个晚上。"

敬子猛然抬起头，面红耳赤地盯着他，说："不应该吗？你最清楚朝子早已不是黄花闺女……"

其实昭男心里想说的是"为了弓子"。

敬子夜深回到家里的时候，大家都已入睡，一片宁静。清的房间还亮着灯，但静悄悄的没有动静。谁也不知道她回来，敬子心中暗喜可以不必编造理由解释。她小心翼翼地锁上大门，避免发出声音，然后蹑手蹑脚地走进屋里。

她简直就是一个淘气的小丫头。

她把带扣、腰带、系腰的细带这些小什物放进漆盒里，把和服挂在衣架上。她想喝茶，把水壶坐在煤炉上烧水，却先到厨房咕嘟咕嘟灌了一通凉水。

她一边等水烧开一边小声叫："清、清。"清即使没睡，这么小声恐怕也听不见。

敬子本来也应该早一点儿回来，和清还有弓子聊朝子结婚的种种话题直至夜阑。这才真正是一个家庭，这才是女儿的新婚之夜。

但是，敬子把女儿嫁人的寂寞排遣在昭男身上。

敬子心想，清和弓子都睡得很早吧。于是手也不洗，就钻进被窝。床单很凉。不知道为什么，她觉得自己独占一间房间是一种奇特的奢侈铺张。

她尽情而舒适地伸直疲累的手脚。一会儿，眼皮后面有一种松软的感觉，浮现出昭男的脸庞，又渐渐隐去。

这天夜晚，敬子睡得酣甜。第二天早上比平时起得早。清在内客厅里。

"起得挺早的。"敬子说。

"九点有课。"

"弓子呢？"

清没有回答。敬子没注意到已经过了弓子上学的时间，开始慢悠悠地吃煎鸡蛋、紫菜、红烧小鲫鱼加酱汤的早饭，只见清气鼓鼓地把碗里的饭三口两口使劲扒进嘴里，闷闷不乐地站起来。

"是不是哪儿不舒服？"敬子问。

"妈妈昨晚回来好晚呀。"

"小山的哥哥叫我陪他，所以回来晚了。"敬子早已编好谎言，说出来一点儿也不犹豫。

"反正今天也早不了吧？"

"总想早点儿回来，可总有事脱不开身，没办法。"敬子看着清的脸，发现他悲不自胜，不禁心头一惊，"有事吗？"

"想让妈妈好好跟弓子谈谈，让她安心在这个家里住下去。只要住下来就行……"

"清。"敬子叫他，"究竟怎么回事？"

"你告诉她，我也要重新考虑。"

"弓子说她不想在这家里待下去了吗？"

"不是这个意思。我怕她产生这样的误解。"

"你别着急，慢慢说。"

"妈，你不懂。"

敬子想清和弓子是不是拌嘴了，如果真是这样，就是昨天晚上发生的事。他们在朝子的婚礼上都很正常。敬子在昭男房间里的时候，他们两个人一定发生了不愉快的事情。

"清，你向她更明确地表态不行吗？我也知道你爱上了弓子，你向她表白了吗？"

清气呼呼地大步走到走廊，差一点儿撞在拉门上。

"今天我早点儿回来，大家好好谈一谈。"敬子在清的背后喊了一句。她很同情清，想让他遂心如愿。

弓子似乎没有理由拒绝清呀……如果拒绝清，莫不是对自己的一种反抗心理吧？敬子顿生疑窦，却立刻惊讶自己怎么会这样疑神疑鬼。

弓子现在对自己也不是百依百顺的了。

敬子今天去银座办完事，就立刻回到家里。清和弓子都没回来。敬子心里七上八下。清倒无所谓，弓子这么晚还没回来，让她心神不定。她知道弓子放学的时间，想问问弓子的朋友，便翻开电话号码记录本寻找七里英子的电话号码。

这时，电话铃响了。她走到电话机旁听着铃声，心扑通扑通直跳。

电话是英子打来的："喂，是白井阿姨吗？弓子是不是又生病了？"

敬子心慌意乱，一下子明白弓子离家出走了，一时间不知道该怎么回答。

"喂，电话听不清楚……"

"对。喂，没什么大毛病……"敬子随口扯了个谎。

"能让她接电话吗？"

"啊……正躺着呢。"

"那向她问好，让她多保重。"对方挂断电话的声音残留在耳边。

敬子三步并作两步忙不迭地跑进弓子的房间。她茫然若失地站在桌前。桌上摆着熟悉的八音盒、小花瓶、台历、玩具小狗等。墙上用大头针钉着南星座公演海报和密歇尔·摩根的照片。原先摆在床头柜上的红色座钟和毛线人偶等被朝子拿到新居去了，显得空荡荡的。

敬子打开衣柜查看。

朝子昨晚穿的淡蓝色晚礼服和弓子的午后装整齐地挂在一起。可是弓子修学旅行时买的栗色手提箱不见了。

"她还是走了。"

敬子慌慌张张地把弓子的四个抽屉全部打开。里面有习字用具、漂亮花手绢的空盒、电影戏剧的说明书，最上面是一本笔记本。翻开一看，写着《我的所见所闻》。一行写一件见闻。字如其人，密密麻麻、整整齐齐、规规矩矩。

笔记本记录着这两三年的见闻。

············

拉萨尔·莱维。日比谷公会堂。×月×日，爸爸、姐姐。

《天堂的孩子们》。新宿剧场。×月×日，妈妈。

《黑狱亡魂》。日比谷电影院。×月×日，七里、小野。

偶尔在市中心看电影也觉得很有意思。

《暗影》《会议在跳舞》。×月×日，新宿文化剧场。

哥哥。

敬子匆匆地跳着看，有的她也还能记起来，但没有任何弓子想"离家出走"的迹象。敬子翻寻着抽屉，发现了压在信纸底下的一个封得严实的鼓鼓的信封，没写收信人姓名。

"会不会是遗书？"

敬子的手哆嗦着撕开信封。

不知道是什么时候写的，蓝墨水的颜色已经变得干黑。

"妈妈每天都惦念着您。"看信的开头，敬子以为是弓子写给父亲俊三的，再看下一行才知道是写给清的信。暑假清不在家的时候，弓子写给他的一封没有发出去的信。

字里行间渗透着弓子对父亲充满苦闷的爱，敬子读着心里不是滋味。

"这种时候，哥哥不在家里，我觉得全家都遭受不幸似的。我不想回到亲生母亲身边。不知道为什么，我跟她的心灵无法沟通。我想，一定是妈妈待我太好的缘故吧。"

看这个样子，弓子大概不是回到生母那儿去。其实，要是索性回到京子身边倒也令人放心。敏感脆弱的弓子会不会步她父亲的后尘呢？

"如果真是那样，我也活不下去了。俊三也好，弓子也好，为什么都不声不响地从自己身边销声匿迹呢？他们大概有共同的苦恼忧虑吧。"

清也没回来。敬子一下子失去三个孩子似的满目凄凉，仿佛阴曹地府的妖魔鬼怪在屋角探头探脑。她肩膀颤抖，觉得快支撑不住了。

"清、清！"她一个劲儿地盼望清回来。说不定弓子会出人意料地出现在自己的眼前。

落巢雏鸟

昨天晚上，弓子被清逼得走投无路，一心只想着逃匿躲藏，避开他的纠缠。她跑回房间，打开手提箱，里面还放着新的盥洗用具。她把平时穿的外衣和内衣拼命往里塞，然后拉上拉链。

可是一旦离开家门，要去往何方？脚下无路可走，无处可以栖身。

弓子也不脱衣服，愣怔地躺在床上。这个样子就是等敬子回来，也无法向她诉说心中的委屈。敬子是清的母亲，而不是弓子的生母，这使她柔肠寸断。

弓子关熄台灯，哭得疲惫困顿、昏昏沉沉。就在迷迷糊糊将睡未睡之时，她忽然听见父亲大喝一声"傻瓜"，惊醒过来。

他呵骂什么？在似睡非睡之中，她惶恐不安。是呵骂清吗？是呵骂自己想离家出走吗？都不是。好像是呵骂自己被昭男勾引得神魂颠倒。她心里如小鹿乱跳、惴惴不安。

她竖起耳朵，心想敬子会来她的房间探望一下，但敬子不声不响自顾自地睡觉去了。

妈妈已经把爸爸忘得一干二净。……弓子身有所感，渐渐地敬子回来的时候，也不到门口去接她了。这固然因为敬子回来太晚，更是因为她跟昭男在一起才晚归，使敏锐细腻的弓子心灵痛苦的缘故。

"还是待不下去。"已经打消的离家出走的念头又卷土重来，使弓子欲罢不能。

明天早晨上学的时候，把手提箱带走放在朋友家里，打算去找矢代姑妈，在她那儿寄居一段时间。

弓子犹如从窝里掉下来的小鸟一样惊悸慌乱地大哭一场。然而，当泪水哭干以后，她心里反觉得轻松，觉得梦中听见的父亲的声音是鼓励自己拿出勇气，不要优柔寡断。

"托矢代姑父给我找个工作。"弓子沉浸在莫名其妙的兴奋之中。

第二天早晨起床后，弓子先把手提箱放到门口的角落，然后神不知鬼不觉地出了门。她提着书包和手提箱，没在每天早晨上学换车的新宿站下车，直接坐到品川站，换乘京滨线去大森的矢代家。她很少到这一带，望着车窗外陌生的街道房屋，脸上浮起一丝微笑。

姑妈送丈夫和孩子们出门后，正在收拾屋子。

"哎呀，稀客。快进来。"她招呼弓子，"这么一大早来，有什么事吗？"

当她知道弓子离家出走后，便想刨根问底打听原因。弓子不想谈清的事。于是姑妈妄自揣测，认定敬子这个女人心地狠毒。

"她把俊三撵出门还不够，又把你赶出了家门。是不是？"

"我不是被赶出来的。"

"就差没公开轰出去了吧?! 没什么了不起的，你就做姑妈的孩子吧。以前你寄居在我这儿的时候，我家过得紧巴巴的，不能收容你。现在不同了，日子好起来，孩子们都大了……"

弓子自然没有轻易成为"姑妈的孩子"的意思。

"敬子还以为你上学去了吧？活该！"

被姑妈这么一说，弓子越来越心神不定，挂念敬子会对自己的出走像对父亲那时一样坐立不宁，或者惊慌得更加六神无主。弓子想起敬子在父亲出走后五内俱焚的样子，不禁心如刀绞，她开始后悔自己冒冒失失地来投靠姑妈。

"弓子，你不想见一见真正的母亲吗？"姑妈问。

弓子摇摇头。

"是嘛，双方都没有感情，就算是母女关系，你们之间也非同寻常。"姑妈用怜悯的眼光看着弓子说，"京子的身体也全好了……"

弓子不想听这些话。

表兄弟们放学、下班回来，吃完晚饭后一边看电视一边等矢代回家。弓子就像来做客似的，挂念着敬子。她想到自己无谓地让敬子牵肠挂肚，心里七上八下。

　　矢代一见弓子，愉快地说："哎呀……"

　　"弓子从家里出来的，好像在敬子那边待不下去了。"姑妈一边把矢代的大衣挂在衣架上一边说。

　　"这不得了。"姑父不慌不忙地说。

　　"不是待不下去……"弓子说。

　　姑父坐下来，说："这么可爱的小公主离家出走了……"

　　"我不是公主，我想在姑父的公司里找一份工作。"

　　"不行呀，我从来不雇离家出走的姑娘。好啦，等你高中毕业后再工作也不晚。到时候再商量吧。"

　　"姑父跟弓子开玩笑。"

　　"什么不高兴的事让你跑出来的？"矢代比姑妈显得亲切随和。弓子什么也不好说。

　　"恐怕家里都牵挂着你吧？"

　　"嗯，都挂念着我。妈妈……我心里也不好受。"

　　"打电话告诉他们，说你在我这儿。"

　　"那只对妈妈说，不告诉其他人，好吗？"

　　"其他人？是谁？"

　　"……哥哥。"弓子被姑父和姑妈的两双眼睛盯着，闹得面红耳赤。

　　矢代打电话给敬子，约定明天下午见面。见面的地点在一家叫"神仙鱼"的餐馆，敬子觉得这个名字怪有意思的。她想起昭男搬到目白的时候，把热带鱼全给扔了。

　　矢代先到餐馆等着她。"这儿是第一次来吗？"

　　"啊。"敬子不愿意看矢代那张脸，故意环视四周。鱼缸里的水略显铁锈色，热带鱼在里面一动不动。

"说起来，这家餐馆跟您家还有点儿缘呢……"矢代的口气显得很轻松，"这似乎是小山和朝子留下美梦的地方。"

"哦？"

"我在这儿见过他们俩，当时我和俊三在一起。"

敬子觉得忽然被戳到痛处，原来弓子的父亲也到这里来过。矢代选择这儿作为见面的地点，是有意咎责自己吗？

然而，弓子活着。敬子用不着听矢代说，她对弓子的心情洞见症结。

"弓子让您费心了……"敬子先开口，"这是弓子名下的东西，请您交给她。"她把包在紫色白梅方绸巾里的存折和印章交给矢代。

矢代被敬子抢了先，踌躇着说："不，用不着这样。她大概是一时冲动。"

"不过，她也需要钱。"

"那好，我先收下交给她。"

三言两语就把事情办完，敬子顿感凄寂，不觉泪盈于眶。现在她什么也不想说、什么也不想听。一切都即将过去。没有一样可以相信完全是属于自己的东西。毕竟是女人，丈夫孩子在身边的时候，心里最踏实，所以女人就尽最大的力量护着家。——敬子自怨自艾，这一阵子，家庭弄得七零八落，令人心酸凄惶。

对于弓子离家出走，敬子既不自我解释，也不托付关照，而是商量如何解决，一见面就把存折拿出来。矢代摸不清她到底打什么主意。难道敬子怀疑是矢代或者他妻子从中教唆挑拨吗？敬子会不会恼怒弓子，从此甩手不管呢？是不是俊三不在了，弓子毕竟不是她的亲骨肉而冷漠嫌弃呢？或许她们俩之间连姑父姑妈都无法理解的深情受到伤害了？或许她们有难言的隐衷？

"现在您能不能去我家里安慰安慰弓子？或者我带弓子去您家认错，行不行？"矢代试探着问。

"今天我不见她，那孩子要是有个三长两短，我也活不成。"

矢代看得出来，昨天晚上敬子没有合眼。

矢代的日子过得很平凡，但平稳安定。他是一家之主，他的话就是最高指示。弓子要是服从这最高指示，继续上学读书，也就不知不觉踏上了矢代家安定平庸的生活轨道。

学校里谁也不知道弓子离家出走。可是弓子出门时只提了一个手提箱，过一个星期，就感到诸多不便。要不等妈妈一个人在家的时候回去看看。从银行取了钱，那边家里已经有的东西也不敢再买，免得买双份浪费。

表哥洋一已经工作，表弟春次比弓子小两岁，在念高中。姑妈聊起往事，对弓子说生春次的时候："我就没顾得上你。"

姑妈的手脚长得跟父亲非常像，但弓子有一种不可思议的亲切感。姑妈一见弓子，就把俊三小时候的事都倒出来：

"大哥生下来很快就死了，就我们姐弟俩，可从来不红脸吵嘴。他特好强，去浅草玩，人山人海怕走丢，想让我牵着他的手，嘴上却充好汉，对我说你这么怕冷，快把手伸出来。大人听了都乐。他从小就这么倔强。公司倒闭，不至于去自杀。我觉得他还活着。"

"……"

"什么时候变得这么脆弱……恐怕是神经衰弱吧。本想和敬子在一起能过上好日子呀。一步错，步步错。"

"一步错，步步错是什么意思？"

"第一步就迈错了。我说的是结婚、你的母亲。总觉得她是病号拿她没办法，结果旁人惯着她，她自己也纵着自己，变得好吃懒做。病时好时坏，还在海边住过一段时间。记得那一年正月，我去看望他们，只见京子正在洗脸，那双手就像猫爪一样，俊三在后面给她提着长裙子。我觉得他们怪可怜的。就那么洗一把脸，又发烧了，折腾一阵。俊三什么活都干，可是笨手笨脚，干什么都让京子着急发脾气。

你还是婴儿，她摆弄不了，我就把你接到家里，又请了个阿姨去你家帮忙，一年到头净是这样不顺心的事，再好的夫妇心里都要闹别扭，后来就长期分居了。"

弓子说不出话来，只是惴惴不安地问："我长得像母亲吗？"

"不论怎么说，总是像亲妈。"

"哪儿像？眼睛、鼻子、头发，还是手指头？"

"怎么说呢，孩子的脸蛋，有的地方跟爹妈长得一模一样，有的地方说不上像谁。"

"真可怕……"弓子似乎从本能上拒绝像父母一样一生不幸，不知为什么，尤其不愿意像母亲。

弓子还听姑妈说京子后来又嫁给一个有孩子的人。京子与弓子的父亲离异后，俊三又死了，弓子也跟她断绝来往。她的再婚自然不会有任何问题。母亲终于有了安定的归宿，弓子大概也会感到高兴。但是，弓子还是觉得自己被抛弃了，成了举目无亲的迷途的孩子。尽管她不理母亲，其实心底对母亲怀有本能的深切之爱，同时又怨恨母亲不懂得这种爱。

母亲也好、妈妈也好，弓子对这两个女人的一生想了很多很多。弓子从小就是一个苦命儿，有母无爱，有父见弃，最后又要跟敬子各奔东西，弄得有家难回，惶惶不可终日。比起敬子家里来，矢代一家人无拘无束、轻松自如。

姑父回家的时间不固定，家里人不用等他回来一起吃饭。回来晚了，也不用接他。似乎互不牵挂，各行其是。没有浪漫的色彩和丰富的情趣，生活单调枯燥、平淡刻板，却彼此和气、自由自在。

"啊，忙死我了。忙得四脚朝天，真想歇一歇。"姑妈像说口头禅一样一边发牢骚一边干活。

不知不觉，弓子在姑妈家也住了一些日子。

"本来以为弓子能帮我一把，轻松一点儿……"

"我帮不上忙……"

"不是这个意思，我本来也想生一个女孩。"

表哥洋一下班回来，说："弓子，你刚才念的是法语诗歌吧？我在门外听了一会儿，我们家里还有这么清脆悦耳的女声，真是稀罕。"

弓子想念敬子，把这种愁肠寄托在课文中的诗歌里。

"有点儿像我娘的声音。我娘年轻的时候也是这个声音，含有一种淡淡的哀愁。"

姑妈拿弓子当作聊天的伙伴，姑父常常和弓子开玩笑。

可能由于季节的关系，弓子饭量大增，身体健康。她熬夜复习功课准备定期考试，第二天也不觉得头重脚轻，仍然精神饱满。

姑父夜深回家，在寒冷的走廊上边走边和姑妈说话，弓子也不必出去打招呼，泰然处之。她甚至产生了久居此家的错觉。

住到姑妈家的第二个星期天，姑妈说："我去日本桥百货公司买东西，弓子一起去吗？"

弓子暗自思忖会不会碰见妈妈。

照弓子现在的心情，如果真的与敬子不期而遇，恐怕只能转身逃避。只要一想起敬子，她就惴惴不安、心如撞钟。这么一比，清对她的缠磨就不算什么了。弓子都觉得不可思议，自己被敬子视为掌上明珠，为什么还要忘恩负义地离家出走呢？但她还不清楚，自己是为了从敬子与昭男的暧昧关系造成的苦闷抑郁中逃脱出来。

弓子害怕去银座，总觉得又会碰见敬子和昭男双双游逛。但姑妈要去日本桥，弓子就陪她前往。

姑妈买了毛毯、家里人穿的内衣内裤以后，兴致勃勃地看着和服，说："家里没有女孩子，这些漂亮的衣服买了也没用。"然后她指着一件像人偶穿的那种时下流行的白地小菊花印染的鲜艳绸缎和服，问弓子是否看中了。

"漂亮吧？你要穿上，更显得可爱标致。"

"漂亮是漂亮，可我不想要。"

"是不合适吗？我没买过这些东西，不知道现在的小姐们都喜欢什么样的和服。我看人偶上常用这种布料款式。"

"太娇艳了，平时穿不出去。"

"我就想让你穿一穿，别客气。"

"我不要。"弓子面带悲色，心想要是妈妈，自己会让她买的。

"我想送你，真的不要吗？"姑妈不无遗憾地说。

在卖西式服装的柜台，姑妈也不和弓子好好商量，就给她买了一件化纤外衣和毛衣。外衣的小领裁出细细的切口，袖口像蜻蜓翅膀一样轻薄。弓子接过衣服，忽然想起那件带花边的衬裙还放在敬子家里。如同白日做梦一样，眼前浮现出昭男的面影。

"我什么也不要。"弓子怔怔地说。

"你真怪。姑父说你像一个书生。我原先以为你爱打扮。"

弓子从爱打扮三个字里仿佛看见了摆在敬子三面镜前那一排化妆品瓶子，闻到香奈儿香水的芳香。

跟敬子相比，姑妈简直不修边幅。

在餐饮区休息的时候，弓子心想，自己也变得不修边幅了。

"弓子。"身后忽然响起朝子的声音。

"姐姐?!"弓子紧张地一缩身，脸红了。朝子既不惊讶也不亲热，仍然冷若冰霜，却老成地先和姑妈寒暄。

"来买东西呀？"姑妈随便问道。

"不。是因为工作上这儿来的。"朝子回答。她今天到这儿来是给一家妇女杂志拍模特照。

几个男人坐在不远的桌子旁边，好像是和朝子一起来拍照的。

"两三天前。"朝子对弓子耳语，"我结婚后第一次回娘家，妈妈留我住一宿。那天晚上，哥哥醉醺醺地回来，说妈妈把你藏起来，气得把杯子摔到内客厅里。"

弓子觉得喘不过气来。

"芙美子说也要请假。妈妈还说开店之前想住到旅馆里。"

弓子默默地用手指按着眼角。朝子莫名其妙地说:"妈妈的事用不着你操心,她又要开店又要工作,住旅馆也是为了消遣。"

那边桌上的人对朝子做了个手势,朝子欠起身子。弓子有满肚子的话要问,却一时不知如何开口。朝子便轻快地离去。

"她说什么来着?是不是让你回去?"姑妈一边问愁眉不展的弓子,一边重新系好披巾。

过了三四天,弓子的日用衣物送到姑妈家里。姑妈说:"是一个叫芙美子的女佣坐出租车送来的,她想见你。"那时,弓子正好上学,不在家。"还送来了带根的蔷薇。我们家的院子没地方种,真让人头疼。"

矢代家的日式庭院除了石头和小树,便是青苔。

"我想做一个花坛种蔷薇。"弓子忍着泪水说。

"哦,那好,就这么办。"

与行李一起送来的还有那边院子里的蔷薇。这么说妈妈准备住旅馆了?弓子越发感到无家可归,真的与敬子离散分开了。

虽说是出租车送来的,但搬进弓子的房间里,大包小包堆得满地都是。弓子打开每一个包袱,都深切感受到敬子对自己无微不至的爱。她面对敬子家的方向低下头去。

"弓子你好阔气呀。"姑妈惊讶地说,"连过年过节的漂亮和服都有。"

"嗯,是去年秋天,妈妈……"

和服上放着敬子的一封信。

弓子:

　　眼看十一月即将结束,冬天就要来临。你的身体怎么样? 我一直很挂念。喜欢你的芙美子自从你走后总是心神不定，说要回老家去。我一个人住在这么大的房子里，觉得太孤单，打算开店以前先在旅馆住一段时间。

很快就辞旧岁迎新年，我一个人既无乐趣也无兴趣。下个月十号左右，这个家就是别人的了。我可能在这个月中旬住进代代木一家叫桥本的旅馆。自己能从这个家烦闷纷乱的生活中摆脱出来，未必不是一件令人高兴的事。弓子，你心事重，恐怕会思虑过度，心里难受。应该把心放宽一点儿。妈妈就剩下你这么个宝贝了，请你无论如何来看看我。不必考虑太多，你愿意回来，我当然高兴。不愿意回来，妈妈坚信从小对弓子的这份心意，一辈子都珍惜着，不会忘记。

妈妈在这四十二三年的人生中，结识过各种各样的人，聚合分离，形形色色。但是只要一度相逢，即使分离，恐怕也不能说是彻底分离。现在独自思量，觉得正是如此。在这个世界上，各种各样的人的心灵就像一张布满天空的无形蜘蛛网中的蛛丝一样，互相牵连着。

你如果生活上有不方便的地方，或者想跟我聊聊天，放学后顺便过来，就像早晨刚刚从这个家门出去上学的弓子那样……

开店之前，暂借家里的一间房存放你的其他行李。如果你需要，用不着通知我，随时可以去取。

天气渐渐冷了，千万注意。不能老靠吃药打针，首先要保证身体健康。

对矢代先生一家，我不便登门拜访，请代为问候。

敬子

信里只字未提清。是不是哥哥离家出走了？弓子心有所感。

她把东西收拾摆放起来，最后看见那张木琴。多么亲切熟悉。她敲击出了平时最喜欢的乐曲。

过了一会儿，姑妈探头进来。弓子正在看信，木琴放在一旁。

"是你弹琴呀，我还以为是收音机呢。弹得真好听。"

"要是钢琴就更好了。"

"你还有钢琴？"

"是爸爸给姐姐买的。"

敬子的来信和木琴的旋律使弓子心情爽朗舒畅。她想听敬子的声音，也想通过电话让敬子听听木琴的乐声，便走到电话机旁，拿起话筒拨号。

"喂，喂。"话筒里传来男人的声音。

弓子一惊，赶紧挂断电话。是不是拨错了？她呆呆地朝正在厨房忙忙碌碌切东西的姑妈走去。

蛛　丝

最近，敬子和昭男频繁幽会。

朝子已经嫁人，弓子不辞而别，清和他的三五好友经常借酒浇愁、夜不归宿，有点儿玩世不恭。敬子规劝乏力，束手无策。

敬子索寞孤寂、顾影自怜，只好在昭男的怀里聊以自慰。另外，她犹如孑然一身，无须避人耳目，两个人随时随地都可以幽会。每次见面，敬子总是用同样的话翻来覆去地缠磨昭男。

"也许我不该这样自私自利，但是你要让我相信，即使你将来跟别人结婚，也不要忘记我。一定要这样。我想趁着还没有年老色衰被你抛弃的时候，赶紧死去。"昭男听着她轻飘飘的声音，觉得她像变了一个人，不由得有些畏惧。

"什么时候想甩掉我，事先打个招呼，好让我死去。怕，我怕。"敬子懂得，比情夫岁数大的女人如果哀怜楚楚又纠缠不休，那就像"丑女情深"那样心情压抑沉重，想拼命抓住男人。正因为深知这一点，敬子显得更加着急。

"我怎么会变成这个样子？怎么回事？我不相信你爱我。"

敬子希望昭男也用同样的语言回敬她。当她梳妆匀脸后一走到门外，就像把倦怠和空虚留给昭男一样，偷情的惊险快感荡然无存。

昭男觉得自己除了外科医生的本职工作外，在其他问题上优柔寡断，什么都懒得想。下了班就回家，回到家里就等敬子。可是心情并没有渴盼恋人的激动，为了排遣倦怠聊赖的情绪，就听音乐、画画。敬子进门看见昭男这么老实，乐不可支。昭男却皱着眉头。

听唱片是不让自己想念敬子，是为了唤醒对冰清玉洁的少女的渴望。自己已经远离纯洁，似乎这些少女存在于音乐之中。

不言而喻，弓子也是白璧无瑕的少女之一。

当昭男听到弓子离家出走投奔姑妈的消息时，仿佛一件贵重的东西被一双粗糙的手野蛮地毁掉，感到震惊难过，立即意识到清做了什么事。

"别告诉清。"敬子叮嘱昭男。昭男没问出什么事了。

后来，敬子在昭男面前再没提起弓子。自弓子从敬子的掌中飞走以后，昭男顿时觉得敬子黯然失色。

十一月的最后一天，天色阴沉。一个伤势严重的年轻女人被抬进了昭男的医院。丈夫把她打伤后，慌了手脚，又把她送进医院。她从车上被抱下来时已经奄奄一息了。

打止血剂，缝合肩部、胸部、背部的伤口。为了止血没打强心针。可是这个年轻的女人忽然停止了心脏跳动。接着，刑警和法医来到医院，拆开伤口的线，对血迹斑斑的死者进行刑事尸检。

昭男终于从手术室里出来，拼命地抽烟。他看到在阴霾的天空下，那个麻木不仁的年轻丈夫被警察带走了。

"真是心狠手辣。"妇产科的医生搭话说，"你认识的那个漂亮的女人中午来过。"

"谁？"

"就是那个女演员。"

"来干什么？"

"怀孕两个月，刮宫。明天还要来。"医生不慌不忙地说。

这一天傍晚，整个医院都对这起命案议论纷纷。据说这两个人是姘居，从怜惜年轻白皙的被害女子谈到男女苟合、反目成仇。

"人一死，警察就把医生刚刚缝合的伤口拆开，看来这类命案其他地方也有。"有人说。

"总是说要给女人自由，其实只要活在世上，就不会有自由。连我自己活着都没有自由。"

"我总觉得人简直不可思议，怎么会杀人或自杀？这就证明不存在神。"

昭男站起来。他惦念着自己做手术时来医院的朝子。今天她可能住在娘家，见到她，就能打听到弓子的消息。

昭男认为弓子的出走与自己有关，不能回避逃脱。他知道弓子在银座街头进行红羽毛募捐活动时，心灵受到严重创伤。即使如此，在朝子婚宴结束后，她还把插在新娘子腰间的小花束送给他，还在敬子家向他倾诉心曲。

后来敬子只字不提弓子，昭男也不便主动打听。

"朝子和清长大后，都想离家飞走。"敬子曾经这样哀叹过，但那与弓子的出走还有点儿不一样。昭男想，敬子一定急红了眼，拼命四处寻找。他对清并不忌妒，只打算尊重他的纯洁，但怀疑他是否以暴力夺走了弓子的清白，这不仅仅是悲伤哀痛的问题。

自从在自己家里与敬子幽会后，昭男就不好再去敬子家。但朝子第二次做人流手术给了他一个很好的借口。

昭男拉开格子门，屋里悄无声息，仿佛无人在家，但门口放着穿秃的木屐和深蓝色的平底皮鞋。

昭男果然猜对了。朝子从走廊里面出来。她穿着敬子的棉袍，有点儿像敬子。

"原来是田部大夫呀。"那表情好像在等待另外的什么人来，她一边用手拢头发一边说，"我头疼，正躺着呢。"

"就你一个人吗？"

"嗯。刚刚让芙美子买药去了。"

"听说你去医院了？"

"本想找您，说是您有急救病人，离不开……"

"啊，对。"

朝子疲惫憔悴，只剩下一双眼睛格外刺目。

"光头疼吗？"

"浑身难受。上一次也是这样。"朝子好像站都站不住，"我先歇一会儿再跟您说话，能不能劳驾您到这儿来？妈妈很快就回来，尽管她帮不上忙……"

朝子带昭男走进以前她和弓子一起住的那个房间。

"放心不下，就来看看你。"

"谢谢您。"朝子也许觉得昭男是医生，可以放心，"请坐。"她让昭男坐在对面的床上，自己则像小猫一样钻进被窝里。

昭男平静地坐在弓子的床上，虽然弓子离开有一些日子了，花色漂亮的棉被仍然原样放着。

走廊上的电话铃响了。

"烦人！"朝子皱着眉头要爬起来，昭男看不过去，就出去接电话。

"喂，是白井家吗？"一听就知道是弓子的声音。

"喂……"昭男略一犹豫，"对，是白井家。"

但是，对方把电话挂断了。

女佣回来后，朝子服了止痛药。

"是打错了吗？"

"我觉得好像是弓子的声音……"

"她说什么？"

"挂了。可能对我不便说吧。"

"可能是她，今天刚把行李送去。您接电话，也许她错以为是哥哥。"

"给她送行李？她去哪儿了？"

"哎呀，这事儿妈妈也瞒着您吗？弓子去矢代姑妈家了。弓子爸爸的姐姐……"

朝子吃过药，头好像不疼了，便坐起来拿过烟，"又想抽一支。"同时她也把烟递给昭男。

"你给弓子去个电话问问。"

"前两天我见过她。"

弓子出走后，敬子给她送行李，她来电话，朝子又见过她。昭男弄不清其中的事情，问："是你去姑妈家的吗？"

"不是，我在外景地偶然碰见的。但看样子她身体还好。"

"一般冬天不犯脚气病……"昭男用医生的语言掩饰真实的感情，"清最近怎么样？"

"我以为您更清楚呢。"

"哪里？是不是发生什么事了？"昭男想通过清，从侧面了解弓子。

"我这是第二次到这儿来，刚才见到妈妈，但没有把这次动手术的事告诉她。"朝子目光敏锐地盯着昭男，"前两次来，也没见到哥哥，听妈妈发牢骚说，哥哥喝醉回来跟她过不去。哥哥大概是失恋了。我知道他从小就爱弓子。"

然而，朝子的童年绝不是欢乐的回忆。母亲被岛木霸占、哥哥被弓子夺走，朝子成了"姥姥不疼、舅舅不爱"的孤独之人，于是将满腔的怨恨忌妒统统发泄在哥哥身上，动不动就脾气暴躁地和哥哥大吵大闹。连哥哥把抚摩懂事后的弓子当作自己内心的喜悦，她都冷眼旁观。

朝子看不惯弓子，三个人之间，她偶尔也和弓子拌嘴，但争吵的结果自然是朝子灰头土脸，来安慰她的又总是弓子。朝子只好哭天抹泪、忍气吞声，性格逐渐变得孤僻冷漠。

和小山的结合，虽然不是出于热恋，但毕竟是夫妇，跟他在一起才觉得心里踏实。婚后在新的环境里生活，她又恢复了女性的温柔，甚至也想生个一男半女。

第二次怀孕初露征兆，朝子就产生了母性的感觉，怀着喜悦温馨的希望。但是，小山漫不经心地说："找上次那个大夫吧。"一句话就把她打发掉了。

朝子红着脸惶恐不安地说："我记得在哪儿看过，夫妇间的第一个孩子是人生的庆典。你的小生命在肚子里还没见天日就葬送掉，我于心不忍。"

"你说的好像是什么台词吧。自古以来，这样动人的语言数不胜数，但如果被这些花言巧语蒙骗，我们就会自取灭亡。就像有的男人嘴上抹蜜，女人立刻上当受骗，神魂颠倒地弄出不可收拾的事情一样。"

"不是背台词，我真想要个孩子。"朝子柔声细语。

"现在两个人工作，收入还不到两万日元，再添个小孩，生活怎么办？你又得歇一阵子。等我们的生活稍微稳定下来再生也不晚。那时候，孩子也过得幸福。"

"可现在的孩子是现在的，跟以后的孩子不一样。"

"现在的还不是小孩。要照你这么说，我体内有几亿个小孩，而且每次都要葬送掉几万、几十万小孩的生命。你再能生，一年也只能生一个吧。"

朝子大吃一惊。

"我不想让小孩毁了我们的一切。我为了尊重你、保护你，一直克制着想当父亲的欲望。"

朝子虽然心里不服，但竟觉得自己不明事理。要是硬生下来，恐怕会失去小山的爱情。

小山把朝子视为一名演员，但她是否真有天赋和资质？这也是朝子的心病。她怀疑小山热衷于演戏，对自己的才能评价过高。如果这样，终有一天会幻想破灭。

朝子害怕这种幻灭，心想如果能当上电影明星压倒小山，声名大噪，收入颇丰，才能心安理得。

不想做父亲的丈夫和想做母亲的妻子的结合，难道不是不幸的吗？

但不管怎么说，他们还是决定不生。一旦决定下来，就得尽快处理掉。广播电视在年底年初多是娱乐性节目，他们俩很可能有工作可干。想一想到时候万一整天孕吐，多么令人讨厌。

朝子急急忙忙做了人流。她心里沉闷，但并不打算和敬子商量，只是想娘家、想母亲，才从医院过来。就这个样子，她还是离不开小山，给他打了电话。

"大夫，您说来看我，这就怪了。"朝子眨眨眼睛，"您怎么知道我回到这儿来的？"

"凭感觉。"

"大夫，您真好。"朝子大胆火热地凝视着昭男，她心里感谢昭男理解自己从医院回娘家的心情。

"哥哥任性，好意气用事，像您这样善解人意、体贴入微的人，恐怕才适合弓子敏感细腻的性格。"朝子一本正经地说。

朝子没有怀疑昭男和敬子关系暧昧。也许她觉察到了昭男暗地里爱恋着弓子的迹象。

敬子早就希望清和弓子成婚，这样亲上加亲，她跟俊三可以和睦相处，同时也能把弓子留在身边。朝子总认为敬子这是出于一厢情愿或多愁善感，简直无聊透顶。恐怕弓子也看破了这一点，才离家出走。

朝子心想，弓子讨厌清离家出走以后，现在只能想法转移清的感情，如果昭男能和弓子结合，可能会使清更快地死了这条心，情绪稳定下来。

朝子的想法总是这样简单明了。

朝子甚至恶作剧般地想安排这两个有情人密会。

"婚礼结束后，弓子把插在我腰间的那束花送给您。她那么大胆，我都吃了一惊。没想到这个天真烂漫的少女行动那么勇敢果断。"朝子目光明亮，语调亲切。

朝子性格倔强，好顶撞人。本以为这样的脾气没人娶自己，却不知道因为什么前世姻缘嫁给了小山。虽然自嘲做女人无聊，也不认为小山就是理想的男人，但感谢他不容分说硬把自己这样刁钻的女人娶走。不过，她绝对认为昭男比小山强，从一开始就信任昭男，从来都是言听计从。要是跟他在一起，朝子也会变得百依百顺。

就说今天吧，回到娘家一看，妈妈出门、小山没来，一个人正难受的时候，没想到昭男来了，让人喜出望外。孕吐止住了，这不仅仅是药力的作用，恐怕昭男这个大夫在身旁也是一个因素。她对昭男和弓子的结合毫不忌妒，心想能嫁给昭男，那是弓子命里有福、是她的造化。

虽说清是亲哥哥，朝子并没有一味偏袒。清觉得世道艰难，应当让他再经受艰苦磨炼，懂得人情冷暖。他不该是弓子的人生伴侣，于是她便对昭男说："要不我跟妈妈或者弓子谈一谈。"

"千万别这样。算了。"昭男大惊失色。

面对一无所知的朝子，昭男觉得自己简直就是一个无赖的骗子。要是朝子向敬子提出把弓子许配给昭男，敬子准会自杀。他想起刚才缝合伤口的那具女尸，便说："弓子不是我这个世界的人。"

"她又不是天使，现在倒变得更像个普通的女子了。"

"不，不……"昭男惊慌失措，脑袋瓜摇得跟拨浪鼓一样，反倒让朝子惊愕。

"是吗？我要是弓子，就嫁给田部大夫。"

这时，只听见大门砰的一声打开，女佣和怀抱一包东西、迈着沉重急促脚步的小山一起进来。

"您来得真快，田部大夫来看望我了。"朝子接过小山的东西，喜形于色。

"谢谢您，总这么惦念……"小山取下漂亮的围脖，含糊其词地打招呼。

昭男也从床边站起来。他们只在婚宴上打过一次照面，今天就像初次见面一样，拘谨得不知道说什么好。昭男知道朝子动手术的事，所以在小山面前显得不太自然。

"给我买什么来了？"朝子要打开包装，"打开看行吗？"

"哦，好。"小山有点儿不好意思，"拿到厨房去。"

"哎呀，是做晚饭的菜。真少见！就这么吃吗，还是我做？"

"打开看就知道了。"

"让田部大夫也一起吃，行吧？"朝子忽然动作敏捷地往外走，嘴里模仿小山的声调，"打开看就知道了。"

屋里剩下两个男人，总不能一直相对无言，于是昭男决定从最不碍口的工作聊起："您工作忙吗？"

"忙的时候连续几个通宵都干不过来。"

"那好呀。"

"可闲起来闲得身子发懒，看起来像自由职业者，其实一点儿也不自由。给不给你活儿干是人家的自由，我们受别人的摆布。说难听一点儿，爹娘快咽气了，公司职工还能请假，当演员的就歇不了。学校毕业后，能进银行工作就好了。"

"您是学文科的吗？"

"不是，我是学政治经济的。"小山微笑着说，"还是一年到头有个固定的地方上班好。看似不自由，其实反而自由。"

"偷懒的自由。"昭男也笑了。

"说得对。一偷懒，心不在焉，就得到自由。而且有固定的工作单位，明天也好、明年也好，工作不变，多轻松舒服。这就是现实的自由。下班以后到第二天上班之前，都是自己的时间，不像我们，没活儿干的时候也跟有活儿干的时候差不多。"

昭男摸不透小山说的有多少是真心话。

"可是，你们的工作既能自我表现又能自我完善，有干头。"昭男敷衍着说，"我这种工作，一不小心，病人就会出危险。"

"我们也不能随心所欲地说台词呀，一句也不行。底下的观众哪像病人那么老实。做大夫的万一失手把人治死了，也不会有评论家口诛笔伐。"

"不是那么回事，艺术的评论各有所好，医生的失误可是科学的判断……"

女佣进来叫他们吃饭。昭男打算回去，走到走廊时，闻到一股诱人的腊肉香味。穿着白色围裙的朝子从厨房探出头来说："大夫，您别走。我可是很少下厨房亲自动手做菜的哟。是吧，小山？再说，刚才也对您说了些弓子的事……"

昭男一听，吓得一边赶紧系鞋带，一边使劲甩掉浮现在脑海里的弓子的面容。

敬子的店铺已经成形，只等墙壁、瓷砖一干，就把家具搬进去。

她每天必去一次，碰上工人歇工，就一个人边打量店面边在心里想象着珍珠宝石琳琅满目的景象。

橱窗还没安上玻璃，想象不出从外面观看的感觉。但店铺造型与周围环境融为一体又格外显眼。用不着做霓虹灯广告、竖显眼醒目的招牌，沿着漫长的石砌围墙过来的人们，从花店、美容院方向过来的人们，走到橱窗前都会不由自主地驻足观看珠宝和手表。

这是一位年轻的大学副教授兼工学博士的设计方案。这位设计师是敬子的老主顾介绍给她的："他是一流的少壮派设计师。"敬子一听就想打退堂鼓。但介绍人很随和地说："他是我同学，我跟他好好商量，费用便宜一点儿。设计一间玲珑雅致的珠宝店，他也一定乐意呀。"

后来，敬子看了设计图纸，听了他的说明，心想自己是外行，不提意见为佳。既然设计得细致周到，就一切都委托给他了。

"我想店铺取名为美宝堂。虽然很一般、老套，可我……"

"大小姐，您真行。"

"什么大小姐的……"

"不是美宝堂的小姐重建家业吗？"

说起来也正是如此，当年父亲毁于战火的店铺就是这个店名。

"我也重新起步，还是当年那个小伙计。"

"我也还是当年那个美宝堂的闺女。"

"把长年的辛苦忘掉吧，大小姐，当小伙计那会儿练的手艺还熟着呢。"川村一激动，模样更显得可笑。

川村被草野店赶出来后，对敬子店铺的开张十分卖力效劳。

敬子对店铺寄托着满腔希望，暂时忘却了爱情的苦恼和家庭的寂寞。房子和宝石都不会自己跑掉，这些东西要不没有感情，要不就原封不动地体现敬子的感情。

敬子独自在夜深人静之时，欣赏着逐渐积攒起来的珠宝，那五彩斑斓的珠光宝气映得她眼睛都熠熠生辉。

川村本来主张搭霓虹灯广告牌，但他对风韵标致的女老板总是唯命是从："打从当小伙计的时候起，我对您的话就不敢说半个不字。"

"是呀，想起来，你认识我的时间比我的孩子还早。说不定啊，我死的时候还要你照料呢。真是无聊的一生。"

"我可不这么想。这叫重整旗鼓、东山再起。"

"也许最重要的是起步。"敬子说。

但是，敬子当然无从知道矢代姑妈把俊三起步创业的事告诉弓子，而弓子不理解"起步"是什么意思。

只要打听到要拍卖珠宝和钟表，川村就代替敬子参加，充分发挥其精明能干、机敏果断的行家本领。

拍卖会就设在上野公园的旧茶馆里。敬子把一百万日元交给川村，自己在隔着美宝堂新店和电车路的路边茶摊上坐着。这一带有不少外国兵来来往往。她一看见穿着羔皮大衣、戴金光闪闪的耳环的外国女人，就想要把她们的购买力吸引过来。她反复琢磨如何布置橱窗。弓子学点儿英语，在店里接待外国人，店铺的感觉马上就上去了。

川村还没回来。敬子又要了一杯红茶。她听父亲说过，珠宝手表拍卖会结束后，同行业的人经常聚在一起吃喝玩乐。她觉得川村显然不会参加，但心里多少还是不踏实，便随手翻看报纸，从内阁势必改组的政治动态到社会新闻，忽然看到最下角有一则熟人去世的讣告。

三花洋装店女老板小柳静子去世了。敬子以前在她的店里做过两三次洋装。她比敬子大十岁左右。战争初期，移情于一个比她小许多的小伙子，跟丈夫离婚，成为轰动一时的桃色新闻，后来就无声无息了。讣告说，小柳静子死于十一月二十七日早晨五点四十分，定于十一月三十日在麻布教堂举行天主教辞灵仪式，丧主是大岛忠男。敬子大吃一惊，不禁热泪潸然。她记得静子热恋的那个小伙子就姓大岛，比敬子还小三四岁，面影依稀犹记。……死者该多么心满意足呀。

从战时到战后近三十年里，那个小伙子一直陪伴着比自己大十几岁的情人，看来他们没有结婚，但大岛不顾姓氏不同的忌讳，敢于在讣告上以丧主的身份出现，实为罕见。这正是美好至上的爱情的表现。

正因为自己有了昭男，敬子才这样感慨颇深。不知道为什么，她觉得昭男不会陪同自己走完一生，会是亲儿子清给自己送终。

敬子一边极力打消不吉利的念头，一边觉得最近清很可悲。不过，要是风度翩翩的俊俏后生昭男能给自己送终，大概就可以从容含笑而去了。

胡思乱想些什么？敬子使劲摇头。还是让清和弓子这对夫妇安葬自己最为理想。

敬子甚至想和弓子谈一次，解开她心里的疙瘩，让她回心转意。

敬子看得出来，弓子离家出走七分是为了摆脱清的纠缠，三分是因为受到敬子和昭男相好的刺激。她不是没感觉昭男和弓子之间微妙的两情相悦。这使得敬子心里碍于跟弓子见面。

短外褂

"让您久等了。"川村满脸通红地站在敬子面前，"出来晚了，本想直接往您家奔。"他看着敬子的样子，断定她等得着急疲累，便说："可是，今天……"

"有好东西吗？"

"有呀。所以出不来。"川村掩饰不住喜悦的心情，而且故意不把东西马上拿出来。

敬子替川村要了一杯热咖啡："饿了吧？咱们一起吃点儿竹叶寿司去。"

"竹叶寿司，是在新桥吧？"

"快点儿给我看啊。"

川村这才从磨得发亮的皮包里拿出一个红黑色的小绸方巾包，打开一看，是一颗蚕豆那么大的翡翠。

"怎么样？底价十二万日元起叫的。"川村连同放大镜一起交给敬子。

"多少钱买下来的？"

"嘿，您猜猜看。"

"别像煞有介事的，三十万日元吧？"

"不，二十多万日元。夫人，您还是一位不十分精通此道的大小姐呀。"川村扬扬得意。

的确，色泽滑润，既然川村看得上眼，敬子就没必要用放大镜挑毛拣刺。这比先前卖给昭男嫂子的那粒还大。接着，川村又从皮包里拿出一个放注射针头的盒子大小的珠宝盒，打开一看，里面装着半克拉的钻石、中间突起部分纹理清晰的猫眼石、天然红宝石等。还有一些在拍卖市场不值钱的珊瑚、紫水晶之类的东西，但适合敬子设计加工。

敬子看着这些珠宝，切切实实地感觉到不论哪一样都是自己店里的东西，用不着在意别人的苛求，可以匠心独运、自由发挥才能加工设计，不由得心花怒放。

川村从笔记本上撕下写有成交价的那一页纸交给敬子。"谢谢。"敬子用高兴时显得纯真无邪的眼睛看着川村，"这些，都是我的。"

"是的。都是您店里的。"

"先放你那儿。现在放在家里不放心，几乎就我和女佣两个人，我又天天在外面跑……"敬子把翡翠等放回川村的皮包里，咔嚓一声扣上金属扣，就像摆弄自己的包一样。

"店铺开张以后，我认识的一些投机商也会光顾。不过，那帮人就交给我来对付。他们比拍卖市场更靠不住。"

"好，就这么办。"

"虽说这帮人靠不住，但里面也有点石成金的能人。就为着这宝石，他们跋山涉水四处奔走，简直就跟古代的武士巡山修炼一样。要不是您救我一把，说不定我也就跑码头了。"

"听起来还怪有意思的。"

"其实我这个人规规矩矩安分守己，缺少绿林好汉那种放浪不羁的禀性。想一想，要是跑单帮，就可以逃税呀。"

"我也从来没交过税。"敬子小声说。

"店一开张，碰到的第一个问题就是上税。"

"是呀，以前从来没想过，现在心里没底。"

"大小姐，您这买卖是个空当，要是内阁改组后能降低税金就好了。不管怎么说，我们经营的是高档奢侈品，跟这个失业、破产的时代格格不入。"

"这方面的事就交给你办。这不正是掌柜的看家本领吗？"

"这可是叫人打哆嗦的事。"川村真的哆哆嗦嗦缩着肩膀站起来，"我进过一回局子，别再因为偷税漏税折进去。可怕，太可怕了。"

"可我对这方面的事一窍不通。"敬子觉得每月按时缴纳固定资产税、市民税，就像付洗衣费一样的感觉，但从来没交过所得税。从草野店拿到手的首饰款式设计费属于私下报酬，推销的手表和宝石都是别人的东西，自己多半只能拿点儿回扣。敬子想起俊三的出版社亏损赤字的时候，滞纳税金高得令人咂舌："先别考虑税金，当务之急是周转资金和进货备货问题。"

两人到新桥吃了竹叶寿司，算是晚饭。然后川村回家，敬子上了电车。

敬子琢磨着穿羔皮大衣的外国妇女的耳环，能不能用黄杨木做成人偶手持的小丝柏扇的扇轴，再用黄金圈穿过去。红色丝线映衬着粉颈雪肤不更显得风致娟好吗？她还想起在博物馆看到朝鲜古墓中出土的金色女式耳饰，看起来又大又重，可东方女人在千年前就佩戴那么华贵艳丽的耳环。她还看过中国唐代巧夺天工的各种女式化妆器具和饰物。日本古代的玉璜有的也用好翡翠。

橱窗的角落里放一把黄金刀，再配一束堇菜。敬子的心在梦幻与童话的世界里轻松自在地徜徉。

进了家门，她看见走廊上流泻着明亮的灯光，廊下摆着两双鞋，她不禁心头一愣。这既不是昭男的，也不是弓子的。

当她一眼看到一男一女的两双鞋时，脑神经不可思议地立刻反应是昭男和弓子的鞋。但敬子明白是朝子两口子来了。她硬邦邦地问出来迎接的芙美子："他们什么时候来的？"

"夫人出门不久，大小姐就来了。"

"是吗？"

"说是身体不舒服，从医院来的。刚才田部大夫还来过，坐了一会儿走了。"

"这是怎么回事？"敬子目瞪口呆。

朝子紧贴在小山身后出来。"妈妈，你回来啦。今晚我们就住在这儿。"看样子她没病没痛。

"听说你身体不舒服……"

"嗯，有点儿，劳累的。明天还得再去一趟医院。"

"哦，是不是瘦了？"

"胖了。"朝子用右手摸着脖子，好像那一块胖了似的。敬子的目光移到站在旁边的小山身上，她切实感觉到闺女已经是别人家的人了。

"打扰您了。"小山说。从他的神情中也看不出朝子有病。

比起这两个人来，敬子的芳心柔肠更惦念乘虚而入、不待自己归来便离去的昭男。他大概不愿当着小山的面见自己吧？

敬子刚刚进门，不便给昭男打电话，也不便马上再出去。

"田部大夫很亲切，为人真好。"朝子说。

"给我沏一杯香香的热茶。累了，想喝茶。"敬子对朝子说。然后她一边把钱包放进衣柜，一边问小山："朝子连沏粗茶都不会吧？很多事都让你吃惊吧？"

"我也喝不出粗茶是什么味道。"

"朝子真幸运。"

敬子走出去，重新系好腰带，正在换和服外褂的时候，听见清回来的声音。"啊，回来了。"

清昨天晚上也没回来。他在家里待不下去，回来睡觉也是为了力图从巨大的创伤中自拔。敬子看着他悲切痛苦，担心他年轻的心会不会崩溃。

清对敬子发脾气、闹别扭，把一切不顺心的事统统归咎于母亲，从不给好脸色。敬子也觉得他在家里就心烦意乱、不得安宁，所以对他的所作所为只好睁一只眼闭一只眼。可是今天听清跟妹妹说话的声音，感觉到一种温暖的情意。

朝子用年长者懂事的口气说："哥哥，瞧你动不动脸色就那么难看，你不懂得幽默……"说完她便琢磨着一句适合收尾的话。

"朝子谈论幽默就像螳螂发笑。"

"螳螂，是什么东西？"

"螳螂都不知道吗？就是那种虫子，一年到头怒气冲冲的样子……"

"我要是螳螂呀，就活不到一年。"

"一辈子就举着它那锯子般的胳膊过日子。"

敬子走进去，三人和气融融地聊天。清正剥着麝香葡萄浅绿色的外皮，敬子轻柔地坐在他旁边。清头发整齐，刮了胡子，脸色红润明亮。

敬子一边捏起自己盘里的麝香葡萄一边问朝子："这是哪儿来的？"

"小山拿来的。"

"哦？谢谢。"敬子的目光和小山碰在一起，头略略一歪。"没想到，我很高兴。最近觉得有些寂寞，心里发慌。"其实，这些话是说给清听的，"芙美子说想年底回去，所以我正考虑搬到旅馆住一阵子。"

"这个家我们也就来不了了，觉得冷清。"小山说。

"小山，你也这么说吗？"

然后她转过身对清说："清，你说这样不好吗？生活简单一点儿，改变一下心情，你的情绪也会平稳下来。"

清目不转睛地盯着母亲，忽然微微一笑："我无所谓，妈妈你觉得怎么办好就怎么办吧。"那声调既坦率又像挖苦。

"这个家已经卖出去了，新的家只等墙壁一干，家具搬进去，就可以住。也就年底年初这段时间……"敬子说到这里忽然心血来潮，改口说，"反正是住旅馆，要不到山里的温泉去过年。怎么样？小山，你也一起去，行吗？"

今天晚上，儿子、女儿和女婿陪着自己，敬子对昭男的思念也渐渐淡薄。

在旅次上辞旧迎新，犹如向新生活敞开一扇新的窗户。

小山第一个赞成："好哇，一定带我去。"

虽然小山因与朝子的婚事，与敬子见面的次数屈指可数，但他喜欢敬子中年女性的容貌与娴雅的风韵。每次见到她，小山心里熨帖，似乎总想让她宠爱，觉得她是一个生活悠闲惬意的奇异的女人。

小山从小学开始就住在哥哥嫂嫂的小家里，和他们的孩子挤在一个被窝里睡，穷困潦倒。大学毕业后也找不到工作，自己喜欢演戏，就靠这个勉强自食其力。他看着哥哥两口子愁眉不展、心力交瘁的样子，对家庭望而生畏。跟朝子的结合并不是考虑到结婚与家庭，而是因为两个人从事着共同的职业。而且他认为朝子对普普通通的家庭生活不会心满意足。另外，敬子也没有给予小山操劳持家的感觉，说是丈母娘，不如说像结识了一个漂亮的中年妇女做知心朋友。

他觉得和敬子一起进行家庭式的旅行能痛快地休息，便兴致勃勃地问："妈妈，您滑雪吗？"

清有点儿不乐意地说："妈妈，你最好甭带我去。"

敬子碰了一鼻子灰。"你不想去旅行吗？就过年时候陪陪妈也不行吗？"

清蹙着眉头，没吱声。敬子全神贯注地看着他。

似乎药劲已过，朝子又开始头疼，手指头按着太阳穴，站起来离开内厅。敬子一直想跟儿子推心置腹地好好谈一次，见朝子离开，便像驱逐小山似的说："你去洗个澡吧。"

小山一出去，敬子就用充满母爱的眼光看着清："清，妈妈也觉得这个家快散了，心乱如麻，没了主意。现在我最大的愿望就是你能得到幸福。"

"哦？什么样的幸福？"清话里带气。

"妈妈也觉得要是你和弓子能如愿以偿，那是再好不过的，所以我根本不会把她藏起来不让你见。弓子是自己到岛木的姐姐、矢代姑妈家去的。一个未见世面的小姑娘被男人追得太紧，心里害怕、惊慌失措。过些日子，我准备找她好好谈一谈。"敬子温和诚恳地把自己的想法告诉清。但是清的眼睛里露出怪异的神色，连谈及弓子的事也听不进去。

"妈妈，其实你现在真的没主意了吧？"

敬子心头一惊："真的也好，假的也好，你设身处地想一想，不觉得妈妈心里没底吗？"

"其实呢，我看妈妈也可以说很有主见。碰到什么事，处理得有条不紊、得心应手，这一点比岛木先生强多了。"

敬子被清这么一绕，摸不透儿子的真实意图，心里未免三分胆怯，嘴里却说："干吗非要拿我跟他比不可？我没有一点比他强的地方。"

"是吗？"

"我就一个人，没办法，自己瞎琢磨着干。"

"田部大夫搬到目白来住，我怎么一点儿都不知道。"清冷不丁说起昭男。敬子简直魂飞魄散。

"弓子喜欢田部大夫。刚开始我还以为田部大夫对我们亲热，是喜欢妈妈……"

"你想太多了。"敬子惊慌得不知道这句话该说出口，还是只能在内心说给自己听。

"妈妈，弓子出走后，我怀疑她住在田部大夫那儿，就找到麴町的田部先生的家，这才知道他搬到附近来了。可是他为什么要瞒着我？妈妈你也不告诉我。连弓子的行踪也是今天才对我说。我想了解田部大夫，尽管我的行为很卑劣，但我暗地里调查过。"

敬子无颜面对儿子，罪孽与羞耻使她无地自容、头晕目眩。清对一切都洞察知悉吗？不，他不会知道真相。敬子给自己打气，但她如坐针毡，目光定在矮脚桌上。

清似乎也要鼓足勇气才能继续说下去。他略一犹豫，又开口说道："朝子结婚那天，宴会结束大家回去的时候，弓子把朝子腰间的花束送给田部大夫，还要为他解下胸前的绸带，我凭直觉知道他们很亲密。我心里慌乱，觉得不能这样磨磨蹭蹭，必须争取时间。回到家里，就和弓子两个人谈话。谈着谈着，我非常兴奋，控制不住。是我不好。弓子又说'父亲死了以后，现在我非常懦弱'。我一听，一下子掉进深渊。"

"……"

"可是，我怎么也没想到，就在那天夜里她会离家出走。讨厌我也没关系，只求她留在家里。除了这儿，弓子没有别的家。她也是妈妈的孩子，比对我们更亲密的孩子。如果我不住家里弓子就能回来，我随时可以离开。我去田部大夫的家不光是出于卑鄙低劣的禀性，也有想把弓子拜托给他、让他给弓子幸福的心情。"

"……"

"但是，现实比我的想象更加荒诞。我也为妈妈伤透了心。弓子走后，妈妈也觉得逍遥自在。我不相信一切，我已经决定再也不爱任何女人了。"清口气坚决地说完，对敬子发出冷漠的浅笑，一种似乎看透对方的嘲笑。

敬子感到恐惧般的痛苦，觉得自己的儿子就像背信弃义的年轻丈夫一样。她心如刀绞。

如果清恼恨昭男，敬子犹能忍受，但他冷眼鄙视母亲的阴私。敬子憋不住真想放声大哭。

但是泪水一定只能让清更加笑话自己。那么应该对清说些什么呢？不管说什么，清都不会相信吧。

"妈妈，这个家卖多少钱？"

"你是问这个家……卖多少钱？"敬子被清牵着鼻子走，而且问话总是出乎她的意料。"想卖七百万日元，最后连六百五十万日元都不到。"敬子从不堪忍受的话题中刚刚摆脱出来，惊魂未定，只听清说："给我二十万日元行不行？"

"什么？"敬子又遭到当头一棒，"你以为我有钱没地方花吗？光店铺的建筑费和进货款两百万日元都打不住。就这么点儿钱，哪够呀。还得借钱。"

"我是怕妈妈搞得太铺张了。麻布的店铺太洋气、太时髦了。"

"我这个人可能有经商之才，商运亨通。原先在车站开小卖店经营得也很成功，后来买卖都过得去，供你们上了好学校。"

"其他的运气也亨通呀。"

敬子听起来觉得清讽刺她的男人运，慌忙小心翼翼地问道："你要钱干什么？"清是学生，二十万日元对他来说，是一笔不小的数目。敬子心想他可能要做什么事，钱不够。

"我们小组正在筹集学生运动的资金。如果妈妈你们想洗温泉过年，我也想到农村和农民们围着火炉过一个简朴的新年。"

"到农村去？去哪儿？"

"没确定去哪儿，准备去阵亡学生的家里慰问，走访调查因征兵而伤亡的学生情况。"

"嗯？"

"国家还给军人和军属一点儿伤病养老金，可是因征兵伤亡的学生没有任何抚恤金。战时义务劳动中的死伤者也同样是战争的牺牲者，光学生就死伤了几千几万人，可是没做任何调查。我们觉得这是个大问题，于是开展要求政府抚恤的运动。比如广岛的一个女中一下子就有六七十个学生死于原子弹轰炸。"

"什么运动？"

"一听到运动，你就害怕。我们是帮助调查征兵学生的伤亡情况，然后记录出版。"

"还要出版？"敬子因为俊三的遭遇，一听"出版"，犹如谈虎色变，害怕重蹈覆辙。

"最好给二十万日元。实在拿不出来的话，十五万、十万日元也行。"

敬子点点头："你的事怎么办呢？"

"我暂时不考虑自己的事，谈恋爱也属于个人的事。"清说得斩钉截铁。敬子无言以对。

"妈妈，弓子的事不用担心，她比我坚强。"

敬子想起清参加外交部录用考试的事，不知道结果如何。这时，小山洗完澡，在浴衣外套着棉袍，满面红光地走进来，说："我先洗过了。"

三个人便天南海北闲扯一通。

敬子看清和小山开始聊天，便不失时机地站起来走上二楼。

清看着上楼梯的敬子的后背说："妈妈，你穿和服短外褂不好看。"

"是嘛，那以后我就不穿了。"

"随便。反正我不在家。"

敬子打开二楼的灯光，床铺映入眼帘，她像贫血引起晕眩恶心似的跪在被子边上，仿佛坐在冰冷的地上。在漫漫黑夜中，四周没有一堵墙壁护围着，她独处苍茫荒凉的天地之间，寂寞凄凉、悲苦耻辱。

心中隐秘的爱情和偷情求欢的欲火被清刺探，固然令她心悸，但清暗示弓子因为钟情昭男才离家出走的说法更让她不寒而栗。

作孽呀，我死都不能赎罪！

敬子出于女人忌妒的本能，对弓子少女怀春不是毫无觉察。与一天到晚牢骚埋怨的朝子相比，敬子一直认为一心倾慕自己的弓子才是美好的纽带，也明白弓子与自己相互给对方带来了寂寞。

敬子对清和弓子的事从不插嘴干预，也是希望弓子能顺其自然地爱上清。她认为弓子的婚姻美满幸福，才是对死去的俊三赎罪。即使弓子出走，只要知道她的行踪，敬子也在心底盼望她总有一天还会回到自己身边来。

但是，如果弓子爱上了昭男，自己的情人、自己的幸福就被她夺走了。

清究竟探听到什么程度？在昭男家里幽会偷情是不是已经被他发现了呢？敬子感到毛骨悚然。

敬子和俊三同居的时候，俊三是有妇之夫，孩子们对她的做法就大不以为然。俊三失踪还不到一年，母亲就有了隐秘。清会怎么看敬子呢？

敬子想，清也许把她看成一个水性杨花的淫荡女人，嗤之以鼻。

母子之间那种息息相通的爱和信任已经荡然无存。就连弓子，说不定也会……

冷酷无情、自惭形秽，一切都只能责怪自己，怨恨不着别人。她只觉得满心凄凉、不堪回首。

昭男今天晚上到家里来，不等自己就走了。他的冷漠令人心寒可恨。哎，知人知面不知心！

即使见到昭男，心里总笼罩着清和弓子的影子，也不会心情舒畅的。

敬子犹如万箭穿心，痛苦的泪珠就要滚出来了。

手指和额头冰冷，她知道精神上的刺激能引起贫血，但她不想叫还在下面谈话的清上来照顾自己。那孩子也是撒谎不脸红的人。跟母亲进行那一场谈话后，居然若无其事地和别人谈笑风生。被清敲了一笔钱，也让敬子心里不痛快。

敬子理解清悲伤的心情，为了让他重新振作起来，他想做的事需要多少钱，敬子都在所不惜，以示深切的母爱。他想做的这件事看来不是坏事，是出于青年良心的正义感。但是，一个靠母亲的供养生活的学生出这么一大笔钱不是不合常理吗？清就心安理得地接受吗？还是因为清受到弓子和敬子的双重打击，晕头转向了呢？

这又像是好事，又像是枉费金钱的事，敬子不明就里。

虽说卖房进了钱，但开店还欠下不少债，手头的流动资金也没最后落实。从中拿出十五万日元、二十万日元一大笔钱，真像剜了敬子的心头肉一样。

是三个孩子和昭男支撑着敬子这样精力充沛地工作。如果这些人都一个个离开，他们再各自分道扬镳，剩下敬子孤家寡人，她也没有心思把店经营下去。

到时候，店就全部交给川村管，店铺的权利变更给清……那自己又怎么办呢？真没出息，不能有半点儿这种念头！

"芙美子！"

"哎。"

"你给我压一压背，有点儿不舒服。"

芙美子看敬子伏在床上，吃了一惊："夫人，您怎么啦？"她让敬子平躺着，"是后背吗？"

"对。压一压……"

"这儿吗？这样行吗？"

"再使点劲儿。"

芙美子用力按摩着脊梁，敬子觉得那双手充满理解、深含亲爱，不由得一阵孤单，颤抖着嘴唇说："好，舒服，透到心里去了。"

"不论大事小事都是您一个人亲自动手，您太累了。"

"难得你这么认为。你一定要回乡下去吗？弓子不在这儿，你也待不下去吗？"

"也不是非回去不可……"

"那就再待些日子吧。"敬子寂寞忧郁得连一个女佣都想拖在身边。

敬子一边让芙美子按摩脊背，一边和一无所知的她聊天，逐渐恢复了精神。

一本正经的戏谑

第二次人流手术以后，朝子也很快恢复了，只是依然消瘦，纤腰一把，如风前弱柳。

"这么瘦，会不会有病？"别人这么一说，朝子就杏眼圆睁，说："我是老妖婆，瘦点儿好。"

她在电视童话剧里扮演老妖婆的角色。一套上假鹰钩鼻，瘦削的脸庞简直和形销骨立的老妖婆无异。朝子喜欢演戏，越忙越带劲。

她身体劳累，一照镜子看到自己气色不好，就每天皮下注射维生素 B 和补肝剂，算是一种精神上的安慰。

小山很能干，什么角色都演。他还极力把朝子引荐给方方面面，十分卖力地为她揽活。两个人忙得跟名演员不差上下，却依然默默无闻、毫无名气。不过，尽管一次演出费含税金还不到一千日元，但积少成多，有时能碰上一人兼两个角色的演出，收入还算可观。

要不跑龙套，要不当配角，他们忙得四脚朝天，几乎每天都要晚上十二点以后才能回家。

"现在的电视迷可不得了。"一天晚上，深夜归来的小山忽然说。

朝子迷迷糊糊地醒来，以为小山也有了"追星族"。

"哦？"

"今天在摄影棚里，菊池伊三郎给我看了一封女观众来信。信中说只要她一看见电视里有伊三郎的面部特写，就亲吻屏幕。"

"啊！"朝子貌似惊愕地皱起眉头，其实心里大失所望。

菊池伊三郎是当今电影古装片最走红的年轻英俊的男影星。

"妙极了。电影银幕上无法亲吻，电视屏幕上可以亲吻。"

"真恶心。"

"你说，是不是女孩子吻电视屏幕，就说明演员叫座吃香？"

"我演老妖婆，人见人恨，一上电视，观众不给我吃拳头就算不错了。"

"嗯……"

"我们难道一直就这样混吗？"

"不会一直这样干的。"

"是吗？"

"会时来运转的。"

"我要累趴下了。"

"这就是现代人的生活。"这是小山的口头禅，"我不累。"

但是，朝子甚至都从小山的抚爱中感觉到了疲累。或者说，她渐渐地畏惧小山的爱抚，而且害怕再做手术。

朝子一听别人说她脸色不好、身体消瘦，就对小山的漠不关心感到气愤。

小山追求的似乎是一种缺少温馨的心心相印的生活。

日子过得下去、过不下去都不是理由，如果真想要一个孩子，怎么也养得起。比起照片被人镶在镜框里的女影星，朝子对做母亲更怀有朦胧的憧憬和宁静之感。正因为向往温馨的心心相印的生活，她的心态发生了变化。

朝子一边怀着对分娩的畏惧、对刚刚出生的婴儿的惊怕，一边在心灵深处催动母爱的萌芽。有时候，她被小山抱着做爱时，眼前会忽然出现自己抱着孩子回娘家的景象，气得小山一把推开她："你想什么呢?!"

心神不定……朝子顿时心冷如冰，既失去柔情蜜意，也不想拥抱温存。要是这次再有了……她孤独地闭上眼睛。

他们不再像以前那样晚上互相关心，谈论白天各自的工作情况。

朝子从小就没有得到过母亲和哥哥的疼爱。娇滴滴、甜蜜蜜唱歌的只是弓子，朝子在家里遭受冷遇，连一支歌都没唱过。她要是能经常唱唱歌，脾气也不会这么倔强。

但是，学校曾组织他们去慰问战争孤儿，演出木偶戏。那些木偶都是朝子亲手制作的。日复一日，她自己也像受到亲切慰问似的，心情变得愉快起来。

朝子在做木偶等女孩子的手工艺方面心灵手巧，而且专心致志、一丝不苟。但后来她不再模仿这些东西，也不愿意做衣服和下厨房。

朝子自小受母亲和哥哥的气，盼望着结婚后能得到丈夫的理解与疼爱，但看来小山不知冷热、缺乏感情。她甚至觉得同样干演戏这一行，被一个一天到晚疲于奔命的小伙子指指点点、颐指气使，还不如跟着一个对自己关怀备至、体贴入微的中年男子，这样不但心情舒畅，演技也会大有长进。

朝子怀疑自己没有先前那样爱小山了。"我和弓子不一样，也许我跟谁在一起都会是这种结果。"

在家的时候，朝子看不惯弓子小心谨慎、八面玲珑的温和做派，分开以后，反而时常怀念。

朝子结婚的时候，弓子送给她带盖的笔盒做纪念。朝子现在每天都用着。她一看到白色象牙盖上镂雕的红蔷薇，就能体味到弓子的一片温情。

一个拍电视剧的同事送给朝子两张音乐会的票。她把一张送给弓子。十二月中旬的星期六晚上演出，评论界认为这位年轻的钢琴演奏家在欧洲最具有现代派风格。弓子听钢琴演奏，一定很高兴。

弓子立刻来信表示感谢。说现在正在定期考试，不过星期六晚上可以去听音乐会，很高兴能和姐姐见面。朝子受到弓子兴高采烈的情绪的感染，也很开心，有一种姐妹般情同手足的亲切感。

但是到了星期五，朝子接到通知说工作日程有变动。这样，星期六晚上她就听不成音乐会了。她大失所望。这一张票给谁呢？她拿不定主意，两张票座位是挨在一起的，给妈妈？虽然也是好主意，但可能会让弓子为难。

朝子坐在化妆室里，化妆师正给她梳头染发、把象牙指甲套在手指头上，准备上场拍电视剧。她忽然灵机一动：给田部大夫怎么样？

她心里不由自主地一阵激动，举起老妖婆指甲长长的手做一个念咒施魔的动作，用朗读台词的声调说："用妖婆的魔法让他们相会……"

朝子对昭男和母亲的关系并没有疑神疑鬼。她对别人的风流韵事不感兴趣，不把心思花在这上面。自己在这方面也很淡薄，所以缺少风情。

一想到昭男和弓子并排坐着听钢琴演奏，她就觉得很浪漫。她对昭男怀着朦朦胧胧的好感，所以在动手术的前一天昭男前来探望的时候表示："我要是弓子，就嫁给田部大夫。"

还不到朝子出场的时间，她一副长眉白发的老妖婆模样给昭男打电话："我是朝子，前些天谢谢您……"

"哦，身体好吗？"

"好，托您的福……明天晚上您有事吗？"

"没什么事。"

"想不想听卡钦的钢琴演奏？"

"啊……"

"我去不了，有一张票。"

"是听钢琴吗？"

"不感兴趣吗？"

"也不是。"

"那就去吧。"

"就想挨你剋一样。"昭男听朝子说话还是那么冲，不由得笑了。

"票用快件给您寄去。告诉我住址。"

昭男不想告诉她目白的住址。"寄到医院吧。"

"这样吧，为了保险起见，我把票放在这儿的传达室。在日比谷公会堂演出，反正您去也要从这附近经过。"

"好，知道了。"

"六点半开演。"

"可能去。"

"不许说可能，一定要去。"

"那好，一定去。可能女的不喜欢吧？"

"您说什么？"

"没什么。"

"一定要去。好，再见。"

朝子放下电话，回到后台，对着镜子里施放魔法的妖婆微笑。

"朝子，瞧你乐的，有什么好事吗？"演公主的演员问她。

这是一部西方童话剧。朝子和山林看守人、大灰狼、马面人等一起从昏黑的走廊向摄影棚走去。

碰上小山也在外头工作的日子，朝子这边的事一完，就打电话找他，约定见面的时间和地点。朝子多半饿着肚子等小山一起吃晚饭，但小山往往只顾自己，不等朝子。

"别忍饥挨饿，跟自己的肚子过不去。"小山常常这样说。

"可我想和你一起吃。一个女人去餐馆，多不好意思。"

今天晚上，小山工作先结束了，就一头扎进有乐町的麻将俱乐部里。朝子在麻将馆旁边的茶馆里一直等到清客关门，小山才姗姗来迟。

"吃饭？打麻将的时候我已经吃过了。"

他们沿着人影稀少的小路往有乐町车站走去。走到灯火通明的巷子，朝子才在一家中餐馆吃晚饭。小山无聊地随手翻看报纸。

"你也吃点儿面条什么的，陪我行吗？"

"不用了。浪费。"

"麻将打得怎么样？"

"不怎么样。"

"我可等了你好长时间。"

"幸亏你在等着，才散场的。"

"赌博你不行。"

"嗯，是不行。"

"没时间泡在里面，不行也好……"

小山没有回答。朝子忽然冒出一句："那个死去的叔叔特能赌，真是怪事。"

小山在神仙鱼餐馆见过岛木俊三一面，当时朝子当着小山的面叫他叔叔。所以现在朝子一说叔叔，小山就知道指的是俊三。

小山这才从报纸上抬起头，说："他没死。"

"你说什么？"朝子大吃一惊，盯着小山，"为什么？你怎么说他还活着？"

"不为什么，只是我有这种感觉。"

"葬礼都举行了。"

"那是擅自举行的。"

"你是说妈妈把活人当死人给埋葬了吗？"朝子怒目而视，"这不可能。"

"是呀，他还没有抛头露面，但他给我的感觉不像轻生的人。"

朝子脸色阴沉，眼皮颤动："要是他还活着，简直十恶不赦。我恨他。你也是！为什么不早说？"

"我没把这个问题看得那么严重。只是自己悲观厌世的时候就想起他来。"

朝子肩膀颤抖着说："说不定就是那家伙把弓子诱走的呢。弓子就住在他姐姐家里。"

这段日子没有比收到朝子寄来的音乐会票更让弓子高兴的了。虽然定期考试还没完，但隔着星期六、星期日两个休息日。星期一只剩下社会和音乐两门考试，弓子肩上的重担基本卸下来了。

弓子住在敬子家里的时候，经常翻阅报上的电影和戏剧预告，想看什么想听什么，说去就去，自由自在。而矢代姑妈家生活俭朴，连电影都极少谈论。现在弓子对这些已经死心，自然也没有钢琴可弹。不过，朝子的一张音乐会招待券唤起了她对昔日美好的回忆。

弓子那样离家出走，本以为会最先与性格干脆、近乎冷漠的朝子情断意绝，没想到朝子来信了，让弓子喜出望外。

大约十天前，弓子把头发剪短了。她想通过改变发型表达开始新生活的决心。新发型反而衬托出妙龄少女的姣好，裸露的粉颈妩媚艳美，浑圆丰腴的肩头清晰可见。

这是弓子到矢代家后第一次听音乐会。她轻施脂粉，还学着敬子和朝子的样子抹上指甲油。弓子不愿让朝子看见自己出了家门就变得邋遢寒碜。

她换上午后装，穿上尼龙袜，一改平时穿校服的模样，焕发出少女的灵秀青春，都叫姑妈看呆了："哎哟，都认不出来了。这不明摆着一个俏媳妇吗……"

"我不愿意抹口红。"弓子当着姑妈的面把已经抹上去的口红擦掉，嘴唇上残留着口红淡淡的明艳。

早早吃罢晚饭，五点半左右，弓子出了门。岁暮的东京，商店竞相大甩卖，在门松与门松之间张挂着红白相间的大横幅。竹枝伸展，道路显得狭窄，商店门前和橱窗里张灯结彩，圣诞树上五颜六色的小灯泡闪闪发光。

弓子被人们推挤着登上日比谷公会堂的台阶。她想起爸爸和妈妈经常带她到这儿来的往事。那一次，听着爸爸喜欢的西格提的匈牙利民歌和达米亚的香颂，敬子一边悄悄抹眼泪一边对弓子说"我累了、累了"。她还和朝子一起听过拉萨尔·莱维的钢琴演奏。

弓子的座位在二楼正中间。演奏已经开始，她旁边连着的三个座位都还空着。姐姐怎么还不来？她惦念着朝子。

第一首曲目拉罗的协奏曲一结束，会场响起热烈的掌声。有人站起来往外走，迟到的听众开始进场。弓子回头瞧着人上人下的通道，她立刻看见昭男一边找座位一边走过来。

"啊！怎么会是他？"弓子一惊，却不知道为什么立刻心静如水。

弓子在座位上把身子扭向后面，等昭男来发现自己。她心里想跟他打招呼。

出乎意料，大吃一惊的是昭男。他惊愕地立住："你也……不，没想到你来了。"他勉强说了一句，显得很狼狈。

"姐姐给我寄的票。"

"哦，我也是……"昭男对号入座，坐在弓子旁边，说，"朝子给我打电话说她来不了了。"

"是吗？姐姐不来了吗？"

"她来不了，就把票给我了。"

弓子看见昭男的时候，还以为朝子会来，三个人一起听音乐会。现在朝子不来，只有自己和昭男两个人，感觉也就不一样了。

"朝子可能工作上临时有急事，脱不开身。"昭男似乎向弓子解释自己来这儿的理由。

弓子点点头。但昭男怀疑这是朝子要的花招。昨天她在电话里一再叮嘱一定要去，却瞒下了弓子也去这段实情。而且上次他去看望朝子的时候，她也是话里有话、弦外有声。

昭男觉得被人监视了，似乎被什么束缚着，不能和弓子无拘无束地说话。即使不是如此，昭男也怕见弓子，内疚惭愧。他告诫自己不该见她。

自从与敬子的关系非同寻常后，对弓子的恋慕之情也只好深埋心底，但他害怕死灰复燃。对于弓子的出走，昭男自责自咎。哪怕想到在街上不期而遇，他都会紧张得心里怦怦直跳。这大概是昭男企图远离弓子的缘故。而现在，他竟然和弓子并肩而坐，一起听音乐会。

帷幕升起，舞台明亮。当朱利叶斯·卡钦坐在钢琴前面，全场鸦雀无声。从侧面看过去，弓子的神情也完全融汇在音乐的氛围里。虽然昭男很喜欢优美抒情的德彪西乐曲，但无法全神贯注地聆听。

昭男用不着斜眼偷看，弓子陶醉在旋律中的娇容玉貌便犹如一束亮光，映射在他的脸颊上。

弓子并不在意身边的昭男。她对朝子自己来不了，不叫敬子、不叫清，却叫昭男来感到惊讶，但她认为朝子是考虑到自己现在不愿和敬子、清见面。她意外地见到昭男，心里甚至荡漾着些微喜悦。

弓子看着敬子迅速接近昭男，把自己的父亲轻率地忘掉，心里凄凉怨恨，但她并没有一蹶不振，很快就恢复了正常。

弓子毫无插足敬子和昭男之间的意图。她崇敬和倾慕敬子，敬子喜欢昭男，她也跟着对昭男怀有好感，于是昭男的影子不知不觉就镶嵌在弓子的心坎里。但是，弓子并没有意识到这个矛盾，也没有苦恼到茶饭不思的地步。

现在，弓子只是如痴如醉地沉浸在动人心弦的旋律里。她没有评论卡钦钢琴演奏风格的能力，也不会去评论。这位新近崛起的美国钢琴家的演奏风格具有现代派的新鲜感，但有人批评他对乐曲的解释过于随意。不过，弓子听起来生机勃发、灵动鲜活。

幕间休息时，他们走到门外。呛人的烟味和拥挤的人群像天花板压下来一样憋气。昭男和弓子站在出售饼干、甜纳豆、巧克力、橘子、橘汁等小食品的小卖店前。

"妈妈好吧？"弓子问。似乎向昭男打听敬子的情况是理所当然的。昭男只是赧着脸轻轻点头。

"妈妈给我来了一封信。很关心我，我很高兴。"

"你为什么要这样？让妈妈觉得孤单……"

"什么为什么……"弓子吞吞吐吐，"我也没办法。"

弓子避开昭男的眼睛，低下头。昭男忽然感受到弓子淡淡的哀愁般令人怜爱的情绪。她剪成短发的脑袋渐渐靠近昭男的胸脯，毫无顾忌、旁若无人。昭男看着她耳边晶莹的肌肤，亲热之情油然而生。

"回到妈妈身边去吧。"

"好。"弓子温顺地回答。

"我可以告诉你妈妈说你要回去吗？"

弓子惊愕地看着昭男，摇摇头。她的眼睛湿润明亮，可能是残留着音乐会的激动情绪。

"该回去的时候，我自己会回去。"弓子声音清爽地说。

"听说你现在住在爸爸的亲戚家里。"

"嗯。住在姑妈家。爸爸在的时候，没什么来往，所以我住到那儿觉得对不起妈妈……"

昭男觉得弓子稳重多了。

"学校每天照去不误，妈妈给我来了信，朝子也见过面，还给我寄票来……当时非离家不可的那种火烧火燎的心情，渐渐觉得可笑起来。"弓子缩着脖子笑了。

"这就好，我也放心了。"

"我觉得对不起妈妈。"

"看来你身体也还好。"

"大夫，"弓子说，"我离开家后想了很多。想来想去，我觉得自己最终还是妈妈的孩子。您见到妈妈的时候，能不能把我这句话转告给她？"

"由我转告，不如你给她写一封信。"

"我已经不能再对妈妈撒娇使性子了。话虽这么说，离开家以后，心里还是想着对妈妈撒撒娇。"

"这么说，要是妈妈来接你，你就回去吧？我把你的意思告诉她，行吗？"昭男一边说一边想，要是弓子回到敬子身边，自己就必须和敬子彻底分手。每次见到弓子，他都这么想。

"我不想成为妈妈的负担。"弓子嘟囔着说。

"你不是说自己是妈妈的孩子吗？既然是妈妈的孩子，再重，妈妈也不嫌。俗话说：当是自家物，伞上积雪轻。"

"您把我比作伞上的积雪呀。我就像积雪一样，抖也抖不掉，化也化不了。"

昭男笑了，他忽然意识到敬子才是自己的"伞上积雪"。不正是男女那种一抖就掉、雪融冰消的暮合朝散的关系吗？

"看来今年的圣诞节和正月都不会下雪。"

弓子点点头："明年毕业以后，我打算去工作。"

"你是想寻找自己的生活吗？你就是自己的生活。"

"以前您在妈妈家里也这么说过。"

"对，那个时候，你已经打算离家出走了吧？我要是劝你就好了。"

"我是孤零零一个人，到哪儿都像傍人门户似的。姑妈说，女人外出工作时间不会长，结果什么都没学会。她让我从现在起学裁缝、学茶道。可我想出去工作。"

"我同意你姑妈的意见。"

"为什么？您对我的事了如指掌，连我父母的事都知道……"

"我跟我母亲不亲，父亲又早死，可你的父亲……"

这时，走廊的墙壁上响起开场的铃声。

"我同父异母的哥哥又当爹又当娘把我养大，嫂子也是擦皮鞋出身。这个女人，心地善良，性情温和。哥哥嘛，可能跟你爸爸的性格截然相反。不过，他很喜欢你。你要是有什么困难，找他，他准会热心帮忙。"昭男故意把哥哥拉出来做话题。

他一边下台阶往座位上走，一边想再谈谈自己，但是，两人之间显然挡着一个敬子，他们只好隔着敬子互相点头致意。而且，如果昭男再深迈一步，说不定弓子就像疏远清一样，也会从他的身边逃走。他心里感到悲哀凄凉。

"肖邦。这首曲子我非常喜欢。"弓子把丰腴的小手轻轻地放在昭男的手背上，他的手用刷子刷洗得没有一点儿油脂，干干净净。

她屏息凝神地专注于钢琴家手指灵动的神情，似乎忘记了身边的昭男。

昭男觉得她很美。

旅馆小住

十二月整整一个月，既没下雪也没下雨，连日晴天。虽然也有寒冷的日子，但东京的冬天一年比一年暖和。

正是黄昏时分。

新房东搬进去的日期已经定下来了。到这最后时刻，敬子的种种苦恼犹豫反倒云消雾散，心神恬然。

女佣芙美子要回老家待一段时间。

"好好在家里过年吧。我们搬进新店铺之前一定要回来。"敬子多给了她一些火车费和零花钱。

"店铺开张的时候，小姐也回来吗？"

"你问的是弓子吗？你很喜欢她呀。"

敬子立即搬进了千谷与信浓町之间一家地势较高的叫"桥本"的旅馆里。她和旅馆女老板是老相识，早就预订了最边上安静的房间。朝南的八叠大的房间有落地廊子，另一间在开放式壁橱的旁边还有茶具柜。

敬子说是临时住处，生活从简，果然只把随身用品和清的必需品搬进来，堆到壁龛上。清对敬子的生活变迁已经不再有半点儿怨言，一声不吭地跟着她搬进来。

住在旅馆里，还睡一个房间，两个人自然低头不见抬头见。不过，双方似乎都很聪明巧妙地互相回避。

敬子和清住在一起，说话小心谨慎，心里惴惴不安。那天晚上清说的话一直萦绕心中，念念不忘。她生怕清不知什么时候会忽然冒出什么话来。

新店铺的规划、情场的失意、对清和弓子的事的牵挂、对前景的担忧……敬子自从搬进旅馆以后，心事重重、千愁百虑，晚上服用安眠药成了家常便饭。

她用的安眠药就是俊三上瘾的那种药。

"我可不想变成他那个样子，还是跟昭男说说，吃他医院的药……"

只要清睡在身旁，敬子吃昭男给的药都觉得羞愧脸红。

敬子早上很晚醒来，一看清的被窝已经空荡荡的。

"他说妈妈睡得很香，就在另一个房间里用过早餐后出去了。"旅馆女服务员说。

"哦？他吃的什么？"

"燕麦粥、吐司、蔬菜沙拉，还有鸡蛋和……"

"喝的是红茶吗？"敬子笑了。

她从拉窗的玻璃望出去。院子不算大，但松树吊枝、捆草防霜、铺垫松叶等过冬的准备旅馆均已认真完成，等待着正月的来临。

几个把和服下摆折上去、穿着白围裙的男人和女人，有的在洗堂屋的拉窗，有的在搬动东西。

临近岁末，客人稀少。敬子一个人吃饭，有时仿佛从纷繁嘈杂的俗世逃脱出来，觉得无所用心、懒散无聊。

"除了我，大概没有其他住客吧？"敬子询问伺候她的女服务员。

"不是这样的。还有客人在这儿过年。"

"是吗？"

"是美国客人和一对泰国夫妇。"

"不是日本人呀。"

还有外国人喜欢在这种纯日式的旅馆里过年。

"像我这样，在旁人眼里，大概也是优哉游哉的吧？"

"像夫人这样，实在令人羡慕。"年轻的女服务员笑盈盈地说。她也可能从老板那儿听说这位客人是珠宝商，店铺开业之前暂住此处。

"有什么可羡慕的？其实我就像一只年终岁末在寒冷的天空飘忽

不定的气球。你这么年轻才令人羡慕呢。"敬子拿着洗澡用具跟着女服务员出了房门。

即使暂寓旅馆，入浴和化妆依然是敬子每天要做的第一件事情。

她坐在化妆桌前，正揉擦着激素霜，手指头忽然停住不动。她发现脖颈上有几根白发。小时候听母亲说，头发是愁白的。这一阵子，她千头万绪、忧心如焚，只要晚上睡不好觉，第二天肯定会发现白头发。

这几根白发像避人眼目似的，藏在脖颈边鬈曲的短发里。

"还藏起来，真烦人。"

白头发好像有四五根，也许更多。敬子绕到脖子后面的手臂酸累得拔不下来。俊三说过"白头发增多恐怕与不断服用安眠药有关"。怎么会忽然想起他来呢？敬子一动不动地凝视着镜子里的自己——都这把岁数了。

而且，过了年，又老一岁。

这么个岁数的人，干吗还对小伙子一往情深呢？

敬子感到一种山穷水尽的孤寂，拔白发的手指头不由自主地颤抖起来。

这一阵子，敬子不和昭男联系，他也不主动打电话来。就是见了面，一个愁眉苦脸，一个情绪消沉。有时候昭男反问她想什么呢，惊得她不知如何回答。昭男不理睬她，敬子就怨恨伤心、焦躁忌妒；一见到他，却迫不及待地渴望他的拥抱，疯狂地沉溺于柔情缱绻的欲海，因而只好老实顺从。

今天是今年最后一个星期天。昨天，昭男少有地主动打电话给敬子说想见面。他说："有话跟你说，明天在外头见。"他的声音显得客气而疏远。

激动人心的欢愉何时变得如此冷漠？

敬子希望有个朋友能劝慰她趁早对小情人死了这条心，这样才会有幸福，而且说得她口服心服。但是，她心底的隐秘对朋友都无法透露。

敬子精心细致地化妆，却从里到外透着冷丝丝的凄凉。她用梳子把头发梳平整后，故意在前额垂下几许凌乱的短发。

"太太，有一位川村先生求见。"女服务员前来禀报。

"哦？这是我的客人。请他进来。"

敬子透过拉窗玻璃看见川村跟在女服务员后面走来，精神立即抖擞起来。她把约川村前来谈事都忘到脑后了。

"连着都是晴天。"川村拉开隔扇，对着镜中的敬子略微低头致意。

"你来得真早。"

"是吗？其实我已经在新宿转了一圈，摸了摸手表的价格后算好时间才来的。"

"怎么样？便宜吗？"

"嗯……怎么说呢？我抓紧时间把整个东京的情况摸清楚，做出一览表。不过，人头熟的店不多。"

"以后你就在外面说是你开的店。"

"我想还是说先前美宝堂的大小姐因丈夫阵亡，现在要重整旗鼓，恢复父亲的老字号为好。"

"不，现在你的名字吃得开。女人做生意，别人恐怕觉得成不了大事。"

"别人小瞧您，掉以轻心，这也是您的优势。做买卖，运不可测呀。"

敬子把川村留在客厅里，自己走进隔扇隔开的里屋，一边换衣服一边敷衍着还在喋喋不休的川村。

"夫人，您认识清泷的妻子吗？她那头赛马跟她本人一个名字的女人……"

"赛马我不懂，俊三好像懂。就是那个又漂亮又好强的女人吧？

她怎么啦？"

"圣诞节前一天晚上自杀了。"

"哎呀，为什么？"

"生意凋敝，走投无路，过不了这个年关。"

今年夏天，她还是敬子的一个老主顾。

川村似乎也受到很大的刺激，像是不经意顺嘴说出，其实他一路上心里盘算着要对敬子说。

他见敬子不再搭腔，便自言自语地继续说："她的情夫就是她那匹马的骑手，从小就受到她的照顾。她把女儿嫁给自己的情夫后自杀了。您说，让年轻的情夫跟自己的女儿结婚，这是一种什么心理？"

川村是否借这个饭馆女老板之死，对她旁敲侧击地敲警钟呢？

房屋买卖、店铺经营这些女人难以独力处理的事都由川村代办。他被草野店赶出来以后，没有固定收入，敬子以工资的形式每个月给他支付生活费。

想起来，川村对敬子怀着善意的渴望也快三十年了。他从心底愿意随时帮敬子一把，现在却反过来，敬子成了他的救生船。虽然连他都觉得窝囊，但还是想埋头苦干，翻过身来。

最近，他掌管敬子的印章，详悉她的财产，也就对敬子的生活方式深感忧虑。

现在敬子的生意是否安定兴旺，直接关系到川村的收入多少。他爱店如家的心情跟以前也大不一样。

连当学生的清都说店铺的装潢"太洋气"。川村承认，敬子把具有超前意识的工艺作品和高品位的奇珍异宝摆在店里，可谓煞费苦心，需要非同寻常的气魄和才能，但在经营与财政方面，恐怕还有盲目蛮勇的地方。

川村一表示担心，她就说："我是女人，做事可能比男人还大胆。"

"哪里哪里。我命里带一个穷字，所以小家子气重，抠抠搜搜，

"不像夫人，没有商人的贫气，花钱慷慨大方，手面阔气。"

"我开店可也是为了过日子哟。"

"我只是想让您对当前整个社会的经济萧条有个更明确的认识。全家自杀、抢劫汽车、失业大军……"

"你说的也是事实，可是那些全家自杀的人、抢劫汽车的强盗毕竟不是珠宝店的顾客吧。"

"话不能这么说。脑子里必须想到全家自杀、抢劫汽车的人中就有我们的顾客，就像想到贪污受贿的官员里也有我们的顾客一样。还有，失业大军里也有我们的顾客。这样，我们才会想方设法做买卖。在社会上闯荡可难了，不像大小姐小时候玩过家家游戏那么轻松。"

"我开店铺，进珠宝难道是玩过家家游戏吗？"敬子抢白他一句。

川村知道，正面讲道理，只会让敬子厌烦，便把与她的景况相似的餐馆女老板经营亏损被迫自尽的悲剧搬出来，拐弯抹角地劝说。

"死得了算是幸运。"敬子甩出一句叫川村不寒而栗的话，然后走出来。她身穿盐泽白点碎花捻线绸和服短褂，底襟裁得很短。一缕芳香袭人。

干吗这么花这么多钱打扮自己呢？一点儿也不心疼。川村想不通，敬子本来就是花容月貌，用不着打扮也标致得很。这简直是一种浪费，钱花得太冤枉。

"打扮得这么漂亮，连死人都会羡慕。"

"没错。这是川村的名言。"

敬子对清泷的妻子生意破产自杀并不在意，却对她死前让情人与自己的女儿结婚这个情节颇有触动。

要是昭男和弓子……

川村对敬子的风流韵事是否也有所觉察呢？

"电话的事办得怎么样了？"敬子公事公办地问。

"算了，不值得。出十五万日元还不是好号码。向电话局申请，迟早会给的，目前暂时还用不着吧。实在需要，从隔壁的美容院拉过来一个分机。"

"电话是必要的投资，店里不安电话，会被人瞧不起，而且联系上不方便。十五万日元也要。号码真那么不好吗？"

"太糟糕了。三三五五，念起来就跟'般般辛苦'一样。"

"哦，听起来不是'潺潺秋雨'吧？"

川村忍俊不禁。

"怎么不行呢？我是历尽千辛万苦过来的，以后还会辛苦。就是顾客来买东西，也要经过辛苦盘算才肯出大价钱。电话号码就是它了。这个有意思。"

"我已经吃够苦头了，不觉得有什么意思。这笔账再清楚不过了。您想想，申请一部电话只要九万日元，而且其中的六万日元还能以公债的形式退回来。电话号码再好也不值十五万日元呀。手里没现款，马上就周转不开了。就是新政府上台，通货紧缩下政策也不是那么容易出台的。连那些经营日用品的中小企业也准备紧缩开支。"

"可我在旅馆里看 NHK 电视新闻，一个好像在炒股票的人预测明年经济会逐步回升，他还画曲线，说是往上走。"

"是呀，您要是再搞一点点保险的股票，也许对经济变动的感觉会更敏感些。"

"这就请你多费心了。"

"您别一张口什么都叫我办。不管怎么说，我们经营的珠宝和高级手表现在是奢侈品。"

"不单单现在，这种东西什么时候都是奢侈品。"

"好，您听我说，现在整个社会不景气，光交税，没什么可指望的。我们的店也要适应这种情况，重点放在销售仿造品和实用性手表上。您的式样设计采取预约方式，免得白费力气。至于修表，我已经跟一家信得过的维修店谈过了。说来说去就一条，不从实际出发，这买卖就搞不下去。"

敬子虽然觉得川村一番慷慨陈词合情合理，但还是不愿意听他说教。

"我的女婿是学经济的，他可是经济学学士哦。"

"就是那种找不到工作，只好去当话剧演员的经济学吗？"川村付之一笑。

敬子想把店铺改换成清的名义，川村对她这种良心上的自责也不以为然。

"清帮了什么忙？卖房也好、盖店也好，还不是夫人您拼死拼活干出来的。他无忧无虑地上大学，还有什么不满意的?！整天眼睛不是眼睛、鼻子不是鼻子地板着脸。母亲的东西，孩子的东西，一是一，二是二，必须分清。不然新宪法规定的父母的权利和劳苦都得不到承认。"

就像清讨厌川村一样，川村也不喜欢从不帮孤寡母亲一把的清。在小伙计出身的旧脑筋的川村眼里，清一天到晚只知道在母亲背后发牢骚、讲怪话。

"就说岛木先生的闺女吧，夫人您疼得她跟心肝宝贝似的，可她怎么出走了？现在的人都忘恩负义，该遭天罚。她总可以在店里帮忙吧……"

其实敬子也想把天真可爱的弓子放在店里做帮手，但她又不想听川村唠叨此事。

"来者日疏，去者不追。这就是我的驻颜术。一起去银座吗？"

敬子顺手拿过黑皮手提包，拿出一个信封。

"川村，店铺还没开张，小意思，你先拿着。"说着，她把信封放在川村紧拢的膝盖上。

川村显得不好意思。"这怎么行？"他装模作样地轻轻一推，赶紧把信封收进外衣的内袋里，一下子安静下来。店铺还没开张，就从敬子这儿拿钱，川村心里不安，可是要没有这笔钱，正月的开销又从何而来？一想到这儿，川村心里就悲酸苦涩。他暗下决心，玩命也要把敬子的店搞出个名堂来。

敬子和川村在银座分手以后，又办了两三件事，不觉日暮黄昏，她走在年底行色匆匆的嘈杂的人群中。昭男到底有什么话要对我说？她心里不安，有时未免与迎面而来的行人摩肩擦身。

在类似山中小木屋风格的小巧别致的西式餐厅里，昭男坐在黑木椅上，面前摆着一杯白兰地。他好像刚刚理过发，耳际的皮肤鲜嫩白皙，穿着新做的双排扣西服。

敬子春心荡漾，自寻的烦恼顿时风流云散。她笑吟吟地说："怎么啦？正月的新西服今天就穿上啦。挺帅的。"她视线在昭男的肩膀上温柔地扫动，走近他身旁。

昭男似乎也心情舒畅。他叫来服务员，手端着酒杯说："这个，再来一杯。"

敬子看着服务员放在她面前的白兰地，说："这是给我要的吗？"端起来轻抿一口，没想到酒精刺激着嘴唇、舌头等敏感的地方。

"你喝这么烈的酒？"

"应该给你要柔和一点儿的。我喜欢来一杯这个，不大愿意喝威士忌。"

"你说有事找我。什么事？"

"不忙，一会儿再说。"昭男拿起菜单，递给敬子。

"你点自己想吃的，我随你。"

"随我吗？"昭男给人一种掩饰着什么事的感觉，"嫩肉排，鸡肉，吃什么菜呢？还有，要法式黄油炸鱼呢，还是要炸牡蛎？"

"我想吃炸牡蛎，不要鸡。"

"我也要炸牡蛎吧。还有汤……这儿的浓汤味道不错。"

过了一会儿，他们被服务员引上二楼。

"好吃。"热乎乎的汤流过敬子的喉咙，就像咽下一股温暖的幸福。

昭男只是点点头。吃饭的时候，他几乎没有说话，沉默了好一阵子，冷不丁冒出一句："我，最近搬家了。"

敬子放下正在叉炸牡蛎的叉子，睁大眼睛——这就是他要对我说的话?!

"是不是又回哥哥那儿去了？"

"不是。和朋友共同租了一间小房子，也可以说是我搬过去和他住在一起。"

"在哪儿？"

"高圆寺。"

"高圆寺……很远吧？"

"不远。"

"我不知道高圆寺那地方，觉得很远。有电话吗？"

"没有。"

"没电话，我怎么办？往医院打电话，说话又不方便。这么说，只能等你和我联系？"

昭男仿佛躲避敬子的目光，拿起挤过的柠檬块又使劲地挤汁。没有任何迹象表明他有了新的情人。

"和朋友住在一起，我就不好去了吧？"

"一个单位的。"

"那就更不方便了。"

"他跟我一起搞同样的课题研究，他的亲戚去了福冈，不知道是出差还是工作调动，一年以后才能回来。房子空着，不好租给别人，也可以说我替他看家吧。"昭男解释似的说。

"搬家的时候，怎么不告诉我一声？"

"临时定的，说搬就搬，而且最近心里乱糟糟的。"

"你说有话要对我说，不仅仅是搬家的事吧？"

"我想下决心改变一下生活方式，不然脑子就慢慢变得跟木头疙瘩一样……真没出息。"

"你说自己没出息？"

他居然说自己没出息？！敬子真想抓起什么东西扔过去。她心里明白，昭男说的"改变生活方式"就是与自己分手。她如同坠入黑暗的深渊般失意沮丧，但还能把这种情绪包藏在心底。

敬子装出一副笑脸，说："我们已经……毫无幸福可言了吗？我总觉得太早了点儿……"声音里带着几分讥嘲挖苦。

昭男招架不住，一时语塞。

现在，坐在这儿的是一个即将被抛弃的女人。敬子想到这里，胸间喷发出如十几岁少女般无法抑制的嫉忌与怨恨的烈焰。她怒气攻心，忘乎所以，脱口说道："你要是爱弓子，为什么不早说？"

昭男直视着敬子的眼睛："你我已经没有资格谈论弓子了。"

敬子被昭男的疾言厉色吓了一跳，才意识到自己说了些什么。

"我们不要用语言玩弄弓子了。"昭男说。

敬子哆嗦着嘴唇，用低得几乎听不见的声音喃喃地说："对不起。"

她像吞下一片冰冷锋利的刀刃。

"说对不起的应该是我。前些日子，我偶然见到弓子。在我来说是偶然，但恐怕是朝子故意安排的。"

"什么？！"敬子大惊失色。

"弓子神色放松，看来身体也很好。我觉得她离家出走不仅仅是因为清的缘故。一想到我们的事让她伤心难过，我就问心有愧。弓子还说自己是妈妈的孩子。"

敬子强忍着心如刀割的痛苦，急切地等待昭男说下去，但昭男无法把音乐会结束与弓子分手后那种无可奈何、空虚怅惘的心情告诉她。

"弓子来信了吗？"昭男问。

"没有。"敬子的声音卡在嗓子眼儿里。

"弓子离家以后，想了许多。她说她最终还是妈妈的孩子，并让我把这句话转告给你。"

"……"

"因为我对她说：回到妈妈的身边去吧。"

"她怎么回答的？"

"她说好……我觉得你要是去接她，她会回来的。她说自己不论到哪儿都像寄人篱下似的，所以想工作。"

这么说，昭男今天要对敬子说的话里也包含着弓子的事？

昭男是以让弓子回到敬子的身边，作为自己与敬子分手的补偿以及对她寂寞的安慰吗？虽然弓子在敬子的心里总是千娇百媚、可爱无比，但她无法弥补敬子失去昭男的心灵创伤。

昭男申斥她已失去谈论弓子的资格，弓子说自己最终还是妈妈的孩子，这两句话从不同的意义上强烈刺激着敬子的心。她仿佛被语言的魔力镇住了。

其实，昭男今晚本来没打算对敬子谈论弓子的事，只是被她那句醋意大发的不当胡言引发出来了。虽然弓子也是造成昭男想跟敬子分手的因素，但另外还有一个更可怕的原因。

昭男到哥哥家里告诉他从目白搬家时，哥哥点头称好："噢，那好，那好呀。越快越好。"然后他拿出一张姑娘的照片，递给昭男，"怎么样？这个人……"

不言而喻，这是相亲的照片。

"绫子朋友的女儿，说是人很好。明年春天见一见，怎么样？"

照片中的小姐斜侧着脸，不知道是这个角度的姿势最美呢，还是在凝视着什么，目光柔和、乌发丰满、脸庞清秀。

昭男端详着照片，田部观察着昭男。昭男觉得自己的一切都瞒不过哥哥的眼睛。

"单身汉自然轻松自由，可老这样叫人担心。别人总把你的将来挂在心上。有人说相亲结婚水分太大，我觉得不尽是这样。夫妻之间、父母与子女之间，应该心心相印、水乳交融，没有比这种关系更亲密的了。友谊也好，爱情也好，随着其他感情高低起伏的变化而绵延不息。建立家庭是人生新的出发点，这不是很纯洁吗？结婚靠运气。"

"……"

"我本来想把白井家的小姐嫁给你，我非常喜欢那个姑娘，可是你自己毁掉了这个运气。"

昭男无言以对。

斯人犹在

"听说那位小姐现在不住在白井家了。"

哥哥不知道从哪里道听途说的，令昭男不由得心头一惊。但是，哥哥紧接着说的话惊骇得昭男倒吸一口冷气。

"还听说弓子的父亲，就是那个岛木先生还活着。"

"什么？还活着？"昭男情不自禁地提高了嗓门，"可连葬礼都办了呀！"

"这样的事有的是。"

"那是人在外地，家里人不知道吧。跟他的情形不一样。"

"葬礼不是他自己给自己举行的……"

"那他明明知道别人为他举行葬礼，为什么躲着不露面？"

"你问我，我问谁？我又不是岛木。"

"哼?！"

"你在医院工作，应该知道除了四百零四种病之外，还有其他怪病吧？人的所思所想、所作所为比怪病还要千奇百怪，实在无奇不有，一般人做梦都想不出来。想想看，那一场战争让我们平民百姓干了些什么?!"

"要这么说，当然有人受到不测命运的捉弄。"昭男一边说一边想，要是岛木还活着的话，自己当他死了，还跟敬子热恋一场，不也是受到不测命运的捉弄吗？敬子恐怕也是其中的受害者吧。

俊三可能还活在世上。这条可怕的消息简直能让自己与敬子的情欲在瞬间冷却。

"不过，你不是和白井太太一起去轮船公司调查过吗？"

"去过。"

"你是医生，当时你没有科学思维式的冷静吗？"

"我不是作为医生去的。"

"但你随时都应该是一个医生。"

"哦。"

"如果你随时都能以医生的思维处世的话，现在也许都和那位白井小姐订婚了。那该让我多高兴。那个小姐作为未来的弟媳妇到家里来玩，我该多愉快。我曾经为你对天悲叹过：'天啊，为什么不能把那位小姐赐给我弟弟？'"

田部不时眨着眼睛，好像极力抑制着泪水。昭男垂头丧气。

"你是怎么回事，这张照片也不上心看看？"

"……"

"你的哥哥——我，在垃圾遍地的桥下遇见那个擦皮鞋的姑娘，糟糠之妻不下堂，从来不喜新厌旧。就因为你，我至今还觉得那位小姐太可惜了。那个弓子，她不是白井的亲生女儿。你有没有勇气？你有没有痛改前非的真心诚意等待她的宽恕，把恶因化为善果？"

"我没有这种随心所欲的勇气和诚实。"

"噢，你还不懂得，在这个世界上、在你的人生里，弓子只有一个。"

但正是这一番谈话，昭男听到岛木也许还活着的时候，促使他下了决心与敬子分手。

昭男没见过岛木俊三。可怕的对手藏在暗处，更令他觉得惶恐危惧。莫不是他知道敬子与昭男的关系，故意不露面？昭男和敬子幽会偷情的那个房间，会不会游荡着岛木的死灵或生灵呢？

又要让哥哥说自己不像个医生了。昭男想到这儿，坐立不安。

正如哥哥指出的那样，昭男跟着敬子去东京湾轮船公司的竹芝栈桥调查的时候，听说有人跳水自杀，但没查明身份。当时昭男问她："夫人，您为什么非要断定就是岛木先生呢？"

昭男认为岛木似乎没必要非死不可，不应该这样轻率判断，还劝敬子："您应该转念，坚信岛木先生还活着。"

当时，昭男并不相信岛木已经死去，但他不能不相信敬子的悲哀。

是否因为对敬子的同情变成了爱情，才使他失去科学思维式的冷静呢？

但是，昭男相信，既然亲属要举行葬礼，他和敬子去轮船公司后，大概总能找到岛木确已自杀的证据。

昭男在栈桥半是安慰敬子，说过"他生性懦弱，可能先躲一段时间"的话，没想到不幸言中了。这难道不是即将成为事实吗？

昭男经过几天苦恼的思想斗争，终于决定搬出公寓，离开敬子。但他把敬子叫出来，还没说到正题，敬子就为弓子的事醋海生波、大动肝火，说了那句让昭男周章失措的话。他不好再把岛木的事提出来，免得敬子骇愕震惊、悲苦心酸。

昭男想对敬子说："趁岛木还没露面，我们还是分手为好。"

其实，他也不知道岛木能否露面。露面又怎么样？只要昭男爱得刻骨铭心，低头汗颜、退避三舍的不该是岛木吗？

虽说如此，昭男依然觉得理亏心虚。他有气无力地说："这跟弓子毫无关系。最近，我觉得有点儿神经衰弱，做什么事脑子都不够使，缺少自信，所以必须改变一下……"

"真是这样吗？"敬子的黑眼珠盯着昭男。

"你看，我的目光都显得呆滞了吧？"

"看不出来。目光清爽明亮，只是显出对我过意不去的样子。"

就像对清和朝子一样，敬子从昭男身上也同样感受到自己回天乏术的青春，以及对方那颗轻薄的心。

敬子勉强恢复老成持重、处变不惊的态度。

在这么快就变心的情人面前，敬子居然忘了自己的年龄，没羞没臊地大发醋意，差一点儿露乖出丑。现在她好容易沉下气来，换一种半是玩笑半是戏谑的口气说：

"您这个当医生的还得神经衰弱症，可见非同小可。我给您看看吧。我可是名医哟。"

"那就拜托你了。医生不能给自己和亲属看病。"

"虽然我甚至比你的亲属更贴近你……"

"看神经衰弱，我这个外科医生有点儿……"

"无能为力吧。神经衰弱就得由比亲属更贴近的人才能治。这病因，不说与弓子有关，恐怕是你背上了咱们俩的关系这个大包袱，日夜苦恼导致的吧？"

敬子嘴上平淡如水，心里却擂鼓一样怦怦痛敲。

"就为这事得了神经衰弱，这可不像你。我已经做好了思想准备，等你跟合适的人一结婚，咱们就断。可没想到断得这么快。"

"事情的开始也快了点儿。"

敬子猝不及防，只好忍受委屈。

昭男想说，当时没有证实岛木确已死去就陷入情网。

"你什么时候开始讨厌我的？"

"不是讨厌。"

"要是第二天还跟没事儿一样无拘无束地见面，而不被人讨厌，这样的分手不是什么时候都可以吗？"

昭男明亮的眼睛顿时黯然失色。

"你大概会鄙视我，不过，也只好如此了。其实，哥哥给我找了一门亲事。"

敬子听到昭男像小姑娘家一样说话，浑身的血直冲脑门，觉得天旋地转。但是，她表面上更加眉开眼笑，像母亲一样听边点头。

"听你这么一说，我更觉得不能老碍手碍脚，妨碍你的幸福。"

敬子看时间差不多了，悄悄伸手想把桌上的账单拿过来。昭男一看，也连忙伸手去拿账单。两只手碰在一起，敬子像触电一样慌忙把手缩回来。她担心这出危如累卵的戏剧会由于这一接触而崩溃坍塌，因为她感受到了闪电般的愉悦。

"刚发的工资和奖金，今晚本来想请你吃饭，结果成了这个样子……无论什么时候，对我来说，你都是谁也无法替代的特殊的人。"

"我真高兴。"敬子这句话像是坦荡宽怀，又像是奚落挖苦。

以前，敬子躺在昭男怀里的时候，常说"我真高兴"，那声音才带着特殊的情调。

"今晚本来打算和你一起去一个你想不到的地方。"

"我想不到的地方？"

是东京市内豪华的饭店，还是热海的温泉？要不，莫非乘飞机去大阪、京都？

不，敬子心想凭昭男的工资和奖金，不可能乘飞机来来去去。

"算是分手前的最后一夜吗？"她浑身燥热，一下子站起来。刚才偶然碰到昭男的手，都那样无法忍受，"你把脑子都用在这种无聊多余的念头上，所以才神经衰弱。有这一顿最后的晚餐就足够了。"

要是再有一次，她不知道自己将会如何丢人现眼。

敬子转过身，走下楼梯。她双手伸进服务员在身后为她张开的大衣袖子，将半张脸埋在安哥拉羊毛的披巾里，先走到门外。

门外停着几辆正在等客的出租车。敬子真想让出租车拉着自己漫无目的地四处乱转。

昭男连大衣都顾不上扣，急匆匆地赶出来，手里拿着敬子忘在桌上的手提包。

"哎呀！"敬子想，自己狠心演出的戏难道被他看穿了？

"我送你。"

敬子坐进昭男招呼的出租车里，仍然声调平静地问："你跟弓子在哪儿见的面？"

"音乐会。"昭男没好气似的回答。

难道自己真的"没有资格"谈论弓子了吗？

"开店以后，我要低头求弓子回来吗？"

"店铺什么时候开张？"

"过了正月初七应该可以住人了。你的订婚戒指我来做。"

"不用了。"

昏暗中，敬子听到昭男厌烦地咂舌的声音。她瞥了一眼昭男俊秀的侧脸，然后把身子紧靠车门一侧。

他们同在一辆车里，却形同路人。敬子的脑海里接连不断地浮现出昭男略小的浑圆的嘴唇，出乎意料地好看的喉结，年轻颀长、健康结实的身体，紧贴着自己身体的热乎乎的肌肤，什么时候都干干净净的手指……这一切，如同一场遥远的梦。

"司机，赤坂离宫，就是现在的国会图书馆，从那儿上信浓町方向。"敬子的声音冰冷而坚决。

昭男似乎也不知所措。敬子沉默不语，他也绷着脸一声不响。

车子从旧赤坂离宫旁边穿过，往信浓町方向驶上坡道。敬子暂住的旅馆位于高级住宅区，外面栽着一道小树林般幽静清秀的树丛。在旅馆跟前，敬子让车子停下来。

"再见。"

敬子小心翼翼地不让自己碰着昭男的膝盖，从他前面过去下了车。

"这样我也受不了。我写信。"昭男的声音在她的肩头上响起。

"请便。"瞬间的犹豫之后，敬子还是回头对昭男微微一笑，关上车门。

载着昭男的出租车一开走，敬子小跑着进了旅馆大门。

"您回来啦。"服务员迎上前来，敬子也不搭理。一进房间，她疲倦颓唐地一屁股跌坐在火盆旁边。刚才在昭男面前，她为掩饰凄切之情，咬牙苦撑着，现在一下子散了架。

服务员送茶进来，然后退出去了。

敬子无所顾忌地放声大哭，泪如泉涌。她一时不清楚自己为何伤心，只是泪水止不住地簌簌往下淌。

不愿意知道的事终于明白无误地知道了。敬子柔肠寸断。

还是因为弓子。

敬子认为，昭男离开自己是因为害怕对弓子的爱。为了忘掉敬子，也为了忘掉弓子，昭男是否打算和哥哥介绍的对象结婚呢？不过，看来他对这门亲事不感兴趣。

"这种婚还有什么好结的……"敬子自言自语。

怎么才能从这种颓丧消沉的情绪中摆脱出来呢？与情人分手，比以前几次让敬子痛哭的悲哀的总和还难以排遣。刚才还觉得跟昭男分手不至于如此难过。她无法忍受孤独。

要说最后导致关系破裂的，还是敬子。如果不提弓子，事态也不会如此急转直下、不可收拾。如果能巧妙地利用昭男的心态，她以后还继续和他相会，说不定关系还能一直保持下去呢。

"我写信"，听那口气好像是敬子让他写似的。但是，即使昭男来了信，也不可能重归于好，因为在他们之间挡着一个弓子。

难耐的寂寞从脚下漫浸上来。敬子拧大煤气炉的火焰。她觉得累了，便稍稍左右摇摆着身子，解开腰带。

远处传来阵阵叫喊声，神宫外苑的体育馆可能正在举行拳击或者摔跤比赛。

敬子脱下布袜子，一站起来，和服下摆哗啦落下。她换上冰凉的睡衣，慵懒地服下常用量两倍的安眠药，然后钻进被窝。

第二天早晨六点，敬子醒过来，一睁开眼睛，昭男又钻进脑袋。

清在身旁熟睡，屋子里散发着些许男性的气味。

昨天夜里，清回来看见母亲难看的睡相，会怎么想？敬子想在清起床前把扔在地上的衣服整理好，眼角却又不由自主地溢出泪水。脑子里除了昭男，没有别的。她抽烟、洗脸，昭男的影子仍然缠绕胸间。

这几个月里，昭男的事令她牵肠挂肚，哪怕一分钟也没忘怀。敬子回想起来，简直不敢相信自己还如此一片痴心。

尽管要开店，还有朝子的婚礼、弓子的出走，敬子依然对他一天到晚萦怀系念。今后即使不能忘怀，但时过境迁，心境也会大不相同。

今天早晨，敬子一边和清吃饭，一边还在思念昭男的面容。她忽然觉得脸上发烧。

"妈妈，你怎么啦？"

"昨天晚上安眠药吃多了。"

"我回来的时候，你好像在做噩梦，很难受的样子。"

"说梦话了吗？"

"我把你推醒的。"

"我一点儿也不知道。"

"屋子里乱七八糟的，我还以为出什么事了。"

"我累了。"

"……"

"一没精神，就发慌害怕，像得了一场病。"

清注视着母亲像痛哭之后浮肿发红的眼皮，心想母亲为什么忽然变得怯懦软弱了呢？

　　"我想和你，还有朝子两口子到温泉好好地休息三四天。"

　　敬子不知道今天甚至以后的时间该如何打发。她无法忍受清闲的年末岁头待在东京旅馆里的寂寞，觉得和清、朝子一起洗温泉休息，可以熬过这些最痛苦的时日。

　　"你也去。"

　　"很遗憾，我已经和朋友约好了，今天傍晚从上野站走。"

　　"哦？"

　　"要是您病了，我可以晚一天去。"

　　敬子摇摇头："我没病。一起去的朋友也是搞学生运动的吗？"

　　"嗯，也算是吧。人特好，回来以后带他来见你。"

　　"好，我倒想好好了解一下。"

　　"我也好，妈妈也好，都只知道东京以前住过的地方，战前和地震前的情景又是这样又是那样，后来都被烧毁了。回想起来很留恋。我们就像没有故乡一样。听那些从山里出来的朋友谈论老家，说现在那儿还有狗熊，真让人羡慕。"

　　"可是我们在山里住不了呀。"

　　"有条件去洗温泉的生活，当然要比在狗熊出没的山间生活舒服得多。不过各有各的辛苦。让朝子和小山陪你去吧。我四号回来。"

　　"我二号回来。"敬子走到阳光明媚的廊子外头。

　　朝子以每月房租三千日元在下北泽租了一间六叠大的房间，算是把家安顿下来，打算愉快安稳地过日子。但丈夫小山对她的想法坚决不赞成。他夸张地皱起眉头说："别把自己关在那么个巴掌大的地方打转转，一点儿都没有自由精神。"

　　都结婚了，还这样不分场合地强调自由精神，令人觉得可笑。

朝子好整洁，又爱打扮，所以衣服总是熨得熨帖，内衣总要收拾得平平整整。

两人的早餐有吐司、咖啡、黄油、砂糖、面包、罐装牛奶，再加上两三听罐头就足够了。晚饭不定时，多半在外面吃，所以做饭花不了很多时间，可总不能把所有的东西都拿到洗衣店去洗。

今年只剩下最后两天，朝子一从工作中解放出来，就想利用一天的时间好好地收拾这个小窝。她用大头钉把一个小小的稻草圈钉在柱子上，以这种古老的风俗习惯辞旧迎新。朝子没想到自己还能想出这样的主意。她跟敬子一起过的时候，对这些毫无兴趣。

朝子把尼龙绳系在外窗两头，然后把洗干净的手绢、袜子、内衣、内裤等搭在上面晒。她好久没有这么心情开朗了。

但是，小山显得百无聊赖、怏怏不乐。

"今天天气真好。"

"今年的正月一定很暖和。"

小山在忙着家务活的妻子旁边穿上浆洗得柔软的衬衫，系上鲜艳的领带，然后一边拿起美式裤子一边说："你的活儿好像总完不了。"

"去哪儿？"

"随便走走。"

"那你等我一会儿。大过年的，你也不愿意看我在正月踩缝纫机吧。我快点儿收拾，带我一起去。我也想上街买点儿年货。"

"买年货？"

朝子还以为这样的时候，丈夫哪怕无所事事也愿意待在她身旁。但是，丈夫在家里待不住。

小山觉得两个人都干同样的工作，走到哪里跟到哪里，一天到晚形影不离，有些厌烦。他想一个人逍遥自在。

"四点到五点之间，你到银座找我。"

"银座的哪儿？"

"从第四条街往歌舞伎座方向，原先有一条河，后来填了建地下商店街。"

"哦？我不知道。你常去那儿吗？"

"就是从三原桥电车路下面横穿过去的地下街。有一家新闻剧场，旁边是弹子球房。我就在里面。"

"能找到吗？"

"能找到。"

小山在和平牌香烟空盒背面画上地下街的地形图，交给朝子。她反手拉上拉门，走到外面，轻松地出了一口长气。

四点至五点之间在地下街的弹子球房等朝子，可四点以前这一段时间还相当长。

"你等我二十分钟到半小时，一起出去不好吗？"

四点之前的这段时间，小山在那儿怎么消磨呢？小山不说，朝子也不问。

这一阵子，总是这样。同样的工作，同样的时间，而妻子对丈夫的不少行动一无所知。朝子自尊心很强，不愿让丈夫觉得缠人讨嫌，做事孟浪，所以总是豁朗痛快。但什么事都满不在乎的丈夫，她又觉得指靠不上，有漂泊不定、无所倚靠之感，因此她时常发呆愣神儿。

必须在演技上超过他……演员走红，靠的是名气。可是朝子一想到竞争对手是自己的丈夫，又泄了气。按理说不应该这样，两个人在演技方面互帮互教、切磋研究、共同提高才是呀。但小山既不宣传朝子，也不扶掖朝子。可能工作过度太疲累了吧。

朝子从外窗框探出身子，想看看丈夫的背影。但小山把木门一关，留给朝子一晃消失的肩膀。

朝子在金钱上也不如意。房租和在外头吃饭的费用都由小山付，洗澡、买黄油和砂糖、洗衣服的费用等日常生活中七零八碎的支出由朝子负担。朝子经常入不敷出，就动用敬子给她的存折。

朝子一直没告诉小山开支不够、支取存款的情况。

"我这一点是不是有些像母亲……"

她想起敬子在金钱方面从不向俊三诉苦，总是自己默默设法贴补。

也许朝子开始的时候向往不受家庭这一形式束缚的婚姻生活。但现在她成了被遗弃的女人，无依无靠、慌乱不安。

朝子一边听着不知谁家的收音机传来的报时声，一边解下裙腰又变松的裙子，放进缝纫机里，小心踩动。

租房时，她把缝纫机搬进来，房东的脸色就不大好看。他怕"会不会磨损榻榻米草席"。朝子还担心缝纫机的声音影响四邻。

她想起和弓子一起睡觉的那个房间。

每天都要铺被收被，看着都厌烦，还是睡床方便。小山希望搬进能睡在床上的房子，但付不起昂贵的房租。他还说过："你妈能不能给钱，让我们住进能睡在床上的房子？"

"现在不行，别看她打扮阔绰，其实手头紧得很。"

别说床铺，朝子放在母亲那里的钢琴都不知什么时候能搬进家里。

她觉得小山比婚前难处多了。

朝子对母亲、对哥哥都说一不二，任性得很，心里稍不痛快或者不合自己心意，就大吵大闹，但现在对丈夫就使不得这小性子。她必须看着丈夫的脸色行事，处处小心谨慎。结婚不到两个月，她就觉得身心极度疲劳。

这些日子朝子一个人待着的时候，常回忆起深埋心底的幼年往事。

冬天的夜晚，朝子的小手让敬子握着，两条小腿伸进她柔软的大腿间睡觉；朝子五岁生日的时候，穿着给她买的带草编垫的高脚漆木屐和友禅绉绸的漂亮衣服；岛木带着弓子搬进来以后，敬子小心谨慎地和大家相处过日子；当朝子发现清和弓子两小无猜、耳鬓厮磨的时候，觉得四周一片无边的黑暗……

朝子怀着少女的嫉恨、盲目的憧憬，渴望着爱人和被人爱，在家里却一脸冷若冰霜。

在学校戏剧组演出《贞德》时，朝子扮演贞德，从此迷上了戏剧。她在舞台上塑造一个十五世纪初期生长在法国偏僻农村，后来受到神的启示拯救祖国的少女形象，大获成功，收到许多低年级学生的情书，成了众人追求的校花。

然而现在的现实是，她年纪轻轻就已为人妻。这个角色令她提心吊胆，也缺乏爱情的演技。想到这些，她不由得脸颊绯红。

朝子又轻轻地踩动缝纫机，只听见下面有人喊："小山，你的电话……"

电话是母亲打来的，叫她一起去箱根，但声音显得有气无力。

"今天晚上就去？怎么这么急？小山现在也不在家。"

"一个人去太孤单，你们一起去。我以前跟小山打过招呼，说年底去泡温泉。"

朝子说和小山一起去敬子的旅馆，但敬子说在东京站的商店街会合。

"那就五点到六点之间吧。"朝子模仿小山刚才的说法。

朝子满心高兴地对着镜子，又想洗头发。她穿上新婚旅行的那套洋装，又把洗漱用具、小山和自己的毛衣装进黄色手提箱，然后把窗外的尼龙绳解下来系在屋子里，再锁好窗户，拉上窗帘。她把这一切安排停当，赶到银座东边的地下街的时候，已经过了四点半。

大年三十，人们大概不去光顾新闻剧场和电子游戏场，冷风从地下街入口呼呼地往前面出口穿过。朝子一眼就看见小山站在弹子球房最里边的弹子机前。

朝子把脸靠近他的肩头，说："妈妈来电话，让我们跟她一起去洗温泉。"

"哦？什么时候？"

"现在，现在就去。五点到六点之间在东京站会合，去箱根。"

"你把需要的东西都带来了吗？"

"嗯。"

小山还在继续打弹子球。

"别打了，行吗？"

"把框子给我拿来。"

朝子把装弹子球的框子端过来。小山从裤兜里掏出弹子球。

"打这么多呀?！"朝子有点儿不乐意地说，"别打了行吗？我怪不自在的。"

小山把掉到台上的弹子球也装进框子里，打算收手。

"你端出去换一些香烟、周刊杂志、牙膏之类适合旅行用的礼品来。"小山考虑得还挺周全。

礼品兑换处还摆放着新发行的杂志。

朝子只好照小山的要求换好后，回去一看，他还在打。

朝子本来兴高采烈，妈妈叫她一起旅行过年。她一心以为小山自然也积极响应，没想到他对玩弹子球如此着迷，在弹子机前挪不动步。朝子看着他的后背，觉得俗不可耐。

珠子总不见完，过一会儿就哗啦哗啦地流出来，也让朝子的心跟着七上八下地着急。出界的珠子掉出来。朝子就撇嘴说风凉话："你瞧，没戏了，没戏了！"

好不容易珠子打完了，小山自鸣得意地说："本钱才二百日元。"

"玩多长时间了？"

"四点开始的。要不是你来搅，还能出数。"

"你瞧瞧，整个店就你一个人，也不觉得害臊？后天就是元旦，好像特地来挣点外快似的。"

"没人才好呢，弹子球房也搞年底优惠价。"

"烦人！"朝子像逃跑一样从冷飕飕的地下街登上台阶，来到地面上。年关岁末，银座大街熙熙攘攘，非常热闹。

"光这些弹子球房的礼品，怎么好给妈妈看呢？"

第四街的大钟敲了五下。

"都五点了。"朝子站在灯光亮堂的巧克力商店柜台前，等着售货员把一粒粒整齐排列着巧克力的盒子包装好。

"你有教养。"小山说，"你从小悠闲舒适，不屑于从弹子球房得到东西吧？"

"我是悠闲舒适吗？你一点儿也不了解我。"

"你我的想法毫无共同之处。就说生孩子吧，你以为只要生下来就能长得大。孩子是天使，风不能吹，日不能晒，也是你说的。"

朝子不明白此时此地小山怎么忽然提出生孩子的事来。她不悦地说："你是不愿意同妈妈和我一起去温泉旅行吧？好没良心。"

朝子真想一个人跟妈妈去旅行，但狠不下心把这个可恨的丈夫扔在银座的人流里。

"我很愉快地陪你们去旅行。正月洗温泉，别有风趣。自己又掏不起这份钱。再说，你妈妈一个人去不是很孤单吗？就像《万尼亚舅舅》里的台词所说的，犹如恼人的秋天里的蔷薇。她总给人这种感觉……要是岛木还活着，快快回到她身边，那该多好。"

朝子被丈夫这一番鲁钝的昏话惊得说不出话来，只是呆呆地看着他的脸。小山提到岛木的名字，让她越发不痛快。

"我拿吧。"小山现在才想起来要替朝子拿皮箱。朝子气得把他的手一把拨开。

商店街上购买年货的人熙来攘往、摩肩擦背。为正月回家乡过年的人准备的礼物也一应俱全、应有尽有。连有名的咸烹海味店和紫菜店都在这儿开设分店。

敬子刚到，坐在茶馆里，把黑手套放在桌上，点燃一支烟。小山一见敬子，立刻换了一副面孔，笑容可掬，跟刚才判若两人。朝子在一旁骄矜地冷眼斜着他。

敬子心想小两口是不是闹别扭了，便说："我临时把你们叫出来，你们是不是有自己的过年打算？"

"哪有什么打算呀？昨天晚上还在工作，今天她要收拾屋子，我想出去玩，结果惹得她不高兴。"小山满不在乎地说。

敬子查了查时刻表，说："晚饭到箱根以后再吃吧。"然后她端起热可可喝。

敬子显得疲惫憔悴，朝子觉得妈妈老了。

小山一去买票，朝子就说："妈妈，不论什么形式的生活，做女人都难。有时候我想不应该是这样的。"

敬子盯着女儿的脸："小山在家里是不是脾气不好？"

"不管在家里，还是在外头，总摸不准他的行踪，也许他就是用这种方式爱我，可有时把我撇在一边，有时又装模作样，我觉得孤独。"

"哎呀呀，你说这话还太早。"

"我还觉得太晚了呢。早知道就好了，我以前真那么想跟他结婚吗？妈妈，你怎么看？"

"你不该这么说，这就是你的不对了。"

敬子嘴上责怪朝子，却也没精打采、愁眉苦脸，她陷进了自身的苦恼。

"你说小山在家里的时候，摸不准他的行踪。这是怎么回事？你们不就一间屋子吗？"

"我是说有时候这样，他就是这么个人。"

"那可不行。那是因为你老把自己孤立起来。你是女人，总应该把丈夫放在心上，没有这份温情可不行，所以这取决于女人的心。"

"不，取决于对方。"

"丈夫在身边，还说自己孤独，这也是女人的一种任性。"

"我不这么认为，是他让我孤独的。"

敬子说一句，朝子顶一句。

湘南电车的二等席也差不多坐满了。朝子和敬子临窗相对而坐，她手臂支在窗台上，手掌托着下巴，呆看着黑夜中的窗外，一会儿便闭上眼睛。

这个人太冷。敬子一边看着小山裤子上华丽的条纹一边想。但是，敬子和小山没有什么话可说，大家都默不作声。

她的眼前浮现出昭男的身影，脑子里萦绕着昭男在信中说的话。这是一封绝情书，敬子看完后，撕得粉碎。但"哥哥说岛木先生还活着，我虽然对他一无所知，却极感恐惧。无论对你，还是对弓子……"这两三行文字，让敬子魂飞魄散。

这不可能！这不可能！

敬子不认为这是昭男为了跟她分手胡编乱造的借口。田部是否听到了什么俊三还活着的风声？或许在东京见到了长得跟俊三很相像的什么人？

谎言！绝对是谎言！

也许是田部觉察到昭男与敬子的关系不正常，故意编造出这么一套鬼话来吓人！人只要绞尽脑汁，什么坏主意想不出来？！

他不可能还活着……敬子拼命地否定，但这个奇怪的恐怖念头总是纠缠着她，让她心惊肉跳。

敬子一个人在旅馆里待不下去了，仿佛俊三正从窗外窥视着她。

一个已经被断定死亡、被埋葬的人居然还活着？

如果真的还活着，敬子觉得活着的俊三比俊三活着这件事更可怕，听到俊三活着却不感到欣慰的自己也很可怕。

她似乎受到一种无形的谴责，只有痛苦在心间翻江倒海折磨自己。

敬子看着还在睡觉的朝子，心想这孩子的睡相多么温柔。也许是年轻的缘故吧，她闭着眼睛，连眼睫毛都温顺纯朴。

敬子现在才清晰地想起，昭男从来没看过自己的睡相。她不能在昭男的房间里过夜，即使在外头幽会，也没有一起过夜。不论多晚，她都要回去。

怕什么呢……

虽然顾忌着孩子，但这种担心又有什么用？回想起来，这似乎就证明她与昭男爱情的脆弱不稳。不和情人一起旅行，却拉着女儿女婿去箱根，敬子觉得自己是多么可悲！如果这是知道俊三还活着这个消息后与昭男的私奔旅行，敬子会兴奋得心灵颤抖。

敬子晃了晃肩膀，看一眼小山。小山正在看杂志。

"小山，把朝子叫醒吧，闷得慌。"

小山的目光移到朝子脸上。

"她平时睡觉就这个样子吗？"敬子不留神脱口而出，急忙补充说，"跟小孩子一样天真。"

"啊。"小山站起来，坐到敬子旁边，说，"别叫醒她，醒过来就发脾气……她累了。"

"你挺体贴她的吧，小心惯坏了。"

"反正我受她管制。"小山的声音一半消失在车轮的隆隆声里。

"瞧她这睡相，不像管制你的人，也不像累了。要说累，倒是我累了。"

"那您也休息吧。"

"我最近得了失眠症。白天一睡觉，晚上就跟下地狱一般痛苦。"

"……"

"小山，有什么有意思的话题吗？"

"要说有意思的话题，我现在看的这篇文章说是一个美国人遇见乘飞碟飞来的金星人，挺有趣的。"

"纯属瞎编。"

"瞎编也编得有意思。您想看吗？"

"不，不看。这一阵子不能看东西，进不到脑子里去。眼睛还可以，大概是神经衰弱吧。看报也就看两三行，脑子就想别的事……"

这时，朝子直起身子，可能支着下巴的手发麻，她一边搓揉着一边说："妈妈和哥哥两个人过日子，累了。"

"朝子，你没睡呀？"

"把弓子也叫来，怎么样？"朝子若无其事地说。

敬子想到箱根以后，单独和朝子谈谈，问她为什么安排昭男和弓子见面，到底有什么打算。现在一听她冷不丁提起弓子的名字，敬子便看着她。

新　年

除夕之夜，弓子和姑父姑妈一起，把脚伸进被炉里一边取暖一边听收音机里的除夕钟声。

两个儿子去志贺高原滑雪，好像年年如此。他们也叫弓子一起去，但弓子觉得自己现在这种情况不去为好。

孩子一走，矢代家显得格外安静。姑妈每天忙着家务事，把家收拾得井井有条，等早出晚归的丈夫回来。这个家就像一块洗得干干净净的白布，平淡无味。

姑父姑妈听着除夕钟声，似乎无动于衷。辞旧岁也好，迎新年也好，对他们都无关紧要。

正月的食盒跟敬子家无法相比，实在寒酸贫乏。这是姑妈在百货商店的地下层随便凑合着买来的便宜货。

弓子怀念在敬子家听收音机里的除夕钟声的情景。

长野善光寺的钟声、越前永平寺的钟声、松岛瑞岩寺的钟声、镰仓圆觉寺的钟声、近江三井寺的钟声……随着播音员抑扬顿挫的声调、优美抒情的解说，把大家带到古寺之都京都，听知恩院、天龙寺的钟声彼此呼应。

敬子非常喜欢听收音机播放的除夕钟声，那熟悉的钟声悠扬荡漾、余韵绵长，敬子听得如痴如醉、感心动容，于是愉快地回首往事。弓子也会放下吃过年面的筷子，凝神倾听那悦耳的钟声。

矢代家连过年面都不吃。

"什么地方在敲钟？不是收音机里的。"弓子睁开眼睛。

"啊，是池上本门寺的钟声。"姑父平平淡淡地说，然后从食盒里捏起一粒红豆放进嘴里嚼着，又给自己倒了一杯粗茶。

"姑父，人有一百零八种烦恼，挺多的。都是哪些呀？"

"不知道。人想要什么、想做什么，这些恐怕都是烦恼吧。"

"我说啊……这红豆是明天吃的。"正在补袜子的姑妈说。

"啊，已经是元旦了。现在可以说'新年好'了。别再补补衲衲的。"

"马上就得……弓子，你要是有破袜子，拿出来，姑妈补得可好了。"

"我也补得不错。"

"好了，睡觉吧，不然要感冒。弓子也休息吧。"姑父打了个哈欠。

"噢。"弓子站起来，走到走廊上，耳边响动着环绕房屋的轻微的风声。她打开枕边昏黑的台灯，换上睡衣，双脚一钻进冰凉的被窝，从脚心渗上一股孤独感。

要是在敬子家过年，除夕夜绝不会这么早就睡觉。弓子在敬子家里生活后的第一个除夕夜给她留下了深刻的印象。

家是新盖的，榻榻米的颜色很新鲜，电灯也很明亮，一边听一百零八响钟声，一边热热闹闹地吃过年荞麦面，然后敬子催着大家一起奔向浅草。

从仲见世参拜观音，除夕的钟声长鸣不息，新年参拜神社，人山人海、水泄不通。有的人大概怕刚刚梳好的日本发型到元旦早晨会被弄脏，就用纸把发髻包起来，尤其引人注目。

逛完浅草，他们又去明治神宫。连神宫的大门通道上都燃起了篝火。

回到家里，他们沐浴净身，饮屠苏贺新年，然后才睡觉。

清和朝子欢天喜地地笑闹，小弓子也兴奋得睡不着觉。元旦早晨睡个大懒觉。

每年除夕，敬子总是高高兴兴地忙里忙外，孩子们也受到欢乐气氛的影响，往往跟着大人彻夜不睡。

但是，只有俊三不喜欢这种平民百姓的过年方式。"大过年的，干吗忙忙叨叨的，还是睡大觉好。"他连参拜神社都不去。

弓子也想起父亲过年时的样子。

等到弓子能在厨房给敬子当帮手做菜以后，除夕夜就过得更加开心。去年除夕，早早地做好年饭后，就和敬子、清三个人在银座的中国餐馆听广播里的除夕钟声。

今年妈妈住在旅馆里，不知道怎么过的年？弓子心里充满眷恋之情，她真想合掌祈祷：今年只能回忆和妈妈一起过年时的情景。好好睡一觉，迎接新年吧。

年底接连是晴天朗日，反叫人担心元旦会不会变天。不过元旦这一天却是阳光明媚，暖洋洋像小阳春天气。

弓子被噩梦惊醒了。

防雨套窗已经打开，灿烂的阳光照射在眼前的拉门上。弓子赖在暖和的被窝里。

"大年初一就做了个怪梦……"

弓子梦见一只手——一眼就能认出是父亲的手——把一个长约十五厘米的裸体丘比特人偶放在她的枕边。丘比特立刻挥动双手，迈动两腿行走。她虽然知道有这种人偶玩具出售，但在梦里并不觉得它稀奇可爱，只感到恐惧。弓子拼命想从这个活动的东西身边逃脱出来。她被噩梦惊醒了。

"做了一场噩梦……"

弓子穿上紫色铭仙绸棉袍，系好细腰带，下了床。

姑父正在盥洗室洗漱。餐室带被炉的榻榻米上摆着屠苏酒和套盒。

弓子洗完脸回到卧室，薄施粉黛。她穿着和服，却不会系腰带："姑妈，姑妈，你帮我系好。"

"家里没女孩子，我也系不好。我系的腰带样式太老气。就是系双层筒状带吧，太复杂。"姑妈转到弓子身后，边琢磨边系，然后笑着拍了拍鼓形结带，说，"好，总算系好了。"

姑妈跪坐在餐室的榻榻米上，恭恭敬敬地对姑父说："新年好。"

弓子也跟着姑妈拜年："姑父、姑妈，新年好。"

"新年好。弓子今天好漂亮呀。"矢代一边喜滋滋地看着弓子，一边端起朱漆酒杯让妻子斟酒。

"来，弓子。"姑妈给丈夫斟完酒后，打算给弓子斟。

"姑妈，我先给您斟。"

"不，老年人后喝。"

"应该是我最后。"

弓子端起朱漆酒壶，学着姑妈刚才的样子，将浓稠的屠苏酒斟进姑妈的酒杯里。

"每年过年就姑父姑妈两个人吗？"

"嗯，这两三年一直这样。"姑父点点头，"弓子，你再给我说一遍新年好，行吗？"

"再说一遍……为什么？"

"你的嗓音好听，就像黄莺在梅树上鸣唱。这几年每到正月，就我们两个人，冷冷清清。今年你来了，如同红梅黄莺，感觉到春天的气息。"

"您这么一说，我倒不好开口了。"

"弓子你今年多大了？"

"十八岁零七个月。"

"七个月？这就怪了，虚岁该二十了吧？我们要算足岁，也还是去年的岁数，我五十六，你姑妈五十一。过年不添岁，简直不可思议，日本优良的风俗习惯差不多丢光了。"

"我都二十了，真可怕。"

"好了，咱们吃煮年糕吧。"姑妈说，"正月好天气，今年春天弓子高中毕业，二十岁这一年一定好事上门。"

"姑妈，您别说我二十了，我不愿意。"

元旦这一天既不串门拜年，也不会有人来拜年。于是矢代说："弓子，吃完年糕，一起出去散步吧。到本门寺一带走走。怎么样？"

"弓子还在居丧，不能去拜庙参神。"姑妈一边剥着橘子的内皮，一边提醒丈夫。

"本门寺不是寺庙，是日莲宗的。"

听姑妈这么一说，弓子也觉得自己还在居丧。

"姑妈，你们出去吧，我看家。"

"我最愿意待在家里，习惯了。元旦一大早就跟你姑父一起出去散步，莫名其妙，反而累。"

矢代却迫不及待似的在门口走廊上喊道："喂，快走呀！"他并没有指名道姓。

弓子走到穿着黑色和服外套的姑父身边，心里也觉得有点儿莫名其妙。

路旁净是没有毁于战火的老旧房屋，穿着长袖和服的小姑娘在踢羽毛毽子，不时响起清脆的铃声。

一会儿，房屋和行人逐渐稀少，周围一片待售的荒地。那是一座不高的小山丘，路两旁低矮的山崖裸露着黄褐色的泥石，枯黄的野草根部萌出绿芽。

"姑父，那是艾草吗？"

"嗯，我也不知道。"

弓子发现几处钻出地表的嫩绿的芽尖。今年冬天暖和，还没有入寒，春天就已经悄悄地潜入人间。

"弓子，这就是艾草。"弓子的耳边仿佛回响起敬子爽朗快活的声音。那是去年十二月，敬子从外头回来，拿出包着的手绢，小心翼翼地打开，里面包着艾草。

"今年的艾草都长出来了……"

"是温室的吧？"弓子一问，惹得敬子笑起来。

"正月你在天妇罗店吃过款冬茎吧？那也不是温室栽培的，是从南方运来的。"敬子把艾草拿到鼻子下闻着。

"妈妈，你这么喜欢艾草呀。"

"是，艾草长在农村，有一种以前我生活过的老街的味道。"

去年敬子摘来的艾草比现在眼前的艾草还要长。弓子弯下身子，摘了两棵艾草。

想见妈妈。仿佛从身体深处渗出一股怀念眷恋的情感，她不由得放慢脚步。

"弓子，你怎么啦？"姑父说，"穿着和服外套，身子发懒。"

"元旦好天气，今年好运气。"弓子一边说一边用手绢把艾草包好放进衣怀里。

"弓子今年是个好年头，三月份毕业后还是打算工作吗？"

"嗯，想工作看看。我总不能在家里晃着。"

"那也没什么，像你这样的姑娘不都在街上晃吗？"

"也不见得。不上学又不工作的人，要不家里有钱，要不就是身体不好。"

"继续上学不好吗？"

弓子并不认为高中毕业后工作，就能马上独立生活，只是让别人继续供自己上学，就像得了轻度肺浸润一样胸中总横着一块阴影。

"姑父，可我还是想到百货商店打计时工，要是能在酒吧当招待，钱赚得更多一点儿。"

"好呀，你要当上女招待，我也去光顾，顺便还能监督你……"姑父心不在焉地听着，但他一回头，却看见弓子一脸凄怆难过的神色。

"天气太好了，口渴。"姑父说。

元旦的晚上很清静，他们早早就睡了。二号，有客来访，他们聊到深夜。三号，还在吃早饭，就有弓子的电话。对方好像叫弓子去朋友家玩，正商量着在哪儿会合。

"我不穿和服，说我正在居丧要谨慎。就穿你见过的那件连衣裙。不，不穿大衣，也不配套。"

"咱们家也有莺声燕语了。"姑父微笑着说。

"嗯，元旦是穿和服了，可说是'居丧'，第二天就脱下来了。是十一点吗？不会让你等的，你自己可要准时呀……"

弓子放下电话，急匆匆从走廊回到卧室。

矢代看着一叠贺年卡，等看完后，妻子又一张一张地仔细看。

"敬子好像很有钱。"妻子说。

"恐怕也不是很有。"

"一个叫朝子的给弓子来的明信片上说，敬子和女儿女婿去箱根过年……洋一、春次去滑雪，也来信了。"

姑妈把弓子的明信片单独放在一旁。

弓子胳膊夹着外套和尼龙围巾进来。

"我走了，去学校的朋友家里。"

"虽说是居丧，穿和服也无妨，"姑父说，"结果成了弓子穿上和服只跟姑父一起散步，那多不好。"

"穿和服要系腰带，十一点来不及。"姑妈笑着说，"弓子，来信了。"

弓子穿着裙子，跪着挪到姑妈身边，看明信片。

"姑妈，信上说阿春想洗澡……他最不爱洗澡，可是住在公司建在山上的小屋子里，没有洗澡的地方。洋一不但滑雪大有进步，洗碗也长进了……"

"回来以后让他洗碗。"姑妈说。

弓子默默地看了一遍朝子的明信片，放进手提包里。她又说一遍"我走了"，站起来。

"回来别太晚了。"

"嗯。"

弓子一出门，矢代就换上西服。他一边系领带一边说："其实别说什么居丧居丧的，这位'红梅黄莺'小姐挺在乎的。有这么个好闺女，岛木居然还想不开吗？还有那个敬子，我看人也不错。"

"大正月的，别提死人的事，好不好？"

"嗯。"

"我还生敬子的气呢。自己开了间新店铺——你知道吗？那也是珠宝店！有那么多钱，怎么不拉俊三一把呀？心肠太冷！"

"不是那么回事。俊三到了那种地步，敬子的钱不过是杯水车薪。"

"俊三是上天无路、入地无门，才走上绝路的。真没出息。"

"看敬子和弓子的样子，不觉得俊三已经死了。可他那时候跟京子离婚，看来还是下了决心。"

"弓子也可怜，她把敬子当作亲生母亲，最后还是离开了。"

矢代背对着妻子，说："去年年底，二十八号，我到浅草吃烤鸡肉，回来的时候，在东武电车站入口的地方，看见一个人头戴马头面具。这是正月赛马的活人广告。他在人群里摇摇晃晃地走着，一副厌世浪人的样子。从背后看上去，跟岛木惊人地相似。"

"哎呀，快别说了，听起来怪害怕的。"姑妈用袖子掩住耳朵。

今年妈妈叫我们一起去箱根过的年。

妈妈说还在居丧期间，就不发贺年卡了，让你向那边
的家里人问好。

十号左右，能到麻布的店里来一趟吗？事先跟我打个
招呼，我那天也去。

妈妈精神不太好，不知道什么原因……

元月一日　朝子

弓子出了家门，在路上慢慢地看着朝子寄来的简短的明信片，
正面印着从十国山拍摄的富士山的照片。

看来是妈妈让姐姐写的，一定是。弓子心想，因为还在居丧，
所以信上没写新年好之类祝贺的话。

即使是朝子代替敬子来信，弓子也感到高兴。她觉得不要再犹
豫不决、瞻前顾后，痛痛快快地去见妈妈，这样心里才踏实，不再寂
寞孤单。

弓子今天早上来月经了。这东西不管现在正是"大正月的居丧期
间"，该来时就来。女人的身体就是这样，讨厌得很。

弓子在公共汽车里摇晃着去神田站和朋友会合，心里老惦念着
这事。她最近终于发现每次来月经之前，总是情绪很坏，急躁不安。
乳房也能预感到这种变化。一想起伤心的事情，就闷闷不乐、无法自
拔，一闷头睡觉就做噩梦。但是，也许正是这个缘故，正月开始的
抑郁忧愁得到缓解，弓子的心境略感安宁。一旦来了，心情反而平静
下来。

朝子的来信也让弓子的情绪缓和宽松了一些。

我要是在家里，也跟妈妈一起去了。

神田站人流拥挤，但弓子一眼发现两个穿着鲜艳长袖和服的朋

友显眼地站在约定的商店前面。不少女人回首顾盼，一些男人色眯眯地涎着脸盯着她们，吓得这三个姑娘不敢多说话。

"弓子，你还是迟到了。"

"什么还是呀？你等多长时间了？现在十一点才过五分。"

"可我提早十五分钟来的，等了二十分钟。"

"弓子。"另一个人叫她，"你知道你虚岁已经二十了吧？"

"当然知道。"

这个朋友低声告诉弓子，除夕那天，她和爸爸两个人一起乘飞机去京都，在东山的旅馆过的新年，第二天下午又坐飞机回到东京。

"玩得真开心。爸爸说只要我愿意，结婚之前每年都这么过年。太高兴了。我说那我十年不嫁人。爸爸说十年后的除夕，坐飞机去巴黎或者罗马，有三天时间就能玩一个来回。"

"真的？"

英子请她们三个人到家里玩。这是一栋四方形的水泥住宅，两旁连绵着商店和房屋。

后房门口摆满了鞋，男鞋女鞋都有，几乎没有落脚的地方。英子从里面迎出来，从她的身后流出轻音乐的旋律。

"新年好。"

"新年好。"

英子把朋友们让进自己的房间，拿出西式点心、橘子、米糕等招待大家。女孩们兴高采烈地聊起电影，外国小说《安妮日记》《你好，忧伤》以及时装等最为时兴的话题。

"听说今年有的女子高中请来美容师和模特儿，给毕业班的学生开办时装美容讲座。"

"打扮妆饰，在教室听讲哪能学到呀？怕不会是美容院的宣传吧？"英子说。

话题不知不觉地转到同学朋友的流言传闻上。这似乎是由美代子的话引起的。

"飞机在伊势湾上空飞行，纪伊半岛的群山历历在目。这时，爸爸说打算买一架直升机，万一打起仗来，扔原子弹多可怕，可以马上逃到日本阿尔卑斯山。直升机从我们家的院子可以起飞。"

美代子吹得大家目瞪口呆。

"美代子的爸爸真够浪漫的……"

"哎哟，这可是现实问题。真到那时候，火车坐不上，坐小车又太慢，根本逃不出去。"

"我爸爸说了，不论发生什么事，再也不疏散到乡下去了，要与东京共存亡。"英子说。

"爸爸认识航空公司的人。"美代子继续说，"你们当中谁要是当上空中小姐，也许可以和我们一起坐飞机走。"

"扔下家里人一个人逃跑吗？美代子家就你和爸爸两个人，怎么都好办。"

"大正月的，别谈战争，在新的一年里，各国不应该和平共处吗？日本也许会和苏联、中国恢复邦交，重新开展贸易交流吧。"

"不见得。我听一个前陆军少将参谋说，英国的原子弹迅速发展，都赶上苏联了，这样双方的军事力量差距很大。美国人好像觉得如果苏联要打，现在来好了……"

"那日本会怎么样？不是要遭殃吗？"

"那个前少将说了，只要美国人一说话，日本也会参战的。他说虽然要做出巨大的牺牲，但为了永久的世界和平，这最后一战也不得不打。"

"要真是这样预计，我们现在干吗这么安分守己呀？"

"京都也会毁灭的。"弓子说，"美代子，你在东山的旅馆里听到除夕钟声了吗？"

"好像响了，我没注意，那时正跟舞伎玩耍呢。"

于是，关于战争的话题算是结束了。接着，姑娘们兴致勃勃地议论同学种种道听途说的小道消息。这些不胫而走的趣闻对她们具有不可思议的魅力。

稻子从圣诞节前夜开始在咖啡馆唱爵士乐歌曲，这个传闻刺激得英子她们情绪最兴奋。

"三月就要毕业，要是让学校知道了，大概会勒令退学。"

"她不会去学校了吧？好像父亲经营破产，家里很困难，日子不好过。"

"其实高中毕业也就那么回事，可介绍对象的时候，人家就刨根问底为什么高中没毕业。"英子像护着稻子似的说，"到了能干活的年龄，又有可干活的地方，干活有什么不好的？"

"这是危险年龄的危险想法。"

"为什么女人想什么、干什么都被认为是危险的？就是你憧憬渴望的恋爱也比咖啡馆危险。现在不论男女，也许都要冒险才能出来工作。再说了，能唱爵士歌，还得有那份才能呢。"

"听说稻子的父母都不是亲生的，她也碍着这个情面。"

每当谈到这类话题，弓子总是光听不说、默不作声，心里有种难以言状的奇妙感觉。她想起英子在奥多摩野营时说的那句话：打算和既不喜欢也不讨厌的人结婚。

从英子哥哥的房间传来舞曲的旋律。英子的哥哥推开这边的房门，探进散发着发蜡气味的脑袋，说："一起来跳舞吗？"

"一会儿再说。"姑娘们稍稍端起架子。英子也没有立即答应。

英子的哥哥像用下巴点数一样把姑娘们一个个看了一遍，说："连英子在内，就四个人呀。"

"说话怎么这么不懂礼貌。"

哥哥缩回肩膀走出去，美代子接上刚才被打断的话："稻子是孤儿吗？"

"不是孤儿。"英子回答说，"美代子没有母亲。如果她是半个孤儿，稻子恐怕就算是三分之二的孤儿吧，也可以说是五分之四。现在的母亲在稻子还是婴儿的时候做了她生父的续弦，四五年后，他们离婚，母亲就带着稻子走了，后来又带着稻子嫁给现在这个丈夫。所以，现在的父母亲都不是稻子的亲生父母。"

"什么什么？你再说一遍，没听明白。"

"怎么你不明白？很简单嘛，稻子的生母死了，父亲就和现在这个母亲结婚，后来离婚的时候，母亲把稻子带走，再后来带着稻子又和现在这个父亲结婚了。所以，稻子的生父还活着。"

弓子低头缩成一团。

"这么复杂。稻子跟她真正的父亲过不是很好吗？"

"能干那没心没肺的事吗？你想想看，她现在这个父亲为人很好，而且得了胃癌正在住院。"

"惨不忍闻。"美代子说。

"嘿，我说坐飞机的人，说话别阴阳怪气的。"

"你不觉得凄惨吗？说起来，我们这些女人受家庭的拖累太多，稻子干活挣的钱也要负担她父亲的医疗费吗？"

"那当然。"英子理直气壮地回答。大家一下子沉默下来。

前些日子还在一个教室里学习的同学现在成了咖啡馆的爵士歌手。就是说，像自己这样的高三学生，要想当爵士歌手，也不是不能当。在表面的惊异、同情或轻蔑背后，悄悄地萌生出了这种想法。

"我想去稻子唱歌的地方看一看，听一听。"美代子来了兴头。

"那不好，稻子一定不愿意。我们在场，她心里一紧张，歌也唱不好了。"弓子嘴上劝阻，心里想起元旦那一天自己也对姑父说想当酒吧女招待。

比起稻子当爵士歌手的原因，四个姑娘对她当上爵士歌手这件事更感兴趣。

"今天晚上咱们一起去吧。"英子似乎下了决心。

"好。"

"那家酒吧叫什么？"

"叫'快乐'，不知道是酒吧还是卡巴莱夜总会。这两者哪儿不一样？地点在银座二条街。"

"英子，你很熟悉呀。"

"那儿不让化装。圣诞节前夜，我跟着别人进去过。"

"那我们去，也让进吧。"

"不跟男的一起，从正门进不去。简直莫名其妙，让你生气。"

"能不能去给歌手捧场？"

"不行吧。"

"今天晚上她唱吗？"

"七点开始，一场唱四五首就结束。"

"都唱什么歌？"

"各种各样，我听的那一次，《田纳西华尔兹》和《如此美好》都很受欢迎。稻子唱得真好。"

"她什么时候学的？"

这时，英子的哥哥又过来探头探脑，英子抓住他，要他带大家去"快乐酒吧"。

弓子想起姑妈要她早点儿回去的叮嘱，犹犹豫豫的，却被大家拥进了英子哥哥的房间。

少男少女们在一起，时间过得格外快。英子的哥哥和他朋友的年龄与清差不多；但是这个年龄层的人，只差两三岁就大不一样，或许本来就性格迥异，他们跟清完全是不同世界的青年。弓子想起英子在奥多摩告诉她的秘密，心想那个强行与英子亲吻的家伙今天是否也来了？

晚饭吃寿司的时候，大家一致决定去"快乐酒吧"。

弓子和英子、英子的哥哥及其朋友四个人坐一辆出租车。英子的哥哥谈起进口的外国摩托车；他的朋友不知道是否玩股票，熟悉地背出一大串年底股票看涨的公司名称，还时常说几句无聊的俏皮话，逗得大家发笑。弓子虽然也轻松地笑着，但心里不自在，总有一种举目无亲的孤独感。

　　“哥哥，酒吧、卡巴莱夜总会和夜总会有什么区别？刚才我们谁也说不出来。”英子问。

　　“还有一种社交茶馆。这些全是男人玩乐的场所。”

　　“最近女孩子常去啤酒屋。”

　　“一到深夜，就有很多像哥哥这样的醉鬼，所以稻子说她九点以后不唱歌。”

　　“这个爵士歌手还那么娇气呀。”

　　车子驶进银座的后街。“快乐酒吧”的门口装饰着新年的松枝，整个建筑像一堵白色的墙壁。三角广告灯上写着“莫阿娜乐队伴奏，少女歌手演唱”。

　　“啊，少女歌手？娇里娇气的。”英子的哥哥说。

　　也许是带着四个身穿盛装的姑娘入场，小伙子们都装出一副像煞有介事的模样。天刚擦黑，又是正月，店里还很安静。

　　半圆形的伴奏舞台从正面突出来，舞台边上有一个旋梯。细铁丝扶手是一排镜子，镜面向观众席微微倾斜。旋梯的上面好像是女招待的预备间，她们在旋梯上上下下的姿势动作不仅被观众看得一清二楚，连衣服下摆和脚也都映照在明亮的镜子阶梯上。

　　女招待翻飞着晚礼服的下摆，恰到好处地一个接一个从旋梯上下来。灯光反射在镜子里，浮现出红色、蓝色、金色、银色的鞋子。犹如别具一格的时装表演，旋梯回旋的升降和脚下镜面复杂的投影使女招待的动作极富动感，具有音乐性。她们已经习惯在旋梯上上下下，也故意装模作样地摆出优美的姿势。

旋梯前面，各种形状的玻璃组合成的大装饰灯自天花板垂挂而下，慢慢地旋转着，闪烁耀眼。

正月里就来了这一群华妆艳美的小姐，可谓稀客临门，自然大受欢迎。七个人都要了琴费士，等乐队上场。弓子闹不清琴费士是什么饮料。

稻子出场了，她穿着短袖白外罩，袖口鼓得又圆又大，外面套着背带裙，足蹬红鞋，站在舞台中间开始甜蜜蜜地唱歌。

在蔚蓝色和淡粉色灯光的映照下，她也许没有发现同学们就坐在台下。她的声音细腻柔美，在舞台上镇静自若，毫不怯场。

"应该买花来。"美代子说。

"我们给她扔花，那就太出风头了。"

稻子唱完后，走下舞台，径直来到姑娘们桌旁，说道："新年好。"

姑娘们似乎觉得被稻子抢先一步。

"你一看就知道我们来了吧？这么多人来，别生气。"

"不，我很高兴，虽然有点儿不好意思……"

稻子和弓子她们高高兴兴地聊着，却对英子的哥哥他们不理不睬。弓子觉得稻子像一个什么体育运动员似的。

稻子在店里当然不叫稻子。她有一个与爵士歌手相称的艺名。

"稻子，你会成为雪村逸美、江利智惠美那样的歌手吧？"

"不行，不行！我当不了，也不想当。"

"对。"英子说，"即使美代子正月能和爸爸坐飞机去瑞士滑雪，稻子也成不了雪村逸美。"

"不过，稻子在这儿唱歌，说不定会被电影公司的什么人看上的。"美代子看着稻子的奇装异服，"昨天我在飞机上就想，我们毕业以后，谁也不知道将来干什么，各有各的机遇。"

"对我来说，只是刚好有这份活儿，事先根本没想到，也没有时间让我充分考虑。只是拼命地唱歌，不知道这样是好还是不好。"稻子的声音却很爽朗。

"事先根本没想到，这就是机遇。"

"我到这儿以后，懂得了许多事情。其实，为自己干活的人非常少，不是为孩子，就是为爹妈，要不就是为了让哥哥弟弟能够上学读书……都是这样，恐怕不能说是机遇吧？"

"对！"英子又给稻子帮腔，"这跟心血来潮坐飞机去京都过年可不一样。"

弓子也觉得这个初出茅庐、天真单纯的爵士歌手，对后妈和病入膏肓的后爸能在生活上有所贴补照顾，尽到心意。要是过去，做女儿的说不定要卖身尽孝。就是现在，被迫卖身的姑娘也不少。

稻子从旋梯上去的身影一消失，英子的哥哥他们就开始喝高杯酒。这时候，观众开始三三两两地进场。

弓子心里老惦念着姑妈家。"我跟家里说早点儿回去，我先走了。"她不顾朋友们的挽留，一个人出了酒吧。

"小姐，岛木小姐……"弓子听见身后有一个女人的声音叫她。她停下来，回过头去，只见一个穿着鲜艳和服、系着花哨的黄色窄腰带的女招待直直地瞪着大眼睛走过来。

"小姐，您是岛木先生的大小姐吧。好久不见了。"她炯炯的目光逼得弓子紧张地呆立，"您忘了？我就是以前在您爸爸公司工作的小林呀。"

哦，爸爸的辞灵仪式上来过。可是眼前这个人和当时那个简直判若两人。

"小姐，我想跟您谈谈您爸爸的事……不会占用您很多时间。"小林美根子贴近弓子。弓子几乎能感觉到她的体温，闻到一股浓烈的香味。

"请到这边来，就一会儿……"美根子把弓子带进前面一家小茶馆。她用老主顾的声调要了红茶和西式点心。

"小姐认识那位爵士歌手，是吧？我也是刚转到这店里来的。"美根子从爵士歌手谈起，似乎控制住了激动的情绪，"你们来的时候，我大吃一惊，本想过去打招呼，觉得对您不方便，一直忍着。"

弓子惴惴不安地等着她说下去。

"小姐，您爸爸……他还健在。"

"啊？爸爸？……他在哪儿？"

"我想早一点儿告诉您，有好几次站在目白您家的坡道下面，等您出来，有时候甚至还走到门口。"

"……"

"年底还去过，看见木匠和榻榻米店的人进去，姓名牌换了。是搬家了吧？"

弓子盯着美根子的脸点点头。

"小姐，您想见爸爸吗？"

"……"

"我带您去。"

听那口气，爸爸好像是属于她的。弓子看着美根子抹得猩红浓艳的嘴唇，父亲本来在心中占据很大位置的形象一下子缩小得只剩下句号似的一点。她没有轻信。虽然对父亲健在感到吃惊和高兴，但想到父亲那么狠心遗弃自己，她不由得浑身颤抖。

"您一定大吃一惊吧？我也感到震惊。"美根子看着弓子，自己似乎也热泪盈眶，"我一直在寻找您爸爸，葬礼举行以后，有一阵子我认为他真的不在了，也就死了心。后来又继续寻找。您爸爸的事总是纠缠心头，觉得他可能在隅田川水上或岸边漂泊流浪，仿佛听见他从大川上呼唤着我。"

弓子听得毛骨悚然。如果父亲还活着，美根子为什么不去家里告诉敬子和弓子呢？实在蹊跷，令人心悸。

"所以，我找到您爸爸的时候，还以为是白日见鬼，心想也许是因为女人的至诚之心，眼前出现幻影。我一直跟着他，后来才敢叫他。"

弓子觉得美根子的脑子是否有点儿不正常，心里害怕。

"您爸爸的头发全白了……"美根子欲言又止。

"您爸爸一个劲地对我说：不要对任何人说！不许告诉任何人！"她似乎在回忆，"那天，我想硬拉他到我家，但他坚决不去。虽然我知道他现在住的地方，但……"

"……"

"说他的生活方式是抛弃社会，不如说是抛弃自己。但我觉得如果他能见到您，也许会回心转意，所以一直琢磨着怎么让您一个人去见他。"

"我不想见他。"弓子明确表态。

"啊！为什么？"

"不为什么，就是不想见。"

现在，弓子已经断定，父亲还活着绝非美根子的幻想，而是事实。她一开始就没有怀疑，只是不愿意相信。

"我的话伤了您的心，我感到难过。"

弓子惊异于美根子的敏感，心想也许是这样吧，嘴里却说："不是的。我告诉妈妈。如果不是和妈妈一起去，我一个人不见爸爸。"

弓子的颤抖有所缓和，美根子却颤抖起来："我听说您的爸爸才是您的生父，妈妈不是生母……"

"我是妈妈的孩子。"弓子在心底深情地呼唤"妈妈"，这也许是在呼唤父亲，但喊的是"妈妈"。

弓子真想对美根子喊道："他是我的爸爸，不是你的！"

"您这样顾虑妈妈，难道就不觉得爸爸可怜吗？"

"你告诉他：我只有妈妈，爸爸已经不在了。"

"是告诉您爸爸吗？我这个人太不知趣，妈妈都给您爸爸举行过葬礼了，我还一心一意地找他。"

美根子的话像一把寒光冷峭的利刃刺伤弓子的心。

"您说必须和妈妈一起才能见爸爸。那好，不管你们怎么想，反正我不在乎。"美根子目光灼灼地说，"小姐，您爸爸活着。对我来说这就够了，不管他的所作所为如何、活得是好是坏……"

弓子从小就没离开过父亲，她幼小的心灵里，无法想象父亲会死去，根本没想过失去父亲后的孤儿生活。所以，父亲自杀后，弓子的心灵承受着何等的悲哀恐惧呀！但是，这个父亲还活着，瞒着敬子、瞒着弓子，她们就像被遗弃的幼儿或小狗小猫一样凄惨可怜。

美根子原先以为弓子得知父亲还活着的消息时会喜出望外，但看到她痛苦伤心，觉得恐怕是出于少女的纯洁之心。弓子心理上大概接受不了从自己这样的女人嘴里听到父亲还活着的消息吧。

"您爸爸并不依靠我这样的女人生活。"美根子镇静下来，不慌不忙地说，"有一阵子，我实在看不下去，就多管闲事照顾过他。可即使那样，他也从来不和我认真交往，从来没有主动到我家去过。我是一个人瞎操心。"

"……"

"是自杀未遂，还是流浪他乡？他那副样子简直认不出来。问他什么，他都不说。我甚至怀疑他得了失忆症，所以想让您去见他，把过去那个爸爸重新找回来。"美根子苦口婆心地劝说。

"爸爸干什么活？"

"这我也不清楚。"

"你和他见过好几次吧？"

"这话只能跟您说，刚才他还头戴马头面具、胸前挂着写有赛马日期的牌子，在繁华热闹的街头走来走去做广告呢。"

"啊！"

"我还看见他坐在隅田川的挖沙船上。"

"挖沙船？"

"不是从河底挖沙吗？您爸爸呆呆地坐在船上，不知是不是当监工。"

弓子做梦也没想到爸爸会这样，在美根子面前羞愧难当，心如刀割："怎么会这样……"

"可是，您爸爸活着呀！"

"我不知道。以后爸爸会怎么办？"弓子觉得精神崩溃，连顶撞美根子的力气都没有，"怎么让你看见了？"

"我心里挂念着您爸爸，四处寻找。我和他分手那一天，逛了浅草，后来坐船去大川。没想到又是在浅草找到他。他不是避人耳目，而是把自己混杂在人群里，说不定他现在就在那一带呢。小姐，您就见见您爸爸吧。"

弓子从美根子一心惦念父亲的表白中，感受到她对父亲深沉的爱。

她默默地看着心中的旋涡，从涡心浮现出父亲的身影。

妈妈的心事

从箱根回来后，敬子就忙于工作，跟昭男分手的孤独冷清在白天多少得到排遣。除了准备麻布店铺的开张，她还在百货商店的首饰精品部专辟一处摆放冠以"白井敬子作品"之名的饰品。这是川村热心奔走得以实现的，美容院的香月镜子也从旁美言。

"我想这对新开张的店是极好的宣传，所以拼命说服他们同意。"

"你这张嘴，不知道胡说些什么。是不是又吹我十岁就有设计天才，吹得天花乱坠。"

"吹牛皮人家信吗？我把您给草野珠宝店设计的作品都拿给他们看了。"

"不光是我的吧，还把人家的作品冒名顶替……"

川村一本正经地说:"夫人,您每天都要站在作品专柜旁边,打扮得漂漂亮亮,本身就是赏心悦目的招牌。"

川村为了这小小的作品专柜,在年底可是费尽心机卖力效劳。他把敬子留在草野店的作品取出来,让她重新设计以前承接的式样;又把本来摆在麻布新店里的一部分作品抽出来,放在百货商店的专柜里。

"我长得太丑。"川村尽量不靠近柜台。敬子仪容秀美、风致娟好地站在柜台边。

百货商店一楼也设有耳环、饰针、项链的专卖部,但二楼的精品专柜就不像下面那样冷冷清清,而且顾客的层次也不一样。带着年轻女人来的外国人花两三千日元买走了仿制品项链。敬子设计的款式具有女性的温和情趣,即使素气的式样,也透着雅致温馨的柔美。金、银或者红色、粉红的宝石耳环,大小、形状及链子的长短都搭配得恰到好处,似乎勾动男人的心,尽可放心地买去送给恋人。

"白井老师设计的款式充满女性的情感。"听到熟悉的女店员的称赞,敬子满心高兴。现在她觉得可以放心,看来生活不至于成问题。

川村在远处溜来溜去,看到成交一笔,就过来瞧瞧,然后又离开。

一个像是中产阶层的妇人带着女儿在端详陈列柜。那十六七岁的姑娘洋溢着青春活力,一身轻便随意的洋装,手里提着小皮箱和绿边的白色冰鞋。

她们让女店员把饰针和耳环拿出来,试来试去,最后挑中一对穗状金属项链。

敬子看着这母女俩,想起弓子。她离开柜台走到楼上,从楼梯的玻璃窗眺望富士山。整个冬天都是晴天丽日,富士山清晰可见。

敬子想起有天傍晚和昭男在车里看见富士山。他们坐车离开热闹的地方,顺着坡道爬上来。一到坡顶,只见宽阔的马路正前方,耸立着富士山。车子朝着富士山一直驶去。

那时，昭男还没有搬到目白。两个人到处寻找爱巢。敬子在昭男的怀里能尽情排遣胸中的郁闷，使身心轻松愉快。

敬子一想到和昭男无缘相见，心底就燃烧起比以前更加炽烈的爱焰。曾一度觉得愚不可及的欲火和明知与年龄很不相称而极力抑制的思恋，又翻腾上来。

她一边望着如湛蓝色的影子一样浮现在蔚蓝天空上的富士山，一边登上四楼。

美容院顾客盈门，她懒得混杂在呆然排队坐等的女人之中。对了，叫清出来一起去看电影，高峰秀子主演的《浮云》正在上演。她顺手拿起沙发上的报纸，在电影预告栏里寻找。

"白井，祝贺您！"香月镜子向她打招呼，"反响很好，连我都觉得脸上有光。"

"多亏了您……"

"店铺什么时候开张？翘首以待呀。"

"现在市面这么萧条，我居然还开珠宝店，手心里捏了一把汗。"敬子笑着说。

镜子站在敬子面前，两个人聊了一会儿天。

不久，敬子全身放松地躺在小房间的躺椅上。一个二十来岁的美容师一边用酸奶抹在她的皮肤上，一边看着敬子闭着的眼睛说："太太，您的眼睫毛也开始掉了。"

做完美容后，敬子坐在另外的房间里，对理发师说："把额头的头发梳上去。"她要做一个新发型。

敬子到地下层，给旅馆打电话。清不在房间里。现在回去，恐怕又是一个人吃晚饭，可一个人看电影更寂寞无聊，思来想去，她还是决定回旅馆。

敬子摸不透清到底是什么想法。她现在还不死心：如果弓子答应清的求爱，我也算了结一桩心事。可是，由于自己和昭男的事在弓子的心灵上留下污痕，目前尚无希望。

最近，清也没有提起昭男，大概有意避而不提吧。敬子当然不便告诉清自己与昭男不再来往。真的就这样分手了吗？敬子难以置信，未免心存疑问。提出分手的是昭男，不是她呀。

一走出百货商店，敬子就觉得身子疲累，回旅馆泡热水澡是再舒服不过的了。

敬子舒坦自在地泡在热水里。这时，浴室的门打开了，她有点儿惊讶。

"妈妈。"

"弓子……是弓子吗？"

"妈妈。"弓子走进更衣处。毛玻璃上模模糊糊地映出她的身影。

"弓子，把玻璃门拉开。"

毛玻璃门拉开脑袋瓜大小一道缝，弓子又叫了一声："妈妈！"

"快进来！"

如同长期出门旅行后归来重逢般亲切眷恋又不好意思。热腾腾的水蒸气朝弓子涌去。

"我收到朝子姐姐的明信片，说一起去新开的店看看。等不及就自己先来了。"

"你什么时候来都欢迎。"

"我没告诉他们到妈妈这儿来。"

"是吗？我刚才还在想，要是弓子回来该多好。"敬子像忽然意识到似的说，"你不进来暖和一下身子吗？别站着……水不错。"

"我出来的时候，刚洗的。"弓子显得难为情。她听美根子说了父亲还活着的消息后，真想拔脚赶到敬子这儿来，但来了月经，总觉得不方便。等经期结束，今天洗个澡就出来了。

"我站在这儿，门又开着，妈妈有点儿冷吧？"

"所以让你进来，好久没一起洗澡了。"

"我还洗吗……"

"那儿有毛巾。"

弓子从敬子家出去以后，她和敬子都是一个人洗澡，也没有让别人搓过背。敬子先给弓子搓背，那冰肌玉骨、细腻滑润的身体让她羡慕得说不出话来。

"弓子，你剪头发了？"

"离开了妈妈，我想应该利落一些……"弓子一只手摸着脖颈，"剪得怎么样？"

"这个地方很好看，所以样式还行。"敬子把手放在弓子的手上，抚摩着细嫩的脖颈。

弓子给敬子搓背的时候，手的动作越来越缓慢。

"怎么啦？"敬子没有回头。

"我想告诉妈妈一件事。听起来太可怕了，心里发慌。"

"什么事？"

"妈妈，我很任性，可是我想回到妈妈身边。"

"好、好，太好了。这有什么可怕的，这是高兴的事啊。"

如果告诉她父亲还活着，敬子会怎样震惊呀？弓子觉得父亲活着的事实比让敬子震惊更可怕。两个人一丝不挂地泡在热水里，这样的话不便说。

敬子拿起更衣处的电话，订了两个人的晚饭。

"今晚吃点儿好的。"

在敬子仔细化妆的时候，女招待把饭菜端来摆好。母女相对而坐，还没有拿起筷子，弓子开口说道："妈妈，您还记得原先在爸爸公司里工作的那个叫小林的女人吧？"

"记得。"

"她说爸爸还活着，他们见过面……而且让我也去见爸爸。"弓子抑制着声音的颤抖，一口气说完。

敬子脸色苍白，接着怅然若失地低声说道："果然还活着。"她想起昭男信上的话。

"果然还活着？妈妈，您已经知道爸爸还活着了吗？"

弓子注视着敬子的眼睛。敬子点点头，又慌忙摇头："最近，我从一个人那儿听到一点儿风声。"

"谁？"

敬子无法回答。

"弓子，把你听到的详细告诉我。"

"妈妈，爸爸太不像话，太狠心了。"弓子眼泪汪汪，"我实在受不了，才想回到妈妈身旁。我害怕爸爸。"

沉溺在昭男情爱里的敬子，觉得自己没有脸面责备俊三。

"是我不好，是我和公司的人轻率地举行了葬礼。遗书什么的都没有，却断定他已经死了。我不知道该怎么向你道歉。"

"可是爸爸一声不吭，他到底怎么想的？我被爸爸欺骗了、抛弃了。"

"被抛弃的大孩子。"敬子强颜微笑，问道，"这事告诉矢代姑父和姑妈了吗？"

"没有。我不能说。"

"你爸爸也真不幸。"敬子自言自语，凄凉酸楚的情绪涌上心头，不由得打了个寒战，"他也太傻了。"

"我以为爸爸死了，伤心难过，我也太傻了。因此，我就觉得离不开妈妈了。"

接着，弓子把美根子说的话统统告诉敬子。

"哦，这叫人怎么放心呀？"敬子神色不安地说，"这么大冷天，过那种日子，不会病也会伤，说不定这回真的会死去。"

"妈妈。"

"弓子，无论如何你必须去见爸爸，一个人就一个人。"

"为什么就我一个人见？妈妈不去，我也不去。"

敬子觉得美根子这个人也很可怕。她一定明察暗访，探听到敬子与昭男的情事，告诉了俊三。

敬子听到俊三还活着，沦落到囊空如洗、落魄飘零的惨境，仿佛遭受严厉的刑罚。她现在没脸去见俊三。但是从敬子的为人来说，她不能弃之不顾。更何况弓子听说父亲还在世，不但不去见父亲，反而急着要回到敬子身旁。可怜兮兮的样子让她心酸怜悯。敬子知道，虽然弓子生父亲的气回到自己身旁，其实她非常想念父亲。

弓子看敬子脸色怆然、闷闷不乐，便说："妈妈，吃饭吧。"

"好，汤都凉了吧？"敬子打开汤碗的盖子，"不热了。"

敬子没有喝。

"什么时候开学？"

"十一号。"

"寒假里，一起去浅草看看吧。"

"是去找爸爸吗？"

敬子有气无力地点点头。

其实，去一两次浅草能遇见俊三吗？长期以来，美根子不屈不挠，或者说执迷不悟地每天坚持不懈寻找。寻找俊三成了她的全部生活。

在这一段时间里，我都干了些什么？敬子觉得问心有愧，不堪回首。她匆匆忙忙办完俊三的葬礼后，就一头栽到与昭男偷情的欲海里。

"说不定爸爸不想见我们……"弓子说。

"嗯。"

"爸爸要是被我们发现，又会像鸟一样逃得无影无踪。"

敬子觉得这些都体现了弓子对父亲牵肠挂肚的想念。"也许你说得对。但不能这样扔下他不管呀。"

"是爸爸把我扔下不管的……"

"爸爸扔掉了许多许多，但绝对不会扔掉你。"

"我对小林说了，我只有妈妈，没有爸爸。"

敬子点点头。

"我就是去见爸爸，也要她带着。我不愿意。"

"我们自己去找，暗中观察，会不会碰见爸爸？"

"暗中观察？"

"弓子你可以不用暗中观察……"敬子改口说，"可是我不便见他。"

"我想，爸爸应该主动来见我们吧。他真傻……说不定半夜三更他站在目白的家门外或者坡道下面悄悄探望过呢……"

"什么?！"

"我的感觉。"

一股冷气从敬子的肩膀贯穿流下。

昭男和单位的同事过了一个平淡乏味的年。他足不出户、无所事事，眼前却一幕幕不断清晰地浮现出与敬子的风流往事，历历在目。

四日，他开始照常上班。正月里，也没去麟町的哥哥家拜年。他懒得听哥哥再提起敬子和弓子的事，也不愿意告诉哥哥自己与敬子分手不来往了。

决定与敬子分手后，昭男不愿跟任何人谈论敬子，希望冷处理。他没想到最后跟敬子那么不愉快地分手。敬子先发制人，打开天窗说亮话，而且硬是不甘示弱，不洒一滴泪水。一旦分手，昭男像坠落无底的深渊，心灵空虚、悔恨交加。他耳边一直萦绕着敬子的那句话："要是第二天还跟没事儿一样无拘无束地见面，而不被人讨厌，这样不是什么时候都可以分手吗？"

敬子所说的"第二天"究竟是什么时候？昭男似乎每天都在等待这"第二天"来临，但是不便主动跟她联系。难道敬子也同样不便主动见他吗？当昭男如饥似渴、火烧火燎地渴求敬子肉体的时候，会双腿蜷曲起来，紧抱膝盖顶着胸口，或者跑到寒冷的院子里做深呼吸。现在，他才深深体会到敬子是多么爱自己，也因此才发现自己的所作所为多么让敬子伤心。昭男原先觉得敬子的真心诚意沉重地压迫着自己，使他郁悒苦恼，但如今叛离了敬子的这份真诚，只剩下自己的虚伪势利、面目可憎，令人不寒而栗。虽然是自己要与敬子分手，却似乎被她轻轻推走，昭男觉得十分窝囊。因为岛木死了，敬子心里空虚寂寞，才依赖在我身上。现在既然知道岛木还活着，我离开她也在情理之中。昭男只好这样解脱和安慰自己。

昭男认识敬子的时候，她正处在最痛苦错乱的时期。昭男于心不忍，拉她一把，结果自己掉了下去。事到如今，虽然觉得对俊三犯了罪，但这个罪难道不应当由俊三来承担吗？

要不是年龄相差太大……或者如果她还是一个姑娘家……昭男懊悔之余，想起第一次去敬子家，敬子把相册拿出来给他看。当他翻到敬子少女时代的照片时，敬子想轻声对他说"照片上那时候跟您现在的年龄差不多，要是能遇到您……"这是敬子后来告诉他的。可是现在，只要昭男一想象敬子的少女形象，弓子的音容笑貌就浮现在眼前。而跟敬子分手，也意味着切断与弓子联系的线头……

淡紫色的阴霾的天空仿佛就要纷纷扬扬地飘洒今年的初雪，但阴云渐渐散开，到日暮时分，既没落雪也没降雨。

五点，昭男下班后依然留在医院里整理研究笔记。这时，哥哥打来电话："怎么啦？正月也不露面，是不是滑雪去了？"

"没有。"

"你出来。我在京桥。"

"今天晚上吗？"

"对。我等你。"田部叫他见面时总是这样不容分说，昭男也习以为常了。

京桥在银座二条街，田部就把自己开在那里的中餐馆称为"京桥店"。因为虽然在银座范围内，其实离京桥更近。

昭男离开医院的时候，冷风刺骨，天空星光闪烁。他伫立街头，望着新桥站一带的霓虹灯，不觉感叹好久没去银座了。他穿过涌向银座方向的人流，走下地铁的台阶。

银座是昭男和敬子经常见面和吃饭的地方，一点儿细小的记忆，都会激起他对敬子痴迷焦灼的思念；而且走在充满回忆的街道上，心里也不好受，所以他不愿意到银座散步。

"一定会碰见的。"

如果碰见的是敬子，昭男会主动打招呼；而如果碰见的是弓子，昭男不知如何是好。

从地铁出来，穿过百货商店地下销售部。柜台上罩着白布，人影稀疏，只有两三个人的脚步声随后而来。

田部的中餐馆附近尽是卡巴莱夜总会和饮食店，所以昭男只好在慢慢行驶等客的出租车之间穿行。

田部的中餐馆取名为"白"，名副其实，店里面干干净净、纤尘不染，给人洁白无瑕、朴实无华的感觉。只有结账处的屏风上写着红色对联。桌上摆的鲜花也是白水仙和白色香豌豆。五六张桌子已经坐上了客人。

田部从里面桌子的屏风后探出头来。昭男还看见屏风后面有女人和服的色彩闪动，心想可能嫂子也来了。他大步走近前去，却见哥哥面前坐着一个陌生的女人。田部一边将圆胖的身子挪了挪，腾出旁边的座位，一边随随便便地向双方介绍说："这是我弟弟。这是小林。"

"初次见面，请多关照。"女人毫不拘谨，大大方方地低头致意。昭男看出这是一个八面玲珑的酒吧女招待。她的眼睛颇有个性，给人深刻的印象。

"田部先生旁边挤不下，您坐这儿来。"女人也往一旁挪了挪，给昭男腾出身旁的位置。

昭男不知道哥哥和这个女人是什么朋友关系，心里不大自在，当然在哥哥旁边落座。

"还没吃饭吧？你自己要点什么。"哥哥说。

"嗯。"

"请便。我已经用过了。"女人取出小化妆盒，又擦鼻头又抹嘴唇，然后站起来，说一句"谢谢您的招待"便走出去。昭男看着她的背影，问："她是谁？"

"附近卡巴莱夜总会的女招待。最近常来店里吃饭，今天带来两个稀客，都是你以前很熟悉的女人。"田部的眼睛带着既像咎责盘查，又像善意打趣的微笑。

"我认识的？谁啊？"

"白井夫人和弓子。"田部的眼睛好像在说"怎么样，大吃一惊吧"。昭男在哥哥的视线下惊愕得哑口无言。

"刚才那个女人在岛木的公司里工作了很长时间，还爱上了岛木。听说岛木失踪那一天就和她在一起。不知道岛木是没死成，还是不想死，后来又忽忽悠悠地回到她那儿。"

"你说岛木还活着，就是从她那儿听来的吗？"

"对。她说她在浅草看到岛木。我不信，我觉得岛木住在她那儿。"

"……"

"可是，岛木脱离社会，避开尘世，可以说对女人已毫无兴趣，于是才想到让他和可爱的女儿见见面。这恐怕是那个女人的主意。她就跟弓子谈了。弓子和白井夫人来找她，但是在夜总会里没法谈，就带到这儿来了。"

"哦？"

"白井夫人不知道这店是我开的，还挺吃惊。"

"……"

"她们谈话的时候，我也在场。我看敬子太可怜，故意一直不走开。"

"……"

"也许我多管闲事，我劝她们说像岛木这样的男人还是不见为好，更没必要主动去见他。"

昭男默默地垂下如女人般柔顺秀丽的长睫毛。

若敬子以充满女性丰饶活力的通情达理、胸怀宽阔的妻子形象出现，岛木这个人会不会又逃之夭夭、销声匿迹呢？

"岛木就是成了要饭的，也没什么了不起。俗话不是说'乞讨三天，帝王不换'吗？"

"……"

"最可怜的还是弓子姑娘，把她要过来吧。"

昭男心里又扑通一跳。

"我就是喜欢那孩子。"

"要过来""喜欢"，听这口气，好像田部要收弓子做养女。如果说是给弟弟找媳妇，那就根本没把昭男和弓子的个人意愿放在眼里。不过，哥哥独断专行、自作主张的话倒解脱了昭男。

"这么说，弓子回到敬子那儿去了？"

"弓子听了刚才那个像是岛木情妇的女人说她父亲还活着以后，二话没说，就回到了妈妈身边。你瞧，她多纯朴善良，而且多有主见。"

昭男使劲点头。

"好像过两三天，夫人就要搬到新店铺去住了。她说等搬好后再让弓子回来。"

昭男想到刚才敬子和弓子就坐在这张桌旁，心里忐忑不安，觉得口渴，不停地喝水，端上来的饭菜一口也没动。

"弓子有这么个父亲，对她结婚非常不利呀。所以，还不能说你完全绝望。"他一边说一边皱起眉头看着昭男，"今天我仔细观察敬子，她实在已经束手无策。要是这时候提出来要弓子，她大概会同意的。"

"那可不行。"

"有什么不行的？其实，弓子心里悄悄地喜欢你呢。"

"……"

"我也知道其中复杂微妙的关系，所以刚才尽量不提你。可一说到你，白井夫人和弓子的反应都逃不过我的眼睛。这也是以前吃苦练出来的本领。弓子深藏心底的那点儿小秘密，我都觉得可爱得不行。"

田部认为昭男和敬子是在玩火，想扑灭这种孽焰。昭男也明白哥哥的苦心，但不能同意他对弓子的打算。

田部这个"吃苦人"的想法太简单，他以为昭男和弓子结婚，敬子就能保住体面，后退一步，便不会失去这两个人。也许他觉得这是对敬子的补偿，然而昭男感到这种做法太卑鄙肮脏。说实在话，哥哥并不理解女人的心。

昭男与敬子分手，其中也有弓子的因素。同样，昭男极力忘记弓子，其中也有敬子的因素。

但是，弓子回到敬子身边，就得跟清住在一起。她对清的感情也已经改变了吗？

"弓子离家出走是被清逼得没办法。"昭男不留神滑出这一句话。

"你这么耿耿于怀，索性娶过来好了。"田部发出亲切的笑声，"我去跟敬子说，告诉她有一桩舍得一条命也得办成的事。"

昭男摇摇头，掰开筷子。他想起美根子那阴不阴、阳不阳的目光，觉得岛木要有这么个情妇，敬子实在不幸。

新店开张

店铺竣工以后，敬子把床搬进里屋还不怎么费劲，但把钢琴从二楼的窗户吊进去可是费了九牛二虎之力。

"朝子非说这钢琴是她的，不让卖，先寄存在我这儿。"敬子一边提心吊胆地看着吊起来的钢琴，一边低声对川村说。

虽说钢琴是俊三很大方地买给朝子的，也算是他踌躇满志时的纪念，但弹钢琴的大多是俊三的女儿弓子，不是朝子。

弓子听说俊三还活着，要回到妈妈身边，敬子暗自庆幸幸亏没把钢琴卖掉。

"夫人，别嫌累赘，自有妙用。您想想，客人在楼下观赏珠宝，忽然听见二楼传来美妙动听的钢琴声，一定会产生好效果呀。"

"其实我也这么想，虽然弓子弹得还说不上美妙动听。"

"然后，弓子从楼上下来，客人们都会惊叹刚才弹钢琴的就是这个如花似玉的妙龄女郎。"

"你瞎扯些什么！"

一些过路人好奇地观看敬子搬家，交头接耳说看来是开茶馆或者服装店。

厨房、浴室、洗衣处这些饮食起居的家庭生活场所都集中在二楼。

"这样的西式浴室，真想洗一次澡。可以看见四面八方的风景。"川村兴高采烈地说。

楼下另辟一间雅致的小房间。"要卖高档的东西，必须单独接待，做到以诚待客、细致入微。在店面不行。"经川村提醒，敬子才专门设计这个接待室。接待室旁边是敬子和清的卧室。保险柜放在敬子的房间里。门禁防盗也周到严密、万无一失。

开店的日期稍稍晚了一些。节气已是大寒，但天气依然晴暖。

"再有半个月就是立春了，看来今年到春天也不下雪。"

新店即将开张，敬子满面春风。

四谷的桥本旅馆特地派人送来红豆饭表示祝贺。田部也派人送来热乎乎的饭菜，还有一束含羞草，卡片上写着"送给弓子"。

"是放在钢琴上还是摆在橱窗里？"敬子拿不定主意。

"摆在橱窗里。西洋人喜欢。"川村说。

"这个人是狂热的弓子迷。"

但是，弓子还没来。

敬子从附近鱼店订了盐烤鲷鱼和生鱼片，但只有她、清以及来帮忙的川村夫妇四个人围桌饮酒庆贺。

"夫人，祝贺您！"正当川村装模作样地模仿外国人举杯祝贺时，店门被轻轻推开，原来是女佣芙美子抱着行李从乡下回来了。敬子以为她十之八九不会回来了，所以满心高兴。

"在老家待了很长时间，对不起。东京怎么这么暖和呀？"芙美子说。

芙美子被带上二楼她住的西式房间后，一直没下来。一会儿，川村夫妇告辞回去了。

敬子躺进被窝里的时候，已经过了十二点。

清在隔开的屏风后面平静地说："没想到这么安静，我以为靠近电车路，一定吵得很。"

"不错吧？"

乔迁新居，喜气洋洋。搬家虽然劳累，但敬子心情舒畅。

"墙壁的涂料味道很浓，恐怕睡不着觉。"敬子说。

"才不会呢。还是新家住着舒服。"

"睡不着。谈谈你这次旅行的事。"

清"嗯"了一声，便没有下文了。

敬子想起她设计的一套耳环和戒指今天早上刚刚摆在柜台里，就被外国人买走，开门大吉，是个好兆头。这一带，外国人的住宅和饭店不少，有几对外国人就兴趣颇浓地观看过橱窗。

要没有昭男和俊三的事，该多轻松啊！想起来，敬子觉得都是自己的不是。

俊三没有成为敬子所期望的丈夫，敬子对他差不多已经死心，表面上俊三是俊三、敬子是敬子，各过各的日子，互不干扰，家庭稳定平静。但俊三工作一再跌跤，最后陷进泥坑，无法自拔。可是他为什么要和京子离婚，还要瞒着敬子销声匿迹呢？

敬子不知道俊三一手把弓子推给她，自己却穷困潦倒、失魂落魄地回到小林美根子那儿。

敬子断定俊三已死的时候，她的身心最为空虚脆弱，几乎支撑不住。可以说对共同生活期间在物质、精神两方面都无从依赖的俊三的反抗，以及发现自己已是半老徐娘、即将失去女人魅力的孤寂，使敬子像情窦初开的少女一样春心荡漾，经不起外界的诱惑。

那么现在，为了俊三，难道不得不和昭男分手吗？敬子对这两个男人都恨不起来。

"清，"敬子说，"弓子也想回来。"

"真的吗？"

"当然是真的。说不定明天就会来。"

"……"

"明天朝子也来。"

清起来熄灯。

"弓子大概放学后过来。"

清没有搭腔。

"我打算去一趟矢代家，算是感谢，也算是道歉，然后把弓子带回来。"

"……"

"睡着了？"

清仍然没有回答。

敬子担心，要是俊三还活着，自己去矢代家显得很尴尬，即使提出带弓子走，也会牵扯到俊三的事，弄得进退两难。再说，弓子和清同住在这个小家里，将如何相处呢？

敬子本想起来吃安眠药，但白天搬家的劳累让她进入了梦乡。

敬子睡得很香，清定在七点的闹钟响起时，她才醒来。

"店铺必须九点开门。下午三点前夫人您必须在店里。"昨天晚上，川村一再叮嘱，然后不厌其烦、啰啰唆唆地说了一番经商秘诀和买卖常识后才回去。今天早上不到九点他就来到店里，把橱窗的百叶窗打开。

"夫人，您好早啊。"川村似乎对薄施粉黛、神采奕奕的敬子十分满意。

"昨天晚上就惦记着别开张第一天睡懒觉挨说。"

"新店开张，您又年轻了。"

"昨晚睡了个好觉。"

"火炉一直烧着，新墙壁和木板没关系吧？我怕太干燥。"

"我想不碍事吧。现在没客人，把火拧小一点儿，咱们到里屋去。"

"不能说早上没客人，那些看一眼橱窗的来往行人都是客人。"

十点左右，两个"三河万岁"①扑通扑通地敲着鼓进来。敬子高高兴兴地包了钱送给他们。川村苦涩着脸。

"这不是贵客吗？新店开张，特来祝贺。"敬子目送"万岁"离去。

"好吧，就按您说的理解。"

一会儿，百货公司的送货车停在门前，一个小伙子抱着一盆卡特兰进来。敬子看了看发货单，签了字，把兰花收下来。赠送者的名字写着"田部"。她想田部昨天刚送的含羞草，今天怎么又……敬子忽然心头一热，如烈火燎人。尽管田部做得出来，但为什么连着两天

---

① 万岁，指庆祝新年的歌舞，亦指歌舞者。镰仓时代在宫中称为"千秋万岁"，德川幕府开始称为"万岁"。江户时代"万岁"传至日本各地，称呼有所不同，如传到关东，在三河国（今爱知县东部）称为"三河万岁"；在京都大和国称为"大和万岁"。表演者的服装因时因地也有变化，江户时代一般头戴乌帽子，身着直垂（上衣下裙）。其贺词略带诙谐。明治以后，"万岁"衰微，仅残存于三河、河内、尾张等地。此处指新年时站在各家门前一边击鼓跳舞一边唱诵贺词讨赏的街头艺人。——译注

送花来呢？他为祝贺新店开张，会送一盆兰花吗？昨天的含羞草是随同饭菜送来的……难道是昭男赠送的吗？对，一定是他！

敬子心想，今天的兰花，还要注意别走嘴向田部表示感谢。

川村在一旁看着，敬子便若无其事地把兰花摆在接待客人用的桌子上，但她的手在微微颤抖。

"怎么这么漂亮？"敬子惊讶于自己竟然感动得眼角发热。

"这回是花店客人送的吧？"川村说。

"嗯，朋友送的……"敬子目不转睛地注视着鲜花。

十一点整，一个看似服装模特儿的女郎从门前走过去又转回来，在橱窗前端详好久，然后进店，买了紫水晶饰针和戒指。这一套才一千五百日元，不算高档货。

"第三个顾客才是大买主。"川村也心情激动地期待着。

敬子坐在卡特兰前，看着门外来来往往的行人。

吃过午饭，敬子走到门外，只见穿着校服的弓子迎面而来。

"放学过来的，不能待太久。"弓子事先声明，然后好奇地在家里上下转悠。喜欢弓子的芙美子陪着她边转边高兴地聊天。

"妈妈，这家太时髦了。没想到浴室和厨房都在二楼。"弓子从楼上下来后说。

"听说画家冈本太郎的家，生活空间也全在二楼，下面是画室。"

"钢琴也放在二楼。妈妈，把钢琴的钥匙给我。"

"钢琴的钥匙……放到哪儿去了呢？川村，你知不知道？"

"不知道。钢琴的钥匙也问我呀……"

他们找来找去，最后还是在敬子的手提包里找到的。

一会儿，二楼传来弓子的钢琴声。

"好极了。夫人，我说得没错吧。在银座听不到二楼有钢琴声，这儿就有山手店的感觉。"

朝子还没来。弓子着急地看时间，嘴里嘟囔着："我该走了……"

但脚下不动，没有走的意思。

一个外国老太太走进店里。敬子听不太懂她的英语，便叫弓子出来。

弓子有点儿不好意思，壮着胆慢慢地用英语和她对话，发音倒很清晰，而且听力不错。弓子说，这位老太太想做一个翡翠戒指，像中世纪骑士手持的盾牌那样的形状，长度为无名指的一个关节，戒托要银的。敬子想通过弓子的翻译把这个客人抓住。

"妈妈必须在后天下午一点把设计款式图样送到这位老太太家里。她说日本的戒指几乎谈不上有什么历史，英国的博物馆里摆着的戒指收藏品就有几千个。说话挺牛气的。她还说妈妈去了以后，给你看戒指画报。好像是个戒指爱好者。"弓子说。

"是嘛，弓子，你真行！她是不是喜欢上你了？"

"她问我是老板的女儿还是店员。"

"你怎么回答的？"

"我说都是。"

"回答得好。"川村高呼，他似乎很佩服弓子的机智伶俐。

"必须给弓子佣金。后天是成人节，学校放假吧。跟妈妈一起去那个外国老太太家里。回来的时候去银座，表示感谢。"

"去可以。其实我的英语也只是蹦单词。"

"你不在，我一个人去了也白搭。"

弓子觉得自己的英语能派上用场，心里也很高兴。

"希望你尽快成为这两方面的人。"敬子说。

"朝子姐姐怎么还不来？"

"既然跟你约好了，会来的。"

"我该走了，今天回去可以吧？"弓子一边说一边穿外套。敬子觉得她比在家里时成熟了，长成了大人样，也知道操心了。

一月十五日也是大晴天。

敬子带着弓子去那个外国人家里，她量了量老太太的手指，竟出乎意料地粗大。手大，手指的关节也长。银盾的中间镶嵌一颗周边带小银珠的翠玉，这种赳赳气派的样式似乎才配得上她粗长的手指。

老太太用铅笔在敬子的设计图样上稍做修改。敬子立刻拿着图样和翡翠直奔工匠铺。

当她们来到银座的时候，将近三点。在千匹屋的茶座，敬子轻松地要了一杯葡萄汁。

"妈妈，你喝凉的呀？"弓子这么一说，敬子想起夏天就在这儿和昭男会面，然后一起去东京港寻找俊三的下落。如同昨天之事，历历在目。

"那就改为热柠檬吧。"

弓子看着发呆的敬子，叫道："妈妈。"

"弓子，咱们坐水上公共汽车去浅草。"敬子无法抑制的心情仿佛终于脱口而出。

"好。"弓子的情绪也被勾动起来。

"前些日子，田部说现在他与我已经形同路人，让我下决心一刀两断。话虽这么说，我还是放心不下，想见见他，哪怕在一旁悄悄看一眼也好。"

"……"

"要是他还活着的话。"

"我不愿意暗地里偷看。"弓子摇头。

"田部大夫的哥哥说我们没必要主动去见他。去浅草也不见得就能碰上。"

"我现在害怕浅草，害怕爸爸，跟妈妈一起去还可以……"

水上公共汽车售票处换了个小个子老头。从银座到浅草，票价七十日元。她们踩着晃晃悠悠的木板下到船上，没有别的乘客。

船舱不大，但收拾得很干净。新桥川的水混浊发臭，虽说是冬天，还一个劲儿扑哧扑哧冒泡，好像雨水打在江面上。

一到时间，年轻的驾驶员便开船。

"真没劲。"驾驶员主动跟敬子聊天。

"是因为没客人吗？到浅草要多长时间？"

"四十分钟。"

"乘客应当更多一点儿……"

"乘客多也没劲。"

这趟船只到滨离宫，去浅草必须在滨离宫换船。

"去浅草的船没有玻璃窗，太冷。"驾驶员说。

滨离宫沿岸是古老的石头墙，江浪拍打着墙脚。这一带江水也比较清澈，水面很宽阔。换乘去浅草的水上公共汽车后，船往上游驶去，冷风从衣领往脖子里灌。

"弓子，你过来。"两个人紧紧挨靠在角落里。

几艘大船串联在一起顺流而下，船头激起青黑色的浪尖。当两船相对而过时，浪花飞溅，如雾气扑面。对面船上朦朦胧胧的，晾着衣服，还有小孩和狗。

"船民。"弓子觉得稀奇。

有人在船上生起了炭炉，正在煮东西，热气袅袅上升；有的人则呆看着这边。

水上公共汽车过了筑地市场，岸上便是一排排东倒西歪的小屋，岸边水上系着一些不能使用的破船，还有人住在里面。从江面望去，可以看见穷人家破破烂烂的后门。再往远处望，似乎是热闹繁华的银座。

敬子不由得心中凄怆。俊三在创痛巨深、山穷水尽之时，是否也一边在这条江上顺流而下，一边万念俱灰、破罐子破摔呢？他是否连自杀的勇气都没有了呢？

江风吹得敬子浑身发冷，她的眼圈却是滚烫。

"弓子，我还是不能见他。虽然你是为我着想，好心好意，可我对不起他……怎么谢罪也不能让他谅解。"敬子的下巴深深地埋在披肩里。

"我不想找爸爸。"弓子坦率地说。

"要是爸爸想不起我们，不回来的话……"

"爸爸不会回到妈妈这儿来的。爸爸抛弃了我。"弓子本还想说，因此自己也抛弃爸爸，回到妈妈身边。但她把话题岔开，"我都忘了东京还有这么大的一条江，不能把它治理得更干净一些吗？"

"以前江水很清，江边还有不少名胜。"

船从桥下穿过的时候，弓子一直抬头看着，船开过去了，还恋恋不舍地回望。胜桥、永代桥、清洲桥……在新大桥、两国桥一带，临江矗立着宽大的房子，像是高级日式餐馆。夏天的乘凉船和啤酒屋的招牌经风吹雨打，显得破旧荒凉。

两个人在吾妻桥旁写着"浅草"字样的水上公共汽车站上岸。这里是隅田公园的浅草一侧。敬子旧地重游，公园的一草一木都让她感到亲切熟悉，但在冬天的薄暮时分，尘土污脏的枯枝败叶、锈迹斑斑的洋铁皮搭起来的低矮陋屋，让她顿生衰微破败、萧瑟凄凉之感。敬子不由得往青春年少的弓子身旁靠近。

在三级水泥台阶上，躺着一个头枕包袱、用式样色调老气的和服外套蒙住脑袋睡觉的女人。

"她怎么啦？不冷吗？"弓子害怕地靠近敬子。

"能知冷知热的时候，算是好的。"

敬子避开俊三与美根子最后相会的地方，虽然心里放不下，但还是怕走近那块是非之地。

自己究竟到浅草来干什么？敬子只是一心奔向观音堂。穿淡褐色工作服的女导游正领着一群外地人参观游览。

一个脑袋瓜从等身大的法国玩偶的后背钻进去的活人广告从她

们身边走过。那是卡巴莱夜总会的广告。敬子和弓子看着他，心里扑通扑通直跳，但没有说话。他不是俊三。虽然看不见脸，但能判断出来。接着，她们又遇见一个男士服装的活人广告，同样把脑袋套在玩偶里，表演动作还很地道。

大概是破落艺人吧。敬子想，对了，活人广告也有头目，那可能就有介绍所，他们兴许知道套着马头做活人广告的俊三在什么地方。她边想边走，不知不觉站在了妇女用品杂货店前。

"浅草的装饰品与别处不一样，这是因为唱戏卖艺的人多吧。"

弓子也看着橱窗。各式各样的女性装饰品比以前丰富多彩。

"最近听说连大海和火车是什么样都没见过的山村妹子，也一到东京就买耳环。"

"……"

"就像用贝壳贴在耳朵上听大海的声音一样，她们大概想坠个耳环听大城市的声音吧。"

观音堂旁边的广场上人山人海。走江湖的杂耍艺人在表演小指头钳弯火筷、劈瓦碎瓶，还卖《掌功指南》，一本一百日元。人们里三层外三层地围观，水泄不通，但没人买书。

敬子按照小时候的习惯在观音像前抽了签。第四十五"吉"签。

"妈妈，你许的什么愿？"

"生意兴隆、人生幸福。"

"是嘛。"

"弓子你不是也偷偷许愿了吗？"

弓子明亮灵动的眼睛看着敬子，摇摇头说："我许愿爸爸身体健康，等我安顿下来后，接他回来。"

弓子本来没打算许愿，却情不自禁地许了愿。当水上公共汽车驶到大川上的时候，她忽然觉得爸爸太可怜。弓子感到心碎，真想对着江水大声呼唤"爸爸"。她的朋友有的跟爸爸一起坐飞机旅行，有的为病重的后爸在夜总会当爵士歌手。比起她们来，自己最孤苦伶仃，无依无靠，凄凉懦弱。当美根子告诉她爸爸还活着时，她只是一个劲儿地怨恨爸爸、思念妈妈。但是，父亲的悲哀忧伤仿佛顺着冬天的江风渗入弓子的心灵。

传法院前区政府的大街上停着小型的雷诺、福特，大型的普利茅斯、雪佛兰等私家车，还有英国造的摩托车。敬子想找个地方歇歇脚，但是她不愿意进不熟悉的店。著名的甘薯羊羹老店现在也装修得时髦洋气。敬子从门口走过去又转回来，推开玻璃门。

"天冷，吃点儿年糕小豆汤吧。"

"行。"弓子用手掌捂着脸颊。

"今天你跟他们说去哪里？"

"我说去妈妈那儿。"

"姑妈知道你时不时到我这儿来吗？"

"嗯。"

敬子早就知道，弓子的姑妈对自己没有好感。她认为敬子对俊三见死不救，又把弓子赶出家门，也许恨透了自己。敬子设身处地想一想，也不是不能理解，只好任其如此。敬子有口难辩，再说信不信是人家的事。最近弓子和敬子见面，姑妈大概心里也不痛快。

"去银座吃饭，然后送你回姑妈家去。"敬子说，"我想见见你姑妈，求她同意你回来。"

弓子摇头，看着敬子。

"不行吗？为什么？"

弓子又面有难色地摇摇头："不是不行，而是……"

"嗯，是啊，不是说回来就能回来，你既然已经进了她的家门。"敬子略有所思地说，"还是我去跟她谈吧。"

"我一个人回去。"

"这样你对姑父姑妈也不好说，我心里也过不去。"

"我很快就要毕业，我跟姑父说过，毕业后打算工作。他已经替我联系了银行和工业公司，二月份就要参加考试。"

"想工作的话，在妈妈的店里帮忙不是一样吗？"

"我想单独工作。"

"你回妈妈家里来吧？又改变主意啦？"

弓子点点头，但温柔的微笑里闪动着犹豫不决的影子。

"在不在妈妈的店里工作由你自己定。"弓子住在敬子家里的时候，就想出去工作。这是她的愿望。大概她过早地体会到生活的艰辛，对未来感到不安，所以无论如何都想独立生活。敬子也明白她的心事，心想必须放手让她独自闯世界。

"妈妈，我该怎么对待爸爸？"弓子冷不丁冒出一句。

"……"

"要是他真的还活着，不能表示不高兴吧？我刚才在江上就这样想，而且觉得自己也要被拖进水里去……"

墙上镜子

临近一月末，朝子才姗姗来迟，到了敬子的店铺。

"跟弓子失约了，对不起。"她神色疲惫憔悴，"我不但工作忙，小山去大阪，还要给他准备行装。"

敬子以为小山临时出差，去大阪参加演出广播剧。

"哪里呀！突如其来去大阪就职，事先也不跟我商量，自己就定了，独断专行。"

"去大阪就职？"敬子也感到意外。

"说是进关西广播的企划部，拿工资生活。"

"为什么？"

"我也闹不清楚为什么。"

"那你也去吗？"

"好像跟那边已经谈妥，三四月份再转回来。"

"哦？"敬子总觉得有点儿蹊跷，心想是不是朝子也有责任。

"我觉得他害怕生活，认为这样活不下去，惶惶不可终日。当演员又上不去，没有出头之日，大概也绝望了⋯⋯"

"你觉得这样行吗？"

"行不行他自己定的，跟我连个招呼也不打。"

"那你呢？"

"他让我继续现在的工作。好像去大阪也是为了我，他说在企划部里可以为我创造机会。"

"⋯⋯"

"我觉得委屈了他，其实他比我有才，也肯用功钻研。"

"按说，应该是你支持他啊。"

朝子点头表示同意，但她又说："可是，他害怕生活。"

"害怕生活？怎么回事？"

"没有固定的收入，心里就不踏实。"

"是结婚以后才这样的吗？"

"不知道。"

"不会是你花钱太大手大脚吧？"

"没有的事。"

朝子不好跟母亲说小山的毛病。他故意对自己的收入含糊其词，不把真实情况告诉朝子，却对她的收入查得详详细细，现在已经查到她二月份的工作，连一百日元也不放过，锱铢必较，而且一笔一笔地记在自己的小本本里。

小山嘴上说朝子钱不够花的时候，由他从大阪寄。但朝子想起向他要一千日元时那心疼劲儿，不由得心里一阵冷笑。两口子一起生活，小山在金钱上的斤斤计较、一毛不拔，一次又一次地让朝子恶心生气。这种感受外人哪能知道。朝子甚至觉得小山活得太悲哀，但立刻抑制了这种感情的波动。

"他去大阪以后，我也想松一口气。"这包含着从敬子那儿拿点儿零花钱，手头稍稍宽余，可以花得松快一些的意思。

三个女顾客走进店里。"这店不错。好雅致。"她们一边称赞一边观看陈列柜。敬子殷勤客气地请她们在摆着卡特兰的桌旁坐下。这些都是熟悉的顾客，她们好像是约好一起来的。

"我的闺女。"敬子向她们介绍。朝子只好站在一旁。敬子对她说："上一次你跟弓子约好，可是没有来。弓子在这儿等你的时候，来了一位英国老妇人，我让弓子当的翻译。"然后她又对客人们说："她让我设计戒指款式。那位英国人说日本的戒指几乎没有历史，很神气地夸耀英国博物馆收藏的戒指。我不懂英语，后来听女儿这么一说，就有点儿不服气，真想对她谈谈古代日本的服饰、装饰品的历史。再让她看看大翡翠、月牙玉佩，让她吃惊，还有朝鲜的古代耳饰……"

一位客人轻轻地抚摩卡特兰的花瓣。大概是昭男送来的那盆卡特兰放了几天后，就搬进敬子的卧室。敬子又买了一盆新的摆在接待室的桌子上。她原先并不喜欢卡特兰，但近来心旌动摇。"只要花店里有卡特兰，店里就要摆着。甚至把店名改为'卡特兰'也未尝不可。"

女顾客们津津有味地聊起天，朝子一听话题与自己无关，便走进里屋。

"哥哥。"

屋里拉着窗帘，开着台灯，清坐在桌前。"好久没见了。"他说着回过头来，"精神不太好的样子。"

"是吗？"朝子坐在床上，"你跟妈妈住在一起？"

"住在一起。"

"太挤了。"

"放两张床。"

"弓子回来住哪儿？"

"二楼。"清似乎不想谈下去，"钢琴在二楼，用人也住二楼。"

"我想看看放钢琴的房间。"

"锁着门。"

"给我钥匙。"

"妈妈拿着。"

"哦。客人还没走吧……"

"嗯。房间小倒能凑合，就是能听见店里的说话声。说是安装了隔音设备，但不管事。"

"哥哥，小山要去公司工作。"

"那好啊。"

"哥哥你觉得好吗？"

"你是他的老婆，先说你的意见。"

"他是定下来以后才告诉我的。"

清看了朝子一会儿，说："我也去公司工作。"

"你已经决定了吗？"

"啊。"清正要回答，外面传来乐得前仰后合的笑声。朝子惊讶地问："总这样吗？"

"女人嘛，什么事都弄得雷声大雨点小。买东西，挑来挑去，犹犹豫豫，老拿不定主意。有的人一磨就是两个小时，然后连着两三天来看，又说拿到她家去。送到她家里，把东西放在手上翻来覆去能琢磨三个小时，还没完没了地聊天。最后问怎么样？说还要再考虑考虑。"

"一般来说，女人一辈子也就买一次高档戒指。"

"好像比结婚还慎重。妈妈每天都要跟这样的客人打交道，还精力充沛。我真佩服她不觉得累。"

"你是说懂得了妈妈的辛苦？"

"一嫁人，通情达理多了。"

两人会心地笑起来。朝子嫁出去以后，反而对家里人产生一种以前从未有过的骨肉亲情。

"哥哥打算去什么样的公司工作？"

"东京都政府机关向学校招募公务员，下个月二十号考试。我已经提交履历表申请了。"

"东京都政府机关？"

"民生局。对那儿的工作，我也略知一二。我一个朋友的姐姐……说是姐姐，其实年龄跟妈妈差不多。她从东京还是市的时候就一直在民生局工作。我见过她，知道工作很平凡琐碎，但觉得适合我干。"

"工资多少？"

"好像九千日元左右。初薪哪儿都差不多。"

"跟妈妈说了吗？"

"还没有。一听说公务员，她一定脸拉得二尺长。要是大银行、大公司嘛……对了，也许她希望我进外交部。"

"三个孩子没有一个能如她所愿的。"

"要如她所愿……"

"弓子将来干什么？现在还是一个未知数。"

清的眉宇间浮现出阴影。"我以为她想依靠妈妈，结果闹得很僵。你知道吗？"

这时，敬子进来，打开西式壁橱的门，从衣柜里拿出和服与腰带。

"出去吗？"朝子问。

"不。客人想看我的碎花绉绸和服与织锦腰带，很快就看完。朝子，你不能多待一会儿吗？"

"今天我没事。"

"那就待着吧。"敬子又叮嘱一遍。

"唉，怎么还有这东西？"敬子把纯毛领子、袖口上用色丝绣有褶饰的婴儿服装扔到朝子的膝盖上。

"啊，真可爱。这怎么处理？"

"怎么样？你还不需要吗？"

朝子羞得面红耳赤。

"我在车站开小卖部的时候，田部拿来的。我想可能送人用得着，就买下来了。一直忘在这里。大概是英国货。"

"又轻又软。"朝子低着头一边抚摩一边问，"田部是不是那个大夫的哥哥？"

"对。就是那个大夫的哥哥。"敬子背对着朝子说，然后抱着和服出去了。

敬子前脚刚走，芙美子后脚就送茶进来。朝子端起红茶茶杯，忽然发现自己映在墙上镜子里的面容未老先衰、面黄肌瘦，心头惊颤。在后台匆匆忙忙化妆的时候，只顾抹油彩，未曾留意。现在一看，已衰老憔悴，毫无魅力。

"我必须改变一下心情。"朝子自言自语地说，"应该再胖一点儿，等小山一走，可以懒散点儿。"

清对朝子的话充耳不闻。

"哥哥，我要好好地懒散一下。"

"懒散什么？"

朝子没有回答，对着墙上的镜子，嘴角露出一抹微笑。

"我好像有点儿空虚。"

"小山为了生活或者为了你去大阪工作，你却在这儿想好好懒散一下，是有点儿空虚。"

"不是这种表面现象。"

"你不喜欢小山吗？"

"不讨厌。要说喜欢还是喜欢，就是时常自己也弄不明白……"

"你最好再瘦下去看看。"

"什么呀！我不能再瘦了。"

"你不觉得这样的朝子是小山抛弃艺术的深层原因吗？小山悄悄地决定去大阪，我同情他。"

"他可能打算先让我出名，自己也攒一笔钱，然后再回来演戏。他就是这样的人。"

"那小山的老婆是什么样的人呢？"

"疲累得想懒散一下的人，看见妈妈给的婴儿衣服就想哭的人。"

"一个拿她没办法的人。"清说着，给自己的杯里续茶。

"也给我来点儿。"

"你也让小山给你倒茶吗？"

"你少管闲事。"

"你发誓一辈子给小山沏茶。为了他，你累得筋疲力尽看看。"

"给我，我自己倒总可以吧？"朝子将热水倒进茶筐里，手轻轻地颤抖。

"弓子来过吧。"

"我没在。"

朝子也感觉得到，一提到弓子，清就很不自在，他周围的空气似乎都凝固了。

"弓子也想回这儿来。"

"能回来就好。"清低声说，"她爸爸也还活着。"

"是吗？还真活着。哎呀，想想都恶心！"朝子身子发抖。

"你就是这样！"

"他活着干什么？"

"不知道干什么，反正活着。"清口气强硬。

"即使活着，跟我们也没关系吧？妈妈有什么想法？"

清也知道昭男的事，想到母亲进退维谷的处境，无法回答。

"希望妈妈千万别沾边。"

"妈妈可不像你那样薄情寡义。"

"那你认为他要是回到这儿来，还能跟以前那样一起生活吗？"

清苦涩着脸："这不是我说了算。我觉得这关系到妈妈的人生。"

"你允许吗？"

"孩子们吵吵嚷嚷，什么允许啦反对啦，对父母的事横加干涉，我认为这是日本家族制度的弊端。"

"我不同意。说他还活着，这本身就是对妈妈和我们极大的犯罪。他有什么情理说自己还活着呢？"

"又不是他主动说的，而且根本没来见我们。"

"我看他也没那个脸。没有比他更卑鄙狡猾的人了。恶心！希望妈妈别忘了是他自己销声匿迹的。"

"女人没有同情心，一味清高，恐怕寸步难行。"

"就因为你同情妈妈，我才生气。以前我对田部大夫说过，就是那个人毁掉了妈妈的人生，使得她过着偷鸡摸狗般的生活。"

"还有弓子在呢。"

"我明白了。就因为他是弓子的父亲，哥哥你才那么宽宏大量。"

"他待你不是很好吗？"

"就因为他，你我的性格都被扭曲了。"

"被别人扭曲，自己拉直就是了。"

"算了吧！你那么正直地爱上弓子，还不是被人家一脚蹬了，还神气什么?！没出息！"

清一下子火冒三丈，疾言厉色："朝子，你想想，小山去大阪和那个人销声匿迹没什么不一样！"

"大不一样！"朝子铁青着脸，怒目相视。

这时，门外传来了脚步声。敬子推门进来："啊，累了。今天客人多。"兄妹俩立刻闭嘴，谁也不作声。

"清，怎么不开窗？你不觉得憋气吗？"敬子把和服放进衣柜里，"这件碎花绉绸和服的染色高手最近被命名为'国宝'，所以她们都想看看。"

敬子说，正月里，她穿着这件和服、系着红褐色腰带站在百货商店的珠宝专柜前，被这些夫人们看上了，今天来非要她出让不可。那位夫人还说，如果不把和服让给她，她就不买猫眼石。敬子穿着这件和服和昭男幽会过几次，温情犹在，所以不想放手。猫眼石也不想卖。

梧桐木的衣柜嘎吱一声关上了。

"妈妈，说是岛木还活着，是吗？"朝子问。

敬子猝不及防。

"嗯。"

"就是活着，跟妈妈也毫无关系了吧？"

朝子咄咄逼人，唇枪舌剑犹如从背后攻击过来。敬子含羞带愧，不敢回头："是我把一个还活着的人埋葬了……"她一边勉强招架一边坐下来。但自己的脸映在墙上的镜子里，她赶紧转动身子，避而不视。

"是他把自己葬送的。让妈妈给他举行葬礼，算是抬举他了。他跟你比起来，望尘莫及，还够不着你的脚背。"

"朝子！"

"妈妈，"朝子的声音带着少有的温和的关切，"哥哥刚才也数落我了。我不干涉妈妈的人生，但是我讨厌他！让老婆孩子为他举办葬礼，自己装洋蒜，完全是个死鬼！"

"……"

"我同意把弓子叫回来，她是妈妈的孩子。"

"谢谢。不过朝子，弓子有亲生的父母。即便如此，我还是把她当作我的孩子，等到有一天她不愿意，也就随她便了。到那时，希望你不要责怪她。"

"好，我答应。"朝子痛快地点头，感动得敬子热泪盈眶。

"那件婴儿服装，不要送人，你留着吧。"

"啊？"

接着朝子又说出一句让敬子感到意外的话："妈妈你照自己的活法过日子，生活一定更加幸福。那样我会很高兴。"

"什么呀……"敬子想说这好像久别赠言似的，但话到嘴边又咽下去了。朝子心底究竟沉淀着怎样的悲哀，才使她说出这样的话来？

外面有人叫敬子。"又来客人了……"敬子像遇到救星似的急忙走出里屋。

她看见田部宽厚的后背，他正从店内看着橱窗。敬子后悔出来前没对着墙上的镜子修饰一下疲倦的面容。她见到田部，禁不住强烈地思念昭男，心情激动不已。

"您好。"

"啊，我应该早些日子来表示祝贺……"

"哪里哪里，您百忙之中还特地……"

"今年冬天好暖和呀。"田部快活地微笑着。

"可不是嘛。多亏了一直都是晴天。收到您的祝贺礼物，我应当上门致谢，可是拴在店里，总脱不开身……"

"弓子呢？上学啦？"

"弓子还没到这边来。"

"那太遗憾了。"

"是不是找弓子有什么事？"敬子想说得泰然自若，话却有点儿别扭。

"没事。只是想看看她。"田部的声音里含着笑意。

"弓子说她自己回来，我觉得还是去一趟，对他们的照顾表示感谢，然后再把弓子接过来。"

"那就快去。"田部说，"好事不宜迟。"

"是好事吗？"

"和弓子一起生活势必是好事。"

"啊。"

"生意怎么样？"

"托您的福，忙得还想找一个帮手。川村在外面跑，我就只好在店里盯着，一点儿也脱不开身。"

"你开这么个店，真了不起。"田部走到桌子前坐下，悠闲自在地抽着烟。他对眼前的卡特兰似乎漠不关心。

还是昭男送来的。敬子胸口感到难受。

田部看着橱窗，说："把那个钻戒拿给我看看。"

那是一个一点五克拉的钻石戒指，标价三十二万日元。

"这是好的吗？"田部用短粗的手指捏起钻戒，对着光线，用外行人的眼光察看。

"还有更好的。在这个档次上是好的。川村从拍卖行买来的，所以不知道产地，但质量绝对值这个价。因为刚刚开张，摆在橱窗里，也想展示一下好货。"

钻戒在田部的手指间闪烁耀眼、光彩夺目。

"那我要了。"

"您买的话，三十万日元就行。不过，您是给夫人买吧？您夫人应该戴更好的……"敬子从里屋拿出一个七十万日元的两克拉钻戒。

"不一定给她买，也许做昭男的订婚戒指。"

"……"

"给我老婆买钻戒，没见过她戴着出门。她对这些好像无所谓。不过，那个翡翠戒指经常戴。"

敬子就是在把那个翡翠戒指卖给田部的那一天与昭男相识的。

"我老婆说了，再好的东西戴在她手上，谁也不认为是高档货。"

田部没动敬子后来拿出来的那个大钻戒。

"这个，三十万日元行吗？"

"行。"敬子把戒指放在红皮盒的黑天鹅绒座上，交给田部。

"今天没带现钱。"

"过几天，我登门拜访。那时候给也行，什么时候都行……"

田部把盒子随随便便地塞进裤兜里，说："弟弟得了流感，没去上班。我放心不下，刚才去看他，出来后拐过来的。"

敬子想起昭男躺在床上的样子。公寓里的那张床，敬子曾经躺过，大概搬到现在的家里去了吧。

"烧老不退，可能是神经疲劳。"田部若无其事地说。敬子听在耳里，记在心里。

"没关系，再有两三天就会好转吧。"田部似乎一切都知道，故意把昭男的事说给敬子听，"他也三十了，不能再晃荡了，该成家了。"

"……"

"我一见到弟弟，就想让弓子做我的弟媳妇，这种心情越来越强烈。这是怎么回事？"

敬子抬不起头来。

"您看怎么办？"

"……"

"我鼓动过昭男……"

敬子胸口难受，连肚子都觉得不舒服。

"夫人您也考虑一下，行吗？"

"啊。这事……弓子还没想，她一再说今年春天毕业后想工作。"

"要能在店里帮忙就好了，她在这儿挺合适的。"

"啊。"

"咱们出去吃点儿便饭，行吗？"

敬子一听便觉得更要推掉了，便说："谢谢。不过，川村不在，而且朝子今天第一次到店里来。"

"朝子来了吗？我老婆看朝子演戏的时候，见过弓子。从那以后，她就坚决赞成我的主张。找个时间，大家一起吃顿饭。"说完，田部起身出门。

敬子肩膀沉重、嗓子疼痛，觉得浑身疲惫酸懒，连挽留田部的客套话都想不起来。送走田部后，她把额头抵在映照出紫灰色余晖下的街景的玻璃门上，支着身子，后背像木板一样僵硬，下半身一阵阵发冷哆嗦。

是不是得流感了？田部仿佛把昭男的流感带给了敬子。

不可能！这一阵子，得流感的并不只有昭男一个人。流行性感冒嘛，在小学生中蔓延，有的学校还停课了。再说，不可能刚传染就立竿见影地出现症状。

但是，敬子一听说昭男得了流感，就莫名其妙地觉得自己也得了流感。她紧紧地闭着眼睛，心里念叨着："据说感冒传给别人才会好。只要昭男感冒能好，我心甘情愿被传染。"

朝子在里屋叫敬子："妈妈，客人走了吗？"

"是田部大夫的哥哥。"

"怎么不叫我一声？我还想见他。"

"怎么？有事吗？"

"我可能要上话剧，想事先活动活动，到时还让他买票。"朝子改不了自行其是的脾气。

敬子一边锁陈列柜一边盼望川村早点儿回来。川村跑到镰仓、逗子及叶山一带，挨家挨户地拜访老主顾。

"我饿了。"朝子从里屋探出头来。

"朝子，你会做什么？你来做吧。"

"我不会做。到这儿来了，我可不想做饭。小山一走，我打算痛痛快快地懒散一下。"

"真拿你没办法。那叫芙美子出去买些现成的东西。我好像感冒了，头疼。"敬子把椅子放在煤气取暖炉旁边烤脚，"叫清给我拿点儿感冒药来。"

"好。"朝子点点头，又问，"让芙美子买什么？"

"这么点儿事还要我操心呀？买你愿意吃的。"

"妈妈，你睡一会儿吧。"

"等川村回来。要不然影响他的情绪。"

"别强忍着。"

"你也要有点儿忍耐的精神。女人不会忍，结婚不会幸福，做事不会成功。"

"怎么忍也不会有幸福。"朝子顶了一句，便去拿感冒药。

敬子好强，头疼脑热的小病不会轻易躺下。大冬天她也觉得心里有一团火，钻进冰凉的被窝特别舒服，一会儿脚丫就暖和起来。敬子几乎没有得过病，所以一发烧，体温急剧升高，就有点儿害怕。

敬子坐在炉旁，脚丫烤得热乎乎的，后背却一阵阵发冷。昭男发的烧全部传到我身上来了……她又在胡思乱想。

清拿着装有黄色药片的小瓶子和朝子一起出来。

"怎么啦？"

"好像感冒了。"

"太累了吧。"

清和朝子都知道敬子身体强健，这么点儿伤风感冒算不了什么，也不往心里去。

朝子不管三七二十一从陈列柜里拿出一套艳丽的饰件。

"妈妈，这个借给我演戏用。"

敬子咽下药片，强忍着一种什么情绪似的，问道："你演什么角色？"

"可能参加《妓女玛娅》的演出。玛娅当然是高柳老师扮演，我的角色还不知道。不过，我想借给老师也可以。"

朝子兴致勃勃地把像念珠般的项链套在脖子上，又把各种耳环轮换着戴在耳垂上。

敬子沉浸在孤独之中，只是默默地盼望川村回来。

"妈妈，弓子回来以后就站柜台吧？真有点儿让人羡慕。"朝子喜滋滋地说，"弓子会打扮得更加漂亮吧？"

"嗯。"

"我要回来，也站柜台。"朝子又把另一对耳环戴在耳朵上，美滋滋地照着镜子。

邻居失火

弓子觉得不好离开姑妈家。刚听到爸爸还活着的消息时，抑制不住兴奋激动的心情，跑去见敬子。她一见到敬子，情绪便平稳下来。现在更没有合适的机会对姑父姑妈说"我要回妈妈那儿去了"。

开学以后，一转眼就过了两个星期。为了准备三天的期中考试，弓子从一月底到二月初一直忙着复习功课。矢代家的环境适合学习，没有事情让弓子分心。晚饭后，愿意学到几点就学到几点，没人好心好意地絮叨，没人过问，可以专心致志、自由自在地读书。期中考试结束后，二月中旬学校举行礼堂落成典礼。那一天，弓子参加英语对话剧的演出。

弓子没把住处变更、家长改变的情况告诉学校，所以学校把通知单寄到了敬子家里。

弓子的笔记本上记着："二月二十六日，就业考试。日本桥平和大楼。下午一点。"三月份的第一个星期是毕业考试，之后还没有任何日程。而且现住所仍然写着"白井敬子家"。

弓子填写履历表也常常左右为难，不知道写什么好。虽然知道父亲还活着，可现在没有受到他这个"家长"的任何保护。就业考试的时候，要是问到父亲的职业，该怎么回答啊?! 既然父亲活着，履历表上必须写明父女关系。弓子端详着亲手写下的"岛木俊三"四个字，总觉得"白井敬子家"的"家"字也很疏冷。这"家"是什么意思? 是家眷的意思吧? 自己是敬子的女儿吧? 履历表似乎并不看重姑父、姑妈这种社会关系。

弓子没有把见过美根子的事告诉姑妈。但她感觉出来姑父姑妈也知道爸爸还活着，有意不向她提起。

有一次，弓子偶然听见他们的谈话。

"没出息。"姑妈说。

"不。这样的人反而意志无比坚强。能舍身的人才是强人。"

"他是不是发疯了? 要是你能遇见他，给他点儿钱。"

"嗯。他愿意的话，也可以给他找份工作。"

"对。"

"恐怕白搭。"

他们谈的也可能不是弓子爸爸的事。但是弓子听了羞得无地自容、浑身燥热。她对姑妈也一直避而不谈爸爸和敬子，正因为这样，更难以启齿提出要回到敬子那儿。

期中考试结束那一天，弓子提早回家，想看场电影轻松轻松。结束考试，有一种痛快松弛的解放感，非学生难以体会其中的滋味。这是困倦怠惰却躁动不安的感觉。

恰好朝子打来电话："喂，是弓子吗? "

"是。我是弓子。"

电话里朝子的声音很像弓子："我是朝子。好久没见了。"

弓子也想念朝子，对方的声音显得更加亲切。

"妈妈病了。"

"什么？病了？"

"别担心，得了流感。可是四天了烧还没退。"

"姐姐，你现在在妈妈家里吗？"

"我不行呀。小山昨天去大阪，我送他走后顺便回去看了一下。"

"你现在不是在妈妈店里打电话吗？"

"妈妈身体不舒服那一天，我在她店里。我以为昨天病该好起来了，没想到还不行。弓子，你最好去看看妈妈。"

"好，我这就去。"

"行的话，陪妈妈住几天，等她病好了再走。"

"行。我去照顾她。今天刚好期中考试结束，没问题。"

"你还是要经常考试的学生呀。"朝子轻声笑了笑，"好，那就托付给你了。"

弓子回到自己的房间，又急急忙忙穿上刚刚脱下的校服，然后把课本和参考书放进手提箱里，又塞了一两件内衣和外衣，走进姑妈的屋子。

姑妈听完弓子的话，板着面孔没好气地说："去吧。这个敬子，真是的，什么事都只顾自己。你还在上学，干吗非要叫你过去照顾不可?! 不能找护士或阿姨帮忙吗？"

弓子没想到姑妈对妈妈的成见那么深，被她数落一通，但因一心惦念着妈妈的病情，没有更多地理解姑妈的心情："也许妈妈不知道，是朝子姐姐打来的电话。"

"哪有病人自己打电话的？那个朝子是她亲生的吧，怎么不去照顾呀？"

"朝子姐姐结婚了。"

"弓子你去好了。"姑妈看了看弓子的脸，说，"一两天就回来。我是你的亲戚，还无所谓，可你姑父心里不痛快。我在你姑父面前还有面子问题。你到我们家不是来做客，你是逃出来的。俊三也好、你也好，总好像让敬子摆弄得服服帖帖、唯唯诺诺。"

姑妈一顿尖酸刻薄的恶言劈头盖脸而来。弓子觉得姑妈在责备自己刚才说话轻率失慎，一下子情绪消沉了。

"晚上给姑父打个电话。"

"是。"

"要不是什么大不了的病，早点儿回来。"

"是。"

"带这么多东西去呀？"

"里面是书。我早点儿回来。"弓子勉强回答。

弓子出了姑妈的家门，走在街上，强忍的泪水终于抑制不住，从眼底涌流出来。姑妈不是坏人，她疼爱弓子，但刚才那一席话勾起了弓子对自己身世的悲伤之情。

这个时间，电车里乘客很少。弓子靠在角落的车窗前发呆，似乎忘记自己手里还提着箱子。

"我不是从妈妈那儿逃出来的……"弓子自言自语。要是被姑妈那样误解，她觉得对不起妈妈。如果现在回到妈妈家里，恐怕以后很难再迈进姑妈的家门。

"我是无家可归。"不论住在哪一边，阴影总伴随着自己。归根结底，就是因为自己的亲生父母指靠不上。弓子心绪颓丧，忽然冒出一个念头：索性神不知鬼不觉地躲到一个僻远的地方去。但她立刻惊醒过来：爸爸不就是这样吗?!

在午后明媚的阳光照耀下，美宝堂店面雅致而宁静，就川村一个人在摆弄手表。弓子想问他清在不在家，但没有说出口。

"啊，好、好……您来了。"川村招人讨厌的面孔露出高兴、亲切的神情。他忙不迭站起来，走到敬子休息的屋前，为弓子开门。

"夫人，您瞧，来了个好人。"

"谁？"敬子似乎要从床上坐起来。大概烧还没退，她脸色红扑

474

扑的，看起来比平时还健康。她从枕头上抬起脑袋。要是昭男来，川村不可能称他为"好人"，但……敬子忽然觉得激动。

"哎呀，弓子，你怎么不早点儿来？妈妈都快不行了。现在已经好多了。我想着，还有很多事要办，还不能死，就挺过来了。"敬子半是开玩笑半是对弓子撒娇，表情却很安详恬静。

"姐姐打电话来，我才知道的。听说您病得不轻，就赶来了。"

"是嘛，朝子打电话了？我没让她打，只是想见你，想得厉害……心想你要来了，就不让你回去了。"

弓子点点头，一股暖流淌过心田。

"你脸色不好，累了吧？"

弓子反而被生病的敬子关心安慰，禁不住珠泪潸然，轻轻地坐在蓝色椅子上。

"是姑妈不让你到我这儿来吧？"

"……"

"好，明天我就去向她赔礼道歉。"

"明天，您身子怎么行呢？"

"没问题。今天就想起来。"敬子坐起来，床嘎吱嘎吱直响。弓子从被角取过便服棉袍，披在敬子肩上。这件棉袍也浸透着柔情蜜意。敬子穿着它，经常让那个人抓着肩膀，所以觉得它很漂亮。

弓子温柔地抚摩着敬子的发际，轻轻地把鬓发拢上去。

"乱蓬蓬的吧。"敬子也把手伸到脑后，放在弓子的手上，握着她的手指头拉到前面，放在自己的膝盖上，说，"弓子，把行李放到二楼。有换的衣服吗？"

"有。"弓子提着手提箱站起来。她心里还是挂念着清，但终于没有开口。弓子对清既不怨恨也不讨厌，分开后还不时思念挂怀，想起两小无猜、耳鬓厮磨的情景，未免暗自脸色黯然。但是，一旦被清急赤白脸地逼着表态，她就觉得待不下去，才离家出走。

弓子正要走出去，看见屏风后面放着清的床铺和桌子，心头又起伏波动。

二楼是一间西式大屋子和边角里一间只有两叠的小房间。小房间是芙美子的卧室。通往阳台晒衣场的通道两侧是厕所和浴室。光线充足的厨房、不锈钢的洗物槽、闪闪发光的煤气灶，显得清洁干净。一切都设计得那么细致周到、方便省事。宽敞的屋子既可以做客厅，也可以做起居室或者书房。拉开屋内遮断的帘布，一面墙的上方是放置东西的地方，下面仅容床铺。钢琴、钢琴上的小摆设、绣着淡绿色珍珠的床罩，弓子是那么熟悉。

但是，弓子环视一遍新房间后，没有发现一样爸爸的东西。爸爸已经从这个家里消失了。她把校服挂在鲜红色的衣架上，拿起同样颜色的尼龙刷。这里一切的一切，每个角落都是敬子一个人的家。

芙美子抱着被子从阳台进来，一边铺床一边说："小姐，您一直住下去吧？"

"嗯。怎么说呢……"

"怎么啦？"芙美子说，"小姐，您就住下去吧。"

"我也这么想，可是……"

"是我把您的行李送到大森那个家里去的。"

"是的，太麻烦你了。那天我不在，没见着你。"

"那天晚上，我看到夫人那副凄凉痛苦的样子，就觉得您不该走。"

"啊？"

"我最喜爱的小姐去大森了，我本来也想辞职不干回家……"

"啊？"

"夫人真了不起，一个人盖了这么个家。我从乡下回来一看，大吃一惊。店里的东西漂亮极了，见都没见过，看得我早上打扫卫生都晚了。夫人还送给我一对白色的耳环，今年夏天，我想买一双白高跟鞋配上。"

"高跟鞋？我也想穿。"

一聊这些，弓子的心情也稍稍开朗。芙美子继续说："夫人一天到晚拼命干活。她说要是停下来，就会死去。"

弓子走到刚才芙美子没关上门的阳台外面。她看见顺着房后的墙根，排列着一家家差不多一样低矮的屋顶。只有左边的邻居大概幸免于战火，一幢漂亮的老式二层洋房掩映在葱茏浓郁的绿意中。那里传来小孩子尖嗓门的声音。夕阳西斜，冷风袭人。

芙美子进来，把洗晒的衣服收起来。弓子一边帮她一边说："隔壁的房子没有在战争中烧毁。"

"那楼里住着一家外国人，女佣到店里来过。"

"是吗？"

"各种各样的人到店里来，真有意思。不过，我不能站柜台，就夫人一个人盯着，每天忙得她够呛，累坏了。我今年也忙得连电影也看不成。"

"我在店里这几天，你去吧。"

"小姐，这么说，您还回大森吗？"芙美子抱着衣服看着弓子。

"行李还在那边呢。"

"我送去的行李，我去拿回来。"

弓子回到敬子的房间，看见清已经回来了。他脱下学生服，正在穿深蓝色的毛衣，脑袋从领口钻出来。看见弓子，他满脸通红，表情显得腼腆羞涩，不知所措。

弓子开门后，定定地立在门口。这是她离开目白的家那一晚以来的重逢。

清刚刚听敬子说弓子来了，弓子也知道清要回来了，两个人都觉得不好意思。怎么见面才能自然大方呢？就是做了心理准备，也不见得就能沉着。敬子在场，似乎解围了；但也许正是敬子在场，清才难以启齿。

弓子羞得不敢看清，往敬子的床边走了两三步。

敬子像调节两个人之间的气氛似的说："朝子给弓子打电话让她来。真帮了大忙。我不想让弓子回那边去了。"

"就是嘛。"清瓮声瓮气地说，"这就好。"

弓子听到清的真心话，心里一块石头落了地。

"朝子好像也变得比以前亲切了。"敬子说。

"不是的。可是……"清本想反驳敬子，刚说出来又改口道，"是呀。"敬子生病的时候，朝子把弓子叫来，敬子高兴得把朝子的自私任性全忘了。清也不便扫她的兴。

"哥哥也在考试吧？"弓子抬起头。

"还没有。"

"我的期中考试刚完，现在没事干。"

"这么快。"

"学校要举行礼堂落成典礼，通知单寄到妈妈这儿来了吗？"

"还没有。什么时候？"

"二月十七日。礼堂的墙壁安装了隔音设备，有跟小剧场一样的舞台和放映室。落成典礼那一天，我还参加英语剧的演出呢。"

虽然这些话是弓子对敬子说的，但清觉得她也是在说给自己听。清也想主动跟弓子说话，但敬子在场，又不知说什么好。

"十七日，我也能去。"敬子一边说一边打开侧桌的抽屉，拿出一副扑克，在手上洗牌。弓子盯着她手上的动作。

敬子心血来潮，忽然想和他们俩一起玩扑克。要不是生病，他们哪有围在一起玩耍的闲工夫。再说，她也想缓和一下清和弓子之间拘谨的气氛。有好几个月没有这样三个人聚在一起了，而且敬子看得出来，清和弓子并没有心存芥蒂、坐不到一条板凳上，而是想努力重归于好。

敬子洗着牌，往事如走马灯般在脑子里旋转。回想起来，自己对弓子的爱简直不可思议。俊三住进敬子家里的时候，幼小的弓子是那么懂事听话，使敬子体会到从未有过的幸福。她觉得那也许是一生中最幸福的时期。后来，作为一个普普通通的女人，敬子也经历过种种险风恶浪，饱尝酸甜苦辣。如果清和弓子能结合在一起，自己昔日短暂的幸福时光又会如枯木逢春、再度开花。

敬子把牌一张张分给他们。他们玩的是清以前别出心裁想出的一种类似"培基王"的规则特别的玩法。牌分完后，敬子把剩下的底牌上面的一张翻开，是方块 J。谁拿到这张牌，就是拿对了王牌。

"啊，真可惜！"弓子喊道。敬子把方块 Q 扔掉，弓子把梅花 Q 扔掉。

"弓子，真佩服你没忘。"清感到幸福。他惊叹弓子的美貌，但更感受到温馨的亲切之情。但他手里好像没有梅花，便去翻底牌。

"哎，你怎么一开始就不地道呀?!"敬子笑着说。

这时，门被使劲推开，川村气急败坏地钻进来："听见有人在拼命叫喊吗?"

"怎么啦，川村？吓我们一跳。"

"好像出事了。"

"怎么回事？川村，你镇静点儿……"敬子嘴里说着，耳朵的确也听见了女人撕心裂肺的惨叫声、狗叫声、小孩的哭声……她和川村惊惧地面面相觑。

"怎么啦？妈妈！怎么啦？妈妈！"弓子惊慌地问。清站了起来。

"夫人……"芙美子气喘吁吁、连滚带爬地进来，"不好了！隔壁起火了！"

"隔壁？"

芙美子说不出话来，手指着左边。敬子一看，只见头顶上的玻璃窗被火光映得通红。

"啊！"

他们听见了烈火在附近噼噼啪啪燃烧的声音，似乎还有呼呼啦啦的风声。接着是消防车警笛的鸣叫、车轮的隆隆声……

敬子大惊失色，嘴唇苍白。她站起来。

"啊，难道我建这个家，等待的就是被烧毁的命运吗?!"一场飞来横祸吓得敬子魂不附体、两腿颤抖，"我这个女人难道命该如此?"

川村、清和弓子跑到外面。"镇静，别慌!"敬子换上和服。

"夫人。"川村回来说，"有一个院子隔着，只要没风，我想问题不大。但那栋房子很大，就怕火星飞溅过来。"

"川村，你去关好橱窗，把所有的东西都收起来。同时叫弓子马上走，注意别受伤。"敬子的声音淹没在消防水龙头如瀑布般喷出的水声里。

邻居二楼的窗户冒着滚滚浓烟，传来了人们冲上二楼的急促沉重的脚步声。

"看，哎呀，烧得很厉害。"弓子一看到火焰，使劲抓着清的左胳膊，整个身子靠在他身上。

"不要紧。"清说。

"怎么会不要紧?!"

火舌开始蹿上屋顶。隔着一道石墙，下面的火势看不见，但能感觉出来火就在附近燃烧。

"二楼起的火。"清做出判断，"这样的话，火就过不来。"

弓子面对熊熊烈火，吓得全身僵硬，靠在清的胳膊上。

"别怕!"

"可是我害怕。"弓子的脸贴在清的肩膀上。

火苗从窗户里蹿出来，沿着屋檐横舔过去。红红的烈焰吞噬了整栋楼房。连院子里树木的树梢都显得狰狞可怕，巨大的火星溅到树上，噼里啪啦烧落了枝条。

"树都烧着了。好像我的眼睛也起了火。"

"你别看。"

弓子又把眼睛埋在清的肩膀上。

长长的木头从着火的房屋里飞出来，在黑暗的空中翻动燃烧。几条消防水带猛烈地喷出粗大的水柱，但火势迅猛，终究还是穿透了整个屋顶。无数的火星喷溅到天空中，扩散开来，又纷纷溅落。二楼逐渐倾斜，最后伴随着轰隆一声巨响崩塌下来。四周仿佛一下子寂静无声。火舌还在到处乱蹿，但火势逐渐衰弱。

"啊，现在确实不要紧了。"清摇动着靠在自己肩上的弓子。她的头发有一股焦味，可能是飞溅的火星落在了她的头上。清抽出胳膊，两手抓着弓子的肩膀。弓子茫然若失，双腿无力。

"胆子真小。"清半拥半抱地把弓子带回店里。

敬子站在店门口，正和似乎住在附近的陌生男人大声说话。

清让弓子坐在椅子上，给她倒了一杯水。弓子的手还在颤抖。刚才一直被弓子使劲抓着，清左边的胳膊似乎发麻了。在烈火燃烧的时候，清几乎一动不动地让弓子倚靠着，虽然不会忘记妈妈和这个家，但他当时心里的确只有弓子一个人。

"你怎么那么害怕？"

"要是烧过来怎么办？我一想到妈妈……"

"噢。"清忽然一阵激动，觉得弓子那么弱小，"弓子，喝点儿水吧。"

弓子点点头，端起杯子："啊，好喝。"

清看着水从弓子的喉咙流过，觉得她那样子可爱迷人，心想以后再也不要折磨她了。

"听说女人生孩子以前看见火灾，生出来的孩子身上会有痣。"弓子问，"有那样的说法吗？"

"那是迷信。"清说。

"说不定不是迷信。我看见刚才失火，就觉得我生的孩子身上也会有痣。太可怕了。"弓子恐惧得忘掉了羞耻，居然对清谈论生孩子的事。毕竟是女孩子。清看着弓子的脸色已经缓过来，虽然眼皮还显得疲劳，但眼睛炯炯有神。如果这时候清说自己与弓子生的孩子不会有痣，她的脸色一定立刻晴转阴。他为这种弓子似乎并未意识到的、出自女性本能的空想心有所动，便说道："用不着担心，日本几乎所有的城市都在战争中被烧毁，生下来的孩子也没多少有痣。"

川村急急忙忙地在店里把橱窗的白色窗帘落下来，把所有珠宝都收进保险柜。大概怕有人趁火打劫，以防万一。消防车低低地鸣着警笛开走了。接着，街道会的人前来慰问，表示大家受惊了。后来又有一些人进进出出。

失火的原因，大家议论纷纷、莫衷一是，有的说是不小心让火炉引起的，有的说是电热器温度太高引起的。听说那个外国女佣被警察叫去盘问了。

"啊，虚惊一场。我还真怕咱这新盖的家也要遭殃。"敬子把店里的火炉点上火取暖。一家人围着火炉，紧张兴奋后感到疲惫乏力，身体仿佛被掏空了一样。

"不过，夫人，您倒是镇静自若，还换了和服。"川村说。

"哪能镇静自若？我是睡衣外套着便服棉袍，能这样往外跑吗？"

"清最镇静。"

清就像一根巍然矗立的柱子，任凭弓子倚靠，几乎一动不动。对清来说，这是不寻常的体验。

"妈妈，一想到要是店被烧了，以后不知道怎么过，我都吓坏了……"弓子说。

"是啊。我也有这种倒霉的时候。弓子，你就留在家里吧。"

"好。妈妈，附近有电话吗？我想给姑妈打个电话，免得她不高兴，这样我也可以住下去。就说邻居失火了。"

"嗯，就说邻居失火了。"敬子将弓子的话重复了一遍。

清带弓子去对面茶馆打电话。刚才消防车喷射的水在电车路上流淌着，散发出焦臭的味道。

"就跟下了一场大雨一样。"敬子送他们到店门口，说，"好像大火把感冒烧没了。"

夜空清朗，星光灿烂。电车还在行驶，令人难以置信。

"川村，路这么湿，家里的阳台、墙壁和窗户的遮阳布帘大概也全被浇透了吧，到半夜不会变冷吗？"

敬子一边说一边走上二楼，打开一扇窗户。墙壁还很干燥，只是窗户的泥子掉了下来。

"真危险。"

隔壁的院子里，房屋的残骸像怪兽一样可怕地蹲踞在黑黢黢的树丛中，余烬未熄。他们那一家人怎么办呢？门内已经搭起了帐篷，电线刚刚拉过去，灯泡在夜空闪烁着寒光。此刻传来人走动的声音，门前停着三辆私家车。

火灾引起一阵骚乱，敬子家的晚饭也推迟了，而且食材还没备齐。敬子对上楼来的弓子说："弓子，能不能简单地做一点儿？你去厨房看看有什么东西？"

"好。"弓子来到厨房，"有鱼片，做黄油烤鱼很快。"

"好呀。你能做吗？"

"能。"

另外，弓子从现有的食材中挑出土豆炸了，看起来很松脆，香喷喷的；煮了京都豆腐皮；做了款冬茎酱汤，洋溢着春天的气息。

敬子发高烧的时候，朝子到家里来，让她做晚饭，她坚决不干，叫芙美子去买现成的西餐回来对付一顿。相比之下，还是弓子像个女孩子的样子。敬子留川村吃饭，川村似乎也没有下班回家的意思。

二楼的大厅兼做餐厅。弓子拿来酒壶。

"哎呀，小姐，您还特意烫一壶酒。"川村受宠若惊地感动不已。

"我问妈妈来着。"

"小姐有心，聪明伶俐，心地多么善良啊。来来来，幸免于难、虚惊一场，大家一起干杯。"

"邻居家烧成灰烬，我们在这儿干杯庆祝，多不好。"

"世间尘俗就是这样。隔壁家烧了，自己家没烧，就要喝酒庆祝。哪儿有火灾，哪儿就有酒。谁家不幸失火，去慰问人家多半也是提着酒。"接着，川村醉意陶然地大谈敬子父亲的店两次失火的往事。

川村到深川的美宝堂不久，就发生关东大地震，烧了一次；第二次是空袭引起的火灾。川村在东南亚被荷兰军队俘虏过。他说："昭和二十一年五月，我一踏上东京的土地，就直奔深川。一看，美宝堂已经片瓦无存，全家毁灭，只听说大小姐还幸存一条命，就是现在在这儿的夫人。所以我想，夫人大难不死，必有后福。"

"一点儿也没福……"敬子摇头。

"不，就说今天晚上的事吧，要是换个风向，风助火势，火借风力，很可能蔓延过来。再说，为了防止蔓延过来，也要遭受更惨重的损失。夫人，您还是命大造化大。还有这个店，现在市面这么萧条、每况愈下，我愁得晚上都睡不着觉，可是看这样子会有起色……"

快到十一点，川村才回去。弓子也想送他到楼下，站起来正要往外走，被敬子用手势止住："你还要早起，不用下去。明天上学吧？"

敬子跟着川村下去后，房间里只剩下弓子和清两个人。弓子没有回到原来的座位上，不言不语地站着，心里期待着清对她说些什么。

"晚安。"清温和地道别，然后下楼去了。

"晚安。"弓子大失所望。

川村滔滔不绝的时候，弓子觉察到清好几次注视着自己，但她没有以前那种局促不安的感觉。刚才从清的手里接过水杯的时候，目光相触，两个人的眼睛都荡漾着温柔亲热的涟漪。

是清变了，还是自己变了？弓子心里纳闷儿。她一边抹着冷霜，一边仔细看着手镜里的脸。

变成什么样了？哥哥的感觉的确跟以前不一样了。

弓子躺在布帘后的床上，无法入睡。不是因为盖着新被子，而是魂不守舍、心乱如麻。外面电车停车的声音和远处汽车的喇叭声尖锐刺耳，吵得她心烦。但外界的声音渐渐平静，万籁俱寂以后，她仍然辗转反侧。一会儿电话里姑妈冰冷的声音和朋友谈论全景电影的声音重叠在一起，一会儿橱窗里的贝壳手镯浮现在眼前，一会儿英语剧的台词流淌出来……脑子里始终萦绕着腾腾烈焰和惊惧的声音，还有清的形象。要排遣这些杂乱无章的东西，也许需要漫无边际的思绪。

弓子想把混乱无序的神经规整出头绪，于是她熄灭头顶的日光灯。当四周一片黑暗的时候，钟的秒针走动的声音像鸣响一样刺耳，而自己孤独地缩在广袤无垠的世界的角落里，不免无助而紧张。

有人蹑手蹑脚地从楼梯上来。是哥哥吗？弓子害怕地双手抱在胸前。只有墙上的灯还亮着。

小心翼翼地不弄出声音、轻轻上来的好像是敬子。弓子装作已经睡着。敬子把布帘掀开一条缝，站在弓子的枕边，然后伸出手温柔地放在她的额头上。又怕风从肩膀灌进去，给她裹好毛毯，把周边压紧，才轻轻地退出去。

弓子想叫一声"妈妈"，但忍住了。她沉浸在宽厚慈祥的母爱之中，感到放心。

敬子一走出去，弓子兴冲冲地眨巴两三下眼，睁开那一双大眼睛。她不想睡，竖起耳朵想听敬子在干什么。

敬子走进浴室，点燃了煤气。弓子这才想起来，刚才乱哄哄的，川村又回得晚，谁也没有洗澡。敬子又回来，从嵌在墙里的西式橱柜中悄悄拿出内衣。弓子在心里想：妈妈，你洗澡行吗？

敬子在浴室轻手轻脚地脱下和服，然后把冰凉的身子舒服地泡在热水里，让水浸过肩膀。

听不见浴室里的声音了，弓子仍然放心不下。之前敬子烧还没退，病恹恹地躺着，怎么一场大火就把她的感冒给烧好了？

"妈妈，我睡不着。"弓子想到浴室去看一看。她想起正月里听美根子说爸爸还活着，便直奔敬子住的旅馆，当时敬子也正在洗澡。"你不进来暖和一下身子吗？水不错。"现在她还会说这句话吗？洗个澡，身子暖和好睡觉。可是自己追着敬子进浴室，似乎太撒娇了。

敬子病愈后第一次洗澡，一身轻松舒适。夜深人静，一个人泡在热乎乎的澡盆里，有一种从一切琐事烦恼中解放出来的宁静舒坦的感觉。一天工作下来，睡前洗个澡，多少都有这种感觉。今天幸免于难、弓子回家、自己病愈，这几件事都赶在一起，所以心情格外清爽——正如川村说的那样，自己真是命大造化大吗？

战争轰炸的时候，一家人都被烧死了，那时自己已经嫁人，才幸免于难。别人说这也是"命"。大概这就是人生吧。

店铺刚刚开张，看来势头不错。明天又得好好干……敬子觉得浑身是劲儿，还要去矢代家谈弓子的事。

她擦了擦雾气蒙蒙的镜面，看着自己没有化妆、完全呈露本色、却精神焕发、朝气蓬勃的脸蛋。

敬子正要从热水里出来，听见弓子叫她："妈妈、妈妈。"

"啊，弓子，你醒了？"

"妈妈，你的身体洗澡没事吗？"

"没事，妈妈身体好着呢。"敬子打开灯，轻轻坐到弓子床上。

弓子感到晃眼似的看着敬子。她温柔地抚摩弓子的眼皮："妈妈身体好了。"

奇妙的自由

小山去大阪以后，朝子觉得寂寞，同时也有一种奇妙的自由感。这种寂寞和自由的感觉与姑娘时代大不相同。她在娘家对母亲和哥哥说"小山一走，我可要好好懒散一下"，可一旦丈夫真的不在身边，一个人待在屋子里又觉得百无聊赖，不知道该怎么"懒散"。

虽说两个人的工作性质一样，互相承认对方的自由，实际上主动权一直掌握在小山手里。他从来就没指望朝子在生活上对自己无微不至地照顾，却对朝子的工作总是横挑鼻子竖挑眼。他为朝子找来的工作，朝子不想干也得干。朝子参加自费演出，他满心不高兴。

"现在不是过去那种大小姐玩票的时候，首先必须打好两个人共同生活的基础。"小山说。他真的在考虑两个人共同生活的未来蓝图吗？朝子心想他安排的不过是小里小气、抠抠搜搜的小家日子。

这次演出也让小山给推掉了。趁着他不在，出去转转。朝子愤愤不平，满心怨气。他把我当作木偶，本想小心操纵，结果反而毁了木偶。

小山的生活态度里有一种封闭性的不通人情的冷漠。两口子既没有夫妻间的沟通，也没有朋友般的交流。朝子的不满郁积在心中。她没有找到自己在小山身边合适的位置。

如果小山同意要个孩子，朝子会舍弃自己的工作，一心一意地支持他，像许许多多的妻子一样，做一个为丈夫献身的贤妻良母。这种乡愁般的忧伤情绪总在心底萦绕游荡。

结婚以后，女方总有一种无形的被男方束缚的感觉。朝子无论做什么都自觉不自觉地想着小山，谨言慎行，不敢贸然从事，变得沉默寡言。

小山一走，朝子首先回绝了他给自己定的两三项工作。"别觉得过意不去……"朝子给自己打气，然后接受了南星座演出的一个配角。

　　她想敬子的店生意还挺红火，也许能帮自己一把。跟朋友一起去茶馆，小山在的时候，要考虑兜里的钱，现在这点儿小意思花起来也满不在乎。

　　才跟丈夫分开一个星期，朝子的脸蛋就白白胖胖地丰满起来。

　　朝子有时未免揽镜伤怀：这算是夫妻吗？你对我一点儿也不理解啊。她对远在异地的小山低声呼唤。

　　一天晚上，朝子回家，发现晚报上放着一个白色信封。小山来信了。

　　朝子外套也没脱，急忙点着电热器，一边在微温的火苗上烤手，一边把坐垫放在膝盖上看信。

　　小山在信中先告诉她已经在广播公司的宿舍里安顿下来，然后像写公文似的逐条列出朝子工作的注意事项，接着说那边有适合朝子工作的规划安排："三月份，两人在大阪一起生活也可以。"看到这儿，朝子觉得有点儿别扭。什么叫一起生活也可以？难道不应该说想在一起生活，或者就在一起生活吗？

　　信的最后说，两三天前东京的报纸刊登麻布的外国人住宅失火的消息，那个地方好像离敬子的店铺很近。

　　朝子没看到报上的这则报道，就把四周散乱的报纸统统拢到身边。

　　　六日下午六点二十分左右，因二楼锅炉房起火，一百五十坪的二层木质构造住宅全部烧毁。因地处电车站附近，电车一时中断运行。

报上说的这幢肯尼尔曼先生的住宅，大概就是敬子的邻居。

"我一点儿也不知道。妈妈怎么没告诉我？给弓子打电话那天正是六日，而且妈妈还在发烧。明天去看看。还可以在店里张贴公演海报，再向她推销点儿票。"

小山身在大阪，对东京的报纸还看得那么仔细，看来并不完全薄情寡义。

朝子从壁橱里抱出棉被。法兰绒的睡衣穿在身上有点儿冷，裹着毛毯也不暖和。她又看了一遍小山的信。

朝子无法排遣孤独寂寞的长夜，难耐没着没落的情绪。啊，恼人！她觉得身体暖和了一些，便反复伸腿屈膝。

第二天，朝子睡了个懒觉，到下午一点去了敬子店里。店的门前停着一辆新车。她想恐怕又得跟上次一样，敬子被一群女顾客围着脱不开身，让自己久等。

朝子一推门，就看见了田部宽厚的肩膀。穿着淡茶色西服、身材苗条的田部夫人面对门口，手指上的钻戒闪闪发光。朝子知道，敬子又强卖出去了。

"您好。上一次演出承蒙捧场，十分感谢。"朝子装出一副娴静文雅的少妇姿态。田部夫妇多少还是能买些票，自己来得正是时候。

"您总是很忙吗？"田部的妻子认真地问。

"是啊，忙得很。这个月又有演出，更闲不住。这次还想请您欣赏。"说着，给敬子使眼色，让她帮着美言几句。敬子面有难色，不便启齿。

"那我就去看了。"田部的妻子对丈夫说了一句。她又转身看着朝子："您这样的工作一定很愉快吧？"

朝子莞尔一笑，然后把卷得细小的海报交给敬子："妈妈，能不能给贴在一个显眼的地方？"

敬子姑且接过来，点点头。

"我看橱窗显眼，不行吗？"

"贴在橱窗上？"敬子犹豫着没立即同意。这时，田部说："朝子，前一次你演出的时候还是姑娘吧？"

朝子想起那时候肚子里怀着孩子，但是她从容自若、面不改色。

"现在结了婚，作为演员，生活体验就更加丰富了，懂得各种人生滋味……"

"我哪懂呀。结了婚，说不定反而失去了过去那种专心一意的劲头。"

"你先生也是干这一行的，可以互相切磋鼓励。"

"好像把个性互相磨没了。"

"个性互相磨没了，多可怕呀。"田部看着妻子，笑着说，"上一次昭男去你家，还住了一个晚上。"

敬子站起来，倒腾着陈列柜里戒指的位置。

"我在后台晕倒了，他放心不下。"朝子说。

"我是一窍不通，没有任何爱好，昭男又是西方音乐，又是歌舞伎，差不多都看过听过。去年你送给他音乐会的票，他还说想请你上哪儿玩。"

"田部大夫身体好吗？好久没见了……"

"嗯，身体倒不错。现在正劝他该成家了。"

"他还怕找不到人……是吧，妈妈？"朝子回头看妈妈，只见敬子满脸不悦，觉得奇怪。

"我还求你妈妈帮着找呢。"田部敞开嗓门说。敬子轻轻倚在陈列柜上。

"过几天大家一起吃顿饭。"田部站起来，"夫人，您晚上可以吧？"

朝子和敬子一起送他们到门外。朝子走到小巧玲珑的车子旁边。"真漂亮。这叫什么车？"

"欧宝。说是德国车。"田部的妻子像谈论别人家的车子似的，一边回答一边坐进驾驶座，左手放在方向盘上。

"是太太您开车呀？"敬子也看着车内。

"她说了，以后没饭吃就去开出租，总比擦皮鞋强。"田部一边说一边打开另一边的车门，坐在妻子旁边。

　　"这么大个头的助手坐在旁边，实在碍手碍脚。"田部的妻子做手势表示丈夫的大脚碍事，然后推上变速杆。车立即像活物一样跑起来。

　　"田部先生好像发了。"朝子说，"那个钻戒也买走了吧？"

　　"今天是慰问火灾受惊来的。"敬子一边说一边进了店。她没说田部送来钻戒钱的事。

　　"隔壁人家全烧光啦。当时一定大吃一惊吧。"

　　"不是吃惊的问题。我都吓坏了，心想要是烧过来，那就是我命该如此。"

　　敬子把朝子带到窗户旁边："你看看遮阳布，折叠的凸起部分都被烧焦了，火星迸过来烧的。"

　　"我看报没注意。你也不给我来个明信片……"

　　"……"

　　"小山不放心，从大阪来信问起的。"

　　"小山他……"

　　"好奇怪。来信一二三四列几条，最后说失火的事。"

　　敬子开始收拾刚才招待客人的茶杯。朝子稳坐不动、袖手旁观："妈妈，我能住到这儿来吗？"

　　"一个人觉得寂寞是不是？行呀。昨天家里归整了一下，下面房间还有一张床空着。我睡二楼，弓子睡沙发床。你要来，和清睡一个房间。"

　　"弓子住在这儿吗？"朝子似乎惊讶地闪动着锐利的目光。

　　"不是你打的电话吗？"

　　"是我打的。那时候你发烧，我想来照顾又没时间，觉得你可怜，才叫她来的。可没想到就这样赖着不走，赖唧唧地钻进来了。"

　　"昨天我去矢代家了。矢代倒好说话，通情达理，她姑妈好像对我有看法。"

"妈妈你没必要主动去那边，应该是他们来登门拜访。这样做被人瞧不起。"

"我要不去，弓子就不好做人。"

"我不愿意看见你低三下四地求人。弓子也不是小孩子，让她自己去谈好了。"

"话不能这么说。"

朝子站起来，在屋子里转圈："妈妈和弓子住在二楼，我和哥哥在下面。我们倒像后娘养的。"

"你说什么?! "

"我回这儿来，也想和妈妈住在一起，哪怕一个晚上也好。"

敬子说不出话来，把茶杯放在盆子里，上了二楼。朝子结婚了也不幸福。一想到这儿，她又立即下来："小山什么时候回来? "

"每个月月底回来一次。但在大阪工作到什么时候，好像还不清楚。"

"他要是长期在大阪工作，你也去吗? "

"说不好。现在我一个人自由自在。你看我胖了吧? "

"让小山一个人过，这不好。"

朝子的眼色显得耐人寻味，好像是说"夫妻之间的事，妈妈你也未必懂"。她淡淡一笑，说："他同意我自立，认为自己自由，我也自由。其实我一点儿也不自由。他为所欲为，我谨小慎微。为了讨他的欢心，不被他瞧不起，我总是不自量力地勉强拔高自己，弄得上不着天下不着地。我活得真累。仅仅为了不让他对我失望，不适合我的工作、无聊的工作，我都干过。"

"你就实实在在的，演得不好，老老实实向他求教不行吗? "

"他把我摆在与他同等的水平上，虽然仅仅是表面的……貌似赏识我，其实对我毫不赏识。看起来要培养我成为名演员，骨子里是让我多挣钱。"

"好像你对他要求过高。"

"我觉得我家里有两个女人，一个是又哭又撒娇的女人，另一个是会演戏的女人。跟他在一起的时候，两个女人都无能为力，连上台演戏都变得胆怯起来。"

"……"

"小山不在，我想这次演出一定能获得成功。排练的时候，大家都说我演得好，我也渐渐进入角色了。妈妈你也来看戏，我不会再晕倒了……"朝子开朗地说，"我该去排练了。这些票就请你代劳。田部那边，你也给说说。"

"田部那边我不行。"

"为什么？上一次他也买了。"

"……"

"那条紫色项链和手镯借给我演戏，行吧？"朝子走到陈列柜旁边。

"别弄丢了。"

紫色的玉项链和朝子穿的灰色服装十分搭配。细链条的别扣一个人不好扣，敬子转到朝子背后帮她扣上。朝子剪着短发，脖颈显得细长，光滑滋润、白皙细嫩。敬子情不自禁地说："朝子变漂亮了。"

朝子不由得肩膀紧缩。敬子惊讶于自己仿佛从女儿细腻的肌肤中发现了成熟的艳丽。她想起弓子到千谷旅馆找她时洗脖子的情景。弓子剪了短发，洁白如玉的脖颈上的绒毛细腻柔嫩。

"妈妈的手凉。"朝子摇晃着脖子。敬子把手缩回来。与女儿的青春年华相比，她的手指每一节都悄悄地爬上了衰老的小皱纹。

"会不会太高雅了？"朝子说，"不过，是我戴。我是一个正在钩织东西的妓女。脖子和手腕上没有任何装饰物，会有损我的形象。"

朝子在镜子里寻找敬子的脸。

手镯也戴在手上。朝子说："今天我就这样去排练，行吗？"

敬子没有说话，只是点点头。

"弓子怎么还不来？"朝子说。

"今晚你也回这儿来吧？那就见得着了。"

"妈妈，要是岛木知道弓子在这儿，他会不会来？我把弓子看作妈妈的孩子，但也要弓子承认她没有爸爸。万一他来了，妈妈不会搭理他吧？"

敬子心里烦朝子，一声不吭。

"上一次我跟哥哥谈过了，妈妈你想干什么就尽管干什么。连小山都说你长得比我年轻。所以再结一次婚，我们都不会大惊小怪。"

"你胡说些什么。"

"只有一点，就是不能容忍岛木回到这家里来。我受不了。"

朝子的尖嘴薄舌令敬子惊愕。

"妈妈，田部是来说媒的吧？"

"……"

"请我们出去玩，不就是让弓子和田部大夫相亲吗？"

敬子有点儿气恼，觉得这个朝子怎么这样可恶。

"弓子算是找到了好对象，真让人羡慕。"

"瞎说什么?!"

"田部大夫不是很好吗？其实我看得出来，弓子喜欢田部大夫。妈妈早就打算让哥哥和弓子结合在一起，但弓子对哥哥就像亲兄妹一样，不会有那种感情。就算哥哥一厢情愿也不行啊。"

"……"

"弓子在这家里，恐怕哥哥早晚要得神经衰弱，成天板着脸，像谁欠了他八百吊似的，说话损人。我可不乐意。"

敬子心想，说话损人的不正是你吗？于是她说道："清最近完全变了样，情绪稳定，开始想在生活上帮我的忙。就说昨天吧，那么笨重的家具和床，都是他自己搬的，还改换了屋子的布局。现在对谁都很亲切。"

朝子站在店里的镜子前，努着嘴，往嘴唇上重新抹口红。

"田部大夫这门亲事赶快定下来。这样哥哥也就死心了，我的演出也可以找他做赞助人。"

敬子不理朝子，正要回自己的房间，只听朝子说："我想弓子会同意这门亲事的，要不要我去问一下她本人的想法？"

"你千万别问！"

"妈妈，你怎么啦？"朝子从镜子里看见妈妈一边戴帽子，一边筋疲力尽、步履蹒跚地转身出去，觉得不可理解。

朝子走后，敬子茫然若失地呆坐在店里。排练完以后，朝子先回家里拿换洗的衣服，然后回来住。敬子觉得这家庭的安宁、她自身的安宁将被搅得一塌糊涂。这个家和我自己都需要和平与安宁……她让朝子搅得心情烦躁、疲惫不堪。

听朝子刚才那番话，她跟小山之间的关系也很微妙。敬子对他们的未来实在担心。两个人的性格又都是固执己见、一意孤行，旁人恐怕爱莫能助。

但是，听到朝子信口开河同意把弓子嫁给昭男，敬子悲戚心酸，对朝子的事没有更多的考虑。她觉得朝子残酷无情得令人害怕。她也知道朝子早有此意，但似乎没有替弓子好好着想。也许正因为朝子冷若冰霜，才看透弓子喜欢昭男的内心。

朝子对昭男怀有好感，敬子怀疑她会因此更加理解弓子的心情。不管怎么说，既然知道俊三还活着，就不能让弓子和昭男结婚。俊三失踪后，让弓子嫁给与自己有肉体关系的男人，将来万一见到俊三，怎么向他交代？想到这些，敬子不由得浑身颤抖。即使弓子和敬子不是亲缘关系的母女，田部对敬子与昭男的特殊关系心知肚明，还硬逼着敬子答应这门亲事，这种做法也太无知了。从刚才田部夫人的态度来看，敬子大体觉察出这是田部一厢情愿自己卖力，昭男似乎并没有参与。

"昭男这次感冒时间可长了。"敬子听了田部夫人这一句关心话，竟胡思乱想她也偷偷地爱上了昭男。

敬子记得，昭男为了她搬到目白的公寓后不久，敬子冒着初秋强劲的大风去跟他相会，一进屋子，昭男就告诉她田部夫人刚走。但是，现在敬子眼前浮现出的不是对田部夫人的疑神疑鬼，而是自己与昭男的狂热情爱。

他是我最后一个倾心爱慕的人。每当想起昭男，敬子就柔肠寸断。"我再不会对其他男人动心了。"

敬子只要回忆起昭男，生死未卜的俊三便如影随形地钻进心头。她努力忘掉昭男，但他哥嫂的言行又令伤口重新流血。

弓子回来的时候，敬子也不能立刻换一副面孔，装出高兴的样子。

"妈妈，你冷吗？外面很冷。"

"不冷，店里不会冷的。你在炉子旁暖暖身子吧。"

弓子把手伸在炉子上方取暖。敬子握着她的手。朝子说她的手凉，刚才呆呆地坐在店里，渐渐暖和过来，比从外面回来的弓子的手要热乎得多。

"朝子一直等你来着，刚走。"

"是嘛，她来了？"

"也许今天晚上就住过来了，一个人在那边觉得寂寞。"

"姐姐叫我过来，我还没给她回信，真对不起。"弓子心里惦念着。

"朝子来之前，田部夫妇也因为失火受惊来看望我们。"

敬子打算找个机会跟弓子谈谈昭男的事，事不宜迟，恐怕在朝子搬过来之前谈为好，因为不知道朝子会对她嚼什么舌头。

"妈妈，今天的晚饭我来安排。"

"那好哇。"

“算上哥哥回来，加上川村和姐姐……”

“川村不用了。朝子去排练，大概饿着肚子回来，给她留点儿什么就行了。”

弓子站起来，轻快地上了二楼。

敬子觉得，弓子听说田部夫妇来，好像并没有联想到昭男，听她说话的口气倒像等清回来。虽然也许是掩耳盗铃的解释，但敬子的心情多少轻松了一点儿。

二楼传来弓子和芙美子爽朗欢快的笑声。一会儿，芙美子下来，一边从店里穿过一边说：“夫人，我出去买点儿东西。”

“是弓子要的吗？”

“是。”

“什么东西呀？”

“小姐她看了妇女杂志的副刊。”

“要做好吃的吧？”

一会儿，清回来了。从二楼厨房传来弓子与芙美子的说话声。敬子关上店门，躺在床上。

白天似乎正渐渐拉长。弓子想在饭前先让房间暖和起来，就去关窗，顺便往下面的道路看了一眼。只见一个靠在关闭的橱窗上的人影倏地转身，疾步远去。

“啊！”

像是爸爸的背影。弓子从楼梯跑下来，手忙脚乱地打开大门的锁，没注意清正在火炉旁烤火。

她出了门，往人影走去的方向一路小跑追去。

“弓子！弓子！”清追上来，抓住她的肩膀。弓子猛力要甩开清的胳膊。

“你怎么啦？”

“……”

"是谁从这儿走过去了？"清看到弓子上气不接下气地喘息，便问，"是爸爸吗？"

弓子点点头，悚然地立住。

"往哪儿去了？"清急迫地说。

"……"

"爸爸往哪个方向去了？"

弓子的眼睛顺着电车路望过去。

"是那边吗？"

"看不见了。"

"我去看看。"

"不用了。"

"要找就快一点儿。"清催着弓子。

弓子犹豫不定："也许是我的心理作用。"

"别磨磨蹭蹭的。"

"一定是我看错人了。"

"弓子，你亲眼看见的吧?！"

"穿得很好，爸爸现在不会那个样子。"

"嗯？"

"流落街头……"弓子觉得爸爸现在一定破衣烂衫、穷困潦倒。

清用力摇着弓子的肩膀："行了。反正你觉得像爸爸，是吧？"

"是我的心理作用。"

"爸爸本来就注意穿戴，所以穿得整整齐齐来的。"

"……"

"说不定躲进胡同里了。我们去看看。"

"算了。即使是爸爸，我也不去找。"

"有这说话的工夫，他早就走了。"

"……"

"你从二楼看见的，喊他了吗？"

弓子摇头。

"我觉得可能是爸爸，他来看你。"

"爸爸不会来。"

"不，他会来。"

"回去吧。"弓子缩着肩膀转过身，"刚开始做晚饭，就出来了。"

"那算什么！"

"我不找爸爸。我不喜欢他。"

"那我替你找。"

"哥哥！"弓子想喊住他，但清头也不回地大步走去。弓子的悲伤刺透了清的心灵，他无论如何也要找到那个像是俊三的人。

弓子看着清的背影消失在胡同里，然后往回走，两脚轻浮，好像没踩在地面上。走到失火的邻居前，她贴着石墙，在暗影中不由自主地涌出泪水，眼睛模糊，路也看不清楚。她一只手摸着石墙往前走。清为自己到哪里去找这个人呢？一定不是爸爸。爸爸不会来，是自己心里惦念着爸爸才看错人的。弓子自我解释。可清要是带着爸爸回来，那该怎么办？

外面下起了小雨。清回来的时候，衣服有些湿。他听见好像是弓子在二楼厨房干活的声音，正要上去，敬子从里屋叫他。

"什么事？"清站在里屋门前。

"是追弓子去了吧？怎么回事？"

"没事儿。"

"哦？"敬子似乎并没有出来的意思，也不等清开门进去，隔着门说，"不要干扰弓子。"

"我知道。"

门里面的人不再说话。

"妈妈，你正在设计款式吗？"

"对，忽然来了灵感，正在画草图。一会儿你还得给我念杂志的法语。"

清走上二楼厨房，弓子一边在大炒锅里搅动一边回头看清，那一双会说话的眼睛脉脉含情。

"没找到。"

弓子用眼神表示领会。清没话找话地说："下雨了。"

"淋着了吧。对不起。"

"小雨，没什么。我还以为会下雪呢，今年一直没下雪。"

"……"

"做什么呀？"

"炒饭。饭都凉了……我搁了很多黄油炒，一会儿准挨妈妈说。"

清看着弓子愉快利落地干活，也放下心来："好香啊。是什么炒饭？"

"什么都有。反正剩下的东西都放进去了。"弓子关上煤气，"成了杂饭。其他的菜是看书学的，没把握。菜不行，拿饭对付。"

"饭是杂饭，菜又没把握，能对付过去吗？"

"要端饭了，你上外面去。"

"嗯。"

清走到大厅，但心里还是惦念着，便打开一道窗缝，探出头望着下面的道路。他明知那个人不会回来，还是牵挂心头，仿佛怪自己找的方向不对。

透过清打开的窗户，灯光明亮地照耀着下面的路，柏油路被雨水淋湿。电车驶过，一个站在车站口的年轻女人抬头看了清一眼，走开了。

弓子端着盘子进来，看见清在眺望街道，似乎吃了一惊。清关上窗户，平静地说："弓子，我替你找爸爸。"

"不用了。想找我自己也能找。"弓子掉头往厨房走去。

"可是，我找也许更方便一点儿。"

找到弓子的父亲后打算怎么办？不见俊三，清也无从说起。但是为了弓子，他也要和俊三见面。清当然不希望俊三重返家庭与敬子再度生活，恐怕俊三也无此奢望。清不像朝子那样憎恨和蔑视俊三，最近甚至还能设身处地考虑问题，但总觉得他抛弃自己的母亲狠心离去的行为难以容忍。

俊三不仅抛弃了敬子，也许还抛弃了一切。但他走上这一步，恐怕敬子和孩子们也有责任。即使年纪轻轻如清，有时也有抛弃一切的冲动。不过，清有时也觉得不可思议，居然在这样的人身边生活过。要是没有这个人，朝子和我会是另外一种人生……只是弓子与自己不同。

朝子婚礼那天晚上，清想拥抱弓子，弓子说："爸爸死后，现在我非常懦弱了。"这句话使清大为震撼。而弓子第二天一早就出走了。

弓子听到父亲还活着的消息，反而回到敬子的怀抱。这说明她的内心深处隐藏着多少对父亲的悲伤情绪呀！刚才清走街串巷寻找的时候，深深感受到弓子的这种心情。

弓子又端着菜进来。

"你不在家的时候，我到乡下旅行去了，还没跟你说呢。"

"是呀。"

"还记得吗？去年树木发芽时节，你生病在家里歇着的时候，我买了一本《日本方言辞典》。那时就打算到偏僻的地方走一走。"

"记得。"

"那时我说想在农村的地炉边和乡下人聊家常。今年正月我真去了。深山积雪，围炉畅谈。和朋友一起挨家挨户访问阵亡学生的遗族。"

弓子看着清点点头。

"回到东京，你知道最让我吃惊的是什么吗？是文字的泛滥，是文字的狂乱。满街都是招牌广告的文字。平时住在东京，司空见惯、麻木不仁，可回来一看简直头疼。遍布大街小巷的种种文字叫喊着大都市的生存竞争过于激烈。"

弓子站着等清说完一个段落，插嘴道："我把饭端来就成。"

弓子从厨房出来时，已经解下围裙。她叫妈妈吃饭。敬子坐下后，弓子便轻柔地坐在清对面。敬子感觉弓子看清的眼神里荡漾着纯真之情。

"妈妈，我正给弓子讲正月旅行的见闻呢。"

"哦？我也没仔细听过。"

无法消失的阴影

这一天，东京地区一大早就刮大风，到傍晚时分，风速达到每秒十八米，最大风速每秒二十六米。

"快乐酒吧"没有客人，五颜六色的玻璃彩灯在大厅顶上旋转，显得空空洞洞。但到开演时间，伴奏员仍然登上舞台。少女歌手从大门口进来，手紧紧按着外套领口，穿过大厅登上旋梯，走进预备间。女人们一个接一个冒风而来。

"好大的风。"她们互相抚按被风吹乱的头发。

"脸好像都被吹裂了。"大家重新涂脂抹粉。

"这天气来了也没事干。"

"我怕大家都不来，店就冷清，结果来了一看，没想到来得还挺齐。要知道在家歇着就好了。"

没有客人，大家就扎在大厅的角落闲聊。布鲁斯乐曲一起，几个女人站起来互为舞伴跳舞，也有的跟穿白衣服的男侍者跳舞。

五六个大学生模样的客人进来。少女歌手走上舞台唱了一支歌，内容大意是说教堂唯一的一口钟被人偷走了，弄得谁也结不成婚。年轻的客人们鼓掌欢呼，像有意与外面的大风对抗。

将近九点，老主顾东野带着两个客人到店里来。

"美根子！"男侍者在门口大声呼叫，今晚的声音显得格外响亮。

东野是美根子转到这家店那天晚上接待过的客人。他相貌平平，但似乎很有钱，喜欢慢悠悠地品尝威士忌泡时间。常常一边喝酒一边跟女人们从容不迫地聊天，或者和美根子跳舞，但说不好他是否对这个女人别有用心。他自称还是孑然一身，看来不像是用来勾引女人的瞎话。他已年过四十，显得胆小怯懦、无精打采，女人们对他不是很看得上眼。大家把东野当作美根子的固定客人。东野给美根子买小化妆盒、香水，还小心翼翼地邀请她一起去短途旅行。

这么点儿好意其他客人也有，美根子并没有动心。但是，她看到东野在这个狂风呼啸的晚上在衣帽间寄存外套，的确从心底感到高兴。

听到侍者叫喊，美根子急忙迎出去，没想到东野带来的客人是他，惊讶得都忘了问候——原来是现在接替俊三的老同事高尾。

高尾一见美根子，放声大笑："啊，你在这儿呀？好久不见……"

"请进。好久不见了。"

"依然如旧呀，越来越漂亮了。"

"哪里。"

"你是越来越漂亮，听说岛木还活着，这世界上的怪事实在多。"

东野听美根子和高尾的对话像是老相识，大惑不解，露出畏怯的眼神。美根子觉得可笑，说："我在高尾先生的公司工作过很长时间。"

"哦，这我明白了。"东野点头。

"二位都喝威士忌吗？"美根子问。东野只喝威士忌。

"我要白苏打水，兑水。"高尾大概在外面已经喝过了，脸上微红。东野喝酒从来不上脸。

美根子告诉男侍者送酒来，然后贴近东野，大眼睛含情脉脉，说："您说明白了。您明白什么了？"

"你怎么连声音都变了。"没等东野回答，高尾先说，"东野君说给我介绍一个好女子，大风天把我给拖来了。"

美根子判断高尾说的基本属实，便对东野嗲声嗲气地卖弄风情。

"没想到这好女子就是你。"

"一见是我，大失所望吧？"美根子开了个小玩笑，她看出来今晚高尾似乎也要讨东野的欢心。

"您说啊，您明白什么了？"美根子轻轻地抚摩东野的臂肘。

"你的风言风语。"

"我的什么风言风语？"

"店里的风言风语。"

"哎哟，风言风语嘛，就是风言风语。信以为真可是薄情郎啊。"

"到底什么风言风语？"高尾好像很感兴趣。

"那就请高尾社长给我澄清事实。"美根子说。

"好。其实啊，男的也好女的也好，谁人背后无人说，没人说反而寂寞。就像你在公司里的时候……"

"好像就是在公司里的风言风语。"美根子说。

"这么说，你这朵花一开，风言风语就跟着扩散开来了。"

"我这朵花没开过。"

"还是花骨朵呀？"

"可不是嘛，再不开就要谢了。"

两个人你一言我一语，其中多少含着一些暗示。外面风传美根子在出版社工作的时候，和社长情死未遂，社长为她失恋自杀。在对陪酒女郎的私事感兴趣的客人里，美根子不知道为什么很有人缘。她神秘的热情里似乎隐藏着忧愁。

美根子认为，东野就是一个试图接近她这样的女人的怪僻客人。

他喝酒并不摆阔气，所以陪酒女郎一般也不围着他，但他常常和两三个朋友一起来。

美根子和高尾站起来跳舞，她想谈俊三的事。

"岛木要是能见他女儿一面，还会重新振作起来……可大家都无情无义。"

"恐怕不是无情无义，现在大家连自己的事都管不过来。"

美根子觉得高尾在为自己辩解，心里难过："您是说先把自己的事管好，再考虑别人的事吗？大概聪明人都这样。傻女人把自己的事撇在一边，一心为别人着想。别人好了，自己就感到幸福；别人不好，自己也无所谓。"

"从那以后，公司毫无起色。"高尾终于吐露真言。

"这么大风天，还不知道岛木有没有家栖身？"

"要说家，有各种各样。"

"没什么各种各样的。自己的家就一个，岛木没有这个家。"

"公司又从东野那儿借了一笔钱。"

美根子想，那个时候，公司虽然倒闭了，但毕竟还是岛木的。高尾是接替岛木来当家的，现在他既然能养活几个人，也应该能为岛木做点儿什么。

"东野是我的同乡、中学的晚辈。从我们杂志在橱窗摆设画报以来，一直受到这个同乡的关照……"

东野不仅搞商品橱窗设计，还有一个小工厂制造他设计的部分产品。两年前，妻子去世，留给他一个孩子，现在跟母亲、孩子、女佣一共四口人生活。高尾对他家的情况似乎了如指掌，连他家里有电冰箱和洗衣机都知道。

"人很老实，接触时间长了，说不定会向你求婚，一定会的。"

美根子也觉得一直朦朦胧胧的东野一下子光辉灿烂起来，不禁心旌摇动，但这样更想念仿佛重新开启自己人生道路的岛木。

"最后大家断定岛木是神经衰弱。如果得了这么严重的神经衰弱，也是公司的工作造成的吧？"

美根子想谈俊三，高尾想谈东野，两个人谈不到一块儿去。

"高尾先生认认真真地给岛木举行葬礼了吗？"

高尾的酒意完全清醒过来，没兴趣继续跳舞。他对美根子这种死心眼感到厌烦和恼火，又觉得这个女人很棘手。

"我从来就没有埋葬岛木的想法。如果那时点名要我即席讲话，也许我会喊'这不是事实！这不是事实！'如果是现在举行追悼会，我会自己站起来提抗议的。"

"那时候没办法。"

"认为没办法的人就是无情无义。如果自己想念那个人的心死了，那个人也就死了。"

高尾想不到飘溢着迷人的香气、裸露着青白色的肩背和自己跳舞的美根子会说出这么一番话，简直是个不可思议的怪女人。

"你知道岛木现在在哪儿吗？"高尾问。

美根子摇摇头，她真不知道岛木的栖身之处。

"怎么？连他在哪儿都不知道，那还说什么？"高尾呛了一句。他漫不经心的口气显然在轻巧地推卸自己的责任，并且揶揄美根子，"我以为你现在还和岛木有来往，供着他呢。"

舞曲完了，美根子也没注意，手依然搭在高尾的肩上站着，说："那好，我一定找到他。我要把大家认为已经死了的岛木找出来给你们看看。"

"你怎么找？"

"怎么找也要找出来。"

一曲又起，高尾心不在焉地勉强挪动着。

"你很有自信嘛。"

"不是自信。"

但是，高尾实际上点出了美根子的要害，那就是爱情和诚意的问题。美根子发现过俊三，却又丢失了。其实不是美根子弄丢的，而是俊三又躲藏起来，就像以前没能把他抓到手里一样，这次也没能抓到底。前几天，她想敬子和弓子也许会去找俊三，跑到浅草山谷他的藏身处一看，已经踪影全无。我都把他带到家里来过，可他依然一声不响地销声匿迹。美根子犹如被人从悬崖峭壁上推下来似的，孤独地被抛弃在黑夜茫茫的沙漠上。

美根子在山谷向一个认识俊三的人打听，他说："那位先生为人老实，说话文雅。大概谁摊给他什么活儿干，走了吧。不过，他离不开大川，说不定就在明石町那一带。"

美根子也到筑地明石町的岸边寻找过。河岸上挤满青灰色的冷冻厂，空气里弥漫着运河的污泥浊水味和臭鱼烂虾味。岸边挨靠着一排破烂歪斜的小屋，好像随时都会塌到河里去，还停着几辆小垃圾车。一个穿着毛线衫、脸蛋红扑扑的小孩子茫然地看着河流。几个身体结实健壮的姑娘围着来卖鱼骨头的小青年的自行车。

他不会在这样的地方。美根子连去小屋打听的勇气都没有。

"光顾谈岛木的事，酒都凉了。"高尾回到座位上，便不停地喝酒。

东野诧异地看着美根子和高尾："怎么啦？"

"没什么，谈鬼来着。"

大风渐渐平静下来。十点过后，陆陆续续进来客人。大厅里灯红酒绿，烟雾弥漫，空气混浊，这才有了夜总会的气氛。伴奏也很卖力。醉醺醺的高尾反复说了好几遍："美根子很纯真呀。"

东野跟往常一样，还是和美根子聊天。他把手中的骰子一掷，说："怎么样？下了班一起去新桥吃点儿热的。高尾君也去，然后送你回家。"

"咱们掷骰子定。我要输了，就不好让你请吃饭；我要赢了就陪你去。行吗？"美根子最不擅长赌输赢，明明看出对方的弱点也还是赢不了。她心想自己肯定要输，便从东野手里拿过骰子，熟练潇洒地一甩，五个骰子同时出现一点和六点。

"好厉害！"东野甘拜下风地看着美根子，自己不想掷了，"出了店，往京桥方向不远，我的红色雷诺车在那儿等你。尽量早点儿来！"他用从未有过的命令式口气说。

美根子叫正在陪高尾聊天的宫子也一起去。

这些陪酒小姐只要不是醉得厉害，到打烊的时候，总是又饿又累。但是，美根子没想到自己还能赌赢，她感觉到俊三的存在。俊三很擅长赌输赢。她对店里的姐妹们和客人从来没提过俊三的事，对那些有关她的风言风语，也充耳不闻，不予理睬。这也更使她的魅力高深莫测。

今天晚上见到高尾，谈起了俊三。她想起自己在出版社时像一只落水的小猫般凄惨可怜。

俊三失踪的前一天，对她说过："你要开朗活泼，这样才能时来运转。你记住，自我感觉长得漂亮，你就是美人。"这句话完全改变了美根子的人生道路。她在酒吧和夜总会学会了抽烟喝酒，陪各种各样的男人跳舞，周旋于他们之中。洋装与和服高档讲究，穿出去也很体面，毫不逊色。只要她愿意，日子就不会穷酸。但她一直住在当年在俊三公司工作时就租借的二楼的小房间里，不想挪窝。她还抱有一丝希望，有一天俊三会飘然而至。

让东野送回家，万一刚好碰上俊三……美根子还担心这些，但客人用车送陪酒小姐回家是一种规矩，于是她换上和服。

美根子和宫子一出门，就看见一辆鲜红的雷诺小车在等她们。东野坐在司机座上，斜着身子，头靠在玻璃窗上看着她们出来。

这是小型车，只能坐四个人。宫子说了一声"对不起"，坐在高尾身旁，美根子只好坐在司机旁边的座位上。

"坐前面舒服。"东野说。他伸手握变速杆的时候，美根子闪开了膝盖。

车子好容易从银座单行线长龙般的拥挤中摆脱出来，顺着大马路一直往东驶去。

"能不能找个时间陪我到外面好好玩一玩？"今晚东野很积极主动。

"嗯。不过，我有一个弟弟，他白天干活，晚上上夜大。店里休息的时候，要给他洗衣服，有时还要陪他看电影。没时间。"

"把你的弟弟也带上。怎么样？这个星期天……"

"这个星期天……"

美根子不能说这个星期天还要去大川一带寻找俊三。

"高尾君对我介绍了很多你的情况，我觉得很符合我的想法。"

高尾对东野是怎么煽风点火的？美根子想起高尾刚才醉醺醺地反复唠叨"美根子很纯真"这句话。

东野打算去新桥车站前面小胡同里的"幸月"小菜馆。他让三个人在路边下了车，然后自己找个地方停车。

就在等东野停车回来的几秒里，美根子忽然看见一个人影从胡同里头一家的屋檐下一闪而过。她不顾一切地奔跑过去。

"社长！社长！"她的尖声叫喊惊得高尾呆立不动。虽然高尾也觉得那个人影像俊三，却仿佛见了鬼。

不管美根子怎么叫，那个人头也不回，好像意识到有人叫他，更加快了脚步。他身上穿的虽然不太干净，倒还整齐，围着黑围脖。

美根子追上去，使劲拽着他，气喘吁吁地说："社长，我一直在找你啊！找得好苦呀……"

"这样不好看，大家都不好看。"俊三像要甩开美根子似的继续往前走。他并不显得消瘦憔悴，眼睛明亮，却含带忧愁，举止动作不像先前那样稳重从容。

"高尾也在那边。"

"我不认识。"

"就是公司的高尾。"

"忘了。"

"您去见见。"

"我想远离世间。一个被埋葬的人，你最好别管我……"

"我没有埋葬您。我不能不管您。"

"我要是露面，只会搅乱别人的生活。"

"您要不露面，我会发疯，连您的女儿……"

俊三一边走一边掉过脸，欲言又止，只是长长地吐了一口气。

"您现在住在哪儿？"

"跟我的伙伴们在一起。"

"我跟您一起去。"美根子紧紧地抓着俊三的胳膊，"要是生病了怎么办？"

"不会生病。人的身体就这样贱，过着不许得病的日子就不会得病。"

"和我一起回去吧。"

"我现在正回去呀。"

"您回哪儿去啊？"

"你别管我。求你了。"

"不愿意到我那儿去也行。您也得见见您女儿……"

"别告诉她你见到我了。"

"我把她带来，这也不行吗？"

"原谅我。就因为怕你告诉我女儿，我才离开浅草的。"

"如果您到我那儿去，我对谁也不说。"

"我跟你气味不投。"

美根子都能闻到自己身上夜总会女人甜腻腻的香水味。俊三身上散发的是流浪者的气味吗？是充斥着东京腐烂的污垢垃圾的大川中污泥浊水的气味吗？

"你变了一个人。"俊三锐利的目光逼视得美根子畏缩震悚，"你对高尾说看错人了。"然后他甩掉美根子的胳膊，迅速消失在眼前的车流里。

"危险！"美根子双手捂着眼睛。

俊三满不在乎地在川流不息的车辆中横穿过电车路。美根子面对车流不敢迈脚。

"美根子，东野说也把那个朋友叫上。"美根子听见身后宫子一边过来一边叫喊，只好作罢。俊三的背影消失在新桥车站地铁入口处的人群里。她顿时感到自己的无能为力。

"他是谁？"宫子问。

"我以为是我的恩人，可是……"

宫子将信将疑，但看美根子的样子，不便追问。当两人走进"幸月"的时候，东野和高尾已经喝上了。女老板笑容可掬地把热手巾和菜单递给美根子。美根子呆然而坐，一言不发。于是大家有点儿扫兴。东野用夹着香烟的手端起酒杯一饮而尽。

"我要……"宫子点了鲷鱼茶泡饭后说，"美根子，你要什么？"

美根子神情呆滞。

"怎么样？"东野把酒杯递给她。她接过来，轻轻饮尽，杯口上残留着口红。

高尾一边把杯子满上，一边说："是岛木君吧？"

"……"

"被他甩了吧？"

"不是！"美根子忽然顶了一句，大眼睛灼灼火热。

"你真可怕。"高尾继续给美根子斟酒，"刚说一定要找到让我们看看，他就露面了。"

"您就像事不关己似的在一旁看热闹吗？"

"我不是对东野君说，也把他一起叫上吗？"

"您自己怎么就不能去呢？"

"现在对那个人，最好别去打扰。是他自己断绝一切联系，逃离社会的。你看见他了，不是也没能带他回来吗?! 瞧你被他甩以后那副无精打采的模样……"

美根子一口接一口地喝酒，眼皮下开始出现温和的色彩。

"岛木以前就有孤立于家庭和社会之外的思想倾向，具有一种不可言喻的淡淡忧愁的魅力。现在想起来，你就是被这些迷住了……"

"……"

"可是岛木君并没有迷上你。你看见刚才他的背影了吧？那么拼命地追上去，结果不是什么也没看见吗?! "

美根子不想和高尾继续谈俊三。

"活人的手抓不住鬼。"

"……"

"你也该死了这条心，跟东野君成家吧。"高尾的声调和眼神都变得调侃起来。

"别净拿人开心……"美根子做这种买卖，什么客人没见过，这类话听得耳朵都起了茧。她习以为常，根本不往心里去，轻巧闪过，一双媚眼却看着东野。

俊三的事就算过去了。

东野对美根子真是倾心相爱吗？他听着高尾的坦率直言，露出羞涩的笑容。

"我来做媒。"高尾说。

"这可是个薄情的媒人，东野先生不至于逃之夭夭吧？"美根子用陪酒小姐特有的挠人心窝的声调回答。

尽管东野神经质一样懦弱胆小，从侧面看上去，也显示出生活稳定的男人坚强的一面。也许只有对陪酒卖笑的营生刻骨铭心的美根子才看得出来。

宫子吃完热乎乎的茶泡饭，用蜜丝佛陀的雪花膏抹了抹鼻尖，说："谢谢您。太晚了，我该告辞了……"就要站起来。

东野忙说："等着，等着，我用车送你和高尾君，还有美根子回去。"

"这不打搅你们的好事吗？"

"她说媒人是个薄情郎，你不在，我心里更慌。"高尾按住宫子的肩膀。

"真的，车子别特地绕圈了。"宫子说。

"想走捷径反绕圈，欲速则不达。对吧，东野君？"

"你住哪里？"东野问宫子。

"乃木神社旁边。麻布。"

"麻布……然后是高尾君的四谷，美根子住哪里？"

"我才是最远的，本乡。"

"我住大冢，你不算最远。"

"刚好顺路。"高尾说。

"我特喜欢深夜开车兜风。"

"您家小孩是女孩吧，还是早点儿回去好。"

"她是'奶奶的孩子'，早就在奶奶怀里睡着了。"

"孩子多寂寞啊。"

"反正我不会扔下女儿离家出走的，这你放心。"东野又要了饭，还特意关照美根子，"吃点儿什么暖和暖和身子。这里的鱼肉盖饭很好吃，而且朴罩酱汤也不错……"

深夜的街道，寒气逼人，出租车的确稀稀落落。美根子还是坐在东野旁边。一会儿，东野问："你弟弟多大了？"

"弟弟吗？二十了。准备考大学。"

"你给他挣学费？"

"您家小姐多大了？"

"十一岁。"

"太太什么时候过世的？"

"女儿九岁那一年。"

"前年。"

车子从溜池往左加速驶去。

"太太在世的时候，您也常去夜总会吗？"

"喝酒是最近的事。"

高尾在后排调侃说："喂，司机，当心危险。"

"我怎么觉得两个人都这么沉得住气啊。"宫子含笑说。

车子一到麻布街，高尾就"啊"一声，从后面摇了摇美根子的肩膀："你瞧，就这儿。这就是岛木夫人的珠宝店。"

东野放慢车速。一间小巧玲珑的店铺坐落在夜深人静的住宅区里，一个身材苗条的少妇从出租车里下来，正要推门进去。

"那好像是已经结婚的女儿。"高尾也回头从车窗往外看。

"这是回娘家住了吧？"

一会儿，宫子下了车。高尾一个人占据后排座，打了个大哈欠，自言自语地说："真羡慕岛木君。我怎么不也筋疲力尽，得个神经衰弱呢？如果我老婆工作，我也想晃晃悠悠地离家出走。"

美根子从心底透出难忍的寂寞，闭上眼睛。

死乞白赖地追着俊三没追成，却三更半夜跟一个想和自己结婚的人开车跑，实在不可思议。刚才俊三消失在新桥车站人流里的背影，与去年两人在大川边上的旅馆过夜后，俊三第二天早晨的笑脸重叠在一起，浮现在眼前。那天早晨，打算从此销声匿迹的俊三似乎如释重负，他与美根子共度一宵，感到心满意足。

但是，美根子的心灵备受伤害。"我没能抓住他。"这种幽怨与懊恨积郁心中，她非但不能就此罢休，反而对俊三如饥似渴地恋慕。

春天来临

　　田部寄来歌舞伎演出票，让敬子左右为难。票是三张，其中两张给敬子和弓子，另一张田部大概是给朝子的，没有清的份儿。昭男和田部夫妇他们大概也去。

　　敬子没有陪弓子去的勇气和自信。事到如今，弓子和昭男没什么可相亲的……但是，也许田部在郑重其事地制造这种形式。

　　"让清替我去。"敬子想出个好主意。

　　清和弓子一去，田部也该知道他自以为是的安排不可能顺利进行。至少昭男心知肚明，即使对弓子心有所动，也会知趣而退。

　　敬子把票放在钢笔盒里，但她不对弓子和朝子说自己不想去。

　　"看歌舞伎啊？好几年没看了。"弓子兴高采烈。

　　既然弓子满不在乎，敬子当然不能显露出为难棘手的样子。她觉得弓子在这段不和自己一起生活的日子里变了样。虽然说不清楚具体在哪儿发生了什么样的变化，但无疑变得富有女人气质了。两三年前的朝子也是这样。现在弓子脱下校服以后，格外注意自己如何化妆、洋装是否得体这些装束打扮的效果。她穿上一件并不新的对襟毛衣，也要在镜子前又是摸看领子，又是把下襟翻上翻下，让敬子撞见还不好意思。她对新的东西、别人的东西尤其敏锐地关注。

　　她比朝子个子小，却想穿高跟鞋。"妈妈的鞋我穿着正合适。"她把敬子的仿麂皮黑高跟鞋套在自己脚上，按着裙子欣赏高跟鞋，还久久地坐在敬子的三面镜前，细致地修磨指甲。

　　弓子以前不是这个样子。

　　弓子把敬子最近使用的黑玫瑰色口红也抹在自己的嘴唇上，敬子发现后，对她说："弓子，你不适合这种口红。妈妈有颜色更亮丽的，现在不用了，给你。"说罢，她就从手提包里拿出橘红色的口红放在弓子手上。弓子将嘴唇上原来的口红擦掉，重新抹上橘红色口红，一照镜子："啊，真红！"她用舌头稍稍一舔："这个口红味道好。"她忽然回头对敬子说："妈妈您抹这个不是很好吗……我也给您抹。"然后弓子抱着敬子的脑袋，在她嘴唇上抹口红。

"妈妈，您就跟那时候一样，显得又年轻又漂亮。"

"那时候是什么时候？"

"就是朝子姐姐结婚那一天。妈妈那时候就用的这个口红吧？您自己都说像二十岁的姑娘。"

那个时候，敬子就抹着这个口红和昭男接吻，她用手绢擦去沾在昭男嘴唇上的口红。这块手绢一直没洗，现在还小心保存着。她一下子脸红了。

敬子感觉到，正如朝子从她这儿拿走各种东西一样，弓子也无意识地、极其自然地开始侵占她的领域。

"妈妈，这个好。"弓子的手依然搭在敬子的肩膀上。她似乎已经不再是一个少女，而是一个女人。

鲜艳的红唇映在两面镜子里。敬子慌忙擦掉口红。

弓子走后，敬子静静地坐在镜子前面。陪着弓子出现在昭男面前，简直是经受酷刑的折磨。

弓子现在还悄悄地爱着昭男吗？敬子心中的疑云时常升起，而且每次都燃烧成青焰，使她黯然神伤。弓子的心实在难以捉摸，敬子想弄个一清二楚。她开始仔细观察弓子。

弓子对清的态度似乎有所转变。敬子从清的变化中也可以感觉出来。他不像以前那样愁眉苦脸、心烦意乱，转来转去地追弓子。敬子在楼下照应店铺，下班关门上楼，有时看见清正和弓子谈天说地，有时还加上芙美子三个人玩扑克游戏。弓子对清不再躲避，是她对清的隔阂已经冰消瓦解，还是仅仅因为她长大了能够应付自如了？

敬子正在重新抹黑玫瑰色口红，弓子穿着灰裙子和红毛衣进来。

"是要出去吗？"敬子问。

"去'大波斯菊'剪头发。妈妈一会儿也来吧。"

"我不去了。"

"可明天要出门，妈妈不愿意做发型吗？"

"明天我不想去看戏了。"

"怎么啦？"

"总觉得身体还没完全调过来。看戏的时候要是痒痒起来，多讨厌。"

敬子得流感发烧以后，得了皮炎，像一种过敏性顽症。以为消下去了，手臂和脖子上又出现荨麻疹似的红斑，发痒。现在她每天都去医院进行静脉注射。

"我想让清替我去。"

弓子盯着敬子看了看，说："头发一剪短，这个地方特别容易脏。"她一边拢起脖颈的头发，一边轻松地走出去。

敬子了解弓子的脾气，在自己身边特别爱使小孩子气，但今天竟然没有纠缠着自己非陪她去看戏不可。这使敬子产生了新的不安。

清一回来，敬子就对他说："清，明天你替我去看歌舞伎，是田部先生给的票。同时监督一下朝子和弓子。"

"监督？监督什么？"清不解地回头看着母亲。

敬子赤身裸体站在镜子前。她刚刚在大海里游完泳，水珠在胸脯上流淌，乳房丰满坚挺，肚子平坦光滑。

她梦见自己做了个美梦。镜中的门打开了，昭男进来，扔给她一条大浴巾。浴巾像降落伞一样张开飘落下来，裹住她的身体。她用浴巾的一角擦脸，脸上并没抹眉黛和口红，浴巾上却黑一块、红一块。莫非眉毛脱落了？敬子惊惧得大叫一声，睁眼醒来。

但是，敬子又在迷迷糊糊、似睡非睡中，梦见自己赤裸着冰肌雪肤落落大方地和恋人约会，那甘美销魂的愉悦久久在体内颤动。

"什么鬼天气！"敬子听见弓子的声音，还有清的说话声。

此时已是早晨。外面风声四起。

"风很大，可是一点儿也不冷。今年春天会不会来得早？"弓子说。

"这几年，过了三月还下雪，倒春寒。"清回答。

敬子也起了床，从盥洗室的小窗户望着白云翻浮的天空。噼里啪啦的雨点掠过去，露出湛蓝的天色。

吃过早饭，朝子冒风出去。

一会儿，下起雨来。上午没有顾客。川村翻看着报纸。敬子用杯子给卡特兰浇水。这已经是第四盆卡特兰了。

"老是同一种花。"川村说。

"对。客人什么时候来都能看到同样的花，我觉得这样好。"

"换成蔷薇花怎么样？"

"过些日子。"

"夫人的蔷薇扔在目白那边，太可惜了。能不能盆栽？"

"盆栽也好什么也好，现在这样靠零星时间伺候，开不出好花，雇人又不值得。"敬子想起扔掉蔷薇的时候，正在热恋之中。

"夫人，今天报上说，培养出了一种蓝蔷薇。"

"蓝蔷薇？"敬子也坐下来看这段报道。

英国蔷薇育种专家麦卡克莱迪花费十年时间和合计一百五十万日元的巨资，于去年培育出世界第一株"蓝蔷薇"。这个新品种可四季开花，花瓣大、花形美观、香味浓郁，而且抗病力强。日本已进口，预计在五月份举行的"春季蔷薇花展"上展出。

"你瞧，培育蔷薇就这么难。我要再种蔷薇的时候，就不要这些橱窗、门窗、镜子了，一个人和蔷薇生活在一起。"

雨悄悄地停了，天空的云彩透出薄薄的浅紫色。

"风停了，我去打针。"敬子站起来，"我要是隐退下来，能栽培蔷薇也不错。"

"不行，不行！夫人您一辈子都不能隐退。"川村说。

"这可难说。和蔷薇一起过日子，总比去自杀或跟社会过不去好吧？"

"岛木先生大概也是避世隐居、与蔷薇过日子的心境吧？"

川村不由自主地送敬子到门外。敬子觉得他还在看自己的背影，但没有回头。

得了流感后，敬子一直在附近的医院看病。这个时间，医生正准备下午的出诊，一般病人不多，但今天大家可能都等着天晴后才出来，坐在候诊室的椅子上等候。敬子翻看着摊放在膝盖上的电影杂志。

敬子出来也没跟弓子打个招呼，要是天气转晴，因为是看歌舞伎，弓子也许想穿和服……她仿佛觉得弓子会打电话来让自己给她系腰带。但是，最近弓子不像以前那样对敬子撒娇了。朝子会不会给她系腰带？朝子也可能从外面直接去歌舞伎座。

昭男见过弓子穿和服吗？朝子结婚那一天，弓子穿的是塔夫绸的礼服，所以他还没见过。朝子今天当然是洋装，就弓子一个人穿和服，这不成了相亲的装束打扮吗？弓子穿和服更显得温柔秀气、美丽动人。

"白井女士。"护士叫她。

皮炎可能是流感的后遗症，只能静脉注射。注射药剂除了钙还配了其他成分，从撑开的血管注射进去，令敬子有一种温暖的感觉，但没一会儿她就犯困了。现在皮炎已经消失，但她浴后和活动身体后有点儿发痒，若不注意也不觉得。敬子想今天最后看一次就不来了。

"可以了。"医生说。

敬子还有一件事想问医生。她从一月份开始一直没有来月经。说更年期似乎还早了点儿，但经常听人说"早期更年期症状"。自己会不会也得了这种病？外表也好、情绪也好，都很健康年轻，女性的月经怎么忽然就不来了呢？但是，敬子像黄花闺女一样在医生面前羞于启齿。她还担心会不会是怀孕。这不是不可能。她怀清和朝子的时候，很快就有反应，浑身发冷，食欲不振，马上便意识到自己就要做母亲了。可现在食欲旺盛、精力充沛。不是的。敬子自我否定。而且医生细心谨慎的诊断也令人害怕。

敬子从医院直接回来，在店门口往里瞧一眼，自言自语道："没客人。"川村没发现她。敬子没进店，却进了隔壁的"大波斯菊"。

敬子刚才想躲开要去见昭男的弓子，决定在清和弓子出门以后再回来。她在"大波斯菊"要求用香波洗头，然后冷烫。

"要花整整两个小时吧？"

"啊，尽量快一点儿。"美容师说。

"不，没关系。这个天气，反正店里也没客人。"朝子结婚的时候，她匆匆忙忙烫了个头，现在头发长了。虽然必须死板地长时间坐在椅子上，但比起回到店里无事可干心神不定，还是轻轻松松地把自己交给别人摆布好。头发被分成几绺，用粉红色的卷发夹夹住。

敬子忽然惴惴不安，自己和俊三生活的六七年里一次也没有过。她似乎已经遗忘了这种事。当年确实也想和俊三生一个，希望把纯洁无瑕的新生命抱在怀里，这无疑是对俊三爱情的象征。但后来她觉得自己不会有了。等到和俊三闹别扭以后，心想幸亏没和他生下孩子，不然更遭清和朝子的讨厌，也让弓子伤心。

去年秋天，敬子和昭男看完蔷薇花展、走上百货商店屋顶的时候，她说自己现在要是二十岁的话，就想要孩子，让昭男大吃一惊。其实，那是女人从内心深处发出的一种爱的梦呓、空想的梦话。如今已经分手，难道还……昭男年轻英俊的相貌在敬子的心间浮现，她困惑害羞，眼前的一切仿佛消失得无影无踪，身上沁出细汗。

"夫人，是不是身体不舒服？"美容师问。

"没有。"敬子努力控制自己，表现出平心静气的样子。可这到底是更年期的征兆，还是怀孕的征兆？为女人身体上发生的残酷而讽刺的疑虑感到束手无策时，敬子又不由自主地想到自己的年龄。

给头发吹风的时候，美容师说："昨天您的小姐来了。我都看呆了，从学校毕业以后，出落得多么标致啊。美容院的隔壁就是漂亮的珠宝店，还有如花似玉的小姐，我也非常……"

敬子闭上眼睛。年轻的美容师一边从鬓发上拔下发针，一边说："像今天这样天气变化无常，很少见。又下起雨来，气温下降了。"

敬子谢绝美容师的雨伞，顺着屋檐回到店里。冰凉的雨水淋湿了脸颊、双手。店里还只是川村一个人。

"您去哪儿了？他们坐车出去了。"

"坐车？"

"啊，是车子来接的……"

"谁来接的？"

"谁来接的？就是车子啊。夫人您出去没告诉他们，弓子说先去医院找您。"

"我就在隔壁嘛。"敬子转过身，把椅子拉到炉子旁边，坐下来搓手烤火。

川村看着敬子丰厚晶莹的乌发，奇怪她的年龄怎么好像一直停留在过去的时间里。他说："您在隔壁，告诉我一声就好了……"

"弓子是穿和服出去的吗？"

"很好看。"

"噢。"

"又穿和服，又烫头发。这么个天气女士们还讲究打扮，我算服了。"

"照你这么说，戒指也应该很好卖啊？"敬子顶他一句。

"没有，今天没有……"

"川村，你可以回去了。这么个天气，也不会来客人吧。"

寒冷萧瑟的傍晚，连雨声都显得阴暗昏沉。

"刚有了点儿春天的气息，天气又冷下来。"

川村说完，望着外面。这时，一辆小车停在店前。川村机灵地立即开灯。车上的客人径直推门进来。

敬子简直不敢相信自己的眼睛。来人正是昭男。她下意识地一下子站起来，惊愕地僵在那里。当她抬起眼睛的时候，昭男已立定在眼前。

"您不是生病了吗？我还以为您躺着呢。"

"您是来探病的？"敬子低声说。她相信昭男说的，但出乎意料的震惊使她的心情无法平静，不知说什么好。她不知道昭男从哪儿来、为何而来。在这近两个月的日子里，敬子时时刻刻都想见昭男，但又害怕见到他，甚至连街头的邂逅都害怕。现在，在明亮的灯光下，两人相对而立，她觉得全身血管都在扩张。

但是，川村就在旁边。

敬子请昭男坐下，自己坐在他对面。昭男连雨衣都忘了脱。面对着仪容俊秀的昭男，敬子的心头涌起犹如昨天刚刚相会过的亲热而温柔的情感。

"您今晚也去看戏，还没去吗？"敬子的口气很温和随便。但那次不愉快的分手，她并未忘却脑后。

但是，昭男避开敬子的眼睛，烦躁地点燃一支烟，甩过来一句话："您装聋作哑，这会成什么样子？"

敬子一听，心里发毛。

"我哥哥的做法，您一开始为什么不明确拒绝？"

"您是指弓子的事吗？"敬子犹豫地试探。

"您不是清清楚楚地知道我没有资格这样郑重其事地见弓子吗？"

敬子极力忍耐克制着："一开始我以为是您对朝子和弓子采取主动，看来是误会。"

"哥哥死钻牛角尖，您一句话也不说，才促成了这个机会。"

"可是，我……"

"清代替您去。清……"昭男欲言又止，却用自我嘲笑的口吻说，"您是想捉弄我。而且就这么做了，还装聋作哑……"

"为什么我要捉弄您？"敬子嘴上这么说，心里发慌。

敬子盘算，清代替自己去，田部就明白他的如意算盘不能如愿以偿，昭男也会心知肚明，知趣而退。看来这一招立竿见影。用昭男的话说，是"捉弄"。

但是，看到昭男像受到奇耻大辱似的气势汹汹打上门来，敬子又后悔和恼恨。昭男是对自己处境的尴尬可悲忍无可忍，才中途退场跑来的吗？如果是这样，他的激动不正好证明对弓子有意吗？证明他与敬子分手后仍然对弓子念念不忘吗？也许正因为以前一直对敬子怀着好感，才这样怒气冲冲上门算账来的。敬子更想了解昭男的心了。

但是，川村还在店里，敬子不便坦率直言。

"是中途溜出来的吗？"

"嗯。我编造说还约了个病人。"

"那您还回去吗？"

"回去？"昭男目光锐利地看着敬子，"别挖苦我！今天我算知道自己傻到无可救药的地步了。"他像克制着一种什么情绪："我本来打算今晚见到您和弓子以后出去旅行。"

昭男把香烟在雕花玻璃烟灰缸里掐灭后，站起来。

门"砰"的一声关上了。他的背影立在店铺门外的灯光里，然后似乎在叫出租车，举起手往前走去。从马路对过传来出租车拐弯停车的声音。

敬子连说一声"再见"的时间都没有，连送行的机会都没有。她茫然呆坐，把一旁的川村忘得干干净净。

旅行？他说打算去旅行……敬子忽然一心想跟他一起去旅行。但是，他说"今晚见到您和弓子以后"，这是什么意思？旅行是为了摆脱烦恼吗?

　　昭男很痛苦。不仅对敬子愤恨,而且对自己厌恶,这实在少有,他难以控制动荡的心灵。现在,除了敬子的事,昭男不会有其他的痛苦了。看来,他并不因为和敬子分手而心情舒畅。说不定他的痛苦中还缠绕着对敬子的思慕之情。在歌舞伎座见到久违的弓子,然而她跟清在一起,于是昭男如坐针毡,才如此失态,不顾一切地跑到敬子这儿来。因为敬子,自己才失去弓子,也许昭男悔恨交加。总之,他已经失去了平静。

　　他表面上来责怪我,其实是向我诉说心中的痛苦。他对我还保留了这点儿温情。这么一想,敬子渐渐平静下来。她觉得现在除了像母亲或姐姐那样爱护关心年轻的昭男以外,无法从苦恼中自拔。

　　准备回家的川村从大门探出半个身子:"夫人,您休息吧。星星都出来了。"敬子如梦初醒似的抬起头,说:"川村,那个人来的事不要对清他们说。"

　　川村依然看着外面,点点头说:"看看今天的天气就知道今年气候反常,早上还很暖和,现在又冷下来,说是快入春了,还这样。"

　　"……"

　　"夫人,您注意着点儿。"川村交代一句,便回家了。

　　敬子锁门熄灯,上了二楼。一个人索然无味地吃过晚饭,对女佣说:"我上床躺着,不睡觉。你收拾完先休息吧。"然后她把布袜子和腰带脱下,和衣躺在床上。清和弓子看完歌舞伎回来会问什么问题?弓子的绝色不仅让清,而且让昭男神魂颠倒、痴迷着魔,敬子实在无能为力。

　　不大一会儿工夫,她听见车子停在门口的声音。敬子正用脚尖寻找拖鞋的时候,芙美子过去开门。敬子又坐回床上,膝盖以下钻进温暖的毛毯里。

　　楼下传来热闹的声音。敬子没有下去,感觉到四周的冷清。

"晚安！"是弓子快活的声音，然后她从楼梯跑了上来。

"你们回来啦。"敬子说。

"妈妈，您还没睡啊？我回来了。"

"怎么样？"

"外面很冷。"弓子又冷又累，忽闪着明亮的眼睛。

"戏怎么样？好看吗？"敬子试探着。

"好像很有趣，可是看不懂，而且总觉得心神不定。"

"为什么会心神不定？"

"可能因为看不懂吧。"弓子一边说一边转过身让敬子看腰带，"腰带系得别扭吗？"

"你一个人系得还真不错。"

"妈妈你不在，我让芙美子帮着系的。和服和腰带都弄得皱皱巴巴不成样子。"

"这样系就可以，前面也让我看看。"

弓子像玩偶一样慢慢转动身子，说："妈妈，你去哪儿了？我还到医院去找你了。"

"就在隔壁。"

"就在隔壁啊？"弓子看了一眼敬子的头发，没有怀疑。她解开腰带上的细带，又将后背对着敬子，那意思是自己还不太会解腰带，让敬子帮忙。

"朝子呢？"

"姐姐说要排练，最后一场没看先走了。她说今晚住在排练场附近的朋友那儿。"

"真拿她没办法。住一天换一家，太不像话。"敬子半是开玩笑地说，到底掩饰不住心头的不安。

弓子把和服与和服汗衫放在床上："没有榻榻米的房间，不好叠。"

"穿和服看歌舞伎的人多吗？"

"最近穿和服的人多了，连这样的天气都不少。"

"以后外国人到店里来，你就穿和服当翻译。"

弓子换上法兰绒睡衣，外面罩着长棉袍，到盥洗室去了。敬子下床追上去说："弓子，是洗澡吧？"

"不洗。洗完澡，身子暖和，睡得太酣。"

"酣睡不是很好吗？反正明天是星期天。"

"星期一开始就是'铅周'。"

"铅周是什么意思？"

"就是考试。上床后还想看会儿书，不然没时间。明天下午还要出去。"

"去哪儿？"

"好地方……"

"好地方是哪儿？"

"好地方就是好地方。"弓子笑着重复一遍。那笑容带着些许少女的羞涩，敬子怀疑她会不会和昭男悄悄约会。

"我是弓子的监护人，你不告诉我去哪儿，就禁止外出。"

"妈妈，还是考试嘛。"

敬子的心这才松懈下来。

弓子明天下午参加的是就业考试。其实她觉得不去也可以，但还是想试试自己的水平。再说，如果考试合格，敬子又同意的话，还有出去独立工作的可能。她并没有死心。对敬子说要参加就业考试，她一定不让去，所以神神秘秘地说去一个"好地方"。

弓子在盥洗室洗了脸和手脚出来。敬子看着她擦掉淡口红的嘴唇，说："今天打扮得很漂亮吧？"

弓子只是点点头。

"弓子还是不抹口红好看。抹浓口红，嘴唇会变色。"

"是吗？"

"时间长了就会变色，同时也跟年龄有关。"

"……"

"清不上来了？"

清回来也不打招呼，敬子觉得有点儿蹊跷，便下楼转一转检查门是否锁好，然后走到清的房间，看见清坐在桌前。屋里烟气袅袅。清低着头，台灯的灯光映照出他的侧面，从脖颈到肩膀的姿势跟已经去世的父亲一模一样。

"还没睡啊？"

"嗯。"

"要不要吃点儿什么？"

"不要。我想吃自己去厨房找。"

炉子上放着水壶烧水。

"要咖啡吗？"

"我自己来。"清头也不回。

"记着关煤气开关。"敬子轻轻地出了他的房间。等她洗完澡，躺在床上，弓子还没睡，被子边上露出课本。敬子想可能是去了歌舞伎座精神兴奋的缘故。

"妈妈，扇雀……"弓子激动得声音都变了调，"我的朋友对扇雀崇拜得五体投地。我真不理解那些名角影星狂热崇拜者的心情。"

"是一种向往吧。"

"妈妈也有向往吗？"

"在你现在这个年龄的时候，也迷过很多东西。"

弓子继续看了会儿英语书，说："田部大夫今天晚上好像心情很忧郁，看一会儿就走了。他哥哥笑话他可能失恋了……"

敬子想说他是为你失恋的，但说出口的却是："田部先生净开这样的玩笑。"

"他还笑得挺开心。"

敬子一下子心口堵得慌。弓子搅得男人如痴如醉、魂不守舍，自己还没有意识到，她简直就是一个小妖精。敬子转过身背对着弓子闭上眼睛，手放在肚子上，这里面还是一个谜。

"看不进去了，我睡觉了。晚安。"弓子熄了灯。

田部说昭男失恋，他在歌舞伎座看见了什么？敬子想从弓子嘴里多探听点儿情况，却又烦自己这样做。田部看到昭男中途逃走，一定明白自己的如意算盘没打好，也会看出昭男对弓子一往情深。清和朝子又是怎么想的呢？其实，敬子最想知道弓子是否意识到了昭男对自己的爱却佯装不知，以及是否意识到了自己对昭男的爱。

在朝子的婚礼上，弓子对昭男的表示大胆得旁若无人，她自己是否意识到了呢？今晚让清陪弓子去看戏，这样做也许同时伤了昭男和清两个男人的心。昭男那样大动肝火找上门来，至少说明他对敬子怨艾恼恨。昭男说得有道理，田部请看戏，可以婉拒。实在拒绝不了，自己就硬着头皮去。既然十分珍惜与昭男相爱的那些记忆，就应该无论什么时候都忠实于自己的感情。心灵必须始终真诚。让清代去，这对昭男、弓子和清都缺乏真诚。难道我对任何人都缺乏真诚吗？敬子缩起两腿，把膝盖并在一起。

把俊三逼出家门，肯定是因为自己对他缺乏真诚。敬子想起俊三离家时候的情景，不禁悔恨交加。而且美根子发了疯似的寻找，更让敬子内心惭愧。

弓子出走、与昭男分手，恐怕都可以归咎于自己的爱缺乏真诚。

清也好，朝子也好，小时候都没过上好日子。

难道现在要抛弃自己的一切，把真诚奉献给所爱的昭男和弓子，让他们结合在一起吗？

敬子淌下冰冷的泪水。

第二天中午过后，清和弓子一起出门。敬子看着他们的背影，心里掠过一阵不安。

没有生活的生活

今年春天，美根子的弟弟从四年制高中夜校毕业后报考公立大学。她就这么一个弟弟，希望弟弟大学毕业后能找到一份稳定的职业。她一算，弟弟大学毕业时自己三十岁，心里不免悲凉。自己还要咬牙继续干几年女招待，弟弟才能经济上自立。虽然现在两个人生活没问题，但女招待毕竟不是稳定的职业，今天不知明天事，心里不踏实。

当陪酒女郎替哥哥、弟弟挣学费的姑娘不在少数。

"不是指望他毕了业来养我，可那时候，我都成老太婆了，谁还要我？"

"为孩子也一个样，这个包袱得背一辈子。"

"为了弟弟，我是没结婚守活寡。"

店里的姐妹们都这样感叹自己的身世。

美根子在夜总会当女招待，弟弟也就停止打工，埋头苦读，专心致志地准备高考。她下班回家，累得倒头就睡，弟弟仍然在用功学习。看到弟弟这样拼命，她也觉得有奔头，心里憋着一股劲儿。

"考不上就浪费一年，对不起姐姐。"弟弟也很懂事。

美根子学会了对客人阿谀奉承，也学会了陪客人喝酒聊天，她只希望每天能多得到些小费。

无论什么时候，只要他出来，随时都可以帮他一把。美根子片刻不忘俊三。

那个寒风萧瑟的晚上之后，东野依然频繁出入"快乐"，时常悄悄地塞给美根子小费，还有带扣等小装饰品、香水等化妆品，给了不少接济。别看这些小东西不起眼，要买起来开销也很可观。

"你想要什么？"东野问。

"想要布袜子。"美根子觉得要这种家庭生活用品显得亲切。

"哦，布袜子……一起去武藏屋量一下你脚的尺寸，需要多少就定做多少。"

"谢谢。我还从来没穿过定做的布袜子。"

这样，美根子和弟弟的生活也就不知不觉地比以前手头宽裕一些。

东野虽然是这儿的熟客，却总是呆头呆脑，笨拙地一小口一小口抿着威士忌，既没有风趣，也不觉得怪异。但是，他不动声色的温情越来越像俊三。美根子和他相对而坐时，会情不自禁地思念俊三。下班以后，东野用雷诺送她回本乡似乎成了惯例。

有一次，东野在车里说："我非常喜欢你。你知道吗？"

"知道。"美根子诚实地回答。

"那你能把工作辞掉，跟我结婚吗？"

美根子脸颊发烧，没有说话。

"我的家庭情况，高尾君都对你说了吧？"

"嗯，连家里有电冰箱、洗衣机都说了。"

"这无关紧要，我第一次结婚后还生了个孩子。"

美根子装作知道的样子点点头。

本来可以坐在车后座，美根子却坐在开车的东野旁边。自从那天晚上和高尾、宫子四个人一起坐车、自己不得已坐在前头以来，两个人的时候，她也和东野并排而坐。虽然让客人开车、自己却像乘客一样坐在后排很不合适，但坐在前面无疑多少含有轻薄媚态的意思。

美根子有点儿紧张。

"等你那个心事了结以后也行。"东野把车停下来，看着红色信号灯。

后面车子的前灯朦朦胧胧地映照着后排的空座。这条路正在修地铁。车往十字路口驶去的时候，美根子明知故问："你说我的心事是什么？"说完，她自己也觉得脸红。

但是，东野不慌不忙地说："就是那个叫岛木的人的事，我也可以和你一起找。怎么样？"

"……"

"你是想和他一起过吗？"

"不是那么回事。"美根子急切否定，却眼中含泪。

美根子很早就失去双亲，身世不幸，只好做工艰难度日，含辛茹苦。后来被俊三好心收容，在他的公司里工作。即使如此，她也依然像小猫一样提心吊胆、逆来顺受，但心底对俊三的爱恋成了支持她生命的源泉。直到破产失败的最后时刻，俊三似乎才理解她的心。虽然她欲火炽烈，但俊三虚弱无力，只是惆怅悲伤地拥抱她，并没有占有她。

这反而成了美根子的憾事，一直不可思议地挂在心头。哪怕一次也行，我一定要成为他的人。她无法抑制肉体的强烈欲望，只是这与女儿牵挂父亲的心情大相径庭。

美根子对俊三毫无所求，只是想让他占有自己的一切。如果俊三需要，她肯舍生忘死、在所不辞。但俊三就像冰冷的影子，她无法抓到手里。她饱尝断肠思念的折磨。

"了结不了。"美根子声音忧郁低沉地回答。

车子在本乡大街上奔驰。看来今晚东野直接把美根子送回家，不会节外生枝。即使车走的方向不对，她大概也不会叫嚷。她感到放心，同时也感到不够尽意。

"弟弟在学习。不过，您不上来喝杯茶吗？"美根子说。

"今天就算了。"

"怎么啦？"美根子的大眼睛注视着东野。她奇怪自己为什么会这样。但东野摇摇头，说："明天去找岛木吧。"

美根子吃了一惊，委婉地拒绝："其实，我想最好和岛木的女儿一起去……"

东野伸出手和美根子握手，久久不肯松开，说："到了我这样的
岁数，第二次结婚有时候就不能操之过急。"

第二天，美根子一边听着附近小学孩子们的高声喧闹，一边从
窄小昏暗的楼梯下来。她今天比平时早出门，打算上班前先去一趟美
容院。

她一眼看见鲜红的雷诺停在破旧板墙的出口处。驾驶座的车门
开着，东野笑眯眯地等着她。雷诺在银座像一只甲虫，在这儿却显
得轻便灵巧、漂亮潇洒。美根子情不自禁地跑过去，激动地说："啊，
您什么时候来的？"

"刚来。"

"您不下来看看我的家吗？"美根子含着女性的亲切说，"虽然乱
哄哄的。"

"你要出门吧？快上车。"

美根子习惯性地坐在东野的旁边："对不起，现在上班还早，我
打算先去美容院做头发。"

"午饭吃了吗？"

"我不用了……"

东野开车往御茶水方向驶去，平静地说："送你去岛木可能在的
那个地方吧？"

"啊，这……"

东野说到做到，而且说干就干。美根子则掩饰自己的犹豫不决，
说："您真是热心肠。"

"啊？"

在早春的街道上，雷诺一会儿跟在装载着褐色奶牛的卡车后面，
一会儿超过崭新的帕卡德车，从神田奔向日本桥大街。

坐着东野的车寻找岛木，要是被岛木看见，他会觉得受到怎样

的侮辱啊！他会说一句"祝你幸福"甩手走开吗？美根子仿佛看到了岛木的微笑，一阵伤心。然而，当她无意间发现现在所谓的幸福就是和东野结婚时，忽然觉得在窄小的前排司机座，两个人身体挤靠在一起有些憋得喘不过气来，便稍稍打开车窗。

美根子渴望自己的身体与岛木结合在一起，她不知多少次受到这种无法抑制的强烈情欲的煎熬。

车子快到银座四条街的时候，东野问："往哪儿去？"

"要去的话，我一个人去。"美根子说。

"随你的便，我见了他也不管用。"

"那您为什么要送我去找岛木？"

"让你心安理得。"东野轻松地回答，"好吧，去哪儿？是新桥方向吗？"

"不，圣路加医院后面的河边。"

东野的雷诺往筑地方向驶去。

前面就是河流。美根子慌忙说："行了，就停在这儿。"

东野停车后，点燃一支烟，说："我在这儿等。"

美根子没想到东野心地这么好，却又怀疑他是否以愚弄自己为乐。东野关上车门。美根子用手指头敲着窗玻璃说："要是找到他，我就不回来了。"

美根子脸色苍白紧张，像刁悍的恶妇一样闪动着难以捉摸的目光。她双臂抱在胸前，朝河边走去。

河水泛动着暗淡的光影。但是在早春阳光的映照下，一切都显得明媚亮堂，住在棚子里的女人们有的在洗衣服，有的在门口热闹地聊天。她们对美根子这样显眼的外来者并不十分在意。美根子前一次来的时候就觉得像岛木这样无依无靠、无处栖身的外来户要在这儿占有一席之地，绝非易事。跟前一次不同的是，道路中间竖着"正在施工"的告示牌，巨大的机器不断地挖土、装土。于是，这个棚户区好像被切成两块。棚子在起重机的隆隆轰鸣中颤动，但似乎谁都满不在乎。

美根子看着比前一次更显得无所归依的流水，还有船上理发店。一艘破船上开着一家理发店，美根子好奇地看着价目表。船体斑驳剥裂，一根竿子随波荡漾，既不流走也不下沉。她目不转睛地看着，好像自己被拖入混浊的流水。

一个女人把湿漉漉的烂菜帮垃圾倒在河里。美根子问道："请问……我打听一个人，五十岁左右，名叫岛木……"她鼓足勇气说，"原先在浅草，听说到这儿来了……"

女人没有反应，只是懒懒地站着。

"您知道吗？"

"嗯……"

"长得很精神，不爱说话。"

"你说的是老健吧？不爱说话……"

岛木不可能在这儿公开自己的真名实姓。

"这个老健，我想见见……"美根子抓住不放。

"你是他家里人吗？"女人上了年纪，说话就变得粗鲁。她两手插在条纹磨破的裙裤里。

"他住在哪里？"

"你是他家里人吗？"

"我是找人。不知道是不是他，他做什么呢？"

"本来就是一个流浪汉。"

美根子想，如果说自己是寻找下落不明的父亲，说不定这个女人会热情帮忙，看来她的嘴没有什么遮拦。

"这个流浪汉是文带来的。文的老婆把自己的活儿让他干，自己跟文出去旅行，所以他给文看家。大家都忌妒他。"

美根子听得有点儿糊涂。接着那女人喋喋不休地扯了一大堆与老健无关的莫名其妙的话，美根子听着听着，觉得她脑子不太正常，

534

心里越来越没有把握。女人的年龄也看不出来，有五十多岁。

美根子从女人颠三倒四的话语中理出老健的部分来，整理一下，大概是说文这个捡破烂儿的把老健这个别处的流浪汉带过来。文从去年年底和一个名叫金的女人同居，他们出外旅行，就叫这个流浪汉给他看棚子，这是为了金能接得上活儿。就是说，老健既守棚子也守工作。他们出外旅行，从东京到京都、大阪走个来回，至少要花三个月。

美根子听到这儿，脸上终于露出一点儿笑容。

"这三个月里，有时就空着，有时让别人住，以前也是这样。"

那种新婚旅行也好，或其他什么也好，在东海道晓行夜宿，他们当然不会住旅馆，多半窝在稻草堆里过夜。据说女人躺在稻草堆里，头发闷热不透气，有一种味道，睡得特别香。

美根子忽然幻想起自己和岛木一起风餐露宿去旅行。她问道："为了让金能接得上活儿，是什么意思？"

"那可是好活儿。"

金的工作是在附近电影院终场后打扫卫生，还帮银座后面一座楼房地下室的酒馆做开店前的准备。对于住在筑地河边棚子里的女人来说，这种工作实在令人羡慕，抢都抢不到，一旦丢掉，很难再有这样的好活儿。按一家月收入两千日元计算，如果能拿到三家的活儿，一个月就有五六千日元。文两口子把棚子和工作交给别人看管，自己却自由自在地外出旅行，而老健居然捡到了这样的美差。眼前这个女人对此似乎带着女人的忌妒。"等文从京都、大阪一回来，他就会被赶出来，活儿也得被收走……"

可是，这个女人在看棚人的名字"健"的前面加一个"老"字，是否说明那个流浪汉为人不错呢？如果是这样，倒像岛木。

美根子听到文的老婆的工作，倒想起以前见过剧院演出结束、盛装艳服的观众散场时，一个低头缩肩的人影站在后门的昏暗处等着干活。另外，酒馆和小餐馆里客人吃喝闹腾到半夜三更，杯盘狼藉散伙而去，店里的服务员也不收拾，各自回家。第二天一大早，就有那些不起眼的人来打扫，还要听从店里的女服务员使唤，给她们跑腿。有的酒馆没有住店里的服务员，便雇计时工打扫卫生。美根子自己就是干这一行的，对这个很了解。这些人报酬微薄，干活却很卖力。

岛木难道也干这活儿吗？

在意想不到的地方往往会有意想不到的工作。如果在地下室的小酒馆、小餐馆开门之前，趁着店里还没人，迅速把活干完就走，不会遇见任何人。

"那个叫老健的人长得很文雅吗？"美根子问。

"不知道。"

"他在哪儿？"

"住在文的棚子里。"

"他的棚子在哪儿？"

"不在这儿，你问别人去。"女人显出不耐烦的样子，开始往自己的棚子走。

"他什么时候在棚子里？"

"不知道。现在大概出去了，早上没事睡懒觉吧。"

一群小孩子叫喊着跑过来，撞在美根子身上。他们用碎木片当手枪，玩西部片游戏。美根子看着木片手枪和孩子们一本正经的表情。

那儿的棚子里有人进进出出，那些棚子不是正儿八经的房子，都是用什么东西支在地上。

虽然美根子穿着漂亮鲜艳的服装，与这里的环境气氛极不相称，但没有人好奇地关注她，也没人理睬她。

美根子决心无论如何要找到老健住的文的棚子，便皱着猫一样短小的脸庞走去。她从去年夏天开始，一直在怀疑岛木自杀的隅田川上来回找寻；最近听说岛木从浅草跑到筑地，又在拾破烂的棚子集中的河边找了好几趟，所以对这一带的环境比较熟悉。

这儿的河流不是大川的支流。沿着从银座四条街通往歌舞伎座的电车路一直走，就是去大川岸边的胜桥，那一带污水沟一样的小河纵横交错，桥下和岸上散落着拾破烂人的窝棚。

顺着河边从新桥往东银座走不多远，便是昭和大街的桥。桥上排列着许多垃圾车，拾破烂的人在破纸堆里扒拉着。桥下浮荡着垃圾船。桥的一角堆满垃圾，腐烂的榻榻米搭靠在桥栏杆上。

银座就在附近……美根子第一次看到这些景象时惊愕不已。

拾破烂的把昭和大街的两侧桥栏作为堆放东西或者分拣垃圾的场所，这已经让美根子不可理解，她还在筑地一座桥上看见一个男人埋头把旧铁钉等废铁使劲地砸扁。在人来人往的桥上，满不在乎地敲打别人扔掉的或者从火灾废墟上捡来的破铜烂铁能过日子吗？用刨花板盖棚子，这样的钉子用得上，可能有人买。

美根子想，岛木藏身的东京的底层，真有各种各样拾破烂的活神仙啊。

昭和大街汐留车站一侧也是垃圾成山。

美根子的印象里，过了汐先桥，在沿着汐留车站长长水泥墙的河边道路上漫步，可以望见对岸的滨离宫。通往滨离宫的漂亮石桥与危险的老木桥汐先桥并排架在河上，形成鲜明的对照。过汐先桥，道路的右边是汐留车站的长墙，左边的河岸排列着拾破烂的人的棚子，对岸是滨离宫葱郁翠绿的树丛、奇异精巧的山石。

棚户区也有两三家废铁站、土建社，但怎么跟对岸的滨离宫相比呢？

棚户区的尽头是船街。所有的船顶都用木板钉得严严实实，实际上就是水上浮宅，比岸上的棚子宽敞得多，完全可以住人。有的船住两三户人家，还有的船是理发馆、小酒馆。一条小河的两岸，一边是滨离宫，一边是贫民窟，天壤之别。这种景象并不鲜见。

东京都中央菜市场前面也是一片破旧的小木屋。而且从筑地到小田原町、明石町沿途，河岸和桥下遍地树叶、垃圾，脏乱不堪。从四壁萧然的棚子里可以望见巍然矗立的东京剧场、筑地本愿寺、天主教堂、圣路加医院和美军医院。筑地的高级日餐馆、艺伎馆近在咫尺。银座高楼大厦的屋顶也历历在目，一到晚上，霓虹灯闪烁耀眼。但是，棚子的住户们就像对美根子艳丽的服装视而不见一样，对都市的繁华无动于衷，麻木不仁。

棚子前放着运木屑的车子，没有车子的人就用竹笼，没有竹笼的人就用炭包背着搬运。

有的河边排列着写有"筑地共和会"的蓝色运木屑车，还建有公共厕所，厕所上贴着写有"筑地共和会纪念事业"的纸条。这大概是当地人搞的公益事业，他们属于上层人士吧。

这一带还晒着墨鱼干。美根子惊异于在东京还做这种干货。棚子前面大多堆放着木屑和空木箱。因为屋里空间窄小，屋顶上放着七零八碎的东西。为了防止风把顶棚刮跑，还压着大石头。

美根子根据别人说的"没有门，用草席做门"的线索，费了好大劲总算找到文的棚子。

美根子犹犹豫豫地探看屋里。只见木板床上铺着一张旧草席，上面蒙着一块破布，阳光从木窗照射在床铺上。用绳子捆着的旧杂志扔在地上。除此之外，几乎没有其他家具。住在这里的未必就是岛木。她心里一阵作呕。这样把脸贴在木板上，从板缝里究竟在偷看谁的住宅呢？美根子像被棚户的主人从后面一把揪住脖颈一样慌忙离开。

如果俊三自我沦落到这种地步，她无论如何也无法接受。离开东野的车走了好远了，也许他还在等着，以后自己一个人再来慢慢找。

就在美根子匆忙往回走的时候，她忽然看见俊三沿着河边走来，她一下子僵住了。

俊三手里拿着白毛巾，好像刚刚洗完澡，脸和手脚微微发红，连胡子都刮得干干净净。他盯着美根子，显得吃惊厌烦的样子："你还真找到这儿来了。"

美根子说不出话来。

"你不要来。你干吗老缠着我？"俊三口气生硬，但脸上闪动着羞涩的微笑，并没有赶她走的意思。

美根子放心地靠近他的身旁："我来接您的。"

俊三摇头。

"不管您藏在哪儿，我都能找出来。回去吧！"

"回哪儿去？"俊三明亮的眼睛看着美根子，"真不可思议，我怎么还能听懂你的话？"

"您怎么这么说？我每天都在跟您说话。"

"我跟任何人都不再认真地说话，跟我自己都不说话。"

"我来劝您，如果您不愿意回我那儿，就回到您女儿那儿去吧。"

"你把我的情况告诉她了吗？"

"没有。不过她一定非常担心您，惦念您。"

俊三用毛巾捂住脸，肩膀松懈下来，像在偷偷地哭泣。美根子难过地说："如果您不能回去，我就到这儿来。"

"你胡说些什么！"俊三放下毛巾，盯着美根子的眼睛。

啊，就是这样的眼神！美根子知道，以前俊三有时候就用这种流露出心灵弱点的眼神看人。每当她看到这种眼神，就恨自己不能为他排忧解难尽点儿微力。

"你不了解我。不了解我！"

"我了解！"美根子在俊三的出版社工作的那几年里，就一直悄悄地爱着他，"社长，您才不了解我！"

"别再叫我什么社长了。背了一屁股债，拖着快散架的破车东跑西颠，求爷爷告奶奶，简直上天无路、入地无门。"

美根子在一旁提心吊胆地看着他。

"我这号人，已经失去了任何资格，既没有资格给予别人，也没有资格接受别人的给予。连听你说女儿惦念着我，都浑身出冷汗。"

俊三的确手腕上起鸡皮疙瘩，皮肤渗出汗珠。他在心灵深处一直自咎自责把弓子推给敬子、自己销声匿迹的深重罪恶。当他知道自己被人埋葬时，心里反而得到些许安慰，但没有因此一了百了、心安理得。

"我为了断绝人与人之间的所有烦恼，已经死过一次了。"

"虽然社长这么想，但别人并没有断绝；就是真的死了，这种关系也断不了。"

"你就是其中一个吗？"

"我都到这儿来接您了。"

"你也不要再和死鬼打交道了。"俊三转过身，走到用木条交叉成十字钉着的草席门前，然后从上面拔下一根长钉。这根钉子就是门锁。一拔下钉子，草席门就像大象的耳朵一样耷拉着，自己开了。美根子看见门口的地上放着炭炉和烧得黑黢黢的水壶。

"你到我这地方来，就不会时来运转。"俊三背对着美根子说。

"在上野吃烤鸡肉的时候，您对我说过，'你要开朗活泼，这样才能时来运转'。"

"我这样说过吗？"

"那时，还有第二天在浅草，我都对社长说过，您走到哪儿我跟到哪儿。"

"……。"

"不记得了吗？"

"忘了。在这个世界上，真有哪儿也不是的地方。"

"您说的是这儿吗？"

"对。说是这儿，也可能出于我的心情。"

"这样的日子您打算过到什么时候？"

"这儿过得快活，这儿是天堂。虽然也要跟人打交道，但关系很简单。"俊三准备进屋。

"您设身处地替女儿想一想……"

"我已经放弃了为别人设身处地着想。"

"她起先以为爸爸已经死去，现在又知道爸爸还活着……"

俊三进屋后，关上能看见河流的窗子。棚子立即像盒子一样黑暗下来。他回到门口，穿上旧布袜子，脚套进橡胶草鞋里。

美根子想到俊三平时衣冠整洁、风度翩翩，如今自甘受罪，担心他是不是心神异常。

"您干什么工作？"

"做着算不上工作的工作，过着算不上生活的生活。"俊三避开美根子的目光。

"能不能歇一天？"

"不行。在这儿稍微一偷懒，就得饿肚子。而且现在我是替代别人干活，更歇不了。"

"那个叫文的人，真是好人吗？"

"你听谁说的？"俊三惊讶的眼神中第一次闪动光芒。

"刚才听附近的一个大娘说，文一回来，您住的棚子、干的活儿都要被收回去。"

"收回去这种说法不太好，应该说还给他。不过，我没想那么远的事。再说文他们出去旅行，还不知道回来不回来呢。要是在哪儿发现比这儿更好的地方，他们也许就地住下了。住在这儿的话，他们就靠这间棚子和工作过日子，其实并不是什么命根子。这儿的人都这样……"俊三一边说一边点头，似乎也是说给自己听，然后关上棚子的草席门，插上大钉子。

"听得见河水流动的声音吗？"

"河水流动的声音？水流很小，没有声音。风一吹，可以听到河水拍打岸边的声音。你问这个干什么？"

"不干什么……"美根子想起俊三躲藏起来的前一天晚上，两个人宿在大川边的旅馆里，枕边荡漾着流水的声音。

"这个棚子盖在东京都的道路上，文回来以前，说不定就被拆掉了。"

"是吗？您不担心吗？"

"担心？"

"啊，别说了……"美根子抓着他使劲摇晃，"您不要再固执了！跟我走！"

"你才不要这样固执。"俊三把黑围巾围在脖子上，明亮的眼睛空虚地注视着美根子。

"您太过分了。"

"从某种意义上说，哪儿也不会有不过分的地方。我既然对别人毫无用处，至少不该再打扰别人，人与人的关系越简单的地方对我越合适。"

"我真不明白。也许您深思熟虑过……"

"我没有深思熟虑。"俊三冷冰冰地说，径自走开了，"你现在准备去哪儿？"

"去哪儿？有人用车送我到这儿来，我让他回去了。"

俊三疑忌地问："我的事，你怎么跟他说的？"

"我说您是我的恩人，像上帝一样……"

"上帝？"

"我一直从心底这么认为。"

俊三不知如何回答。

女儿节

敬子一边把木刻的古装夫妇人偶摆在架子上,一边说:"今年真暖和。记得住在目白的时候,女儿节还看雪景呢。"

川村忙着写明信片,通知客户新装的电话号码。他放下笔,抬起头说:"今年一直没下雪,不过这几年都是三月以后下大雪。有了电话,我在外面跑就方便多了,夫人也可以轻松一点儿。"

"可是,你亲自走一趟与只靠电话联系,给人印象大不一样。"

"印象?我这张脸给人的第一印象就不好,就为这个苦头吃多了。一听'印象'二字……"

"效果大不一样。"敬子改口说。

"我从当小伙计起就在外面跑,这算不了什么,每天净跑腿。"

"深川的店铺也没安电话。"

"那个时候,每逢女儿节,大小姐您的娃娃一摆出来,我可羡慕了。"

敬子也想起小时候过女儿节的情景。

"这个娃娃是朝子的,还是弓子的?"

"她们两个人的。"

"安了电话,弓子毕业后到店里帮忙也方便了……"

"我也想在店里帮忙。"朝子说。她坐在低矮的椅子上,两条匀称的大腿交叠着,正在整理信件。

话剧演出已经结束,广播剧的工作也中断了,朝子难得轻松自在一天。这也许就是她所说的小山不在时的懒散吧。她却闲不住又要整理东西,把积攒多时的信件撕碎扔掉。

"别都扔了。"敬子回头说。

"留着这些没用的广告干什么？"朝子拿起一张广告念道，"花球，可保持两年，真蔷薇……装饰在您的客厅、您的橱窗，还是极佳的礼品……这也要吗？"

"要。"

"娜娜烧烤店开张，位于田村町二条街。烤芝士鸡肉，味道好极了！这也要吗？"

"要。说不定去看看。"

"请我吃一顿。"

"找个时间。"

"什么时候？"朝子抬头看着正把细桃枝和油菜花放在小花篮里的敬子，"妈妈，你腋下的按扣开了。"

敬子慌得面红耳赤。

"从去年起就发胖了吧？"朝子说。

敬子好久没穿这套灰色套装，觉得腰身发紧，没想到弯腰站起来，腋下的按扣就开了。

言者无心，听者有意。一听朝子说"发胖了"，敬子就惶恐不安。流行性感冒好了以后，身体健康，精神愉快，往往就把那一茬事给忘了。她把按扣重新扣好，仿佛将那块疑虑的心病紧紧勒住一样。

朝子并没有留意母亲的动作，又从旧信件中拿起一份服饰杂志，翻开彩照页，问："妈妈，这个你看过了吗？"

"看了。照得很漂亮。"

那张照片是朝子在《春天的衣帽》栏目中当模特儿照的。附言中被冠以"话剧演员、广播剧明星"的称号。头戴朴素的外出帽的朝子，侧面像的确俏丽明媚，连敬子都不由得惊讶。

以前，敬子曾经一边看照片一边注意到，朝子谈恋爱的时候显得很漂亮，新婚期间显得很漂亮，现在不与小山在一起住，也显得很漂亮。

"这一期还有妈妈写的文章。"朝子边说边找，"你剪下来了吧？怎么不把我的照片也一起剪下来？"

"那是我第一次写，不好意思。"

"发表出来一定很高兴吧？有稿费吧？"

"哪有稿费啊……"

"当然要给的。稿费拿到手后，请我吃烤芝士鸡肉。"朝子快活地笑起来。

这篇文章只写了四张稿纸，用小号铅字一排，挤成一页。不过杂志社约稿，说明自己的饰物款式设计已得到社会的赏识。敬子着实十分兴奋。她在文中写道："女性饰物的作用在于突出服装的立体感和画面感，所以色彩绚丽、式样朴素的衣装只要搭配耳饰或者手镯就足够了。如果是素色无纹、款式考究的时装，就要配上耳环和合适的手镯。年轻人不一定非拘泥于仿钻石和珍珠不可，其实木雕、横条饰针、陶器、皮革工艺品等能突出轮廓的饰物也别有情趣。"文章体现了敬子的审美爱好。

敬子设计的样品摆出来后，订货逐渐增多。于是，有的商品自己的店铺不卖，批发给别的店铺。川村只管珠宝和手表，对敬子的样式设计从不说三道四，只是像观看小魔术一样热心地注视着。

下面店里的电话响了，川村急忙下楼。电话机的淡紫色也让他觉得新鲜。

"大小姐，您的电话。"川村叫朝子。

朝子三言两语说完，放下话筒，从楼梯下面拖着声调像唱歌一样说："妈妈，小山来电报了，说他今天晚上回来……我现在就回去，还要晒被子，还有许多事……"

朝子在下面换衣服，一会儿，身穿黑白条纹风衣、头戴黑色小贝雷帽走上二楼，她体态娟秀、朝气蓬勃。

"妈妈，再见。我还会再来。"朝子平平淡淡地打过招呼，在楼梯口忽然回头问道："这一次怎么办？"

"什么事？"

"孩子……"

"什么，朝子？"敬子不由自主地站起来。

"算了，以后再说……"朝子说。

川村在下面，敬子也不好再说什么。

川村目送朝子出了门，便说："这么急匆匆就回去了。她倒挺实在的。"

"真是的。"敬子呆然嘟囔着。

"这一阵子，朝子漂亮多了。"

敬子似乎被匆匆忙忙赶回去的朝子刺痛了心头，她透过橱窗，望着朝子刚刚疾步而去的街道。一对年轻的夫妇走过来，停在橱窗前。妻子怀里抱着心肝宝贝般的孩子。丈夫好像对橱窗感兴趣，年轻的妻子对美丽的珠宝、对观看珠宝的丈夫都显得神情漠然。

敬子忽然觉得乳房发胀，不由得闭上眼睛。还真是怀上了吗？她一直自我宽慰：这不可能。但如果朝子和自己母女二人同时怀孕，又都不能生，那将是多大的笑话啊！敬子简直不敢想象。没法子，如果真是那样的话，得赶快处理。然而到了这个岁数，敬子必须为此忍受许许多多难以想象的事情，她真想把心中的千言万语对昭男倾诉，哪怕一句也行："我怀上了你的孩子。"这句话包含着对他藕断丝连的眷恋吗？

敬子觉得自己不会再有恋情了，没想到坠入情网，更没想到还有爱情的结晶，这一切都是最后一次。

让朝子生吧——敬子产生了强烈的决心。可是朝子本人怎么打算，凭刚才那句话还难以判断。

弓子迈着小碎步走进来："我回来了。"

"今天挺早的。"

"嗯，我不是说过今天开始定期考试吗？"

"对，对。"

"哎呀，妈妈这一阵子老忘事。"

"可不是嘛，更年期障碍。"敬子第一次对自己使用这个词，接着说，"女儿节的人偶摆好了。"弓子急忙走上二楼。这时，清也回来了。

"弓子刚回来。"敬子说。

"是嘛。考得怎么样？"

"还没问。"

川村拿着客户名单和明信片从二楼下来："我在下面写。小林美根子，也给她发吗？可没有住址。"

搭在窗框上的被子被太阳一晒，又暖和又蓬松。屋子几天没有打扫，蒙着一层灰尘。朝子勤快利落地打扫洗擦。四点后，她把被子收进来，在火盆里生起炭火，然后上街买东西。两个人一起吃火锅可以尽兴，于是朝子买了鸡肉、粉条、葱等。

朝子走进花店，觉得本想趁丈夫不在好好地懒散一下，充分享受自由和解放的快乐，其实心里还是想念他，盼望他回来，她脸上浮现出害羞的小孩般的微笑。

小山的电报只说三日早上动身，没说具体时间。要是知道时间，可以去车站接他。但她觉得小山到吃晚饭的时候才能回来。

朝子做好晚饭的准备，一切安排停当，房间也被炭火烤得暖烘烘的。她翻阅着晚报等小山回来，报纸看了个遍，连收音机的广播节目也从西方音乐一直听到现场直播落语，已经八点了，还不见人影。

朝子开始着急不安，手里拿着和敬子家里同样的服饰杂志，可就是看不进去。她又把扑克牌摊开玩单人游戏，听见楼下的钟敲了九下。"连回来的时间都不告诉我，哪有什么爱情呀……"朝子揉了揉累得疲倦的眼皮，往火盆里添些木炭，把锅坐上去。

火锅里冒出香喷喷的气味，但朝子心里惦念着迟迟未归的小山，就像平时一个人孤单地吃饭一样，毫无味道。小山回来后再一起吃吧。她把锅端下来，放上水壶烧水，很快就听见咕嘟咕嘟水开的声音。

她把餐桌稍稍收拾一下，正打算铺卧具，突然听到小山的声音。

朝子忽然想哭出来。

但是，小山把沉重的旅行包往榻榻米上一扔："啊啊，真累！"

朝子看着小山脱外套，淡淡地说："回来啦。"她转到小山身后，一边帮着把外套脱下来，一边说："不知道你回来这么晚，一直等你来着，一个人刚刚吃完饭……"

"哦。"

"还没吃饭吧？"

"不，吃过了。"

"再吃一点儿，行吗？我也想吃。"

"你不是刚吃的吗?！"

朝子自己也不明白，为什么跟小山坐在一起，女人的温柔就表达不出来。

小山的头发比前一次剪得更短，倒真像个小职员，胖了一些，浅黑的皮肤富有生气。

"这是什么？"他拿起餐桌上的服饰杂志。刚才朝子特地翻到有自己照片的那一页，好让小山看见。

"你当模特儿了？干吗呀?！"

"你不觉得好看吗？"

"是啊，模特儿嘛。"小山满脸不悦。

小山在睡衣外面套上和服便袍，用水壶里的热水洗完脸和手，便坐在火盆旁："脚指头冷，这时候我就想家里要能洗澡该多好。大阪的宿舍就能洗澡，这一点比家里好。"

548

他白天在火车上基本都是睡觉，现在毫无睡意，精力充沛。

这一夜，两口子聊到很晚才睡。聊天的时候，小山时常在火盆上搓揉着朝子的手，几乎都是他一个人滔滔不绝，朝子只有点头的份儿。最后，她不得不忍着哈欠。

"我开始有储蓄了。固定收入的工作还是好。"

"你必须由我来当舞台监督或者经纪人。"小山似乎对朝子私自参加小型话剧演出非常不满意，"你来大阪，角色有的是。"

小山在大阪工作到四月底，这次回东京规定只能待三天。他在大阪只剩下两个月的时间，却已经把朝子在大阪工作的一切都安排妥当，这次就是来接她的。

朝子十分高兴，决定听从小山的安排。但她觉得光是广播剧太单薄，广播剧只配音，还要大阪、东京来回跑，马不停蹄忙忙碌碌，累得受不了，于是她不免担心："反正是当配角吧？"

"你现在这个水平，配角当得越多，挣的钱不也越多吗？"

"老这样子，我只能一辈子这个水平，那也太没出息了。广播剧大部分很庸俗……"

"……"

"我觉得广播剧演太多，自己都要滑下来。我不愿意。"

"滑下来？"

"我还是想加强学习舞台演技，有一天能挑大梁，扮演主要角色。广播剧只有声音，作为戏剧不够全面。在舞台上，可以通过全身的表情动作表达种种情感，演起来那才带劲儿。"

"但是，"小山的声调变得严厉起来，"我认为你的声音适合广播剧，在时间掌握上也恰到好处。可你的脸不适合舞台演出，虽然漂亮，但不适合。"他直言不讳地断定说，"你自己就没这么感觉过？"

"我自己？"朝子忽然害怕起来，"你一直这么认为吗？"

"也不是。但我从来没有认为跟一位天才的大演员结了婚。"

"啊！"朝子觉得他说话未免尖酸刻薄，她想反驳，但知道这样做只能产生令人伤心的结局。反正说服不了他，还会挨一顿斥责，说自己强词夺理、一意孤行。

不应该是这样啊。朝子和小山结婚的时候，多么想依赖他、让他护着自己啊。

一旦成为夫妻，朝子觉得自己对小山单纯天真的判断里有些失误。或者说，这后来称为"失误"的判断，也许开始的时候并没有发觉，也许是缺少充分的判断时间。但是至少在婚后，双方细腻深厚的爱情里不应该存在拘谨与紧张。

但是，只要和小山在一起，她的心就提到嗓子眼上，极力告诉自己千万不要背上包袱，千万不要感到负担。在敬子家里说一不二、随心所欲的朝子，在小山面前却手足无措，局促心慌。为什么会这样？朝子自己也莫名其妙。

想当年，朝子没出嫁之前，在娘家这不顺眼那不顺心，一肚子怨气，恨不得马上脱离那鬼地方，甚至对那个家感到绝望：只有离开这里，我才会有真正的生活。她相信自己内心深处也蕴藏着女人细腻深厚的爱，但在敬子和俊三的家里故意压抑着不流露出来。结婚以后，这种感情还是没有表露出来，朝子把这归咎于小山缺乏细腻深厚的爱情。

小山不在家的这一个月里，朝子过得舒心快活，比以前丰满了一些，显得更加美丽动人。当然，她也望穿秋水般地苦苦想念小山。

"去大阪的事明天再想一想，都三点半了。"朝子温柔地说，"睡觉吧。"说着，她把额头贴在小山的胸脯上。她希望小山能亲昵地说"一个月没在一起了"。

小山使劲把她抱在怀里。当一切都宁静下来，小山又把嘴伸过来时，朝子忽然产生一种把他猛然推开的冲动，自己都感到惊异。她好容易才抑制住这种情绪。

小山很快进入睡乡。她被包裹在小山的体温里，仿佛失去了无比珍贵的东西，沉浸在空虚缥缈的孤独寂寞中。

朝子好久没有睡着。这个世界上最了解自己的男人，他的脖颈和一侧肩膀就在眼前，这是一个月之后的重逢。她把手轻轻地放在小山的肩膀上。小山像小孩子一样蜷曲着身子钻在被窝里。酣睡的小山能感觉到朝子的手指吗？

"我爱你。你是我自己选中的人。"朝子喃喃低语。但是她仍然忐忑不安。眼前浮现出敬子摆在架子上的女儿节人偶娃娃。日本古代传统的人偶娃娃摆在西式房间里毫无不相称的感觉，而弓子和母亲就睡在人偶娃娃旁边的帘布后面。

朝子奇怪自己刚才怎么会产生那样厌恶的冲动，难道被他夺去处女之身的怨愤到今天才忽然涌上心头吗？女人真不可理解。朝子想笑一笑掩饰自己的奇怪心理，但心底似乎早就存在力图从小山的束缚中解放出来的感觉。

朝子想过，婚后不久的分居可能使双方渴望彼此的爱情，看来也是一场春梦落成空。

朝子翻过身，背对着小山，低声嘟囔说"我才不去大阪呢"，然后舒适地伸直双腿。

第二天早晨，天气比昨天更加晴朗，风和日丽。

两个人都起得很晚，隔着小餐桌相对而坐。"一大早就吃火锅，真过瘾。"小山自己动手。吃喝的事，他从不嫌麻烦，手脚勤快，而且对口味也很挑剔。

朝子吃吐司，喝咖啡。

"你不吃啊？"

"昨天晚上我一个人吃过了。"朝子冷淡地回答。

小山并不在意朝子的态度，把火锅端下来，开始看报。

两个人在自己的屋子里时隔一个月重逢，又是在春意诱人的季节。朝子目不转睛地看着小山。他为我的美貌动心了吗？朝子又感到淡淡的寂寥。小山这三天休息会不会把自己的日程安排得满满的？她试探着问道："今天干什么？"

"要是两天能试样，想做一套春秋穿的西服。现在在策划部工作，不能像当演员那样随随便便。然后从西服店去公司。傍晚去麻布吧。"

"那你先去西服店吧？"

"你要是能一起去，帮我挑一挑料子就好了。"

"行啊。行！"朝子喜欢挑布料，有把握。

"做好以后，你去大阪的时候给我带来。"

"我决定不去大阪了。"

小山像被人暗算一样，不悦地问："为什么？"

"今天新的研究会就开始了……"朝子把碗筷撤下来，站在小小的水槽前洗碗。

"什么研究会，不去不行吗？"

"已经定下来的事，再说我也想去。"

"我的节目策划第一次获得通过，才安排了你在大阪的工作。"小山带着不耐烦的声调继续劝说，"我策划的节目既不新鲜也不出色，只是赞助人同意，愿意掏钱。我就是找一些业余演员模仿朗诵观众喜闻乐见的戏剧台词和大家十分熟悉的小说中的著名片段，然后由审查员对他们的表演进行评比。再请一男一女两名专业演员指导业余演员的台词。我考虑这两名专业演员请话剧或者配音演员的新人来当，如果能请到著名的影视演员当特邀嘉宾，这个节目就很有意思。我已经把你的事给赞助人做了介绍。"

小山扬扬自得，越说越高兴。朝子虽然不想破坏他的情绪，给他泼冷水，但自己实在不愿意干。这不是陪业余演员玩吗？

"如果跟你见面，我可以去大阪。"

"跟我见面？"小山又苦涩着脸。

"你的策划很不错，一定受欢迎。构思很有意思。"朝子捧了他几句，然后委婉地回绝，"不过，第一次不要找我，还是找别人吧。"

小山固执己见："我这个策划可是绞尽脑汁才搞出来的，你在大阪，可以连续工作下去。我想得也挺周到吧？"

朝子心想幸亏在收拾餐具，没有和他面对面地看着。

"一开始用其他演员，半道再换上你，会引起不愉快。"

朝子没注意的时候，小山已经做好了出门的准备。日常生活上不用女人替他操心。朝子也不是那种喜欢照料男人的女人，但小山什么都不要她管，她反而觉得他无视自己，心里不是滋味，认为这就证明小山是一个以自我为中心的薄情郎。

被小山一催"快走呀"，朝子化妆和换衣服都匆匆忙忙的："想抹点儿指甲油。"

"指甲油？"小山回过头，"挺漂亮的嘛。"

两人到涩谷乘地铁。他们去日本桥的西服店。小山是这家店铺的老顾客，他的哥哥也在那儿定做衣服。就朝子有座位坐，过了虎门和新桥后，车内开始拥挤，小山一直在离她不远的地方拉着吊环。朝子在乘客晃动的肩膀和手臂间看着小山时隐时现的侧脸，猛然觉得那么亲切。那张清爽开朗的脸庞还是以前那个样。

她的眼前浮现出结婚前和小山在东京一起散步的街道和公园。但是，地铁的窗户外什么也看不见。朝子觉得委屈，小山时隔一个月回来，应该坐出租车去日本桥，因为从车里至少可以远远望见那些值得回味的街道和公园。坐出租车也花不了多少钱——但他是个吝啬鬼。

小山发现朝子在看着自己，便从乘客的肩膀之间送给她一个美好的微笑，又从别人背后挤到朝子跟前。

"是我的心变了吗？"朝子垂下眼帘。她也说不清楚具体怎么变的。

朝子虽然修学旅行和去外地演出也离开过东京，但她出生以后一直住在东京，如果真的跟着小山搬到大阪去，她心里很不踏实。最近从广播和电视里常常听到大阪话，她恶心得简直想吐酸水。满城的人都说那种话，自己置身其中，肯定要犯神经病。然而更让朝子心惊肉跳的是万一要做第三次手术，在那人生地不熟的地方……说不好真会死在那儿。她越想越害怕。跟那些业余演员搭档，她不光要注意语音语调的不同，也一定配合不好。

西服店的员工拿出许多衣料和衣料样本，小山挑花了眼。朝子一见这些东西，眼睛顿时闪闪发光。

"这个好，漂亮。"朝子拿起暗天蓝色底胭脂隐纹的外国料子。

"好是好，就是贵。分几次付款呢？"

朝子琢磨着小山的工资是多少——小山连这事都不告诉她。

小山似乎还在盘算分几次付款，却说："讲究穿戴的你既然为我挑了这块料子，贵也买了。"

"双排扣。"

"双排扣？我穿双排扣西服？"

"这是你第一件正式服装。"

西服店的老头耳背，听不见他们的谈话。

"后天傍晚前无论如何要试样，因为我要去大阪。"小山对戴着助听器的老头大声说。

出了西服店，两人向银座走去。朝子说："那个糊涂老头做的样子不过时吗？"

"姜是老的辣，还是老手艺人做工细，一丝不苟，不会走样。"

中午的街道上，来往车辆不多，显得跟乡村一样呆滞平板。两个人早饭吃得晚，现在觉得肚子半饥不饿。走了一会儿，朝子看了看坤表说："一点开始念脚本。我先走了。"

"是嘛。"小山似乎现在才觉出昨天坐火车和昨晚熬夜的疲劳。

"我看哪儿有配得上那套西服的领带。"朝子说完，上了公共汽车。

朝子走到广播公司四楼的念脚本室，差七分一点，但大家都没有来。她还不知道新连续剧其他角色的分配，无事可做，只好翻开脚本，用铅笔把自己扮演的角色的台词标出来。

——您走好。

——哎呀，净胡说八道。

——不。谁也没有。啊，那是隔壁的小姐在和鸟说话。她总是这样。

十五分钟的戏她就三句台词，根本用不着认真练习。过了十分钟，一个朝子不认识的小伙子惴惴不安地进来了。

"请问，《春天的庭院》脚本是在这儿念吗？"他问朝子。

"是这儿。"

过了近半个小时，六七个人才稀稀拉拉地陆续到齐，但大家都是疾步匆匆地进来。最后进来的明星香川夏子一见朝子，手就搭在她的肩膀上。

"刚才在下面碰见小山。你在大阪的工作挺有意思的嘛，他也扬扬得意。你要去大阪，这儿就演不了了吧？"

"……"

"一会儿一起喝茶去。"

脚本念完后，朝子让总机把电话接到小山可能在的那个房间。但接电话的人说刚才在这儿，于是打到另一个房间，还是同样的回答。朝子的电话追着小山跑。

"真是神出鬼没。你要找到他，就一起到神仙鱼餐馆去。我在那儿等着。"香川夏子和别人先走了。

朝子忽然觉得肚子饿，但她不愿一个人去夏子等待的那个地方。她对电话总机的小姐说："要是小山来电话，告诉他我去麻布了。"

朝子猜想，小山一定会把让她去大阪的事告诉敬子，动员敬子给她做工作。所以她想先下手为强，应该尽快告诉敬子自己不愿去大阪的决心。

昏黑的店里，就清一个人坐在平时川村坐的那张椅子上。

"这么黑，怎么不开灯？"朝子打开灯。

清看了一眼朝子，就像家里人回来一样漠不关心，依然听着留声机播放的格里格的钢琴协奏曲。

"妈妈呢？"

"去神户了。"清头也不回。朝子以为听错了，又问一遍。

"大阪前面的神户。"

"去神户干吗？"

"听说订购的商品样品出现这样那样的问题，不合适，非去不可。川村刚刚送她走的。"

事出意外，朝子茫然若失："什么时候回来？"

"说是夜车去夜车回。大概六日吧。"

"是嘛。妈妈最远只到三岛去过，除了东京，哪儿也不知道，居然还有勇气去那么远的地方。"朝子想到自己去大阪的事情。

"妈妈身体好着呢。只要是做生意，连美国都敢去。她现在是工作第一。"

"小山从大阪回来了，他说今天晚上到这儿来。不过妈妈不在，就没意思。他一定大失所望。"

"……"

"小山好像也喜欢妈妈。妈妈真是不可思议……"

"小山什么时候走？"

"他说星期天晚上。妈妈是六日回来，刚好相错，碰不上。"

"妈妈有妈妈的安排。你自己的事怎么样？"

"什么怎么样？"

"他不叫你一起去吗？"

"他就是来接我的。"

"那好。"

"好什么呀?！我不想去，正苦恼着呢。"

留声机停下来了，清忽然大声叫起来："真是改不了的脾气！"

"小山说他在大阪策划的节目可以安排我的工作。"

"这不是很好吗？"

"不好。他要马上带我去。太强人所难了。"

"你不是小山的老婆吗？"

"老婆又怎么样？我这个老婆就在乎自己。"朝子的目光变得咄咄逼人，她顺手拿起桌子上的迪奥的《时尚小词典》，边随意翻看边说，"他安排的工作完全把我当作一个傻瓜。既然是自己的老婆，就应该更体贴爱护。"

"你总是只考虑自己，你替小山设身处地想过没有？"

"小山才应该设身处地为我着想。我要是他，才不会让自己的老婆干那种无聊透顶的工作。"

"在旁人眼里，小山是在为你做出牺牲。"

"别说得太离谱了。哥哥你是男的，就为男的帮腔。"

"我只是怀疑你的爱情。"

"爱情又怎么啦？爱情具有万能的威力，说得多动听。但无论对谁，爱情都是不能过问的。你这样问我难道不是失礼吗？"

"那得看谁，对你就不失礼。"

"我倒想问问小山，他是想让我做一个好演员，还是一个好老婆。不能什么都无所谓，光让我挣钱就行。那也太庸俗了。"朝子刚好看到随手翻开的《时尚小词典》中"庸俗"这个词目。

在时尚语言中，所谓"庸俗"是指穿雨衣戴草帽、晚礼服外面套雨衣、长裤配高跟鞋、三月份以后还穿天鹅绒服装，还有粗呢服装镶花边之类的打扮。现在很多人已经忘记，装束打扮无论多么显眼，某种程度上必须讲究感觉。

真正的时装应该自然地改革进步，立足于常识之上。我不喜欢那种仅仅为了引人注目的奇装异服，虽然十分引人注目，但绝不优美高雅。

"说得好。"朝子自言自语，又跳着看了"衬裙""粉红""滚边"等几个词目。

"哼！"清使劲把书往边上一推，结果掉落地上。

"你要干吗？'哼'是什么意思？"

"认真点儿！"

"你既不是我，又不是小山。我再不认真，也比你认真地考虑和操心我们自己的事。"朝子悲上心头，"在日本，女儿一嫁人，父母兄弟都变得懦弱自私，嫁出去的姑娘泼出去的水，生怕她离婚回娘家，就对女儿软硬兼施，劝她万事忍为重。这种态度太滑头了。一点儿也不为嫁出去的女儿着想。"

弓子提着一看就很沉重的书包回来，她也不知道敬子去神户的事。清告诉她后，弓子叫起来："净骗人！是说瞎话吧？"但她一看清和朝子满脸怒容，担心地问："妈妈怎么啦？"

"……"

"怎么啦？"

"楼上有给你的信。"

弓子慌慌张张地上了二楼。

"朝子，我毕业后要当公务员。"

"定下来了？"

"嗯。"

朝子觉得"公务员"这个称呼带着平凡乏味的俗气，断定哥哥的工作无聊透顶。

"你不表示祝贺吗？"

"祝贺你。"

"这么勉强。"

"刚吵完架嘛。"

"我没想吵架。"

"那你是用公务员的腔调教训我。"

"你说什么?!" 清皱起眉头，"什么叫公务员的腔调？你的歪理十八条又是什么腔调！要想跟小山离，痛痛快快地离好了。"

"我可没说跟他离呀。"

"你不是不去大阪吗？"

"对。这次我发现分开过也能活得下去。尽管这是个可悲的发现。"

"不在一起过也活得下去，就意味着要离。"

"也许我在妈妈的店里学款式设计比现在强多了。我看自己也有这方面的才能。"

"你不想深情地爱他吗？"

"有不想这样的女人吗？你根本就不懂。"

"照你这么说，什么都是人家不好。"

"就像你对弓子一样。"

"……"

"哥哥，结婚的事，可得慎重考虑啊。"

"你现在才明白啊？"

"哥哥，你还是想和弓子结婚吧？我觉得应该让弓子和田部大夫结婚。你们俩从小就跟亲兄妹一样，所以你的爱不是已经得到报答了吗？要再拴着弓子不放，完全就是你贪得无厌。"

"……"

"那一次，你为什么居然厚着脸皮去歌舞伎座？田部大夫退场了吧。我实在看不下去你那傻样儿，就先走了。"

"你说什么?!" 清气得脸色苍白，正站起来，抬头看着楼梯上面。

"在这个家里，有弓子一个人得到幸福也就行了。"朝子泰然自若。

弓子在楼梯上头说："真是这样……可还是不敢相信。"她手里拿着敬子的信下来，又道："星期天让我在店里值班。她六日回来。还说可能会给我买礼物，但只是可能……"弓子走到朝子身旁，给她看信。

"看来不是出了什么事去神户的。啊，啊啊！"弓子舒心地叹了一口气，说，"我今天值周，又累又饿，可是芙美子问我晚饭吃什么的时候，那些好吃的东西统统从我的眼前消失得无影无踪。"

清和弓子都憋不住苦笑起来。

"吃什么呀？"

"随便买点儿什么得了。"清说。

"其实我中午也没吃上。"朝子想起来，便说道："妈妈不在家，吃点儿好的。意大利面，再来什么肉……"

清打电话订餐。正在等饭送来的时候，小山忽然进来，愁眉苦脸、闷闷不乐。朝子赶紧站起来，两人在门口嘀嘀咕咕几句，朝子的脸色立刻变得十分难看，肩膀颓然垂下。

西餐馆的小伙子送饭菜来了。

"小山姐夫也没吃饭吧？"弓子问。

"我现在不想吃。"小山对弓子也板着面孔。

"不吃点儿意面吗？"弓子还是惦念着。

"行了。人家已经说不吃了……"朝子没好气地说。

弓子把盘子摆在店面接待客人用的桌子上。如果来客人，固然不好看，但把小山一个人扔在楼下，三个人上楼吃饭也不合适。

小山坐在不远的椅子上，翻着迪奥的《时尚小词典》。

三个人沉默寡言地吃完晚饭。

"我冲咖啡了。"弓子说。

"啊。"小山走过来，和大家一起喝咖啡聊天，但显然与平时不同，他皱着眉头、神色不安。清和弓子也无法平心静气地和他谈话。

弓子觉得这两口子好像闹别扭了，但她无法劝解，心里堵得慌。妈妈要在就好了……

工作循规蹈矩的川村送走敬子后，回到店里关窗锁门。他一见小山，打招呼说："啊，您好，您二位如果住在这儿，安全就万无一失了。"

"……"

"好，再见。我明天早来。"川村一走，小山也迫不及待地站起来，说："没见到妈妈，很遗憾。我以后还会来的。"

清本想说"不住在这儿吗"，还没说出口，只见小山二话不说，忽然一把抓住朝子的胳膊。朝子本能地挣脱他的手腕，小山狠狠地说："回去！"强行把朝子拽走了。

清和弓子未起身，看他们俩出门后，面面相觑。

"这是怎么啦？"弓子问。

清没有回答，只是走过去锁门。

整个屋子只剩下清和弓子两个人。弓子畏惧心悸。这是她从姑妈家回来后，第一个和清单独相处的夜晚。

独自旅行

敬子是土生土长、地地道道的东京人，从未离开过大都市，偶尔心血来潮，也想去人地生疏的地方旅行，但没想到就这样匆匆忙忙地上了夜车。

敬子的同业者向她介绍一家神户的贸易公司——针对外国人经营妇女用品杂货店的利马商会，为了订购的商品，她不得不仓促赶去神户。

傍晚的火车，二等车厢里连空座位都没有。

"老这么呆呆地站着，心里不踏实。"来送行的川村在长长的火车里四处寻找座位，最后也无可奈何，"人太挤。"

"这么站着，要站到什么地方啊？"

"你问我，我哪儿知道。有人下车，就有座了。"

"你要是也能去就好了。"

"神户算什么？在日本国内呢。"

坐在敬子跟前的妇女笑起来，说："请坐。"她把放在旁边的手套和杂志拿起来，让给敬子靠窗的座位。

"行吗？"

"本来是给同伴占的，差两分钟就要开车，大概不来了。要是在新桥上车，那就请您多包涵……不过，我们在热海下车。"

川村看敬子稳妥落座，总算放了心。开车的铃声一响，他便下了车。

敬子望着车窗外流淌而去的银座的灯光，已经对东京产生眷念之情。

车到横滨时，已是夜间。身边的妇女似乎正在瞌睡，她三十上下，穿着深蓝与灰色相间的雅致匀称的洋装，看似具有良好的教养。

敬子也闭上眼睛，但头脑非常清醒，毫无睡意。眼帘内清晰地涌现出的，不是即将前往的神户，而是平时交往的每个人的音容笑貌以及与他们的纠葛。对昭男的热恋、与俊三的往昔，哀婉悔恨、恩怨因缘，剪不断，理还乱。在千丝万缕的纷繁交错中，弓子那青春艳丽的形象时隐时现，却无法捕捉。

敬子一想到自己身体的变化，便感到如芒刺背。长时间在火车里摇来晃去，让她心里就像在七上八下地打鼓。

还是睁开眼睛吧。身旁的妇人好像刚才也没睡着，她点燃一支烟。敬子主动搭话："您是住在热海吗？"

"嗯，是……夫人，您去哪儿？"

"神户。"

"神户？是住在那儿吗？"她的声音带着亲切。

"不，第一次去。"

"我老家在神户，战争的时候全被烧毁，就搬到这边来了。"

"我不仅第一次去神户，出门旅行也是头一回。您知道中山手的利马商会吗？"

"中山手的利马商会？是不是在半山坡上卖高级品的店铺？"她在回忆。

"办完事，明天晚上就回东京，连逛街的时间都没有。神户一定很漂亮吧？"

"烧毁以后，我一次也没回去过，不知道变成什么样了。您说的利马商会那一带战前叫'图尔路'，是个环境很舒适的地方。"

"神户是故乡，人又在东京，真让人羡慕。"

"为什么？"

"住在东京的东京人没有故乡。"

"这种想法很有意思。"她微笑着，笑容里含着淡淡的忧愁。

敬子对这个白白净净、和蔼亲切的女人怀有好感，更想了解她，比如说她的丈夫呀、孩子呀的情况，但不便冒昧。敬子从手提包里取香烟时，掏出一张印有"珠宝·钟表·装饰品 美宝堂"字样的名片谦逊地递给：“我是干这一行的。倘若方便，请光临敝号。”

“谢谢您。我没有名片，我叫津川。”妇人接过名片，一边看一边说，“光卖珠宝吗？”

“不，也收购。做珠宝生意的一般都这样。靠进口毕竟有限。”

“是的。我也想请您收购一两件东西。”

“啊。”敬子略一犹豫，轻松地说，“好，还请多多关照……我也可以登门拜访。”

“那就请多关照。”

热海快到了。

"您的同伴还是没来,我一路上坐下来,太感谢您了。"敬子说。

"他是医生,可能有急诊的病人。"

敬子又看一下她的脸,脱口问道:"是外科医生吗?"

"不是。不过……"妇人支支吾吾。

"自己有医院吧?"

"嗯……"

妇人在热海下车以后,敬子环顾一遍车内,不少乘客已经睡着了,坐在她前面的男人也伸直双腿轻声打呼噜。敬子用手绢盖在脸上,但神经兴奋得无法入睡。怎么一下子就问人家是不是外科医生……她又回忆起跟昭男的往事。

那个人要是院长夫人,显得太年轻,莫非是哪家医院院长的小老婆?她要卖珠宝。女人实在不可思议呀。

敬子筋疲力尽,迷迷糊糊地打了个盹。醒来的时候,车已到大阪。车里暖气开得很足,热得脑袋瓜晕乎乎的,被神户拂晓的凉风一吹,赤身裸体般清爽舒畅。

从站台看六甲山似乎不太远,敬子觉得很新鲜。太阳还没出来,看不见山地的层峦叠嶂,土地的颜色跟关东也不一样。

这座面山的城市呈现舒缓的坡度,透着初春温馨柔和的气息。

敬子用旅行者茫然淡漠的目光看着上班和上学的人流在车站里熙来攘往。

时间还早,敬子九点左右到商会就可以。她身边除了手提包,就是一个不算很大的购物袋,很轻松。她坐进出租车,对司机说:"打算去中山手町三条街。时间还早,你熟悉那附近的饭店吧?我想订一间房间,可以吃早餐,住一天。当然要卫生条件好一些的,但又不能太贵。"

司机回头看了一眼敬子,似乎打量这位客人的衣装,然后把敬子拉到靠近海边的饭店里。

敬子订了一间小房间，端来的早餐意外地可口。

"给我订一张今天晚上去东京的火车票。"她对服务员说，"来的时候太仓促，坐深夜才有的普快，时间太长。"

洁白得泛青的床单平坦地绷在床铺上，浴室也很干净明亮。

敬子洗了个澡，抖落旅途的尘土，重新化好妆，忽然听见汽笛的鸣叫。也可能是工厂的汽笛，但她将其当作港口轮船的汽笛声，顿感旅行者的乡愁。

她从窗户望出去，远处的波浪在朝阳映照下亮闪闪地荡漾。大海的诱惑令敬子心中躁动着。

她想起那一天在东京湾轮船栈桥看见的晦暗的大海。那儿的大海没有神户港湾的明朗，但俊三依然感觉到从大川走向大海那种孤独的诱惑了吧。

她第一次倚靠在昭男身上，也是为查证俊三的生死而前往竹芝栈桥的那一天。

敬子一个人在窗前，感到港口寂寞难忍。"索性去一次香港……"她自我戏弄似的一边嘟囔一边走到门厅。

金丝雀在橡胶树下清脆啼啭。桌上摆着夏威夷的安祖花。一对年轻的外国夫妇津津有味地把一大盘水果吃得精光。

敬子向服务员问明道路后，准备走着去利马商会。

这么早的时间，芦屋高级住宅区的贵妇人还不会上街购物，但敬子从容温雅的做派俨然当地的贵妇一般。

其实她心底渴望着有一个人能在身边陪伴自己。昭男气势汹汹地到麻布店质问的时候，说过他打算出外旅行。说不定能和他邂逅街头。尽管敬子明白他不可能在外面旅行这么长时间，但总有随时会相遇的感觉。

敬子哀叹自己的孤寂。作为一个女人，一辈子没有被男人刻骨

铭心地爱过，最后连一个男人也没拴住，现在她在神户的街道上独自
彳亍。

敬子走进利马商会，对年轻的店员自我介绍："我是东京的白井。"

"噢，请稍候……"

店员走进里屋后，敬子用行家的眼光浏览陈列柜里的珠宝。

敬子生来就是看着珠宝长大的，耳濡目染，心领神会，现在自
己有了店铺，更是见多识广、眼高于顶。

"啊！"敬子一看到晶莹剔透的翡翠，心田犹如被甘泉滋润，清
新爽朗。那嫩芽般碧绿澄澈、色泽均匀的翠玉尽行洗涤旅途的惆怅，
她仿佛置身于充满希望的美丽鲜绿之中。

这紫里透红的星彩红宝石戴在弓子的手指上该多么可爱。难道
珠宝商母亲不能送一颗这样的宝石给自己的女儿做毕业纪念？

星彩红宝石标价三十五万日元。能给同行打多少折扣？敬子本
想既然出来旅行，花钱就不必太在乎，看来不能随心所欲。她只好转
念，让川村去找一找，要没有星彩红宝石，墨西哥猫眼石也行。她又
在外国香水、手绢以及小饰品的柜台转了转。

敬子在这个商会订的货主要有准备自己加工用的假宝石，已经
做过各种切割的玻璃钻、锁链、饰针，以及外国的新潮项链、戒指
等。她第一次远地进货，带着不少现款，看到满意的东西，买起来毫
不犹豫，出手阔绰。

生意洽谈顺利完成，敬子浑身是劲儿地迎接明天的工作。

出了利马商会，从坡道下去，敬子觉得神户的街道富有异国情
调，她在陈列着高级商品的洋货店前看到漂亮的西式点心，就像小孩
子一样馋涎欲滴，非买不可。东京也有同样的商品，可在这儿看就觉
得跟东京不一样。海港就在附近，似乎成为城市的感觉。

敬子来到元町的金属陶瓷街。她觉得这儿很像最近池袋西口的
商店街，街道建筑大量使用金属陶瓷，显得崭新漂亮。

敬子给清买了深蓝色的皮带，给朝子买了白色卡口的黑色仿麂皮手提包，给自己买了带花边的法国披肩，给弓子买了类似紧身裤的黑色纯毛裤子和毛衣，还买了准备送人的黑色和绿色的西班牙风格扇形化妆盒、潇洒的苏格兰手织领带。

　　当她满心舒畅地抱着鼓鼓囊囊的购物袋在街上漫无目的地溜达时，忽然感觉下腹部隐隐作痛。

　　"啊！"敬子立刻站住，脸色阴沉下来。

　　回到饭店以后，她放了满满一盆热水，温暖身子。

　　"到时叫我起来，别误了火车。"敬子对服务员交代后，躺在床上。她脑子里似乎旋转着无数光球，在眼皮后侧闪耀刺目，无法入睡。她心里告诉自己不累、不累，身体却异常疲惫。

　　敬子坐上夜车后不久，从腰部到下腹部疼痛逐渐加剧。这可怎么办？在火车上……

　　到达东京站的时候，她两条腿哆嗦颤抖，勉强走出站口。

　　可是，当她坐出租车回到家里，看到全家人的面孔，刚才的痛苦竟然忘到九霄云外，高高兴兴地把礼物分送给他们。

　　"妈妈，趁现在还没客人，你先歇一会儿。"弓子一边说，一边收拾敬子脱下来的衣服，"妈妈，你走以后，小山姐夫和朝子姐姐来了。"

　　"那太不凑巧了。"敬子想把那条领带送给小山。

　　"小山姐夫还说今天就回大阪。"

　　"今天？朝子也去吗？"

　　"姐姐和姐夫有点儿闹别扭的样子……"

　　敬子病态的神经一听这话，立即紧张起来："怎么闹别扭？"

　　"一句半句说不清楚。好像姐夫生朝子姐姐的气，一吃完饭，两个人就回去了。姐夫连饭也没吃。"

　　"弓子，你马上给朝子打电话，就说我回来了，想见他们，小山走之前一起来一趟。"敬子迅速吩咐完，伸直身子躺在床上。可是身体总觉得不对劲，一量体温，三十七度五[1]。她一边甩着体温计一边问弓子："打电话了吗？"

"打了。姐姐接的，说来不了了，向你问好。妈妈发烧了？"

"有点儿累了。小山几点走？"

"我没问。"

"你再打电话问一下。"

"嗯。"弓子听敬子语气严厉，赶紧下去打电话，但接着茫茫然走上来："好像刚走。姐姐也不在。"

"不在？上哪儿去了？你脑子怎么也转不过来？"敬子少有地责备弓子，然后把被子拉到额头上盖住。

"妈妈。"

敬子没有回答。这时，她的下腹部像宫缩一样痛得一阵比一阵厉害、一阵比一阵急促，浑身汗津津的。她紧紧抓着床单拼命忍受着——流产，过了一会儿，敬子明白这无疑是流产的征兆。

敬子几次咬牙强忍着死去活来的剧痛，但坚决不叫大夫，也不让弓子服侍，自己偷偷地服了止痛剂。在药力的麻醉和肉体的疲劳作用下，她沉睡了几个小时。

当她醒来的时候，周围一片昏黑。已经傍晚了。入睡时几乎呻吟出声的绞痛现在消失得无影无踪，然而她沉浸在无以复加的孤独凄凉的情绪里。

清、弓子、朝子、川村、芙美子，无论是谁都行，希望有人能在身旁轻轻地握着自己的手。此时此刻，敬子就像幼小的孩子一样需要亲昵体贴。但是，她无法叫人来。她摸着自己的手，手是冰凉的。

敬子觉得，一旦失去昭男的孩子，也就完全失去了昭男。失去了最后的恋爱，失去了最后的孩子，同时也最后失去了自己这个

---

[1] 这里指摄氏度。

"女人"。

再也不能见他了。敬子有一种彻底断绝的感觉。昭男的孩子在肚里的时候，她莫名其妙地还想和他见一次面。但是，现在已经说不出"我怀着你的孩子"这句话了，即使说出来，恐怕昭男也不会相信。

但是，敬子打算把孩子生下来吗？

没有。她连是否怀孕都半信半疑，连医生也不敢告诉。她的确曾想给昭男生一个孩子，还想再怀抱一个自己的婴儿。到这个岁数，倘若自己能为此忍受再大的耻辱，可是又将怎样伤害清、弓子、朝子这些孩子的心灵啊！不知道弓子会做出什么事来。

归根结底，这是一个不该出生的孩子。

这么说，这次旅行中流产难道是上天安排的吗？敬子上火车的时候，脑子里根本没想到这件事，但从结果上看，好像是事先精心策划了流产旅行，而且获得成功了？

冰冷的感觉从手逐渐蔓延到胸部。这难道是无意之中的犯罪吗？

"真可怜……"敬子低声自语。这句话无法表达出对不复存在的孩子的复杂感情，但除了"真可怜"，她又能说什么呢？

敬子的眼角淌出冰冷的泪珠。她想自我解脱，既然这个孩子本来就不该出生，现在流产了，这样伤心落泪未免娇溺自己。她虽想改换心情，但还是止不住泪如泉涌。

敬子和俊三长期生活期间，从未梦兰，所以跟昭男短暂偷情，也从未想到会珠胎暗结。当她和昭男分手后，还真切怀念他的缱绻柔情。

这时，有人轻手轻脚地上楼。

"谁？"

"你怎么啦？"布帘后面传来朝子的声音。

"是朝子吧？小山呢？"敬子问。

"他想见你来着。"

"你们一块儿来的吗？"

"是的。你去神户刚走不久的时候。"

"这我知道了。现在呢？"

"现在就我一个人。"

"今天回大阪吧？"

"是的。"朝子在布帘外面问，"妈妈，你怎么啦？"

"几点的火车？"

"是问小山的吗？八点几分的。"

"你呢？"

朝子答非所问："妈妈，听说你回来一直沉睡，是吗？现在是晚上，开灯好吗？"

"不用。"敬子声音发慌。

"怎么就愿意黑乎乎地躺着？真怪。"

"朝子你不去大阪吗？"

"这次小山来接我，可我……"

"怎么啦？"

"不想去。"

"为什么？"

"……"

"朝子，听说你惹小山生气了？"

"那个人闹不清楚是怎么回事。"

"朝子，你进来。"

"妈妈你不用担心，以后再慢慢跟你说。"

"以后？小山不是已经走了吗？"

"走就走吧。"朝子轻轻拉开布帘进来，摸索着走到敬子床边。敬子伸出手，抚摩朝子的肚子。

"别！痒痒。"朝子想挡开，握着敬子的手，"妈妈，你的手冰凉。"

两个人好久没有这样手拉着手，母女之情交融相通。

"朝子，你好好告诉我。"

这时，弓子上来问道："妈妈，你在哪儿吃饭？端到这儿来吧？"

"我不想吃。"

"吃点儿其他的什么……"

"我现在什么也不想吃。"接着，敬子低声对朝子说，"朝子，你现在去车站吧？"

"哦。"

"既然小山亲自来接你，不管怎么说，你去一趟大阪。哪怕马上回东京，还是今天去为好。"

"不。"

"以后后悔就来不及了。"

"我才不后悔呢。"

弓子从厨房把晚饭端上来，朝子便走出布帘。敬子在床上听见他们三个人吃饭的声音。

弓子上来的时候，打开二楼的电灯，灯光映照在敬子躺着的布帘里面。

"清。"敬子叫清，"还有弓子，你们一起送小山到东京站。"

"用不着。"朝子说。

枕上红唇

敬子整整躺了两三天，周围的人比她本人还担惊受怕。

"夫人，还是请大夫看一看吧。"川村固执地劝说，"自己诊断，万一耽误了可怎么办？"

川村关怀备至，恨不得马上就请医生，让敬子惶恐不安。

"旅途疲劳，水土不服。正是身体虚弱的时候，又吃得不合适，就坏了肚子。"敬子极力掩饰。

"是啊，你是个没出过东京的大小姐啊。"

"可不是嘛。"

"虽说是这样，还是请大夫看一下好得快。"

"不用。休息几天就好了。"

川村下来对清和弓子说："这次怎么不让大夫看，真怪了。"

弓子看着清。川村苦恼地皱着眉头。

"夫人一个人里里外外地忙……是不是增加一个店员……"

"妈妈生病期间，我不上学，就在店里帮忙，以后补考也没关系。"弓子说，"我跟妈妈商量去。"

但是，敬子让弓子摸着她的额头和脉搏，笑着说："你瞧，没有发烧，什么事也没有。我不是不可以起床，现在是慎重一点儿才躺着。毕业考试很重要，不要请假。"

于是弓子上午去学校参加毕业考。正好就业的第二次考试通知单寄来了，弓子一看，是下午考试，便自言自语说："算了。"如果两次考试都及格，自己又犹犹豫豫下不了决心是否就业，还不如干脆以敬子生病为由不参加第二次考试来得痛快。

下午，弓子一边在店里照看，一边复习功课。

川村说得没错，店里的确很忙。并不仅仅是购买贵重的珠宝和手表的顾客，还有像弓子这样的高中生，在陈列柜前挑来挑去花了近一个小时，才买走二三百日元的小饰品。在写字楼工作的年轻女办事员拿来饰针，要求根据西服的颜色修改。将近傍晚，一群花蝴蝶般的女人拥进店里，叽叽喳喳了好长时间。

川村从一旁冷静地观察弓子的接待应对，满意地点着粗脖子——夫人有了一个好帮手，弓子待人接物亲切和蔼，热情明快，有一种强烈的魅力把客人吸引过来。

大家都盼望弓子毕业以后能在敬子的店里帮忙。弓子也觉得违背大家的意愿坚持在外头就业的想法不够稳重。

"做珠宝还挺难的。怎样识别就不容易，这价格怎么定？"弓子问。

川村以行家的口气说："凭经验。小姐，我教你。"

最后一天考试一结束，姑娘们就像解冻的河流一样欢乐。有的人商量着下午去看电影，有的人打算午睡后去滑冰，有的人叫好朋友到自己家里来玩，弓子跟平时几个朋友一起往车站走去。出校门后，有一段很长的柏油路。天气暖和得似乎樱花都要盛开。穿着冬天的外套走路，肩膀发沉，额头沁出密密的细汗。

"学校考试从此结束了。一下子茫然失神。"

"听说过好几年还会梦见考试。"

"'汗牛充栋'怎么写来着？"

"好像初三的汉文课里有。够坏心眼儿的，出这样的难题。"

"就是重得牛驮着都出汗、多得屋里都塞得满满的意思，是指藏书很多。"

"管他呢，不懂就不懂。这种词反正用不着，记着也没用。"

没有人不及格补考。不过，弓子的朋友们既没人上大学也没人决定去工作，好像都在学烹调、缝纫这些出嫁的"必修课"。

"咱们这里面谁最先结婚？"一个姑娘问。

"我觉得肯定是弓子。"和弓子并肩走着的七里英子说。

"为什么？"弓子惊讶地问。

"没有为什么。这是感觉，是灵感。再见。"英子快活地走进国营电车站。

弓子下了天桥，坐上都营电车。中午时分，车里人很少。她迅速睃了一眼车内，倚在窗旁站着。弓子又忍不住开始注意上上下下的乘客、来来往往的行人。她不知道什么时候形成了这种习惯，自己想改，却总是改不了、忍不住。她的心灵或身体深处一直在寻找父亲。

万一真的碰上父亲，该怎么办？想见面、想看见他平安无事的样子，但又觉得不该见、见不得，这两种心情交织在一起。

电车里也没有一个人像父亲，于是弓子松了一口气。水果店、衣料店、香烟铺、牵着两头牧羊犬的女人、骑自行车的少年、小汽车……各种各样的街景一幕接一幕从弓子的眼前流过，英子刚才说她最快结婚的话忽然像牛虻一样在耳边嗡嗡直响。

过几天学校的事一结束，她就在店里帮忙。整天在家里那种气氛的包围下，总有一天会接受清的爱情。弓子想到这里，眼前忽然浮现出昭男的面容。那是一张弓子心中无论如何也无法抹去的充满温柔情意的笑脸。

如果没有清、没有敬子，弓子悄然萌生的期望的幼芽也许会开花结果。回想起那时候在信角上写《五色彩虹》"她立刻被天空吸去，如昨日消失得无影无踪"那样的诗句，弓子羞愧得无地自容。那时候，她梦见自己因昭男的事受到父亲的斥责，在无法排遣的极端思念中徘徊盘桓。而且夹在敬子和父亲之间，她左右为难，心情极其沉闷，郁郁寡欢。

父亲一天到晚板着脸，愁眉不展，隐于自我孤独之中。问他一件点个头就能解决的简单事情，他也不明确回答，让去问敬子，最后还厉声责备别人"讨厌"。父亲病态一般跟家里人故意过不去、闹别扭，故意回避大家离群索居，而敬子一直忍气吞声。年幼的弓子很同情敬子的处境。父亲在弓子生母从热海出来那一阵子情绪最糟糕。弓子曾认为父亲到如今才跟母亲离婚，是为了跟敬子正式结婚，但一旦怀疑这是为了自杀，她简直无法自持。父亲在家里，觉得自己成了敬子生活的累赘，没脸见人，愁肠百结，心烦意乱。可是他一到外面，似乎就不想回家。弓子深切地感到对不起敬子。

那时候，弓子还被清强加于人的爱情吓得胆战心惊，接着父亲离家出走。弓子经常生病，大概就是心情不舒畅、胸口憋气难受的缘故。

就在这时，与家里人亲近来往的昭男给她一种明朗亲切的感觉，弓子似乎受清新气氛的诱惑，自然而然地想亲近他。但是，敬子的言行举止让弓子疑惑不解。妈妈一定有不可告人的隐秘。而且，敬子抑制不住情感的言语也刺伤了弓子的心。所以在银座街头参加红羽毛募捐活动时，她看见敬子和昭男一起散步，受到刺激，一回家就病倒了。

朝子结婚那天夜晚，敬子迟迟未归，清向弓子逼婚。弓子只觉得一个人生活才能彻底改变人生，于是下决心离家出走。后来，听到父亲还活着的消息，她悲喜交加，父亲的生对他人是一种威胁。连亲姑妈都不愿对弓子提起俊三的事。姑妈也好、弓子也好，仿佛都觉得俊三的消息是自己的奇耻大辱，互相隐瞒。

弓子觉得不回到敬子的身边，自己就无法支撑下去。回来一看，敬子对自己的爱丝毫没有变化，但生活方式发生巨变。她逐渐明白敬子的店铺在等着自己，也需要自己。在和新的敬子的生活中，弓子既没见过昭男，也没听到昭男的事。

弓子奇怪为什么在这个家里现在不提"昭男"二字。后来，田部忽然寄来戏票，她在歌舞伎座见到的昭男与往日大不一样。过后一想，更觉得蹊跷。田部夫妇的旁边是朝子、清、弓子挨着坐，弓子的旁座是留给昭男的。昭男在序幕第一场结束时才匆忙进来，他怒气冲冲、烦躁不安的情绪连弓子都能感觉出来。昭男好像别有心事，心不在焉，弓子也没能安心看戏。第二场结束，幕间休息的时候，昭男就迫不及待地站起来。弓子低着头。"好，休息吧。"那一头的田部站起来，朝子和清也站起来，弓子跟在最后走到门外走廊上。昭男等着弓子出来，问她："你母亲呢？"

昭男以前对弓子提到敬子时也叫"妈妈"，这次却称"你母亲"。

"病了。有一点儿……"弓子勉强用像小孩子的口气回答。

"在家休息吗？"

清笑着替弓子回答："前些日子得了流感，后来转成皮炎，还往医院跑。不过身体没问题，就是不愿意到这种热闹的场所。"

"感冒以后得的皮炎吗？可能是别的原因引起皮炎。小孩子生病，如果发高烧，也会出疹子。"

"妈妈精神年轻，连闹病都是小儿科的吧。"清带着轻蔑的口气。

弓子敏锐地看见昭男像挨了一刀一样，表情扭曲阴沉下来。她忽然一阵心跳。清的声调即使对昭男没有明显的敌意，也带着冷漠的反抗。

开场的铃声一响，昭男忽然想起来什么似的对田部夫妇说，还约了个急诊病人，然后敏锐地看了一眼弓子，疾步匆匆走了。当然，弓子无从知道田部大夫的哥哥热衷于把昭男和自己拉到一起，但昭男一走，她的确感觉到戏曲和剧场显得空虚。

这是弓子回到敬子家后第一次见到昭男，想告诉他自己已经回到妈妈家里来了，但连说这么一句话的时间都没有。

回到店里后，弓子也无法把昭男的事原原本本地告诉敬子。可是，她兴奋得难以入睡，是不是见到昭男的缘故呢？虽说清还要学习，但对敬子讳莫如深，一回来就钻进自己的房间。这又是为什么？

此后，弓子再没见过昭男。他好像也没到店里来。

弓子在摇晃的电车里回忆着歌舞伎座那令人满腹疑虑的一晚发生的事情，差一点儿坐过该转车的车站。

弓子慌慌张张从电车里滚落出来。为了忘记昭男，她考虑感恩会上穿什么样袖子的衣服。弓子在会上要弹钢琴，还是短袖合适。想穿那双浅蓝色的鞋子，现在怎么打扮也不会受到督学的责备。想到服装，弓子的心情稍觉轻松。她穿过马路，踏上嫩芽初萌的悬铃木林荫路。

弓子听见好像有人叫她。上下一身黑、反而显得华贵的朝子从马路对面走过来。

"天气真暖和。"朝子走到弓子身旁说。小山回大阪以后，她就一直住在敬子的店里，现在好像也是刚从家里出来。弓子习惯似的说："现在去工作吗？"

"两点才开始试映，我看还有时间，就在家里泡了一会儿。要知道早出来就好了，又跟妈妈吵了一架。"

"……"

每次都是朝子惹敬子生气，她总是和妈妈对着干，说一句顶一句，而且越说火气越大。但是，弓子知道她们俩很快就会消气和好，所以只是觉得又吵架了，并不大惊小怪。

"哥哥在旁边冷言冷语地攻击我，心里不痛快。今晚我不回来了。"

"……"

"这一阵子都不回来了。如果有什么事找我，我在下北泽。弓子，你跟我联系。"

"好。"

"再见。"朝子挺着肩膀刚迈出步子，又回头亲切地小声说，"弓子，已经毕业了？"

"今天是最后的考试。"

"我不能请你吃饭表示祝贺，但送给你一个最好的东西。弓子，你也别对哥哥那么顺从，什么都听他的。"

"……"

"刚才吵架跟这个也有关系。我对你没有丝毫私心，不会束缚你，不像妈妈和清那样，对你的爱自私自利。我是自由客观地看待你……"

弓子听不出为自己的什么事吵架。

"我可能过几天还要见田部大夫，就代你问好。"

"代我向他问好？为什么？"

"别这么大声。"

"可为什么呀？"弓子也为自己的大声不好意思。

"行嘛。田部大夫喜欢你。"朝子斩钉截铁地说，"那好，就这样。"她像追赶大汽车一样跑去。

弓子回到店里一看，敬子被一群装束艳丽的女顾客围住，脸色有点儿苍白疲倦。空气里散发着香奈儿和科蒂香水的芬芳。

敬子被包围在顾客们抬起的脑袋中间，没有看见弓子。

她随意拢起头发，也没有精心化妆。弓子从侧面看过去，她犹如宗教画上的女性。弓子稍稍低下头，轻轻走上楼梯。

"有那么英俊的儿子，还有这么可爱的女儿，您真幸福啊。"弓子听见客人在身后对敬子的羡慕声。

弓子脱下校服，挂在衣架上，穿上红毛衣。然后在厨房的餐桌旁和女佣芙美子一起吃面包。后面的晒衣场挂着许多白衣服。

"妈妈起来行吗？"

"身体还好，不过接待这么多客人一定很累。"

"女顾客到店里来，说不清楚是来买东西的还是来聊天的。"

"太太说，她们来聊天，心情愉快了就会买东西。"

"可是就跟社交俱乐部似的。"

"她们一进来，身上香喷喷的，楼上都闻得到。"

"天气好，妈妈才起来的吧？"

"她还自己洗衣了。我说我来干，她不让。虽然是洗内衣内裤，毕竟是个病人呀。"

弓子喝完红茶，感觉有些茫然，不知道如何安排今后的去向，毕竟现在已经没有了缠人的学习事务。明天开始学校放假一个星期，然后彩排毕业典礼、打扫熟悉的教室卫生、整理书桌。也许考试的紧张劳累过后，产生了这样厌倦沉闷的情绪。但是，刚才朝子说的清和昭男的事更让她苦闷难过。

"我也学妈妈的样子。"弓子自己洗了黑袜子和手绢。她把手绢贴在窗玻璃上。

谁家的金丝雀在高声长鸣。清脆悦耳的啼啭声忽远忽近，持续不停。楼下不时传来女士们的哄堂大笑声。

弓子躺在床上，把毛毯拉到胸部，随手拿过美国的时装杂志《十七岁》。四月号封面上的少女拿着灰色雨伞，穿戴着同样是灰色的雨衣雨帽，戴着红手套。她伸出一双戴红手套的手承接缤纷飘落的花瓣，脸上挂着动人的微笑。整个形象洋溢着春天的气息。

金丝雀还在歌唱。听远方的鸟叫，比自己家养的鸟更有春天的情趣。翻开《十七岁》，露华浓的口红广告是一幅艳情照片。弓子现在看到这些东西，不禁心旌摇曳。

弓子不知不觉地迷迷糊糊睡去，在似睡非睡之中，仿佛听见朝子声色俱厉地指责的声音。

要蓝宝石还是要猫眼石，石油公司头头的夫人和围着她转的太太们迟疑不决，连敬子都觉得疲劳，但拼命抑制着不在脸色上流露出来。这是个贵客，要尽力热情周到地接待，可是身体还没有完全复原，再加上刚才跟朝子吵架的气还没消。

朝子不跟小山一起去大阪，敬子和清说她几句，她就把弓子搬出来，把清说得目瞪口呆、萎靡不振。

"你不知道吗？弓子爱田部大夫。她离家出走，住在姑妈那儿的时候，还和田部大夫见过面。是我让他们见面的。"

敬子也听得胆战心寒。

"要是把弓子硬嫁给哥哥，比我跟小山结婚更不幸。"

"……"

"我和小山结婚，有谁劝阻过？"朝子大动肝火，莫名其妙地泄愤撒气，"我来阻止弓子的不幸。"

清脸色煞白，一声不吭地走了。这时刚好顾客进门，敬子好像捞到救命稻草一样，而且和客人一谈生意，心情多少得到缓解，平静下来。但是，她没有看见弓子回来。弓子一上二楼，就不见动静，敬子心里总是惦念着。

著名音乐评论家的夫人、建筑家的年轻太太，对她们来说，两三万日元的东西，哪一个不是跟买点心一样满不在乎。敬子对她们的阔绰实在羡慕，可是这些夫人却对敬子的生活态度称羡不已。

"不依靠男人，经济独立，这才活得有价值。"

"一辈子里有一年，半年也行，想依靠自己的力量自由自在地生活。"

"女人开店铺、有工作，在现代社会不算新鲜事，但是像这家店铺，以美好优雅的情趣经营高雅的生意，实属罕见。"

"我们也开一间富有情趣的店铺吧。"

"最关键的首要条件是没有丈夫。"

"有了孩子，就不好离婚，等着当寡妇以后再说吧。"

"您的先生看来活得命长，您在地下看着他和年轻的女人再婚的时候，就享受到充分的自由了。"

敬子的确从心底感谢自己身上被别人羡慕的那些东西。

市面经济萧条，而敬子出售高级奢侈品的店铺却顺利地走上轨道。愉悦兴奋之情如甘泉流淌，充满她的心田。

敬子花钱大手大脚、铺张浪费，川村则为她精打细算、开源节流。虽说店铺很有起色，但现在还只是维持家庭生活、还清开店贷款的程度。

不过，只要店铺保持这个势头，到明年就可以省心。清大学毕业后即使暂时找不到将来有发展前途的工作，先读研究生也行，或者在家赋闲一段时间也可以，敬子都负担得起。弓子愿意的话，可以上大学，或者继续学习在学校时作为选修课的钢琴。弓子最好在店里帮忙，但一个女店员还雇得起。

总之，他们喜欢干什么，干就好了。敬子觉得自己是为周围的人活着。这种想法能使她心情平静，同时也给她增添勇气。敬子在战争中失去丈夫以后，只能如此自强自立。

可以说，就连俊三这条男子汉，这几年也是由敬子供养。然而生活供养也好、感情培养也好，未必能使他得到幸福。

女儿朝子也养出满腹牢骚来，看来结婚以后也不怎么美满幸福。作为母亲，总是为子女操不完的心，可是急也没用，现在人家是一对夫妇，敬子不好插手太深。

如果朝子因为只想主要在话剧中演出而与小山翻脸不和，敬子可以资助她一些零花钱；如果朝子想生孩子，敬子甚至还可以出抚养费。但她不知道这样是否就可以让朝子满足。朝子到底希望什么？到底为什么愤愤不平？她似乎是一个天生的牢骚客。

今天敬子听朝子给西服缝纫店打电话："我是小山。前些天定做的那件衣服，你们寄到大阪去。"接着她告诉对方小山在大阪的住所。

"朝子，你真不打算去大阪和小山一起过吗？"敬子郑重其事地问她。

"不愿意。"

"不是不愿意就算了。小山让你把西服带去，结果收到的是包裹寄去的东西，他会是什么心情？"

"就为送西服特地跑一趟大阪，我还舍不得火车费呢。"

"火车费我掏。"

"我现在不想坐火车。"

"什么？"敬子简直目瞪口呆。

"妈妈你不就是坐火车坐出病来的吗？"朝子回答得出人意料。

虽然朝子不可能知道敬子流产的事，但还是让敬子惊吓得一身冷汗。在一旁的清听不下去，便说："什么叫不想坐火车？岂有此理！"

"不想坐的东西就不想坐。哥哥你懂什么?!"

"你这么横行霸道，只能给他造成不幸。你好好想一想吧！"

朝子冲着清直眉瞪眼地说："你要这么说，我还有话呢。哥哥你不是给她造成不幸吗?! 好好瞧瞧弓子吧！"然后她挑拨离间般地大说弓子怎么爱昭男、自己怎么让弓子和昭男见面。

朝子说她安排弓子与昭男见面，使敬子怀恨在心。忌妒的狂涛一阵一阵冲击她的胸间。他们何时何地见的面？是敬子与昭男分手之前还是之后？昭男对这件事讳莫如深、只字不提。弓子居然也装洋蒜，一点儿口风都不透，没事儿样地回到敬子家里来。

敬子把女顾客购买的蛋形墨西哥猫眼石放进紫色小盒子里的时候，手指头都觉得发软。

"等一等……"石油公司头头儿的夫人又犹豫起来，从小盒子里把戒指捏出来，戴在无名指上端详着，这已经是第五六次了。她一边把戒指跟衣袖的颜色相比较，一边说，"还是显得艳。这样红的蓝的火焰闪动，怎么看都觉得是少女情趣，漂亮倒挺漂亮……"

"啊。"

"还是换成蓝宝石。"夫人又变卦了，"索性，有好珍珠的吗？"

"啊，很不凑巧……"敬子冷淡地回答。

"算了，就是它了。"夫人勉勉强强地说。

敬子一边急忙用白色的包装纸把小盒子包起来，一边在情绪坏到极点的肚子里打定一个主意。

还早着呢，一个黄毛丫头。敬子打算好好盘问弓子以前避而不谈的想法。弓子果然像朝子所说的那样爱昭男吗？最近是否倒向清这边来了？把弓子的想法弄清楚，对清也有好处。但是能弄清楚吗？而且，一旦弓子把想法和盘托出，又似乎令人害怕。

其实，朝子不说，敬子也早已知道，弓子对昭男怀有少女的恋慕之情。如果这是强烈的爱恋，敬子会一狠心干脆远离弓子。

敬子把太太们送出门外后，抓着楼梯扶手慢慢上了二楼。

弓子正在熟睡，抵在枕头上的嘴唇微微张开。敬子看着她的睡脸，刚才的忌妒责怪好像忘在一旁，重重地吐了一口长气，然后自己也躺在床上。

弓子抵在枕头上的嘴唇仿佛要对她说话，看着看着，敬子不由得泪水盈眶。她想起这几天躺在床上阅读的横光利一的长篇小说《天使》中的少女雪子那清纯可爱的形象："忽然萌生这种孩子气的想法，如果要比喻，应该把这个姑娘比作什么最适当呢？脑子里出现摆在朝晖辉映的贴金屏风前的花篮中，蓓蕾初绽的桃花那恬适优美的韵致。"

桃花般艳美的红唇。这是上帝的赐予。

敬子一闭上眼睛，自己吻过的昭男的嘴唇立即浮现出来，她又睁开眼睛。从神户旅行回来已经一个星期了。昨天就起来接待客人，但一直没有洗澡。

敬子流产以后，一个星期没有洗澡。她觉得弓子睡着时天真稚气的嘴唇比平时更玲珑红润。跟弓子相比，自己的身体和嘴唇不知有多么污浊肮脏。

有句话说："年轻的时候为了爱而活着，年岁大了以后为了活着而爱。"真是如此吗？如果真的有为了爱而活着和为了活着而爱，二者又如何区别呢？哪一方才是真实的？

当敬子断定俊三已经死去以后，她对昭男似乎是为了活着而爱。难道弓子是为了爱而活着吗？

敬子心想，流产也许就是对自己还不醒悟的惩罚。但是，所谓流产也是她的自我诊断，并不排除更年期的生理失调或者更可怕的癌症的可能性。

"癌症……"

自己这样的年龄，如果生理现象反常，必须引起注意。敬子在妇女杂志和报纸上看过此类文章，所以心中不安。

"客人走了？"弓子醒过来。敬子的眼睛明亮，她正看着弓子。这一阵子，弓子看敬子脸色阴暗、神情沉郁，以为她病体初愈，还没有完全复原。

"不知不觉天都黑下来了，睡了好长时间。"弓子随口说道，声音如同少女般纯真。敬子没有回答。

"妈妈，你什么时候上来的？"

"……"

敬子如果现在就和弓子开诚布公地谈话，推心置腹，把所有的事情都说透，双方就不可能无拘无束、轻松自在地相处了。这哪里像个大人样儿……敬子把眼睛一闭，身子转过去，背对着弓子。

"妈妈，你睡一会儿吧。我到下面去，吃饭的时候再叫你。"

敬子听了这甜蜜体贴的话，反而更加着急。

"弓子。"敬子翻了个身，"你对清的事，到底怎么想的？是不是觉得他只能做你的哥哥？"

弓子稍稍避开敬子的目光，脸色渐赧。她也知道，总有一天敬子会这样开门见山地盘问自己。可一旦事到临头，敬子的态度冷漠疏远，她忽然觉得六神无主。当然，弓子还不至于张口结舌。她下意识地把手边的《十七岁》放在膝盖上随意翻着，眼睛并不在上面。

敬子心想再也不能被她在自己身旁时的天真稚气所蒙蔽："弓子，别看书，回答我的问题。"

"是哥哥说什么了吗？"

"你是问清对我说什么了吗？没有，什么也没说。只是一碰到你的事，清就特当真，往往挂脸。"敬子起身坐在床上，"今天也是这样。朝子说你除了清以外还有喜欢的人，清就受不了，横眉竖眼地出去了。"

"姐姐怎么瞎说呢？"弓子惊讶得几乎头晕，"她为什么要这么说？没那回事。我哪有那样的人?! 没有！谁也没有！"弓子手指尖发冷，眼前发黑，心头发颤。这跟红羽毛募捐那天勉强回家病倒的感觉差不多。

584

敬子也担心弓子支持不住。她感到弓子的情绪又像海贝的身体一样收缩着。弓子如此紧张，不正好说明昭男是她的心上人吗？

　　敬子想继续问下去，但昭男的名字无论如何也说不出口。

　　"这就怪了。朝子为什么要那么说呢？弓子，你刚才说现在还没有喜欢上什么人，那么，慢慢地也就跟清好了吧？"敬子口气缓和下来。弓子点点头。

　　"你什么时候爱上了什么人，嫁出去成了别人家的人，妈妈都不在乎。不是妈妈管不管的问题，你有你的自由。"敬子的话言不由衷，连自己都觉得虚伪。

　　说这话之前，她想要是弓子对昭男一往情深，私奔而去，自己能忍气吞声地过下去吗？她的胸间疯狂燃着怨尤嫉恨的烈焰。

　　失去弓子也就失去了清。弓子回到敬子家里以后，清变成一个通情达理的好孩子。敬子期望弓子对清倾心的心情日益强烈。就是弓子不被昭男夺走，敬子也不愿意对她放手，要爱不释手地永远把弓子置于自己身边。

　　"我对亲生女儿朝子都没有这样……"如果自己这种奇怪的心理无法抑制的话，那么弓子喜欢昭男胜过清的心理又有什么可奇怪的呢？

　　但是，敬子并不松口："清从小就喜欢你。你也非常清楚吧？"

　　弓子不能佯作不知。

　　"清也许是为了爱才活着。你懂事以后总是回避清，我不是没有感觉。他一见到你就走不动路，纠缠着你，心里急躁烦恼，闷闷不乐，甚至拿我出气。可是你这次回来以后，你的态度也有了变化，他的情绪就好多了……"

　　"……"

　　"清这种心情对你是个负担吗？"

　　"我对他才是负担。"

　　"弓子，别这么说。"敬子的太阳穴不断地跳疼，她用手指压着，

"弓子，你也不是小孩子了，我说的你听听就行了。"

其实，用不着敬子告诉她，清已经好几次直接向她倾诉爱慕之情。

"妈妈今天也总让人捉摸不透……"弓子本想避开话题，却觉得自己的心思也会被看透，便低下头。

敬子替清向弓子求爱，也觉得说话不利落，更何况自己和昭男的事做贼心虚，问心有愧。如果弓子说一句"妈妈你自己不是也喜欢田部大夫吗"，敬子将一败涂地，无言以对。

"我觉得清很可怜。"敬子声音细弱，"要是弓子能一直在我身旁，那该多好呀。"

"我哪儿也不去。"

"哪儿也不去，不就谁也爱不了吗？"敬子正要接着说下去，只听川村一边叫着"夫人，夫人"，一边上来道："您瞧，有这个东西寄售。"

敬子走到布帘外面。

"是祖母绿。有十二克拉。就算一克拉十万日元，也值一百二十万日元。要是卖给外国人……还带着四克拉的钻石。"

小钻石镶边。川村说："还有这个天然珍珠，估计能卖十二万日元。"

"这位客人来了吗？我去见见。"敬子和川村下楼去了。

弓子一个人待在楼上，羞得面红耳赤。朝子姐姐为什么要那么说……显然朝子直截了当地点了昭男的名字。刚才碰到朝子的时候，她就明确地说"田部大夫喜欢你"。

爱的烈火在弓子心中熊熊燃烧。

只要一提到昭男，敬子就变成另一个人似的，对弓子冷眼相向，没个热面孔。

弓子一头躺倒在床上，把脸埋在枕头里，手抓着枕头边。以后不论什么时候，对昭男都得避而不见。脑子里毫无清的影子，根本想不进去。

"小姐，晚饭吃什么？"芙美子在布帘外问她，"您爱吃的花椰菜和维也纳香肠还有。"

"什么也不想吃，我睡觉。"弓子心想至少对芙美子还可以任性地耍点儿性子。

"要不我问一下夫人。"

"不用！就照你说的做好了。"

芙美子沉默片刻，说："哥哥不回来吗？要是三个人用饭，维也纳香肠好像少了点儿。"

"不知道！不知道！"弓子没好气地连说两遍。

清回不回来、什么时候回来，弓子哪儿知道？从姑妈家回到这儿以后，弓子跟清处得相安无事，清出门之前，一般都告诉她几点回来。她虽是"嗯"地点点头，但现在才意识到只有恋人或者夫妻之间才这样事先通气。

弓子也惦念敬子回家的时间，而且坐立不安地盼望她早点儿回来，那是因为同住在一个屋檐下的一家人的习惯。

弓子开始担心气呼呼不辞而去的清。但是，父亲的影子钻进脑海。那个时候，谁也不知道父亲什么时候回家，等都没法等，越等越着急疲惫。到后来，弓子都不敢问敬子"爸爸还没回来啊""爸爸怎么这么晚"这些话了。

妈妈是怎么想的？弓子觉得对不起妈妈，但更强烈地感受到父亲的悲哀。

弓子站起来，掀开钢琴盖。她要在感恩会上演奏钢琴。她想通过琴声忘掉敬子刚才说的话。她想一直弹下去。

敬子好久没有上来。时间很晚了，两个人才相对坐在餐桌旁。

"我想穿无袖的衣服参加感恩会。"

"行，别感冒就是了。"

"我要弹钢琴，会出汗，穿无袖的露着胳膊好看。"

敬子不由得抬头盯着弓子。

"怎么啦？干吗这样看我？"

"刚才的客人说你钢琴弹得不错。"敬子把话岔开。

在感恩会上演奏钢琴要露出丰腴健美的胳膊，敬子深感自己和弓子已不可同日而语。胳膊显示着年龄。敬子的胳膊肥胖松弛，肌肉松懈得目不忍睹。已婚者与处女的胳膊一眼就能分辨出来。

"你已经毕业了，妈妈帮你打扮。"敬子说。

这天，清彻夜未归。敬子和弓子躺在床上，谁也不再提起他。弓子睡着以后，敬子下楼锁门。现在家里既没有晚归的男人，也不会有人深夜来访，所以没有安门铃。

敬子辗转反侧，无法入睡。

儿子不归

尽管朝子是反唇相讥，可是当着敬子的面搬弄是非、挑拨离间，说弓子喜欢昭男，清给弓子造成不幸，把清气得七窍生烟。这使敬子狼狈不堪，更叫清下不了台，勃然变色。

清一直以为弓子出走完全是自己言行举止不慎所致，为此内疚自责，但现在回想当时前前后后的一些事，显然存在着昭男的影子。妈妈也好，弓子也好，都鬼迷心窍了。

昭男就像魔鬼一样让清心惊肉跳。现在，清一见敬子和弓子的脸，就厌恶得简直想把眼睛抠下来，因此一心想离开这个家，找个地方躲起来。可是照这个样子下去，人到中年以后，不是要重蹈爸爸的覆辙吗？他想起了俊三。

清从心底无法适应敬子的生活。那些到店里来翻唇弄舌、消磨时间以后买走高级奢侈品的百无聊赖的太太，在清的眼里就是一伙神经兮兮的娘儿们。而敬子被这样的客人包围着，也兴致勃勃地和她们锣鼓相应，清打心眼儿里讨厌。

现在想起来，当时俊三的公司濒临倒闭的时候，敬子手头的珠宝中一个稍好一点儿的就足够公司职工一年的工资和退休金还有余。俊三又是怎么看待这些的呢？

珠宝到底是什么东西？清弄不懂。但有一点确凿无疑，就是妈妈靠珠宝养活了自己，供自己大学毕了业。再者，若说依赖敬子的能力生活，清和朝子并没有半点不一样。

清那样被朝子臭骂一通，没动手揍她一巴掌，就气出家门。他心里窝囊委屈，而且对昭男咬牙切齿，恨不得一刀宰了他。

但是，除了朋友的家，清无处可去。他有一个名叫黑川的朋友，住在井之头公园附近，家是木构造的洋房，比较老旧。他跟老姐姐住在一起，姐姐的年龄都可以做他妈了。

姐姐没结婚，养着一只名叫安妮的母猫和一条名叫娜娜的丝毛母狗。她在东京都政府工作二十年，清就是受到她的启发才决定就业的。

清在黑川家里住过好几次，比较随便，不会感到拘束。

娜娜也认得清，摇头摆尾地跑出来欢迎他。"娜娜，还是狗比人好。"清蹲下来，娜娜摇晃着身体，舔他的手。清一只手伸进娜娜蓬松的白毛里，顿时心情舒缓下来。

清本来想叫黑川一起出去旅行。

"不是有毕业典礼吗？"黑川说，"你不参加了？"

"哦，也不是。"清含含糊糊地回答，"只是工作以后，恐怕就没有机会再一起旅行了……"

在黑川家住了四五天，没有换洗的衣服，身上也没有钱，清觉得有诸多不便。他心头还惦念着弓子怎么样了，会不会再离家出走……

现在，自己离家，朝子离家，就剩下一个妹妹留在母亲身边。

跟另一个男人争夺……清既已离家，不愿意再想这件事。但他仍然希望如果见到弓子，或许能把自己心中的隔阂清洗得一干二净。

在这几天里，清两次回麻布的店，但两次都像事先商量好似的，敬子和弓子都出门去了。清觉得被人完全抛弃了。

清第二次去店铺时，把自己名下的存折和印章找出来，正装进书包的时候，被川村撞见。

"清，今天是弓子的毕业典礼。"

"……"

"夫人一早就去了学校，差不多快回来了。你等一会儿吧。"在川村看来，清是一个被惯坏的小青年，"今天晚上为祝贺弓子毕业，大家美餐一顿，也让我参加。"

"是吗？"

"你也应该向她表示祝贺啊。"

"……"

"你好像还没有告诉我们你已经毕业了。不过，可以向你表示祝贺吧？"川村连讽带刺。

"我不说你也知道。"

"我当然不会以为你不及格，毕不了业。但这样不声不响的好吗？"

"我不会不声不响的。"

"就说这个，你不是也一样吗？"川村指着清的书包，"说起来，这是做母亲的一片心意，可是你不声不响地拿走。这种做法跟小偷有什么两样呢？"

"小偷？"清的嘴唇颤抖着。

川村倒沉着冷静地说："尽管存折是你名下的，可有一分钱是你挣来的吗？大学毕业的是你，可供你大学毕业的是……"

清从书包里掏出存折使劲甩在桌子上。

"存折可以还，供你大学毕业还不了吧？清，你可是你妈妈相依为命的唯一的男孩。我不想对你说教，可是你妈妈的苦心焦虑，我都觉得心疼。嘿，我从当小伙计那会儿起，干什么都站在夫人一边。"

清对川村气恼厌恶，反而不想等敬子回来，也不愿见弓子的面。

"要是今天晚上一起祝贺弓子和你毕业，夫人该多高兴！"

清没等川村说完，拔腿出门而去。

"这个、这个……"川村拿着存折追出来。

清决定就职，但具体工作还没定。到民生局工作，必须先参加两三个月的研修班培训，然后分配到民生局的归国援助科、民生保护科、福利事务或调查等部门中去。

黑川早就决定进京桥的一家法律事务所工作，随时都可以去上班，但他叫清在培训前一起去他的老家静冈看看。黑川看得出来，清住在他家里心情不舒畅。

两个人提着简单的手提包离开东京。两天前，天气转坏，绵绵细雨打湿初绽的樱花，阴霾的天空不知道什么时候才能雨霁日出。热海一带却已经过了樱花盛开的时节，朦胧烟雨濡湿樟树的嫩叶。

"带你到我的家乡来看一看，算是学生时代的最后一次旅行。"黑川说。

"我很羡慕有家乡的人。"

"老家在战争中也被烧毁了。咱们上天龙川，从伊那绕信州回东京怎么样？"

"好。"清对黑川这样的好朋友都无法诉说自己心灵的创伤，独自怏怏不乐。

他们在静冈住了两个晚上，回到东京。傍晚的阳光依然强烈，东京一下子热得像六月天一样。黑川的姐姐在门口把他们接进屋，说："清，你母亲和妹妹到区政府向我打听你的情况来了。"

"什么时候？"

"昨天。我看这就是你的不是了。有那么好的妈妈和妹妹，还叫她们担惊受怕。你妹妹那俊模样，跟仙女下凡一样，区政府那帮人都看傻了。"

清红着脸，心头扑通扑通直跳。他想知道昨天弓子去区政府的情景。

"好了。洗个澡，热得够呛吧。"

两个人洗完澡，回到内厅。桌上摆着香味诱人的温室栽培的甜瓜。

"这是你妈妈送的。真是个好母亲。清，你也应该提起精神来。"黑川的姐姐说话像个男人。她从弟弟那儿多少知道清家里的一些情况。没见到敬子之前，觉得她一定性格阴郁，难以相处。从清身上看得出他对家庭的不满情绪。

"像她那样通情达理、十全十美的人都要吃苦受累，可见做妻子、做母亲的都很难啊。还是我这样一个人过好，轻轻松松、自由自在。"黑川的姐姐对清说，"那个叫弓子的姑娘长得跟花一样，人见人爱。你不觉得像姐妮·罗宾吗？"

"不像。"清不假思索地说。

"是吗？你是说弓子就像弓子？那是因为你跟她常见面。会来玩吧……"

"到这儿来？"黑川看着姐姐。

"嗯。她要是清的亲妹妹该多好……"

"我倒愿意跟妈妈和妹妹成为没有亲缘关系的人。"清嘟囔着说。

"好呀，那我可就要把她们抢过来啦……"黑川的姐姐一本正经地板着满是雀斑的脸，让清忍俊不禁。

"好，吃甜瓜吧。大美人送的，味道格外好。吃一片，也算是结下缘分。"

清忽然莫名其妙地清晰想起弓子去年过生日那天晚上，俊三买回来两个甜瓜。他和俊三喝啤酒下将棋，像一对关系融洽的父子。

"怎么不像姐妮·罗宾呢？"黑川的姐姐一边说一边站起来，拿来电影画报，"你看像不像？"她把彩印封面的电影画报杵到清眼前。

"像吗……"清退了一步。他怀念起俊三来。他对弓子说过想把俊三当作自己的父亲。俊三以后怎么办呢？

在敬子的店里，大家似乎都回避提起俊三。只要俊三没有着落，弓子的心就不会踏实。弓子正在寻找父亲，清也想见见他。

清拿起扔在一旁的电影画报带回屋里，夜深人静时，独自端详着姐妮·罗宾。

两三天后，培训班开课，清每天去都立大学。

每年樱花盛开时节，为了迎接赏花游客，东京都政府都在车站等繁华地带，把横行霸道的地痞流氓、旅馆拉客的、赌场、小摊点、拆白党、拉皮条的这些歹徒无赖统统扫除干净。同时对麇集在车站周围、闹市背面的流浪汉进行实情调查。这本来是警视厅的工作，有时民生委员也参与调查。

"清，让他们带你去看看东京都最底层有好处。"黑川的姐姐劝清去。

"流浪汉大概还不是东京都的底层吧，还有比他们更肮脏的最底层。这我也知道。"

"耳听是虚，眼见为实。什么都要亲眼去看一看。"

"培训结束后，恐怕会让我看个够。"清现在没有积极活动的劲头，连身体都觉得疲乏懒倦。

似乎今年梅雨也来得早，二月份阴雨连绵，阴霾的天空终日不开。

日本今年好像没有春天。

在这抑郁恼人的春天里，清大学毕业了。他觉得自己的前途也如天气一样晦暗。他本想脱离母亲和弓子独立生活，结果不得不栖身于朋友家里，心里实在窝囊极了。自己对母亲和弓子难道不是一味地耍小性子、闹别扭吗？

清感到自我厌恶。今天又心情厌烦地往黑川家走去，忽然听见狗在使劲地吠叫。这个时候家里不会有人啊，他觉得奇怪。只见门侧的悬铃木嫩叶新萌，一片葱茏翠绿间闪动着鲜艳的色彩。清惊愕地停住脚步。

在风吹雨打日晒而涂漆剥落的对开门前，弓子正往门上的信箱里塞东西。在风声和狗叫声中，她没发觉清的脚步声。她正把信件和广告等其他邮件扔进信箱里。

清站在弓子身后，心潮如沸，同时也有点儿难以置信：这就是弓子吗？

就这一晃眼的工夫，弓子出落成一个大人。很难具体指出哪个地方发生了什么变化，但从她的背影也能明显地感觉出与先前的不同。

弓子身穿清熟悉的那件深橙色的挺括的半袖羊毛连衣裙，脚上一双半新不旧的红色低跟鞋。这样的打扮俨然显示着她已经不再是一个女学生了。

弓子把清的信件全部投进信箱后，转过身来，忽然发现清站在眼前，不由得屏息紧张，面红耳赤。

"今天好像没人在家，我还以为来得正是时候呢。"她的声调似乎也变了样。

清像被风推着往前走了两三步。他闻到从弓子被风吹乱的前额短发中飘溢过来的香粉味道。

"你特地给我送信来的？"

"我要是就这么回去，你还不知道是谁送来的吧？"

"不知道。可那……"

"我知道你心里发慌。"

弓子明亮清澈的眼睛盯得清心头一惊。

"什么？"

"可不是嘛，你躲得无影无踪，让别人担惊受怕，还装出一副没事儿的样子。"

"……"

"哥哥，你的脾气怎么这么古怪！"

"你说我脾气古怪！"

清心头忽然不可抑制地涌出一股喜悦的热潮，连脸颊都泛起红晕。弓子知道他误会了自己的意思，也不禁心浪翻腾。

"躲得无影无踪好像是咱家的家风。"清极力掩饰着难为情，"就妈妈一个人没躲起来，因为她肩负全家的责任。"

"……"

"妈妈总为你操心，怕你得了神经衰弱。"

俊三也是神经衰弱。而且报纸的社会版经常报道神经衰弱造成自杀、离家出走甚至杀妻杀子等形形色色的新闻。

弓子看敬子整天忧心忡忡的样子，神经也深受刺激，反倒担心敬子会得神经衰弱。

与其说清神经纤细脆弱，不如说他神经暴露无遗，这就追得弓子惊魂落魄，叫苦不迭。

弓子不跟清在一起，反而了解他的真诚，心情也恢复了平和。一想到清离家是因为自己，她就难过得坐立不安。

西服店和饰品店大概是按照大学毕业生花名册寄来的各种广告，还有返校开会通知、同学来信等，清的邮件攒了一堆。

"要是弓子送去，他会很高兴的……"敬子显得神神秘秘。

"我送去。瞧瞧他现在怎么样了，说不定过得还挺自在的呢。"弓子也想见清。

两个人靠在门上忘情地聊着，似乎忘记了强劲的春风，忘记了娜娜的叫声。

"今天我有事求哥哥……"

"求我？"

"嗯。两件事。"弓子看着清，"第一件，希望你回家，回到妈妈身边。"

"哦。"弓子如此郑重其事的恳求让清感到惭愧。他不敢说回去不回去全凭你弓子一句话，是自己太不像话。

"还有一件事……"弓子嗫嚅着说，"我还是一直惦念着爸爸。我想自己去找他，不跟妈妈说。这恐怕不大好吧……"

"不，有什么不好的！这好得很。我最近都想念你爸爸。"

"真的吗？哥哥！"弓子明亮的眼睛潮湿了。

"啊。"清点点头，"说真的，弓子，我应该去找爸爸。对，我去找……"

"那天晚上，哥哥就为我去找爸爸，我很高兴。"

"对、对。那天晚上，你从二楼的窗户看见一个人特像爸爸，就是你给我们做炒饭的那天晚上。"

弓子听清提到炒饭，面露微笑。

"那天我说一定要为你找到爸爸。"清想起当时的情景，"你瞧我说话不算话，老是磨磨蹭蹭的。"

"是我叫你别找。"

"那不是你的真心话。我非常了解你的苦衷。"

"其实也不全是违心的话。我拿不定主意，不知道找爸爸好还是不找的好，一直想听听你的意见。"

清感觉到弓子已经走进他的心坎里。他想继续保持这样的气氛。一旦开门进屋，弓子大概就会变成另一个弓子。

时有行人路过，但清愿意在春风吹动嫩叶的悬铃木下和弓子一直这样聊下去。在他心头投下阴翳的昭男的身影也悄然消失了。

清不想就这样放弓子回去。"咱们去哪儿转转吧。"

"你不用看家吗？"

"不用。就姐弟俩，家里经常没人，自在得很。"

两个人决定去涩谷，在双叶吃西餐，然后看电影。

"这个怎么办？"弓子把左手抱着的四方形纸包送到清胸前。

"什么东西？"

"妈妈送给这家阿姨的礼物。点心。"

"放在家里吧。"清拔开门闩，自己把点心拿进去。弓子一个人留在门外，娜娜在院子里又冲她低声吠叫起来。它转到清脚边，小脑袋亲热地蹭来蹭去。

清用铅笔在信纸上写道："这是妈妈的一点儿心意，请收下。我回来晚。下一次请让我参加动态调查。"然后把信纸夹在点心盒的带子下面，锁门出来。

弓子在悬铃木背面一边避风一边对着小镜子化妆。清从来没见过弓子当街化妆。

"你变了。"

"我？"弓子合上化妆盒，"没变。"

"变了。"

"不可能。那只是你的感觉。"

"现在不用上学了，每天干什么呀？"

"在店里帮忙，觉得时间过得挺快。和妈妈一起接待顾客，不知不觉天就黑了。也没时间练钢琴。想做点儿别的什么嘛，什么也做不成。"弓子像是抱怨，但听得出来，她已经适应新的生活了。这也让清觉得不可思议："在店里帮忙有意思吗？"

"有意思，就是不懂，蒙头蒙脑的。川村在一旁提心吊胆地看着我，不过他很热心地教我。"

"这个川村……"清恨恨地说。

"川村对妈妈有意，在店里都看得出来。"

清板着脸默不作声。两个人往井之头车站方向走去。

"弓子，你打算就这样在店里一直干下去吗？"

"怎么啦？"弓子感觉到清对她在店里帮忙的不满和不安。

"没有别的想做的工作吗？"

"有倒是有，但没有值得干一辈子的工作。现在想帮妈妈一点忙，可是这日子一天天过得真快，叫人害怕。"

"你带来妈妈的礼物，她当然知道你到我这儿来吧？"

弓子略显羞涩地点点头。

可能因为刮大风，也可能因为不是高峰时间，开往涩谷的帝都线乘客很少。他们坐在车里，从对面的车窗只能看见风中摇摆不定的茂密新绿的嫩叶，给人坐在山上缆车里的感觉。

清从稳稳当当地坐在身旁的弓子身上感受到一种压迫。仿佛胞妹般的弓子远远离去，倾心相爱的另一个人却高高在上。这似乎不仅仅表现在学校毕业、在店里帮忙、开始讲究打扮这些事情上。什么地方变了呢？如果现在把这一阵子憋在心头的昭男的事提出来，大概会被她瞧不起。

说不定变了的是清。

清已经不可能无所顾忌地直接强迫弓子理所当然地接受他自以为命中注定的爱情。他离开敬子和弓子住进黑川家里后，心情也大有变化。这简直是在自我修炼，学会怎么忍耐被弓子拒绝爱情的痛苦。清想到这儿，独自微笑起来。他甚至认为，只要自己的爱情真挚纯洁，就不会因为能否与弓子心灵相通的问题摇摆不定。

以前过于自负。朝子也是如此。

"朝子最近怎么样？没去店里吗？"清问。

"小山姐夫从大阪回来了，昨天他们一起到店里来。好像两口子关系不和。妈妈为他们的事直犯愁。"

"有什么可愁的?！朝子太任性、太冷漠，最好别理她，她愿意怎么办就怎么办。小山要是不娶她做老婆，会过得更幸福。"

"哎呀，怎么说得这么刻薄……"弓子如冷水灌顶，"姐姐并不像你说的那么坏。她就是受不了寂寞，妈妈也是，我也是……"

弓子像躲避清的身体一样沉默下来，清心里有点儿发慌，说道："照这样下去，两个人过不到一块儿。朝子有什么想法？"

"……"

"就是跟小山离了，我也不能同情朝子。"

"啊！你干吗要这么说呢？"弓子又大为惊愕。

"她这是自作自受、报复自己。"

弓子缩着肩膀，低下头。难道朝子不是他的妹妹吗？难道因为是亲兄妹才能这么讲吗？这样尖刻的话弓子绝对不会说出口，也从来没想这么说。她感到清对昭男还是耿耿于怀。

在朝子的事情上，两个人谈不到一块儿，别别扭扭地到了涩谷。一出车站，灰尘蒙蒙的春风扑面而来，吹乱弓子的短发。

"真讨厌，越刮越大。"清用手擦着脸，说，"樱花时节，阴雨连绵，烦透了，可天一放晴，就是阳光明媚的春天。"

弓子忽然产生一种强烈的疑问：朝子为什么故意安排自己和昭男在音乐会上见面？为什么说昭男喜欢自己？这难道是出于对自己的善意和对清的恶意吗？朝子当着敬子和清的面居然大谈特谈昭男，是否怀着一种破坏性的情绪？

弓子一边心不在焉地跟着清过马路，一边想起去年那个秋日刮着比今天更大的风，在目白车站偶遇昭男时惊喜交集的情景。她在朝子的新婚之夜，曾经把鲜花送给昭男；她在离家出走之前的夜晚，曾经向昭男倾诉不可示人的少女心事。

弓子的眼前一浮现出昭男的身影，就觉得双脚悬空，似乎要从清的身边离开。

她正要从马路中间的安全岛迈步穿过车道，往对面走去，信号灯忽然变成红灯，一辆闪闪发光的小型轿车在她跟前"嘎"的一声急刹车，差一点儿撞在她身上。

"啊！"弓子惊吓得似乎心脏停止跳动，紧闭眼睛，往前一个趔趄，双手按在车上。

"危险！危险！"清急忙从背后抱住弓子，"这车开得这么野！"

"是我没注意。"

络绎不绝的车子从他们的面前驶过。

要是刚才被车子轧了，我死的时候心里一定想念着田部大夫。弓子的心情又激动起来。

"真危险。"清抓着弓子的胳膊。穿过马路以后，弓子轻轻地把胳膊抽出来。

双叶西餐馆在沿着电车线路的马路边上，这里的法国菜久负盛名。洁白的桌布在春天明媚的光线映衬下格外显眼。今天店里就他们两位客人，也实属罕见。

弓子一落座，想起很早以前曾经来过一次。初夏，俊三和敬子带着弓子去府中看赛马，回来时光顾过这儿。

那时候似乎正是俊三的黄金时期，饭后在道玄坂散步，在俊三的鼓动下，敬子买了夏装的布料。钱当然由俊三付。弓子也觉得理所当然。

藏青地上印着煤油灯、海蟹和小口壶的图案，别具一格。

"咱们俩一起穿吧。"敬子对弓子说。

小弓子很喜欢这个图案的布料，能和敬子一起穿着出去更是兴高采烈。敬子大胆地挑选这样的图案让弓子赞叹不已，她的魅力足以使弓子忘记杳无音信的生母。

妈妈的那条裙子、我那件童装似的衣服，现在都在哪里呢？清还记得吗？

"你在想什么？"清问。

弓子像惊醒过来似的说："没有。记起来一件事……"

"什么事？"

"妈妈和爸爸……很久以前到这儿来过一次。哥哥，你还记得那件煤油灯、小口壶图案的藏青色夏天衣服吗？"

"是你小时候穿的吧？记得。"

"妈妈做了一条裙子吧？"

"是吗？这我记不得了，可是你穿的我还记得。"

"那块布料就是在这儿吃完饭后买的。"

"哦？"

汤端上来，弓子文雅地喝着。

"好喝吗？"

"好喝。"

"我现在吃不出味道来。"

"怎么啦？"

"想什么心事魂不守舍，差一点儿撞了车。"

"没想什么。风吹头发挡住了眼睛……"弓子说得很快，立刻以攻为守，"不是你最擅长想心事吗？"

清一笑不笑。

弓子觉得自己这句装聋作哑的话不会就这样烟消云散。她也吃不出法国菜的味道来了。她的确想起和爸爸妈妈到这家餐馆吃饭、饭后买布料的情景，但心灵深处更加强烈地思念昭男。

也许自己会在对昭男的无比眷恋中被车轧死，这种念头剧烈地震撼着弓子的心灵，如雷劈电击般让她万分惊骇。倘若任其胡思乱想下去，很可能会万念俱灰，觉得"不妨死去"。

敬子已经表态，希望弓子爱上清。当时，弓子心慌意乱，语无伦次地总算敷衍过去，虽然心里明白这不是爱，真正的爱情应该更……但觉得自己会不知不觉地被清拉过去。

在清看来，弓子从中学一二年级起变得茫然失措、困惑窘迫。

这种状态持续了几年。何况现在清因为弓子而出走，弓子又在敬子的店里帮忙。她也不会心气平静。

"不看电影，咱们现在就去找爸爸吧。"清临时改变主意。

"我今天不想去。"弓子摇摇头，看着清。那目光似乎对清的苦恼心领神会。

刚才弓子问清自己想找爸爸好不好，两人的心情少有地交融相通，可是谈到朝子的事时话不投机，又别扭起来。

"我知道你不找到爸爸不肯罢休。那个叫美根子的人是知道爸爸的住处吗？"

弓子轻轻点头，眼里透着迷惘。

风　中

美根子的弟弟高考名落孙山。因为是靠姐姐当吧女供自己上学，所以弟弟不好意思说明年春天再考。

"不就一年吗？没事。你想想我这么长时间都熬过来了。"美根子安慰弟弟。

"姐姐，你准备结婚吧？"

"结也好，不结也好，你的学费总要出的。"

"不用了。我不想让跟你结婚的那个人为我掏学费。我到以前打工的那家公司去工作。为了让我上大学，你不得不继续过这样的生活，我心里也不好受。我没考上，正好是姐姐结婚的机会。"

"你不会是故意考不上的吧？"

"哪能呢。"

"我并不讨厌现在这样的生活。"

美根子对东野的求婚没有明确表态。她没想到自己把一个男人摆弄得像丢了魂儿一样，心中暗自喜悦。东野请她一起吃饭、散步，给她买东西，她都痛快地答应，但一到最后的关键时刻，就推托回避。而且推托的方法十分巧妙，带着几分神秘，又显得些许忧伤。

"你对那个离开俗世的人真是忠贞不渝。"——东野反而对她更加迷恋。美根子竟觉得他如一潭沉淀着阴暗的热情的沼泽。

东野喜欢看赛马，他约美根子一起去东京马场。尽管刮着大风，开着雷诺方便得很。但是坐在看台上，大风从巨大的赛马场带着灰尘刮上来。美根子说"上班晚点就晚点，先去美容院"，于是回去的时候，东野放开了车速。

车到涩谷，看见交通信号灯正由黄灯转为绿灯，东野放慢速度往前一插拐弯的时候，差点儿撞上一个姑娘。东野气得吼了一句。这种漫不经心的行人最让司机急眼，吓得他喘不过气来。

美根子也惊叫一声，热乎乎的手压在东野的手上。

"岛木先生的女儿！是她！那个男的是敬子夫人的儿子。"恶狠狠盯着汽车的小伙子的面容和可爱姑娘的面容重叠在一起，从她的眼前瞬间闪过。

雷诺急速驶去。美根子似乎无法按捺震惊的情绪："真可怕！太可怕了！万一撞上了可怎么办?！"

"……"

"别开这么快，我今天不去上班了。"

东野放慢车速。

"这大风天……挺亲热的，从小伙子的脸上看得出来。虽说是兄妹，可没有血缘关系。"

"关系不亲热，也在这大风天里待在一起的就是我们。"东野调侃似的说，美根子热乎乎的手轻轻打了一下他的手。

"今天你的手烫得很。"东野握了握她的手，然后掏出香烟，用打火机点着，"刚才的确太悬了，那两个人就在车头，差一点儿出大事……"

"有一句话说，每天都可能发生奇迹。"美根子凝眸注视着前方，"我也想创造一个奇迹。这会不会又让你讨厌？"

"……"

"你拉我去麻布的那家珠宝店。"

东野回头看了看紧缩着小双下巴的美根子，她洁白的皮肤犹如春天一样滋润。

"珠宝店？是不是看上什么东西了？"东野说，"给你买订婚戒指。"

美根子平静地说："还记得吧？上一次，高尾告诉我那家是岛木夫人的店铺。我现在想见见她。"

东野没有回答。

美根子觉得，额前的短发被风吹乱的弓子和拉她一把的清是一对无比幸福的恋人。相比之下，岛木简直就是一只被抛弃的猫。那么通情达理的敬子明明知道岛木还活着，为什么如此心地狠毒、见死不救呢？天真可爱的弓子难道就不想念父亲吗……也可能都是因为自己插足其间的缘故。

如果因为美根子这个女人的存在扭曲了敬子和弓子的心态，就必须刻不容缓地纠正这个偏见。

美根子思念岛木的感情里几乎没有对敬子的忌妒。她从在岛木的公司工作那时开始，就是一直如此。

车窗外闪过的那两个年轻人的面容仿佛给了她某种启示，她打定主意现在就要见敬子。车子慢慢地往麻布方向驶去。

"岛木夫人和她的女儿可能误会了我。"美根子说。

"但愿如此。我还希望我也误会了你对岛木的那份感情。"

"你不知道岛木先生多么喜欢他的宝贝女儿。"

"我认为岛木这个人不可信。"

"只要岛木还这样自我惩罚，我的心就跟针扎一样，也就不会有幸福。"

"我渴望你尽快甩掉岛木这个阴影。"

美根子用尼龙小梳子梳理沾上灰尘后似乎变粗的头发，然后在眼睛四周和鼻子两翼抹上雪花膏。

美根子对着化妆盒专心致志地化妆。东野偷偷地看着，揣摩她准备见岛木夫人的心态。自从他和美根子交往后，不仅岛木，连敬子和弓子也好像成了自己的老相识。他久闻敬子大名，也有兴趣见见这位花容月貌、精明能干，却又似乎是美根子"情敌"的人。

"我能一起见吗？"

"好哇。一起见更好。"

东野下车后，美根子像妻子又像情人一样温顺地等着他转过来，检查车门是否锁好。

美宝堂已经亮灯。敬子对来店的客人只说一声"欢迎您"，不主动走到客人身旁，这样可以让他们轻松自在地慢慢观看。客人对商品感兴趣，要求在胸前和手上试戴，这时敬子和弓子才走过去接待。

客人在店里自由随意观看的时候，店员不打招呼，看似对客人冷淡，其实给人很好的感觉。

美根子以为一进门就能和敬子碰面，情绪激动。

"欢迎您。"从店铺的角落传出一声公鸭嗓般的嘶哑声音，又恢复一片宁静。

东野用买卖人的眼光先端详一下橱窗里的装饰品，然后在店里慢悠悠地转。

四个裸体天使肩扛的圆形玻璃座钟和捷克陶器钟表嘀嗒嘀嗒地走动，美根子一边无可奈何地听着，一边问："嗯，请问……"

"噢。"川村站起来。他觉得两个人眼熟，恭敬客气地问道，"请问您是哪一位？"

"我姓小林，想见一下夫人。"

"啊，很不凑巧，她现在出去了。我能不能帮您什么忙？"

"有点儿事找她。什么时候回来？"

"非常对不起，她傍晚出去的，说不好什么时候回来。"

"哦。"美根子泄了气似的用手指头敲着玻璃陈列柜。

陈列柜里摆着几件敬子在春季样品会上展出的新作品，珠光宝气诱惑着女人的欲望。

东野在精致明亮的店里转悠着，想起河边的小木棚。他不可理解：俊三本来可以在这儿做店主，为什么非躲到那种烂地方不可？难道他得了神经官能症之类的神经病吗？而且，对岛木死心眼念念不忘、情爱未了的美根子也是一种病态。

"过一两个小时，我们也许还会来。"美根子说，"她回来以后，你转告一声，就说小林来找过她。"她叮嘱川村。

东野大概觉得美根子不该对川村用这种目中无人的傲慢口气说话，便说："要不要看看珍珠戒指什么的？"

"不用，以后再说。"

东野的车刚刚开走，敬子就坐出租车回来了。东野要不是开车，都能追赶得上。

"刚刚走，前后脚就差这么一步。姓小林的一对夫妇来找过您……"川村把敬子接进门。

"小林夫妇？不记得了……是年轻的吗？"

"男的是中年人，可他的妻子看样子也就二十五六岁。我也觉得有点儿面熟。"

"说不定不是两口子。中年男人带年轻的女人来，大概是准备给她买点儿什么。这样的客人有生意可做。我们一口一句夫人、太太，叫得人家很尴尬。叫这些女人夫人、太太，这不跟旅馆一样吗？"

"说得是。"

"不过，最近经常又换丈夫又换妻子的，弄不好就会乱点鸳鸯谱。川村，你鼻子怎么不灵啦？"

"我们是珠宝店，又不是查户口的。"

"这一点我就对清和弓子不满意。"

"要是把店铺交给他们，恐怕会挂出招牌，上面写着非正式夫妻不卖。"川村不好意思地笑起来。

敬子凭空猜想，刚才的客人可能是战前的老熟人。

"川村，你回去吧。风大，小心点儿。"

敬子吃完晚饭，从楼上下来。她本想把陈列柜里的商品重新摆一摆，却呆然坐着，茫然地听时钟敲了八下。

弓子这么晚还没回来。在清的朋友家里，或者和清一起上街都不要紧，就怕一个人在大风天里受累。她见到清会不会吵架？会不会又跑到姑妈家里去呢？这一阵子，敬子尽无谓地操心，以前从来不这样。不知道是上了年纪还是身体衰老的缘故，什么事总往坏的方面想。前些日子病了一场，像是流产，也不上医院。虽说好了，最近走路忽然头晕眼花。而且胸口一难受，就感觉孤独，心慌意乱，干活也提不起精神，疲沓倦懒。女人的欲望似乎被昭男攫取得一干二净，再也无法恢复过来。

难道我不再是一个女人了？战争时期，敬子一手抚养清、朝子和弓子，也忘记了作为一个女人的欲望，但两者大相径庭。

昭男是我最后一个男人。

敬子一钻牛角尖，就很难自拔，她觉得可怕，一个人坐立不安。为了摆脱这种捉摸不定的胡思乱想，她努力思考能把握得住的、有形的东西。

日子好过以后，她要在郊外盖一栋小房，院子要宽敞一些，再种上蔷薇花。朝子要是做了母亲，就把孩子接过来，替她带着。带外孙？敬子一想到外孙，不禁一边笑一边划火柴点烟，火焰噗地一下熄灭了。

风从门口吹进来。穿着高跟鞋、身材苗条的朝子那黑乎乎的身影，轻迈着小步进来了。

"这么安静，妈妈就你一个人？"朝子脸色不对，声调气呼呼的。她搬过小椅子坐在敬子身边。"烦透了！"她像唤起敬子注意似的先冒一句，不往下说，跟敬子一样把烟叼在紧撇的嘴角。

瞧这架势，准又是跟小山闹翻了，敬子心里着急，嘴上却说："我正在想你的事呢，要生个孩子……我就有外孙了。"

朝子回头看敬子的时候，在抹着很厚脂粉的漂亮的耳朵到下颚之间格外显眼地露出一块淤血。这景象让敬子喘不过气来。朝子将淤血背向灯光，说："要不是有演出，真想找个地方躲起来。"

"你们怎么会闹到这个地步？"

"他秉性卑贱。"

"什么？"敬子看着朝子。

朝子遭了小山的一顿痛打，她没有吱声；到母亲这儿来，本来可以哭诉一通，但她没有落泪。

"他死活不同意我参加演出，他对我演出话剧又气又妒。"

"你就不能和他好好商量吗？"

"我的生活费也不给了。"

"大概是因为你不去大阪吧。"

"谁不对他唯命是从，他就刁难谁吗？"朝子不时看着敬子，察言观色，似乎窥探她的反应。

"你是不是不爱小山了？"

"什么爱不爱的，靠得住吗？爱他呀、不爱他呀，我听得都烦。也许我以前爱过他，但现在他完全变成另外一个人了。"

"不是你变心了吗？"

"我没有两三个心。不愿意就是不愿意。"

"……"

"今天晚上我不回家。他一定会追到这儿来，所以我住到朋友那儿去。他要是来，别告诉他我来过。"

"这怎么行……"

"妈妈，我身无分文，你得帮一把。"朝子的声音忽然变得哀伤可怜，敬子于心不忍，正要点头的时候，一眼瞧见美根子推门进来。

"妈妈，现在你什么也别说，帮帮我。演出结束之前，个人生活暂时放在一边。"朝子背对大门，以为是风吹的声音，没发现有人进来，还在继续恳求。但是她看见敬子脸色大变，便回头一看，发现原来是美根子，立刻眼冒火花。

美根子身穿和服。"好久没见了。"她的笑容带着神秘感。

刚才川村说的"小林"原来就是美根子啊，川村说是夫妇，敬子就没想到是这个女人，她觉得自己太粗心大意。可是不速之客忽然来临，会不会是俊三出事了？敬子心头像小鹿撞动。她极力平静地站起来，朝美根子走过去："刚才没在家，对不起。"

"哪里。是我事先没打招呼，忽然登门来访。其实，关于社长的事情，我想必须和夫人您谈一谈。"

"谢谢你的关心。"敬子意识到朝子在一旁，谨慎地问，"是不是又出什么事了？"

"您说出事，指的是什么？"美根子带着责问的口气。难道岛木现在的落魄惨状不算出事吗？

"夫人后来再也没见过他吧？"

"嗯。"明明知道俊三还活着，却冷酷无情地不闻不问，敬子自觉问心有愧，"你见过他吗？"

"他在筑地。还是跟以前一样生活凄惨，但我觉得心情比在浅草那时候平稳多了。夫人……"美根子明亮的大眼睛盯着敬子，"总不能让他就那样过吧？我实在看不下去。难道就我一个人为他操心吗？"

"不，那是……"

"我想，夫人或者弓子小姐去接他的话，他一定会回来的。"

"……"

"夫人您是不是对我有误解？"

朝子冷冰冰地喊敬子："妈妈。"敬子心头哆嗦一下。

"我要来不及了，快一点儿啊！后天是首场演出，今晚的排练不能迟到。"朝子从容不迫地看着手表走到两人旁边，问道，"这位是谁？"她对一切心知肚明，却故意装傻，歪着头，像涉世不深的小姑娘一样。

"你是第一次见吗？以前在你爸爸公司里工作的小林小姐。"敬子互相介绍，"这是我的女儿朝子。"

朝子微笑着，美根子便微微低头致意。朝子用轻蔑的口吻说："哦，是岛木的那个呀……"

朝子的嘴角浮现出憎恨和嘲讽。敬子最害怕的场面终于出现了。现在最好的办法就是给朝子钱，让她马上离开。敬子正要进里屋取钱，可是为时已晚，只听朝子说："你就是他的情妇吧？"接着她又满不在乎地说："我想起来了。"

"不是，不是！"美根子竭力摇头否认。

朝子肆无忌惮地继续说："谁做他的情妇，我们一点儿也不在乎。我们跟他已经没有任何关系。岛木住在哪儿、干什么，都与我们无关。他跟情妇私奔，没奔成；他想自杀，没死成。所以现在也活不成，不死不活的。弓子是这个家的女儿。他自己把父亲的资格都扔掉了，就莫怪女儿扔掉他。"

"朝子！"

"好狠毒啊！"

敬子和美根子同时脱口而出。

"我是绝对不要的。妈妈和弓子心眼儿好，告诉你，我跟他已经情断意绝。"朝子越说火气越大，冲着美根子说，"是谁让你来的？"

"没有谁让我来。"

"是吗?！这就是情妇呀！自己束手无策了，就想往我们家推。没门儿！"

"您想错了。"

"你才打错了算盘。你这么关心他，自己管好了，既然当情妇就要像个情妇的样子。我们家没工夫管这些闲事。"

"这是闲事吗？"

美根子没想到会撞在朝子的枪口上，被她劈头盖脸地羞辱一番，心中气恼，脸上无光，求救般看着敬子。敬子不知所措。

"朝子，你过来。"敬子在里屋把钱交给朝子的时候，手指都在颤抖。

朝子一边把钱放进手提包里一边说："妈妈，别让这种人敲诈。什么玩意儿，还有脸上这儿来！要来让岛木来好了，我这儿有一肚子气正等着他呢！"

"你少说两句！"

"妈妈你要是再跟岛木扯到一块儿去，那就太不像话了。别人说三道四，店铺的名声一落千丈，自己也身败名裂。"

"我不会身败名裂的。"敬子语带规劝地说，"你这样才危险呢。要多替别人想一想……"

"他不是都让你办丧事了吗？他不是偷走你人生的盗贼吗？装死装活的，让你和弓子受了多大的罪！想想看吧！现在倒好，叫什么情妇破烂货回来探听风声，不是太卑鄙了吗?！"

"你是帮倒忙，越帮越复杂。"

"要是我今天不在，还不知道会成什么样子呢！"

"砰"的一声，外面传来使劲关门的声音。美根子走了。

"溜了。跟野猫一样……"朝子幸灾乐祸地扑哧一笑，狠狠地盯了一眼美根子离去的大门，然后在店里转来转去。

"幸好弓子不在，我在。妈妈，你不感谢我吗？"

"……"

朝子高跟鞋的踱步声在店里清脆地回响着。

"妈妈，这次演出四天，剧名叫《野性的女人》，高柳老师的表演精彩极了，那么长的大段独白，很快就记住了，光这一点就让我佩服得五体投地。我的戏很短，可是角色很合适，扮演一个法国有钱人家的小姐，在姑妈的别墅里打网球、种蔷薇……种蔷薇好像是有闲阶级的闲情逸致。妈妈，你哪一天时间合适？最后一场的票给你留着，行吧？"

敬子头昏脑涨，心乱如麻，听不进朝子随心所欲的唠叨。

"你要几张？田部呢？最近没跟田部联系吗？"

敬子摇头。

"前些日子，我因为别的事给田部大夫打电话。他说可能要去德国。真叫人羡慕。妈妈，你快快成为大富翁，我想去法国。一路旅行，把过去不愉快的事统统忘掉，那该多好！啊，不过……"朝子像忽然想起什么似的，站住不动。

敬子臂肘支在陈列柜上，手掌托着下巴，缩着肩膀一动不动。

"已经晚了，真要迟到了。"朝子整了整袜子，出门而去。

敬子没想到朝子对俊三恨得如此咬牙切齿，觉得害怕。朝子是准备跟小山分手的。她比以前更暴躁蛮横、桀骜不驯了。

朝子一顿臭骂把美根子气走了。可是要不要把美根子来过的事告诉弓子呢？要是告诉她，眼见弓子对父亲担心挂念，自己也就不能不管俊三。然而到了这种地步，即使能跟俊三重新生活，也不可能给他安定的幸福。

爱情已经失去，敬子不敢见俊三，她问心有愧，悲苦难过。弓子也只是同情记忆中的父亲。其实这个父亲不也成了她的生母京子那样的陌生人吗？就像京子把弓子忘得干干净净一样，难道信不过的人都是聪明人吗？

昭男真的要去德国吗？他打算远走高飞，也许就因为碍着弓子吧？敬子眼前清晰地浮现出自己把身心完全奉献给他的年轻的昭男的身影。

但无论是俊三、昭男，还是敬子，都如随风消散的影子一样虚幻缥缈。夫妇、情人、父母子女、兄弟姐妹，都不过一时的结合，脆弱得随时都会分崩离析。

难耐的孤独啃噬着敬子的心头，她只是一心盼望弓子带着清回来。

过了一个小时，弓子才回来。

"我回来了。"弓子很快活，"我和哥哥一起看电影《拿破仑情史》，所以回来晚了。"

敬子看就弓子一个人回来，不免失望。弓子的脸上有点儿脏。

"累了吧？"

"不累。"弓子发现敬子紧绷着脸，心想她又有什么烦恼的事堵在胸间。

"你坐下来。"敬子说，"电影好看吗？"

"马龙·白兰度演拿破仑演得好。"

"清怎么样？"

"挺好的。"

敬子觉得她的回答过于简单，但也不便说最好你们一起回来，便问道："他都说什么来着？打算怎么办？"

"怎么办……"弓子两颊微红，嗫嚅着说，"哥哥没有个回来的借口，比如说妈妈病了……只是打个比方，要是说妈妈生病了，他会立刻回来的。"

敬子感觉弓子已经成了大人，心头宽松下来，想跟她开开玩笑：

"说我病了还不如说你病了更有效果。"

弓子忽然站起来，背转过身："姐姐来了吧？"

"你怎么知道？"

"这里有票。是不是又要叫什么人一起去？"

"就咱们俩去。"

"那票就多余了，把我的朋友叫上行吗？"

"好，行啊。"敬子还是不能提俊三的事。

"妈妈，洗澡了吗？"

"我也没有。"

"头发尽是灰尘，脏兮兮的，要洗个头。"

两人熄灯上楼。弓子手绕到背后，也无法把后背开襟的拉链拉下来，便走到敬子身旁，转过身子。

"真不方便。"敬子把拉链拉下去，弓子露出白皙的后背，柔细的汗毛泛着微光。耳后沾了一层薄薄的灰尘。敬子觉得弓子还是那么幼小，想一起泡在浴盆里，给她搓洗耳边的污垢。

敬子正在宽衣解带的时候，小山打来电话。

"喂……"

"喂，是朝子吗？"

"不是。是我。是小山吗？"

"是妈妈呀？电话里声音很相像。朝子在那边吗？"

"没有。"

"在吧？"

"刚才来了一下，说是有排练，匆匆忙忙走了。"

"怪了。排练场没人啊。"

"她对我说今天要排练到很晚……"

"胡说八道。妈妈跟她串通一气吧……"那语气像是酒后的狂言。

为谁落泪

吃过早饭，敬子对镜梳妆。弓子在店面帮忙，也薄施淡妆，从敬子身后对着镜子，三两下就化好了。

敬子化好妆，先到隔壁的"波斯菊"做头发，将近十一点才回到店里。

一会儿，顾客临门。耳环项链这些装饰品跟珠宝和高级钟表不同，和雪花膏及化妆水一样属于女人的消耗品，外形美观、新颖别致又价格低廉的东西备受欢迎。

日本产的香水二百五十日元，指甲油二百五十日元，雪花膏二百五十日元，贝壳或者玻璃做的首饰也是二百五十日元。这些首饰只要给人物美价廉的感觉，女人就会心满意足。那些摆在橱窗里的货真价实的珠宝、镶嵌着宝石的铂金钟表，也给店内陈列柜里的便宜货蒙上一层灿烂的光泽。

跟高档货巧妙地摆在一起，那些便宜货就提高档次，看不出是便宜货。敬子以敏锐的感觉和精湛的技巧打造的造型新颖的耳环和饰针十分抢手。

裁缝学校的学生、住在山手沿线的富家小姐、时装模特儿、中年妇女络绎不绝，人多的时候，就像弓子过后说的"跟小孩子围着鱼缸看钓金鱼那样"围着陈列柜拥来挤去。有的人为了突出耳环和手镯的最佳效果，甚至连装饰用的抽花刺绣亚麻布和格纹细布手绢都要买走。

"生意兴隆啊。这个海蓝宝石的金色能不能再合适一点儿……跟衣服的颜色配不上。""夫人，这颗珍珠，要是同意分三个月付款，我可以买下来……"顾客这类要求非敬子接待不可，饰品这些小东西也就慢慢地交给弓子处理。

弓子天真可爱、温文尔雅，又热情机灵、服务周到，很受顾客的喜爱。还有的顾客一番好意地把在别的店买的小巧玲珑的耳环送给她，让她着实不好意思。

打烊以后，两人都累得精疲力竭。特别是弓子，先前得过脚气性心脏病，又逢上梅雨季节，站着接待客人，有时候觉得两腿发酸。收音机忘记关上，但她们谁也没在意，只是茫然相对而坐。

睡意悄悄袭上敬子心头，苦恼与悲伤渐渐模糊淡薄："弓子你一打哈欠，我也跟着发困。啊、啊啊。支持不住了。"

弓子有弓子的心事，跟父母别离，在敬子的店里工作，与敬子长期生活，这似乎是维系于世间少有的一种约定或者前世因缘，但这样满意富足的生活跟自我感觉反而引起她不安的疑惑。

从敬子的心情来说，虽然手头富裕，但跟亲生的子女不和睦，只能和收养的女儿一起生活，这种结局造成的难以言状的凄凉始终萦绕在她的心间。

买卖的红火简直是一种讽刺。

敬子实在心事重重。去年这时候，她就开始想方设法让全家人都能过上好日子。但是，这个美好的愿望被俊三的离家出走摧毁殆尽。

她读过一个女歌人写的一首和歌，这个女歌人弯下腰，在男人的脚下为他系鞋带，歌咏道："为君弯腰系鞋带，司空见惯此姿态，何谓幸福哉？"现在，这种司空见惯的姿态在敬子身上已经荡然无存。

美根子到店里来，敬子也觉得不该对俊三见死不救，但朝子已经把话说绝。朝子那样盛气凌人，敬子也拿她没办法，唉声叹气而已。可是一想到她的孤独不幸，心头情不自禁地涌出一种与人见人爱的弓子不同的悲切的爱怜。

敬子没有看朝子上一次的演出，但把报上豆腐干大小的评论和杂志上的剧照都剪下收藏起来。她开始关心朝子的舞台演出。既然女儿对演戏如此入迷，心无旁骛，就想助她获得成功。天下父母心，敬子心疼自己的女儿。

是不是小山强行阻止她演出？敬子十分担忧。可能的话，每天都去演出场地看一看。小山那样穷追紧逼朝子的行踪，其中隐藏着危险的因素。他不仅打电话查问，还跑到店里来查找。演出开始以后，他一定会闯到剧院后台闹事。

但是，朝子后来没有和敬子联系。

公演的最后一天，敬子精心修饰打扮一番，精神焕发。她穿上了喜爱的深紫色的伊予染色和服，配以红褐色无花纹织锦腰带，体态轻盈。弓子一身淡蓝色罩衫，脖子束一条红围巾。她们带着准备送到后台的东西，稍稍提早出了门。

演出会场在帝国剧院附近一座大楼的六层。她们在护城河边下了出租车，透过街道两旁树木茂密的嫩叶可以看见初上的华灯。

"这一带路灯的颜色很漂亮。"敬子抬头看着灯光。

弓子点点头，说："淡紫色的灯光。"

一群白天鹅在护城河边的石崖后面一动不动，皇宫蓊郁繁茂的树林上空抹着一层粉红色。春天暮色里，昭男如烟似雾地在敬子的心头涌动。

"弓子，听说田部大夫可能要去德国。"她们已经有好几个月没提起昭男这个名字了。

"德国？不是去巴黎吗？"

"听朝子说的，去德国。"

"姐姐怎么知道的？"弓子接着似若无意地说，"我的一个朋友就跟她爸爸到巴黎旅游过。"

她们乘电梯上六楼。敬子在接待处向朝子的朋友祝贺演出。她让弓子一个人去后台。

观众还稀稀落落的，场内安静。敬子花六十日元买了一本说明书，浏览一遍剧情简介。演的是让·阿努伊的三幕话剧《野性的女人》，但不知道朝子在哪个地方出场。几个姑娘看来是弓子的朋友，依次在敬子身旁落座。敬子一个也不认识，她这才意识到弓子几乎不把朋友带到家里来。她住在敬子家里难道还如此小心谨慎吗？

开演铃声响起的时候，弓子从后台来到观众席。她对朋友们只是微微点头打个招呼，便坐在昏暗的座位上。

法国乡村温泉小镇，一家小咖啡店。一个有钱的天才音乐家对在蹩脚的乐队里吹单簧管的姑娘特蕾西一见钟情。第一幕的情节就在深夜的咖啡店里展开。

幕一落下，弓子对敬子低声说："姐姐说今天晚上回麻布，有很多话要说。"然后她和朋友们一起又去后台。

尽管后台的门上贴着"无关人员严禁入内"的告示，但这些姑娘们喜欢到后台瞧新鲜。那儿有一种特殊的吸引力。

朝子坐在化妆镜前，一边染头发，进行面部化妆，一边有一句没一句地和这些姑娘搭话。

"田部大夫来了吗？"

"没有。"

"怎么回事？我还特地写了一封信，请他务必前来观看。"

听朝子这么一说，弓子觉得昭男也在这观众席里，不禁心神不宁。她让身后好奇地观看朝子化妆的朋友们出去，自己也离开后台。要是朝子当着朋友的面说"信上还写弓子也来看剧"，那多不好意思。

弓子不动声色地环视一遍场内，还悄悄上到二楼。幕间休息时，敬子好像也没有站起来活动活动，弓子从楼上瞧见她洁白的脖颈。

随着剧情的发展，敬子发现弓子暗自落泪。她怕别人看见，就用手指轻轻抹去，用手绢捂着鼻子，浑身使劲忍着。这出戏什么地方让她如此动情？敬子有点儿奇怪。几乎所有的观众都没有流泪。

吹单簧管的贫穷姑娘被有钱的天才音乐家求婚以后，她穷愁潦

618

倒的父亲、她小时候的朋友兜里藏着手枪跑到她那儿去。姑娘气急败坏地叫喊："只要有这样的父亲和朋友，我就不会得到幸福！"

如果是这个情节让弓子落泪，难道是心中纠缠的俊三的影子引起了身世的伤感吗？可是换幕的时候，她却和朋友们兴高采烈地谈论着。

"下一幕姐姐就要出场了。"弓子又在敬子耳边低声说，"姐姐说她给田部大夫写了信，可是还没来，姐姐觉得很遗憾。"

"是吗？"敬子的眼睛本能地向周围扫了一圈。她忽然怀疑弓子刚才伤心的泪水莫非是热恋的泪水，不敢转头看弓子。

舞台的幕拉开了。朝子一站在舞台上，敬子不管剧情的变化，只是凝神屏息一个劲儿盯着朝子的一举一动。她去弓子弹钢琴的学艺会的时候也是这样，根本不管弹得好坏，只是感动得热泪盈眶。

朝子扮演一个打扮入时的、年龄稍大的阔小姐。虽然不是重头角色，却演得轻松自如，恰到好处。"对于阔小姐来说，所谓劳动，不过是适当的消磨时光或轻松的体育活动罢了。"——朝子说完台词下场，敬子悬着的一颗心才放下来，觉得浑身松弛没劲。

女主人公特蕾西渴望充满爱情的生活，但难以逾越贫富悬殊的障碍，受尽心灵痛苦的折磨，最后把结婚礼服留在有钱的音乐家家里，重新回到流浪汉一样破败不堪的乐队同伴中。

这是贫穷姑娘的反抗，也是她真正的人生之路。

戏演到高潮的时候，弓子的手又不断在眼角抹泪。敬子哭不出来，心想自己这个年龄的人和弓子这样的少女对这出法国新剧的感受多么不一样。

阔少爷和穷姑娘的恋爱终因门第不同而破裂，这种悲剧故事已经古老陈旧；一旦贫女嫁为贵人妻，那些不明事理的父母兄弟、三亲六戚都苍蝇般麇集上来，这样的剧情也平凡庸俗，但是，阿努伊的《野性的女人》并不是为了勾引观众脆弱的不值钱的泪水。它不仅揭露富人的虚伪，同时也剖析穷人的丑恶，通过日常生活的细节暴露现实社会的黑暗，营造一种极度压抑沉闷的氛围，是一部存在主义的戏剧作品。

甩掉结婚礼服的特蕾西并没有以泪洗面，萎靡不振，而是像吉卜赛女郎一样，带着野性的反叛精神追求真正的人生道路。

这部话剧让人哭得压抑沉重。

这么看来，貌似柔和温顺的弓子的心灵深处，也潜藏着如战后废墟上成长起来的姑娘那般切肤的、赤裸裸的、痛苦和愤怒的炽烈情绪。

敬子这样的女人所经历的黑暗造成的痛苦，本身就是一部震撼人心的戏剧。

《野性的女人》终于落下最后的帷幕。

掌声不算热烈，观众开始站起来退场，按照最后一场的惯例，帷幕又拉上去，演员们身着戏装，排列在舞台上向观众致谢。

"给姐姐鼓掌！"弓子对她的朋友们说，自己拼命地使劲鼓掌。敬子也鼓掌，但不像弓子那般狂热，心里反而没有专为自己的女儿鼓掌的念头。

人们拥挤在两部电梯前，有的人等得不耐烦，便走着下楼。敬子站在人群后面，脸上带着出场演员的母亲的羞涩。

"朝子没说等她一起回去吗？"敬子问。

"她说太晚了，还是自己回去。"

没看见小山。敬子既放心又担心，他在东京的话，今天是最后一场演出，不应该来接朝子吗？

敬子想起去年看《欲望号街车》那天晚上，扮演莎特拉的朝子晕倒在后台，是昭男给她打的针，还陪同一起回家，住了一晚。

演出场所圣方济各会礼堂的院子里蝉声如雨。当时正是盛夏时节。

那时，敬子和昭男尚未发生关系，她和弓子在清的房间里为昭男铺床的时候，昭男从走廊往里探望，说了一句"隔着白蚊帐看弓子，简直像仙女下凡"，让弓子羞怯，让敬子惊愕。

昭男觉得弓子像仙女下凡，弓子心有所动，这难道不是两人之间迸发出爱情的火花吗？

如果没有敬子的中年之恋，两个年轻人的纯真之恋将会开花结果。

敬子不知道多少次自责自咎，就是现在站在电梯前，还悔恨痛苦。她是弓子恋爱的妨碍者、掠夺者、破坏者。可是，我也是血肉之躯，我也有人生道路。此事木已成舟，覆水难收。

即使自己和昭男断然分手，和弓子母女相称，昭男与弓子的结合也不再是白玉无瑕的天作之合了。

她们被身后的人推拥着进了电梯。"去银座。"敬子在弓子脖颈旁低声说。弓子默默地摇了摇头。

"还没吃晚饭，都九点多了。去'蜡烛'吃竹篮炸鸡怎么样？"

弓子又摇了摇头。

"蜡烛"在一家鞋店的二楼，既可以喝茶也可以吃西餐。敬子想从"蜡烛"的窗口眺望夜晚银座熙攘的人流。不仅文艺春秋新社和求龙堂画廊在那条"御幸街"上，而且高级服饰店鳞次栉比，具有典型的银座氛围，所以又被称为"奢华胡同"。

"去吧！"敬子再次动员，但弓子仍然没有点头。她莫名其妙的忧郁与沉默也影响到敬子的情绪。

出了大楼，弓子低声说："妈妈，坐出租车吗，还是走到有乐町或者新桥去？"

敬子心里有疙瘩，不肯说。弓子不高兴地问："家里有东西吃吗？"

"我做。"

在出租车里，敬子仍然默不作声，似乎在想什么心事。

虽然没有血缘关系，两人和睦融洽，能敏锐地感受对方的情意。一方情绪不佳、心头不悦，另一方立刻就能感觉出来，便聊些家常闲话为对方排忧解闷。像今天这样，敬子本来可以随便聊起《野性的女人》和朝子的演技之类的话题，但闹不清楚弓子究竟为什么心里别扭。一般说来，看完戏剧和电影以后，总是弓子开口漫无边际地评论一番。现在她一声不吭，盯着窗外。敬子本想轻松地问"刚才你看戏的时候怎么哭了"，看她这样子，也不便开口。

"总有一天，弓子也会离我而去的……"

一回到家里，弓子就钻进二楼的厨房，一边跟芙美子聊天一边做饭，久久不出来。

敬子换上便装，腰间只束一条细带，心里惦念着弓子的不快。她没将美根子来的事告诉弓子，难道弓子已有所耳闻了吗？

可是，俊三的事该怎么办？还有清和弓子，以及朝子和小山的事，尽是棘手的难题！

"久等了，吃饭吧。"敬子走进餐厅，看见弓子心情愉快地等着她。桌子上摆着三盘奶油烤菜，还有红萝卜和卷心莴苣拼盘，清新素淡。

"这是给谁做的？"

"姐姐不是说她回来吗？"

"啊。"敬子由衷地感到高兴。弓子还年轻，心地善良，自己太过虑了，倒显得气量狭小。

"弓子，你刚才不高兴，怎么啦？"

"没什么。没有不高兴。"

"反正朝子回来也很晚嘛。"

弓子把餐巾盖在朝子的餐具上。

"今天好像做得还不错。"弓子自己表示满意，然后拿起叉子叉略略焦煳的奶油烤菜。

她似乎避而不谈看戏的事。

快十一点的时候，朝子才回来。上楼的脚步声凌乱粗重。她提着大手提包，脸上从未有过地满面春风。敬子大为惊讶。

"今天晚上发红包了，一千日元。还开了慰劳会。"朝子扬扬得意地摇晃着手提包，倒在沙发上。

"喝酒了吧？姐姐醉了。"弓子好奇地看着朝子。

"没醉。就是用冰威士忌苏打干的杯。"

"大家都夸我演得好。我自己也知道很成功。"朝子声调舒缓地说，却见她猛然坐起来直着腰，眼睛灼灼地看着敬子，说："我和小山离了。"

"什么？"

"只要他在，我就整天提心吊胆、缩手缩脚的。我这个人总有一天要毁在他手里。他的话就是圣旨。他说导演不行，我就得跟着鹦鹉学舌；他说我演技糟糕，我就玩儿命地练，结果反而砸了锅。"朝子像背诵台词一样滔滔不绝。

敬子呆呆地坐着。

"小山跑到排练场，我不想见他。弓子，给我一杯水。"

弓子蹦起来出去取水。敬子走到朝子身旁坐下："朝子，别着急，慢慢说。"

朝子的话突如其来，敬子揪心牵挂，但看到朝子这样神经亢奋，怕她说话没遮拦，便轻声对她说："那个女人来的事，还有岛木的事，我没对弓子说，你也别说。"

"我一直以为你是个自由人。别那么懦弱。只要你腰杆挺直了，把那些家伙统统轰走，弓子也才能得到幸福。那个叫岛木的自己糟蹋人生，他要敢进家门，我可不客气，告诉他趁早死了好，跟那个烂货去情死吧！瞧那骚女人的眼睛，就是喜欢情死的妖精。"

"好了，现在别说这些……"

"现在不让说，你什么时候想听，我什么时候说个痛快。"

弓子端着水进来。

"谢谢。"朝子咕嘟咕嘟把水喝干，又接着放言，"三笠电影公司的制片人看了这次演出，问我想不想上电影，他说像我这样的先当

'实验演员'，还给我一个脚本。当然不是演主角，但角色好像还不错。我准备读一遍，要不是无聊的戏，我打算上。以后我干什么都要干出点儿名堂来……"

敬子觉得朝子如此逞强好胜，是为了掩饰与小山离异后心灵深处的凄凉与悲哀，顿感怜悯。

"跟他离了！"朝子嘴上很硬。真的离了吗？敬子觉得实际上什么也没有落实。

朝子继续天南海北地扯了一通，忽然神色疲倦地说："我在下面睡。"

敬子跟着朝子下楼去。她从小衣柜里拿新的枕巾和床单的时候，朝子已经把衣服脱个精光。在母亲面前，又处在精神亢奋的状态，朝子丝毫没有羞耻的感觉。

敬子看了一眼朝子解开乳罩的胸脯，顿时一惊。

她知道朝子腿脚的线条紧凑峭直，站立走路的姿势板正有方，所以乳房偏小，有点儿像少女，但发育良好，形态端正优美。

可是现在乳房高高地隆起，这大概是小山手掌抚摩、嘴唇亲吻、胸脯压迫的"杰作"。不仅如此，原先淡红色的乳头如今变得紫黑，周围晕着一层淡蓝色的暗影，而且失去了坚挺匀圆的乳头所呈现的文雅绰约的娇羞姿态，反倒增加了几分粗大。

朝子没发觉敬子在看着自己，穿上粉红色的睡衣，说："和小山一起租的那间房子，暂时就这么放着。行吗？"她第一次谈到与小山分手后的现实问题。

"就这么放着，算什么事？"

"我有一个朋友买了一套房子，我听她说，那房子好长时间没人住，可进去一看，三面镜、缝纫机、装人偶的玻璃箱、花瓶这些女人的东西还原样放着，没有收拾，于是找斡旋房屋买卖的人，让原来的房东赶快把东西拿走。中间人说因为旧房东两口子离了婚，才把房子卖掉，太太的东西原封不动地留在家里。没有法子，只好把这些归整到一个房间里，不到五天，搬运公司就来取行李。我很理解这种懒散马虎的女人的心情。她大概不愿看到两个人将过去共同使用的东西急急忙忙地分开，各自搬走，并为此争执吵架，大家脸上不好看吧？我的东西也暂时就那么放着，跟楼下那一家打个招呼，什么时候让芙美子去取。这样行吧？"

朝子对东西一向斤斤计较、分得一清二楚，这样处理问题实在少见。敬子觉得她还是苦涩心酸。

但是，朝子像小孩子一样欢快地蹦到新床单上，舒舒服服地伸直身子。

"你们俩真的……"敬子沮丧地坐在床边，"小山也同意了吗？"

"我是下了决心，他还不知道。也许他还想狠狠揍我，不过，再这样没完没了地吵下去，只能更伤双方的心，他似乎也明白这一点。"

敬子能感觉出来，尽管朝子表示跟小山已经分手，但言语中还隐约包含着对丈夫的未了之情。如果现在正面规劝，只会适得其反。她改变方向，单刀直入切中要害。

"你怀孕了吧？"

"真是讽刺！我没告诉妈妈，以前也有过，两次……"朝子坦率地说，"他说不要孩子，可是我想要。"

朝子那双明亮镇静的眼睛转向别处。

"你说奇怪吧？我没觉得自己喜欢孩子，真不可理解。"

"没什么奇怪的，也不是不可理解。"

"我也不想为了什么生活、艺术做出牺牲。"

敬子点头赞同："究竟是个女人嘛。"

女人的心是相通的。

"现在打算分手，就更不该要这孩子，可又要过那个关，实在怕得要命，真可悲。"

敬子把手轻轻放在朝子的枕边。

"小山不知道，所以我一个人去。"

"……"

"前一次也是在田部大夫的医院做的。"

敬子猛然把手抽回去。虽说医生替病人保密，昭男对既是情人又是朝子母亲的敬子竟然也守口如瓶。

"前些日子去医院找过大夫，因为要排练和演出，而且身体没什么反应，就没做。"

"嗯……医生怎么说的？"

"我没把跟小山分手的事告诉医生，医生就劝我生下来。"

朝子脸上浮现出一丝微笑，她回过头，看见敬子用手掩着半张脸一动不动，不禁大吃一惊。也许是"尽管孩子的父亲是已经分手的小山，但自己还想做母亲"这句话让敬子震惊困惑吧。

"妈妈，你怎么啦？"朝子不安地问，觉得自己失言了。

"没怎么。说吧。"

"行吗？"

"住院的时间定下来了吗？"

"没有。田部大夫那么一说，我就拿不定主意。也可能因为我喜欢田部大夫，相信他。"

"……"

"前两次真难受。女人是不是都这样……"

"是的。"

"许多人做事干脆利落、快刀斩乱麻，可我……是我变了吗？妈妈，你别笑话我没出息。我好像面对一种无形的尊严，听说有这么一句诗，'什么人生下我，我也必须生出什么人'……"

"什么人生下你？朝子，你不是我生的吗?！"

"婴儿出生之前难道不是'什么人'吗？有时我只想生一个属于我自己的婴儿。"

敬子蓦然觉得朝子十分可亲可爱，说道："如果你说的话出于自己的真心实意，那就生吧。孩子我给你带，把他培养成人。"

羞涩的红晕爬上敬子的脸颊耳根。她没能怀抱亲生的昭男的孩子，朝子的孩子却取而代之。

敬子无法把自己的孩子与朝子的孩子分开。正确地说，朝子的孩子还没生出来，自己的孩子没生成。然而此时此刻，敬子感觉就像怀里抱着一个热乎乎的婴儿。这不是幻想，不是记忆，也不是现实，也许是女人的本能。

朝子看敬子又忽然脸色含羞，以为是母亲对女儿深情挚爱的表现，便用平时没有的娇滴滴的声调说："妈妈，你还记得生我和我婴儿时候的事吗？"

"记得呀。"

"一会儿细细跟我说。"

"好。"

"最近大街上分不出少女和少妇吧？"

"是分不出来。"

"我一看到少女模样的漂亮少妇抱着半岁到一岁的可爱的婴儿，羡慕极了。"

"什么时候开始这样感觉的？"

"早就有，结婚以前就有。"朝子充满女性的温柔。

敬子点点头："我要抱着孩子，别人大概不会认为是你的吧？"

"那认为是你的吗？这可糟了。"

"那也没关系。"敬子忘乎所以地脱口而出。她觉得怀里的婴儿长得像昭男。

"妈妈，婴儿的指甲多小啊……"朝子拉着母亲的手抚摩指甲。

"朝子，你没见过婴儿的皮肤吧？"

"没见过。大概有奶味吧？对了，我听说人的皮肤从两岁就开始退化。这就可以想象，大人的皮肤再细嫩，跟婴儿也简直无法相比。妈妈，据说脑血管从二十五岁开始逐渐断裂……我也快了。多可怕。"

"照你这么说，我的脑血管不是都七零八碎了？"

"妈妈年轻，就是生出个孩子也不让人大惊小怪。"

"哎哟。"敬子面红耳赤，接着针扎一样心痛。

"妈妈，你不冷吗？进来吧。"朝子掀开被角。

"天气暖和了，叫人发困。我就躺在上面。"敬子边说边躺在被子上面。

敬子和朝子一直聊到天边泛白。母女俩还从来没有谈过心。敬子回忆朝子出生和她小时候的种种事情，朝子听着听着，仿佛回到婴儿时代，脸蛋轻轻地贴在敬子身上。

"你对小山也这样该多好……"敬子的手伸到朝子胸上，"要是小山死活不让你生这个孩子，他也不应该……"

她们聊得累了，迷迷糊糊地睡到天亮。一看到白昼的光亮，敬子立即开始迷惑："昨晚究竟怎么回事……"

虽然母女和夫妻也会彻夜长谈，但更觉得是恋人般的倾诉衷肠。

虽然没有失去理性，感情却膨胀涌流。抛开一切的个人意气和自私打算，空想仿佛化作美好甜蜜的现实。

敬子回忆起昨晚朝子说即使跟小山分手也要孩子的那些话，又重陷深思。

要是有了孩子，说不定两个人不会分道扬镳；即便离了，孩子是条纽带，说不定两人也会破镜重圆。所以，这种轻率鲁莽的冒险很难说不是为将来深谋远虑。

但是，朝子把即将分手之际的怀孕称为一种讽刺，其实，人生更具讽刺性的是将结婚期间两次怀孕却不生的孩子，留在离婚以后生。

就拿自己来说吧，和昭男分手以后……敬子到今天早上还拿自己与朝子相比。昭男劝朝子把孩子生下来，敬子想见他想得发疯。要不给医院打电话……昭男的身影缠绕在心头，无法消失。

"妈妈，已经十点了。"敬子被弓子一叫，惊醒过来。

"十点了？"

"还是别叫姐姐吧，她一定演出累了。"

"让她睡吧。"敬子拉开布帘，看见弓子站在面前，脸有些发肿。

"你的脸肿了吧？怎么啦？"

敬子陪朝子谈了一夜，弓子可能觉得委屈。

"做了一个梦，哭醒了，脸发沉。"

"什么梦？"

"……"

"那么伤心的梦吗？"

"并不是伤心得哭鼻子的事，可在梦里难过得死去活来。住在目白那时候，妈妈经常晒衣服。我做的就是晒衣服的梦。做这种梦，就怪得很。细绳上挂的净是裙子，都是很好看、很漂亮的裙子，各种各样的颜色花样……"

"这不是好梦吗？"

"后来就不好了。"弓子像是回忆梦中的情景，"听说梦是无色的，我是半睡半醒吧？"

"梦有颜色。我就做过带颜色的梦。"

"是吗？"弓子点点头，"梦里还有妈妈和我都没见过的法式康康舞的裙子。"

"法式康康舞？"

"我和妈妈把这些裙子收下来，最后绳子上剩下一条爸爸的深蓝色腰带。"

"啊，不是光有裙子吗？"

"原先只有裙子，可是把裙子收下来后，发现还有一条男式腰带。"

"梦就是怪里怪气的。"

"……"

"我正不知道怎么办,一阵大风把腰带刮到天上去。我拼命地追赶,难受极了。"

敬子从床上坐起来,弓子的意识似乎完全被梦吸引过去,回忆叙说,长长的睫毛在发肿的眼皮上更加显眼。

"后来呢?"

"后来……后来带子无影无踪,我孤独地站在茫茫无边的荒野上……"弓子支吾着。

梦的结局是弓子编造出来的。

"一场噩梦。"

梦的结尾惊心动魄,她不敢告诉敬子——弓子的母亲京子手持腰带,从黑暗的深渊里惨笑着走出来。

"啊!"弓子吓得挪不动步。

"是你不好,没看住……"京子说。

"我以为只有裙子,不知道还有腰带。"

"没让你看见。"

"……"

"你过来……"京子把俊三的腰带挂在弓子的脖子上。腰带越勒越紧,弓子感到死亡的恐怖,本能地大喊救命。

"田部大夫,快来呀!"似乎只有昭男才能救她一命。

梦醒以后,这个地方的情节记不清楚。

但是,不是昭男,是清过来把缠在弓子脖子上的带子解开。弓子吓得失声痛哭,自己的哭声使自己从噩梦中惊醒。

弓子不好把梦见京子、呼叫昭男的情节告诉敬子。

"太累了大概会做噩梦。"敬子说,然后起床走到布帘外面。弓子不由自主地跟上去。

敬子觉得弓子的噩梦引出了令她浑身大汗淋漓的回忆。日有所思，夜有所梦，这一定是弓子日夜挂念父亲的缘故。昨晚看《野性的女人》，她就深受刺激。人只要心里有牵挂的事，随时随地都会触景生情、感伤悲哀。

敬子想，应该帮俊三一把，但如果从今天起朝子住在这个家里，只要有她在，岛木这个名字就不能随意出口。

但是，难道真的像朝子昨晚说的"把那些家伙统统轰走，弓子才能得到幸福"吗？或许果真如此，或许这才是现实的办法。不行，那样弓子会不得安宁。

总之，看岛木的意思。

要不再让那个巫婆把岛木的生灵呼唤出来，问问他的想法？当时，敬子恐惧害怕，不敢待下去。但既然能与活人的灵魂对话，如果可能的话，何不也和昭男对话……敬子一边想一边用手接洗脸水。

蓝色的雨伞

敬子喜爱春末夏初的绿肥红瘦时节，总是食欲旺盛、体重增加。但是这一阵子她觉得特别容易疲劳，连弓子偶尔趁店里空闲时候叫她一起去看电影，也懒得出门。

春雨连绵，顾客也不来取修理的钟表、订购的戒指。川村闲得无聊，整天小声开着收音机。

"川村，你听不厌吗？"弓子说。

"收音机是我的学校，我听教育广播节目。我没上过学，不像你。"

"哎哟，我也就读过高中，你才懂得多呢。"

"你要是想上大学，今年一年好好准备，考上个好大学。"敬子插话说。

敬子说的是真心话，但正在发困，声音像打哈欠似的。

"我也跟着收音机学，就够了。"弓子既不看川村也不看敬子，低头麻利地忙着刚学的抽花刺绣。

敬子手捂着嘴，真的打起哈欠来。身体这样发懒没劲儿，恐怕还是那个的影响吧……她想起流产。

她抬起眼，只见纤纤细雨烟雾般流淌，橱窗玻璃外朦胧一顶蓝色女式雨伞。一个身穿闪光色外套的人正专心致志地看着橱窗里的珠宝。

敬子瞟了一眼，觉得这个人土里土气，饱饱眼福而已，不指望她会进店里来。

女人果然往店里瞧了瞧，便走开了。

"川村，从保险柜里拿个翡翠出来，让我醒醒目。"

"就拿翡翠吗？"

"对，把我喜欢的那个拿出来。"

那个翡翠有手指尖那么大，碧绿透明、晶莹剔透。敬子爱不释手，舍不得加工，用紫色布包着，不摆在橱窗，一直放在保险柜里。

翡翠是五月份的诞生石。在绿叶葳蕤的时候格外精妙美丽。那时，女性的肌肤、手腕和脖颈白嫩滑腻，配上翡翠清雅澄澈的翠色，与树木的青绿交相辉映，实在妙不可言、美不胜收。

虽然是雨天，敬子想透过外面的自然光线欣赏翡翠的澄莹清亮。她手捏翡翠，对着表面，还没透见朗绿的玉色，却发现那顶蓝色的雨伞又在橱窗外一动不动，不禁心有所动。

"是刚才那个人吗？"

那个人的肩膀被雨伞遮住，往与刚才相反的方向走去。

不一会儿，蓝色的雨伞第三次过来，但这次似乎下了决心，收起雨伞断然推门而入。

来人笑容满面地直视敬子。原来是弓子的母亲京子。

敬子面对不速之客，惊讶地盯着对方。京子说了些什么，她没有听见。她像被一根魔力的丝线牵引，不由自主地站起来迎上前去，心里惴惴不安。

实在不可思议。自从岛木失踪以后，敬子只要和岛木先前的女人见面，就自惭形秽、惶恐不安。

"啊，请到这边来……"

"是。本来不想打扰，直接回去，可还是……"京子把布包袱放在陈列柜上，说，"看见我了吗？"

"啊？"

"我在店前面来回走了几趟。"

"是呀，看见三次蓝色的雨伞……"

"不是三次，是五次。"

"只看见雨伞，不知道是谁，失礼了。"

"哎哟，要知道您没看出来，我就不该进来。现在进来了，这可怎么办？"京子似乎不好意思地摇晃着一边肩膀，脑袋瓜歪过去。

她还是那副无法捉摸的神态，只是比上一次在目白相见时，肌肉松弛的身体有些变化，脖子和肩膀显得结实。特别是那一双眼睛，完全是陌生人的目光。

敬子略一冷静，立刻觉察出她是来探望女儿的。这儿不方便。

"弓子，弓子。"敬子在楼梯下喊弓子。弓子下了楼，紧张地站在敬子身后。

"弓子，把你妈妈带到楼上去。"

弓子求救般地看着敬子。

"我一会儿也上去。"

京子笨手笨脚地登上楼梯，弓子把她的外套脱下来，搭在伞架的镜子上。

敬子重新放好翡翠，慢慢地上楼。

亲母女生疏冷漠地坐着，话语不多，也没有上茶。京子抬头看着敬子，说道："简直认不出来了，这就是我的女儿吗？长得这么漂亮……哎呀，说走嘴了，对不起。应该说是夫人的女儿弓子。"

"……"

"这店铺真不错，什么都收拾得干干净净，真了不起。"

"哪里哪里。"

"您可不简单。"京子并无讽刺的意思，说，"我也见到弓子了，该告辞了。"

"再坐一会儿吧。"

"嗯。"京子肩膀一耸拉，泪水忽然簌簌流下来，"我是高兴。我动不动就流泪，别担心。"

"反正下雨天也没客人。弓子，拿茶来。"

"不用张罗了。"京子闪动着泪湿的眼睫毛，"没白来。"

弓子下楼沏茶的时候，京子打量着敬子说："夫人，您比去年见的时候又年轻了。一定是您家的风水好。"

"不见得。我都差一点儿认不出您来了，身体好像完全复原了吧。"

"嗯，托您的福。"

"住在东京吗？"敬子话一出口，就觉得问得多余。

"热海。"

"热海？"

"我今年一月结婚了。"京子像少女一样两颊泛起红晕。

敬子听得清清楚楚，京子说的是"结婚"，而不是"再婚"。虽然结婚和再婚只是措辞表达的问题，但京子选择"结婚"这个词体现了她的性格。

京子从绿色的纸夹里拿出一张名片，在"野原实太郎"的男人姓名旁边，用钢笔歪歪扭扭地写着"京子"两个字。

"在油漆公司工作。"京子大概指的是自己的新丈夫，"他以前也在热海养过病，有一个四岁的女儿。我照顾得不好，什么忙也帮不了他，只是一个劲儿地想念弓子，野原就劝我来见见。您瞧，他心很好吧？"

"是很好。"

"要是您店铺的油漆剥落，就让野原的公司来刷一刷，也算是我表示感谢。"

"不敢当。"

"别客气。刚才我瞧了一遍，店里又漂亮又整洁，没有地方可刷的，有点儿遗憾。"

其实，邻居失火把侧墙弄脏了，被隔壁庭院的树木遮掩着，京子似乎没有发现。要是让京子现在的丈夫来刷漆，会是一种什么情景呢？

敬子真想舒心地大笑，她知道京子的日子很幸福。

倒是京子坦率地说："夫人，托您的福，我现在过得很幸福。"

"太好了。"

"谢谢您。人的命运不可测。我看岛木太可怜，就听他一句话，成全他，跟他离了。不料反而得到幸福……不过，这样不是让夫人您遭受不幸吗？夫人，您幸福吗？"京子没有嘲讽挖苦，没有幸灾乐祸，而是纯朴真诚地关心。

"嗨，怎么说呢……"敬子周章失措。

"夫人您要是没有幸福，我也吃不香睡不安。我这条命是您救活的，您叫我去死，我都在所不辞。现在生活幸福，我死得其所……"

"您说些什么呀?！"

"我病得稀里糊涂，不知道我养病的那些钱都是夫人您给寄的……我一直以为是岛木的钱，矢代和弓子都没告诉我。那时候我要是知道，即使不咬舌头自杀，也会满心羞愧，病情准会一天天恶化。"

"那些都是过去的事，别老挂在心上。"敬子说。

"不是过去的事。正是有这些过去的事，我才能活到今天，才有今天的幸福。现在回想起来，幸亏那时候没寻短见。没想到像我这样的人，活下来还会遇上好年头。夫人您大概从来不会有觉得活不下去的时候……其实，钱财也好、幸福也好，说不定是六十年风水来回转。刚才我把已经结婚，还有一个四岁的女儿的事告诉了弓子，向她道歉。弓子让我忘掉过去没能照顾她的事情，好好照顾现在这个孩子。您瞧她说得多在理，虽然像以前戏剧里小孩的台词，但弓子已经出落成一个大人了。"京子又扑簌泪下，"以前我错怪了夫人，恨您夺走我的孩子，实在对不起。我跟弓子说了，让她好好孝顺您，替我们赎罪。"

敬子心想，京子说的"我们"，大概包含岛木。看来她并不知道岛木后来的情况。即使当初被岛木强迫离婚、现在也已再婚，她一旦知道岛木现在的惨状，在敬子面前还是会回避的。

弓子端着两只朱红色小盘上来，里面放着黑羊羹和茶杯。

"这儿的……不是这儿，是在目白的家里喝的茶味道真好，忘不了。是新茶，喝了好几杯。是去年这个时候吧？这也是新茶吗？"京子立刻端起茶杯。

"不是。今年新茶还没下来。"

"其实也不是特别好的茶叶。去年净喝医院里的茶，所以乍一喝别的茶，什么都香。"

"可不是嘛。"敬子笑着回头对弓子说，"把你的也端来。"

弓子为难地说："我不想喝。"然后她轻轻走了出去。

弓子的心情不好捉摸，她似乎对京子和敬子都感到厌恶与愤怒。这就是少女无瑕的纯洁吗？这是由于父亲的两个女人、自己的两个母亲置父亲的不幸于不顾，却兴高采烈地谈天说地，她对此无可奈何，表示不满吗？

"弓子好像不高兴的样子，生什么气了？"京子说。

"没有。恐怕是因为您来得突然，她不知所措，脸色不太自然吧。"

"嗯，是这么回事。我看见两个母亲坐在一起也会不痛快。"

敬子笑着叫："弓子、弓子！"

"不用叫了，对我尽情分……"

弓子没有上来。

"雨也停了，要不要带弓子去外面走走？"敬子说。

"是让我跟她最后告别吗？"京子不顾敬子的惊愕，继续说下去，"不必了。我的生活与弓子的生活完全是两个世界，没有共同语言。弓子是夫人您的孩子，我过我的日子，做现在这个女儿的母亲。不过，这个女儿将来会长成什么样的姑娘呢？肯定不会像弓子这样漂亮。"

"这女孩子的亲妈过世了吗？"

"不是。野原的经历和我一样。他说生离比死别好，不会在心头留下牵挂。是这样吗？"

"也许是这样。人死去以后，别人就忘记他生前的坏处，只想念好的地方。"

"想见也见不着，那就更好。自己死了以后，也不知道在阴间能不能见面。要是生离，还能见面，就像我和弓子一样。还有想起以前的事，气还没消，也可以再打上门去。但我不愿意野原再跟他的前妻干仗。大概就是这个原因，岛木也不来看我吧。"

"……"

"现在这个孩子才四岁，是野原的独生女。他的前妻一直等着野原病好以后才生这个孩子，没想到两个人又闹离婚。人生真是不可预料。就拿我来说吧，自己有孩子没法养，却养别人的孩子，还觉得这很幸福……"

"……"

"您儿子、女儿今天都不在家吗？"

"出去了。"敬子心里难过。

"我长年生病，好像越活越小。野原也说我跟小姑娘一样。不管在谁面前，总觉得自己年纪小。"

"女人这样才好。真羡慕您。"

"不要言不由衷，夫人，不用安慰我。我现在很幸福……"京子又环视一遍房间，说，"弓子住在这里，要什么有什么，我希望岛木也能过得幸福。他为什么老躲着不出来？"

敬子羞愧地把脸转向窗户，她感觉这个京子什么都知道。

也许京子以为岛木是为了敬子才逼她离婚，其实几乎在他们离婚的同时，岛木就销声匿迹了。说出来可能会被京子笑话，然而事实就是如此。

后来敬子才意识到，岛木和京子离婚不是为了跟她结婚，而是先把身边的问题处理妥当，好躲藏起来。

敬子甚至怀疑，难道京子事先已跟岛木见过面，今天登门来探看家中情况吗？

京子说过，如果岛木还活着，她也还能见面。

美根子在俊三失踪后仍然对他一片痴情，并且找到他两次。敬子害怕跟这样的美根子见面。同时，敬子也觉得无颜面对如今生活安定，也盼望俊三得到幸福的京子。

敬子认为自己要第一个负责任，所以无法逃脱回避。没有比俊三还活着的消息更可怕的了。为此，她对薄情郎昭男都不敢强烈抱怨，怕他也背上罪恶的负担。即使跟昭男已经分手，敬子至今仍然恐惧见俊三。现在甚至对当时渴望他平安归来的心情、四处寻找的行动表示怀疑。其实那个时候，只要俊三回来，她重新开始生活的念头也并非虚情假意，寂寞孤独、无依无靠的心境也并非自欺欺人。

但是，刚才京子轻易断言，说她不要言不由衷。敬子感到委屈，恐怕这一辈子里，遇到什么事都会想起这句话来。

京子看敬子默不作声，便战战兢兢地问："是不是我说得不合适？"

"不。"敬子从沉思中回过神来，"弓子在干吗呀？"

弓子上到二楼，但对京子的问长问短只是三言两语地淡淡敷衍，像小学生面对一个陌生人。

"弓子，我要跟你说再见了，希望你结婚的时候通知我一声。"京子说。

"不嘛。"弓子的回答既像是少女的羞怯，也可以理解为届时不通知。

"还没谈吗？"

"没有。"

"弓子，希望你恋爱结婚都称心如意。你爸爸那样的人不行，不过开头他也挺好的，生你那个时候……是我不该生病，是我不好。"

"……"

"哎呀，对了。这儿的大哥怎么样？"

弓子大惊失色，低头不语。

"不正是天生一对吗?！"京子像媒婆一样对敬子献完殷勤，转过来对弓子说，"你喜欢哥哥吧？从小就住在一起，有这么个好妈妈养育长大，大家知根知底，脾气性格都互相了解，青梅竹马，没有比这再合适的了……已经定下来了吧？"

"没有。这是他们俩自己的问题。"敬子尽量轻描淡写。

"哥哥不至于看不上弓子吧？"

"京子还要刺探这件事吗？"敬子思量。

"哥哥叫什么名字？"京子问弓子。

"弓子，还是别离开这个家好。"京子继续说，"嫁到一个人生地不熟的地方，那是可怕的冒险。您说对吗，夫人？"

"哦，不过，您也别让她老拴在我这棵树上。"

"人不是被拴在这儿就是被拴在那儿。我年轻的时候，被病魔拴住了。跟被病魔和罪恶拴起来相比，现在被野原和继女拴住不知道有多么幸福。就因为被拴住，我才觉得自由自在。弓子也要拴在夫人身上才好呢。"

"那谈恋爱恐怕就不会称心如意。"

"哥哥和弓子到了七八十岁，老两口回忆起从七八岁就两小无猜，现在白头偕老，还有比这更称心如意的吗？"

"是呀。"敬子随声附和。

"要是再婚，两个人都不敢提起往事。"京子又含泪欲泣，"如果不嫁给别人家，还可以对养育的母亲报恩。"

"别吓着弓子。"

"对了，我忘说了。弓子，你和这儿的妈妈一起到热海玩吧。野原和小妹妹见到这么漂亮的姐姐，一定乐坏了。"

敬子和弓子去京子再婚的家里玩有点儿不伦不类，但京子是一片诚心。然而，这句话与她刚才说的和弓子"最后告别"显然自相矛盾，难道她打算以后还继续和弓子来往吗？

如果清和弓子结婚，敬子和京子一个是夫家的母亲、一个是妻子的母亲，来往也显得亲切自然。

"弓子，再见。我从来没给你换过一块尿布，从来没背过你一次，别当我是你的母亲。我的事你不用挂念……"京子又给敬子一颗软钉子。

京子回去的时候，细雨化作蒙蒙烟雾，傍晚的气温骤降，轻寒袭人。

"弓子，你送一送。"敬子说。但弓子只站在敬子的肩后送行。

京子在橱窗前打开蓝色的雨伞，跟刚才一样看着橱窗里的珠宝，然后把雨伞轻轻地抬上抬下两三次，像是向她们告别。敬子从店里目送她离开。

"你母亲刚才就那样在店铺前面三番五次地走来走去。"敬子说。

弓子仍然神情不悦。京子走后，她心里的难受劲儿还没过去。

敬子故意不闻不问，弓子拿起刚刚开始的抽花刺绣闷声不响地扎着。

吃晚饭的时候，敬子搭话说："看来你母亲过得很幸福，应当高兴呀。"

"什么'弓子结婚的时候通知我一声'，讨厌！"

"你就让人家说呗。"

"我不乐意！"

"弓子，你的脾气还挺倔的。那样对不起你母亲。"

敬子以为弓子不在亲生母亲身边长大，心里郁积着不为人知的不满与不幸，所以和京子闹别扭。

"妈妈。"弓子说，"我母亲真的幸福吗？"

敬子被弓子这么郑重其事地反问，一时语塞，但立刻回答说："她说很幸福。很幸福的。自己认为幸福就是幸福。"

"幸福原来这么无聊。"

"不至于无聊吧。你认为她不幸福吗？"

弓子没有回答。

"有的人在别人看来很幸福，自己却不认为幸福；还有的人在别人看来不幸福，自己却认为很幸福。在大家看来都幸福、自己也认为幸福的人毕竟很少。"

"跟有孩子的男人再婚幸福吗？"弓子带着少女般的纯真问道。

"怎么说呢……无论在什么地方，都会找到幸福。"

然而，如果京子再婚以后获得幸福，不就等于说弓子失去了亲生母亲吗？而且俊三也失去了一个可以回归的地方。对于俊三来说，敬子、美根子、京子这三个女人中，只有回到京子那儿最随意方便。尽管已经离婚，京子毕竟是那样性格的女人。

"妈妈，我母亲住的地方，还是有小孩好。"

"嗯。"敬子捉摸不透弓子的含意。她觉得弓子是不是无意识地忌妒呢？

"有小孩热闹。"

"弓子，去你母亲那儿看看吧。"

"不去。"弓子使劲儿摇头。

敬子和弓子只字不提京子留下的最现实、最重要的问题——清和弓子的婚姻问题。

晚饭后，弓子心情平静下来。

"妈妈，"弓子泪眼模糊地看着敬子，"一见到我母亲，平时忘记的那些事一下子又翻上来。爸爸在浴室里给我洗头发，把我抱在膝盖上剪指甲，还有在目白的家里高兴的事，一股脑儿地……我总觉得就爸爸可怜。"

弓子用如怨如诉的哀切目光凝视着敬子。敬子心中躁动不安的愧疚，让她对自己不理不睬俊三感到难过。我必须为他做点儿什么……但是，她不想像美根子那样一个人去贫民窟寻找俊三，犹犹豫豫，一天天拖下来。

"弓子，好久没说你爸爸的事了。"敬子说。

"我去清那儿。"敬子对川村和弓子说。

弓子低头不语。她觉得敬子的目的大概是把四五天前京子提出让清和弓子结婚的建议告诉清，利用这个手段把清请回来。

其实，敬子是想再次通过巫婆的神灵附体和岛木对话。去年，她和朋友一起去的巫婆家在吉祥寺，回来的时候可以顺便去清那儿。

在井之头站下了电车，天空虽然明亮，却依然细雨霏霏。小路两旁是乌蔹莓缠绕的灌木丛和芦苇杂乱的池沼，人影稀疏。

敬子独自在蒙蒙小雨中撑着伞行走在小路上，她觉得自己懦弱和幼稚。

去年介绍敬子到这儿来的朋友是音乐学校毕业的很现代派的夫人，敬子感到惊愕。今天，敬子却瞒着那个朋友自己悄悄来找巫婆。

要不索性就去清那儿……去年来的时候，和朋友边走边聊，不记得在哪里拐弯。光知道是巫婆，连那一家的名字也没问。敬子胡乱上了左边的小坡道，便是一片宁静的老式住宅区。这一带有印象。上一次来的时候，路边还开着野菊花。

敬子找到巫婆家。门牌上写的姓名是木城藤。

敬子略一犹豫，打开擦得纹理几乎凸显出来的格子门，眼前的三合土台上整整齐齐地摆着两三双鞋子。前来算卦和求神的人默默地在门房里排队等候。一个中年男人在翻看电影画报。

不一会儿，敬子被带进巫婆的房间。她闻到一缕线香的味道。

巫婆坐在祭坛的前面。她面前的桌子上摆着算木、筮签、线装书、笔盒等东西。

卜凶吉、婚姻、方位、失物等，每卦二百日元。如果求神，先交五百日元，然后带到另一个房间。一个穿和服裤裙的男人以医生询问病人的那般架势详细盘问。

"您的姓名、出生年月日……"

"附在仙姑身上的那个人的姓名、出生年月日……"

"什么时候失踪的？"

"是不是体弱多病的人？"

敬子的腋下几乎要沁出冷汗。

"仙姑一旦附上魂灵后，非常劳累，所以您必须在极短的时间里，把想问的事尽快问完。"

"是。"

这次和上一次大不一样。

"我们可以用录音机录音，这样还能听一次您和魂灵的对话。"

敬子吃了一惊。

"如果您愿意的话，请交二百日元。"

"不用。一次就够了。"敬子表情不悦。

这也许被视为不相信仙姑，于是，穿和服裤裙的男人说："仙姑有许多不可思议的地方。夜间休息的时候，全身就像死人一样冰冷。"

"是白天太累的缘故吧？"

"胡说。仙姑在睡眠之中，悠游于阴间地府，和许许多多的魂灵交朋友。她躺着的身体是脱去灵魂的躯壳，所以变得冰冷……"

"……"

"您要巧妙地对话。关键是看您怎么问，魂灵无所不答。明白了吗？那好，请到魂灵所在的房间去。"

敬子被带到另一间房间。里面没有任何装饰，只有一块仙姑坐的坐垫。等了一会儿，男人牵着仙姑的手进来。

"你好。欢迎光临。"仙姑完全是女人的声音。简单打过招呼，便悄然无声地在中间坐下，说："三月和四月好像调了个儿，反常天气是受到原子弹试验的影响。"

仙姑的语言和录音机一样，都很"现代"。

仙姑闭上眼睛，手里开始搓捻着水晶念珠，不时一用力，发出硬脆的声音。这样反复几次以后，忽然"喔！"地叫一声，扔掉念珠，扑通一声横着倒下去。手脚在白色的衣服里僵直着，大口大口地喘气，高凸的肚子令人不敢直视。

"魂灵已经附体，有什么事快问。"男人催促敬子。敬子不是第一次来，觉得可笑。她将目光移开。

"您是谁？"敬子结结巴巴地问。她请的是俊三的魂灵，没必要问是谁。

"大点儿声！家里的人不放心，特地到这儿来。你想不想回家？"男人替敬子询问。

"谁是家里人？哪儿是家？"仙姑的声音像肚子能说话的人偶一样怪腔怪调。

"家……"敬子不知如何回答。哪儿是家？

"快一点儿！快一点儿！别想那么多……"男人催逼着。

"您现在在哪儿？"

"居无定处，无可相告。认为人必须住在家里，那就大错特错了。"

"可是，您总得有个住的地方吧？"

"是的。只要肉体之躯尚在……啊，真难办！"

"什么事不好办？您现在最大的愿望是什么？"

男人边看表边说："对，就这么问下去。"

"什么是愿望？"魂灵又掷给敬子一个难题。

过了一会儿，仙姑说："失去所有的愿望便是我的愿望。愿望好比刀锈，不论怎么磨总归要生锈，所以不必问我。"

敬子听得如坠云里雾中。

"我想跟您见面，好好谈一谈。"

"啊，不久就会见面。必定会见面的。"

"什么时候？"

"下决心的时候。人一下决心，实在可怕。可怕。"

"身体都好吗？"

"你瞧，很好。"

可是敬子瞧不见。她本来还想打听其他的事，但男人在旁边不便询问。既不好提弓子的名字，也不能坦率直言。

"您心里还挂念着什么人吗？"敬子问。

仙姑一听，忽然腾身坐起来，睁开呆滞的眼睛，浑身开始发抖，接着从腹腔底层吐出一口大气，然后一边痛苦激烈地扭动挣扎，一边两手在空中乱抓乱挠。

"谁？是谁？走开！啊，我就要消失。消失得无影无踪。我不存在。喔！不再存在……"

敬子有点儿害怕地回头看着男人。

"别的魂灵附体，互相干扰。"

"别的魂灵？"

"魂灵的世界里，希望被呼唤的魂灵拥挤嘈杂。您想想看，人的心灵世界里不是也混杂着平时与自己有各种因缘的许多人的魂灵，在意识上时沉时浮吗？道理是一样的。"

"哦？"

"魂灵喜欢恶作剧，而且忌妒心很强。呼唤一个魂灵，别的魂灵往往就来捣乱。现在来捣乱的魂灵是您身边一个年轻的魂灵。"

"是谁？"

"旁观的不知道。"

"……"

"快问！"

敬子无法开口问"是昭男吗"，但心想魂灵应该听得见自己的心声。

仙姑双手捂着脸，忽然趴倒在地上。敬子想把她扶起来，问明白这年轻魂灵的姓名。

但是，魂灵好像已经离开仙姑的身体。

"仙姑已经劳累了，她就这样休息一会儿。请您出来。"穿和服裤裙的男人说。

魂灵附体似乎好长时间，其实只有两三分钟。

在雨水濡湿的绿草如茵的庭院里，敬子如梦初醒。

"上一次来的时候，我说岛木是死者的亡灵。"敬子直想笑。她回想刚才请俊三魂灵的时候，自己比较冷静；后来似乎请来了昭男的魂灵，自己差一点儿失去理性。

在银座

朝子一天中总有几次像鬼魂附体中了邪一样，心情郁闷消沉，盼望日子快快过去。

看日历是朝子一个小小的却意味深长的习惯。在家里的时候，她往往一边抽烟和聊天一边瞧日历。

朝子浮躁焦急，惶惶不可终日。她想把自己这个女人掩蔽在女演员里，但工作不是连续不断。虽然签了演电影的合同，但自己不是明星，跟广播剧和话剧不同，在那么庞大的组织机构里，什么时候轮到自己完全没有把握。如果一直推辞广播剧和电视剧的工作，以后人家就不会再找上门来——又不是非你不可的大腕儿，所以她也不敢轻易放弃。

趁这机会学点儿什么，朝子下了决心。于是她上午去雅典娜法语学校学法语，周一、周三、周五的下午去敬子认识的一个歌手家里学发音法，还抽空和剧团的朋友们喝茶聊天、看有名的电影。一天到晚也显得忙忙碌碌。不这么安排，她就魂不附体、心神不定。

幸亏敬子的生意眼下比较红火，朝子用不着担心吃喝穿戴。

那一天，想不到敬子说"把孩子生下来吧，我来带"，所以肚子大了还要找个地方躲起来，避人耳目。总不能让孩子拴住自己吧。

除了上述现实问题，还有万一自己因分娩死亡、孩子天生残废或者白痴这些乱七八糟的想法搅得她心惊肉跳、坐卧不宁。我要一辈子为这孩子负责。小山从一开始就夺走了朝子的孩子。这一次无论如何都要生，这是我的孩子。她憋着这一口气，非要不可。朝子想生的只是自己的孩子。现在她不愿考虑周围的事情和遥远的未来。

朝子不想结两次婚。所以，如果不要这个孩子，她就成了无儿无女的女人。

这种想法似乎不合乎她的性格，但这和跟小山分手后还要生小山的孩子一样矛盾。

今天，朝子去神田的雅典娜法语学校，没有别的约会，但她不想立刻回家，便走进一家小咖啡馆。她要了一杯柠檬苏打水，看着桌子上的含羞草，心头不觉又开始沉闷。朝子想找昭男商量怎么处理，

"要是田部大夫知道我跟小山分手以后还生孩子，一定会动员我做人流的。"

昭男把一个年轻女病人像割树皮一样切开腹壁，割掉长瘤子的一段肠子，然后缝合。自始至终，他聚精会神地调动敏锐的神经，把自己当成了手术刀，虽然精疲力竭，却精神兴奋。

走出手术室后，一个护士告诉他："大夫，您做手术的时候，一位姓白井的女士打来好几次电话。"

昭男脸色一惊，像梦见意外之人而惊醒一样。打电话来的白井女士，除了敬子没有别人。

一个月以前，昭男见过朝子。她做过人流手术以后容易怀孕，而且不到一年的时间里，就两次三次地跑医院做人流，他觉得朝子可怜。昭男又从朝子想到了敬子，心中羞愧。

"你还是生下来，做母亲吧。这是怀第三个了吧？第三次做人流，就是'鬼儿'。第三个生出来，就是'神儿'。"

"鬼儿会怎么样？"

"其实对母亲来说，没有什么'鬼儿'。完全属于女人的只有婴儿。我们男人想生也生不了。"昭男想起远在他乡的母亲。母亲的音容笑貌和敬子的身影重叠在一起。

"女人做母亲，人类才能永恒存在。这浅显明白的道理就是你的责任和幸福。"

"大夫，您还是单身呢……"

"就是结了婚，男人也生不了啊。男人绝对无能为力的事，必定是上天对女人的恩赐。"

从那以后，朝子一直没来，而且要是来医院，打电话也是自称小山，不称白井。

昭男犹豫不决，站着没动。护士重复一遍："我告诉对方现在正在做手术，她说过一会儿再打。"

"哦。"昭男点燃一支香烟，坐在电话旁边患者候诊的长椅子上。两个护士推着上面躺着病人的车子从他面前小心地过去。

黑色电话机的铃声响了。昭男迫不及待地抓起话筒。

"喂，是柿本医院外科吗？"

听声音又像又不像是敬子的。

"田部大夫现在还没有空吗？"对方说话装模作样，昭男真想笑。

"我就是田部。"

"您就是呀？我是朝子。"

昭男一下子轻松下来，却也感到颓然失望。

"对不起，大夫，您能不能到银座来一下。"

"不能马上去。我必须观察刚才做手术的那个病人。"

"傍晚行吗？六点半或七点左右……"朝子采用紧追不舍的老手法。

"你来不了吗？"

"我不喜欢医院。"

昭男对朝子的理由几乎忍俊不禁："不喜欢医院也无所谓……"

"虽然您在医院工作，我还是喜欢不起来。"

"……"

"我想请您一边陪我吃饭一边谈点儿事。"

"是不是小山又和你吵架了？"

"我跟他已经离了。"

"什么？"昭男又问。

但朝子对他的惊愕毫不介意，说："我在新桥方向的千匹屋等您。"

"可能会晚一点儿。"

"没关系。我会适当地消磨时间。"

没等昭男明确回答，朝子就挂断电话。她居然那么客气地说"请您一边陪我吃饭一边谈点儿事"，这让昭男开始牵挂起来：究竟是什么事？

无非朝子自己的事或者是弓子的事，如果还是求他帮忙处理那个问题，恐怕她本人还得到不喜欢的医院里来。可如果是弓子的事，昭男就显得理亏心虚似的，甚至不愿意见朝子。

最近，昭男的心情已经冷静下来，还能平心静气地想念敬子。前些日子，他还一个人到被人议论纷纷说是"美人宅""蔷薇邸"的敬子先前的住宅转了一圈。

昭男和敬子分手以后，没有跟其他女人接触。似乎敬子残留在他身上的东西使他产生一种洁癖。所以，昭男时常暴跳如雷，神经发作般地想念敬子。敬子原先的住宅、自己原先居住的楼房，不仅仅是令人牵肠挂肚的建筑，而且纠缠着对敬子肉体的怀念。在这种状态下，他不知道自己什么时候才能对别的女人感兴趣。

昭男的哥哥考虑问题过于单纯，他断定昭男在歌舞伎座吃了弓子的闭门羹后一直失恋，而且认定敬子从中作梗，对她的印象也不像以前那样好了。

于是，田部劝弟弟到国外去。自己的弟弟被比自己年龄还要大的女人灌了迷魂汤，萎靡不振，他想让昭男脱胎换骨、重新振作起来，但同时他以经过千辛万苦终获成功的胜者的自信，显示对弓子并没有完全死心。他至今还相信，只要昭男远在天涯海角，敬子也就心灰意懒，很可能主动上门要求把弓子嫁给昭男。田部喜欢弓子就到了这种程度。

另外，如果朝子主张把弓子嫁给昭男，也说明朝子喜欢昭男。昭男从她的好意中感觉到旧伤疤疼痛的快感。

昭男做手术的那个病人还迷迷糊糊的，没有完全从麻药中清醒过来。术后，病人注射了生理盐水、青霉素、维生素等，体温和脉搏都很正常，也没有发现其他问题，看来可以交给值班大夫照管了。

"田部大夫，晚饭在这儿吃吗？"护士进来的时候，昭男已经脱下大褂，正在穿西服。

朝子给昭男打过电话后，在银座不知道如何打发时间。她情绪不好的时候，就觉得银座嘈杂纷乱，让人心烦意乱。街道两旁嫩绿清新的树木、灯光明灿的橱窗都提不起她的兴趣。喜欢打扮的朝子最后只好走进经常光顾的那家"茉莉花"洋装店。

女老板向她推荐肉色的斜纹呢，朝子说："跟刚出生的小猪崽的颜色一样。"接着，她又对老板拿出来的丝毛混纺的蓝黑条纹料子没好气地说："跟海鱼一样，不喜欢。"

"哎哟，今天您心情不佳。心情不佳的时候，最合适看白色的。"女老板把进口的灰色针织面料和平纹细白布摊开让她看。都是一码三四千日元的高级料子。朝子本来只是随便进来逛逛，可是一看见这些料子，就想做一件布料用量大的服装痛痛快快地穿上。为了摆脱服装设计员花言巧语的推荐，朝子给家里打了个电话。

跟昭男见面时间还早，她想把弓子叫出来一起看电影。

"妈妈不在，我在店里值班。"弓子说。

朝子听不惯弓子的"值班"二字，气鼓鼓地说："有什么了不起的。看一场电影就回去……你快来。马上就来！三十分钟内必须赶到。我在银座的'茉莉花'。在'茉莉花'等你。"

朝子不容分说，挂断电话。她也知道自己总是想不断地忘掉些什么，所以心情烦躁。

朝子又坐在柔软的沙发上，手摸着摊在面前桌子上的白色料子，不用翻看时装样本，脑子里立刻浮现出适合这块料子的服装式样。要是设计成简单的紧身半袖、宽领口、大领子、像花朵张开的圆裙摆，就必须用上很多高级料子，大概需要六码。

朝子无法抗拒某种诱惑，定做了一件连同料子和加工费一共近三万日元的洋装。当然，这些钱只能由敬子来付。

照朝子的说法，敬子本来应该对自己与小山分手表示一点儿慰问，而且也要祝贺自己能登上银幕。

没有比白色的服装更华贵迷人的了。朝子想象自己穿上飘曳的白裙、十分自信地出入各种场合的情景。

"今后我将更加引人注目。"

如果穿上这件衣服去见电影制片人，效果一定很好。

"为了慎重起见，请再量一次。"因为是高级料子，服装设计员要再量一次尺寸。朝子笔挺地站着。

"里面有垫胸吗？"

"岂有此理。没有！"

"非常对不起。您的胸部实在太美，所以，我……十分抱歉。这简直给我们做裁缝的丢脸。"服装设计员用卷尺量朝子的胸围。

卷尺勒得并不太紧，而且时间非常短，朝子的乳房碰在卷尺上觉得发胀。也许不是卷尺的接触，而是刚才服装设计员的话使乳房产生这种感觉。

朝子觉得两颊发烧。大概不是怀孕的缘故吧。乳房越胀得厉害，胎儿在朝子的肚子里的可能性就越小。恐怕都是小山抚摩的原因。

朝子忽然回味起从乳房贯穿脚底的那种感觉。卷尺接触臀部的时候，她羞耻得简直想缩成一团。

弓子从写着"茉莉花"和英文店名的玻璃门下面，睁着天真的大眼睛一个劲儿往里面探望。她穿着一般出门不常穿的便装和服，朝子倒是司空见惯。虽说是便装，美丽的姑娘穿着在珠宝店工作，银色和粉红色的腰带也系得整齐有度。弓子的表情还显得匆匆忙忙，推门进来。

"怎么穿和服？"

"三十分钟来不及换衣服。"

"和服不好走路吧？"

"今天约好有外国人来，妈妈说穿和服好，所以从早上就一直穿着。"

"妈妈想让外国人看你穿和服的模样。"

"真的……"服装设计员也一眼看中了弓子,"我也想为这位小姐设计一件新式样的和服。要是把照片摆在橱窗里,一定会有人来打听是哪家的闺秀。"

朝子对服装设计员说:"一个星期以内做好。什么时候试样?"她吩咐完毕,就和弓子走出"茉莉花"。

"电影要多长时间?"弓子问。

"两个小时吧。七点半之前能回家。"

"姐姐也一起回家吗?"

"我还有点儿别的事。"朝子没说要见昭男。

朝子已经安排弓子和昭男在音乐会上见面,也明确主张两人结合,但今天晚上与昭男见面的事,她不想告诉弓子。

"听说并木剧场像巴黎的电影院一样别具一格。我这是第一次去。"弓子说。

"嗯。说明书印得很精致。"朝子回答。

"弓子,你走得好快啊。"

敬子不在家的时候弓子出来,心里老不踏实,不由自主地加快了脚步。

深紫色粗格纹和服与苗条的身材十分相配,下摆设计得恰到好处,洋溢着青春焕发的气息。

朝子忌妒弓子的纯洁。

朝子打算生下肚里的孩子,本来不必忌妒纯洁,但她边走边看弓子,心想:"我这个人什么都要占,既想是处女,又想做母亲。"

去年朝子扮演怀孕的莎特拉,被导演吉井欺负的时候,觉得对女演员来说,处女一钱不值,反而影响演戏,但她绝没料到当晚就丧失了童真。

弓子的纯洁也不过是昙花一现。朝子想到这里，也装作潇洒地迈开脚步。

朝子从法语学校出来，身上穿的的确是很不起眼的普通西服套装。但她有时听见女人们窃窃私语，"那个人好像是在哪儿见过的演员"，而且还回头瞧着身后的她。朝子总是装作没听见的样子，心里却得到很大的满足。

看完电影，夜幕下的银座光彩夺目、繁华热闹。

不到七点，昭男肯定还没来。

"咱们走到新桥去。"朝子打算让弓子陪到最后一分钟，"弓子，想喝点儿冷饮吗？我口渴。"一到千匹屋附近，朝子立刻面有喜色："我今晚见的人，你也很熟悉。"

"谁呀？"

"我想和他（她）商量我个人的一些事情，硬让他（她）到这儿来。见面的时间没说准，大概还没来。弓子，你再陪我一会儿。你就是知道是谁，也别告诉妈妈。"朝子故意卖关子。

"我认识的人？"

"你猜猜看。已经猜着了吧？"

"不知道。"

"你应该知道。"

"不知道。是男的吗？"

"对。"

"年轻的？"

"嗯……算年轻的吧。"

"什么工作？和姐姐一样的工作？剧团还是电影的？"

"错了。一问干什么工作，就猜不着。弓子，你智力测验的灵感不行。"朝子说着，已经进了千匹屋。

昭男已经在那儿等着了。他看见和朝子并排进来的弓子一身和服，倍觉娇艳，像失去常态，直勾勾地睁着烈焰狂烧的眼睛。

"哎呀，您不是说来得晚吗？所以我就叫弓子出来一起看电影。真对不起。我以为您还没来呢。"朝子辩解说，"弓子刚才一直说要回去，我把她给拽来了。"

昭男不相信朝子的解释，觉得又和音乐会那时候一样。他明白这是朝子安排的圈套，为了让弓子和自己见面，设计把她诓出来。但是，蒙在鼓里受骗上当的昭男并没有对朝子生气，莫如说心甘情愿。

昭男见到弓子固然感到痛苦，但更获得了意外的欢乐。他的胸间颤动着炽热的火焰。

自从在歌舞伎座被冷落，气急败坏地打上门找敬子算账以后，昭男就断定再也见不到弓子了。

虽然弓子这个姑娘实有其人，但与自己绝对无缘，犹如时而接近时而远离地球的灿烂彗星一样。昭男死了这条心。两个人共同生活在同样的时间里，却只能在回忆中与她相会。过后昭男回想起来，当时自己那么冲动地骂上门，心底依然存着对敬子的爱护；但心底恐怕还是潜藏着对弓子狂热的爱情。

昭男和敬子分手后，随着时间的流逝，他的心终于渐渐平稳下来。今天意外见到弓子，心情又激动得不知如何是好。

昭男感到生怯，眼睛却黏在弓子脸上。弓子侧面对着他，粉腮通红地低下头，像是避开他灼热的目光。

室内灯光明亮。

朝子的性格爽快干脆，对别人的事比较疏漠，她看到这两个人不期而遇就如此神魂颠倒，不由得暗自吃惊："这是怎么回事？比我想象的要痴情多了。"

"弓子，坐下吧。"

"请坐。"昭男这才反应过来，赶紧站起来。

"要不我给妈妈打个电话，你也一起吃饭吧。"朝子亲切地说。

"不了。我回去。"弓子一边像小孩一样回答一边坐下来。

"没关系的。我不跟妈妈说和田部大夫在一起。"

"还是回去吧。不回去，妈妈不放心。"弓子扭着身子。

"哦？那喝点儿什么再走。葡萄汁行吗？"

弓子点点头。

"大夫您要什么？"

"我要咖啡。我也刚来。"

弓子点葡萄汁，让昭男黯然神伤。

去年夏天，昭男和敬子在这儿喝过葡萄汁。敬子给医院打电话，把他叫出来，一起去东京湾轮船公司打听俊三的生死下落。也就是当晚在栈桥上，敬子第一次靠在他的身上。

葡萄汁还没端上来，只见三四个男人从里面出来，其中一个叫道："喂，白井。"

"真巧碰上你。"那个人直奔朝子而来，对弓子也亲切地微微一笑，"我是坂崎。"

"这是我妹妹。"朝子只介绍弓子。坂崎对朝子说："看到快信了吗？"

"没有。我早上就出来了。"

"不知道你的电话……不过，没想到这么巧在这儿碰见。"

朝子和坂崎坐到后面的空桌子旁，和坂崎一起的那些人也都围过去。所以，弓子不知道是朝子被介绍给这些男人，还是在谈什么正经八百的事，她觉得很是煞有介事的样子。

朝子很快走过来对昭男说："真不好意思。大夫，您千万别生气。他们说正在到处找我呢。"

"……"

"在这儿碰到他们完全是偶然。"朝子坐下来，掏出化妆盒，匆匆忙忙地化妆。

看样子这不是朝子玩弄的把戏，真像忽然有急事一样。

"你说找我有事。什么事？"昭男也心急火燎似的点燃香烟，问朝子。

"以后慢慢再说。过几天我去医院找您。"

"是嘛。"

朝子慌里慌张地把吸管含在嘴里。

"他就是电影制片人，其他人都是搞这一行的。"

弓子惊奇地回头看他们，却发现他们正目不转睛地盯着自己，弄得很不好意思。

"坂崎好像看上你了。"朝子对弓子耳语，"他说一听我介绍你是我妹妹的时候，大吃一惊。他们有的说你太漂亮太可爱，反而不好上电影，有的不同意这种意见，对你还有争论呢。"她立刻观察昭男的反应。

"那就这样吧……"坂崎对朝子叮嘱一句就出门走了。

"大夫，今晚要商量电影的安排。我让他们先去，我不去不行。第一次起用我，我又不是明星，不能端架子。您千万别生我的气。"

"哦，哪能呢。"

"弓子，你在这儿替我道歉。"说着，朝子拿起压在烟灰缸下面的账单，又说一句"对不起"，匆忙站起来就要往外走。弓子也跟着站起来。朝子说："不行，你留在这儿算是替我赔不是……"接着她凑到弓子的耳边说："弓子，偶然就是命运，命运就是偶然。"

"……"

"我求你了。"

朝子走了以后，昭男和弓子两人在一起，反而觉得坦然自若。他们好像都想说些什么，不禁相视而笑。

"什么？"昭男说。

"不，您说吧。"

但是，昭男不知道该说什么，显得有点儿拘谨："朝子说她和小山离了，是真的吗？"

　　昭男本来可以一开始就谈些轻松的，又让弓子觉得亲切、感同身受的话题，但还是放不开。

　　"是的。"弓子看着昭男。

　　"是不是朝子太任性了点儿？"

　　"今晚也是，特地把您约出来，自己却走了。"

　　"不，今晚是因为工作。如果我临时有急诊病人要动手术，什么约会都顾不了。"

　　"不过，我总觉得姐姐真有能耐。想做什么事，就不顾一切地做下去。妈妈也是这样。"

　　"妈妈……"昭男欲言又止。敬子和朝子的不同恐怕不仅仅是时代和年龄的差距。

　　"我就不行。不知道像谁。"

　　"不，有的地方像妈妈，虽然比不上朝子。"

　　"要真的像妈妈，我可高兴了。"

　　"你想做什么？"昭男静静地等着她回答。

　　"那就多了。"

　　"谁都这样……"

　　"想做很多事，不是不自量力。我想寻找自己的生活。从学校一毕业，不知道为什么总觉得时间越来越短。"

　　"时间越来越短？"昭男被逗笑了，"你说的时间是指快要结婚了，当姑娘的日子越来越短吧？"

　　"不是这个意思。只是我的感觉。"弓子软弱无力地否定。

　　弓子似乎还没考虑自己的婚姻大事。但是像她这样出了校门没有就业的姑娘，都有一种人生短促、急躁不安的情绪，等待她们的恐怕只有嫁人这条路。

"我想起来了。"昭男的声音饱含亲切,"以前也听你说过想寻找自己的生活,你得脚气性心脏病的时候……"

"对。您说,你本身的存在就是自己的生活。我问我本身又存在于什么地方?您回答说就在这儿,就是坐在我前面的……"

"没错。"

"其实不是这么回事。"

"你没好好听。"

"我好好听了。"弓子装出一本正经的样子,"那时候也有这种感觉,好像对您能把真心话掏出来。真可怕。"

"对医生不说真心话,我怎么诊断?"昭男把话题岔开,"我从医院直接奔这儿来,还没吃饭。你也在这儿一起吃点儿,行吗?"

昭男忽然觉得,弓子两次对他说想寻找自己的幸福,会不会是她这样的姑娘无意识地用另外一种说法表示自己在寻找爱情呢?

"从学校毕业以后,本来想到外面工作,结果还是赖在妈妈身边。"弓子说。

"店里很忙吧?"

"嗯。可是妈妈也不见得幸福。哥哥又不在家……对了,大夫,您还没到店里来过吧?"

弓子见昭男变了脸色,赶紧收住。只要一谈到敬子和清,他就明显心神不定。但是弓子觉得她和昭男之间的话题只有这些人。她尽量寻找让昭男高兴的话题。

"听说您要去德国,什么时候动身?"

"你听谁说的?"

"朝子姐姐。"

"没最后定。要走的话,夏天之前。"

"眼看就到夏天了。"弓子简短地说,"坐飞机去吗?"

"最近风行坐飞机。"

"真可怕。"

"怕什么？"

"要是出事多可怕。我……"

"坐船也一样。我看在东京坐电车和出租车更危险。"

弓子默默地盯着昭男，他心里一惊，嘴上却坚持说："要是怕出事，什么也甭想干。"

"这跟汽车的事故不一样。我怕。"

"你的确在为别人着想，可是，现在全世界的首脑每天都在天上飞来飞去，早已不是美国总统乘船、苏联总理坐火车的时代了。"

"话是这么说，可是……"

昭男为了试探弓子是否想说"您跟别人不一样"，是否对他格外担心，便故意将她一军："你要那么害怕，咱们一起坐飞机怎么样？"

"我要一起坐，一点儿也不怕。"

"嗨，你要这么勇敢，我带你去德国。"

"要是这儿是机场，我现在就跟着您走，不管去哪儿，既不害怕也不后悔。"弓子语出惊人，接着自己乐起来。

"如果发生事故了呢？"

"我无所谓，可是不能让您死。"

"绝对不会出事故的。"

"是的。"弓子梦想着现在两个人共同飞往大洋彼岸。然而，两个人惊心动魄的对话不过是有口无心的虚语。

"打算到那边待多长时间？"

"一年左右。"

"一年？这么长。"

"一年以后回来，也许见不到了。"弓子说。

"为什么？"

"今天要不是偶然碰见，恐怕您出去之前都没有机会见面吧？"

"今天是偶然的吗？"

"我是偶然的，虽然跟姐姐一起出来，如果不是您早来的话，就见不着了。"

"是吗？"昭男本来怀疑是朝子做的手脚，但他相信弓子说的是事实。他感觉自己周围的空气似乎在灿烂地流动。

"刚才姐姐走的时候对我说，偶然就是命运，命运就是偶然。我一直觉得一定会在什么地方偶然见到您的。也许真像姐姐说的那样。"弓子又是惊人之语。

弓子这样说话难道不是"事故"吗？昭男抑制着心中越轨的危险冲动。仿佛只有自我抑制才能把弓子从"事故"中拯救出来。

沉溺于敬子是一起"事故"吗？是第一起"事故"导致不能接近弓子这第二起"事故"吗？这第二起"事故"会使自己一辈子变得残废吗？为了医治这两起"事故"造成的心灵创伤才打算出洋吗？

第二起"事故"的预防时犹未晚，现在正是机会。昭男使劲盯着弓子。

"一年以后的事，谁也无法预料。"弓子像在倾诉心里话，"这一年里发生了那么多事。姐姐结婚，却又正在闹离婚……"

弓子只谈朝子，避而不提父亲和敬子。

昭男没有回答，谈弓子家里的这些事，稍不留心就会触痛自己的伤口。触痛自己倒还罢了，可能又会让弓子何等伤心。

"这一年……"昭男回首往事，奇怪得很，只是弓子的事情历历在目，记忆犹新。弓子送给自己的康乃馨的花色比敬子洁白的肉体更鲜明清晰地浮现在眼前。那是朝子婚礼上插在新娘子腰间的小小花束。

这未必是因为他对敬子的身体已经司空见惯，而康乃馨正水灵鲜活，也不是因为弓子现在就在眼前。

然而，昭男依然心有顾虑，觉得自己跟敬子分手以后还这样接近弓子，这对敬子实在太过分了。虽说是偶然相遇，但眼前的弓子对他也是痛苦的刺激。

昭男因为弓子父亲的事与敬子偷情苟合，又是因为弓子的父亲与敬子分道扬镳。如果坦然相告，弓子会多么震惊！

弓子不可能知道，他父亲的失踪与假死，是怎样地玩弄了昭男的命运。

"接下来的一年呢？"

昭男想到在以后的一年里弓子将会和清定下终身大事，忽然觉得空虚乏力，心灰意懒。

昭男心里想说可以缩短在国外的时间，甚至不去，但说出口的话却是："我一年以后回来的时候，你要是结婚了，怕是见不着你了吧？"

"什么结婚？……您才会呢。"

"我？"

弓子腼腆地点点头。

两人简单地吃过饭，然后喝着红茶。

"今晚过得很愉快。"昭男说。

"是的。"

"我想说能不能再陪我一会儿？我只是想在街上散散步，送你回家。"

"我打个电话，要是妈妈还没回来……"

昭男又撞在敬子这堵墙壁上。弓子在昭男付款的账台旁边的红色电话机前打电话，昭男害怕万一敬子在家听见他的声音，赶紧一把抓起找回的零钱避开。

要是敬子在家，弓子是二话不说直奔回家吗？刚才对昭男说了那些惊人之语的弓子会立即变成另一个人。

"妈妈还没回来，而且家里也没有什么事……"弓子走到昭男身旁，"只是哥哥来了三四次电话，会不会有急事找我，刚才又来过电话……"

"……"

"芙美子问我什么时候回家，我说不会太晚，九点以前。"

"九点？"昭男条件反射地看了看手表。

离九点已不足一个小时。他们信步而行，昭男不由得拐进人影稀少的街道，走过黑暗中荒凉的木桥，顺着高楼大厦下面的道路走到内幸町。然后他们穿过宽阔的马路，往日比谷公园方向走去。

"闻到公园的味道了。"弓子说。

"对，是树叶的味道。"

"好像还有花的味道。"

"还有花的味道吗？"昭男迟钝地反问。

公园边上有一家花店，在宁静的树荫下就这么一家商店。公园里面还有花园，灯光明亮，周围的长椅子上坐着谈情说爱的对对情侣。现在这个时节，当然也有鲜花盛开。

其实弓子不一定是闻到从远远的花园和已经关门的花店飘溢过来的花香，她也许只是有这种感觉。

他们往皇宫护城河方向走去。有的人从后面快步追上，又回头看着穿和服的弓子的绰约风姿。几对幽会的男女从对面走来，女人紧紧挽着男人的胳膊，贴在一起。

昭男和弓子就像一对幽会的男女，但昭男既不能挽着她的手，也不能搂着她的肩膀情话绵绵。

昭男只是感觉到默默跟在自己身后的弓子的存在。

弓子忽然回头一看，说："哎呀，那儿有那么大的月亮。还是满月呢。"昭男也透过公园的树木看见那一轮月亮，但那月亮显得太大太低。

"那是公会堂的钟。"昭男说。弓子快活地笑起来。

昭男也笑了，愉快地问她："你说那是月亮？"

"我看走了神。"

"我以后每次走过这儿，都会想起你的月亮。这月亮一动不动，每天晚上老在一个地方，太方便了。"

"您去德国，就不走这儿了。"

"德国也有许多这样的钟楼。"昭男又看着公会堂上的钟。灯光映照的表盘在茂密的嫩叶掩映下有点儿像月亮。

"来公会堂不知道多少次，看见挂钟月亮可是第一次。"弓子说。

"朝子给我票，我去听音乐会的时候也没注意。"昭男像在回忆，"那个时候，你离家住在外面，让我转告你妈妈说'我是妈妈的孩子'。这回我想让你转告你妈妈一句话。"

"什么话？"

"嗯……你只代我向她问好。等我去德国以后再告诉她。"

"那您要把动身的日子告诉我吧？"

"不告诉你。"

"为什么？"

"因为我是罪人。总不好把罪人的日程告诉别人吧。"

"什么呀?！不是罪人。您要是罪人……您都干了什么坏事？"弓子说着说着惊惧起来，"您不是罪人，您什么罪都没有。"

"就是因为有罪，才跟你分别去外国的嘛。"

"……"

"弓子，好好照顾你妈妈。"

他们走到日比谷的交叉路口，交通信号灯一变，一辆接一辆的车子从面前流过。

"我要回去了。"弓子忽然说。

"送你到家附近。"

"不用，不用，这儿就行了。还是在挂钟月亮的道路上再见吧。

别回头看我，一直往前走。"

"让我这样吗？"

"是的。"

弓子伸出手来，纤细冰凉的手指微微颤抖。

"大夫，再见。"

昭男一松手，弓子转身一阵小跑离开。

她像逃跑一样钻进出租车时，从翻动的下摆露出的白皙小腿残留在昭男的眼帘里。

贫病路倒

这一天，敬子忙得马不停蹄。前些日子，小山的哥哥来信说想约她谈谈。现在朝子根本无意回到小山身边，敬子尽量拖延与小山的哥哥见面。再说，作为朝子的母亲，也得端着点儿架子。

"妈妈，你可不能丢我的脸面。"朝子说。

"孩子的事恐怕也得谈吧？"

"不行！不行！太丢人。这跟他哥哥有什么关系？现在还不知道生不生呢，就是生，也是我生。"

"生下来的话，要小山承认是他的孩子。现在不跟他哥哥把话说明白，怕到时小山翻脸不认账。"

"你怎么这么说?！让小山承认是他的孩子吗？"

"光一个女人能有孩子吗？"

"社会上不是有许许多多光有母亲的孩子吗？我自己也像只有母亲没有父亲的孩子一样。"

"你胡说些什么！"

"我怎么好久没听你提起阵亡的父亲了？"

敬子一时无言以对。女儿说的话何等尖酸刻薄啊！但她说的是真话。敬子被击中要害，哑口无言。

"你要是告诉他哥哥，小山一知道，又会闹翻天，大家不愉快，弄得连孩子也不纯洁。要生，我一个人生。"

敬子惊异地感觉到，朝子开始具有母性意识了，即使不做母亲，这种意识也会滋润她的心灵。

敬子没把小山哥哥来信的事告诉她。

小山哥哥的画室从池袋乘西武电车要坐六七站，听说他家里有几个小孩，这一天，敬子提着罐装什锦饼干前往。她打算顺路把委托修理的欧米茄坤表给顾客送去，便用石蜡纸把手表包好放进手提包里。

从二月起，敬子的左手无名指就一直戴着透着浅绿色、周围镶嵌小钻石的海蓝宝石戒指。她十分喜欢这个戒指，除了接触水的时候摘下来以外，一直戴着。

但是，敬子在国营电车线的池袋站下车往西武站走的时候，把戒指摘下来，很不经意地放进手提包里。她想，对方是一个穷画家，又有孩子，日子过得并不富裕，自己珠光宝气的不合适。

像敬子这样的女性经营珠宝店，接待客人的时候，根据不同的对象，有时也要注意选择自己手上戴什么样的戒指。

这一天，她穿一身暗褐色和绿色竖条纹的结城绸和服，系着绿色无纹腰带，浅褐色带扣，脚下一双同样颜色的木屐带的桐木低齿木屐，显得朴素无华。

敬子下了车，这一片似乎是新开辟的住宅区，一打听才知道还有一公里多的路，便坐进了出租车。

小山的哥哥心里一直盼望敬子来，对她出其不意的来访喜出望外。

"弟弟说房子就那样暂时不动，等朝子什么时候气消了就回去。她的东西也放在里面……"小山的哥哥说话心平气和，弄得敬子只好为女儿的任性孤行一味道歉。

大概朝子没告诉小山自己怀孕的事，他哥哥似乎一无所知。朝子有言在先不让讲，敬子也就闭口不提。

"这种事，我也不会处理，请您多多关照。"

"哪里哪里，应该请您多多关照才是……"敬子也不知道如何回答。

谈完朝子的事情，这对温和老实的夫妇极力挽留敬子多坐一会儿，还把画拿出来让她看。敬子觉得却之不恭，便待了一阵子。

"我还要去一个人的家里，给她送修理的手表……"敬子这么一说，小山的嫂子到邻居家借电话叫来高级出租车。

敬子到了那一家，才发现修理的手表和自己的戒指都丢了。这两样东西都放在与和服颜色十分搭配的青灰色皮革手提包里，手提包口用同样的皮革带子拴得很紧。敬子急得头顶冒火，没工夫考虑是丢了还是被偷了，把东西统统掏出来，倒过手提包使劲抖落，包底的口红掉出来。

"恐怕还是不小心丢了吧……"敬子窝囊憋气、心慌泄劲，她极力回忆这一路上的情形。自己的东西丢就丢了，可别人的东西怎么向人家交代？只能再三赔礼道歉，赔偿损失。

"向车站和警察报告一下吧。"客户劝她。

欧米茄坤表和海蓝宝石戒指的报失金额是五万日元左右。敬子在警察署把自己的住址、电话号码、姓名、年龄、职业写在纸上，心想写这么些也不会找得着，情绪十分低沉。她觉得是在车站坐出租汽车的时候丢在车里了。

警察劝她："要是丢在出租车里，最后也要向四谷的陆运局报告一声。"

敬子不再抱什么希望，但还没有死心，到池袋西武站站台上转一圈，看是否丢在线路上。这时，天已经黑下来了。

敬子心情沮丧，精疲力竭地回到家里的时候，川村已经回家了，只有芙美子一个人在里头的椅子上看晚报。

一会儿，电话铃响了。会不会有人捡到了……敬子心存侥幸地急忙抓起电话，是清的声音。

"妈妈吗？弓子还没回来吗？"

"弓子？我也刚刚回来。有什么事？"

"嗯……"

"不能告诉我吗？"敬子逗弄他。

"这事我想跟弓子说。"清的口气显得郑重其事。

"要是弓子的事，反正她对我竹筒倒豆子。什么事？"

"不，我不能告诉你……"

"你说，为什么绝对不能跟我说？"

"你转告弓子，今天太晚了，明天上午十点我在都立大学前面等她。"

"我才不转告呢。"敬子心里觉得清非常可爱。

"那不行。一定得转告。上午十点，都立大学前面。"

"这简直在给我下命令。好，我知道了。清，你也该回来了吧？妈妈今天丢东西了，现在已经开始犯糊涂了。"

"丢什么了？"

"贵金属。"

"贵金属？那就完了，找不回来。"

"可不是嘛。"

这时，弓子蹑手蹑脚地回来了。

"喂……"敬子正要告诉清，那边挂断了电话。

"打电话也这么性急……清刚来电话找你，说明天上午十点在都立大学前面等你。"

弓子用怯生生的目光看着敬子，粉腮一片羞红。敬子觉得她神色不定并不是因为清的约会。

"弓子，都立大学你知道吗？"

"不知道。"

"怎么找那么个鬼地方见面呢？"

弓子显然心不在焉，另有所思。

"弓子，你上哪儿去了？"敬子问，心里莫名其妙地忐忑不安，连声音都变了。

"姐姐叫我陪她一起看电影。"弓子并不想对敬子隐瞒，但事情只能说到这个程度。

"在哪儿看的？"

"银座。"接着她又简短说了四个字，"并木剧场。"

要是朝子以后对敬子和盘托出一切，敬子会怎么想？弓子说不出跟昭男是偶然遇见。强调偶然，反而被认为是弄虚作假。

敬子的眼皮底下现出浅褐色的斑点，神色疲惫。

"哥哥说什么事了吗？"弓子像从昭男的回味中摆脱出来似的，打听清的事情。

"不知道，什么也不告诉我。我倒想问你呢。"敬子扫兴地回答。

弓子凭直觉知道，自己出去的这三四个小时里，清就打来好几次电话，肯定是爸爸的事。这直觉本身也是一种震惊。

"哥哥一定见到爸爸了。我今天早点儿回来就好了。哥哥迫不及待地一次又一次来电话，是不是爸爸出什么大事了？会不会受伤了？会不会真的自杀了？"

弓子心乱如麻、坐立不安，老有一种不祥的念头。

自己和昭男散步的时候，万一父亲有个三长两短……弓子不敢想下去。她觉得实在对不起清。跟昭男完全是偶然见面，就在这偶然的时候，祸从天降，可见自己跟昭男的缘分是一种恶缘。她顿时心冷如冰、黯然神伤。

现在不是悔恨伤心的时候，弓子真想立刻插翅飞到清的身旁。怎么办？怎么办？她倚在陈列柜旁，不知所措、无可奈何。

敬子对她详详细细地谈起丢东西的来龙去脉。

"要是捡到那颗金绿石的人知道它的价值就好了，不然的话，会当作一块一钱不值的紫色石头。"

"不是金绿石。是妈妈一直戴的那个海蓝宝石。"敬子伸出左手让弓子看，无名指上还残留着戒指的痕迹。

"妈妈，您一直戴在手上，干吗要把它摘下来？"

"你怎么回事？耳朵根本就没听我说。想什么来着？"

弓子一下子憋住了。敬子轻轻拍了拍她的肩膀："你也累了，上楼去吧。"

弓子像逃跑似的赶紧上了二楼。

敬子在楼下朝子的房间里解开腰带，脱下袜子，身子似乎觉得轻松自由一些。然而，映照在镜子里的却是一个衰老疲惫的女人。敬子一边盯着自己的脸庞，一边感叹道："唉，可悲啊！"

自己已经不知不觉地被弓子和清视为多余的人了。

弓子上楼以后，一声不响。这孩子想什么呢？敬子最近觉得弓子有时候不听话，难以捉摸。她从弓子回来的神态中，没有想到她刚才是去与男人幽会。

第二天早上，弓子一起来，就看见床前的布帘上用别针别着一张信纸，上面是敬子潦草的笔迹："弓子，我四点吃的佛罗那，别叫醒我。"

弓子听着敬子平稳的呼吸，轻声悄步走出去。

清让她去都立大学。那个地方她从来没去过，心头略感不安。怎么不在涩谷、新宿这些熟悉的车站呢……弓子淡淡地化了妆，换上初夏的服装。

也许能见到爸爸，爸爸还没见过自己化妆的模样。这么一想，弓子又回到镜子前面。

弓子一下楼，看见川村正在做开店准备，便向他打听路线。

"不会是学艺大学吧？要是学艺大学，从涩谷坐东横线去。"

"都弄糊涂了……妈妈说是都立大学。"

弓子穿着浅黄色半袖毛衣，一边系着深橙色的围巾一边往外走。

"学艺大学和都立高中在一条线上。"朝子插嘴说，"弓子说的是都立高中吧？"

"妈妈说是大学。"

"妈妈肯定说错了。"

川村拿出《东京区划地图》的交通图查找。

"知道了。学艺大学的下一站就是都立大学。从涩谷坐车在第四站或者第五站下，自由之丘的前一站。"

弓子和朝子一起出了家门。五月初的"黄金周"休息日也一直细雨连绵，昨天开始放晴，早晨空气清新爽快。街道两旁的树木嫩叶鲜绿悦目，明媚的阳光照耀着鲤鱼旗上的风车。

弓子想起来，长期养病的母亲去年忽然到目白的家里来也是端午节。那一天，她和敬子一起洗菖蒲澡，敬子把菖蒲叶系在她的头发上，说这样可以辟邪，恶魔不会附身。

一晃眼已经一年了。昨晚和昭男也谈论"一年"的话题。弓子茫茫然地走着。

"去都立高中有事吗？"朝子固执己见，还坚持说是都立高中。

"跟哥哥在那儿见面。"

"哦？"朝子故意大惊小怪地盯着弓子，"哥哥？就是咱们家的那位哥哥吧？"

"什么呀？还有哪个哥哥？"

"嘿，风向变了。"

"……"

"南风、转晴？妈妈不喜欢我，喜欢哥哥，所以她最大的愿望就是让你和哥哥好好过日子。"

"这好像是姐姐随意推测吧。"

"事实难道不是这样吗？其实你心里也明白得很。"

"……"

"我知道，我在给你捣乱。其实我不是喜欢破坏捣乱……"朝子温柔地说，"弓子，你没把昨晚见田部大夫的事告诉妈妈吧？"

弓子点点头。

"怪不得……我以为你说了，就跟妈妈说昨天约田部大夫在银座咨询健康保养的事。"

弓子的心窝像灌了一块铅。

"这样对你不方便吧？就说我一个人见的他，好吧？"

"算了。"

"后来你们去哪儿了？是不是对妈妈不便说？"

"一起走到日比谷，就分手了。"

"为什么一说到田部大夫，妈妈就神经过敏？刨根问底，问得心都烦了。"

弓子回去以后，该怎么见敬子？她的眼前浮现出那张敬子潦草写着"吃佛罗那"的纸条。

弓子在车站与朝子分手后乘电车去涩谷。到了涩谷，在车站百货大楼二楼换乘东横线。

清在站台上等着弓子。弓子一看见他，疾步上前。清两眼发亮。

"听说你昨天打了好几次电话。什么事？"

"我见到爸爸了。"

"我一猜就是。"弓子面色有点儿紧张。

"爸爸病了，我就作为他的亲属让他住了院。"

"病了？很严重吗？"弓子觉得声音闷闷的。

"不。"清拉着弓子的手腕，"反正先出去，去医院要坐公共汽车。"

弓子目光急切焦虑，从清的神色举止中猜测父亲的病情。

"情况怎么样？"

"嗯……"

俊三现在跟离家的时候判若两人，像一具活尸。弓子忽然见到父亲这个样子，一定惊骇伤心。

清打算先把俊三的情况告诉弓子，给她垫个底，于是走进车站附近的一家日式茶馆。上午的茶馆还没备齐菜品，只好点了栎树叶糯米点心和日本茶。端来的糯米点心还温热。

四月最后一天的夜晚，清乘上收容流浪汉的卡车，从新桥沿着污浊黑暗的河边驶去，在一处过往行人不易觉察的小公园的石阶上，他发现躺着一个人。这个人就是俊三。

清开始不知道是俊三，当天晚上收容的流浪汉中只有这个人需要进行医疗保护，清把这个倒在路上的病人送往医院时，才认出是俊三。由于在民生局工作的黑川姐姐与在国立医院工作的朋友们的帮助，清以病人亲属的名义为俊三办理了住院手续。

俊三躺在病床上，睡得跟死人一样，张开的嘴唇间露出门牙。

"为了镇住胃痉挛的剧痛，他可能打了麻醉剂。"医生推测说。

"做了胸部透视……"清为了不过分刺激弓子，话头从这儿说起，"医生说以前肺部有点儿毛病，本人都没察觉出来，后来就好了……其实现在没什么大病，只是身体极度衰弱。苦撑苦熬，终于撑不住了。脑子还不太清醒。所以我没立刻通知你。我每天往医院跑，昨天他才第一次清楚地对我说'谢谢'，这样我才给你打的电话。"

"谢谢。"弓子对清说。

俊三并没有对清说想见弓子。一回想往事，他就皱眉。清对他谈起敬子和弓子的近况，他就像忍受不了肉体的痛苦一样闭上眼睛，那表情简直令人怀疑是在演戏。

"听说你是以亲属的名义让我住进来的，谢谢。"俊三虽然口头表示感谢，表情似乎在说大可不必这样。

所以，今天出其不意地把弓子带去，让他大吃一惊。清想这可能会起到精神科医生对病人采取的刺激治疗那样的效果。

"就是这种情况，没什么了不起的大病，只是身体衰弱，加上严重的神经衰弱，所以跟普通人不一样。今天你见他，也必须让他安静。"

弓子用眼神表示同意。

"爸爸见到你，不知道会多高兴。"清也看着弓子。

"哥哥，谢谢你。"

"好，走吧。走路要三十分钟，行吗？"

弓子看着谁也没动的栎树叶糯米点心，说："把这个带去送给他……"

"对。他说肚子已经好了。"

他们又买了十个糯米点心，弓子让店员一起包上。清在一旁等着，胸间似乎弥漫着对弓子的感情。他觉得现在弓子对待自己跟过去迥然不同。一股亲切眷恋的热流淌过他的心田。

清对这一带的地形似乎了如指掌，他带着弓子走近路。沿着河边走了一段，拐进两旁尽是旧房子的道路，然后从过去定然森林茂盛、如今初萌新绿的八幡宫树荫下斜穿过去。

"昨天我在电话里什么也没跟妈妈说，你出来的时候她不会问这问那吧。"

"她还在睡觉。"

"睡懒觉呀。"

"说是吃了佛罗那，别去叫醒她。"

"弓子，我现在还拿不定主意要不要把爸爸的事告诉妈妈。我这样犹豫不决，对不起你……"

"哎呀，是我不好，是爸爸不好。"弓子停下来，"我觉得这样去看爸爸，对不起妈妈。不是觉得，而是尽做对不起妈妈的事，爸爸是这样，我也是这样……"

"你为什么要这么说？你父亲变成现在这个样子，妈妈也有不对的地方，这我知道。"

"快别说了，别说了。"弓子摇晃着肩膀，哀求似的说，"哥哥，你回家吧。我求你了。"

"弓子，你愿意我回去？"清激动得快说不下去了。

弓子的目光落在脚底下，点了好几次头。

他们一走到宽阔的马路上，顿时觉得阳光强烈。

"哥哥，你说，人与人之间的关系为什么这么复杂？"弓子的目光依然看着脚下，"是因为自己想得太复杂了吧？"

"如果同时追求爱情和理想，那比登天还难哟。"

"我变得不诚实了，瞒着妈妈去见爸爸。昨天也是……"弓子欲言又止。

"昨天怎么啦？"

"昨天见到田部大夫的事，也没告诉妈妈。"

清目光锐利地看了一眼弓子，憋着气走了六七步："弓子，你爱上了田部大夫，是不是？"

"爱上了……这怎么会……"

"所以你不能告诉妈妈。弓子，你坦率跟我说，你爱上了田部大夫、喜欢他，是不是？"

弓子轻轻点点头，脸一下子红到耳边："可是……"

"行了，我无所谓。我就是想离开你，才两次离家住在外面的……算了。朝子结婚那天晚上，你说'爸爸死后，现在我非常懦弱'，这句话对我震动很大，我始终忘不了。"

"哥哥……"

"你说人与人的关系很复杂。弓子，因为你爱上了田部大夫，人与人的关系才变得复杂起来。"

"不是这样的。是爸爸的事。"

"爸爸的事？就说爸爸的事吧，你也觉得复杂吗？其实，爸爸离开的时候，你要是跟着他一起走，就可能没有现在这么复杂。你也许很顺利地和田部大夫结婚了。"

"不，我是妈妈的孩子。"

"妈妈也好，我也好，总给你苦头吃。不过，话又说回来，你要是不在妈妈这儿，还不会认识田部大夫呢。"

"田部大夫要去德国。"

"哦，"清思考着，"妈妈把爸爸逼成了流浪汉，又要把田部大夫赶出日本吗？她实在罪孽深重。"

"不对。罪孽深重的是爸爸。他把我扔给妈妈，自己走了，这是他的狡猾，但是这也说明爸爸认为妈妈是个好人。"

"是这样吗？"清看着田野的方向，像是鼓励弓子一样说，"那就是医院。"

医院四周是一片葱绿的树林。一进大门，弓子就心情紧张，脱鞋的时候，一只鞋飞到一旁。清把那只鞋捡回来，连同自己的鞋一起交给存鞋处的人保管。

"对不起。"弓子站立不动。清脚步轻轻地走进走廊。

俊三和敬子同居以后，弓子对父亲产生一种隔阂。若说这是出于对父亲的尊敬，不如说是对敬子他们的客气久而久之导致而成。她对父亲不能撒娇，对敬子却开始撒娇。俊三一不高兴，就不和家里人说话，敬子一个人提心吊胆。这个时候，弓子还若无其事。她真想劝敬子："妈妈，别理他……"这不仅因为俊三是她的生父，也因为她从小就熟悉父亲的怪脾气。"爸爸一个人想事情，往往钻牛角尖，一直沉下去，沉到寂寞孤独的最底层。这个时候，最好别理他，让他忧心如焚，让他愁眉苦脸，慢慢地会自己浮上来，恢复常态。他总是这样，妈妈太替他操心，反而不好。"

于是，只要俊三闷闷不乐，弓子不是觉得父亲可怜，而是觉得敬子可怜。

父亲和敬子闹别扭以后，弓子更离不开敬子，不是她有意这样做，而是觉得不如此心头不安。她叫着"妈妈、妈妈"的时候，也许心底在呼唤爸爸。

俊三离家出走，弓子觉得被父亲抛弃，失去了依靠，心虚胆怯，也有怨恨。但是当她听说父亲自杀的消息时，觉得没有比父亲更可怜的人了，眼前漆黑一团，心如死灰。……我以为自己了解父亲，其实毫不了解。

弓子似乎被推出了人生的轨道。父亲承受的痛苦是她这样的少女根本无法估量的。

然而，父亲没有死。

弓子知道他还活着的时候，感觉眼前一片光明。但她无法排遣的愤懑和孤寂一直憋到今天。后来她听到父亲的凄惨境遇，就谈不上怨恨了，像对长期患病后离婚又再婚、现在自我感觉"幸福"的生母谈不上怨恨一样。

弓子没有余力想象即将见面的父亲是什么样子，只觉得心里难受。

她在医院长长的走廊上拐了好几个弯。她什么也不想，只是盲目地走着。她一个人恐怕无法顺着原路回去，甚至无法走出医院。

清停住了："弓子，就是这个房间。你一个人进去好吧？"

弓子吃惊地看着清，眼睛潮湿了："哥哥……"

"嗯，我在走廊上待一会儿再进去。"清打开房门，身体刚好藏在门后似的退出来。

病房比走廊更明亮。俊三见房门打开，很自然地坐起来转过头，发现弓子站在门口。

俊三惊喜交集，目不转睛地盯着走上前来的弓子。他激动得一句话也说不出来。

"爸爸，好一点儿了吗……"弓子抑制着激动的尖细嗓音说。

俊三点点头。弓子不由自主地走到床边，为了使这种场面自然一点儿，她爽朗地说："爸爸才是一个迷路的大孩子呢。不知道让弓子多少次担惊受怕。"

但是话没说完，弓子悲从中来，辛酸苦涩一起涌上心头，她声音哽咽，热泪盈眶，泪眼蒙眬中只见父亲的头又微微点了一下。

"你傻嘛，爸爸。你傻！你傻！你傻……"一连串事先没想到的话语落下来，弓子手扶着床边，像小孩子一样脑袋撞着父亲的胸怀。

俊三的身体稍稍往后一仰，立刻把胸靠在弓子的头上，她的头不停扭动。女儿感情的暖流一下子灌进他长时间空荡冰冷的胸怀。

"爸爸身上有味儿吧？"

"爸爸傻，爸爸好傻嘛……"

俊三连手指头都感觉到温暖，情不自禁地抚摩弓子的脑袋。

"弓子，你剪头发了？"

"别说这个，说点儿别的……"

"越长越漂亮，都快认不出来了。"

"别说这个，爸爸，说点儿别的……"

弓子要爸爸说点儿别的，她需要的是刻骨铭心的爱的语言吗？俊三一时语塞。弓子把全部感情都融化在"爸爸好傻"这句话里，俊三却不能斥责弓子傻。

"弓子……弓子，原谅我。"

"不，不！"弓子抬起头盯着父亲，摇晃他的肩膀，"头发都这么白了。"

弓子用手擦了擦泪水，看着父亲的苍苍白发说："爸爸，你不认弓子这个女儿了吗？难道你忘记还有一个女儿了吗？"

"没忘。"

"爸爸，回去吧。"

"回哪儿去？"俊三反问道，自己都感到惊愕，稍一镇静后说，"无家可归。"

"有。和弓子住在一起。"

"不，弓子是妈妈的孩子。"

"妈妈……"弓子忽然呼唤妈妈。

"是清告诉你这家医院的吧？"

"他带我来的，他说在走廊上等着。"

"叫他进来。"

清一进来就说："要是你不愿意回妈妈的店里，就暂时和我住在外面，弓子也去……我现在一个人住在朋友家里。"

弓子一听，又趴在床边哭泣起来。

咬耳朵的痴女人

美根子为了岛木的事去美宝堂找敬子，结果被羞辱一番，骂出店门，她心里总堵着一口怨气，不肯善罢甘休。敬子还算说得过去，那个朝子不仅冷嘲热讽，更受不了她的恶语中伤、刻毒辱骂。她每每想起就满面羞愧，恨得咬牙切齿。

美根子明知此门难登，还是硬着头皮去了。她是万般无奈才去的。为了把岛木拉回来，她已经山穷水尽无能为力，才忍辱含羞，厚着脸皮去求救。没想到自己的心情丝毫不被理解，却遭受奚落诼谤，连岛木也被咬了一口。

朝子一口咬定美根子是岛木的"情妇"，她的声音满含轻蔑鄙夷，恶狠狠地说，岛木已经不是敬子的家里人了："他跟情妇私奔，没奔成；他想自杀，没死成。所以现在也活不成，不死不活的。"她把美根子登门求援歪曲为岛木"叫什么情妇破烂货的回来探听风声"，所以太卑鄙了。"既然当情妇就要像个情妇的样子。我们家没工夫管这些闲事"，甚至还咒骂岛木是偷走敬子人生的盗贼。

美根子在岛木身边工作的时候就暗自思忖，自己比社长的家里人更理解和体贴他。她觉得像岛木这样不会排挤人、只会受人欺负却忍气吞声、见人温和微笑的厚道人，即使在家里发点儿脾气，但给他安慰宽心难道不该是妻子和女儿的责任吗？我要是社长的夫人或女儿，绝对不会把他逼到那种境地。

美根子一心痴爱岛木，但从来不认为自己是他的"情妇"。既没有自认为"情妇"的自负的把握，也没有这种幸福的事实。

岛木私拿公司的钱，也是为了装订厂的谷村的奠仪，那又有什么过错？公司本身就是社长的……

那一天，岛木的神经极度疲惫，也许他已经不是常人。可能是心血来潮，也可能是留作纪念，他给美根子买了贵重的饰针。美根子怕岛木寻死，第二天天还没亮就躲在他家附近，白天陪他逛浅草，一直到晚上乘船游大川，寸步不离。

美根子被别人唾骂为"情妇"，自己在心间也反复琢磨"情妇"这个词，回想起那个夜晚的情景，不免悔恨痛苦。

她独自想起来会让脸上发烧的只有这件事：那天夜里，她咬了岛木的耳朵。

两个人脸对脸地躺着，岛木的胳膊温柔地放在她的肩膀上，正要一把把她搂过来，忽然那只胳膊变得有气无力，他转身平躺着，说一声："睡吧，晚安。"

岛木的耳朵近在眼前，美根子忽然一口咬住了。

"哎哟！"

美根子也被自己的一时冲动吓了一跳，赶紧松开牙齿，但依然含着耳朵哽咽抽泣。她渴望用自己女人的身体让俊三积郁心中的苦闷统统发泄出来。自己的绰号是"猫咪"，也许脸蛋长得跟湿漉漉的猫脸一样，但皮肤洁白细腻，而且依俊三的年龄来看，自己是个年轻的女人。但是她没有意识到，在这献身的愿望里也存在着发泄的欲望——发泄她在谷村装订厂工作还一无所知的时候，被流氓工人欺负后一直压抑着的情绪。

俊三对哭天抹泪的美根子似乎束手无策："你听，有人唱新内小调①。咱们关灯听吧。"说着，他拉了一下床头灯的灯绳，关上了灯。

"小调是从上游下来的小船上传来的。是都太夫艺人的歌唱吧？来了两班，一班是都太夫艺人，一班是波太夫艺人，船上挂着五盏红灯笼，一边是圆的，另一边是长的。"

俊三在黑暗中擦了擦湿湿的耳朵。

唱新内小调的艺人好像把小船停在河下游的岸边，开始道白。

美根子收起泪水，默默地听着哀婉悱恻的曲调。风暴已经从她的心中过去。

"唱得真好。"美根子说。

"都太夫艺人这一边是一对夫妇。"

美根子侧耳倾听。

"要是能和社长两个人这样在船上漂泊不定地过日子该多好。"

"你以为那是闹着玩呀？在这么宽的河面上声音如此响亮，那功夫可深了。"

枕头下面轻波荡漾。

"只有夏天才在船上唱新内小调。以前我常和谷村来听。"接着，他自言自语，"谷村死了，两国的烟花照样放。"

"社长。"美根子摇晃着叫他，"刚才您在汽艇上说，谷村要多活

---

① 新内小调，日本说唱曲艺净琉璃的一派。——译注

一个星期，就能赶得上今年的河上烟花。"

"是啊，今天要是死了，明天发生什么事，就看不见了。"

"您是说只要活着，就什么都能看得见吧？"

"只是要活得下去……"

"不像我这号人，别的年轻漂亮的姑娘您可以随便挑。"

"你想的是这事儿呀？我们现在这样，也怪不得你会这么想，对不起你。其实，我有了你已经心满意足。你应该充满自信。只是事到如今，我不想伤害你。"

"我已经伤痕累累。您说事到如今，如今又怎么样？"

"嗯，我想抛弃人世的一切。"

"抛弃人世的一切，我也毫不在乎。如果社长能过得像个人样，我今天去死、明天去死都在所不惜……"

"不，不。你怎么能……"

"开灯好吗？时间还早，睡不着，想多聊一会儿。黑乎乎的，就想起刚才黑暗的大海。"汽艇进入黑暗的大海时，美根子怕得要命，其实不过是东京湾的入海口，但她觉得仿佛是他俩一起去黑夜的大海情死。

后来，美根子四处寻找岛木，经常乘水上公共汽车在东京湾绕行，那天夜晚汽艇的航线和水上公共汽车的路线基本一样。从永代桥穿过相生桥出港口，两旁是停泊的轮船，靠着芝浦一边沿竹芝栈桥、滨离宫航行，再穿过胜桥，从筑地与佃岛之间回到永代桥。

但是，美根子一见到河面宽阔、水势弥漫，就产生夜间奔向大海的感觉。船首翘起，乘风破浪、水花四溅飞奔的小汽艇似乎不会停下来。一团漆黑的大海上的点点灯光勾起她无比的哀伤。

"不要紧，用不着这么使劲抓着……"

"不，社长……"

"就是掉下去，驾驶员也会把你救上来的。两个人跳下去，至少一个人会被救上来，所以即使情死也死不成。女的会被救上来。"

"不。"美根子更是紧贴在岛木身上。

从两国桥上岸后，她两腿僵直，走路摇摇晃晃。岛木扶着她，发现她的手和脸颊冰冷。

回到岸边的家里，因为房间很早就关上了，所以闷热，美根子立即汗水津津。

俊三打开灯，吃了安眠药，然后把自己剂量一半左右的安眠药给美根子，说："你没有这种毛病，这些就足够了。"

"我不要。这么早睡觉，太可惜了。"

"也可以镇静神经。"

"像今天这样，累得不吃药就睡不着吗？"

"累过头反而睡不着。"

"我不睡，在一旁坐着，您放心睡吧。"

"身旁有人坐着不睡，我睡不着。你把这吃了吧。"

美根子用目光示意服从，然后提心吊胆地把安眠药吃下。

"我真想这一觉再也醒不过来。"她靠近岛木身旁。

"我现在吃下手头所有的安眠药也不会致死。"

最后还是美根子先睡着，她把身上的棉被甩到一旁，转身背对着岛木沉沉睡去。

早晨，美根子睁着大眼睛，一动不动地等岛木醒来。

俊三平时睡醒的时候总是心胸郁闷，今天却清爽舒畅。

"耳朵上有没有红红的痕迹？"他一边笑一边把耳朵靠过去，"真怪，年轻的女人在自己身边，就睡得挺香。"

"那我一直陪您睡。"

美根子想，一夜相安无事，第二天早晨俊三就精神爽快。但也正因为一夜相安无事，没有同衾共枕，她无法继续伴随在俊三身旁。

当她听到俊三投海自杀的消息时，心想自己当时要是不去顾及女人的羞耻之心和未能得到满足的缺憾，始终伴随在他身旁，就不会出现这种悲剧。她后悔莫及、痛不欲生，而且怀念思慕之情有增无减，刻骨铭心。

"他死了，耳朵上带着我咬的淡淡的齿痕死了。"美根子几乎神经错乱。

她无法把柳桥一夜的情景告诉敬子。

一想起朝子凶神恶煞的嘲骂，美根子就觉得敬子一家人似乎对俊三还活着深感遗憾。要是他们这样把岛木视为眼中钉、肉中刺……不管怎么说，一定要把俊三从现在的水深火热中拉出来，让他在晚年像一个正常人一样生活。

美根子每天想的就是这件事，所以她对东野、对弟弟往往没什么好脸色。

东野承受着美根子忧郁烦恼的乖僻，照样经常去卡巴莱酒吧，但避而不提"岛木"二字。

一个雨后的星期天，东野带着一个女孩子，开车到美根子的家里："我和孩子去上野动物园，你也一起去，行吗？"

"动物园？我战后就一直没去，有十几年了吧。"

他们逛完动物园，在上野吃日式西餐。东野的女儿长得非常可爱，可一看就知道娇生惯养大的，没有母亲，在奶奶和爸爸的抚养下，又是独生女，跟心肝宝贝一样供着。

看得出来，东野在女儿面前对美根子很谨慎客气。

"我没有资格做母亲。"临走的时候，美根子说。

"女人都是母亲。"

"您家小姐和我成长的世界完全不同。最近我觉得我的性格适合在小酒馆、小餐馆和酒吧这种地方一个人过。"

"嗨，别这么性急，慢慢想一想。"

"不急行吗？"送走东野以后，美根子立即决心去一趟筑地的棚户区。

文已经回来，岛木不知去向。美根子有盯着人看的毛病，然而在这儿，她被文那双阴森恐怖的眼睛盯得毛骨悚然。她强忍着可怕的目光，一本正经地问："那您知道他到哪儿去了吗？"

"不知道。不在这一带了。"文态度冰冷，一句话顶回来，便钻进屋里关上草席门。

美根子离开小屋，步履沉重地顺着河边走去。

"大姐，喂，大姐。"一个女人喊住她。

女人短发披散，黑皮肤，长得却不难看。美根子不知道她是文的老婆，停下脚步，疑惑地看着她。

"我刚才一直悄悄跟着大姐来的。我告诉你健的事，咱们一边走一边谈。文这个人吃醋吃得厉害。你瞧，我的头发被他用剪子剪成这个样子。他不想把健的事告诉你，要是知道我说了，他会揍我。"

美根子和她并排走着。

"健这个人对女人简直毫无兴趣……"

"正因为这样，我就想留他继续住，等找到栖身的地方后再走。可是我们回来的那天晚上，他就被赶出门了。你别恨我们。"文的老婆说话娇里娇气的。

"你知道他现在在哪儿？告诉我。"美根子机灵地把钞票塞在女人手里，"你千万别在意。你们让他住了一段时间，这是一点儿小意思，不多，拿不出手，只是表示心意……"

"哦？对不起，那我就收下了。"女人说，"你不用这样，我也会告诉你的。健被东京都收容所收走了。在新桥附近，病了，就被带走了。你去警视厅这类地方一打听就知道。"

"谢谢你。他病得重吗？"

"那个时候还挺重的，肚子痛，同伴就给他打针，好像痛是止住了，可一头栽下去，就一动不动了。"走到拐弯的地方，女人说，"那就这样，你见到健，向他问好。"

文的老婆晃动着乱蓬蓬的短发急匆匆地回去了。

美根子回头看去，只见文的老婆疾步行走的河岸下面，混浊的污水在夕阳映照下泛着暗淡的微光。清风爽快，但带着污水的臭味。

美根子明天就能见到岛木了。虽然对以后如何安排岛木心里没底，但她心情激动——这一次再也不能放走他。

第二天，美根子到警视厅保护科打听岛木的下落，但没有结果。有人告诉她去民生局问问。在民生局一间摆着许多办公桌的房间里，一个脸上雀斑明显的中年女职员非常详尽地告诉她岛木所在的医院。

美根子跟在身穿浆烫挺括、走起路来窸窸窣窣的白大褂的护士后面。护士敲了敲一间病房的门："岛木先生，有客人。"

俊三猛然以为是敬子来了。昨天清和弓子临走时说，敬子要是知道，会立刻奔来的。他手足无措，极度紧张，恨不得自己能化作一缕轻烟消失得无影无踪。昨天见到弓子，重温父女之情，清的善良心地让他万分感动，但是他越想越痛苦，现在还有什么脸面见敬子呢？

"我不想见。"

但是，俊三看见护士打开的门外站着的不是敬子，而是美根子。一看见美根子，他的心一下子松弛下来。面对美根子嗔怪的目光，他反而想露出微笑。

美根子径直走到床边，说："好容易抓着了。您瞧，我说得没错吧，一生病，就成这个样子。再也不能放您走了，绝对不行。"她也不顾护士在一旁，像梦呓般低声诉说，抓起俊三放在被子上面的手摇晃着。

护士退出去了。

"原来是你啊。"俊三脱口而出。

美根子立刻条件反射般地数落一通："您以为不是我来？您还等谁来？等夫人，还是等女儿？所有的人都那么无情无义。他们才不会到这儿来呢。开一间小小的珠宝店，只顾自己小里小气地过日子。"

美根子不知道事情的来龙去脉，以为是国家或者东京都的救护机构救了岛木一条命，把敬子他们骂了个狗血喷头。

美根子看岛木神情为难，觉得他懦弱心软，便给他打气，越说火气越大："我见过夫人，也见过您女儿，不止一次、两次、三次……甚至还到店里去。那又怎么样？脸上倒装得人模狗样的，却推托干净，滑溜溜的半点儿不沾。听那口气恨不得您死在路边才舒心呢，把我顶了回来。"

"死在路边……"俊三的眼神像是凝视远方，自言自语。

"太残忍了。我没这么委屈过。"

"是我不好。"俊三茫然地答道，没有多余的反应。

"您说自己不好，可总这样自我折磨能好吗？"

"没有自我折磨。"

"还说没有自我折磨？我实在看不下去，我受不了了。"美根子使劲儿摇头，眼睛一眨不眨地说："那个夫人的大女儿心肠最狠毒，对别人的痛苦毫无同情心，大概她从来就不知道什么叫痛苦。她竟然胡说社长从他们手里偷走了妈妈，还从妈妈的人生中偷走了生活和爱情，简直就是个母夜叉！您以前还和她像父女一样一起生活过，怎么这样翻脸不认人？"

"是朝子吧？她说的也有对的地方。"

"才没有呢。那种人在社会上不偷盗父母亲的力量才混不下去呢。"

俊三这样平静地躺在医院的病床上，渐渐恢复了正常的思维。他思前想后，对自己这般冷漠厌弃家庭的心态也十分惊愕。离家出走的时候，脑子的确不太正常。虽说厌弃家庭，并没有先人那种"出家"的志向，也没有条件追求一个人轻松自在的生活和独来独往的自由乐趣。他好像被一种病态而虚弱的厌世感纠缠，只是一个劲儿地想逃离自己、逃离别人，任意任情地跌落无底的深渊，犹如将温热的身体在冰冷的床铺上滚动一样，对一切的一切都已经厌烦，厌烦得无以复加。

俊三摇了摇似乎还有云雾缭绕的脑袋，听美根子学朝子说话。

"以后您完全可以争口气，做出个样子给他们看看。"

"做出个样子？"

"对，只要您有这个心，完全可以做出样子来。"美根子憋足气说，"您只要回家去，就是堂堂正正的主人和父亲。我早就这么认为，以前就劝过您。现在可以回去了吧？"

美根子掏出香烟，点上火，稍稍平静一下激动的情绪。

"看你抽得很香。"

"想抽吗？比以前精神多了。"美根子高兴地给俊三的香烟点上火。

好久好久没有年轻的女人这样给自己点烟了。烟气似乎熏进他的眼睛。

"社长，您要是回到她们那儿去，肯定不会得到幸福，她们也吵得不可开交。"

"你说得对。我成了人家的眼中钉。"

"他们一定恨不得拔掉。"美根子严肃地睁着大眼睛点头自语，"把社长当作死人埋葬的难道不是夫人吗？妻子居然把自己的丈夫……我就不相信，一直在那条河上寻找。"

也许是五月的阳光强烈，美根子化过妆的脸上油光闪亮。

"我本来以为那个夫人很温和亲切、很通情达理……"

"一个死去的人忽然又活过来，以这副德行恬不知耻地冒出来，这不是叫人家下不了台吗？"

俊三觉得，就是为女儿弓子着想，自己也是不回去更好。她可以依靠敬子，和清幸福地生活在一起。昨天和弓子暌隔一年重逢，女儿喜悦的泪水像一股清泉灌进他那枯萎腐朽的树根，心灵枯木逢春般开始复苏——为了弓子，趁敬子还没来医院看我，赶紧出院离开。

俊三看见弓子和清在这间病房里几乎手拉着手，知道他们在相爱。清对自己无微不至的关怀就是他们爱情的证据。

美根子立刻捕捉到俊三的心事，热切地说："要是出院，就回我那儿去。什么时候能出院？"

"本来就没什么大病，大概随时都可以出院，不过要办手续。"

"什么手续？我去问，我来办。"

"恐怕你不行吧？帮我住院的是清……"

"清？啊，就是那个夫人的儿子吧？"美根子泄气地说。随即，她直起一直俯着的上半身，"原来是这样……"

美根子深情地看着俊三，嘴唇贴近他的耳边，像低声细语一样把耳朵含在嘴里，牙齿轻轻地咬着。

一股热流酥麻地贯穿俊三的全身。

奔向天空和海洋

敬子很晚才醒过来，安眠药效还残留在脑子里。她昏昏沉沉、心情忧郁，只想唉声叹气，什么事都不顺心。

朝子捣乱，弓子隐瞒，遭清厌弃。

为什么弓子不能老老实实地把和昭男见面的事告诉自己？昭男的身影随着阴暗的忌妒心一起，清晰地翻涌上来。

现在昭男说他要出远门，也是为了与自己断绝关系的权宜之计，或者说制造一段冷却期。等他从国外回来，恐怕已经暗中和弓子私订终身了。

敬子一闭上眼睛，仿佛看见两个年轻人幸福地并排站在一起的幻影，觉得心烦意乱。

今天早上，清和弓子在偏僻的地方约会，他们到哪儿去了？敬子一无所知。

"弓子已经被昭男俘虏了。我还一直以为她天真可爱呢……这种丑恶不堪的背叛行径难道也是我自作自受？爱上昭男的罪孽难道就是要经受这种刑罚？"

不，罪孽也好，刑罚也好，不是能用天平明确计量标记的东西。

敬子走到楼下，川村见她脸色憔悴衰老，便问道："夫人，今天身体不舒服吗？"敬子懒得回答，只是摇摇头。

川村像是给敬子宽心似的聊起天："每天在我住的小街道和这儿之间上下班，经过赤坂见附时眺望弁庆桥的樱花，总想到那一带去转转。樱树却不知不觉地长出绿叶，今天早上一看，已经有人在河里乘汽艇了。记得以前在店里干活的时候，过了那座桥，清水谷公园里有一家老主顾，一旁的水沟里都是菖蒲花，开花季节我很乐意去那儿跑活。那一带恐怕也变了吧？"

敬子心不在焉地听着，随口应答："川村你也喜欢风雅呀。去看看吧，不然过几天菖蒲花就谢了。"

此时，家里很冷清。

"朝子也不在吗？"

"我一来，朝子和弓子就出去了。不是夫人让弓子去办事的吗？"

敬子跟忠心耿耿、一丝不苟、什么时候都是一副掌柜嘴脸的川村谈话，会越说越烦，无名火起。

"夫人，我琢磨着清该回来了，可能是弓子带他回来的。"

"不会的。"

"不。贵重的宝石也好，人也好，该来的时候就会来。动的东西总会动，总要转过来的。"

"连亲生孩子的心都摸不透，更何况弓子。人家的心事我哪能知道？"

"她离不开夫人。您瞧瞧我，不是从小伙计起就一直跟着您吗？"

"你不一样。"

敬子打算从各种各样的纷扰烦恼中彻底摆脱出来，便把眼睛转向摆在五月的阳光照耀下的橱窗里的灿烂美丽的宝石。

陈列柜上摆着新的人偶头。

"啊，来了。这人偶什么时候送来的？"

"刚送来的，我顺手摆在那儿。您看还满意吗？"

"嗯，头发要再黑一点儿。"

"再黑一点儿？哦……"川村从心底知道敬子的感觉。

人偶的头发上装饰着漂亮而脆弱的头饰，耳朵上挂着耳饰。这是敬子的构思，用小宝石将尼龙网绢加工的花瓣固定成卡特兰花形做头饰，与同样小的卡特兰耳饰配成一对。

敬子走上前去，精神焕发地把人偶的头发整理一遍，然后用小粒红色宝石将淡紫色昆虫翅膀般的花瓣固定，又将串联起来的卡特兰花环饰在发髻上，接着调正耳饰的位置，最后把灰色绉绸轻轻围在人偶的脖子上。

装饰好后，敬子退后几步，心满意足地欣赏着，但脸上又立刻阴云密布，愁眉苦脸地抽烟。

"夫人，已经五月了，用那颗留存的翡翠给自己做一只戒指吧。"川村安慰地说。

"我要设计出来，马上就被买走。什么东西都被客人拿走。"

午后顾客多起来，卡特兰花形饰品引人注目，还没定价就被预约了。

"夫人，把已经预约的商品挂上红标签吧？"川村一直惦念着敬子的低沉情绪。

傍晚时分，清和弓子大出敬子所料，喜笑颜开地双双回来。

"妈妈、妈妈，你来一下……"清没注意敬子不悦的脸色，把她叫进屋里，"我们刚才见爸爸去了，弓子的爸爸……"

"见爸爸？"敬子一副难以言状的索然神情，像八音盒刚停止音乐那样显得沉静又寂寞。她把目光从清身上移到弓子身上，茫然地低声问道："在哪里？"

"医院。已经没事了。"

"哦？"

"妈妈，你不高兴了？"

"哪会不高兴呢？"

没等弓子说话，清都替她回答。敬子像做梦一样一边听着清的声音，一边惊讶地发现，今天一整天被昭男和弓子的幻影搅得六神无主的心开始恢复正常的平静。

"你们把我扔下，私自去的？"敬子严肃地说。

"我不想忽然刺激爸爸，弓子的爸爸神经还……"

"哦。"

"妈妈。"弓子注视着敬子，"妈妈，能原谅我吗？"

"什么事？"

"爸爸的事……"

"不关弓子任何事。"清又插嘴，"那时候爸爸是病人。这一次是我让弓子去见的。"

敬子没搭理清，对弓子说："弓子，你坐下来。"

清把送俊三住院的大体经过说了一遍。他没有刚回来时那样情绪激动，而是像大人一样平静稳重地叙述。敬子听完以后，什么也说不出来。

"我有工作，今天晚上回去。"清站起来。

"啊？"

"哥哥你要走？"

敬子和弓子同时脱口而出。

"明天从家里上班不行吗？"

"不是不行，我的皮包放在那边，再说，从黑川家搬回来也得安排妥当。"清说得很干脆。

敬子感到清已经是个男子汉了。弓子脸色苍白地送清出门。似乎她和敬子单独在一起会局促不安，依靠清才心里踏实。

朝子深夜才回来。敬子和弓子都心照不宣，在朝子面前绝口不提俊三。即使朝子不在，两人之间也似乎隔着什么东西，交流很不畅通。

第二天，五月的阳光十分灿烂。朝子出门以后，敬子和弓子准备去医院探望俊三。

"今天天气真好。"敬子仰望天空，然后看着弓子的脸，她的脸在阳光辉映下光彩夺目。弓子虽然留心敬子的情绪，却掩饰不住满心的喜悦。

从麻布坐进出租车后，敬子的肩膀就一直紧靠窗旁。以后跟他怎么过？敬子就像要喝进一种莫名其妙的东西一样，只想呕吐。

但是，只要自己忍下来，弓子和清一结婚，清的夙愿不就如愿以偿了吗？可是朝子呢？

敬子犹如驾驶着车辆奔向痛苦一般。

"爸爸让我孝顺妈妈。一见面他就说这话，好像马上又要分手似的。"

"他知道我今天去吗？"

"没说今天去，不过我想他总在等着。昨天回来的时候，他还问起妈妈种的蔷薇呢。"

"蔷薇？"

"我告诉他一棵也没有了。他的表情好像觉得很可惜，他还说深红蔷薇香味好闻。那时候看都不看一眼，居然记得这么清楚。"

临近医院的时候，敬子仿佛受到一种无形的谴责，沉闷窒息，甚至引起了轻微的头痛。

敬子换上拖鞋，由弓子带着走进那间病房，只见里面空荡荡的，从窗户吹进来的风掠过床铺穿室出去。

"怎么回事？"敬子问。

"我去看看。"弓子慌慌张张地回到走廊，又立刻折回来说，"会不会在院子里散步，我去找。"

"可以散步了吗？"

敬子从窗户看着弓子走上绿草如茵的草坪，往树荫那边走去，自己一个人留在病房里，忽然恐惧起来："莫非他对我避而不见，又躲起来了吗？"

如果俊三躲起来，敬子也想躲起来。由于昭男的事，大概出于女性贞操的本能或者习性，她无颜面对俊三。

"哦？"敬子走近枕头旁边。

剩下一半药水的瓶子下面有一个白色信封。敬子心情紧张地抽出来。里面有一封给清和弓子的信，还有一封给敬子的信。

给敬子的信寥寥数语："自那以后，让您劳累操心，我羞愧难当。今后尚请关照弓子，拜托千万。顺祝幸福。"

不出所料，敬子感觉微寒的冷风吹在脸颊上。给清和弓子的信恐怕会写得更详细一点儿吧……她到窗前喊："弓子！弓子！"

弓子和穿白大褂的护士一起跑回来。接着，收容住院的病人与前来探望的女人一起逃跑的事情立即传开，主治医生和医务室的人都集中到病房里来。敬子则受到他们的盘问。

弓子给清打电话，战战兢兢地说："爸爸不见了。你快来。马上就来！"然后，她就在走廊上焦急不安地走来走去等着清。一想到把爸爸带走的肯定是那个叫小林美根子的酒吧女招待，她就气得浑身发抖、七窍生烟，觉得这张脸简直没处放。我对不起妈妈。她不敢正面看一眼敬子的脸。"我在妈妈身边也待不下去了……"

但是，没想到敬子坦然沉着，和医生谈话时还有说有笑。

弓子感受到与无法理解的大人世界之间的距离。她觉得时间过了很久很久，已经不再惊愕不再气恼，只是垂头丧气地靠在走廊的窗旁等待。

清三步并作两步从走廊匆匆赶来。

"哥哥。"

"真没办法！不过，弓子，这一路上我想了很多，我觉得爸爸逃走的心情也可以理解。"

"要说坏，对妈妈、对哥哥也太过分了。"

"没有办法，只能随他的便。爸爸的心里好像有一个连自己都无法控制的人。"清似有所虑地嘟囔道，"也许他一败涂地后会一举成功。他自我沉溺于忧郁中，不愿被任何东西束缚住。"

弓子垂头丧气地靠近清的身旁，把刚才想撕开没撕开的信交给清。

"这次承蒙你大力关照，表示衷心的感谢。"俊三用铅笔在医院的信纸上字迹潦草地淡淡写道，"一想到以后如果重蹈覆辙，扰乱你们的正常生活，我心里就非常痛苦。我觉得，作为一个自我埋葬、被人埋葬的人，不声不响地离开你们最为合适。

"你们看到了我像垃圾堆上枯叶般生活的污脏，但你们还基本不了解安于现状的心境，所以我也无法相告。"

敬子也从病房里出来，探头看信。

"不久以后还有机会见面的。经过这次住院治疗，我也打算认认真真地生活下去。只是我一意孤行，对你的母亲深感歉意，只希望你和弓子体贴孝顺她。有你和母亲照顾弓子，我十分放心。昨天你让我和她见面，我已经心满意足。

"请你们不要找我……我对你们深深道歉，并希望得到你们的宽恕。匆此！俊三。"

从字里行间可以感受到岛木的冷静稳重。信在三个人的手里轮流传阅。

"能不能也让我看一看？"医生说，"我是主治医生，对病人要负责，也担心他的去向。"

"好，请看。弓子，可以吧？"敬子把信递给医生。

"弓子，爸爸不要紧。前一次离家出走可能因为有病，这一次有信。他想认认真真地生活下去，会想办法做点儿事的。"

清这么一安慰，弓子却抽抽搭搭哭起来。但她很快强烈地意识到这儿不是哭哭啼啼的地方，于是用手指轻轻抹去泪水，说："爸爸一贯迷路。"

"对，真是个迷路的小孩。这回我要让他自己走出来。"清说。

三人都不提美根子。俊三的信也没提她。

敬子来医院的一路上，想象着俊三落魄飘零、寒酸潦倒的狼狈相，不知道自己今后和他怎么过，心里焦虑苦恼。现在却感觉被他巧妙地溜了，对他干练漂亮的手腕产生一种女人的仇恨，像针扎一样痛苦。

回头看去，俊三离开目白的时候，甚至在这之前就已经下决心不再和自己生活下去。"我这个女人……"敬子觉得周围忽然笼罩着寂寞凄凉的气氛。跟昭男分手的事也同时纠缠在一起，她不禁黯然神伤："俊三也好、昭男也好，男人是多么自私自利呀！一定是这样的！"

即使不是敬子主动提出分手，但无论与俊三还是与昭男，只要她死也不肯分，就一定有办法不分的。虽然不分手是否就正确、就会得到幸福是无法预料的未知数，但总归可以不分手的。因为这是人与人的……人与人，更何况是男人与女人，一旦结合，理应能一辈子共同生活下去，决不分离。

俊三和昭男跟死于战争的清和朝子的父亲不同，不是遭遇那种无能为力的命运。

俊三公司倒闭和他率意任性的出走，在历尽沧桑饱经险恶的人生中又算得了什么呢？那个叫美根子的女人……敬子并不在意自己败在那个女人手里，并不计较让那个女人报了一箭之仇，她只是反省自己。问题不在于现在俊三是否具有与美根子那样的女人结婚过一辈子的价值。但美根子把俊三从医院带走是确凿无疑的事实。而当思绪万千、一筹莫展的敬子赶到医院的时候，留给她的只是空荡荡的病房和枕边的药瓶，以及两封信。

药瓶和信都不是人。

"妈妈、妈妈。"清拉着敬子的袖子低声说，"把你的手提包给我。"

"干吗？"

"里面有钱吧？"

"哦。"敬子意识到清的意思，"对了，医院要付……"

"我给爸爸办出院手续，交钱去。"

"好，你去办。"

弓子在一旁听见，神情黯然地说："连钱也没交就逃跑了？真对不起妈妈。"

"他要是去交钱，医院会让他等着我来，不是就走不成了吗？再说，这么有头面的亲属来了，要是不交钱，对妈妈的名声也不好。"清说完，迅速向医生办公室走去。

敬子看着清的背影，觉得他现在办事稳妥可靠，便对弓子说："让清回家吧，咱们好好过日子。"然后她抱着弓子的肩膀。

朝子今天晚上少有地回来很早，在敬子身旁一个人摆弄着扑克牌："妈妈，人偶上的卡特兰饰品该换一下了。"

"为什么？"敬子纳闷，摸不透朝子又会说出什么怪话，"那个反响很好，不断有人订货。"

"所以才要换。我也非常喜欢。"

"喜欢不是很好吗？"

"不好。大家都戴同样的东西就不新鲜了，应该限定数量。"

"说得也是。"

"要成了廉价出售的现成货，反而降低店铺的档次。就像男式西服，有的店英国料子的西服，一种式样只进口一套。"

"不过，就是卖出去一百个，这么大的东京城，也难得互相碰得见。这套卡特兰饰品，订货的人虽然不少，也还没到三十件。"

"那现在就应该停止订货。"朝子的话带着对店铺的关心。

"对，我听你的主意。"敬子点点头，"以后不再做了，这最后一个给我自己做。"

"给你做？不行！你已经不合适了，太浪漫。我看给弓子正合适。妈妈，你这么喜欢卡特兰吗？"

"嗯？我说的是设计的款式。要说花吧，什么花都喜欢，蔷薇也喜欢。"

"是吗？店铺开张的时候，桌上摆的卡特兰不是换过好几次吗？"

敬子心头一惊。第一盆卡特兰是昭男送来的，除了川村略有感觉外，其他人一概不知。但是，敬子把自己的思念寄托在卡特兰上。

现在昭男当然不知道敬子在悄悄地设计卡特兰饰件。

"我已经不行了吗？"敬子笑着掩饰自己的感情，"我设计卡特兰的款式得心应手。"

"把最后一个给弓子吧。"朝子的话让敬子感到刺心。

就是这个率性、好强、泼辣的女儿毫不怀疑敬子和昭男的关系，也只有她对这次俊三的事一无所知。其实，朝子为人也有善良的地方，敬子想起来，不仅自责，更觉出她的招人疼爱之处。

"哥哥这次回来以后，弓子和他那么热乎。哥哥好像变了个人，我当然日子好过，可弓子受得了吗？小姑娘的感情捉摸不透、说变就变，我就像被她骗了一样。她不至于骗到哥哥头上来吧？"

"不会的。"

"是吗？这样妈妈就如愿以偿了。看来无论做什么事都需要耐心等待。"

朝子这一阵子温顺平和，跟大家也能和睦相处。

敬子正以为是肚子里的孩子使朝子的脾气变得温柔，觉得她还挺可爱，没想到她忽然又冒出一句令人震惊的话："我前两天见到田部大夫了。"

朝子手里正在洗牌，发出鱼儿蹦跳般的声音。

"在哪儿见的？"敬子温和地低声问。

"医院。我觉得不管也不是个事儿，就让田部大夫还找前一次那个大夫给我看看。那是个好老头，多余的话半句不说。"

"恐怕田部大夫早就把你的事告诉他了吧。他怎么说的？"

"他说做母亲的犹豫不决，孩子很可怜。"

"那你怎么说的？"

"我说正因为我犹豫不决，他至今还在我的肚子里。"

"啊呀，你怎么这么说！"敬子注视着朝子的脸，"真怪，这一次你脸色挺好的，连原来显得严厉的眼睛和眼周都变得柔和下来。也不觉得难受吧？"

"对，食欲还挺旺盛。以前一定都是小山闹腾的。他一在我身边，就逼我动手术。这么一压迫我，我就呕吐。"

朝子说的话也许有几分道理，但她把妊娠呕吐都一股脑儿地归咎于小山。敬子半是吃惊半是抱怨地说："朝子，你还在犹豫？"

朝子用祈求的目光看着敬子："妈妈，你说怎么办？"

"我正想问你呢？"

"你说过给我带孩子吧？"

敬子想起那天夜晚在伤心悲哀的情绪里，的确对朝子说过那番话，"说过。带是可以带，可这是你的孩子啊。"

"不也是你的第一个外孙吗？"

"还有和小山离不离的问题。要是离了，还要考虑以后结婚的问题。"

"我和小山已经离了。以后不想再结婚了——如果我演好这个角色，可以上银幕的话。不过，可能会谈恋爱。"

"你说已经离了，要是小山不离呢？说不定过一段时间又回东京工作……"

"嗯，我当姑娘的时候，就经常幻想着我走到哪儿，男人追到哪儿，最后还差一点儿被杀死。幻想的时候心情很舒畅，现实生活这样子可痛苦了，简直叫人受不了。妈妈对岛木可真能忍耐。"

"……"

"现在是我走到哪儿，孩子追我到那儿，我是逃也逃不掉。我就觉得有一双温暖的小手在身子里面轻轻挠着。好像以前失去的两个孩子也一起追着我似的。妈妈，这一次我总得要生下来，不然就觉得会大难临头，发生极其可怕的事情，比如手术失败，或者我从此堕落下去……"

"快别说了。"敬子对朝子不吉祥的话也感到恐惧，"我也害怕，我已经和别人生离死别过……"

"小山那样的人生离了好，岛木那样的人死别了好。"朝子说得斩钉截铁，但她接着补充说，"只有自己的孩子最好。"

如果朝子做第三次手术，虽说肚子里的婴儿尚未成形，但的确是埋葬了一个人、死别了一个人。

朝子的目光凝视着远方："医生说是十二月或正月，好像是很远很远的日子，又好像是很近很近的日子。"

"是啊。"

"田部大夫不在医院，我心里不踏实。"

"嗯？"

"他说下星期二走。"

"是吗？"敬子紧张得喘不过气来。

"他说好长时间不在医院里了，我见到他完全是偶然；还说跟大家相处挺融洽，最后要走了，只见到我一个人。看来有点儿寂寞。妈妈，你去送送他吧。"

"我送？人家又没通知我。"

"其实你提早给他哥哥打个电话，就什么事都知道了。下星期二晚上八点十五分的法航。"

"他连时间都告诉你了？"

"是我问的。他说羽田机场现在修得可漂亮了，不仅乘客和送行的人可以进去，还可以购票参观。听说晚上八点以后是半价。"

"八点以后还有优惠？这跟电影院差不多。"敬子一边笑一边想，昭男说到这种程度，大概还是希望让谁到机场送他，莫不是想通过朝子的嘴给弓子带话？

"你去送吗？"

"我刚好后天开始拍电影，不能送行，事先道歉了。"

"你拍电影时间一长，体形就难看，这可怎么办？"

"你是说肚子鼓出来？这一次就鼓一点儿。田部大夫说没有比送人上飞机更无聊的了，希望谁也别去送。妈妈，你去送送吧，顺便参观机场。"

朝子对敬子的苦恼一无所知，一个劲儿地动员。

"这话也跟弓子说了吗？"

"我才不说呢。一提起田部大夫，哥哥的脸就拉下来。我现在不想刺激他。哥哥这些日子已经不再找我的碴儿，也不提小山的事了。要我说呀，妈妈，最重要的是你快快挣钱，把店铺和住所分开来，现在住得有点儿憋屈。"朝子随心所欲地说完，便站起来走进浴室。

敬子看着日历。下星期二是六月二日。

她想偷偷去送昭男。虽然瞒着弓子有点儿过意不去，而且朝子这张没遮拦的嘴不知道什么时候会泄露出去，但正如朝子所说，现在不应该刺激清和弓子。再说，弓子和自己与昭男密切联系的原因不一样。

要是在羽田机场让弓子看见自己难舍难分的伤感，恐怕她又会离开自己和清。

自从这次俊三住院并逃跑的事件发生后，弓子虽然表面上没有明显表现出来，其实已经开始情不自禁地依靠清了。

是清变得冷静稳重，解除了弓子紧张慌乱的情绪吗？或者是昭男一走了之造成的痛苦使她不知不觉地依赖清吗？然而，敬子感觉到了两个温暖心灵自然的沟通。爸爸成了那个样子，清对弓子关心体贴，而弓子对清心怀歉疚。

清每天都准时从单位下班回家，弓子就像等待心上人一样亲热地迎接，问候的声音都清脆可爱。

少女的嘴唇里和喉咙中都包含着欢愉喜悦，敬子十分羡慕。

到了晚上，两人欢声笑语，经常聊得笑声朗朗。他们聊什么呢？好像不是聊爸爸的事……

敬子对不跟自己见面的俊三的挂念也逐渐平息下来。她仿佛看见美根子带着俊三远走高飞的背影。当身边这些事情基本安顿下来后，她便发了疯一样想追随昭男一起奔向陌生的外国，心潮动荡不安。

但是，她和美根子不同，这种愿望终归不能实现，只能被失望击碎。

哪怕看一眼昭男也好。以后在自己的生活中，心灵深处铭刻着他的一切，终生不忘。

接连都是初夏的晴天，可是到了六月二日星期二，如同初秋季节，下起了阴冷的细雨。空气潮湿沉闷，时阴时晴，雨水时下时停，暗云密布，犹如台风袭来，呼呼风声从远处传来。电车的声音、汽车的喇叭声就像发生紧急情况似的尖声怪叫。

这天气，飞机能飞吗？敬子像小孩子一样心神不定。

去年初秋，也是雨天，昭男第一次拥抱亲吻敬子。她今天特地从衣柜里翻出当时穿的那件连衣裙。好像布料抽缩了？裙子短了。

那时候还穿着深蓝色的雨衣。

敬子又把雨衣翻出来，她闻到一股霉味。但是把兜帽戴得低低的，就显得特别年轻。

敬子等不及傍晚，就跟小姑娘一样悄悄溜出来。

她打算等昭男上飞机的最后时刻才出现在机场，于是先在雨中的银座溜达散步。林荫道旁，香烟铺的红色电话都勾起敬子当年热恋的回忆。她昨天想给昭男打电话，还可以打东京的电话，从明天起就必须打国际电话了。

敬子忽然加快脚步，在新桥的街头坐进出租车。

"去羽田机场。"

车子驶过品川，敬子回头从后窗望着东京沉淀着粉红色的天空。车子还没出市区，她却觉得已经身在东京之外了。

"这么个怪天气，飞机能飞吗？"

"天气预报说，今晚有大雾。"

薄雾似乎开始弥漫，京滨国道上迎面而来的车子的前灯比平时更加刺眼，如同凶兽的眼珠恶狠狠地对着敬子的胸膛猛烈袭击过来。而且，灯光的眼睛重叠在一起，不断地袭击她。"我神不知鬼不觉地去最后告别，难道也要遭受谴责吗？"敬子畏缩着身子躲在司机身后。

国道上随处可见"危险！事故多发区"的警告字样。从第一京滨国道左拐进入第三国道，再往左一拐，便忽然出现一条黑暗的街道。

机场的探照灯在雨夜中晃动着。日本警察和美国警察在入口检查站探望着车里。美国警察轻轻摆了摆手，示意放行。

点点橘红色的灯光在跑道上连成几条线。

"是国内线还是国际线？"司机用英语问道。

"是国际线吧？法航。"

"法航？啊，我记得在泛美航空对过的最里头。"

"我是来参观的，在前面停下来就可以。"

"来参观的吗？"司机奇怪地反问一句，接着说，"参观和送客都走同一个楼梯。"

"行了，就在这儿停下来。"

玻璃门里面排着一溜各国航空公司的柜台。敬子下了车，稍一犹豫，车子在她的身旁络绎不绝地通过，停下又开走。

她不能把雨衣兜帽压得低低的进门，便顺着屋檐走去，只见最里头的地方写着"Ａ·Ｆ"的标志。

法航柜台前面已空无一人，大概乘客都已经进去了，送客的也上了候机大厅。

敬子一步一步地登上楼梯，二楼是明亮宽敞的候机室。右边人声嘈杂，那是旅客出口，旅途归来的旅客正受到亲友的热烈欢迎。

"一年以后，我肯定不能来接昭男。"敬子站在御木本珍珠店的橱窗旁边，隔着出口前花店的鲜花观望着兴奋喜悦的人群。

敬子出于买卖的本能，刚才一直注意珍珠店，其实还有卖日本人偶、提包、草屐、日陶西餐餐具、日本高级照相机的商店。还有两家银行办事处，夜间照常营业。

楼梯口处有理发店、收费厕所、浴室，还贴满干洗衣服、熨衣服、擦皮鞋等各种广告。机场还设有特别收费候机室，广告上写着"Ａ室三千五百日元，Ｂ室两千日元，Ｃ室一千三百日元，Ｅ、Ｆ、Ｇ室一千二百日元"。候机室中间的长椅上客人寥寥无几，宽阔的地面和崭新的墙壁反而使敬子觉得冷清寂寞。

昭男和送他的人都已经进去了吧。敬子把两枚十日元的硬币投进入口的机器里，用腰部推着横杆进去，她的前后没有一个人。朝子说八点以后有优惠价，这个说法好像不确切，也可能自己进的不是参观门，而是送行的人走的门。敬子上了候机大厅，还是一个人。但是，陆桥那头灯光明亮，人影簇动。

飞机还是要飞。敬子的手又拿着雨衣的兜帽。灯光照射在她的脚下，仿佛是一座光的桥梁。禁止吸烟的红灯也已经亮起。

潮湿的夜风吹得冷飕飕的，细雨时来时去，如烟似雾，下得让人心烦。

敬子看见航空教室、展望台的入口，昏暗清冷，在这风雨飘摇的夜间，连满怀好奇心的参观者也没有。头顶上方浮现出光亮的大字"TOKYO"。

东京……

敬子像旅客一样仰望着这几个大字，然后小心谨慎地往拥挤的送行人群走去。陆桥显得很长很长。灯光照耀如同白昼，连双脚都看得清清楚楚。陆桥下面的起飞线上停靠着法航的飞机。

从栏杆上探出身子的人们、站在长椅上伸长身体的人们，在这些人之间，敬子也探出脑袋战战兢兢地看着下面站在舷梯旁的乘客，她一眼就发现了昭男。

敬子紧张地凝神屏息，连手指尖都觉得发冷。

"叔叔！"一个七八岁的男孩在离敬子六七个人远的地方叫喊。那是田部的孩子进一。

进一穿着雨衣，两手做成喇叭形，又尖声叫喊："叔叔！"

昭男转过头来。

敬子心潮澎湃，激动得都无法做手势打招呼。

乘客一个个走上舷梯，向在陆桥上送行的人们大声告别。有十五六岁的姑娘，也有抱着婴儿的年轻外国夫妇。

昭男也登上了舷梯。

"再见！"进一大声喊着。

"再见！"昭男的声音在敬子的耳朵里回响。

互相道别的不仅仅是进一和昭男，送行的人们拥来挤去，有的尖声吹口哨，有的叫着对方的名字，旅客们也大声回答。在这一片喧闹嘈杂中，敬子只听见昭男的声音。

"叔叔，再——见！"

田部的妻子把不断喊叫的进一搂在怀里，敬子从侧面看过去，她用手指在瘦削的脸上抹着泪水。田部则铁汉金刚般挺着大肚子站着，保护他们不被后面的人推搡。

昭男一步一步地往上走，他身后跟着其他乘客。

敬子使劲挥动着不知什么时候脱下来的白手套。

昭男的目光扫动着，一瞬间在敬子的身上停住了。

他看到了。

终于相见了。一阵悲怆从心底翻涌上来，她泪眼模糊。

这是无言的道别。

舷梯撤走了，所有的乘客都进到机舱里。敬子从人群中挤到栏杆旁，那一排圆圆的小窗口一定有一个映出昭男的脸，她追寻着。

昭男白皙的手敲打着窗玻璃。在窗外灯光的映照下，他的脸时隐时现。

地勤人员把加油车开往一旁。飞机的螺旋桨开始一个个旋转。

敬子使劲挥动着白手套，昭男也开始挥动与窗口差不多大的白手绢，仿佛是回答她的离情别意。

螺旋桨的声音震耳欲聋。灯光只映照出螺旋桨，似乎什么东西在振动着翅膀，飞机的红蓝尾灯一闪一灭。

飞机缓缓地滑动，送行的人们高声叫嚷。

敬子的手和手套在雨中浸湿，雨水顺着手腕滴落下来。

飞机绕了一个大圈，掉个头在跑道上滑行。飞机光亮的圆窗在排列着橘红色灯光的跑道上越去越远。螺旋桨的声音、明灭的尾灯也渐去渐远。

"啊，真想去！真想随他而去！"敬子仿佛也被黑暗的天空吸引上去。在极目的远处，飞机似乎依然没有离开地面。

送行的人们默默地走回候机室。敬子靠在栏杆上，让人们走过去，她心如刀割，比见人临终更悲伤凄切。人生之哀莫过于此。她泪如雨下。

弓子没来……

俊三和美根子乘坐的破出租车一驶过国营电车的滨松站，前面就是东京湾轮船的竹芝栈桥。高高的墙壁上亮着"客轮码头"的红色霓虹灯，码头的"码"字似乎就要熄灭一样暗淡地闪烁着。美根子总担心它熄灭。

"就停在这儿。"

俊三大概想在候船室前面下车，但车子停在东京水上警察署门前。

去年这个时候，美根子为了寻找怀疑跳水自杀的俊三，曾经来过这个警署两三次。俊三公司的人也应该会来这儿委托寻找。而且美根子认为警署就在轮船公司旁边，敬子也可能来过。

俊三满不在乎地站在水上警察署的门前，等美根子从车上下来。

买船票的时候，他写上自己的真名，住址写美根子的地址，只是把美根子的姓名写成"岛木美根子"，年龄也改为"二十四"，比真实年龄小三岁。美根子的确比去年显得年轻漂亮，但俊三这样填写可能是更像自己的女儿。

"三等舱。"俊三回头说。美根子点点头。到大岛单程三百六十日元。

俊三还没有完全恢复过来，脸色苍白，仍然是流浪汉的举止做派，所以美根子的梳妆打扮也是轻描淡写，穿一身朴素的旧西服。说不定俊三还想寻死，美根子事先从手提包里把凡是能暴露身份的东西都拿出来。行李也就是美根子手里拿的一个小旅行包，俊三什么也没有。

美根子看俊三在乘客名单上填写的是自己的真名实姓，便宽下几分心来。

不过，他这一回说不定是为了明确告诉敬子和弓子：自己死了。

报上的天气预报说今年梅雨季节来得早。也许昨天下了一场烦人的雨，平时热闹的观光客人今天却零落冷清。

涂着深绿色和白色油漆的"菊花号"轮船停靠在岸边。检票口上写着"二十一点开船"。

俊三像是为了躲避候船室的乘客，从水泥台阶走上二楼。上面是脏兮兮的冷落的餐厅。

咖喱饭、火腿饭、盖浇饭、煎蛋卷是一百日元，俊三要了一碗五十日元的中式炒面。

汽笛鸣叫两次，离开船时间还有二十分钟。俊三走上屋顶，坐在栏杆前的长椅上，从黑暗的大海望着河流的上游。

"去年在这儿观看两国的烟花。"

"很寂寞吧？"

他们当然不会知道敬子到羽田机场给昭男送行。羽田是空港，这儿也是港口，但作为出发站，貌似相同，其实大相径庭。

汽笛再次鸣叫，离开船只有十分钟了。

俊三走进船里："三等舱在下面。往下走，往下走。"

通道两边铺着草席，三等舱的船客横七竖八地躺着。俊三找个空地方仰面躺下，立刻闭上眼睛。

美根子拿出雨衣，盖在俊三和自己身上。

当《萤火虫之光》的音乐声传来、开船的锣声在船内响动的时候，俊三轻轻睁开眼睛，一边翻身面向美根子一边低声说："谢谢你。去年乘的就是这条船，那时候真想一了百了……"

"菊花号"仿佛以高天薄云间的月亮为轴心转了个圈，往前驶去。

川端康成年谱

明治三十二年（1899）

6 月 14 日生于大阪市北区此花町一丁目七七番地（以往人们都认为他的生日是 6 月 11 日，但最新发现的资料表明他生于 6 月 14 日）。家中长子。父亲荣吉是北条泰时的第三十一代远孙，毕业于东京医科学校的开业医生，创办过医院，曾就任大阪某医院的副院长。此外，他还曾在儒家易堂学习，爱好汉诗、文人画，对文学也颇感兴趣。母亲阿源出生于黑田家。上有一姐，名为芳子（生于 1895 年）。

明治三十四年（1901） 两岁

1 月，其父患肺结核去世，因此迁居母亲娘家——大阪府西成郡丰里村字三番住处。

明治三十五年（1902） 三岁

1 月，其母去世。跟随祖父三八郎、祖母阿钟回到原籍大阪府三岛郡丰川村大字宿久庄字东村居住。仅其姐芳子被寄养在大阪府东成郡鲶江村大字蒲生处的伯母秋冈家。

明治三十九年（1906） 七岁

进入丰川村小学就读。9月，祖母阿钟辞世。此后约十年间一直与祖父相依为命。7月，其姐芳子病逝。

明治四十五年（1912） 十三岁

考入大阪府立茨木中学。虽然小学时曾立志成为画家，但进入高年级后专注阅读文学书籍，中学二年级时立志成为小说家。

大正三年（1914） 十五岁

5月，祖父去世后成为孤儿，由母亲娘家丰里村的伯父家收养。1925年撰写的《十六岁的日记》记录的就是祖父病逝前后的事情。1949年发表的《拾骨》于1927年创作，记录的则是其为祖父拾骨灰的事情。

大正四年（1915） 十六岁

1月，搬入茨木中学的宿舍，住校直至毕业。这一时期喜爱阅读白桦派，特别是武者小路实笃的著作。

大正五年（1916） 十七岁

升入五年级后，成为宿舍长，后以这段时期与同宿舍少年的经历写成《少年》（1948—1949）。在茨木町的小周刊《京阪新闻》上发表短篇小说和短文。向大阪的石丸梧平主办的杂志《团栾》投稿并刊登《肩扛老师的灵柩》，后创作《仓木先生的葬礼》发表于1927年的KING杂志。此外他还向《文章世界》《新潮》《秀才文坛》等杂志投过稿。

大正六年（1917）　十八岁

3月，从茨木中学毕业，立即前往东京。寄宿在浅草藏前的表兄家，读预科学校时常去浅草公园。9月，考入第一高等学校一部乙（英文学科）。与石滨金作、酒井真人、铃木彦次郎、守随宪治等人是同学。结识了《三田文学》杂志的新晋作家南部修太郎。在第一高等学校的三年里，一直在校住宿。喜欢阅读俄国文学以及志贺直哉、芥川龙之介的作品。

大正七年（1918）　十九岁

当年秋天，从10月30日到11月6日，初次去伊豆旅行，遇见巡回艺人，一路伴随。1922年，以当时的经历为素材创作了《汤岛的回忆》，随后又创作了《伊豆的舞女》（1926）。此后约十年间，几乎每年都去伊豆汤岛温泉的汤本馆旅行，曾经一年中有大半时间都居住于此。

大正八年（1919）　二十岁

6月，在《一高校友会杂志》上发表了《千代》。

大正九年（1920）　二十一岁

3月，从第一高等学校毕业。4月，进入东京帝国大学文学系英文学科就读。与同学石滨金作、酒井真人、北村喜八、田中总一郎等人以及今东光等策划并第六次复刊《新思潮》。曾拜访菊池宽，并得到其认可，此后长期受到菊池宽关照。

大正十年（1921）　二十二岁

2月，《新思潮》复刊并发行，发表《一个婚约》。与咖啡馆女招待伊藤初代恋爱、订婚，后又毁婚。4月，从东京帝国大学英文学科转到国文学科；当月在《新思潮》二号刊上发表《招魂祭一景》，受到菊池宽、久米正雄等人的关注。7月，在《新思潮》三号刊上发表了《油》。12月，在《新潮》上发表了《南部氏的风格》（对南部修太郎第二作品集《湖水之上》的批评），首次获得了稿酬。同年，居住在菊池宽家，认识了芥川龙之介、久米正雄、横光利一等，并与他们建立了友谊。移居到浅草小岛町七二坂光子方。

大正十一年（1922） 二十三岁

在《文章俱乐部》一月刊上发表了译作高尔斯华绥的《街道》、丁尼生的《死亡绿洲》、契诃夫的《散戏之后》。2月，受文艺栏编辑佐佐木茂索的关照，在《时事新报》上发表评论《本月的创作界》。发表小说《新晴》。此后，到翌年为止，他多次在杂志上发表文艺月评，这也成为他此后二十年间不断发表文艺述评的契机。3月，在《新思潮》上发表了《一节》。在《新潮》七、八月刊上连载了《里见弴氏的一种倾向》。同年，先后辗转移居于本乡区驹込林町二二佐佐木方、驹込林町永宫方和本乡区千驮木町三八牧濑方等处。

大正十二年（1923） 二十四岁

1月，成为菊池宽创刊的《文艺春秋》编辑同人，在《文艺春秋》创刊号上发表了《林金花的忧郁》（此后收入《浅草红团》中）。2月，与《新思潮》的同人们成为该刊的编辑同人。4月，分别在《文章俱乐部》四月刊上发表了《少男与少女和板车》，在《文艺春秋》四月刊上发表了《精灵祭》，在《文艺春秋》五月刊上发表了《会葬的名人》（后改名为《参加葬礼的名人》）。7月，在复刊的《新思潮》上发表了《南方的火》。在《文艺春秋》九月刊上发表了《文艺春秋的作家》。9月1日，在本乡区千驮木町经历了关东大地震，所幸无恙。10月，在《时事新报》十月刊上发表了《余烬文艺的作品》。11月，在《文艺春秋》十一月刊上发表了《观火》《向阳》。

大正十三年（1924）　二十五岁

在《新小说》三月刊上发表了《篝火》（《南方的火》的续篇）。3月，从东京帝国大学国文学科毕业，毕业论文《日本小说史小论》；征兵体检不合格；以《关于日本小说史研究》为题，将毕业论文《日本小说史小论》的序发表在《艺术解放》三月刊上，并将《人间随笔·最近的菊池宽氏》中的一篇《纵容年轻人》发表在《新潮》四月刊上。与新晋作家伊藤贵麿、石滨金作、片冈铁兵、横光利一、中河与一、今东光、佐佐木茂索等创刊同人杂志《文艺时代》，以十月刊为创刊号，写了《创刊辞》。发起新感觉派运动。发表《蝗虫与金钟儿》《相片》，创作掌小说集。10月，在《读卖新闻》上发表了《〈文艺时代〉与〈文艺春秋〉》。先后在《文艺春秋》十二月刊上发表了《非常》（《南方的火》的续篇），在《文艺时代》十二月刊上发表了《短篇集》（掌小说《月》《金丝雀》等）。

大正十四年（1925）　二十六岁

先后在《文章俱乐部》一月刊上发表了《我的故事》，在《文艺时代》一月刊上发表了《新晋作家的新倾向解说》。此后又分别在《文艺时代》二月刊上发表了《落日》，在《新潮》二月刊上发表了《落叶与父母》（后期改名为《孤儿的感情》）。在《文艺春秋》三月刊上发表了《汤岛温泉》。这一年他长期居住在汤岛。在《妇人公论》六月刊上发表了《燕》。在《文艺时代》八、九月刊上发表了《诸杂志创作评》。在《文艺春秋》八、九月刊上发表了《十六岁日记》和《续十六岁日记》。在《文艺时代》十一月、十二月刊上陆续发表了《第二短篇集》（掌小说《二十年》《滑岩》等）、《第三短篇集》（掌小说《谢谢》《万岁》等）。这一年曾短暂居住在本乡区林町一九零丰秀馆。发表《新感觉派辩》《母亲》。

大正十五年（1926） 二十七岁

与秀子同居。在《文艺时代》一、二月刊上连载了《伊豆的舞女》。在《文艺春秋》一月刊上发表了《掌小说的流行》。在《文艺春秋》四月刊上发表了《第四短篇集》(《殉情》《近冬》等)。这一年的大部分时间都是在汤岛度过的。此时曾短暂居住在麻布区宫村町大桥方处，不久移居至市谷左内坂。此外，这一时期还与片冈铁兵、岸田国士、横光利一加入了衣笠贞之助的"新感觉派电影联盟"，创作出的剧本《疯狂的一页》，在京都下贺茂被拍摄成了电影，并获得全关西电影联盟颁发的年度优秀电影奖。然而，仅拍摄了这一部电影，新感觉派电影联盟便解散了。6月，金星堂出版了他的短篇集处女作《感情的装饰》，五十多位前辈及好友出席了该作品的出版纪念会。在《文艺时代》八、九月刊上发表了《屋顶的金鱼》《祖母》。当年夏天在逗子租了房子，与石滨金作、片冈铁兵、横光利一等人合住。9月，回到汤岛。

昭和二年（1927） 二十八岁

3月，金星堂出版了短篇集《伊豆的舞女》。同月，文艺春秋社创办了一人一页随笔形式的同人杂志《手帖》，他发表了《从秋到冬》。4月，为了出席横光利一的结婚典礼，他前往东京，随后并未返回汤岛，而是居住在东京府下杉并町马桥二二六号。在《文艺时代》四、五月刊上发表了《梅花的红蕊》《柳绿花红》。在《文艺春秋》五月刊上发表了《第五短篇集》。5月，与池谷信三郎前往关西地区进行旅行演讲。6月，与菊池宽等人前往东北地区进行旅行演讲。11月，租住在热海温泉小泽的别墅中。发表《蔷薇之幽灵》《处女作作祟》《关于掌小说》等。

昭和三年（1928） 二十九岁

在《文艺春秋》一月刊上发表了文坛时评《片冈、横光等人的立场》。在《文艺春秋》五月刊上发表了《死者之书》。5月，受尾崎士郎的邀请，迁居至东京市外大森马达东。发表《贫者的恋人》《三等候车室》等掌小说。

昭和四年（1929） 三十岁

陆续在《文艺春秋》一月刊到十月刊上发表了数篇《文艺时评》。在《文艺春秋》四月刊上发表了《尸体介绍人》。4月，《近代生活》创刊，他成为该杂志的同人并发表了《橘康哉》。在《祖国》八月刊上发表了《尸体的复仇》（《尸体介绍人》的续篇）。8月，作为《新晋杰作小说全集》第十一卷，平凡社出版了《川端康成集》。9月，他从大森移居至下谷区上野樱木町。随后分别在《改造》十月刊上发表了《温泉旅馆》，在《文艺春秋》十月刊上发表了《某种诗风和画风》。10月，加入堀辰雄、深田久弥、永井龙男、吉村铁太郎等人创办的同人杂志《文学》。11月，Casino Folies 轻演剧团在浅草成立，结识了该团的文艺成员及舞女们。从12月到翌年2月在《朝日新闻》（晚报）上连载新闻小说《浅草红团》。发表《新人才华》等。

昭和五年（1930） 三十一岁

先后在《文艺春秋》一月刊上发表了《她们与道路》，在《文学》一、二月刊上发表了《作家与作品》。在《文学时代》四月刊上发表了《有花的照片》。4月，作为新兴艺术派丛书之一，新潮社出版了他的作品《我的标本室》。受文化学院文学部长菊池宽的讲课邀请，担任该学部的讲师，每周讲一次课。在改造社出版的《日本地理体系》中发表了一篇《浅草》。先后在《改造》五月刊上发表了《〈鬼熊〉之死与舞女》，在《文学时代》五月刊上发表了《鸡与舞女》。在《文学时代》六月刊上发表了《新兴艺术派的作品》。在《中央公论》七月刊上发表了《风铃王的美国故事》。先后在《改造》九月刊上发表了新闻小说《浅草红团》，在《新潮》九月刊上发表了其续篇《赤带会》。10月，作为新兴艺术派丛书之一，新潮社出版了他的《有花的照片》。12月，先进社出版了《浅草红团》。发表《针、玻璃和雾》等。

昭和六年（1931） 三十二岁

与秀子办理结婚手续。在《改造》一月刊上发表了《水晶幻想》。1月，分别在《周刊朝日》上发表了《浅草日记》，在《新潮》二月刊上发表了《浅草的女人》(《浅草日记》的续篇)。4月，《浅草红团》等被收录在改造社刊现代日本文学全集《新兴艺术派文学集》中。在《改造》七月刊上发表了《镜子》(《水晶幻想》的续篇)。在《新潮》十月刊上发表了《水仙》。在《中央公论》上发表了《文艺时评》。在《新潮》十二月刊上发表了《一九三一年的创作界印象》。这一年，结识了古贺春江。发表《仲夏的盛装》《伊豆序说》等。

昭和七年（1932） 三十三岁

先后在《新潮》一月刊上发表了《旅行的人》，在《文艺春秋》一月刊上发表了收录在该杂志十周年纪念版《十年回顾》中的《菊池宽的家》。1月，他的作品被收录在春阳堂刊《明治大正文学全集》的《现代作家篇》之中。先后在《中央公论》二月刊上发表了《抒情歌》，在《改造》二月刊上发表了《我的爱犬记》。2月，在《读卖新闻》上发表了《菊池宽氏的〈胜败〉与直木三十五氏的〈青春行状记〉》。4月、5月先后在《文艺春秋》四月刊上发表了《短篇集》，在《文学时代》四月刊上发表了《背影》，在《朝日新闻》上发表了《文艺时评》。在《改造》五月刊上发表了《目睹那些的人们》。在《现代日本》六月刊至十二月刊上连载了《浅草九宫鸟》。在《新潮》

八月刊上发表了《消失的女人》。8月，在《读卖新闻》上发表了《文艺时评》。从9月到12月，在《朝日新闻》上连载《化妆与口哨》。在《改造》十月刊上发表了《慰灵歌》。发表《雨伞》《致父母亲的信》等。

昭和八年（1933） 三十四岁

在《改造》一月刊上发表了《我的舞姬记》，在《改造》二月刊上发表了《二十岁》。2月，《伊豆的舞女》由五所平之助导演拍成电影。在《文艺春秋》四月刊上发表了《睡颜》。6月，新潮社出版了《化妆与口哨》。在《改造》七月刊上发表了《禽兽》。在上总兴津度过了夏天。10月，与武田麟太郎、林房雄、小林秀雄等人在文化公论社创办了杂志《文学界》，发表了《信》。在《改造》十一月刊上发表了《凋零》。又先后在《文学界》十二月刊上发表了《沱子》（《凋零》的续篇），在《文艺》十二月刊上发表了《临终之眼》。友人池谷信三郎去世。发表《学校之花》等。

昭和九年（1934） 三十五岁

先后在《新潮》一月刊上发表了《现身的女人》，在《文艺》一月刊上发表了《若有若无》。1月，文艺恳话会成立，他入会成为会员。将《追忆池谷信三郎》中的一篇以《明朗的遗容》为题发表在《文艺春秋》二月刊上。在《中央公论》三月刊上发表《虹》（此后在《文艺》四月刊上发表《舞女》，在《文艺春秋》六月刊上发表《夏》，在《中央公论》十月刊上发表《四竹》，在《现代日本》上发表《浅草殉情》，结束了《虹》的连载）。4月，作为文艺复兴丛书系列之一，改造社出版了他的短篇集《水晶幻想》。又先后在《改造》五月刊上发表了《随机杀人魔》（《凋零》的续篇），在《新潮》五月刊上发表了《文学自传》，在《文艺》五月刊上发表了《人间直木三十五》。在《现代日本》八月刊到十二月刊上连载了《水上情死》。此外，在《文艺》九月刊到翌年二月刊上连载了《浅草红团》的续篇《浅草祭》。10月，改造社出版了《川端康成集》第一卷《随笔批评集》。12月，去越后旅行，开始写《雪国》。同月，竹村书房出版了他的作品《抒情歌》。

昭和十年（1935） 三十六岁

《文艺春秋》一月刊上公布了芥川奖、直木奖的评选规定，他担任文艺春秋社创设的芥川奖、直木奖评委。在《文艺春秋》一月刊上发表了《暮景的镜》（此后分别在《改造》一月刊上连载《白昼的镜》，在《日本评论》十一月刊上连载《物语》，在《日本评论》十二月刊上连载《徒劳》，在《中央公论》1936年八月刊上连载《芭茅花》，在《文艺春秋》1936年十一月刊上连载《火枕》，在《改造》1937年五月刊上连载了《毛球歌》。同年6月，将这些汇总整理，并续写了新稿，形成作品《雪国》，由创元社出版。此外，又在《中央公论》1904年十二月刊上连载《雪中火场》，在《晓钟》1946年五月刊上连载《雪国抄》，在《小说新潮》1947年十月刊上连载了《续雪国》，至此完成了作品《雪国》）。在《行动》一月刊上发表了《横光利一氏》。1月，在《福冈日日新闻》《河北新报》《新爱知》《北海时代》上连载了《舞姬的日历》。在《新潮》二、三月刊上发表了《文艺时评》。5月，野田书房出版了他的作品《禽兽》。在《文艺春秋》六月刊到十二月刊上连续发表《文艺时评》。在《妇人公论》七月刊上发表了《纯粹的声音》。10月，他的作品《浅草的姐妹》被成濑巳喜男导演改编并拍成电影《浅草三姐妹》。在《文艺通信》十一月刊上发表了《关于芥川奖，致太宰治氏》。迁居镰仓，此后一直居住此地。

昭和十一年（1936） 三十七岁

先后在《改造》一月刊上发表了《意大利之歌》，在《文艺春秋》一月刊上发表了《见此之时》。1月，《文艺恳话会》创刊，他成为编辑同人，发表了《紫外线杂言》。在《改造》四、五月刊上发表了《花之圆舞曲》。在《文学界》七月刊上发表其续篇《瘸腿人的舞蹈》。当年夏天，从神津牧场前往轻井泽，并逗留于此。9月，沙罗书房出版了他的作品《纯粹的声音》。在《改造》十月刊上发表了《父母》。在《333》杂志十二月刊上发表了《夕阳下的少女》。12月，改造社出版了他的作品《花之圆舞曲》。在《报知新闻》上连载《少女开眼》，1937年7月完结。当年，受林房雄的邀请，迁居至神奈川县镰仓町明净寺宅间谷。此外，成为新潮奖、池谷信三郎奖的评委。11月，作品社出版了古谷纲武的作品《川端康成》。发表《花之湖》《波斯菊的朋友》《芭茅花》《火枕》等。

昭和十二年（1937） 三十八岁

在《文艺》一月刊上发表了《最后的舞蹈》（《花之圆舞曲》的续篇）。在《妇人公论》六月刊上开始连载《牧歌》，于翌年12月完成。7月，因创元社6月出版的《雪国》，获得文艺恳话会奖。同月，竹村书房出版了他的短篇集《少女心》。7月到11月他一直居住在轻井泽。此外，在文化学院的暑期讲习会上做了题为《文学》的演讲，随后以《话说信浓》为题收录于《文艺》十月刊。12月，创元社出版了他的作品《女性开眼》。同年，移居至镰仓町二阶堂三二五处。发表《少女之港》《夏天的友谊》《高原》。

昭和十三年（1938） 三十九岁

在《中央公论》一月刊上发表了《插花》。先后在《文学界》二、三月刊上发表了给北条民雄的《追悼记序》及《关于北条民雄的遗稿》。4月，改造社开始出版共九卷的《川端康成全集》，于1939年12月全部出版完成。7月到12月，在《东京日日新闻》《大阪每日新闻》上连载《名人引退围棋观战记》，随即改编为《名人》。7月，担任日本文学振兴会理事。在《文艺春秋》十月刊上发表了《百日堂先生》。11 月，岩波书店出版了《抒情歌》。在《日本评论》十二月刊上发表了《高原》（此后分期刊载）。改造社出版了《川端康成选集》。发表《我写围棋观战记》《考试的时候》等。

昭和十四年（1939）四十岁

在《大陆》二月刊上发表了《故人之园》。2 月，任菊池宽奖评委。在《日本评论》七月刊上发表了《冈本加乃子的作品》。先后在《改造》十月刊上发表了《初秋高原》，在《现代日本》十月刊上发表了《电影院前》。11 月，砂子屋书房出版了"黑白丛书"第二卷《短篇集》。在《公论》十二月刊上发表了《杉之家》（《高原》的续篇）。《少女开眼》拍成电影。发表《哥哥的遗曲》《观战记》，连载《美之旅》等。

昭和十五年（1940）四十一岁

在《中央公论》一月刊上发表了《正月头三日》。在《妇人公论》一号刊上发表了《母亲的初恋》，此后也经常发表短篇小说。《燕子童女》与《旅人》也是其中之一。发表《雪中火场》等。2 月，新潮社出版了其作品《昭和名作选集·花之圆舞曲》。9 月，改造社出版了《新日本文学全集》第二卷之《川端康成集》。10 月，他参与发起成立了日本文学者会。12 月，新声阁出版了《正月头三日》。

昭和十六年（1941）四十二岁

先后在《文艺春秋》一月刊上发表了《义眼》，在《日本评论》一月刊上发表了《寒风》，在《改造》二月刊上发表了《冬事》（《寒风》的续篇）。受《大连日日新闻》的邀请，从春天到初夏，与吴清源、村松梢风一起前往中国。在哈尔滨与一行人分别后，前往北京。7 月，再次受邀前往中国东北地区；12 月，回到日本，数日后，太平洋战争爆发。12月，新潮社出版了他的短篇小说集《爱的人们》，汇总了前一年连载在《妇人公论》上的短篇小说。发表《银河》等。

昭和十七年（1942） 四十三岁

在《文学界》三月刊上发表了《满洲的书》。在《改造》四月刊上发表了《赤色的足》（《寒风》的续篇）。5月，作为《三大名作全集》第二卷，河出书房出版了《川端康成集》。7月，甲鸟书林出版了他的作品《高原》。8月，他与岛崎藤村、志贺直哉、里见弴、泷井孝作、武田麟太郎等人一起，成为新创办的季刊志《八云》的同人。在第一集中发表了《名人》。编辑《满洲各民族创作选集》。发表《日本的母亲》《英灵的遗文》等。

昭和十八年（1943） 四十四岁

在《文艺》二、三月刊上连载了《父亲的名字》。在《新潮》五月刊上发表了《石榴》。从《文艺》六月刊开始到1945年一月刊为止，连载了《故园》。在《日本评论》八、十二月刊上发表了《名人》的一部分《夕阳》。

昭和十九年（1944） 四十五岁

在《日本评论》三月刊上发表了《夕阳》（续篇）。4月，《故园》《夕阳》等获第六届菊池宽奖。在《文艺春秋》七月刊上发表了《一草一木》。任日本文学振兴会设立的"战记文学奖"评委。

昭和二十年（1945） 四十六岁

作为海军报道班成员去鹿儿岛县鹿屋海军航空队特攻基地采访。8月15日，与夫人、女儿一起在家里收听天皇的"8·15"无条件投降广播。9月，创办镰仓文库，开始出版经营。

昭和二十一年（1946） 四十七岁

1月，镰仓文库创办了杂志《人间》。他在创刊号上发表了文章《女人的手》，全心投入镰仓文库的编辑工作。后迁居至长谷二六四号处，后半生长居于此。2月，在《世界》上发表《重逢》，在《新潮》上发表了《插曲》。新潮社出版了他的短篇小说集《朝云》。4月，在《东京新闻》上发表《致武田麟太郎悼辞》。6—7月，连续在《文艺春秋》上发表了《过去》（《重逢》的续篇）。12月，在《新潮》上发表了《山茶花》。此外，当年还发表了《感伤之塔》《雪国抄》等。

昭和二十二年（1947） 四十八岁

继续镰仓文库的工作。4月，在《世界文化》上发表了《花》（节选自《名人》）。10月，分别在《风雪别册》上发表了《反桥》，在《小说新潮》上发表了《续雪国》。12月，在《妇人文库》上发表了《梦》。当月，永晃社出版了《女性开眼》修订版。横光利一去世。此外，还发表了《哀愁》，历经十三年的《雪国》定稿。

昭和二十三年（1948） 四十九岁

1月，在《改造》上发表了《未亡人》，并且从这月开始在《新潮》上断断续续地连载了《再婚者手记》（后改名为《再婚者》），直至8月完结。3月，菊池宽去世。5月，在《人间》上断断续续地连载《少年》，于1952年修改、完结。新潮社出版了《川端康成全集》（十六卷本）。6月，代替志贺直哉，担任日本笔会第二任会长（至1965年10月）。11月，在《读卖新闻》上发表了《东京审判的老人们》。12月，创元社出版了《雪国》完结版。此外还发表了《再婚的女人》《拱桥》《离婚家庭的孩子》等。

昭和二十四年（1949） 五十岁

1月，在《文艺往来》上发表了《阵雨》。4月，在《个性》上发表了《住吉物语》（后改名为《住吉》）。5月，在《读物时事别册》上发表了《千只鹤》。（8月，在《别册文艺春秋》上发表了《森林的夕阳》；翌年1月，在《小说公园》上发表了《绘志野》；11—12月在《小说公园》上发表了《母亲的口红》；1951年10月，在《别册文艺春秋》上发表了《二重星》。这一系列文章最终形成连载作品《千只鹤》）。7月，任"横光利一奖"（改造社）评委。9月，在《改造文艺》上发表了《山音》。〔10月，分别在《群像》上发表了《向日葵》（后改名为《蝉的翅膀》），在《新潮》上发表了《云焰》；12月，在《世界春秋》上发表了《栗子的果实》。翌年1月在《世界春秋》上发表了《女人的家》；4月，在《改造》上发表了《岛之梦》；5月，在《新潮》上发表了《冬樱》。1951年10月，在《文学界》上发表了《清晨之水》。1952年3月，在《群像》上发表了《夜之声》；6月，在《别册文艺春秋》上发表了《春钟》；10月，在《新潮》上发表了《鸟之家》；12月，在《别册文艺春秋》上发表了《受伤之后》。1953年1月，在《新潮》上发表了《都苑》；4月，在《改造》上发表了《雨中》；10月分别在《别册文艺春秋》上发表了《蚊子之梦》（后改名为《蚊子的群体》）和《蛇卵》。1954年4月，在《OORU读物》上发表了《鸠音》（后改名为《秋鱼》）。这一系列文章最终形成连载作品《山音》。〕10月，在《文艺往来》上发表了《拾骨》。当年秋天，受广岛市之邀，与日本笔会的丰岛与志雄、青野季吉等人一同看望了原子弹爆炸中的受害者们。12月，由细川书店出版《哀愁》。

昭和二十五年（1950） 五十一岁

3月，在《妇人生活》上连载《彩虹几度》，于翌年4月完结。当年春天，与日本笔会的会员一起前往广岛、长崎的原子弹爆炸受害地区慰问。5月，在《人间》上发表了《卵·瀑布》。在《别册文艺春秋》上发表了《地狱》，7月，在《文艺》上发表了《蛇》。8月，中央公论社出版了《浅草物语》。12月，开始在《朝日新闻》上连载《舞姬》，于翌年3月完结。在《别册文艺春秋》上发表了《来自北方的海》。还连载了《天授之子》《虹》《花未眠》《竹叶舟》等。此外，这一年镰仓文库倒闭。

昭和二十六年（1951） 五十二岁

1月，在《新潮》上发表了《项圈》，在《中央公论》上发表了《路易》。5月，在《别册文艺春秋》上发表了《玉响》。7月，朝日新闻社出版了《舞姬》，随后拍成电影。8月，在《新潮》上发表了修改后的《名人》。10月，前往冈山县吉野村，出席片冈铁兵胸像的揭幕仪式。

昭和二十七年（1952） 五十三岁

1月，开始在《妇人公论》上连载《日兮月兮》，于翌年5月完结。2月，筑摩书房出版了《千只鹤》（该书还收录了已发表的作品《山音》），因此获得了1951年度艺术院奖。随后还改编成了歌舞伎等。在《新潮》上连载随笔《月下之门》，11月完结。当年秋天，前往关西地区旅行演讲，随即又前往大分县旅行。11月，在《文艺》上发表了《明月》。12月，在《OORU读物》上发表了《富士的初雪》。这一年《浅草红团》拍成电影。还发表了《翼的抒情歌》《新文章论》等。

昭和二十八年（1953） 五十四岁

1月，在《妇人画报》上连载《河边小镇的故事》，12月完结。当月，吉村公三郎导演将《千只鹤》拍成了电影。3月，角川书店出版了昭和文学全集之《川端康成集》。4月，在《小说新潮》上连载《千只鹤》的续篇《波千鸟》，于12月完结。6月，岛耕二导演将《浅草物语》拍成电影。当年夏天，前往九州旅行演讲，途中还去了九重高原。随即于第二次世界大战后首次旅居轻井泽。11月，在《文艺春秋》上发表了《水月》。当选为艺术院会员。还发表了《吴清源谈棋》等。

昭和二十九年（1954） 五十五岁

1月，开始在《新潮》上连载《湖》，于12月完结。在《文艺》上发表了《小春日》。继成濑巳喜男导演将《山音》拍成电影后，3月，野村芳太郎导演也将《伊豆的舞女》拍成电影。5月，《山音》完结后出版，因此获当年第七届野间文学奖。陆续在《北海道新闻》《中部日本新闻》《西日本新闻》上连载《东京人》，连载五百零五次，于翌年10月完结。8月，在《知性》上发表了《离合》。当年，创作的舞台剧本《船上的妓女》经西川鲤三郎编导，在全国各地上演。《母亲的初恋》拍成电影。1948年起开始出版的《川端康成全集》十六卷出齐。

昭和三十年（1955） 五十六岁

1月，陆续在《文艺》上连载《某人的有生之年》，于1957年1月完结。衣笠贞之助导演将《河边小镇的故事》拍成电影（大映）。当月，新潮社出版了《东京人》（四卷本）。4月，在《新潮》上发表了《故乡》，并且新潮社出版了他的作品《湖》。5月，在《文艺春秋》上发表了《梦中创作的小说》。6月，在《文艺》上发表了《悲伤的代价》等。7月，在《群像》上发表了《车中的女人》；角川书店出版了他的短篇集《玉响》。11月，筑摩书房出版了现代日本文学全集《川端康成集》。此外，《故乡之音》改编成舞蹈剧。还连载了《青春追忆》，发表了《彩虹几度》等。

昭和三十一年（1956） 五十七岁

1月，在《小说新潮》上发表了《那国这国》。新潮社出版了《川端康成选集》（十卷本）。2月，岛耕二导演将《彩虹几度》拍成电影。3月，在《朝日新闻》上连载《生为女人》，连载二百五十次，于11月完结。4月，在《小说新潮》上发表了《那国这国》的续篇《邻人》。9月在《文学界》上发表了《某日》。10月，新潮社出版了《生为女人（一）》。当年，塞登斯蒂克翻译的《雪国》在美国出版，八代幸代翻译的《千只鹤》在德国出版。《东京人》拍成电影。

昭和三十二年（1957） 五十八岁

1月，新潮社出版了《生为女人（二）》。3月，为了出席国际笔会执行委员会，与松冈洋子一起前往欧洲，见到了莫里亚克、艾略特，于5月返回日本。9月，作为会长四处奔走筹备并主持召开第二十九届国际笔会东京大会。《雪国》拍成电影。发表《风中之路》《东西方文化的桥梁》等。

昭和三十三年（1958） 五十九岁

1月，在《新潮》上发表了《弓浦市》，在《文艺春秋》上发表了《街道树》。2月，出任国际笔会副会长。3月，因其筹备国际笔会召开所做出的贡献，获得第六届菊池宽奖。6月，前往冲绳考察。当年，因患胆囊炎进东大医院住院，于翌年4月出院。《生为女人》拍成电影。

昭和三十四年（1959） 六十岁

5月，在法兰克福第三十届国际笔会大会上获歌德奖。7月，在《中央公论》上发表了《来自远方的大诗人》。9月，在《新潮》上连载《旧日记》，于12月完结。11月，新潮社出版《川端康成全集》

（十二卷本），于 1962 年 8 月出版完成。《风中之路》拍成电影。

昭和三十五年（1960） 六十一岁

1 月，开始在《新潮》上断断续续地连载《睡美人》，于翌年 11 月完结。冬春之际，经常前往京都、奈良。获法国政府授予的艺术文化军官级勋章。5 月，受美国国务院之邀，前往美国。7 月，出席了在巴西里约热内卢、圣保罗召开的国际笔会大会，于 8 月返回日本。8 月，在《朝日新闻》上发表了《日本文学介绍——致未来之国巴西》。当年秋天，于东大冲中内科（第三内科）住院，年底出院。《伊豆的舞女》第三次拍成电影。

昭和三十六年（1961） 六十二岁

1 月，在《妇人公论》上连载《美丽与哀愁》，于 1963 年 10 月完结。在《风景》上连载《岸惠子的婚礼》，于 9 月完结。10 月，在《朝日新闻》上连载《古都》，于翌年 1 月完结。11 月，获第二十一届文化勋章。新潮社出版了《睡美人》，因此次年获得每日出版文化奖。

昭和三十七年（1962） 六十三岁

6 月，新潮社出版了《古都》。8 月，在《每日新闻》上发表了《自慢十话》。10 月，在《风景》上连载《落花流水》，于 1964 年 12 月完结。参加了呼吁世界七人委员会。11 月陆续在《朝日新闻》PR 版上发表了《秋雨》《信》《邻人》《树上》《骑马服》等掌小说。出现安眠药成瘾症状，进东大医院住院，连续十天昏迷不醒。《古都》改编成话剧。

昭和三十八年（1963） 六十四岁

2 月，在《文艺春秋》上发表了《人之中》。4 月，财团法人日本近代文学博物馆创建，担任监事及近代文学博物馆委员长，随后出任捐委员长。8月，在《新潮》上断断续续地连载《一只胳膊》，于翌年1月完结。《文艺》八月刊编辑了"川端康成特集"。《古都》拍成电影，《伊豆的舞女》第四次拍成电影。发表《喜鹊》等掌小说。

昭和三十九年（1964） 六十五岁

1月，修改了《某人的有生之年》，并发表在《文艺》杂志上。6月，在《新潮》上开始断断续续地连载《蒲公英》，1968年10月，在第二十二次连载后停笔。6月，出席在挪威奥斯陆召开的国际笔会大会。随后周游欧洲各地，于8月返回日本。发表《雪》《久违的人》等掌小说。

昭和四十年（1965） 六十六岁

2月，中央公论社汇总并出版了《美丽与哀愁》。筱田正浩导演将其拍成了电影。4月开始约一年里，NHK电视台一直在播放改编成电视连续剧的《玉响》。10月，辞去自1948年以来已担任十八年的日本笔会会长的职务。出席伊豆汤岛温泉建立的《伊豆的舞女》文学碑揭幕仪式。

昭和四十一年（1966） 六十七岁

1月至3月，因患肝炎住院。在4月18日的笔会大会上，为感谢他作为会长多年所做出的贡献，赠予他高田博厚制作的胸像。5月，新潮社出版了《落花流水》。8月，集英社出版了日本文学全集《川端康成集（一）》。《千只鹤》在丹麦翻译出版。《湖》拍成电影。

昭和四十二年（1967） 六十八岁

5月至1969年1月，在《风景》上连载《一草一花》。6月，集英社出版了日本文学全集《川端康成集（二）》。8月，成为日本世博会的政府出展恳谈会委员。11月至翌年11月，再次在《新潮》上连载《蒲公英》，但未完结。12月，大和书房出版了他的短篇小说、随笔集《月下之门》。《伊豆的舞女》第五次拍成电影。担任日本近代文学馆名誉顾问。

昭和四十三年（1968）　六十九岁

在6—7月参议院选举期间，担任朋友今东光的选举事务长，发表了支持演讲。10月，获得诺贝尔文学奖，成为第一个获诺贝尔文学奖的日本人。12月10日在斯德哥尔摩领奖，并在瑞典科学院发表讲演《我在美丽的日本——序说》。当月，被授予茨木名誉市民称号。《睡美人》拍成电影。

昭和四十四年（1969）　七十岁

1月6日，结束诺贝尔奖的领奖之旅，返回日本。在《新潮》上发表了《夕日野》。3月至6月，在夏威夷大学讲授日本文学，做《美的存在与发现》特别讲演，被赠予夏威夷大学名誉文学博士称号。当选为美国艺术文艺学会的名誉会员。3月，新潮社出版了《川端康成全集》（十四卷本）。讲谈社出版了《我在美丽的日本——序说》。4月27日至5月11日，川端康成展在东京新宿的伊势丹举办，随后又陆续在大阪、福冈、名古屋展出。5月3日在《每日新闻》上发表了《美的存在与发现》。9月11日，为了出席在旧金山举行的"移民百年纪念旧金山日本周"前往美国，并做了《日本文学之美》特别讲演，24日返回日本。被授予镰仓市名誉市民称号。《日兮月兮》拍成电影。

昭和四十五年（1970）　七十一岁

分别在1月和3月的《新潮》上发表了《伊藤整》和《鸢飞舞的

西边天空》。5 月至 7 月，在《风景》上发表《一草一花》。6 月，受邀出席在台北举行的亚洲作家大会，随后又出席了在首尔举行的第三十七届国际笔会大会。11 月 25 日，三岛由纪夫自杀，任治丧委员会委员长。12 月，在《海》上发表了《竹声桃花》。此外还设立"川端文学研究会"。发表《长发》等。

昭和四十六年（1971） 七十二岁

分别在 1 月和 3 月的《新潮》上发表了《三岛由纪夫》和《书》。在 4 月 12 日的东京都知事选举中支持候选人奏野章。11 月，在《新潮》（第八百号纪念刊）上发表了《隅田川》。12 月，任日本近代文学馆名誉馆长。当月至翌年 3 月，在《新潮》上连载《志贺直哉》，未完结。

昭和四十七年（1972） 七十三岁

2 月，在《文艺春秋》创刊五十周年纪念刊上发表了《如梦如幻》。患盲肠炎做手术，出院后静养期间，于 4 月 16 日夜被发现在神奈川县逗子市小坪 5–419–2 的逗子玛丽娜公寓工作间内含煤气管自杀。推测死亡时间在当晚 6 点左右。没有留下任何遗书。5 月 27 日，由日本笔会、日本文艺家协会、日本近代文学馆举行"三团体葬"。